미사고의 숲

미사고의 숲
Mythago Wood

로버트 홀드스톡 장편소설　김상훈 옮김

MYTHAGO WOOD
by ROBERT HOLDSTOCK

Copyright (C) 1984 by Robert Holdstock
Korean Translation Rights (C) 2001 by The Open Books Co.
Korean language edition arranged with Howard Morhaim Literary Agency Inc.
through Shin Won Agency Co., Seoul.

이 책은 실로 꿰매어 제본하는 정통적인 사철 방식으로 만들어졌습니다.
사철 방식으로 제본된 책은 오랫동안 보관해도 손상되지 않습니다.

사라에게 바친다.
cariath ganuch trymllyd bwystfil

감사의 말

앨런 스콧에게 감사를. 그가 특별히 나를 위해 써준 『엘로르게스텐 방문자를 위한 초보 앵글로 색슨어 독본』은 큰 도움이 되어주었다. 또 열성적인 호응을 통해 이 책의 영감을 얻게 해준 밀퍼드에게도 감사한다.

조지 헉슬리가 고안한 〈미사고〉라는 단어를 발음할 때, 강세는 두 번째 음절에 온다.

R. H.

바로 이런 느낌이었다……. 지금까지 살아오면서 줄곧 알고 있었지만, 단지 확실히 꼬집어 말할 수 없었던 그 무엇이, 지금 바로 내 눈앞에 있다는 느낌…….

랄프 본 윌리엄스
영국의 전승과 토속 음악을 처음
접했을 때의 경험에 관해 언급하며

프롤로그

13

제1부 미사고의 숲

17

제2부 사냥꾼들

85

제3부 숲의 심장

245

신화의 숲, 이교(異敎)의 꿈

401

로버트 홀드스톡 연보

411

프롤로그

에드워드 윈-존스 앞
칼리지 로드 15번지
옥스퍼드

에드워드 —
 당장 산장으로 돌아오게. 한시도 지체하지 말고! 숲 내부의 깊숙한 영역으로 이어지는 네 번째 통로를 발견했네. 시냇물이었어. 지금 와서 생각해 보면 너무나도 당연한 일이지만, 수로(水路)가 존재한단 말일세! 이 시내는 바깥쪽의 물푸레나무 와륜(渦輪)을 직접 관통해서, 소용돌이의 오솔길과 〈돌 폭포〉 너머로 이어지고 있네. 이것을 이용하면 숲의 심장부로 진입하는 것도 가능해질 것이라고 생각하네. 그렇지만 예나 지금이나 문제는 바로 시간, 시간이야!
 〈샤미가〉라고 불리는 부족을 발견했네. 〈돌 폭포〉 너머에 살고 있다네. 이 친구들은 강의 여울목을 지키고 있지만, 천만다행히도 얘기하기를 즐기는 부족이고, 〈생(生)의 이야기꾼〉이라는 관습을 가지고 있네. 이야기꾼 자신은 얼굴 전체를 녹색 도료로 처바른 젊은 여자이고, 언제나 눈을 감은 채로 얘기하기 때문에, 그 이야기에 귀를 기울이는 사람들의 미소나 찌푸린 표정 때문에 이야기 속의 〈모양 바꾸기〉가 영향을 받는 일은 없네. 그녀에게서 나는 많은 얘기를 들었지만, 그 중 가장 중요한 것으로 귀네스 전설의 편린이라고밖에는 볼 수 없는 이야기가 있네. 같은 신화의 선(先) 켈트판이라고도 할 수 있겠지만, 그 얘기가 귀네스와 관련이 있다고 나는 확신하고 있어. 그 중 내가 그럭저럭 이해할 수 있었던 부분은 다음과 같네.

〈어느 날 오후, 족장인 모고크는 뿔이 여덟 개 달린 수사슴과 몸집이 사람 키의 두 배나 되는 멧돼지를 죽이고, 네 마을의 나쁜 관습을 시정했다. 하고 다니는 일뿐만 아니라 체격 또한 컸기에, 그의 머리는 반쯤 구름에 가려 있었을 정도였다. 그는 절벽 아래 대해(大海)에 발을 담그고 식혔다. 그런 다음 그는 누웠고, 자신의 배 위에서 두 자매가 해후하는 광경을 바라보았다.

그 자매는 쌍둥이었고, 두 사람 모두 아름다웠고, 고운 목소리를 가졌고, 하프 타는 솜씨가 뛰어났다. 그러나 어느 큰 부족의 장군과 결혼하고 나서야 언니는 자신이 석녀(石女)라는 사실을 알게 되었다. 그녀의 표정은 볕에 너무 오래 놓아두어 상해 버린 우유처럼 심술궂게 되었다. 동생은 페레구라는 이름의 추방당한 전사와 결혼했다. 페레구는 깊은 골짜기와 고목(枯木)들로 둘러싸인 머나먼 숲 속에서 살고 있었지만, 밤 새로 변신해서 자신의 연인을 찾아왔다. 이윽고 동생은 그의 아이를 낳았는데, 여자애였다. 그러나 페레구는 추방된 전사였기 때문에, 심술궂은 얼굴을 한 그녀의 언니는 군대를 이끌고 아이를 빼앗으러 왔다.

크나큰 논쟁이 벌어졌고, 전투도 몇 번 벌어졌다. 페레구의 연인이 자신의 아기에게 이름을 붙이기도 전에, 언니는 두꺼운 포대기로 자그맣게 둘둘 감싼 아기를 낚아챘고, 하늘을 향해 들어올렸다. 스스로 아이의 이름을 지을 작정이었다.

그때 하늘이 어두워지더니 열 마리의 까치가 나타났다. 이들은 숲의 마법으로 모습을 바꾼 페레구와 그의 검우(劍友) 아홉 명이었다. 페레구는 자신의 아이를 내리 덮치더니 발톱으로 움켜 잡았고, 다시 하늘로 날아올라갔다. 그러자 물매질의 명수 하나가 돌을 날려 그를 떨어뜨렸다. 아기는 땅을 향해 떨어졌지만, 다른 새들이 이 아기를 대신 움켜 잡고 멀리 날아갔다. 이렇게 해서 이 아기는 〈후르파스나〉라는 이름으로 불리게 되었다. 이것은 〈까마귀들이 키운 소녀〉라는 뜻이다.

족장인 모고크는 이런 광경을 흥미롭게 지켜보고 있었지만, 죽은 페레구를 불쌍히 여겼다. 그는 조그만 새를 들어 올려 흔들었고, 다시 인간의 모습으로 되돌려 놓았다. 그러나 그는 자신의 손가락으로 땅에 무덤을 파면 마을들을 모조리 뒤집어엎어 놓을지도 모른다고 걱정했다. 그래서 모고크는 죽은 추방자를 자신의 입에 털어 넣고, 자신의 이를 하나 뽑아내서 그 무덤으로 삼았다. 이렇게 해서 페레구는 숨 쉬는 골짜기에 서 있는 높고 흰 돌 밑에 묻혔던 것이다.〉

이것이 귀네스 전설의 원형 중 하나라는 점에는 의심의 여지가 없고, 자네도 내가 왜 이렇게 흥분하고 있는지 이해해 주리라고 믿네. 지난번에 그녀가 이곳에 왔을 때, 나는 왜 그렇게 슬픈 얼굴을 하고 있느냐고 물어 볼 기회가 있었네. 길을 잃어서 어찌할 바를 모르기 때문이라고 대답하더군. 숨 쉬는 골짜기도, 죽은 아버지의 반짝이는 바위도 찾지 못했기 때문이라네. 이것은 위의 얘기와 완전히 같은 얘기야. 나는 알아. 그걸 느낄 수 있어! 우리는 또다시 그녀를 불러내야 하네. 다시 한 번 〈돌 폭포〉 너머로 가는 거야. 그래서 자네 도움이 필요하네.

이 전쟁은 도대체 언제, 어디서 끝나는 것일까? 큰아이에게는 곧 소집 영장이 올 거고, 스티븐도 얼마 후에는 그 뒤를 따르겠지. 그러면 나는 좀 더 자유롭게 숲을 탐험하고, 그녀에 대해 조사할 수 있을 거야.

에드워드, 부탁이니 빨리 와주게.

경구(敬具)
조지 헉슬리
1941년 12월

제1부
미사고의 숲

1

 나는 1944년 5월에 소집 영장을 받았고, 마지못해 전쟁터로 갔다. 일단 잉글랜드 북서부의 호수 지방에서 훈련을 받았고, 제7보병 연대에 배속된 다음, 선편(船便)으로 프랑스에 도착했다.
 출발하기 전날 밤, 아들인 내가 전쟁에서 어떻게 되든 전혀 개의치 않는다는 듯한 아버지의 태도에 분개한 나머지, 나는 그가 잠든 후 서재로 숨어들어 가서 책상 위에 놓여 있던 노트에서 종이 한 쪽을 찢어 냈다. 그것은 그의 은밀하고 강박적인 연구 결과가 기록된 일기장이었다. 내가 찢어 낸 부분에는 단지 〈1934년 8월〉이라고만 씌어 있었다. 그 글을 몇 번이나 되풀이해 읽으며 나는 그 불가해한 내용에 낙담했지만, 적어도 아버지의 인생에서 조그만 부분을 훔쳐 왔다는 사실에 만족감을 느꼈고, 이것이 고통과 고독으로 점철된 나날에도 위안거리가 되어 주기를 바랐다.
 글은 자신의 생활 리듬을 깨는 여러 일들에 대해, 그가 느끼고 있는 불만으로 시작되고 있었다 — 우리 가족이 사는 떡갈나무 산장을 유지하고, 두 아들을 키워야 한다는 데서 오는 압박감, 아내인 제니퍼와의 관계 악화 따위였다(그 당시 어머니는 이미 중병에 걸려 있었던 걸로 기억한다.) 그리고 마지막 구절은, 너무나

지리멸렬했던 탓에 지금도 뚜렷하게 내 기억에 각인되어 있다.

왓킨스에게서 편지를 받음 — 1년 중 어느 시기가 되면, 삼림 지대를 에워싼 오라*aura*가 우리 집까지 도달한다는 나의 의견에 그는 동의하고 있다. 이것이 시사하는 바에 관해 숙고할 필요가 있다. 그는 내가 측정한 떡갈나무 와륨의 힘을 꼭 알고 싶어 한다. 무슨 얘기를 해줘야 할까? 최초의 미사고에 관해서는 얘기할 필요가 없다. 프리(pre, 前) 미사고 영역의 숙성도 점점 더 강해지고 있지만, 이것과 동시에 나 자신의 시간 감각도 현저한 퇴화를 보이고 있다.

나는 여러 가지 이유에서 이 종잇장을 소중하게 보관했지만, 그중 가장 큰 이유는, 이것이 아버지가 열정적으로 추구했던 일을 단편적으로나마 상징하고 있었기 때문일 것이다 — 그렇다고는 해도, 이 글은 내 이해력 밖에 있었다. 그가 나를 집 밖으로 몰아냈던 것처럼, 아버지가 사랑했고, 내가 증오했던 모든 것들처럼.

1945년 초에 나는 부상을 당했고, 전쟁이 끝난 후에는 그대로 프랑스에 눌러앉았다. 나는 요양을 하기 위해 남부로 갔고, 마르세유 배후의 구릉 지대에 있는 어느 마을에서 아버지의 옛 친구들과 함께 지냈다. 기후는 덥고 건조했다. 극히 조용하고 유유자적한 장소였다. 나는 마을 광장에서 하릴없이 시간을 보냈고, 금세 이 조그만 공동체의 일원이 되었다.

전쟁이 끝난 후 떡갈나무 산장으로 돌아간 형 크리스찬은 1946년이라는 긴 기간에 걸쳐 매달 꼬박꼬박 편지를 보내 왔다. 온갖 잡다한 소식이 담긴 허물없는 편지였지만, 점점 긴장이 높아지고 있다는 사실을 행간에서 읽을 수 있었다. 크리스찬과 아버지의 관계가 급속하게 악화되고 있다는 사실은 명백했다. 아버지는 내게 아무런 연락도 하지 않았는데, 이쪽에서도 애당초 그런 기대 따위는 하고 있지도 않았다. 아무리 좋게 얘기하더라도, 아버지는 내게 전혀 관심이 없다는 사실을 이미 오래전에 받아들이고 있었기 때문이다. 그에게 가족이란 모두 자기 일을 방해하는 존재였으며, 가족을 저버렸다는 죄악감, 특히 우리 어머니를 자살로 몰아갔다는 가책은, 전쟁 초기가 되자 히스테릭한 광기로 변해 가면서 우리를 두려움에 떨게 만들었다. 그렇다고 해서 그가 언제나 고함을 지르고 있었다는 얘기는 아니다. 실은 그 정반대였다. 그는 거의 침묵 속에서 생활했고, 우리 집과 맞닿아 있는 떡갈나무 숲에 관한 묵상에 몰두하고 있었던 것이다. 스스로 가족을 멀리하는 그의 태도에 나는 처음에는 분노를 느꼈지만, 곧 이런 오랜 침묵의 기간은 정말 고맙고 환영할 만한 것으로 바뀌었다.

1946년 11월, 아버지는 오랫동안 앓던 지병으로 세상을 떠났다. 이 소식을 접했을 때 나는 헤리퍼드셔의 라이호프 사유지 가장자리에 서 있는 떡갈나무 산장으로 되돌아가고 싶지 않다는 마음과, 형인 크리스찬이 겪고 있을 것이 뻔한 고뇌를 걱정하는 마음 사이에서 갈등했다. 이제 그는 우리가 함께 어린 시절을 보낸 집에서 혼자 살고 있었다. 텅 빈 집 안을 넋을 잃고 돌아다니는 그의 모습을 상상하기는 어렵지 않았다. 어둡고 음습한 아버지의 서재에 틀어박혀서, 거부의 나날을 고독하게 반추하고 있는 형의 모습. 일주일 동안이나 깊은 숲속을 돌아다니다가 집으로 돌아온 아버지가, 유리 패널이 박힌 현관문을 열고 터벅터벅 걸어 들어왔을 때 풍겼던 나무와 부엽토(腐葉土)의 냄새. 숲이 집 안으로까지 침입해 온 듯한 느낌이었다. 자기 가족에게 형식적인 인사를 건넸을 때조차, 빽빽하게 들어찬 관목(灌木)과, 떡갈나무 숲에 있는 축축한 공터로부터 한시라도 떨어지고 싶지 않다는 기색이 역력했다. 형식적인 대화조차 그 자신이 유일하게 알고 있는 방법을 통해서만 가능했다. 집 밖에 펼쳐진 고색창연한 숲, 떡갈나무와 물푸레나무와 너도밤나무 따위로 이루어진 원시림 얘기를 우리에게 — 주로 형에게 — 해주는 것이 아버지 특유의 인사법이었다. 어두운 숲속으로 가면 멧돼지들이 아직도 서식하고 있으며, 그것들이 돌아다니는 소리를 듣고, 그 냄새를 맡고, 그 자귀를 짚을 수도 있다는 얘기를 한번 들은 기억이 있다.

아버지가 정말로 그런 짐승들을 목격했는지는 심히 의심스럽지만, 저녁 무렵 내 방에 앉아(크리스찬 형의 편지를 손에 구겨쥔 채로) 구릉 지대의 조그만 마을을 내려다보고 있었을 때, 어린 시절의 경험이 생생하게 뇌리에 되살아나는 것을 느꼈다. 숲에 사는 들짐승이 낮게 으르렁거리는 소리, 숲의 심장부를 향해 나선형을 그리고 있는, 우리들이 〈깊은 오솔길〉이라고 부르던 구불구불한 길을 따라, 뭔가 커다란 몸집을 한 것이 천천히 나무를 헤치고 숲속으로 들어가는 육중한 발소리.

집으로 돌아가야 한다는 사실을 알고 있었음에도 불구하고, 나는 그로부터 1년 가까이 귀향을 늦추고 있었다. 크리스찬의 편지가 뚝 끊긴 것은 이 시기의 일이었다. 4월 10일자로 되어 있는 마지막 편지에서 그는 귀네스와, 그녀와의 기묘한 결혼 생활에 관해 쓰고 있었고, 내가 그 사랑스러운 여자를 만난다면 깜짝 놀랄 것이라고 암시하고 있었다. 〈감정, 마음, 영혼, 이성, 요리하는 능력, 기타 모든 것을 그녀에게 완전히 빼앗겨 버렸어, 스티브〉라고 말이다. 물론 나는 그에게 축하 편지를 보냈지만, 그 이후로는 몇 달 동안이나 아무런 소식도 없었다.

마침내 나는 집에 가겠다는 편지를 보냈다. 몇 주쯤 떡갈나무 산장에 머물다가, 인근 읍내에서 살 집을 찾아보겠다는 내용이었다. 나는 프랑스와 내 인생의 일부가 되어 버렸던 작은 마을에 이별을 고한 다음, 버스와 기차와 연락선을 이어 타고 영국으로 건너갔고, 다시 기차를 탔다. 8월 20일에 나는 2륜 경마차를 얻어 타고 광대한 농장 가장자리를 지나가는 폐선로에 도달했다. 떡갈나무 산장은 우회로를 지나 사유지 너머로 4마일 더 들어간 곳에 있었지만, 농장의 경작지 및 숲을 가로지르는 선로 용지를 통해서도 갈 수 있었다. 나는 중간 루트를 택하기로 결심했고, 짐을 잔뜩 채워 넣은 슈트케이스를 질질 끌면서 잡초로 뒤덮인 선로를 따라 걷기 시작했다. 이따금 나는 농장의 경계선을 표시하고 있는 높은 빨간 벽돌벽 너머로 흘끗 시선을 보냈고, 톡 쏘는 향기로 가득 찬 어둑어둑한 침엽수림 안을 응시하곤 했다.

이윽고 숲도 벽도 사라졌고, 빽빽이 자란 나무로 둘러싸인 들판이 눈앞에 펼쳐졌다. 나는 찔레나무와 열매를 잔뜩 맺은 검은 딸기의 덤불에 거의 묻혀 있다시피 한 나무 판잣길을 지나 경작지에 발을 들여놓았다. 일단은 덤불을 짓밟고 이 공유지(公有地)를 빠져나와서, 구불구불한 남쪽 흙길을 따라 조그만 숲과 〈스티클브룩〉이라고 불리는 작은 개울을 우회해서 가면, 담쟁이덩굴에 뒤덮인 집이 나온다. 우리 집이다.

멀리 떡갈나무 산장이 보이기 시작했을 때는 해는 이미 중천에 올라 있었다. 무더운 날씨였다. 어딘가 왼쪽에서 트랙터가 웅웅거리는 소리가 들려왔다. 그러자 농장 지배인인 알폰스 제프리 생각이 났다. 볕에 그을린 그의 웃는 얼굴이 뇌리를 스치며, 물레방아가 있는 저수지와, 그의 조그만 보트를 저어 창꼬치를 낚으러 갔던 일이 생각났다.

고즈넉한 이 저수지의 기억은 머릿속에서 사라지지 않았다. 나는 남쪽 길을 벗어나 허리까지 올라오는 쐐기풀과 물푸레나무와 산사나무 덤불을 헤치고 나아갔고, 곧 폭이 넓고 어둑어둑한 연못 가장자리로 나왔다. 넓은 수면 위로는 연못 건너편부터 시작되는 울창한 떡갈나무 숲의 그림자가 드리워져 있다. 내가 서 있는 쪽의 연못가에는, 크리스와 내가 옛날 낚싯배로 썼던 보트가 무성하게 자란 골풀에 반쯤 뒤덮인 채로 떠 있었다. 흰색 페인트는 이제 거의 벗겨져서 보이지 않았다. 아직 물이 새는 기색은 없었지만, 다 큰 어른의 무게를 견뎌 낼 수 있을 것 같지는 않았다. 나는 보트를 건드리는 대신 연못 둑을 빙 돌아갔고, 다 무너져 가는 보트 격납고의 거친 시멘트 계단 위에 앉았다. 수면 위를 휙휙 돌아다니는 소금쟁이와, 그 바로 밑을 이따금 가로지르는 물고기가 남기는 파문(波紋)을 바라본다.

「나뭇가지와 줄이 조금 있으면…… 그걸로 충분하지.」

느닷없이 들려온 크리스찬의 목소리에 나는 깜짝 놀랐다. 밟아 다져진 흙길을 통해 산장에서 걸어온 듯했다. 보트 격납고가 내 시야를 가로막고 있었던 것이다. 너무 기쁜 나머지 나는 벌떡 일어나 그를 향해 몸을 돌렸다. 그러나 너무나도 변해 버린 그의 모습을 본 나는 망치로 얻어맞은 듯한 충격을 느꼈고, 이런 나의 감정을 그도 알아차렸던 것 같다. 그러나 나는 애정 어린 태도로 그를 꽉 껴안았다.

「다시 여기에 와보고 싶었어.」 나는 말했다.

「무슨 뜻인지 알아.」 포옹을 풀며 그는 대꾸했다. 「나도 자주 이곳에 오곤 하지.」 잠시 어색한 침묵이 흐르며, 우리는 서로를 바라보고 있었다. 나는 그가 나를 반기고 있지 않다는 사실을 직감했다. 「볕에 그을렸구나.」 그가 말했다. 「그런데도 얼굴은 야위어 있어. 건강하게 보이면서도 몸 상태는 별로인 것 같군…….」

「지중해의 태양과, 포도 따기, 그리고 포탄 파편 탓이야. 아직 1백 퍼센트 다 낫지는 않았어.」 나는 웃었다. 「하지만 다시 집에 돌아오길 잘했어. 형도 다시 만났고.」

「응.」 그는 멍한 말투로 대꾸했다. 「돌아와 줘서 반가워, 스티브. 정말 기뻐. 실은 집 안이…… 좀 어질러져 있어. 어제서야 비로소 네 편지를 받았기 때문에 치울 시간도 없었어. 가서 보면 옛날에 비해 상당히 변해 있을 거야.」

가장 변해 버린 것은 바로 그였다. 눈앞에 있는 사람이 1942년에 자기 소속 부대와 함께 영국을 떠났던 그 기운차고 쾌활한 청년이라고는 도저히 믿어지지 않았다. 놀랄 만큼 폭삭 늙어 있었다. 머리는 반쯤 세어 있었고, 뒤통수와 옆 머리카락을 제멋대로 자라도록 내버려 둔 탓에 새치가 한층 더 눈에 띄었다. 보면 볼수록 아버지를 빼닮았다. 아버지가 그랬던 것처럼, 먼 곳을 바라보고 있는 듯한 산만한 시선, 홀쭉해진 뺨과 깊게 파인 얼굴의 주름. 그러나 가장 충격적이었던 것은 전체적인 인상이었다. 예전에는 근육질의 단단한 몸집을 한 청년이었지만, 지금은 마치 허수아비처럼 볼품없이 말라 있었고, 계속 안절부절못하고 있었다. 쉴 새 없이 여기저기를 쳐다보고 있었지만, 나를 똑바로 바라보지를 못했다. 게다가 그는 냄새를 풍겼다. 좀약 냄새였다. 빳빳한 흰색 셔츠와 잿빛 플란넬 바지를 입고 있었지만, 아까 막 장롱에서 꺼내 오기라도 한 것일까. 그리고 나프탈렌 말고도 다른 냄새가 났다……. 숲과 풀의 희미한 냄새. 그의 손톱과 머리카락에는 흙이 묻어 있었고, 이는 누렇게 변색되어 있었다.

시간이 지남에 따라 그는 조금 긴장을 늦추는 것처럼 보였다. 나를 치는 시늉을 했고, 조금 웃다가, 연못 주위를 돌아다니며 작대기로 골풀을 치거나 했다. 별로 안 좋은 시기에 집으로 돌아왔다는 느낌을 나는 떨칠 수가 없었다.

「아버지 일은…… 힘들었어? 돌아가셨을 때 말이야.」

그는 고개를 가로저었다. 「마지막 2주 동안은 간호부가 와 있었어. 편안하게 돌아가셨다고는 할 수 없지만, 간호부는 아버지가 자해(自害) 행위를 하거나, 혹은 내게 해를 끼치려는 걸 막아 줬어.」

「그렇지 않아도 물어 보려고 했어. 형은 편지에서 아버지하고의 관계가 험악해졌다고 했지.」

크리스챤은 암울한 미소를 지었고, 수긍과 의구심이 뒤섞인 듯한 기묘한 표정으로 나를 흘끗 보았다. 「전쟁이라는 표현이 더 걸맞아. 내가 프랑스에서 돌아온 지 얼마 되지 않아서, 완전히 미쳐 버렸지. 직접 그걸 봤어야 했어, 스티브. 아버지를 봤어야 했다고. 몇 달 동안이나 몸을 씻지 않았던 것 같았어. 도대체 뭘 먹고 지냈는지도 의심스럽더군……. 적어도 달걀이나 고기 같은 단순한 음식이었던 것 같진 않아. 솔직히 말해서, 몇 달 동안은 나무하고 잎사귀 따위만 먹고 살았던 것 같아. 실로 비참한 상황이었지. 내가 자기 일을 돕는 걸 막지는 않았지만, 곧 나를 귀찮아하고 미워하게 된 것 같아. 몇 번은 나를 죽이려고까지 했어, 스티브. 농담이 아냐. 필사적으로 내 목숨을 노렸던 거야. 아마 나름대로 그럴 만한 이유가 있었겠지만…….」

크리스찬이 하는 얘기를 듣고 나는 아연실색했다. 언제나 쌀쌀맞고, 불만에 차 있던 아버지가, 노호(怒號)하며 크리스찬을 주먹으로 때리는 인물로 바뀌다니.

「그래도 아버지는 나보다 형을 더 귀여워했다고 생각했는데. 언제나 숲 얘기를 해주곤 했잖아. 나도 옆에서 듣고 있었지만, 그때마다 아버지 무릎 위에 앉아 있던 사람은 언제나 형이었어. 그런 아버지가 왜 형을 죽이려고 했다는 거지?」

「너무 깊이 관여했던 거야.」 크리스찬에게서 돌아온 대답은 이것이 전부였다. 그는 무엇인가를, 무엇인가 중대한 일을 감추고 있다. 그의 말투와, 찌무룩하고 거의 분개하고 있는 듯한 표정에서 그것을 느낄 수 있었다. 여기서 더 찔러 보는 것이 나을까, 아니면 그만두는 편이 좋을까? 마음을 정하기가 힘들었다. 형이 이렇게까지 남남처럼 느껴진 것은 난생 처음이었다. 혹시 그의 이런 행동이 그가 결혼했다는 귀네스라는 여자에게 어떤 식으로든 영향을 끼치고 있지는 않은지 궁금했다. 그녀가 온 다음부터 떡갈나무 산장의 분위기는 어떻게 변해 있을까.

나는 주저하다가 그녀 얘기를 꺼냈다.

크리스찬은 연못 기슭에 자라 있는 골풀을 화난 듯이 두들겼다. 「귀네스는 갔어.」 그는 단지 이렇게 말했을 뿐이었다. 나는 깜짝 놀라 발을 멈췄다.
「그게 무슨 뜻이지, 크리스? 어딜 갔단 말이야?」
「그냥 가버린 거야, 스티브.」 궁지에 몰린 그는 내뱉듯이 잘라 말했다. 「그녀는 아버지의 여자였어. 그리고 그녀는 갔어. 단지 그랬을 뿐이야.」
「무슨 뜻인지 알 수가 없군. 도대체 어디로 갔단 말이지? 편지에서는 너무나도 행복하다고 했으면서……」
「그녀 얘기는 쓰지 말았어야 했어. 그건 내 실수였어. 이제 그만 하지 않겠어?」
 이렇게 격앙된 감정을 목격한 나는 크리스찬에 대해 한층 더 깊은 우려를 느꼈다. 아무리 생각해 보아도 어딘가 심상치 않은 구석이 있었다. 이런 참담한 변모가, 귀네스가 집을 나갔다는 사실과 깊은 관련이 있다는 점은 명백했다. 그러나 그것 말고도 뭔가 또 있는 듯한 눈치였다. 그러나 그가 입을 열지 않는다면, 그의 마음을 알아낼 방도는 없다. 결국 내 입에서는 이런 말밖에는 나오지 않았다. 「미안해.」
「미안해 할 필요는 없어.」
 우리는 다시 걷기 시작했고, 숲 바로 앞까지 갔다. 여기서부터는 늪처럼 질퍽거리는 위험한 지면이 몇 야드쯤 계속되다가, 돌과 나무뿌리와 썩은 나뭇가지투성이의 눅눅한 숲으로 이어진다. 잎이 무성한 나무들이 햇살을 가리고 있는 탓에 이 부근에 오면 서늘했다. 무성하게 자라 있는 골풀이 산들바람에 날려 살랑거린다. 나는 계류(繫留)된 채로 조금 흔들리고 있는 보트를 바라보았다.
 크리스찬은 내 시선이 머문 곳을 바라보고 있었지만, 보트나 연못을 보고 있지는 않았다. 그는 넋이 나간 얼굴로 자기 자신만의 생각에 침잠하고 있었다. 이토록 추레하게 몰락해 버린 형의 용모와 거동을 보며 나는 가슴이 찢어질 듯한 비애를 맛보았다. 형의 팔을 잡고, 꽉 껴안고 싶다는 강렬한 충동을 느꼈지만, 한편으로는 그러기를 두려워하고 있는 나 자신이 미웠다.

나는 조용하게 물었다. 「도대체 형한테 무슨 일이 일어난 거지? 어디 아파?」

그는 잠시 침묵하다가, 입을 열었다. 「아픈 게 아냐.」 이러고는 옆에 자라 있는 둥근 민들레 씨앗을 힘껏 때렸다. 씨앗은 뿔뿔이 흩어진 후 바람에 실려 날아갔다. 그는 나를 돌아다보았다. 뭔가에 씐 듯한 그의 얼굴에는 체념한 듯한 빛이 서려 있었다. 「변화가 좀 있었을 뿐이야. 난 아버지의 일을 이어받았어. 아마 그의 은둔자 기질이 나한테도 옮아온 건지도 모르겠군. 세상사에 초연한 듯한 그 태도가 말이야.」

「그게 사실이라면 당분간 그 일을 중지하는 편이 나을지도 몰라.」

「왜?」

「왜냐하면 아버지는 떡갈나무 숲에 강박적으로 집착한 끝에 죽었기 때문이야. 그리고 지금 형 상태를 보니, 아버지와 같은 길을 가고 있는 것 같군.」

크리스찬은 엷게 웃음 짓고는 들고 있던 작대기를 연못에 던져 넣었다. 작게 풍덩하는 소리가 들렸다가, 작대기는 거품이 이는 녹조(綠藻) 위로 둥둥 떠올랐다. 「아버지가 성취하려고 하다가…… 실패한 일을 성공시킬 수만 있다면, 아마 죽어도 아깝지 않을 거야.」

크리스찬의 이 과장된 표현이 무엇을 암시하고 있는지는 알 수 없었다. 아버지가 그토록 집착했던 일이란 숲의 지도를 제작하고, 오래된 거주지의 흔적을 발견하는 일이었다. 아버지는 자기 자신만의 특수한 용어들을 고안함으로써, 내가 그의 작업을 깊이 이해하는 일을 실질적으로 차단했던 것이다. 나는 크리스찬에게 이 얘기를 했고, 이렇게 덧붙였다. 「물론 그것들 모두 매우 흥미롭기야 하지. 하지만 목숨을 걸 만큼 흥미로운 일은 아니야.」

「아버지가 했던 일은 그것뿐이 아냐. 단순한 지도 제작을 훨씬 뛰어넘는 일이었어. 너도 그 지도들이 기억 나지, 스티브? 놀랄 정도로 세밀한…….」

　선명하게 기억하고 있다. 그 중 가장 큰 지도에는 빽빽이 자란 수목과 노출된 암반 사이를 지나가는 흙길과, 걷기 쉬운 루트 따위가 주의 깊게 표시되어 있었고, 숲속의 여러 공터의 위치가 강박적일 정도로 정밀하게 기입되어 있었다. 이들 공터에는 일일이 번호가 매겨져 있었고, 숲 전체는 몇 개의 영역으로 분할되어 고유한 명칭을 부여받고 있었다. 숲 가장자리에 가까운 그런 공터에서 우리도 야영을 한 적이 있었다. 「형하고 나하고 숲 깊숙이 들어가 보려고 몇 번이나 탐험을 해봤던 거 기억 나? 그렇지만, 조금 들어가다 보면 언제나 막다른 길이 나올 뿐이었고, 결국 우린 언제나 길을 잃고 헤매곤 했지. 두려움에 질린 얼굴로 말이야.」

　「그랬었지.」 크리스찬은 나직하게 대꾸했고, 기묘한 표정으로 나를 쳐다보며 이렇게 덧붙였다. 「만약 숲이 우리가 들어오는 것을 막았다고 한다면? 넌 내 말을 믿겠어?」

　나무와 덤불이 울창한 어둠 속을 들여다보자, 햇살을 받고 있는 공터 하나가 눈에 띄었다. 「어떤 의미에서는 사실이겠지.」 나는 말했다. 「숲은 우리를 두렵게 함으로써 우리가 깊숙이 침입해 오는 걸 막았어. 길 자체가 몇 개 안 되고, 돌멩이와 찔레 덤불 따위로 뒤덮여 있는 탓에…… 걷기가 아주 힘들었으니까 말이야. 그런 뜻으로 한 소리지? 아니면 뭔가 더 불길한 의미가 있는 거야?」

　「불길하다는 건 별로 어울리는 단어가 아냐.」 크리스찬은 이렇게 대꾸했지만, 그대로 입을 다물었다. 그는 손을 뻗어 작고 어린 떡갈나무에서 잎을 하나 떼어 냈고, 엄지와 검지로 문지르다가 손아귀에 넣고 부스러뜨렸다. 그동안 그는 줄곧 숲 안쪽을 응시하고 있었다. 「이건 떡갈나무의 1차림(一次林)이야, 스티브. 이 나라 전체가 낙엽수림으로 뒤덮여 있던 시대부터 줄곧. 떡갈나무, 물푸레나무, 딱총나무, 마가목나무, 산사나무…….」

「기타 등등.」 나는 미소 지으며 말했다. 「아버지가 우리들에게 일일이 나무 이름을 가르쳐 주던 걸 기억하고 있어.」

「맞아, 그랬었지. 그리고 이곳에서 그림리 너머까지, 이런 숲이 3평방 마일 넘게 계속되고 있어. 빙하기 이래 사람의 손이 닿지 않은 숲이 3평방 마일이나 남아 있는 거야.」 그는 입을 다물고 날카로운 눈초리로 나를 쳐다보다가, 이렇게 말했다. 「변화에 저항하는 숲이.」

나는 말했다. 「아버지는 저곳에 멧돼지들이 아직도 서식하고 있다고 믿고 있었어. 어느 날 밤 난 뭔가 이상한 소리를 들은 적이 있었지. 그러자 아버지는 커다란 숫멧돼지가 우는 소리라고 했어. 숲 가장자리를 돌며 암컷을 찾고 있는 거라고 하더군.」

크리스찬은 앞장서서 보트 격납고 쪽으로 되돌아가기 시작했다. 「아마 아버지 말이 옳았겠지. 만약 멧돼지들이 중세 이후에도 어딘가에서 살아남았다면, 이 숲이야말로 바로 그런 장소일 테니까.」

10여 년 전에 일어났던 그런 일들에 대해 마음의 문을 열자, 추억이, 어린 시절의 이미지들이 조금씩 되살아나기 시작했다 ─ 가시덤불에 긁힌 피부 위로 뜨겁게 내리쪼이는 햇살, 물레방아 연못으로 낚시를 하러 갔던 일, 나무 위의 야영지, 놀이, 탐험…… 그러자마자 〈트위글링〉 생각이 떠올랐다.

산장으로 통하는 잘 다져진 흙길로 되돌아가면서, 우리는 당시 우리가 목격했던 것에 관해 얘기했다. 스티클브룩으로 낚시를 하러 가던 우리는, 물레방아 연못에서 손수 만든 낚싯대를 먼저 시험해 보려고 결심했다. 혹시 그곳에 살고 있는 육식성 물고기를 낚을 수 있지도 않을까 하는 헛된 희망을 품고. 둘이서 연못가에서 쭈그리고 앉아 있었을 때(알폰스가 함께 가주지 않는다면 보트를 타고 연못으로 들어갈 용기는 없었다) 연못 건너편에 자라 있는 나무들 사이에서 뭔가 움직이는 것이 눈에 들어왔다. 우리는 잠시 넋을 잃고 그 황당무계한 환영을 바라보고만 있었다. 두려움에 얼어붙은 탓이기도 했다. 그곳에 서서 우리를 쳐다보고 있던 인물은 갈색 가죽옷을 입은 사내였다. 허리에는 폭이 넓은 반짝이는 벨트를 두르고, 뾰족한 오렌지색 턱수염은 가슴까지 내려와 있었다. 머리에 두른 가죽 띠에는 잔가지*twig*가 여러 개 꽂혀 있었다. 그는 흘끗 우리를 보고는, 어둠 속으로 모습을 감췄다. 그때는 아무 소리도 들려오지 않았다. 다가오는 발소리도, 떠나가는 발소리도.

헐레벌떡 집으로 도망쳐 온 후에야 우리는 진정이 되었다. 크리스찬은 결국 알폰스 할아범이 우리를 놀래 주려고 장난을 친 것이라고 우겼다. 그러나 내가 아버지에게 우리가 목격한 것에 관해 얘기하자 그는 버럭 화를 내는 것처럼 보였다(그러나 크리스찬 말에 따르면 아버지는 단지 그 사실에 흥분했을 뿐이고, 버럭 소리를 지른 것도 그 때문이며, 우리의 출입이 금지되어 있던 연못에 간 탓은 아니라고 했다). 그 환영에 〈트위글링〉이라는 이름을 붙인 것은 아버지였다. 우리한테서 그 얘기를 들은 후 그는 숲으로 들어가서 거의 2주 가까이 돌아오지 않았다.

「아버지가 부상을 입고 돌아온 건 바로 그때였어. 생각나?」 크리스찬이 말했다. 우리는 떡갈나무 산장의 부지에 도달해 있었고, 크리스찬은 나를 위해 울타리의 문을 열어 주었다.

「화살에 맞은 상처였지. 집시 화살. 정말 일진이 사나운 날이었어.」

「그날은 시작에 불과했어.」

나는 집의 외벽을 뒤덮고 있던 담쟁이덩굴이 거의 사라져 있다는 사실을 깨달았다. 집은 이제는 잿빛 건물로 변해 있었다. 거무스름한 벽돌 벽에 커튼도 달려 있지 않은 조그만 창문들이 나 있었다. 높다란 굴뚝이 세 개 솟아 있는 슬레이트 지붕은 거대한 너도밤나무 고목(古木)의 가지에 반쯤 가려져 있었다. 마당과 정원은 손질이 안 된 채로 방치되어 있었고, 텅 빈 닭장과 가축용 헛간은 당장이라도 쓰러질 듯했다. 크리스찬은 정말 손을 놓고 있었던 듯했다. 그러나 현관 문지방을 넘어 집 안에 들어서자마자 옛날과 전혀 변하지 않은 광경이 나를 맞이했다. 오래된 음식과 세제 냄새가 공기 중에서 떠돌고 있었고, 주방의 거대한 송재 테이블 앞에서 일하고 있는 어머니의 여윈 모습과, 고양이들이 그녀 발치의 빨간 타일 바닥에 길게 드러누워 있는 광경이 생생하게 되살아났다.

크리스찬은 또다시 긴장한 기색이었고, 예의 안절부절못하는 불안한 표정으로 나를 바라보고 있었다. 내가 이렇게 집으로 돌아왔다는 사실에 기뻐해야 할지, 아니면 화를 내야 할지 마음을 정하지 못하고 있는 것이리라. 한순간 나는 침입자가 된 듯한 착각에 사로잡혔다. 마침내 그는 입을 열었다. 「짐을 풀고 좀 씻지 그래. 옛날 방을 그대로 쓰면 될 거야. 공기가 좀 안 좋지만, 곧 통풍이 될 거야. 그런 다음 아래로 내려와서 늦은 점심을 먹자고. 서로 얘기를 나눌 시간은 무진장하게 많아, 식후의 홍차를 마실 때까지의 얘기긴 하지만.」 그는 이렇게 말하며 미소 지었고, 나는 그가 어떻게든 농담을 해보려 했다는 인상을 받았다. 그러나 그는 곧 차가운 눈초리로 뚫어지게 나를 쳐다보며 이렇게 말했다. 「만약 네가 한동안 집에 머무를 작정이라면, 이곳에서 무슨 일이 일어나는지 알 필요가 있으니까 말이야. 난 네가 간섭하는 걸 원하지 않아, 스티브. 내가 하는 일에 말이야.」

「난 형의 인생에 간섭할 생각은 없어 ─」

「정말? 두고 봐야겠지. 네가 여기 와 있는 탓에 내 신경이 곤두서 있다는 사실을 부정할 생각은 없어. 하지만 넌…….」 그는 말꼬리를 흐렸고, 한순간 거의 곤혹스러운 표정을 지었다. 「흐음, 어쨌든 나중에 얘기하기로 하지.」

2

 크리스찬이 해준 얘기에 강한 흥미를 느끼는 것과 동시에, 나를 경계하는 듯한 그의 태도가 마음에 걸렸지만, 나는 당장 물어보고 싶은 호기심을 억누르고 한 시간쯤 집 안팎을 빠짐없이 돌아다녀 보았다. 그러나 아버지의 서재 안에는 발을 들여놓지 않았다. 서재 생각만 해도, 크리스찬의 거동을 목격했을 때보다 더 심한 오한을 느꼈기 때문이다. 어질러지고 사람이 없다는 것만 제외하면 예전과 다를 바가 없었다. 크리스찬은 파출부를 고용하고 있었다. 그 여자는 근처 마을에서 매주 자전거를 타고 산장으로 와서, 사흘 동안 먹을 파이나 스튜를 만들어 놓고 갔다. 채소나 고기는 언제나 충분히 있었기 때문에 크리스찬은 배급 수첩을 쓸 필요를 거의 느끼지 못했다. 필요한 것이라면 무엇이든 손에 넣을 수 있었다. 설탕이나 차까지, 언제나 우리 가족을 친절하게 대해 줬던 라이호프 농장에서 손에 넣을 수 있었다.
 내가 옛날 쓰던 방은 거의 내가 기억하던 그대로였다. 나는 창문을 활짝 열어 놓았고, 침대에 누워서, 산장 바로 옆에 바짝 자라 있는 거대한 너도밤나무의 흔들리는 가지들 너머로, 늦여름의 흐릿한 하늘을 잠시 올려다보고 있었다. 10대가 되기 전에는, 몇 번인가 창문을 통해 이 나무 위로 올라가서, 잎이 무성한 나뭇가지 사이에서 밤을 보내곤 했다. 달빛 아래에서 속옷 차림으로 몸을 떨며, 나뭇가지 속의 은신처 안에서 몸을 웅크리고, 아래쪽 지면 위에서 준동하고 있는 밤 짐승들을 상상하곤 했다.

오후 늦게 삶은 돼지고기와 닭고기, 단단하게 삶은 달걀로 이루어진 진수성찬을 먹었다. 엄격한 배급 통제 하의 프랑스에서 2년을 보내면서, 다시는 볼 수 없으리라고 생각하고 있었던 풍성한 음식이었다. 물론 우리 두 사람이 며칠 먹을 식량을 한꺼번에 먹어 치운 탓인지도 모른다. 그러나 어차피 음식을 먹는 둥 마는 둥 했던 크리스찬은 전혀 개의치 않는 것 같았다.

점심을 먹은 후, 우리는 두어 시간 동안 얘기를 나눴다. 크리스찬은 상당히 긴장을 푼 듯했지만, 귀네스나 아버지에 관해서는 결코 언급하지 않았고, 나도 굳이 그것을 화제에 올리지는 않았다.

우리는 조부모의 것이었던 불편한 팔걸이의자에 앉았다. 우리 가족의 빛 바랜 기념물에 둘러싸인 채로…… 여러 장의 사진, 요란한 소리를 내는 로즈우드 제의 괘종시계. 오싹할 만큼 서투른 솜씨로 이국적인 스페인의 정경을 표현한 그림은 모두 가늘게 금이 간 금빛 나무 액자에 들어 있었고, 이것들 모두가 내가 태어나기 전부터 거실 벽을 장식하고 있었던 꽃무늬 벽지에 걸려 있었다. 그러나 이곳은 나의 집이고, 크리스찬의 집이며, 이 냄새, 빛 바랜 주위의 물건들 모두가 우리 집의 일부인 것이다. 집에 도착한 지 두 시간도 채 안 되어서 나는 이곳에 머물겠다는 결심을 굳혔다. 내가 여기 속해 있기 때문이 아니라(물론 그것도 뚜렷하게 느꼈지만) 이 장소가 내 것이었기 때문이다 — 이것은 내가 이곳을 자산으로서 소유하고 있다는 뜻이 아니라, 내가 이 집과 집 부근의 땅과 함께 살아왔다는 뜻이다. 우리는 동일한 진화 과정의 일부였다. 프랑스 남쪽의 먼 마을에서 살고 있었을 때조차도 이러한 진화의 끈은 끊기지 않았다. 단지 그곳까지 길게 늘어나 있었을 뿐이다.

 육중한 괘종시계가 웅웅거리고, 철컥거리며 5시 종을 힘겹게 치기 시작했을 때, 크리스찬은 갑자기 의자에서 일어나더니 반쯤 피운 담배를 빈 벽난로의 살대 안으로 던져 넣었다.

 「서재로 가지.」 그가 이렇게 말하자 나는 잠자코 일어났고, 그의 뒤를 따라 아버지가 일하던 그 작은 방으로 갔다. 「넌 이 방이 무섭지, 안 그래?」 그는 문을 열고 방 안으로 걸어 들어갔고, 무거운 떡갈나무 책상으로 가서 서랍을 열고 가죽 장정이 된 커다란 책을 하나 꺼냈다.

 나는 문 밖에서 우물쭈물하며 크리스찬을 쳐다보고 있었다. 거의 발이 떨어지려고 하지를 않았다. 그가 들고 있는 책이 아버지의 일기장이라는 사실을 한눈에 알 수 있었다. 나는 뒷주머니에 손을 댔고, 호주머니 속의 얇은 가죽 지갑 안에 숨겨진 저 일기장의 단편(斷片)에 관해 생각했다. 아버지나 크리스찬은 일기장에서 한 장이 뜯겨 나가고 없다는 사실을 깨달았을까. 크리스찬은 흥분에 반짝이는 눈으로 나를 바라보며, 떨리는 손으로 책상 위에 책을 내려놓았다.

 「아버지는 죽었어, 스티브. 이 방에서도, 이 집에서도 더 이상 찾아볼 수 없어. 이제는 그를 두려워할 필요는 없어.」

 「그럴까?」

 그러나 갑자기 기력이 되살아나면서 나는 문지방을 넘었다. 곰팡내를 풍기는 방에 들어서자마자, 냉기와, 벽과 카펫과 창문에 들러붙어 있는 삭막하고 섬뜩한 분위기에 압도당한 나머지 온몸의 힘이 빠졌다. 가죽과 먼지 냄새와 함께, 희미한 광택제 냄새가 풍겨 왔다. 크리스찬은 이 숨 막힐 듯한 방을 청소했다는 시늉을 하려고 했던 것일까. 그렇게 복잡한 방은 아니었다. 아버지가 가지고 싶었을지도 모를 서재는 아니었다. 동물학과 식물학, 역사, 고고학 등의 책이 많기는 했지만 희귀본은 아니었고, 단지 당시에 그가 가장 싼 가격에 입수할 수 있었던 염가판들에 불과했다. 하드커버보다 페이퍼백 쪽이 더 많은 것이다. 노트의 정교한 장정과, 깊은 광택을 품은 책상만이 주위의 초라한 일터와는 어울리지 않는 빅토리아 시대의 우아함을 풍기고 있었다.

책장과 책장 사이의 벽면에는 유리 액자에 든 여러 개의 표본이 진열되어 있었다. 나무 조각, 각종 잎사귀 컬렉션, 동물과 식물의 서투른 스케치 따위이다. 숲에 매료된 아버지가 처음 몇 년간에 걸쳐 수집한 것들이다. 그리고 책장과 선반 사이에 거의 묻히다시피 한 상태로, 15년 전에 아버지의 다리를 꿰뚫었던, 무늬가 새겨진 화살이 놓여 있었다. 살깃은 비틀려서 이제는 쓸모가 없었고, 부러진 화살대는 접착제로 붙여져 있었으며, 철제 화살촉은 갈색으로 부식되어 있었다. 그러나 이것이 치명적인 흉기라는 점에는 변함이 없었다.

잠시 이 화살을 바라보면서, 아버지가 겪었던 고통과, 그런 그를 부축해서 숲에서 집으로 데려오며 크리스찬과 내가 눈물을 흘렸던 기억이 새롭게 되살아났다. 그 차가웠던 가을날 오후에, 우리는 아버지가 죽을 것이라고 확신하고 있었다.

끝끝내 만족할 만한 설명을 듣지 못했던 그 기묘한 사건 이래, 우리의 생활은 돌변했다. 이 화살은 나로 하여금 옛 기억을, 아버지의 마음에 자식을 향한 애정이 조금이나마 남아 있었던 시절을 회상하게 했을지도 모르지만, 텅 빈 서재는 단지 냉기를 발산하고 있을 뿐이었다.

책상 위로 구부정하게 몸을 기울이고 무엇인가를 미친 듯이 갈겨쓰고 있는, 초로의 아버지의 모습이 아직도 눈에 선하다. 힘겹게 숨을 몰아쉬는 소리도 들린다. 마지막에 결국 그의 목숨을 앗아 갔던 폐병 탓이다. 그제야 내가 쳐다보고 있다는 사실을 깨달은 그는 숨을 훅 들이마시며 화난 얼굴을 했고, 신경질적인 동작으로 손을 흔들어 나를 쫓곤 했다. 그러는 시간조차도 아깝다는 듯이.

 지금 저기 서 있는 크리스찬은 당시의 아버지를 놀랄 정도로 빼닮았다. 헝클어진 머리카락을 한 병자 같은 모습으로 책상 뒤에 서서, 플란넬 바지의 호주머니에 양손을 찔러 놓은 채로, 어깨를 축 늘어뜨리고, 눈에 띌 정도로 온몸을 떨고 있으면서도, 추호의 의심도 없는 듯한 자신만만한 저 태도는 도대체 무엇인가.

 내가 이 방에 익숙해지는 동안, 그는 잠자코 기다리며 이 장소의 추억과 분위기를 되씹고 있는 나를 그대로 내버려두었다. 회상을 마친 내가 책상으로 다가가자, 그는 입을 열었다. 「이 노트를 꼭 읽어 봐, 스티브. 그러면 많은 일들이 명확해질 거고, 내가 지금 하는 일에 관해서도 좀 더 잘 이해할 수 있을 거야.」

 나는 노트를 내 쪽으로 돌려서 지렁이가 꿈틀거리는 듯한 난삽한 필적을 훑어보았고, 단어나 구절을 끄집어내며 단 몇 초 만에 아버지의 인생 전부를 훑어보았다. 전체적으로 말해서, 그가 남긴 글들은 내가 훔쳐 낸 부분과 마찬가지로 무의미하게 느껴졌다. 다시 그의 일기를 읽어 보면, 당시에 내가 느꼈던 분노, 위험, 그리고 공포의 기억이 되살아나곤 한다. 이 일기장에 기록된 생활은 1년 가깝게 전쟁터에 있었던 나를 지탱해 주었고, 그것이 씌어진 맥락과는 상관없이 강한 개인적인 의미를 지니게 되었던 것이다. 일기 전체를 통독한다면, 과거와의 강한 유대 관계가 끊어질지도 모른다는 두려움에 나는 주저했다.

 「반드시 읽을게, 크리스. 처음부터 끝까지. 약속하지. 하지만 지금은 아니야.」

 나는 책장을 닫았고, 땀으로 축축해진 양손이 떨리고 있다는 사실을 깨달았다. 나는 아직 아버지에게 그렇게 가까이 다가갈 마음의 준비가 되어 있지 않았다. 크리스찬은 이 사실을 깨달았고, 받아들였다.

그날 밤 우리들 사이의 대화는 그리 오래 지속되지 못했다. 나는 기진맥진해 있었고, 긴 여행의 피로가 한꺼번에 몰려왔기 때문이다. 크리스찬은 나와 함께 2층으로 왔고, 내가 시트를 걷으며 방 안을 돌아다니고, 과거에 내 인생의 일부였던 많은 것들을 반추해 보며 웃음을 터뜨리고, 고개를 설레설레 흔들며, 낡은 과거의 향수를 어떻게든 다시 불러일으키려고 노력하는 광경을 문간에 선 채로 바라보고 있었다. 「너도밤나무 위에서 야영했던 거 기억 나?」 나는 스러져 가는 석양빛에 비친 너도밤나무의 잿빛 가지와 잎사귀를 바라보며 물었다.

「응.」 크리스찬은 미소 띤 얼굴로 말했다. 「그래, 뚜렷하게 기억하고 있어.」

그러나 나는 이런 얘기를 꺼내는 것조차 힘이 들었다. 크리스찬은 그것을 눈치 채고 말했다. 「잘 자, 동생. 내일 아침에 보자.」

만약 내가 정말 잠을 잤다고 한다면, 베개를 베자마자 곯아떨어진 네댓 시간에 불과했다. 한밤중, 아마 새벽 한두 시경에 나는 퍼뜩 잠에서 깨어났다. 밤하늘은 칠흑 같았고, 상당히 강한 바람이 불고 있었다. 나는 침대에 누운 채로 창문 밖을 쳐다보았다. 왜 이렇게 몸이 가뿐하고 정신이 맑은지 의아했다. 아래층에서 누가 움직이는 기척이 났다. 크리스찬은 쉴 새 없이 집 안을 돌아다니며 뭔가를 정돈함으로써, 내가 집에 와 있다는 사실에 적응해 보려 하고 있는 것일까.

침대 시트에서는 나프탈렌과 오래된 솜 냄새가 났다. 내가 몸을 뒤척이자 침대에서 금속이 삐걱거리는 소리가 났고, 가만히 있자 이번에는 방 전체가 삐걱거리며 흔들렸다. 마치 몇 년 만에 되돌아온 주인에게 적응하려는 듯이. 오랫동안 뜬눈으로 누워 있었지만, 동이 트기 전에 다시 잠이 들었던 것 같다. 왜냐하면 다음에 눈을 떴을 때 크리스찬이 침대 위로 몸을 기울이고 내 어깨를 살짝 흔들고 있었기 때문이다.

나는 깜짝 놀랐고, 팔꿈치를 딛고 윗몸을 일으킨 다음 주위를 둘러보았다. 새벽이 되어 있었다.「뭐야, 크리스?」

「난 지금 가야 해. 미안해, 하지만 꼭 그래야 해.」

나는 그가 무거운 오일스킨 망토를 두르고, 두꺼운 창을 댄 워킹 부츠를 신고 있다는 사실을 깨달았다.「가다니? 그게 무슨 소리야?」

「미안해, 스티브. 나로서는 어떻게 할 도리가 없어.」그는 나지막한 목소리로 말했다. 마치 큰 소리를 내면 집에 있는 누군가가 깨기라도 한다는 투였다. 엷은 새벽빛 아래에서 보는 그는 한층 더 여위어 보였다. 눈을 가늘게 뜨고 있었다 — 고통이나 걱정 때문일까.「며칠 동안 나가 있어야 해. 넌 괜찮을 거야. 빵이나 달걀 따위의 입수 방법을 써놓은 메모를 아래층에 남겨 두었으니까 말이야. 네 배급 수첩이 도착하기 전에는 내 것을 쓰면 될 거야. 오래 나가 있지는 않을 거야. 길어 봤자 며칠에 불과해. 약속할게…….」

그는 허리를 펴고 일어서서 방 밖으로 나갔다.「맙소사, 형. 지금 도대체 어디로 가려는 거지?」

「안으로.」그는 짤막하게 대꾸했다. 곧 이어 쿵쾅거리며 층계를 내려가는 소리가 들려왔다. 나는 잠시 동안 꿈쩍도 하지 않고 머릿속을 맑게 해보려고 노력했고, 그런 다음 일어나서 실내 가운을 걸치고 형의 뒤를 좇아 주방으로 내려갔다. 그가 이미 집에서 나간 후였다. 층계참으로 다시 올라가서 창문 밖을 내려다보니 뜰 가장자리를 우회하며 남쪽 길을 향해 발걸음을 재촉하고 있는 그의 모습이 보였다. 챙이 넓은 모자를 쓰고, 검고 긴 지팡이를 들고 있었다. 한쪽 어깨에는 작은 배낭을 거북한 듯이 걸치고 있었.

「안이 뭐야, 크리스?」나는 점점 멀어져 가는 그의 뒷모습을 향해 속삭였고, 그가 사라진 후에도 오랫동안 그곳을 바라보고 있었다.

「무슨 일이 일어나고 있는 거지, 형?」

나는 집 안을 정처 없이 돌아다니며 텅 빈 그의 침실을 향해 질문을 발했다. 내 나름대로 추측해 보니 아무래도 귀네스 탓인 듯했다. 그녀를 잃은 상실감, 그녀의 출발…… 〈그녀는 가버렸어〉라는 짧은 말만으로 도대체 무엇을 유추해 낼 수 있단 말인가. 그리고 어제 저녁의 대화에서 그는 단 한 번도 자기 아내 얘기를 하지 않았다. 나는 쾌활한 젊은 커플을 만날 것을 기대하고 잉글랜드로 돌아왔지만, 나를 맞이한 것은 어둡고 황폐해진 옛집에서, 뭔가에 홀린 듯한 얼굴로 황폐한 삶을 살고 있는 형이었다.

오후가 되자 나는 체념하고 당분간 혼자 살 결심을 굳혔다. 크리스찬이 어디로 갔든 간에(어디로 갔는지는 대략 짐작이 됐다) 그는 한동안 돌아오지 않을 것이라고 뚜렷하게 못 박고 갔던 것이다. 집과 뜰에는 손볼 곳이 얼마든지 있었으므로, 우선 떡갈나무 산장의 존재를 되살리는 것이 가장 유효 적절하게 시간을 쓰는 방법이라는 생각이 들었다. 나는 가장 시급하게 수리할 필요가 있는 곳들의 목록을 만들었고, 다음날 가까운 읍내로 가서 입수가 가능한 자재들을 주문했다. 주로 목재와 페인트였고, 충분한 양을 손에 넣을 수 있었다.

나는 라이호프 가(家)와, 옛날에 친하게 지내던 인근 농가의 가족들과의 교류를 재개했다. 파트타임으로 일하던 가정부는 해고했다. 혼자서도 충분히 할 수 있는 일이었기 때문이다.

그런 다음 무덤으로 갔다. 이것은 단 한 번의 짧은 방문에 불과했고, 나는 싸늘하게 식은 마음으로 의무를 다했을 뿐이었다.

8월이 가고 9월이 오자, 저녁이나 이른 아침에는 대기가 서늘해지는 것을 뚜렷하게 느낄 수 있었다. 나는 여름에서 겨울로 접어드는 이 시기를 가장 좋아했다. 다만 이때는 긴 여름 방학이 끝나고 다시 학교로 돌아가는 시기와 겹쳐 있었기 때문에, 별로 생각하고 싶지 않은 기억까지도 함께 되살아났다.

집에서 혼자 사는 일에도 곧 익숙해졌다. 나는 곧잘 깊은 숲의 가장자리로 오랜 산책을 나가서, 크리스찬이 돌아오지 않나 하고 도로와 폐선로를 바라보곤 했지만, 집에 돌아온 지 1주일이 지나자 그에 대한 걱정도 곧 사라졌고, 이제는 뒤뜰에서 수리를 하거나, 곧 닥쳐올 겨울에 대비해서 집의 나무 외장재에 페인트칠을 하고, 잡초가 제멋대로 우거진 넓은 정원에서 땅을 파는 일에 전념하면서 마음 편하게 매일매일을 보내고 있었다.

이런 평화로운 일상이, 어떤 사건에 의해 처음으로 교란된 것은 내가 집으로 돌아온 지 열하루째가 되는 저녁의 일이었다. 실로 기기묘묘한 상황이었기 때문에, 그날 밤 나는 잠을 이루지 못하고 고민했다.

그날 오후 나는 줄곧 홉허스트 읍내에 나가 있었고, 집으로 돌아와서 가벼운 저녁 식사를 마친 다음 의자에 앉아 신문을 읽고 있었다. 9시경에 저녁 산책을 나갈까 생각하고 있던 중에, 개의 울음소리가 들린 듯했다. 짖는다기보다는 포효에 가까운 소리였다. 처음에 내 머릿속에 떠오른 생각은 크리스찬이 돌아왔다는 것이었지만, 곧 이 부근에는 개가 한 마리도 없다는 사실이 생각났다.

나는 뒤뜰로 나갔다. 이미 해는 서산 뒤로 넘어간 후였지만 밖은 아직 밝았다. 그러나 떡갈나무 숲은 흐릿한 녹회색 덩어리로밖에는 보이지 않았다. 큰 소리로 크리스찬을 불렀지만, 아무런 응답도 없었다. 다시 신문을 읽기 위해 집 안으로 들어가려는 찰나, 먼 숲속에서 한 사내가 모습을 드러냈고, 이쪽을 향해 뛰어오기 시작했다. 그는 일찍이 본 적도 없을 정도로 거대한 사냥개의 목에 매단 짧은 가죽끈을 잡고 있었다.

집의 부지를 에워싼 울타리의 문 앞에서 그가 멈춰 서자, 개가 으르렁대기 시작했다. 울타리 위에 앞발을 올려놓고 일어선 개의 키는 자기 주인만큼이나 되었다. 그 즉시 나는 불안을 느꼈고, 헉헉거리며 숨을 내쉬는 검은 짐승의 커다란 입과, 개를 붙들고 있는 이 괴상한 사내의 모습에서 눈을 떼지 않도록 주의했다.

사내의 이목구비를 알아보기란 쉽지 않았다. 얼굴은 온통 검은색 무늬로 뒤덮여 있었고, 콧수염은 턱 아래까지 흘러내리고 있었기 때문이다. 숱이 많은 머리카락은 머리에 착 달라붙어 있다. 사내는 검은 양모 셔츠 위에 소매가 없는 가죽 웃옷을 받쳐입고 있었고, 무릎 바로 밑까지 내려오는, 몸에 꼭 맞는 체크무늬 바지를 입고 있었다. 그가 조심스럽게 문을 지나왔을 때 조잡한 수제 샌들이 보였다. 어깨에는 투박한 활을 메고, 단순한 가죽끈으로 동여맨 화살 뭉치를 허리띠에 매달고 있었다. 그리고 크리스찬처럼 지팡이를 하나 들고 있었다.

그는 문 바로 안쪽에서 머뭇거리며 나를 바라보았다. 곁에 있던 사냥개는 침착을 잃고, 혀로 주둥이를 핥으며 나지막하게 으르렁대고 있었다. 정말 이런 개를 보는 것은 난생 처음이었다. 온몸을 뒤덮은 길고 거무스름한 털에, 셰퍼드를 닮은 좁고 뾰족한 얼굴을 하고 있었지만, 마치 곰 같은 몸통을 — 내게는 그렇게 보였다 — 가지고 있었다. 그러나 다리가 길고 가는 것을 보니 영락없이 사냥감을 쫓아다니는 사냥개였다.

사내는 내게 말을 걸었다. 어딘가 귀에 익은 느낌이었지만, 전혀 알아들을 수가 없었다. 어떻게 반응해야 할지 몰랐기 때문에, 나는 고개를 가로젓고 무슨 말인지 모르겠다고 말했다. 그러자 사내는 잠깐 주저하더니 다시 같은 말을 되풀이했다. 이번에는 화가 난 기색이 역력했다. 그런 다음 그는 개가 내게 달려들지 않도록 개끈을 세게 잡아당기며 나를 향해 걸어오기 시작했다. 황혼이 스러지며 주위가 잿빛으로 변해 감에 따라, 사내의 키는 한층 더 커진 것처럼 보였다. 짐승은 잡아먹을 듯한 표정으로 나를 보았다.

「뭘 원하시오?」 나는 당장이라도 집 안으로 도망치고 싶은 마음을 억누르고, 자신감에 찬 목소리를 내려고 노력했다. 사내는 내게서 열 걸음 떨어진 곳까지 와 있었다. 그는 멈춰 서서 다시 말을 걸었고, 이번에는 지팡이를 든 손으로 뭔가를 먹는 시늉을 했다. 그제야 나는 이해했다.

나는 열심히 고개를 흔들었다. 「여기서 기다리시오.」이렇게 말하고는 내 나흘 치 식량인 훈제한 돼지 뒷다리를 가지러 집 안으로 들어갔다. 그렇게 큰 고깃덩어리는 아니었지만, 어쨌든 손님을 대접할 필요가 있었다. 나는 돼지 다리와 함께 곡물 빵 반 덩어리와 병맥주를 조끼에 따른 것을 들고 뜰로 나섰다. 낯선 사내는 그곳에 웅크리고 앉아 있었고, 그 곁에서는 사냥개가 별로 마음 내키지 않는다는 표정으로 누워 있었다. 내가 다가가려고 하자 개는 으르렁거렸고, 곧 격렬하게 짖어 대기 시작했다. 한순간 심장이 마구 뛰었고, 나는 기껏 가져온 선물을 떨어뜨릴 뻔했다. 사내는 개를 향해 고함을 질렀고, 나를 향해 뭐라고 말했다. 나는 서 있던 자리에 음식을 내려놓고 뒷걸음질 쳤다. 이 소름 끼치는 한 쌍은 음식이 있는 곳으로 다가오더니 다시 땅바닥에 앉았고, 식사를 개시했다.

사내가 고깃덩어리를 집어들었을 때 팔의 울퉁불퉁한 근육을 종횡으로 가로지르고 있는 흉터가 보였다. 그리고 사내의 냄새도 함께 풍겨 왔다. 땀과 오줌 냄새가 썩은 고기와 뒤섞인 듯한 지독한 악취였다. 당장이라도 토할 것 같았지만, 나는 그 자리를 떠나지 않았고, 사내가 고기를 뜯으며 제대로 씹지도 않고 꿀꺽꿀꺽 삼키는 광경을 바라보고 있었다. 사냥개는 나를 주시하고 있었다.

잠시 후 사내는 먹는 것을 멈추고는 나를 쳐다보았고, 내 눈에서 시선을 떼지 않은 채로 거의 도전적인 표정을 지으며, 남은 고기를 개한테 주었다. 개는 으르렁대며 고기를 받아 물었다. 뼈를 우적우적 씹으며, 몇 분이 채 지나기도 전에 고깃덩어리를 통째로 삼켜 버렸다. 그동안 낯선 사내는 조심스럽게 ─ 별로 맛있다는 기색도 없이 ─ 맥주를 마셨고, 빵을 한입 크게 베어먹었다.

　마침내 이 기괴한 잔치가 끝났다. 사내는 일어서서 열심히 땅을 훑고 있던 사냥개를 홱 잡아당겼다. 그는 내게 뭐라고 말했고, 나는 이것이 〈고맙소〉라는 뜻임을 직감적으로 이해했다. 그가 몸을 돌려서 가려고 했을 때 사냥개가 무슨 냄새를 맡은 것 같았다. 처음에는 길고 날카로운 울음소리를 내다가, 곧 귀에 거슬리는 쉰 목소리로 짖으면서 가죽끈을 끌어당기는 주인의 손을 뿌리치고 다 무너져 가는 닭장들 사이의 지면을 향해 돌진했다. 개는 그곳에서 킁킁 냄새를 맡으며 땅을 마구 긁어 대기 시작했다. 개를 쫓아간 사내는 다시 가죽끈을 움켜쥐었고, 한참 동안 화난 목소리로 개에게 고함을 지르고 있었다. 곧 사냥개는 소리 없이, 무거운 발걸음으로 주인과 함께 뜰 너머의 어둠 속으로 사라져 갔다. 그들은 전속력으로 숲의 가장자리를 돌았고, 그림리 마을 주변의 경작지를 향해 달려갔다. 내가 그들의 모습을 본 것은 이것이 마지막이었다.

　사내와 개가 웅크리고 있었던 곳에서는 아침이 되어서도 고약한 냄새가 났다. 나는 재빨리 그곳을 우회한 다음 숲을 향해 걸어갔고, 어젯밤 기묘한 방문자들이 모습을 드러냈던 나무들 사이로 갔다. 관목이 짓밟히고 부러져 있었다. 나는 그들이 지나온 흔적을 따라 몇 야드쯤 어둑어둑한 숲속으로 들어가 보다가 멈춰 섰고, 집으로 다시 되돌아왔다.

　도대체 그들은 어디에서 왔던 것일까? 전쟁의 영향으로 잉글랜드 주민의 일부가 다시 야생 상태로 되돌아갔고, 활과 화살과 사냥개를 써서 살아남을 것을 강요받기라도 했단 말인가?

　닭장과 닭장 사이의 그 지점, 짧은 시간이었음에도 불구하고 사냥개가 깊게 파헤쳐 놓은 그 지면을 살펴볼 생각을 한 것은 정오께의 일이었다. 도대체 개는 무슨 냄새를 맡았던 것일까 하는 생각이 불현듯 떠올랐고, 그러자마자 나는 차가운 손이 내 심장을 움켜쥐는 듯한 느낌을 받았다. 최악의 경우를 생각한 나는, 지금 당장 그것을 확인하기를 거부하고 그 장소에서 황급히 떠나왔다.

내가 어떻게 알았는지는 확실하지 않다. 직감, 혹은 일주일쯤 전에 잠깐 만났던 크리스찬의 언동에서 무의식적으로 무엇인가를 느꼈던 것인지도 모른다. 어쨌든, 같은 날 늦은 오후에 나는 삽을 들고 닭장 쪽으로 갔고, 몇 분이 채 지나기도 전에 내 육감이 옳았음을 증명했다.

뒷문 앞 계단에 앉아서 뒤뜰의 무덤을 반 시간 가까이 멍하니 바라본 후에야, 여자의 시체를 발굴할 용기가 났다. 현기증이 나고, 구토감에 시달렸지만, 가장 심했던 것은 몸의 떨림이었다. 팔다리가 제멋대로 부들부들 떨리는 탓에, 장갑조차 제대로 낄 수 없을 정도였다. 그러나 마침내 구멍 옆에서 무릎을 꿇고 앉아, 시체를 뒤덮고 있는 흙을 모두 치웠다.

크리스찬은 그녀를 엎어 놓고 3피트 깊이의 구멍에 파묻었던 것이다. 그녀의 머리카락은 길었고 붉은색이었으며, 몸에는 아직도 기묘한 녹색 옷을 걸치고 있었다. 그것은 양 옆구리를 끈으로 조이는 방식의, 무늬가 있는 튜닉이었고, 지금은 구겨진 채로 거의 허리까지 올라와 있지만, 원래는 정강이까지 내려오는 길이였다. 지팡이도 같이 묻혀 있었다. 견디기 힘든 부패물의 냄새를 피하기 위해 나는 숨을 멈춘 채로 그녀의 머리를 옆으로 돌려보았는데, 그러고 나서야 생기 없는 그녀의 얼굴을 응시할 수 있었다. 곧 그녀의 사인(死因)이 무엇인지 알 수 있었다. 아직도 부러진 화살이 눈에 꽂혀 있었던 것이다. 크리스찬은 화살을 뽑으려다가 결국 부러뜨리고 만 것일까? 부러진 부분은, 아버지의 서재에 있던 화살과 같은 조각이라는 사실을 확인할 수 있을 만큼은 남아 있었다.

〈불쌍한 귀네스〉 하고 나는 생각했다. 그런 다음, 손을 떼고 시체를 본래의 안식처로 되돌려 놓았다. 다시 흙을 덮었다. 집에 돌아오자 땀에 젖은 나의 몸은 차갑게 식어 있었고, 곧 지독한 구토가 시작되리라는 강한 예감이 들었다.

3

 이틀 후, 아침이 되어 아래층으로 내려온 나는 주방에 크리스찬의 옷과 물건들이 어지러이 널려 있는 것을 발견했다. 주방 바닥에는 흙과 나뭇잎 부스러기가 흩어져 있었다. 발소리를 죽이고 2층에 있는 그의 방으로 올라가 보니 그는 침대 위에 엎드려 있었다. 얼굴을 이쪽으로 돌린 채로 곯아떨어져 코를 골고 있다. 일주일 동안의 수면 부족을 한꺼번에 보충할 심산인 듯했다. 그러나 그의 몸을 보고 나서 나는 걱정이 되었다. 목에서 발목까지 긁힌 상처와 흉터투성이였고, 더러운 데다가 심한 악취를 풍기고 있었던 것이다. 머리카락도 엉망으로 헝클어져 있었다. 그럼에도 불구하고 그는 어딘가가 단련되고 강해진 듯한 인상을 풍겼다. 2주 전에 나를 맞이했던, 퀭한 얼굴에 비쩍 마른 몸을 가진 청년과는 전혀 딴판이었다.

 그는 낮 시간 내내 자고 있었고, 저녁 6시가 되어서야 느슨한 회색 셔츠와 무릎 위에서 잘라 낸 플란넬 바지를 입고 모습을 드러냈다. 적당히 얼굴을 씻는 시늉을 하긴 한 것 같았지만, 여전히 땀과 풀 냄새를 풍기고 있었다. 며칠 동안이나 퇴비에 묻혀 산 듯한 냄새였다.

나는 그에게 저녁을 차려 주었고, 의자에 앉은 채로 그를 관찰하며 홍차 한 주전자를 다 마셨다. 그는 마치 내가 갑자기 덤벼들며 그를 덮치지는 않을까 경계하고 있는 듯한 눈초리로 계속 내 쪽을 흘깃거렸다. 팔뚝 근육이 울퉁불퉁했다. 지금 내 눈앞에 있는 사내는 예전과는 전혀 다르게 변해 있었다.

「어디 가 있었어, 크리스?」 잠시 후 나는 이렇게 물었고, 그가 「숲에 가 있었어. 깊은 숲속에」라고 대답했을 때도 놀라지 않았다. 그는 입에 고기를 쑤셔 넣으며 쩝쩝 씹어 댔다. 「지금은 몸 상태가 좋아. 빌어먹을 가시나무 탓에 멍이 들고 긁힌 상처투성이지만, 몸 상태는 아주 좋아.」

숲속. 숲속 깊은 곳. 도대체 거기까지 가서 그는 무엇을 하고 있었던 것일까? 게걸스럽게 음식을 먹어 치우는 그의 모습을 바라보고 있자, 동물처럼 뜰에 웅크리고 앉아서 마치 들짐승처럼 고기를 뜯어먹던 낯선 사내의 모습이 뇌리에 스쳤다. 크리스찬은 바로 그 사내를 연상케 했다. 똑같이 미개인 같은 느낌이 들었다.

「빨리 목욕하는 편이 낫지 않을까.」 내가 말하자, 그는 씩 웃고는 내 말에 수긍했다. 나는 말을 이었다. 「뭘 하고 지냈어? 숲속에서 말이야. 야영하고 있었어?」

그는 씹고 있던 고기를 꿀꺽 삼킨 다음, 홍차를 반 잔 마신 후에야 고개를 가로저었다. 「야영지를 만들어 놓기는 했지만, 그곳에 머무는 대신 가능한 한 숲속 깊이 들어가서 길을 찾고 있었어. 하지만 아직도 그 너머로 갈 수가 없어······.」 그는 문득 말을 끊고는 묻는 듯한 눈초리로 나를 흘끗 보았다. 「아버지의 일기를 읽어 봤어?」

나는 아직 읽지 않았노라고 대답했다. 실은 그의 느닷없는 출발에 너무 놀랐고, 집을 조금이라도 손보는 일에 몰두하고 있었던 탓에, 아버지의 연구 기록에 관해서는 까맣게 잊고 있었던 것이다. 이렇게 대답하면서도, 사실은 아버지와, 그의 연구와, 그 기록 생각을 가능한 한 머릿속에서 몰아내고 싶었던 것이 아닌가 하는 생각이 들었다. 마치 이들 과거의 망령이 나를 사로잡고, 앞을 향해 전진하려는 나의 결심을 갉아먹을지도 모른다는 듯이.

크리스찬은 손으로 입가를 훔치고는 빈 접시를 응시했다. 그러다가 갑자기 자기 몸에 코를 대고 킁킁 냄새를 맡더니, 웃었다.

「하느님 맙소사, 정말 지독한 냄새로군. 물을 좀 끓여 주지 않겠어, 스티브? 당장 씻어야겠어.」

그러나 나는 움직이지 않았다. 그러는 대신 나는 나무 식탁 너머로 그를 응시하고 있었다. 그는 내 시선을 알아차리고는 미간을 찌푸렸다. 「뭐야? 무슨 생각을 하고 있는 거지?」

「그녀를 찾아냈어, 크리스. 시체를 말이야. 귀네스. 형이 어디 묻어 놓았는지를 알아냈어.」

크리스찬에게서 어떤 반응을 기대하고 있었는지는 나도 모르겠다. 분노를 폭발시키거나, 공황 상태에 빠지거나, 아니면 황급하게 여러 변명을 늘어놓는 것일까. 나는 그가 의아하다는 얼굴로 뜰에 묻혀 있는 시체는 자기 아내의 유해가 아니며, 그곳에 그것을 묻은 사람도 자기가 아니라고 대답해 주기를 어느 정도 기대하고 있었다. 그러나 크리스찬은 그 시체에 관해 알고 있었다. 그는 퀭한 눈으로 나를 바라보았을 뿐이었다. 우리들 사이에 흐른 무겁고 절박한 침묵은 점점 견디기 어려운 것으로 변해 갔다.

문득 나는 크리스찬이 울고 있다는 사실을 깨달았다. 내 눈에서 시선을 떼려고는 하지 않았지만, 그의 두 눈에서 솟구친 눈물이 더러운 뺨 위로 흘러내리고 있었다. 그러나 그는 아무런 소리도 내지 않았고, 그의 무표정한 얼굴에도 전혀 변화가 없었다. 마치 명상에 잠긴 느낌이었다.

「누가 그녀를 쏘았어?」 나는 나직하게 물었다. 「형이 그랬어?」

「내가 아냐.」 그는 말했고, 그가 입을 연 순간 그의 눈물도 멈췄다. 그는 식탁 위로 시선을 떨어뜨렸다. 「그녀를 쏜 건 미사고야. 어떻게 손쓸 도리가 없었어.」

미사고? 이것이 무슨 뜻인지는 도무지 알 수 없었지만, 내가 몸에 지니고 있는 아버지의 일기장에서 이 말을 읽었다는 것을 생각해 냈다. 내가 그 뜻이 무엇인지를 묻자 크리스는 자리에서 일어났지만, 식탁 위에 양손을 얹은 채로 나를 바라보았다. 「미사고는」 하고 그는 되풀이했다. 「아직도 숲속에 있어……. 그들 모두가. 내가 가 있던 곳은 바로 그곳이야. 그들 사이에서 찾고 있었던 거야. 난 그녀를 구해 보려고 했어, 스티브. 내가 그녀를 찾아냈을 때는 아직 살아 있었고, 그냥 놓아두었다면 살아남았을지도 모르지만, 난 그녀를 숲에서 데리고 나왔어……. 그런 의미에서 내가 그녀를 죽였다고 할 수도 있겠지. 와륜에서 데리고 나오니까 금세 숨이 끊어졌어. 그때 난 돌연한 두려움에 사로잡혔어. 어떻게 해야 할지를 몰랐어. 내가 그녀를 묻은 건 그게 가장 쉬운 해결책처럼 보였기 때문이야…….」

「경찰한테는 얘기했어? 그녀가 죽었다고 신고한 게 아냐?」

크리스찬은 미소 지었다. 그러나 병적인 유머에서 그런 것이 아니었다. 뭔가를 함축하고 있는 듯한 미소였고, 아직 내게 가르쳐 주지 않은 모종의 비밀을 언급하고 있는 듯한 느낌이었다. 그러나 이런 제스처는 일종의 방어책에 지나지 않았던 성싶다. 미소는 금세 사라졌기 때문이다. 「그럴 필요는 없었어, 스티브…… 경찰한테 얘기했더라도 흥미를 끌지는 못했을 테니까.」

나는 화난 얼굴로 식탁에서 일어섰다. 그 당시, 그리고 지금 크리스찬이 내게 보이고 있는 태도는 놀랄 정도로 무책임하다고 느꼈기 때문이다. 「그럼 그녀의 가족은 어떻게 돼, 크리스…… 그녀의 부모님은! 그들에게는 알 권리가 있어.」

그러자 크리스찬은 웃음을 터뜨렸다.

나는 얼굴로 피가 거꾸로 솟는 것을 느꼈다. 「이건 웃을 일이 아냐.」

내가 이렇게 내뱉자마자 그의 얼굴에서는 웃음기가 사라졌다. 그는 거의 창피한 듯한 표정으로 나를 바라보았다. 「네 말이 옳아. 미안해. 넌 그걸 이해 못 하지만, 이제는 너도 알 때가 됐어. 스티브, 그녀에게는 부모가 없어. 왜냐하면 그녀는 생명을, 진짜 생명을 갖고 있지 않았기 때문이야. 그녀는 수천 번이나 태어났지만, 실제로 존재하는 인간은 아냐. 하지만 난 그녀와 사랑에 빠졌고…… 숲속에서 다시 그녀를 찾아낼 작정을 하고 있어. 그곳 어딘가에 틀림없이 있을 테니까…….」

형은 미쳐 버린 것일까? 그가 지금 늘어놓은 말은 광인(狂人)의 헛소리였지만, 나는 그의 눈초리에서, 그의 태도 어딘가에서, 광기라기보다는 일종의 망집(妄執)에 가깝다는 인상을 받았다. 하지만 도대체 무엇에 대한 집착이란 말인가?

「넌 꼭 아버지의 노트를 읽어야 해, 스티브. 더 이상 미루고 있으면 안 돼. 그걸 읽으면 숲에 관해 알 수 있고, 그곳에서 무엇이 일어나고 있는지도 알 수 있어. 진심으로 하는 말이야. 난 미치광이도, 냉혈한도 아냐. 난 단지 덫에 사로잡혀 있을 뿐이야. 내가 떠나기 전에 그 이유를 알아줬으면 좋겠어. 그리고 내가 어떻게, 어디로 가는지에 관해서도. 아마 넌 나를 도와줄 수 있을지도 몰라. 그걸 누가 알겠어? 그러니까 그 일기를 읽어. 그런 다음 얘기를 나누기로 하지. 그리고 고인(故人)이 된 우리 아버지가 어떤 일을 했는지를 네가 안 다음엔, 난 너에게 또 이별을 고해야 할 거야.」

4

아버지의 일기장에는 그의 연구 및 그의 인생의 전기(轉機)가 되었을지도 모르는 사항이 하나 기록되어 있다. 이것은 같은 시기의 다른 메모보다 더 길었고, 그 직전에는 일곱 달에 걸친 공백기가 존재했다. 곧잘 상세한 기록을 남겨 놓기는 했지만 아버지는 하루도 빠짐없이 꼼꼼하게 일기를 쓰는 타입은 아니었고, 문장 자체에서도 짤막한 단문에서 유창한 묘사까지 가지각색의 스타일이 망라되어 있었다(아버지 자신도 두꺼운 일기장에서 여러 페이지를 뜯어 냈다는 사실을 나는 발견했다. 그런 연유로, 나의 조그만 범죄도 발각되는 일 없이 쉽게 넘어갈 수 있었던 것이다. 크리스찬은 내가 뜯어 간 페이지가 있다는 사실을 결국 깨닫지 못했다). 전체적으로 볼 때, 아버지는 이 일기장과, 기록 작업에 할애했던 조용한 시간을, 자기 자신과의 대화, 즉 스스로의 생각을 명쾌하게 풀어 가기 위한 수단으로 썼던 것 같다.

문제의 전기가 찾아온 것은 1935년 9월이었고, 기록은 우리 형제가 트위글링과 조우했던 직후에 씌어졌다. 처음으로 이 부분을 읽은 뒤에 나는 그 해를 회상했고, 당시 나의 나이가 갓 여덟 살에 불과했다는 사실을 깨달았다.

새벽에 원-존스가 도착했다. 남쪽 길로 함께 걸어가서, 미사고가 활동한 흔적이 없는지 배수 도랑을 조사했다. 곧 귀가 — 집에는 아무도 없었기 때문에 오히려 마음이 편해짐을 느꼈다. 상쾌하게 갠 가을날. 작년과 마찬가지로 계절이 바뀜에 따라 우르스쿠머그의 이미지가 강력해지고 있다. 아마 그는 가을을, 초목의 쇠퇴를 느끼고 있는 것인지도 모른다. 그가 앞으로 나오면, 떡갈나무 숲이 그에게 속삭인다. 발생 시기가 가까워지고 있는 것인지도 모르겠다. 원-존스는 좀 더 고립된 시간이 필요하다는 의견이고, 그러는 것은 불가피하다. 제니퍼는 이미 나의 잦은 부재에 대해 걱정하고, 심로를 겪고 있다. 나도 어찌할 바를 모르겠다 — 아내에게는 말할 수가 없기 때문에. 피치 못할 일이라면 하는 수 없다.

어제 두 아들이 트위글링을 흘끗 보았다. 이미 재흡수되어 사라졌다고 생각하고 있었던 것을 — 따라서 공명(共鳴) 작용이 우리가 생각하던 것보다 훨씬 더 강하다는 점은 명백하다. 그는 숲의 가장자리에서 자주 출몰하는 듯하고, 이것은 내가 예상했던 대로이다. 남쪽 길에서도 몇 번 목격했지만, 최근에는 1년 가까이 보지 못했다. 집요하게 출현하고 있다는 사실이 마음에 걸린다. 두 아들 모두 그것을 보고 동요하고 있다. 크리스찬 쪽이 그나마 덜한 편이다. 그 아이에게는 별로 중요하지 않은 일이었고, 아마 밀렵자나 지름길을 통해 그림리로 가는 이곳의 주민을 본 것이라고 믿고 있는지도 모른다. 원-존스는 다시 숲으로 되돌아가서 트위글링을 깊은 곳, 가능하면 〈돼지 등〉 공터까지 불러내서, 강력한 떡갈나무 소용돌이 속에 머물게 한다면 결국은 소멸할 것이라고 제안했다. 그러나 깊은 숲 속으로 침입하려면 일주일 가깝게 집을 비울 필요가 있고, 불쌍한 제니퍼는 이미 나의 최근 행동 탓에 깊은 우울증에 빠져 있다. 진심으로 모든 것을 털어놓고 싶지만, 결코 그럴 수는 없다. 자식들을 이 일에 몰아넣고 싶지는 않지만, 그들이 이미 두 번이나 미사고를 보았다는 사실이 걱정된다. 그래서 나는 숲에 사는 마법의 생물들에 관한 얘기를 지어냈다 — 아이들에게 들려주기 위해. 앞으로 그들이 목격할 것들이 자기들의 상상력의 소산이라고 믿어 준다면 다행이다. 그러나 신중해야 한다.

그 문제가 해결될 때까지, 우르스쿠머그의 미사고가 숲에서 태어날 때까지, 윈-존스를 제외한 그 누구에게도 내가 발견한 일을 발설하면 안 된다. 우르스쿠머그가 완전한 형태로 부활하는 것은 꼭 필요하다. 우르스쿠머그가 가장 강대한 까닭은 그가 시원(始原) 그 자체이기 때문이다. 떡갈나무 숲 밖으로 그가 나가지 못한다는 사실을 나는 확신하지만, 다른 자들은 그의 강대한 힘에 두려움을 느낀 나머지, 모든 것을 끝장낼지도 모른다. 저 삼림 지대가 파괴될 경우에, 무슨 일이 일어날지 생각만 해도 끔찍하다. 그러나 저 숲이 영원히 살아남는 것은 불가능하다.

목요일 오늘 윈-존스와 함께 훈련을 했다. 테스트 패턴 26: iii, 옅은 최면, 녹색 광선 환경. 전두(前頭) 브리지가 60볼트에 달했을 때는 고통스러웠지만, 내 두개골을 가로지르는 전류는 지금까지 경험한 것 중 가장 강력했다. 이제는 대뇌의 좌우 반구가 조금씩 다른 방식으로 기능하며, 숨겨진 의식은 오른쪽 반구에 존재한다는 것을 전적으로 확신하고 있다. 얼마나 오랜 세월 동안 숨겨진 채로 남아 있었던가! 윈-존스 브리지는 각 반구를 감싼 장(場) 사이에서 피상적인 커뮤니케이션을 가능케 하며, 이렇게 해서 뇌의 프리 미사고 영역이 자극받는 것이다. 살아 있는 뇌를 조사해서, 이 신비적인 존재가 어느 장소에 위치해 있는지를 알 수만 있다면 얼마나 좋을까.

월요일 미사고 형태들은 여전히 내 시야 가장자리에 모여 있다. 왜 시야 앞쪽에는 결코 나타나지 않는 것일까? 이 비현실적인 이미지들은 단순한 반영(反映)에 지나지 않는데도. 후드의 형태는 미묘하게 다르다 — 녹색이라기보다는 갈색에 가깝고, 표정도 덜 우호적이며, 여위고 쫓기는 듯한 얼굴을 하고 있다. 이것은 초기의 이미지들이(2년 전 숲속에서 실제로 형태를 획득한 후드 미사고조차) 녹색 숲과 후드의 유쾌한 일당이라는 어릴 적의 막연한 이미지에 영향을 받았기 때문이리라. 그러나 현재, 프리 미사고의 소환 과정은 훨씬 더 강력하고, 아무런 간섭도 받지 않고 기본 형태에 도달한다. 아서 형태 또한 다른 것들보다 더 현실적이며, 최초의 천년기 후반에서 출현한 갖가지 습지 형태들도 흘끗 목격했다. 또 청동기 시대의 강령술사의 모습으로 생각되는 유령 같은 존재도 언뜻 느낄 수 있었다. 끔찍한 순간이었다. 〈말의 신전〉의 수호자는 사라졌고, 신전은 파괴되었다. 하지만 왜? 사냥꾼은 〈늑대의 협곡〉으로 되돌아왔다. 모닥불 자국이 아직도 새로웠다. 그리고 신석기 시대 주술사의 흔적과, 나무와 바위 위에 기묘한 주황색 무늬를 남겨 놓고 가는 사냥꾼 예술가의 흔적도 발견했다. 윈-존스는 기록에도 기억에도 남아 있지 않은 전설상의 영웅들을 내가 조사해 주기를 열망하고 있지만, 나는 원초의 이미지를 발견하는 일에 모든 관심을 기울이고 있다.

우르스쿠머그가 일찍이 본 적이 없을 정도로 선명한 상을 내 뇌리에 맺었다. 그 모습은 어딘가 트위글링을 연상시키지만, 그보다는 훨씬 더 오래되고 거대하다. 짐승 가죽을 두르고, 그 위를 나뭇가지와 잎사귀로 장식하고 있다. 얼굴은 흰 점토로 처바른 것처럼 보이고, 그 가면 밑에는 과장된 이목구비가 있다. 그러나 그 얼굴을 뚜렷하게 보기란 쉽지 않다. 가면 위에 또 가면을 쓴 것일까? 머리카락은 온통 뾰족하게 곤두서 있고,

비틀린 산사나무 가지들을 헝클어진 머리카락에 꽂고 있다. 참으로 기괴한 모습이다. 폭이 넓은 돌날이 달린 창을 지니고 있는 것 같다……. 무시무시한 무기 같아 보이지만, 역시 직시하기가 힘들고, 언제나 초점이 조금 맞아 있지 않다. 그는 정말로 오래된 원초의 이미지인 까닭에, 바야흐로 인간의 마음속에서 사라지려 하고 있다. 그의 형태에서도 약간의 혼란을 볼 수 있다. 그의 겉모습을 상상한 후세의 문화적 해석들이 중첩되어 있는 것이다……. 특히 청동기를 암시하는 부분이 있다, 주로 양팔의 장식에. 우르스쿠머그의 전설은 신석기 시대를 거쳐 기원전 2천 년, 혹은 그보다 더 후세에까지 전승될 정도로 강력했을지도 모른다고 나는 믿고 있다. 원-존스는 우르스쿠머그의 이미지는 신석기 시대 이전까지도 거슬러 올라가는 것인지도 모른다고 생각하고 있다.

이제는 숲속에서 시간을 보내며, 와륜과 내가 상호 작용하며 미사고를 형성하는 일을 최우선해야 한다. 다음 주에는 집을 떠날 작정이다.

나는 지금까지 읽은 이 기괴하고 혼란스러운 문장들에 대한 논평을 자제했고, 계속 일기장을 넘기며 이곳저곳을 훑어보았다. 나는 1933년의 가을을 뚜렷하게 기억하고 있다. 아버지가 짐을 넣은 커다란 배낭을 등에 지고, 어머니의 히스테릭한 고함소리로부터 도망치듯이 서둘러 숲속으로 들어갔던 때의 일을. 그리고 아버지 곁에는 그 조그만 과학자 친구가(찌무룩한 얼굴을 하고, 아버지를 제외한 그 누구에게도 인사조차 건네지 않았으며, 우리 집을 방문했을 때는 언제나 거북한 태도를 보였던 인물이다) 동행하고 있었다. 어머니는 하루 종일 아무 말도 하지 않았고, 침실에 앉아 이따금 우는 일을 제외하면 아무 일도 하지 않았다. 크리스찬과 나는 어머니의 그런 행동이 너무나도 걱정되었던 나머지,

오후 늦게 떡갈나무 숲으로 갔고, 가능한 한 깊숙이 들어가서 소리쳐 아버지를 불렀지만, 결국은 숲의 음울한 정적과, 느닷없이 울려 퍼진 정체 불명의 커다란 소리에 기겁을 하고 도망쳐 왔다. 아버지는 몇 주 뒤에 봉두난발이 되어 부랑자처럼 악취를 풍기며 집에 돌아왔다. 그 직후 며칠 동안에 걸쳐 일기장에 서술된 글은, 짤막하고 고뇌에 찬 실패의 기록이었다. 아무런 일도 일어나지 않았던 것이다. 단 하나, 난삽한 문단 하나가 내 주의를 끌었다.

신화 발생 과정은 복잡할 뿐만 아니라 내게 저항하고 있다. 나는 너무 나이를 먹었다! 장치는 도움이 되지만, 더 젊은 마음이라면 아무런 보조 수단도 없이 이 일을 수행할 수 있음을 나는 확신하고 있다. 생각하기도 싫은 사실이다! 또한 내 마음은 흐트러져 있고, 윈-존스가 설명했던 것처럼, 한 인간으로서의 내 마음 씀씀이와 걱정거리는 내 대뇌 피질 안의 신화시적(神話詩的) 에너지의 두 흐름 사이에 강고한 장벽을 형성하고 있을 가능성이 높다 — 우뇌에서 나타나는 〈형태〉와, 좌뇌에서 오는 현실 사이에 말이다. 내 대뇌의 프리 미사고 영역이 떡갈나무 와류과 상호 작용할 수 있을 만큼 나 자신의 생명력은 충분하지 않다.

또한 너무나도 많은 생명이 숲에서 자연히 사라졌다는 사실이 이 인터페이스에 영향을 끼치고 있다. 멧돼지들이 있다는 것만은 확실하다. 그러나 개체 수가 너무 적은 것인지도 모른다. 떡갈나무의 둥근 영역에 침입해 온 물푸레나무 숲의 영역과 경계를 접하고 있는 나선형 와류 내부에 서식하는 멧돼지 수는 40마리를 넘지 않는다고 추측된다. 그것 말고도 사슴과 늑대가 몇 마리씩 있지만, 가장 중요한 동물인 산토끼는 숲의 가장자리에서 수없이 많이 살고 있다. 그러나 과거에는 그토록 많았던 생물들의 수가 감소하는 것이 이 도식의 균형을 깨고 있는지도 모른다. 그럼에도 불구하고, 이들 숲이 발생한 이래, 생명은 변화를 계속해 왔다. 13세기경부터는, 미사고가 여전히 형성되고 있는 장소의 레이 매트릭스*ley matrix*와는 이질적인 식물들이 다수 존재했던 것이다. 신화에 나오는 인물의 형태는 변화하고, 적응하며, 후세의 형태일수록 더 쉽게 발생한다.

후드가 돌아왔다 ― 다른 모든 녹색 옷의 사내들처럼 그는 골칫거리이고, 몇 번에 걸쳐 〈돼지등〉 공터 주위의 융기 지대로 들어온 적이 있다. 그는 나를 향해 활을 쏘았고, 이제 이것은 중차대한 고민거리가 되었다! 그러나 나는 우르스쿠머그의 프리 미사고를 가지고 떡갈나무 와륜에 충분한 에너지를 불어넣지 못하고 있다. 이 문제를 어떻게 풀면 될까? 더 깊숙이 들어가서, 〈원시림〉을 찾아야 할까? 아마 이 기억은 너무나도 오랜 시절의 일이고, 대뇌의 침묵하고 있는 영역에 너무나도 깊숙이 묻혀 있는 탓에, 이들 나무에 영향을 끼치는 것은 이제 불가능한지도 모른다.

크리스찬은 내가 이 지리멸렬한 단어와 이미지를 읽어 나가며 이마를 찌푸리는 것을 보았다. 후드? 로빈 후드 말인가? 그리고 누군가가 ― 이 후드가 ― 숲에서 우리 아버지에게 활을 쏘았단 말인가? 서재 여기저기를 둘러보자, 벽에 전시된 삼림 지대의 나비 표본 위쪽에 걸려 있는, 길고 폭이 좁은 유리 케이스가 눈에 띄었다. 케이스 속에는 철촉이 달린 화살이 한 대 들어 있었다. 크리스찬은 내가 한 시간 가까이 아버지의 기록을 읽는 것을 묵묵히 지켜보고 있다가, 어느새 책상 위에 슬쩍 걸터앉아서 일기장을 넘기고 있었다. 나는 아버지의 의자에 앉아 있었다.

「도대체 이것들은 뭐지, 크리스? 아버지가 마치 동화책에나 나오는 주인공을 정말로 복제하려고 했다는 얘기 같잖아?」

「복제가 아냐, 스티브. 진짜야. 자 거길 읽어 봐. 일단 거기까지만 읽어 본 다음에, 네가 알아듣기 쉬운 말로 설명해 줄게.」

그것은 초기의 기록이었고, 연도 대신에 월일만이 기입되어 있었다. 적어도 1933년 이전에 일어난 일이 기록되어 있다는 사실은 명백했다.

나는 이런 특수한 시기를 〈문화적인 인터페이스〉라고 부르고 있다. 이것들은 일정한 영역을 형성하며, 그 지역의 크기에 의해 자연스러운 공간적 제약을 받을 뿐만 아니라, 시간적으로도 두 문화 — 침략자와 피침략자의 — 가 극심한 고난을 겪는 수년에서 10년 사이로 한정된다. 미사고들은 증오와 공포의 힘에 의해 자라나고, 자연 삼림 지대에서 형성된 후에 외부로 나오거나 — 이를테면 아서, 혹은 아르토리우스 형태(카리스마적인 지도력을 가진 곰 같은 용모의 사내)처럼 — 아니면 그 자연 풍경 내에 그대로 남아서 숨겨진 희망의 등불이 된다 — 여기에는 로빈 후드 형태, 그리고 아마 헤리워드, 또 물론 내가 트위글링이라고 부르는 영웅 형태가 있다. 후자는 이 나라 방방곡곡에서 로마 인들을 괴롭혔다. 아마 미사고를 끌어내는 것은 두 종족의 결합된 감정이라고 생각되지만, 미사고는 내가 일종의 레이 매트릭스라고 간주하고 있는 것 안에 가장 오랫동안 뿌리를 내리고 있던 진영에 가담한다. 따라서 아서 형태들은 브리튼 인들을 도와 색슨 인들에게 저항하지만, 후대의 형태인 후드는 노르만 침략자들에게 대항하는 색슨 인들을 돕기 위해 창조되는 것이다.

나는 책에서 손을 떼고 고개를 절레절레 흔들었다. 문장 표현 자체가 너무나도 혼란스럽고 곤혹스러웠다. 크리스찬은 일기장을 손에 들고 무게를 가늠하는 시늉을 하며 씩 웃었다. 「아버지의 인생 그 자체야, 스티브. 상세하기는 하지만, 일어났던 모든 일을 샅샅이 기록할 작정으로 있었던 건 아냐. 몇 년 동안이나 아무것도 쓰지 않았는가 하면, 한 달 내내 하루도 빠짐없이 쓴 때도 있어. 게다가 몇 장인가 찢어 내서 감춘 경우도 있지.」 이렇게 말하며 그는 조금 얼굴을 찌푸렸다.

「일단 목을 축여야겠어. 그런 다음 네게 몇 가지 정의해 줄 것이 있어.」

우리는 서재에서 나왔다. 일기장은 크리스찬이 들고 있었다. 케이스에 든 화살을 지나치면서 나는 그것을 가까이 들여다보았다. 「아버지는 진짜 로빈 후드가 자기를 쐈다고 얘기하고 싶은 거야? 그리고 귀네스도 그자가 죽였다는 얘기야?」

「그건 네가 진짜라는 말을 어떻게 정의하느냐에 달렸어.」 크리스찬은 생각에 잠긴 표정으로 말했다. 「후드는 저 떡갈나무 숲으로 왔고, 아직도 거기 남아 있을 가능성이 있어. 난 있을 거라고 생각해. 너도 깨달았겠지만 넉 달 전에 그자가 귀네스를 쏘았을 때는 틀림없이 있었어. 하지만 로빈 후드는 여러 명 존재했어. 모두 노르만 침략자들의 압박을 받던 시기에 색슨 인 농부들이 만들어 낸 것들이고, 이들 모두가 실제로 존재하는 동시에 존재하지 않았어.」

「무슨 뜻인지 전혀 모르겠어, 크리스 — 하지만 도대체 〈레이 매트릭스〉란 뭐지? 〈떡갈나무 와류〉은 또 뭐고? 뭔가 의미를 가진 말들이야?」

거실에서 물을 탄 스카치위스키를 함께 마시며, 땅거미가 지면서 창밖의 뜰이 형체를 알 수 없는 잿빛 장소로 변하는 것을 바라보면서, 크리스찬은 내게 얘기해 주었다. 알프레드 왓킨스라는 사내가 몇 번 아버지를 찾아와서, 이 나라의 지도를 보여 주며, 영적인 힘, 혹은 고대의 권력이 존재했던 장소들이 일직선상에 놓여 있다는 사실을 지적했다고 한다 — 세 종류의 문화가 만들어 낸 고분, 거석(巨石) 유적, 교회 따위가 말이다. 그는 이들 직선을 레이라고 불렀고, 이것들은 지하를 달리는 대지의 에너지의 형태로 존재하며, 그 위에 서 있는 것들에게 영향을 끼친다고 믿었던 것이다.

아버지도 이 레이에 주목한 적이 있었고, 숲의 지하에서 흐르고 있는 에너지를 측정하려고 시도해 보았지만 성공하지 못했다. 그럼에도 불구하고 그는 떡갈나무 숲에 존재하는 그 〈무엇〉인가를, 그곳에서 자라나는 모든 생명과 관련된 모종의 에너지를 측정했던 것이다. 그는 각 나무를 에워싸고 소용돌이치고 있는, 일종의 오라에 해당하는 와류을 발견했고, 이들 나선은 개개의 나무들뿐만 아니라 숲 전체, 나아가서는 모든 공터를 함께 묶고 있었다.

오랜 세월에 걸쳐 그는 숲의 지도를 작성했다. 크리스찬은 삼림 지대의 지도를 꺼내 왔고, 나는 다시 그것을 보았다. 처음과는 다른 시각에서 바라보자, 이 영역 안에서 실로 오랜 시간을 보냈던 인물이 표시해 놓은 기호들을 점점 이해할 수 있었다. 원 안에 또 원이 기입되어 있었고, 그 원을 직선이 가로지르며, 에워싸고 있었고, 그 중 어느 것들은 우리가 남쪽 길, 그리고 깊은 길이라고 부르는 두 통로와 연결되어 있었다. 광대한 숲 한가운데에 HB라고 표기된 부분이, 그곳에 실제로 존재하는 〈돼지등*hogback*〉이라는 이름의 공터를 가리키고 있다는 사실에는 의심의 여지가 없었지만, 크리스찬이나 나는 아직도 이 숲속의 빈 터를 찾아내지 못했다. 〈나선 떡갈나무〉, 〈죽은 물푸레나무 영역〉, 그리고 〈진동 암벽〉이라고 표기된 영역들도 있었다.

「아버지는 모든 생물은 에너지의 오라로 둘러싸여 있다고 믿고 있었어 — 사람의 경우에도, 어떤 종류의 조명을 받으면 희미한 빛을 발하는 것을 볼 수 있지. 저 고대의 숲, 〈원초의 숲〉에서는, 집적된 오라는 그 이상의 것, 극히 강렬한 그 무엇인가를 형성해. 우리의 무의식과 상호 작용할 수 있는 일종의 창조적인 장이라고나 할까. 그리고 아버지가 프리 미사고라고 부른 건 우리들의 무의식 속에 있어 — 여기서 미사고란 미스(myth, 神話)와 이마고(imago, 心象)의 합성어이고, 이상화된 신화 속 등장 인물의 이미지를 의미해. 이런 이미지는 자연 환경 속에서 실체화되지. 피와 살, 의복, 그리고 — 너도 봤다시피 — 무기 따위를 가지고 말이야. 이상화된 신화의 형태인 영웅상은 문화적인 변천과 함께 변화하고, 그 시대 특유의 정체성과 기술을 취하게 돼. 아버지의 이론을 따른다면, 한 문화가 다른 문화를 침략할 때면 영웅들이 출현하는 거야. 그것도 한 장소가 아니라 여러 장소에서! 역사학자들과 전승 연구가들은 브리튼 인들의 아서와 로빈 후드가 정말로 살고 싸웠던 곳이 어디인지에 관해 논쟁을 벌이지만, 그들이 많은 장소에서 동시에 존재했다는 사실을 깨닫지 못하고 있어. 그리고 또 한 가지 잊지 말아야 할 것은 미사고의 심상이 형성될 경우, 그것이 그 시대의 모든 사람들 속에 형성된다는 사실이야……. 그리고 그들이 더 이상 그것을 필요로 하지 않게 되면, 미사고는 우리의 집합 무의식 속에 그대로 남게 돼. 그리고 세대를 넘어서 전승되는 거지.」

「그렇다면 미사고의 변화하는 형태는」 하고 나는 말했다. 적당히 훑어본 아버지의 일기를 내가 제대로 이해하고 있는지 확인하고 싶어서였다. 「하나의 원형. 아버지가 우르스쿠머그라고 불렀던 고래(古來)의 근원적인 이미지에 그 뿌리를 두고 있고, 후세의 모든 형태는 바로 여기서 발생한다는 얘기군. 그리고 아버지는 자기 자신의 무의식 속에서 우르스쿠머그를 불러내려고 했어……」

「그리고 실패했던 거지.」 크리스찬이 말했다. 「결코 노력이 부족했던 건 아냐. 너무 노력했던 탓에 목숨을 잃었을 정도니까. 쇠약해진 몸이 그 노력에 도저히 보조를 맞추지 못했던 거야. 하지만 아무래도 아버지는 좀 더 후세에 적응한 우르스쿠머그 형태를 몇 개 창조해 낸 것 같아.」

많은 의문이 떠올랐다. 꼭 설명을 들어 보아야 할 분야가 너무나도 많았다. 특히 그 중 하나는 중요했다. 「하지만 그 일기를 내가 제대로 이해하고 있다면, 1천 년 전에는 나라 전체가 그 인물을, 정의의 편에 서서 행동해 줄 전설적인 인물을 필요로 하고 있었어. 그토록 걱정에 찬 분위기를 어떻게 단 한 사람의 힘으로 포착할 수 있단 말이지? 그런 상호 작용에 필요한 방대한 에너지를 어떻게 불어넣을 수 있다는 거지? 아버지가 우리 가족들에게 준 고통, 또 자기 머릿속에서 만들어 낸 고통 정도로는 엄두도 못 냈을 텐데 말이야. 그가 말했듯이 그런 고통은 마음을 어지럽혀서, 그가 정상적으로 행동하는 것을 방해하는 결과밖에는 낳지 않았어.」

「만약 그 질문에 대한 대답이 존재한다면,」 크리스찬은 조용하게 말했다. 「삼림 지대에서 찾을 수 있을 거야. 아마 그 〈돼지등〉 공터에서. 아버지는 혼자 보내는 시간이, 명상에 잠길 수 있는 기간이 필요하다고 기록해 놓았어. 근 1년 동안 나는 아버지와 완전히 똑같은 일을 해왔어. 아버지는 일종의 전기 브리지를 발명해서, 뇌의 두 반구의 여러 요소를 융합시키는 데 성공했던 것 같아. 나도 그와 함께, 혹은 단독으로 그 기구를 여러 번 써왔어. 하지만 난 그가 필요로 했던 복잡한 프로그램들 없이도 이미지를 ─ 프리 미사고들을 ─ 내 주변 시야에 불러일으킬 수 있다는 것을 알아냈지. 아버지는 선구자였어. 아버지는 숲과 상호 작용함으로써 그 뒤를 따르는 사람들이 더 쉽게 일할 수 있도록 해줬던 거야. 그리고 나는 젊어. 이 젊다는 점이 중요하다고 아버지는 생각하고 있었어. 아버지는 어느 정도 성공을 거뒀지. 나는 언젠가는 그의 일을 완성시킬 생각이야. 나는 인류 최초의 영웅인 우르스쿠머그를 부활시킬 거야.」

「뭘 이룩하기 위해서?」 나는 조용하게 물었다. 솔직히 말해서, 숲과 인간의 정신 양쪽에 깃들여 있는 그런 태고의 힘에 왜 간섭하고 싶어 하는지를 알 수 없었다. 크리스찬이 이들 죽은 형태를 실체화시킨다는 아이디어에 집착하고 있고, 또 아버지가 시작해

놓은 일을 끝마치려고 한다는 점은 확실했다. 그러나 아버지의 일기장에도, 크리스찬과의 대화에서도, 그토록 기괴한 자연 현상이 연구자에게 왜 그렇게 중요한 의미를 가지는지에 대해서는 일언반구도 언급이 없었던 것이다.

크리스찬은 답을 가지고 있었다. 그러나 그것을 말하는 그의 목소리는 공허했고, 불안감, 자기 자신이 하는 말이 정말로 진실인지를 확신하지 못하는 데서 오는 자신감의 결여가 엿보였다. 「물론 인류의 가장 오래된 시대를 연구하기 위해서야, 스티브. 이들 미사고를 통해서 우리는 그 시대가 실제로는 어땠는지, 또 그 시대의 희망이 무엇이었는지를 알 수 있어. 돌로 된 당시의 기념물조차 우리의 이해 범주를 완전히 벗어나 있을 정도로 태곳적에, 그들이 무엇을 희구하고 있었고, 어떤 야망을 품고 있었으며, 어떠한 문화적 정체성을 가지고 있었는지를 말이야. 그런 것들을 배우고, 우리들 각자의 마음속에 깊숙이 은닉된 채로 존속해 온 이미지들을 통해서 서로를 이해하는 거야.」

그는 말을 멈췄고, 그 뒤로 이어진 짧은 침묵을 깬 것은 괘종시계의 육중하고 규칙적인 소리뿐이었다. 나는 말했다. 「납득 못 하겠어, 크리스.」 한순간 나는 그가 노성(怒聲)을 발할 것이라고 생각했다. 내가 그의 대답을 냉정하게 부정해 보인 순간, 그의 얼굴에 피가 오르며 온몸이 긴장했고, 분노의 빛이 역력하게 떠올랐기 때문이다. 그러나 그런 걱정은 곧 무너졌고, 결국 그는 미간을 찌푸리며 무력하게 나를 응시했을 뿐이었다. 「그게 무슨 뜻이지?」

「훌륭한 이유들을 댔지만, 형 자신이 그걸 확신하고 있는 것 같지 않아.」

잠시 후 그는 내 말에 진실의 일단이 포함되어 있다는 사실을 수긍한 듯했다. 「아마 그런 확신은 사라져 버린 건지도 몰라. 다른……다른 일에 묻혀 버린 건지도. 귀네스. 내가 이제 돌아가고 싶어 하는 건 주로 그녀 때문이야.」

얼마 전에 그의 입에서 흘러나왔던 냉혹한 말이 떠올랐다. 그녀는 진짜 생명을 가지고 있지는 않지만, 수천 번이나 태어났다는 말. 그 즉시 나는 이해했다. 이토록 명백한 사실이 내게는 왜 그렇게 오랫동안 수수께끼로 남아 있었는지 의아할 정도였다.

「그녀 자신이 미사고였군.」 나는 말했다. 「이제 이해할 수 있어.」

「그녀는 아버지의 미사고였어. 로마 시대의 처녀이자 대지의 여신의 발현이었던 거야. 왕족의 전사이자, 온갖 수난을 겪음으로써, 일족을 통일하는 여성.」

「보디시아 여왕처럼 말이군.」 나는 말했다.

「부디카.」 크리스찬은 이렇게 정정했고, 고개를 가로저었다. 「부디카는 역사상의 실존 인물이야. 그녀를 둘러싼 전설의 많은 부분은 귀네스의 신화와 설화에서 영감을 얻은 것이지만 말이야. 귀네스의 전설은 기록에는 남아 있지 않아. 그녀의 시대, 그녀의 문화에서는 구비 전승이 지배적이었으니까. 따라서 글자로 씌어진 것은 전무해. 어떠한 로마 인이나 후세의 그리스도교 역사가도 그녀에 관해서는 언급하고 있지 않지만, 아버지는 귀네비어 여왕에 관한 초기의 설화들은 이런 잊혀진 전설의 일부에서 따온 것일지도 모른다고 생각하고 있었어. 그녀는 사람들의 기억에서 잊혀졌지만 ─」

「잠재된 기억에서는 사라지지 않았다는 얘기군!」

크리스찬은 고개를 끄덕였다. 「바로 그거야. 그녀의 이야기는 극히 오래되었고, 아주 낯익은 거야. 귀네스의 전설은 여러 선행(先行) 문화로부터 발생했고, 아마 빙하기 이후의 시대까지 거슬러 올라가는 건지도 몰라. 혹은 우르스쿠머그의 시대까지!」

「그렇다면 선행하는 각 시대에서 나온 이 소녀의 형태들도 숲에 존재하고 있다는 얘기야?」

크리스찬은 어깨를 움츠려 보였다. 「아버지는 한 사람도 보지 못했고, 나도 못 봤어. 하지만 〈틀림없이〉 그곳에 있을 거야.」

「그럼, 여기 왔던 여자의 전설은 어떤 것이었지, 크리스?」

그는 묘한 표정으로 나를 보았다.「확실하지가 않아. 우리의 친애하는 아버지께서는 귀네스의 이름이 기록된 페이지들을 일기장에서 모두 뜯어 냈거든. 그가 왜 그랬는지, 또 어디에 그것을 숨겼는지는 몰라. 내가 아는 건 그가 나한테 얘기했던 것들뿐이야. 또 구전이지.」그는 미소 지었다.「그녀는 두 자매 중 동생이 낳은 아이고, 아버지는 원시림 속의 숨겨진 캠프에 살고 있던 추방된 전사였어. 언니는 침략자들 중 한 사람의 아내였고, 아이를 낳지 못하는 몸인 데다가 질투심이 강했기 때문에 동생이 낳은 갓난아이를 빼앗아 갔어. 아기는 아버지가 보낸 아홉 마리의 매나 매 비슷한 새들에 의해 구조되었지. 그녀는 〈동물의 왕〉의 비호를 받으며 나라 전체에 퍼져 있는 삼림 공동체에서 자라났어. 충분히 성장해서 힘이 세진 후, 그녀는 전사였던 아버지의 영(靈)을 불러내서 침략자들을 몰아냈어.」

「얼마 안 되는군.」나는 말했다.

「단편에 불과하지.」크리스찬은 동의했다.「그것 말고도 숨을 쉬는 골짜기에 있는 반짝이는 돌에 관한 구절이 있었어. 아버지는 그녀에 관해서 알아냈거나, 혹은 그녀에게서 직접 들은 얘기들을 모조리 파기해 버렸어.」

「왜 그랬을까?」

크리스찬은 한순간 침묵했다가, 말을 이었다.「어쨌든 간에, 귀네스의 전설에서 영감을 얻은 많은 부족들은 침략자들에 대항해서 공세를 펼쳤어. 웨섹스의 족장, 즉 청동기 시대의 왕국이지. 스톤헨지 따위 말이야. 벨기에 켈트 족의 경우는 철기 시대, 로마인의 침략이 있었을 때였지.」그는 잠시 먼 곳을 바라보는 눈을 했다.「그리고 그녀는 이 숲에서 형성되었고, 나는 그녀를 만나 사랑에 빠졌어. 그녀는 공격적이지 않았어. 아마 아버지 자신이 여성이 공격적일 수 있다는 사실을 상상할 수 없었기 때문인지도 모르. 아버지는 그녀에게 그런 구조를 강요했고, 무장을 해제당하고 무력해진 그녀를 숲속에 그대로 내버려뒀던 거야.」

「얼마나 오래 그녀를 알고 지냈지?」 내가 이렇게 묻자 그는 어깨를 으쓱해 보였다.

「확실히는 모르겠어, 스티브. 난 얼마나 오래 여길 떠나 있었지?」

「대략 12일쯤.」

「그렇게 짧게?」 그는 놀란 듯했다. 「난 3주 이상 지났다고 생각했는데. 그렇다면 그녀를 알고 지낸 기간은 극히 짧았다고 해야 할지도 모르겠군. 하지만 난 몇 달이나 지난 것처럼 느껴져. 난 숲에서 그녀와 함께 살며, 그녀의 언어를 배우려고 노력하면서 우리말을 가르치려고도 해보았고, 손짓으로 의사 소통을 했을 때도 있었지만, 언제나 상당히 깊은 대화를 나눌 수 있었던 것 같아. 하지만 아버지는 깊은 숲까지, 끝까지 우리를 쫓아왔어. 결코 단념할 기색이 아니었어 — 그녀는 아버지의 여자였고, 그는 나만큼이나 그녀에게 푹 빠져 있었어. 어느 날 나는 숲의 가장자리에서 공포에 질리고 녹초가 된 채로 잎사귀에 반쯤 묻혀 있다시피 한 아버지를 발견했어. 나는 그를 집으로 데려왔고, 그는 한 달도 채 못 되어 죽었어. 그가 내 목숨을 노릴 이유가 있었을지도 모른다고 했던 건 바로 그런 뜻이었어. 그에게서 귀네스를 빼앗은 건 나였으니까.」

「그러고는 형도 그녀를 빼앗겼어. 그녀는 화살을 맞고 죽었어.」

「몇 달 후에 그렇게 됐지, 맞아. 너무나도 행복했던 나머지, 너무 안심하고 있었다고나 할까. 내가 너한테 편지를 썼던 건 누구에게든 그녀 얘기를 하고 싶어서 좀이 쑤셨기 때문이야……. 운명을 너무나도 우습게 보았던 건지도 몰라. 이틀 후에 나는 공터에서 죽어 가고 있는 그녀를 발견했어. 숲에서 도와줄 사람을 찾고, 그곳에 그냥 남겨 두고 왔더라면 그녀는 살 수 있었을지도 몰라. 하지만 나는 그녀를 숲 밖으로 데려왔고, 거기서 그녀는 죽었어.」 나를 바라보던 그의 슬픈 표정은 곧 굳은 결의로 바뀌었다. 「하지만 내가 다시 숲으로 돌아간다면, 나 자신의 무의식 속에 있는 그녀의 신화적 이미지가 다시 형성될 가능성이 있어……. 아버지의 버전보다는 좀 더 강인할지도 모르지만, 난 다시 그녀를 찾을 수 있을 거야. 스티브. 필사적으로 찾는다면, 또 아까 내가 얘기했던 에너지를 불러일으킬 수만 있다면, 숲속 깊숙한 곳으로 들어가서, 와륜의 중심에 도달만 한다면……」

나는 다시 지도를 보았다. 〈돼지등〉 공터 주위에 있는 나선의 장(場)을. 「문제가 뭐지? 그걸 찾지 못했어?」

「와륜의 위치는 자세하게 기록되어 있어. 가까이 갈 수는 있지만, 아무리 노력해도 그 주위를 에워싼 둘레 2백 야드의 장 너머로는 갈 수가 없었던 거야. 똑바로 걷고 있다고 자신하고 있는데도, 결국은 같은 장소를 빙빙 돌고 있는 나를 발견하게 돼. 나는 그 안으로 들어갈 수 없고, 그 정체가 무엇이든 간에 안에 있는 것 또한 밖으로 나올 수가 없어. 모든 미사고는 각자의 발생 영역에 매여 있지만, 트위글링, 그리고 귀네스만은 연못 옆에 있는 숲의 가장자리까지는 나올 수 있어.」

그러나 그것은 사실이 아니었다! 그것을 증명하기 위해 나는 하룻밤을 떨면서 보내지 않았던가. 「미사고 하나가 숲에서 나온 적이 있어……. 키가 큰 사내였고, 상상을 초월할 만큼 무시무시한 사냥개를 데리고 있었어. 뒤뜰까지 와서 돼지 다리를 하나 먹고 갔어.」

크리스찬은 아연실색했다. 「미사고라고? 틀림없어?」

「흐음, 아까까지만 해도 난 그의 정체가 뭔지 고민하고 있었어. 하지만 그 사내는 고약한 냄새를 풍겼고, 더러웠고, 몇 달 동안이나 숲에서 지낸 것 같았어. 이상한 언어를 말했고, 활과 화살을 가지고 있었지…….」

「그리고 사냥개와 함께 달렸단 말이지. 맞아, 그랬었군. 그건 청동기 시대 후반 내지는 철기 시대 초반에 매우 넓게 퍼져 있었던 이미지야. 아일랜드 인들은 그를 자신들의 쿠훌린[1]으로 받아들이고, 위대한 영웅으로 떠받들었지만, 그는 유럽 전체에서 볼 수 있는 가장 강력한 신화 이미지 중의 하나였어.」 크리스찬은 이마를 찌푸렸고, 말을 이었다. 「이해할 수 없군……. 1년 전에 내가 그를 목격했을 때는 이쪽에서 먼저 몸을 피했지만, 그는 빠른 속도로 스러져 가고 있었어, 죽어 가고 있었던 거지……. 일정 기간이 지나면 미사고들은 모두 그렇게 돼. 무엇인가가 그 미사고에게 힘을 불어넣고, 그것을 강화시켰던 것이 틀림없어…….」

「무엇인가가 아니라 누군가야, 크리스.」

「하지만 누가?」 그제야 그는 깨달은 듯했다. 그의 눈이 조금 커졌다. 「하느님 맙소사. 나로군. 나 자신의 마음이 그렇게 했던 거야. 아버지가 이 능력을 획득하는 데는 몇 년이나 걸렸고, 나도 한참을 기다려야 할 거라고 생각하고 있었는데. 숲에서 몇 달을 더 보내고, 좀 더 고립된 생활을 해야 한다고. 하지만 벌써 시작된 거야. 나 자신과 그 와륜의 상호 작용이…….」

그는 창백해진 안색으로 벽으로 걸어갔고, 그곳에 기대어 있던 자신의 지팡이를 집어 올려 무게를 가늠해 보는 듯한 시늉을 했다. 그는 지팡이를 응시했고, 그곳에 새겨진 표시를 만졌다.

「이게 무슨 뜻인지 너도 알지.」 그는 조용히 말했고, 내가 대답하기도 전에 말을 이었다. 「그녀는 형성될 거야. 그녀는 돌아와. 나의 귀네스는. 벌써 돌아와 있는 건지도 몰라.」

「당장 뛰쳐나가지는 마, 형. 잠시 기다리면서 쉬어야 해.」

그는 지팡이를 다시 벽에 걸어 놓았다. 「그럴 여유는 없어. 만약

---

[1] Chuchulain. 켈트 신화의 영웅.

그녀가 이미 형성되었다면, 위험에 처해 있을 거야. 당장 돌아가야 해.」 그는 나를 쳐다보더니 미안한 듯이 엷게 웃었다. 「미안해, 동생. 기껏 고향에 돌아왔는데 제대로 환영해 주지도 못하는군.」

5

 이런 연유로, 형제 간에 실로 오래간만에 성사되었던 짧은 해후를 즐길 틈도 없이, 나는 또다시 크리스찬과 헤어져야 했던 것이다. 그는 도저히 나와 대화를 나눌 기분이 아니었고, 홀로 숲 안에 갇혀 있는 귀네스가 걱정된 나머지 자신의 계획과, 이 불가능해 보이는 사랑의 성취에 대해 그가 느끼고 있는 희망과 두려움에 관해 내게 일일이 설명해 줄 수 있는 상태도 아니었다.

 그가 필요한 물건과 식량을 끌어 모으고 있는 동안 나는 그를 따라 주방과 집 안을 돌아다녔다. 그는 한 주, 혹은 두 주가 지나면 꼭 돌아오겠다고 내게 거듭 약속했다. 만약 그녀가 숲에 있다면 아무리 늦어도 그때까지는 찾을 수 있을 것이라는 얘기였다. 만약 그러지 못할 경우에는, 집으로 돌아와서 조금 기다렸다가 다시 깊숙한 영역으로 되돌아가서 그녀의 미사고를 형성해 보겠다고 했다. 1년이면 적대적인 미사고들의 대다수는 소멸해 버릴 터이고, 그녀는 좀 더 안전해질 것이라고 그는 말했다. 크리스찬의 사고는 혼란되어 있었고, 그녀를 좀 더 강화해서 사냥개를 끌고 다니던 그 사내와 같은 자유를 얻게 해주겠다는 그의 계획도, 아버지의 기록에 남겨진 증거를 생각하면 가능할 것 같지가 않았다. 그러나 크리스찬의 의지는 확고했다.

만약 미사고 한 명이 숲에서 도망칠 수 있다면, 그가 사랑하는 미사고도 그럴 수 있을 것이라는 논리였다.

그의 마음을 움직였던 계획 중 하나는, 어렸을 적에 우리가 야영했던 숲속의 공터까지 내가 동행하고, 그곳에서 텐트를 치고 기다린다는 나의 제안이었다. 그곳을 두 사람의 랑데부 장소로 삼는다면, 자신도 정상적인 시간 감각을 유지할 수 있을 것이라고 그는 말했다. 그리고 내가 숲에서 지내는 동안에는 다른 미사고들과 조우할 가능성이 있으므로, 그들의 정황을 그에게 알려 줄 수도 있었다. 그가 마음에 두고 있는 공터는 숲의 가장자리에 있었고, 매우 안전한 곳이었다.

혹시 나 자신의 마음이 미사고들을 생성하기 시작하면 어떻게 하느냐는 불안을 그에게 토로하자, 그는 최초의 프리 미사고 활동이 내 시야 가장자리에 유령 같은 존재로서 나타나게 되기까지는 몇 달이나 걸릴 것이라고 대답했다. 그러나 그 지역에 너무 오래 머물고 있는다면, 그는 내가 그 삼림 지대와 틀림없이 상호 작용을 시작할 것이라고 잘라 말했다. 왜냐하면 그는 최근 몇 년 동안 숲의 오라가 우리 집 쪽으로 점점 더 확산해 왔다고 믿고 있었기 때문이다.

다음날 아침 늦게 우리는 남쪽 길을 따라 걷기 시작했다. 엷고 노란 태양이 숲의 상공에 높이 걸려 있었다. 상쾌하게 맑게 갠 날이었고, 공기 중에서는 연기 냄새가 강하게 풍겼다. 멀리 떨어진 농장에서 여름 작물을 수확하고 남은 그루터기를 태우고 있는 것이다. 우리는 말없이 걸었고, 물레방아 연못에 곧 도달했다. 나는 크리스찬이 이곳에서 떡갈나무 숲으로 들어갈 것이라고 생각하고 있었지만, 현명하게도 그는 그러지 않았다. 우리가 어릴 적에 목격했던 기분 나쁜 그림자들 탓이라기보다는, 습지에 가까운 지면 상태 때문이었다. 그래서 우리는 길과 맞닿아 있는 숲의 나무들이 듬성듬성해지는 지점까지 걸어갔다. 여기서 크리스찬은 길을 벗어났다.

나는 그를 따라 숲속으로 들어갔고, 고사리와 쐐기풀의 덤불 속에서 지나기가 가장 쉬운 길을 찾아 나아가며, 주위의 깊은 정적을 음미했다. 숲의 가장자리에 해당하는 이곳에 자라 있는 나무들은 키는 작았지만, 1백 야드쯤 안으로 들어가자 오래된 나무들이 나타나기 시작했다. 몸통이 비고 반쯤 말라죽은, 마디투성이의 거대한 떡갈나무들이, 수없이 많은 나뭇가지의 무게에 신음하고 있는 듯이 구불거리며 지면 위로 자라 있었다. 지면은 약간 오르막길로 변했고, 복잡하게 뒤얽힌 덤불이 끊기면서 풍화되고 이끼가 낀 잿빛 석회암이 머리를 드러냈다. 비탈을 넘자 지면이 아래로 뚝 떨어졌고, 숲 전체에 미묘한 변화가 생겨났다. 어떤 이유에선지 숲은 좀 더 어두워지고, 좀 더 활기에 찬 것처럼 보였고, 숲 가장자리에서 날카롭게 울려 퍼지던 9월의 새 울음소리는 이곳에서는 애수를 띤 산발적인 지저귐소리로 바뀌어 있었다.

크리스찬은 가시나무 덤불을 헤치고 나아갔고, 나는 지친 몸을 이끌고 그 뒤를 따라갔다. 곧 옛날 우리가 야영한 적이 있었던 넓은 공터가 나왔다. 유별나게 큰 떡갈나무 한 그루가 주위를 압도하듯이 자라 있었다. 예전에 새겨 놓았던 우리들 이름 머릿글자들의 희미한 자국을 손으로 더듬어 보며 우리는 웃음을 터뜨렸다. 우리는 그 줄기 위에 감시탑을 세웠지만, 무성한 잎사귀에 가려서 거의 아무것도 보지 못했던 기억이 있다.

「내가 여기 어울린다고 생각해?」 크리스찬이 양팔을 옆으로 뻗어 보이며 물었다. 나는 케이프를 걸친 그의 모습을 훑어보며 씩 웃었다. 룬 문자가 새겨진 그의 지팡이도 이제는 덜 괴상하고, 오히려 기능적으로 보였다.

「누군가처럼 보이기는 해. 그게 정확히 누군지는 모르겠지만.」

그는 공터를 둘러보았다. 「가능한 한 자주 이곳으로 돌아오도록 노력할게. 뭔가 문제가 생기고, 이곳에서 너를 만날 수 없을 경우에는 메시지를 남겨 놓겠어. 네가 알아볼 수 있는 표시 같은 걸 남겨서…….」

「문제 따위는 생기지 않을 거야.」 나는 미소 지으며 말했다. 내가 이 공터 너머로 따라오는 것을 그가 원하고 있지 않다는 사실은 명백했고, 그 점에 관해서는 나도 이의가 없었다. 나는 한기를, 뭔가 따끔따끔하고, 누군가가 나를 보고 있는 듯한 기분을 느끼고 있었다. 크리스찬은 나의 이런 불쾌감을 알아차리고, 실은 자기도 그런 느낌을 받고 있다고 시인했다. 숲의 존재, 수목들이 조용하게 호흡하고 있는 듯한 느낌을.

우리는 악수를 한 다음 어색하게 포옹했다. 그는 발길을 돌려 어둑어둑한 숲속으로 걸어 들어갔다. 나는 그런 그의 뒷모습을 바라보았고, 귀를 기울이다가, 발소리가 완전히 사라진 다음에야 조그만 텐트를 치는 일에 착수했다.

9월 중에는 시원하고 건조한 날씨가 계속되었고, 이 무미건조한 기간에 나는 별로 하는 일도 없이 그냥 시간을 보냈다. 나는 집을 손보거나 아버지의 일기를 읽어 보았고(그러나 집요하게 되풀이되는 이미지와 생각에 곧 염증을 느꼈다), 숲속으로 들어가 텐트 안이나 그 부근에 앉아서, 혹시 크리스찬이 돌아오지 않을까 귀를 기울이며, 귀찮게 날아다니는 작은 벌레들을 쫓으며 어떤 움직임이 없는지 살펴보곤 했지만, 이 일에서도 점점 소원해졌다.

10월이 되자 비가 내렸고, 나는 크리스찬이 집을 나간 후 거의 한 달 가까이 지났다는 사실을 문득 깨닫고 놀라움에 가까운 감정을 느꼈다. 나도 모르는 새에 시간이 흐르면서, 나는 그것을 걱정하기는커녕 형은 자신이 무슨 일을 하고 있는지 숙지하고 있으니까, 때가 되면 어련히 알아서 돌아올 것이라고 지레짐작하고 있었던 것이다. 그러나 이미 몇 주가 지났음에도 불구하고, 그는 아무런 자취도 남기지 않았다. 적어도 한 번은 공터로 돌아와서, 자신이 지나갔다는 표시는 남겨 둘 수 있었을 텐데.

　아마 나는 필요 이상으로 그의 안부를 걱정하기 시작했던 것 같다. 비가 그치자마자 나는 숲속으로 터벅터벅 걸어 들어갔고, 비가 새는 허름한 캔버스 텐트 속에서 그를 기다리며 하루를 보냈다. 나는 산토끼를 보았고, 올빼미를 보았다. 멀리서 무엇인가가 움직이는 소리를 듣고는 「크리스찬? 형이야?」라고 외쳤지만 아무런 응답도 없었다.

　날씨는 점점 더 추워졌다. 텐트에서 보내는 시간도 더 길어졌다. 나는 담요와 떡갈나무 산장의 지하실에서 찾아낸 낡아빠진 방수포를 써서 간이 침낭을 만들었다. 텐트의 찢어진 틈을 수리하고, 식량과 맥주를 들여놓았다. 10월 중순이 되자 집에서 한 시간만 가만히 있어도 침착함을 잃었다. 이런 불안감을 해소하려면 공터로 되돌아가서 감시를 재개하고, 텐트 바로 안쪽에 책상다리를 하고 앉아 몇 야드 앞의 어둠을 바라보는 방법밖에는 없었다. 주뼛거리며 상당히 깊은 숲속을 탐험한 적도 몇 번 있었지만, 그때마다 숲의 고적함과, 누군가에게 감시당하고 있는 듯한, 피부가 따끔거리는 듯한 끈질긴 느낌을 지울 길이 없었다. 물론 이것은 모두 나의 상상이었거나, 숲의 동물들에 대한 극도로 과민한 반응에 불과했다. 근처의 덤불 안에서 누군가가 웅크린 채로 나를 훔쳐보고 있다고 지레짐작하고, 목이 터져라 고함을 지르며 그곳으로 달려간 나는, 붉은 다람쥐 한 마리가 기겁을 하고는 복잡하게 얽힌 떡갈나무 가지 위의 둥우리로 도망치는 것을 보았다.

　크리스찬은 도대체 어디에 있는 것일까? 나는 가능한 한 많은 종이에 메시지를 써서, 가능한 한 숲 깊숙이 들어가서 압정으로 고정해 놓았다. 그러나 숲 전체를 삼켜 버릴 듯한 그 거대하고 오목한 분지 안으로 너무 깊숙이 들어가면, 아무리 걸어도 몇 시간 후면 다시 공터의 텐트로 되돌아와 있고는 했다. 섬뜩한 동시에 울화가 치미는 현상이었다. 그러나 그 탓에 무성한 떡갈나무 숲에서 일직선으로 나아가지 못했던 크리스찬의 좌절감에 대해서도 이제는 어느 정도 이해하게 되었다. 아마 복잡하게 감긴 형태를 한 모종의 역장(力場)이 종내는 밖을 향하는 길로 침입자들을 이끄는 것일지도 모른다.

  곧 11월이 되었고, 추위는 한층 더 심해졌다. 얼음장 같은 비는 이제 산발적으로만 내렸지만, 잿빛으로 변한 무성한 잎사귀들 사이로 불어온 삭풍은 옷과 방수포와 살을 비집고 들어와서 뼈까지 얼려 버릴 듯했다. 나는 비참한 기분이었고, 크리스찬을 찾아 헤매면서도 점점 더 분노와 좌절의 포로가 되어 가고 있었다. 고함을 지르고 다니기 때문에 목이 쉬어 있기 일쑤였고, 살갗은 나무를 기어오르다가 생긴 물집과 긁힌 상처투성이였다. 나는 시간 감각을 상실했고, 내가 벌써 이틀, 혹은 사흘 동안 집을 비우고 숲을 헤매고 다녔다는 사실을 깨닫고 흠칫 놀라는 일도 여러 번 있었다. 떡갈나무 산장의 공기는 점점 더 혼탁해졌고, 적막감에 휩싸였다. 나는 몸을 씻고, 음식을 먹고, 휴식을 취하기 위해 산장을 이용했지만, 최악의 상태로부터 몸이 다시 회복되면 금세 크리스찬 생각을 했고, 불안감을 이기지 못하고 다시 공터로 되돌아가곤 했다. 마치 쇠붙이가 자석에 끌려가는 꼴이었다.

  형에게 뭔가 끔찍한 일이 일어났을지도 모른다는 생각이 점점 고개를 쳐들기 시작했다. 아니, 끔찍하다기보다는 그냥 자연스러운 일이었는지도 모른다. 숲속에 멧돼지가 사는 것이 사실이라면, 날카로운 엄니에 들이받혀 죽어 버렸거나, 혹은 중상을 입고, 고함을 질러 도움을 요청할 힘도 없는 상태로 숲의 중심부에서 밖을 향해 기어 나오고 있는 것인지도 모른다. 아니면 나무 위에서 떨어졌거나, 비를 맞은 채로 추위에 떨며 잠들었다가 아침이 되자 깨어나지 못했을 수도 있다.

나는 그의 유해나 그가 지나간 흔적을 찾아 숲을 헤맸지만, 단 하나의 단서도 얻을 수 없었다. 그 대신에 뭔가 커다란 동물의 발자국과, 엄니를 가진 동물이 비비고 지나갔다고밖에는 생각할 수 없는 자국을 몇 그루의 떡갈나무 밑동에서 발견했을 뿐이었다.

그러나 이런 암울한 기분도 시간이 흐름에 따라 스러져 갔고, 11월 중순이 되자 나는 크리스찬이 살아 있다는 사실을 또다시 확신하고 있었다. 내 육감에 의하면 그는 이 가을 숲의 어딘가에 갇혀서 빠져나오지 못하고 있는 것이 틀림없었다.

2주 만에 나는 마을로 갔고, 식료품을 확보한 다음, 조그만 신문 판매점에 쌓여 있던 신문을 받아 왔다. 지방 신문의 일면을 훑어보았을 때, 남자 한 명과 아이리시 울프하운드 한 마리의 부패된 시체가 그림리 부근의 농장에 있는 도랑에서 발견되었다는 기사가 눈에 들어왔다. 살해되었을 가능성은 없는 것으로 판명되었다. 아무런 감정도 느끼지 않았지만, 나는 기묘한 오한을 느꼈고, 꿈을 찾아 헤매는 크리스찬에 대한 동정심을 느꼈다. 귀네스를 해방시키겠다는 크리스찬의 바로 그런 꿈에 지나지 않았던 것이다. 그의 이런 열망이나 욕구도 결국은 좌절할 운명에 처해 있었다.

미사고와는 단 두 번 조우했을 뿐이었고, 양쪽 모두 특기할 만한 경험은 아니었다. 처음에 본 것은 공터 주위를 배회하며 나를 바라보던 희미한 인간의 형태였다. 이것은 잠시 후 짧은 나무 막대기로 나무줄기를 때리면서 어둠을 향해 도망쳤다. 두 번째는 트위글링이었다. 나는 물레방아 연못까지 걸어가는 그의 뒤를 몰래 밟았고, 그가 나무 사이에 서서 보트 격납고를 응시하는 것을 보았다. 이들 현상은 특별히 두려움을 주지는 않았고, 단지 희미한 불안을 느꼈을 뿐이었다. 그러나 나는 두 번째의 조우 후에야 이들 미사고에게 이 숲이 얼마나 이질적인 것이며, 숲에게 이들 미사고들이 얼마나 이질적인 것인가를 깨달았다. 본디 소속되어 있던 연대로부터 까마아득하게 떨어진 시대에 창조된 이들 생물들, 실체를 얻은 먼 과거의 메아리들은, 전쟁의 상처가 채 아물지 않은 1947년의 이 세계에는 전혀 걸맞지 않은 생명과 언어, 그리고 일종의 광포함을 지니고 있었다. 이 숲의 오라에 이토록 강렬한 고립감이 깃들여 있는 것도 하등 이상할 것이 없었다. 전염성을 가진 이 고독은 아버지의 육체, 그 뒤에는 크리스찬의 육체에 깃들였고, 바야흐로 나 자신의 살갗에까지 스며들려 하고 있었다. 그냥 놓아두면 나도 이것에 사로잡히고 말 것이다.

내가 환영을 보기 시작한 것도 이 시기였다. 특히 황혼 녘에 숲 쪽을 응시하고 있으면 시야 가장자리에서 어떤 움직임이 보였다. 처음에는 피로, 혹은 허깨비를 본 탓으로 돌렸지만, 곧 초기의 이미지인 프리 미사고들이 언제나 주변 시야에 나타나는 과정을 묘사한 일기장의 구절이 뇌리에 되살아났다. 처음에는 두려웠고, 그런 존재들이 나 자신의 마음속에 살고 있으며, 나와 숲 사이의 상호 작용이 크리스찬이 생각했던 것보다 훨씬 빨리 일어났다는 사실을 인정하지 않으려고 했다. 잠시 후 나는 이들을 상세히 관찰해 보려고 했다. 그러나 실패했다. 이들의 출현을 유도해 낸 장이 무엇이든 간에 움직임, 그리고 이따금 인간을 닮은 형태를 감지할 수는 있었지만, 그 모습을 완전히 시야에 포착하기에는 그 힘이 충분하지 않았다. 혹은 내 마음이 아직 그들의 출현을 완전히 통제하지 못하고 있는 것인지도 모르겠다.

11월 24일에 나는 집으로 돌아가서 라디오를 들으며 몇 시간 동안 휴식을 취했다. 뇌우가 머리 위를 통과했고, 어두운 하늘에서 억수처럼 쏟아지는 비를 바라보고 있자니 침울하고 비참한 기분이 들었다. 그러나 비가 그치고 구름이 빛나기 시작하자마자 나는 어깨에 방수포를 걸치고 공터로 되돌아갔다. 변화가 있으리라고는 전혀 기대하고 있지 않았기 때문에, 그것과 직면했을 때 내가 느낀 감정은 놀라움이라기보다는 충격에 가까웠다.

텐트는 파괴되어 있었고, 안에 들어 있던 물건들은 비에 젖은 공터의 풀밭 위에 마구 널려진 채로 짓밟혀 있었다. 텐트 고정용 밧줄의 일부가 커다란 떡갈나무의 높은 가지에 걸려 있었고, 부근의 지면은 마치 그 위에서 누가 싸움을 벌인 것처럼 짓이겨져 있었다. 텐트를 쳐놓았던 곳으로 가보자 여기저기에 기묘한 발자국이 나 있는 것이 보였다. 둥글고 끝이 갈라진 것을 보니 마치 소의 발굽 같다는 인상을 받았다. 무슨 짐승이었는지는 모르겠지만, 그것은 캔버스 천의 텐트를 완전히 찢어발겨 놓았다.

그제야 숲이 쥐 죽은 듯이 고요하다는 사실을 깨달았다. 마치 숨을 죽이고 이쪽을 바라보고 있는 듯했다. 온몸의 털이 곤두섰고, 심장이 쿵쿵 뛰기 시작한 탓에 가슴이 터질 듯했다. 갈가리 찢긴 텐트 옆에 멍하게 1, 2초쯤 서 있던 나는 갑작스런 공포에 사로잡혔다. 머리가 핑핑 돌았고, 숲이 사방에서 조여 오는 듯한 느낌을 받았다. 나는 공터에서 뛰쳐나왔고, 두 그루의 두꺼운 떡갈나무 줄기 사이에 있는 젖은 덤불 속으로 뛰어들었다. 엷은 어둠 속에서 무턱대고 몇 야드를 뛰어가다가, 내가 숲의 가장자리에서 멀어지고 있다는 사실을 깨달았다. 그때 나는 절규를 했던 것 같다. 나는 뒤로 돌아 왔던 길을 달려가기 시작했다.

곁에 있던 나무줄기에 창이 푹 박혔고, 나는 미처 멈춰 서지 못하고 검은 창자루와 부딪쳤다. 느닷없이 누가 내 어깨를 움켜쥐고 그 나무를 향해 내 몸을 밀어붙였다. 나는 공포에 떨며 비명을 질렀고, 진흙으로 더럽혀지고, 일그러진 습격자의 얼굴을 응시했다. 그는 나를 향해 고함질렀다.

「입 닥쳐, 스티브! 제발 부탁이니, 입을 다물고 있어!」

돌연한 공포는 사그라졌고, 나의 절규는 흐느낌으로 변했다. 나는 내 어깨를 부여잡고 있는 사내의 화난 얼굴을 뚫어지게 쳐다보았다. 그가 크리스찬이라는 사실을 나는 깨달았고, 여기서 비롯된 안도감이 너무나도 컸던 탓에 나는 엉겁결에 웃기 시작했고, 형의 몰골이 완전히 변해 버렸다는 사실도 한동안 눈치 채지 못했다.

그는 공터를 되돌아보고 있었다. 「넌 여기서 나가야 돼.」 그는 이렇게 말했고, 내가 대답을 하기도 전에 다짜고짜 나를 뛰게 했고, 질질 끌다시피 해서 텐트로 데려갔다.

공터에 도착하자 그는 주저하듯이 나를 보았다. 진흙과 갈색의 낙엽으로 이루어진 가면 뒤에서 미소는 찾아볼 수 없었다. 눈은 반짝였지만, 가늘게 뜬 눈가에는 깊은 주름이 잡혀 있었다. 머리카락은 젖어서 미끌미끌했고, 여기저기에서 비죽비죽 튀어나와 있었다. 허리에 두른 천과, 그다지 따뜻할 것 같지는 않은 다 해어진 가죽 윗도리가 그가 입은 옷의 전부였다. 그는 지독하게 날카로워 보이는 창 촉이 달린 창을 세 개 지니고 있었다. 여름에 만났던 해골처럼 깡마른 사내는 완전히 사라져 있었다. 그는 근육질의 단단한 몸을 하고 있었고, 가슴도 팔다리도 두꺼워져 있었다. 전사의 체격이었다.

「넌 당장 숲에서 나가야 해, 스티브. 그리고 제발 부탁이니 다시는 돌아오지 마.」

「무슨 일이 일어난 거야, 형……?」 나는 더듬거리며 말했지만, 그는 고개를 가로젓고는 나를 잡아끌며 공터를 가로질러 갔고, 남쪽 길이 있는 쪽의 숲으로 들어갔다.

즉시 그는 멈춰 섰고, 나를 붙든 채로 어스름한 어둠 속을 응시했다. 「뭐야, 크리스?」

그러자 내게도 그 소리가 들려왔다. 쿵쿵거리는 소리, 무엇인가가 고사리 덤불과 나무들을 헤치며 우리가 있는 쪽으로 다가오고 있다. 크리스찬의 시선이 향한 쪽을 쳐다보니, 키가 보통 사람의 두 배는 되어 보이는 괴물의 모습이 눈에 들어왔다. 그러나 괴물은 인간 모양을 하고 있었다. 구부정하게 등을 굽히고, 얼굴 전체에 퍼져 있는 커다란 흰색 반점을 제외하면 칠흑처럼 새까맣다. 거리와 어둠 탓에 아직 이목구비를 알아볼 수는 없었다.

「하느님, 결국 나와 버렸군!」 크리스찬이 말했다. 「숲의 가장자리와 우리 사이를 막고 서 있어.」

「저게 뭐야? 미사고야?」

「미사고 중의 미사고야.」 크리스찬은 재빨리 대답했고, 몸을 돌리더니 다시 공터를 가로질러 갔다. 온몸이 피로했지만, 나 또한 그의 뒤를 쫓았다.

「우르스쿠머그? 저것이? 하지만 저건 인간이 아냐……. 저건 짐승이야. 저렇게 키가 큰 인간이 존재했을 리가 없어.」

뛰면서 뒤를 돌아보자, 괴물이 공터로 들어온 후, 눈 깜짝할 새에 트인 공간을 횡단해 오는 것이 보였다. 그 동작이 너무나도 빨랐기 때문에, 마치 영화 필름을 빨리 돌린 것처럼 보였다. 괴물은 우리 뒤쪽의 숲으로 뛰어 들어왔고, 어둠 속으로 녹아들었다. 그러나 지금은 나무 사이를 누비며 뛰고 있었고, 놀라운 속도로 거리를 좁히며 우리를 추적해 왔다.

느닷없이 발치에서 땅이 꺼졌다. 나는 지면에 움푹 파인 구멍으로 굴러 떨어졌지만, 크리스찬이 손을 내밀어 내 몸을 부축해 주었다. 그는 가시덤불을 끌어 모아 우리 몸을 덮은 다음 손가락을 입술에 갖다 댔다. 이 어두운 구멍 속에서 그의 얼굴은 제대로 보이지 않았지만, 우르스쿠머그가 내는 소리가 점점 멀어져 가는 것을 들을 수는 있었기 때문에 그에게 질문을 했다.

「이제 가버린 건가?」

「아니, 그럴 가능성은 거의 없어.」 크리스찬이 말했다. 「기다리면서 귀를 기울이고 있는 거야. 놈은 숲의 깊숙한 영역에서 나와서 이틀 동안 나를 추적했어. 내가 죽을 때까지는 절대로 단념 안 할걸.」

「하지만 왜, 크리스? 왜 놈은 형을 죽이려고 하는 거지?」

「저건 아버지의 미사고야.」 그는 말했다. 「아버지는 숲의 중심부에서 저것을 실체화시켰지만, 놈의 힘은 약했고 그곳에서 빠져나오지도 못했어. 거기로 간 내게서 힘을 끌어낼 때까진 말이야.

하지만 저건 아버지의 미사고이기 때문에, 아버지 자신의 마음, 그의 자아를 조금 닮아 있어. 아아, 스티브, 아버지는 얼마나 나를, 우리를 미워했기에 저런 끔찍한 공포를 저 괴물 안에 심어 놓은 것일까.」

「그리고 귀네스는……」 나는 말했다.

「응, 귀네스는……」 크리스찬은 내 말을 되풀이했다. 아까보다는 부드러운 말투였다. 「그 때문에 앙심을 품고 내게 복수하려는 거야. 내가 조금이라도 틈을 보인다면 끝장이야.」

그는 몸을 뻗어 가시나무의 덮개 사이로 주위를 살폈다. 멀리서 부스럭거리며 움직이는 소리를 들을 수 있었다. 짐승이 목청 깊은 곳에서 으르렁거리며 내는 소리를 들은 것 같기도 했다.

「난 아버지가 원초의 미사고를 만드는 데 실패했다고 생각했어.」 크리스찬은 말했다. 「실패했다고 생각하고 죽었지. 자신이 얼마나 큰 성공을 거뒀는지 알면, 어떻게 반응했을지 궁금하군.」 그는 구멍 안에서 다시 몸을 웅크렸다. 「저건 멧돼지를 닮았어. 반은 멧돼지이고, 반은 사람인 동시에, 원시림에 사는 다른 짐승들의 요소도 섞여 있어. 직립 보행 하지만, 바람처럼 빨리 달릴 수 있어. 인간의 얼굴처럼 보이도록 얼굴에 흰 도료를 처바르고 있지. 저것이 어떤 시대에 살고 있었던 간에, 확실한 것이 하나 있어. 우리가 이해하는 〈인간〉이 태어나기 훨씬 전부터 저것이 있어 왔다는 사실이야. 저건 인간과 자연이 너무나도 가까웠던 탓에 서로를 뚜렷이 구분하지도 못했던 시대에서 온 존재야.」

그러고는 그는 내 팔에 손을 갖다 댔다. 주저하는 듯한 손길이었다. 마치 점점 소원해진 사람과 접촉하는 것을 두려워하기라도 하듯이.

「뛸 때는 숲의 가장자리를 향해서 뛰어.」 그는 말했다. 「절대로 멈춰서면 안 돼. 그리고 숲에서 나간 뒤에는, 다시는 돌아오지 마. 내겐 더 이상 도망칠 방법이 없어. 나는 내 마음속에 존재하는 그 무엇인가로 인해 이 숲에 갇혀 버렸어. 마치 나도 미사고가 된 것처럼 말이야. 그러니까 돌아오면 안 돼, 스티브. 아주 오랜 시간이 지나지 않는 이상.」

「크리스 —」 나는 입을 열었지만, 이미 때가 늦어 있었다. 그는 구멍을 가리고 있던 덮개를 벗어 던지고 도망치기 시작했던 것이다. 잠시 후 거대한 그림자가 내 머리 위를 통과했다. 거대한 검은색 발이 얼어붙은 나의 몸에서 한 뼘도 채 떨어져 있지 않은 지점을 밟았고, 눈 깜짝할 새에 시야에서 사라졌다. 그러나 구멍에서 허겁지겁 빠져나와 달리기 시작한 내가 뒤를 흘끗 돌아보았을 때, 내가 낸 기척을 들은 괴물도 뒤를 돌아보았다. 숲속에서 반대 방향을 향해 달리며 서로를 응시했던 그 순간, 나는 거무스름한 멧돼지의 이목구비 위에 그려진 얼굴을 보았다.

우르스쿠머그는 포효하기 위해 입을 열었고, 그 순간 아버지는 나를 향해 조소를 던진 것처럼 보였다.

제2부
사냥꾼들

1

 어느 이른 봄날 아침, 주방에 있는 취사용 갈고리에 산토끼 한 쌍이 매달려 있는 것을 발견했다. 그 밑의 페인트칠된 노란 벽 위에 〈C〉라는 글자가 새겨져 있었다. 2주 뒤에도 같은 선물을 받았지만, 그것을 마지막으로 두 달이 지나갔다.
 나는 숲으로 되돌아가지 않았다.
 긴 겨울 내내 나는 아버지의 일기를 열 번은 되풀이해서 읽어 보았고, 그가 자기 자신의 무의식과 원초의 숲 사이의 신비적인 관계를 해명하는 데 몰두했던 것처럼 그의 인생의 신비를 풀어 내는 일에 몰두했다. 아버지의 불규칙한 기록 중에는 그가 한번은 〈자아의 신화적인 이상(理想)〉이라고 불렀던 것에 대한 위기감, 창조 과정에 창조자의 마음이 관여함으로써 미사고 형태들의 모습과 행동이 영향을 받을지도 모른다는 우려에 대해 언급한 부분이 많이 포함되어 있었다. 그렇다면 그는 이 위험에 관해 알고 있었다는 얘기가 된다. 그러나 크리스찬이 숲에서 일어나고 있는 이 오컬트적인 과정의 가장 미묘한 부분을 완전히 파악하고 있었는지는 의심스럽다. 아버지의 마음속에 깃들여 있던 어둠과 고통이 자아낸 한 타래의 실에서 녹색 튜닉을 입은 소녀가 만들어졌고, 그녀 본래의 형태와는 완전히 상반되는 숲에 연약한 그녀를 내팽개친다는 결과를 가져왔던 것이다. 그러나 그녀가 또다시 출현한다면, 이번에 그녀를 통제하는 것은 크리스찬의 마음이었고, 크리스찬은 여자의 강함이나 약함에 대해 아버지 같은 선입견은 가지고 있지 않았다.

똑같은 만남이 되풀이되지는 않을 것이다.

일기 자체는 나를 당혹케 하는 동시에 슬프게 만들었다. 전쟁 전의 몇 년 동안 우리 가족에게 일어났던 일들, 특히 크리스와 나에 관해 언급한 부분이 많이 포함되어 있었던 것이다. 마치 아버지가 줄곧 우리를 지켜보고 있었고, 그런 의미에서는 우리와 밀접하고 가까운 관계를 유지했다는 느낌을 받았다. 그러나 우리를 바라보는 그의 시선은 언제나 무감동하고, 냉정했던 것이다. 나 따위는 전혀 안중에도 없는 줄 알고 있었다. 그의 인생에서 나는 단지 귀찮은 존재, 귀찮아 하며 손을 흔들어 쫓아 버리는 벌레처럼 하찮은 존재에 불과하다고 믿고 있었던 것이다. 그러나 그는 나의 일거수일투족에 주목하고 있었고, 내가 집 밖에서 놀거나, 숲이나 그 주변을 돌아다녔을 때 보인 행동을 꼼꼼히 기록해 놓고 있었다.

짤막하고 황급한 필치로 기록된 한 사건은 내가 아홉 살이나 열 살이었을 무렵에 경험한 어떤 긴 여름날의 기억을 불러일으켰다. 크리스는 쓰러진 너도밤나무의 일부를 깎아 조그만 나무 배를 만들었고, 나는 그 위에 색깔을 칠했다. 장난감 배와, 우리가 〈스티클브룩〉이라고 부르던 개울, 그리고 뜰 남쪽에 있는 숲을 지나가는 급류 탐험. 순진 무구하고 어린애다운 놀이였다. 아버지는 서재의 창문에서 줄곧 우리들을 바라보던 음울한 검은 그림자였다.

밝고 상쾌한 새벽으로 시작된 그날은 아침부터 맑게 개어 있었다. 잠에서 깨자 창문 밖에 자라 있는 너도밤나무 가지 위에 웅크리고 있는 크리스의 모습이 눈에 들어왔다. 나도 잠옷 바람으로 창문 밖으로 기어 나갔고, 우리의 비밀 캠프 안에 함께 앉아, 이 부근의 경작지에서 일하는 농부가 멀리서 일하는 광경을 바라보았다. 집 안 어딘가에서 누군가가 돌아다니는 기척이 났고, 나는 오늘 날씨가 너무 좋은 탓에 가정부가 일찍 온 것이라고 생각했다.

크리스는 이미 배 모양으로 깎아 낸 나무 조각을 들고 있었다. 우리는 강을 따라가며 이 배가 경험할 멋진 모험에 관해 얘기를 나눴다. 우리는 우당탕거리며 방 안으로 되돌아가 옷을 갈아입었고, 졸린 기색의 어머니가 차려 준 아침을 후닥닥 먹어 치운 다음 작업장으로 뛰어 들어갔다. 우리는 금세 만들어진 돛대를 선체에 박아 넣었다. 나는 선체 겉쪽을 빨간 페인트로 칠했고, 마스트 양쪽의 선체에 우리 이름의 머릿글자를 써넣었다. 종이로 돛을 만들고, 노끈으로 밧줄을 대신하자, 멋진 범선이 완성되었다.

뜰에서 뛰쳐나간 우리는 울창하고 고즈넉한 숲을 우회했고, 배를 띄울 개울을 찾아갔다.

7월 말이었다고 기억한다. 공기는 후텁지근하게 가라앉아 있었다. 개울의 수위는 낮았고, 가파르고 메마른 양쪽 둑에는 양의 배설물이 널려 있었다. 개울 바닥의 돌과 진흙에서 수초 같은 것이 자라나 있는 부분의 수면은 조금 초록빛을 띠고 있었다. 그러나 개울은 천천히, 힘차게 흘러갔고, 들판을 구불구불 지나가다가 벼락 맞아 쪼개진 나무들 사이를 통과하고, 점점 더 무성해지는 덤불 속으로 들어가서, 마지막에는 무너진 수문 아래로 들어간다. 이 수문은 잡초와 검은딸기와 관목 따위로 거의 뒤덮여 있다시피 했다. 개울을 가로막는 이 수문을 설치한 사람은 알폰스 제프리스라는 이름의 농부였다. 크리스나 나 같은 〈개구쟁이들〉이 그 너머의 수심이 깊은 곳까지 헤집고 나가는 것을 막기 위해서였다. 그 너머로 갈수록 개울 폭은 점점 더 넓어지고 물살도 더 강해진다.

그러나 이 수문은 거의 썩어 있었기 때문에, 우리들의 꿈의 배는 완전히 뚫려 있는 아래쪽의 틈새로 쉽게 통과할 수 있을 것이다.

 크리스는 거창한 몸짓으로 장난감 배를 물 위에 올려놓고는, 엄숙한 목소리로 「이 배의 승무원들에게 행운이 있으라!」라고 선언했다. 나도 「이 크나큰 모험을 무사히 치를 수 있기를! 대영제국 해군의 〈보이저〉 호에게 행운이 있으라!」고 덧붙였다. (이 거창한 이름은 당시 우리들이 애독하던 소년 만화에서 따온 것이다.)

 크리스는 배를 잡은 손을 놓았다. 배는 상하로 요동하고 회전하며 우리들에게서 멀어져 갔고, 수면 위에서는 좀 불안한 모습을 보였다. 우리 배가 진짜 범선처럼 비스듬히 선체를 기울이면서, 넘실거리는 물결을 따라 오르락내리락하지 않았기 때문에 나는 실망했다. 그러나 이 조그만 배가 숲을 향해 빙글빙글 돌며 나아가는 광경을 보자 가슴이 뛰었다. 수문 너머로 사라지기 직전, 드디어 배는 진짜 바다 위를 나아가는 것처럼 똑바로 섰고, 장애물을 지나는 순간 돛대가 밑으로 살짝 내려가는 것이 보였다. 배는 시야에서 사라졌다.

 진짜 재미는 지금부터였다. 우리는 숨을 헐떡이며 숲의 가장자리를 향해 달려갔다. 잘 익은 옥수수 밭을 지나, 폐선로를 따라가다가, 소의 방목지를 가로질러 꽤 오랫동안 달렸다. (한쪽 귀퉁이에서 황소 한 마리가 풀을 뜯어먹고 있었다. 고개를 들어 우리를 바라보며 음매 하는 소리를 냈지만, 충분히 만족하고 있는 표정이었다.)

 들판을 가로지르자 떡갈나무 숲의 북쪽 가장자리가 나왔다. 스티클브룩이 다시 모습을 드러내는 곳이다. 좀 더 폭이 넓고 수심이 얕은 강으로 바뀌어서.

 우리는 그곳에 앉아 기다렸다. 배가 나타나면 환영할 작정이었다.

 긴 오후 시간 내내 따스한 햇살 아래에서 뛰어 놀며, 언제 우리 배가 나타날지를 기다리며 어둑어둑한 숲속을 열심히 바라보고 있었을 때, 나는 조그만 배가 온갖 기묘한 짐승들과, 급류와, 소용돌이와 마주치는 광경을 상상하고 있었다. 거친 파도에도 굴하지 않고 용감하게 맞서 싸우고, 뱃전 너머로 머리를 쑥 내미는 수달과 물쥐들로부터 도주하는 광경이 선명하게 뇌리에 떠올랐다. 이런 상상, 장난감 배가 불러일으킨 이런 드라마야말로 이 항해의 본질이었다.

이 배가 스티클브룩의 넘실거리는 파도를 타고 등장하기를 우리는 얼마나 열렬히 바랐던가! 그랬더라면 이 배의 항로와, 모험과, 아슬아슬한 탈출에 관해 두고두고 얘기할 수 있었을 것이다.

그러나 배는 나타나지 않았다. 우리는 저 어두운 밀림 어딘가에서, 우리의 배가 나뭇가지 따위에 걸려서 움직일 수 없게 되고, 그냥 썩어서 흙으로 돌아갈 것이라는 냉엄한 현실에 직면해야 했다.

해가 질 무렵, 우리는 풀이 죽어서 집으로 돌아왔다. 여름 방학은 이렇게 운 없는 사건으로 시작되었지만, 우리는 곧 배에 관해 잊어버렸다.

6주 후, 버스와 열차를 타고 학교로 돌아가야 되는 날이 되기 며칠 전에, 크리스찬과 나는 숲의 북쪽 가장자리로 가보았다. 이번에는 이모가 기르는 두 마리의 스프링거 스패니얼을 산책시키기 위해서였다. 에디 이모는 지독한 잔소리꾼이었기 때문에, 우리는 9월의 금요일 같은 그 흐리고 축축한 날에도 집에서 나올 수만 있다면 그 어떤 구실도 마다하지 않았다.

스티클브룩을 지나쳤을 때, 우리는 놀라 환성을 질렀다. 〈보이저〉호가 핑핑 돌며 물살을 따라 질주하고 있었기 때문이다. 개울은 8월 말에 내린 비 때문에 수위가 높아져 있었다. 배는 물길을 따라 당당하게 움직였고, 기울어져도 오뚝이처럼 다시 일어서면서 빠른 속도로 전진하고 있었다.

우리는 개울둑을 따라 달렸다. 느닷없이 시작된 달리기에 기뻐한 개들은 미친 듯이 짖으며 우리 뒤를 따라왔다. 마침내 크리스찬은 빙글빙글 도는 배를 따라잡았고, 개울 위로 손을 뻗쳐 조그만 장난감 배를 집어 올렸다.

그는 배의 물기를 털어 내고 기쁨에 찬 얼굴로 높이 들어 올렸다. 나도 헐떡거리며 그의 곁으로 가서 장난감 배를 받아 들었다. 돛은 아직도 건재했고, 내가 새긴 머릿글자들도 아직 남아 있었다. 우리의 꿈이 담긴 이 조그만 배는 우리가 이것을 떠나 보냈을 때와 똑같은 모습을 하고 있었다.

「아마 어디 걸려 있다가 개울물이 부니까 빠져나왔나 봐.」 크리스가 말했다. 그것 말고 달리 어떤 설명이 있단 말인가?

그럼에도 불구하고, 바로 이날, 아버지는 일기장에 이렇게 쓰고 있었다.

숲의 주변부에서조차 시간은 어느 정도 왜곡되어 있다. 내가 추측했던 대로이다. 원초의 숲이 발하는 오라는 차원의 성질에 현저한 영향을 끼친다. 어떤 의미에서 내 자식들은 삼림 지대의 가장자리를 에워싸고 흐르는 — 나는 그렇게 믿고 있다 — 시냇물에 장난감 배를 흘려 보냄으로써, 내가 할 실험을 대신해 줬다고도 할 수 있다. 현실상의 거리는 1마일도 채 되지 않았지만, 배가 외부의 영역들을 주파하는 데는 6주나 걸렸다. 6주! 윈-존스의 추측대로 숲으로 깊이 들어가면 들어갈수록 시간과 공간의 한계가 더 확산된다면, 도대체 얼마나 기괴한 풍경이 출현할 것일까?

크리스찬이 자취를 감췄던 습하고 긴 겨울 동안, 나는 집 안 깊숙이 있는 어둡고 곰팡내 나는 방 — 아버지의 서재에서 점점 더 오랜 시간을 보내게 되었다. 책과 표본들 사이에 둘러싸여 있으면 묘한 위안을 받았다. 몇 시간이고 그의 책상 앞에 앉아서, 책을 읽지도 않고, 아무런 생각도 하지 않고, 무엇인가를 기다리는 듯이 공중을 바라보는 버릇이 생겼다. 그러다가도 내가 이상한 행동을 하고 있다는 사실을 깨닫고는 퍼뜩 제정신으로 돌아와서 초조해 하곤 했다.

써야 할 편지가 산적해 있었다. 대부분 재정 상태에 관계된 것이었다. 생활비가 눈에 띄게 줄어들고 있었고, 앞으로 몇 달 동안 빈둥거리며 지낼 정도밖에는 남아 있지 않았다. 그러나 흐르는 시간 속에서 그런 하찮은 일상사에 정신을 집중하는 것은 쉽지 않았다. 크리스찬은 여전히 실종 상태인 것이다. 바람과 비가 마치 살아 있는 생물처럼 프랑스 식 창의 더러워진 유리를 때렸을 때는 형을 따라가라는 소리처럼 들렸다.

그러는 것이 너무나도 두려웠다. 그 짐승이 ― 또다시 나를 무시하고 ― 크리스찬을 따라 라이호프 숲 깊숙이 들어갔다는 사실을 알고 있었음에도 불구하고, 그 만남을 되풀이하고 싶은 생각은 추호도 없었다. 숲으로 한번 들어가려고 했다가, 낭패하고 고민하면서 비틀비틀 집으로 돌아온 적도 있었다. 이제 내가 할 수 있는 일이란 고작 숲 가장자리를 돌며 크리스찬의 이름을 부르는 일뿐이었다. 크리스찬의 갑작스런 출현을 고대하며.

멍하게 서서, 서재의 프랑스 식 창 너머로 숲을 바라보며 도대체 얼마나 오랜 시간을 보냈던가? 몇 시간? 며칠? 혹은 몇 주였는지도 모른다. 아이들, 마을 사람들, 농장에서 일하는 젊은이들의 모습이 이따금 눈에 띄곤 하지만, 이들 모두가 들판을 서둘러 가로지르거나, 숲을 우회하거나, 농장을 가로지르는 공용 도로로 다닐 뿐이었다. 사람 모습이 보일 때마다 심장이 뛰었지만, 곧 낙담하며 물러서곤 했다.

떡갈나무 산장은 축축하고 곰팡내를 풍겼지만, 침착함을 잃은 그 주인보다 더 한심한 상태라고는 할 수 없었다.

서재를 샅샅이 뒤져 보았다. 곧 기기묘묘한 물건들을 ― 몇 년 전까지만 해도 전혀 내 흥미를 끌지 못했을 것들을 잔뜩 찾아냈다. 돌이나 청동으로 된 화살촉과 창 촉들이 글자 그대로 서랍 하나를 가득 메우고 있었다. 셀 수도 없을 정도였다. 구슬이나 깎아서 연마한 돌 따위도 많았고, 동물의 커다란 이빨을 꿴 목걸이도 있었다. 뼈로 만들어진 물체 — 문양이 잔뜩 새겨진 길고 가느다란 봉 — 두 개는 창 투척기라는 사실이 밝혀졌다. 가장 아름다웠던 것은 상아로 된 말이었다. 상당히 양식화된, 이상할 정도로 살진 말이었고, 가는 다리들은 정교하게 조각되어 있었다. 말의 목에 구멍이 뚫려 있는 점에서 추측해 보건대 펜던트 장식인 듯했다. 말의 동체에 각인된 그림은 두 남녀의 교접(交接)을 적나라하게 표현하고 있었다.

이 물건 때문에 나는 일기장에 있던 짧은 기록을 다시 찾아서 읽어 보았다.

> 말의 신전에는 여전히 아무도 없다. 아마 영구히 그럴 것 같다. 샤먼은 숲의 중심부로, 그가 얘기하던 불 너머로 간 것이다. 내게 선물을 남겨 두고 갔다. 그 불은 수수께끼이다. 그는 왜 그렇게 그것을 무서워했을까? 그 너머에는 무엇이 있단 말인가?

마침내 나는 아버지가 썼던 〈전두 브리지〉를 찾아냈다. 크리스찬이 일부러 엉망진창으로 부숴 놓았기 때문에, 괴상한 가면은 쪼개져 있었고, 여러 전기 장치는 형체를 알아볼 수 없을 만큼 변형되어 있었다. 형치고는 너무 악의에 찬 행동이었지만, 그가 왜 그랬는지 이해할 수 있을 것 같았다. 그가 지금 찾아 헤매고 있는 귀네스의 영역으로 다른 사람이 들어온다는 것에 질투를 느끼고, 미사고의 발생 실험이 더 이상 계속되는 것을 원치 않았던 것이다.

나는 장치의 잔해가 들어 있던 장롱 문을 닫았다.

기분 전환을 하고, 나 자신의 강박 관념을 깨기 위해, 나는 장원의 저택에 살고 있는 라이호프 가(家) 사람들과 다시 접촉하기로 했다. 그들은 나의 방문을 반겼다 — 나를 한 단계 아래 계급의 인간으로 보고, 냉담하고 도도한 태도를 바꾸지 않았던 십대의 두 딸을 제외하면 말이다. 그러나 라이호프 대위 — 그의 가문은 몇 세대에 걸쳐 이 땅을 소유해 왔다 — 는 집의 닭장에서 기르라고 내게 닭을 몇 마리 나눠 주었고, 자신의 농장에서 만든 버터와, 고맙게도 몇 병의 와인까지 선물로 주었다.

이것은 그의 눈에 비극적으로 비친 최근 몇 년 간의 나의 삶에 대한, 그 나름대로의 동정의 표시였다고 생각된다.

숲에 관해서 그는 전혀 아는 바가 없었다. 그 대부분이 전혀 관리되고 있지 않다는 사실조차도 모르고 있었다. 숲의 남쪽 돌출부는 농장에서 쓸 말뚝이나, 땔감을 얻기 위해 정기적으로 벌채되고 있었다. 그러나 그의 집안에 내려오는 기록 중에서 숲의 관리에 관해 언급하고 있는 것은 1722년의 기록이 가장 최근의 것이었다. 그것도 짤막한 암시에 불과했다.

〈숲은 안전하지 않다. 로워 그러빙스와 폴라즈 사이에 끼여 있고, 다이클리 들판까지 계속되는 이 영역은 습지투성이이고, 그곳에는 숲의 생활에 익숙한 이상한 사람들이 살고 있다. 이들을 쫓아내려면 너무나 많은 비용이 들기 때문에, 여(余)는 이 장소를 울타리로 에워싸고, 남쪽과 남서쪽의 나무들을 걷어 낸 후, 정기적으로 벌채하라는 명령을 내렸다. 함정도 설치했다.〉

2백여 년에 걸쳐서 이 일가(一家)는 이 광대한 자연림을 무시해 왔던 것이다. 내게는 믿기도, 이해하기도 힘든 일이었지만, 오늘날에 와서도 라이호프 대위는 기묘한 이름을 가진 이들 들판 사이의 토지에 관해서 별다른 생각을 해본 적조차 없었던 것이다.

그것은 그냥 〈숲〉이라고 불렸고, 사람들은 그것을 우회하거나 그 주위의 길을 따라 움직였으며, 그 내부에 관해서는 전혀 생각하지도 않았다. 그것은 그냥 〈숲〉일 뿐이었다. 숲은 언제나 그곳에 있었다. 숲은 생활의 일부였고, 생활은 그 주위에서 계속되었다.

라이호프 대위는 장원의 다른 기록도 내게 보여 주었다. 1536년의 기록인지 1537년의 기록인지 확실하지 않았다. 이것은 대위의 일족이 이곳으로 이주해 오기 전의 일이었고, 그가 이것을 내게 보여 준 것은 라이호프 숲의 기묘한 상태에 흥미가 있었다기보다는 단지 영국의 왕 헨리 8세 얘기가 약간 언급되어 있다는 사실을 자랑하고 싶어였던 것 같다.

〈왕은 네 명의 수행원과 두 명의 귀부인들과 함께 숲에서 사냥을 즐길 수 있다는 사실을 기뻐했다. 그는 네 마리의 매를 날리며, 말을 타고 거친 들판을 나아갔다. 이 위험스러운 사냥을 즐기며, 덤불 속을 거침없이 달렸던 것이다. 일행은 왕이 직접 잡은 수사슴을 가지고 일몰 시에 장원으로 돌아왔다. 왕은 숲에서 본 유령들에 관해 말했고, 재미있다는 듯이 깊숙한 공터에서 만난 로빈 후드가 자신을 향해 화살을 쏘았다는 얘기를 했다. 그는 다음 계절에도 이 영지에서 사냥을 하겠다고 약속했다.〉

크리스마스에서 며칠이 지난 어느 날, 주방에서 요리를 하고 있었을 때, 곁에서 누군가의 인기척을 느꼈다. 나는 심한 충격을 받았고, 놀란 나머지 몸을 뒤틀며 뒤를 돌아다보았다. 아드레날린 탓에 심장이 마구 뛰고 있었다.

주방에는 아무도 없었다. 그러나 움직임은 내 시야 가장자리에서 주저하듯이 깜빡이고 있었다. 나는 서재로 달려가서 책상 앞에 앉았다. 양손을 연마된 나무 책상 위에 올려놓고, 거친 숨을 몰아쉬었다.

움직임은 사라져 있었다.

그러나 시간이 갈수록 점점 확고해지는 그 존재감을 무시할 수는 없었다. 이제 나의 마음은 숲의 오라와 상호 작용하고 있었고, 내 시야의 주변에서는 최초의 프리 미사고들이 형태를 갖춰 가기 시작하고 있었다. 잠시도 가만있지 못하는, 윤곽이 뚜렷하지 않은 이 형태들은 마치 앞다퉈서 내 주의를 끌려 하는 것처럼 보였다.

아버지는 〈전두 브리지〉라는 이름의, 프랑켄슈타인이 썼을 법한 그 기묘한 기구의 힘을 빌려 자신의 나이 든 마음을 자극하지 않고서는, 종족 무의식 내부에 〈보존〉되어 있는 이들 신화적인 존재를 발생시키지 못했다. 그의 일기장 — 윈-존스와 그가 실행에 옮겼던 실험의 기록 — 도 크리스도 젊은이의 마음이 원초의 숲과 훨씬 더 쉽게 상호 작용을 할지도 모른다고 시사하고 있었다. 아버지가 상상했던 것보다 훨씬 더 빠른 속도로 말이다.

서재 안에서는 소란스럽고, 무시무시한 이들 형태로부터 잠시 피해 있을 수 있었다. 숲은 그 어두운 심령 에너지의 촉수를 숲에 가까운 쪽의 방들 — 주방과 식당 — 까지만 뻗치고 있었고, 그 구역에서 벗어나 통풍이 잘 안 되는 라운지를 통해 아버지의 방으로 이어지는 복도로 나아가면, 이런 끈질긴 움직임을 어느 정도 떨쳐 버리는 것이 가능했다.

이런 식으로 몇 주가 흘러가자, 나는 내 무의식에서 빠져나와 천천히 실체화하고 있는 이미지들에 대해 두려움을 덜 갖게 되었다. 귀찮기는 하지만, 그다지 위협적이지 않은 내 생활의 일부가 되었던 것이다. 숲에는 발을 들여놓지 않았다. 이렇게 함으로써, 이후에 나를 끈질기게 괴롭힐지도 모르는 미사고들의 발생을 막을 수 있다고 생각했기 때문이다. 나는 인근 마을에서 오랜 시간을 보냈고, 가능한 한 자주 런던으로 가서 친구들을 만나곤 했다. 아버지의 친구인 에드워드 윈-존스라는 인물을 찾아내서, 그의 연구에 관한 얘기를 들어야 할 필요를 점점 느끼고 있었지만, 나는 그의 가족에게 연락을 취하는 일을 차일피일 미루고 있었다.

이런 일들을 감안할 때 아마 나는 겁쟁이 소리를 들어 마땅한지도 모른다. 그러나 돌이켜 생각해 보면, 나의 이런 행동은 대부분 불안감에서 비롯되었다고 할 수 있었다. 해결되지 않고 흐지부지한 상태로 남아 있었던 크리스찬 문제 때문에 동요하고 있었던 것이다. 언제 그가 돌아오더라도 하등 이상할 것이 없는 상태였다. 그가 죽었는지, 아니면 단지 숲에서 길을 잃고 헤매고 있는 것인지 알 도리가 없었기 때문에, 이러지도 저러지도 못하고 있었던 것이다.

결과는 정체(停滯)였다. 집안을 흘러가는 시간. 끊임없이 습관적으로 되풀이되는 식사, 세탁, 독서. 그러나 이것에는 방향도 목표도 없었다.

형이 남기고 간 선물 — 산토끼, 머릿글자 — 은 나의 마음속에 공황(恐慌)에 가까운 감정을 불러일으켰다. 초봄이 된 후에야 나는 처음으로 무성하게 우거진 숲으로 다가갈 용기를 냈다. 나는 숲 가장자리에서 크리스찬의 이름을 불러 보았다.

그리고 평상시의 일과를 깬 이 사건이 있은 지 얼마 안 돼서 — 아마 3월 중순쯤에 — 나는 숲에서 나타난 두 존재 중 첫번째 인물의 방문을 받았는데, 이들의 방문은 향후 몇 달에 걸쳐 내게 심대한 영향을 끼치게 된다. 내 눈앞에 모습을 드러낸 두 존재 중에서, 내가 당장 중요하다고 느낀 것은 두 번째 인물이었지만, 첫번째 인물은 훗날 내게 점점 더 중요한 의미를 가지게 된다. 그러나 춥고 바람이 몰아치던 3월의 황혼 녘에, 내 인생을 차가운 숨결처럼 스치고 지나간 이 불가사의한 느낌은, 덧없는 조우처럼 느껴졌을 뿐이었다.

그날은 하루 종일 글로스터에 가 있었다. 지금도 아버지의 재무 관리를 맡고 있는 은행에 볼일이 있었기 때문이다. 좌절감으로 점철된 몇 시간이었다. 모든 것이 크리스찬의 명의로 되어 있었고, 형이 내게 자산 관리를 위탁했다는 증거는 그 어디에도 없었던 것이다. 그들은 크리스찬이 먼 숲속에서 실종되었다는 나의 간원(懇願)에 동정 어린 얼굴로 귀를 기울였지만, 거의 아무런 합의도 볼 수 없었다. 자동 이체가 가능한 청구서들은 물론 모두 지불되었지만, 핍박한 내 재정 상태 때문에, 부분적으로라도 아버지의 구좌에서 예금을 인출할 수 없다면 이제는 이력서를 들고 돌아다녀야 할 참이었다. 어엿한 직장을 얻기를 원했던 시절도 있었다. 그러나 과거에 집착한 나머지 마음의 갈피를 못 잡고 있는 지금, 나만의 생활을 영위할 수 있는 여유 말고는 그 어떤 것도 필요치 않았다.

버스는 늦게 도착했고, 헤리퍼드셔의 시골길을 지날 때는 몰이꾼을 따라 길을 가로지르는 소 떼들 때문에 끊임없이 멈춰 서곤 했다. 역에서 내려 자전거를 타고 떡갈나무 산장으로 돌아온 것은 늦은 오후의 일이었다.

집 안은 추웠다. 나는 셰틀랜드 산의 두꺼운 울 스웨터를 입은 다음, 벽난로에서 어제 태운 땔감의 재를 긁어 내는 일에 몰두했다. 하얗게 언 숨을 내쉬며 나는 몸을 부들부들 떨었다. 바로 그 순간, 이 격심한 추위는 어딘가 부자연스럽다고 느꼈다. 방에는 아무도 없었다. 레이스 커튼이 달린 창문을 통해 보이는 정원은 갈색과 녹색이 흐릿하게 뒤섞여 있었고, 박명(薄明)의 어스레함 속에서 점점 스러져 가고 있었다. 나는 전등을 켰고, 양손으로 어깨를 감싸 안은 채로 재빨리 집 반대편으로 가보았다.

의심할 여지가 없었다. 이 추위는 비정상적이었다. 집 앞뒤로 나 있는 창문들 안쪽에는 이미 성에가 끼기 시작하고 있었다. 손톱으로 조금 성에를 긁어 낸 다음, 그 틈새로 뒤뜰을 엿보았다.

숲을 보았다.

움직이는 것이 있었다. 조금씩, 뒤척이는 듯한 움직임. 이제는 신경이 쓰이지 않았지만, 여전히 시야 가장자리에서 언뜻언뜻 나타나는 프리 미사고들만큼이나 미약한 느낌을 준다. 그것은 먼 숲속에서 나무와 덤불을 헤치며 물결처럼 움직이다가, 숲과 정원 사이의 경계를 이루고 있는 엉겅퀴 들판 위를 그림자처럼 가로지르기 시작한 것처럼 보였다.

저곳에는 무엇인가가 있었다. 뭔가 눈에 보이지 않는 것이. 그것은 나를 응시하며, 천천히 집 안으로 다가오고 있다.

어떻게 대처해야 할지 알 수 없었다. 우르스쿠머그가 나를 찾아 숲의 가장자리로 되돌아왔을지도 모른다는 두려움에 사로잡힌 나는, 육중한 자루에 부싯돌을 갈아 만든 촉을 단 창을 집어들었다. 지난 12월에 틈틈이 만들었던 것이다. 조잡하고 원시적인 방어 수단이긴 했지만, 어떠한 총기도 주지 못하는 안도감을 내게 주었다. 원시적인 것에 대항하려면 원시적인 도구만큼 좋은 것이 어디 있을까 하는 생각이 문득 떠올랐다.

층계를 내려가면서, 차갑게 식은 내 뺨에 따뜻한 공기가 와 닿는 것을 느꼈다. 마치 바로 곁에 있는 누군가가 훅 하고 숨을 내쉰 듯한 느낌이었다. 그림자 같은 것이 내 주위를 맴돌고 있는 듯했지만, 곧 사라졌다.

아버지의 서재로 들어가자 끈질기게 달라붙던 오라는 사라졌다. 아버지 자신의 유령이라고 할 수도 있는, 강력한 지성의 잔재에 대적할 만한 힘은 없었기 때문인지도 모르겠다. 나는 성에가 낀 유리창을 손가락으로 문지르며, 아버지가 옛날 그랬던 것처럼 프랑스 식 창 너머로 삼림 지대를 바라보았다. 공포와 호기심에 사로잡힌 채로, 집과 부지 너머에서 펼쳐지는, 인간의 상상력을 초월한 불가사의한 사건들에 넋을 잃고 있었다.

울타리 주위에서 무엇인가가 휙휙 움직이고 있었다. 숲의 가장자리에서 쏟아져 나온 것들. 선회하고, 도약하는 잿빛의 거무스름한 그림자들은, 나타났는가 하면 금세 사라졌다. 가시금작화 덤불을 태울 때 피어 오르는 잿빛 연기처럼 날름거리며. 그림자는 나무들 사이에서 나오다가, 다시 나무 그늘로 후퇴하는 일을 반복하면서, 촉수를 뻗어 지면을 어루만지고, 배회했다.

촉수 중 하나가 울타리를 넘어 프랑스 식 창문까지 곧장 뻗어 왔을 때 나는 깜짝 놀라 뒤로 물러섰다. 창밖에 얼굴이 나타나서 나를 응시하다가, 사라졌던 것이다. 충격을 받은 나머지 내 가슴은 마구 뛰기 시작했고, 엉겁결에 창을 떨어뜨렸다. 무거운 창을 집어 들려고 손을 뻗쳤을 때, 프랑스 식 창이 덜컥거리며 쾅쾅 울리기 시작했다. 닭장 문이 쾅 소리와 함께 날아갔고, 깜짝 놀란 암탉들 사이로 강풍이 몰아닥쳤다.

그러나 내 머릿속은 단지 그 얼굴로 꽉 차 있을 뿐이었다. 너무나도 기묘한 얼굴이었다. 인간을 닮았지만, 엘프적(的)이라고 밖에는 표현할 길이 없는 특징을 갖추고 있었다. 치켜 올라간 눈꼬리에, 씩 웃는 입속은 새빨갛게 번득이고 있었다. 그 얼굴에는 코도 귀도 달려 있지 않았고, 그 대신 털인지 머리카락인지 알 수 없는 것이 머리와 뺨에 제멋대로 삐쭉삐쭉 자라 있을 뿐이었다.

장난스러운 동시에 악의에 차 있고, 재미있으면서도 두려운 얼굴.

돌연히 하늘에서 모든 빛이 사라졌고, 집 주위는 뿌연 잿빛 일색의 세계로 변했다. 나무들이 초자연적인 안개에 휩싸이면서, 한줄기의 섬뜩한 빛이 스티클브룩 쪽에서 뻗어 왔다.

결국 호기심이 두려움을 능가했다. 나는 프랑스 식 창을 열고 정원으로 나갔고, 어둠에 잠긴 울타리의 문까지 천천히 걸어갔다. 그림리가 있는 지평선 서쪽은 아직 밝았고, 농가의 윤곽이나 잡목 숲, 언덕의 기복 따위를 뚜렷이 볼 수 있었다. 장원 저택이 있는 동쪽 하늘도, 서쪽과 마찬가지로 또렷이 개어 있었다. 폭풍 직전의 어둠의 장막에 뒤덮여 있는 곳은 오로지 숲과 떡갈나무 산장뿐이었다.

이윽고 정령들은 한꺼번에 몰려오며, 땅에서 직접 솟아 나오기 시작했다. 내 주위로 솟아 나와, 공중에 둥둥 뜬 채로 여기저기를 둘러보고, 웃음소리를 방불케 하는 기묘한 소리를 낸다. 나는 몸을 비틀고, 돌리며, 일진의 바람에 실려 날아온 이들의 모습 속에서 뭔가 현실적인 형태를 찾아보려고 했다. 얼굴이, 손이, 구부러진 긴 손가락이 언뜻언뜻 보였고, 반짝이는 긴 손톱이 나를 찌를 듯이 나왔지만, 접촉하기 직전에 뒤로 말려 갔다. 나긋나긋하고 육감적인 여성의 몸이 흘끗 보였다. 그러나 내가 본 것은 인간이라기보다는 엘프에 가까운 존재의 찌푸린 얼굴이었다. 흐르는 듯한 머리카락, 반짝이는 눈, 소리 없는 외침을 발하는 커다란 입이 반쯤 열려 있었다. 이들은 미사고일까? 그러나 그런 질문을 하고 있을 틈은 거의 없었다. 누군가가 내 머리카락을 만졌고, 피부를 쓰다듬었다. 보이지 않는 손가락이 내 등을 쿡쿡 찔렀고, 귀 아래쪽을 간지럽혔다. 바람에 실려 온 짧은 홍소(哄笑)가, 머리 위에서 날아다니는 밤 새들의 섬뜩한 울음소리가, 어스름한 잿빛 어둠을 휩싼 정적을 깼다.

숲 가장자리의 나무들은 리드미컬하게 몸을 흔들고 있었다. 나뭇가지 위에, 여기저기 들러붙은 안개 너머로, 다른 형태들이 보인다. 그림자 같은 것들이 서로 쫓고 쫓기며, 햇볕이 차단된 인근의 들판 일대를 가로지른다. 나는 믿어지지 않을 만큼 무시무시하고 거대한 규모의 폴터가이스트 현상 한복판에 있었다.

잠시 후 이 현상은 급속하게 잦아들었고, 스티클브룩 쪽에서 비쳐 오는 빛이 한층 더 강해졌다. 무시무시한 정적이 흐르면서 나는 몸이 오싹해지는 것을 느꼈다. 온몸이 저려 올 정도로 심한 냉기였다. 나는 안개에 휩싸인 숲에서 그 빛이 출현하는 것을 바라보았고, 광원의 정체를 알아채고는 아연실색했다.

나무들 사이로 돛단배가 한 척 다가오고 있었다. 폭넓은 선체가 지나오기에는 너무나도 작은 시냇물 위를 천천히 움직이며. 배는 밝게 채색되어 있었지만, 이글거리는 빛은 뱃머리에 우뚝 서서 나를 뚫어지게 바라보고 있는 인물에게서 나오고 있었다. 그 배와 그 사내는 일찍이 내가 목격했던 가장 기이한 것들 중 하나였다. 이물과 고물이 높이 솟아오른 이 배에는 돛이 하나 비스듬하게 달려 있었다. 돛의 잿빛 캔버스 천과 검정색 삭구(索具)는 전혀 바람을 받고 있지 않았다. 나무로 된 선체에는 수많은 상징과 그림이 조각되어 있었다. 이물과 고물 위에는 기괴한 조상(彫像)이 부착되어 있었고, 이들 괴물들은 고개를 비틀어 나를 바라보고 있는 것처럼 보였다.

사내는 황금빛 오라에 휩싸인 채로 빛나고 있었다. 정교한 앞꽂이 장식이 달린 반짝이는 청동제 투구 아래쪽에서, 얼굴을 반쯤 덮고 있는 비틀린 뺨가리개 사이로 두 눈이 나를 나를 응시했다. 붉은 줄이 섞인 새하얀 턱수염은 사내의 넓은 가슴까지 내려오고 있었다. 사내는 배의 난간에 몸을 기댔다. 무늬를 섞어 짠 망토로 몸을 감싸고 있었다. 갑옷의 금속이, 그를 에워싼 빛을 반사하며 반짝거렸다.

그 인물의 주위에서 숲의 가장자리에서 온 허깨비와 유령들이 춤추고 있었다. 그들은 배를 밀거나 끌고 있는 것 같아 보였고, 이 배가 얕은 시냇물에서 움직일 수 있는 것도 그 때문인 듯했다.

1백 야드도 채 안 되는 거리에서 우리는 1분 넘게 서로를 응시하고 있었다. 이윽고 불가사의한 바람이 불어오기 시작하며, 이 기괴한 배의 폭넓은 돛을 가득 채웠다. 검정색 삭구가 팽팽해지며 퉁 하고 튕기는 소리를 냈다. 그러자 배는 좌우로 흔들렸고, 반짝이는 사내는 흘끗 하늘을 올려다보았다. 그의 주위로 거무스름한 밤의 반려들이 모여들었다. 그들은 배를 에워싼 채로, 자연의 소리로 흐느끼며, 울부짖었다.

사내는 나를 향해 무엇인가를 던졌다. 그러고는 오른손을 들어 올렸다. 인사를 의미하는 만국 공용의 제스처이다. 나는 그를 향해 한 발자국을 내딛었지만, 갑자기 흙바람이 불어오면서 아무것도 볼 수 없었다. 내 주위에서 정령들이 춤추고 있었다. 나는 황금빛 광채가 숲을 향해 천천히 되돌아가는 광경을 바라보았다. 고물도 이물도 바람을 한껏 품은 돛도 곧 시야에서 사라졌다. 그쪽으로 발을 디디며 나아가 보려고 했지만, 기이한 방문자를 에워싸고 있는 보호 장벽을 뚫을 수는 없었다.

겨우 자유롭게 몸을 움직일 수 있었을 때 이미 배는 사라졌고, 지상을 뒤덮은 검은 안개도 급속히 엷어지고 있었다. 마치 연기가 환풍기로 빨려 들어가는 듯한 광경이었다. 밤하늘은 맑게 개어 있었다. 몸도 따뜻해졌다. 나는 그 사내가 던진 물체가 떨어진 곳까지 걸어가서 그것을 집어들었다.

손바닥만한 크기의 은제 떡갈나무 잎이었다. 장인(匠人)이 직접 만든 최고의 공예품이었다. 그것을 바라보던 중, 떡갈나무 잎에 음각된 멧돼지 머릿속에 C라는 글자가 옅게 새겨져 있다는 것을 알아챘다. 은으로 된 잎사귀에는 길고 가느다란 열상(裂傷)이 나 있었다. 나이프로 꿰뚫린 듯한 자국이었다. 나는 오한이 나서 몸을 떨었다. 왜 이 호부(護符)의 존재가 이토록 나를 두렵게 하는지, 나는 당시에 이해하지 못했다.

나는 집으로 돌아갔다. 숲의 가장자리에서 출현한 것들 중에서도, 가장 기괴하다고 할 수 있는 이들 미사고 형태에 관해 생각해 보기 위해서.

2

 억수 같은 비가 대지를 적시고 있었다. 굵은 장대비였지만, 이런 날씨에 비해 하늘은 너무 밝아 보였다. 나는 떡갈나무 산장을 향해 뛰어갔다. 들판 전체가 질퍽거리는 탓에 발치가 위태위태했다. 빗물이 두꺼운 풀오버와 플란넬 바지 속으로 가차없이 스며들면서, 차갑게 젖은 피부가 따끔거렸다. 장원의 저택의 뜰을 몇 시간 동안 손보고, 그 대가로 소금에 절인 양고기를 한 덩어리 받아서 집으로 어슬렁어슬렁 돌아가던 중에 소나기가 내리기 시작했던 것이다.

 나는 뜰을 가로질러 갔고, 무거운 고깃덩어리를 부엌 안으로 던져 넣은 다음, 빗살 속에 그대로 서서 완전히 젖어 버린 스웨터를 벗었다. 공기에서는 흙과 숲의 내음이 강하게 풍겼다. 젖은 옷을 벗어 던지고 있던 사이에 폭풍우는 지나갔고, 하늘이 조금씩 밝아지기 시작했다.

 태양이 구름 사이에서 얼굴을 드러내며 잠시 따스한 햇살이 내 몸을 감쌌다. 문득 4월의 늦은 봄도 이제는 가고, 초여름인 5월의 첫 징후가 아닌가 하는 생각이 들었을 정도였다.

 다음 순간 나는 닭장 부근에 흩어져 있는 닭의 잔해를 보았다.

갑자기 오한을 느낀 나는 뜰에 면한 부엌문을 향해 뛰어갔다.

집을 나오기 전에 나는 틀림없이 문을 닫았던 것이다. 그러나 지금 비를 피해 도망쳐 와보니 열려 있었다.

스웨터에서 물을 짜면서 나는 조심스럽게 닭장으로 다가갔다. 닭장 속에는 닭의 머리가 두 개 떨어져 있었다. 칼로 잘랐을 때의 피가 아직도 목에 묻어 있었다. 비에 젖어 부드러워진 닭장 주위의 지면에는 사람의 조그만 발자국이 남아 있었다.

집 안으로 들어서자마자 내가 없던 사이에 손님이 왔었다는 사실을 알 수 있었다. 키친 테이블의 서랍들이 열려 있었고, 식기장도 열려 있었고, 보존용 음식이 든 깡통이나 유리 단지가 여기저기에 어지러이 널려 있었다. 유리 단지 중 어떤 것은 맛을 보았는지 뚜껑이 열려 있었다. 집 안을 둘러보자, 흙 발자국은 거실을 지나 서재로 들어갔다가, 층계를 올라가서 2층의 여러 침실로 이어져 있었다.

내 침실에 남아 있던 발자국에는 발끝과 뒤꿈치의 윤곽이 희미하게 드러나 있었다. 창문 앞에서 멈춰 선 자국이 있었다. 책상 위에 놓여 있던 나와 크리스찬과 아버지의 사진들을 움직인 기색이 있었다. 액자에 끼운 사진들을 전등에 비춰 보자 유리 표면에 지문이 묻어 있는 것이 보였다.

손가락의 지문도 발자국도 작은 편이었지만, 어린아이의 것은 아니었다. 아마 그때도 나는 이미 이 정체 불명의 손님이 누구인지를 알고 있었다고 생각한다. 내가 느낀 것은 두려움이라기보다는 강렬한 호기심이었다.

그녀는 몇 분 전까지만 해도 이곳에 있었음이 틀림없다. 집 안에 핏자국은 남아 있지 않았다. 약탈품을 집까지 들고 왔다면 핏자국이 남아 있었어야 했지만, 들판을 가로지르던 중에 시끄러운 소리를 듣지는 못했다. 그렇다면 더도 말고 덜도 말고 5분쯤 전에 그랬다는 얘기가 된다. 그녀는 폭우를 틈타 집으로 왔고, 집 안을 구경하며 실로 꼼꼼하게 여기저기를 뒤져 보고는, 부리나케 다시 숲으로 달아났던 것이다. 그러던 중 잠깐 멈춰 서서, 내 귀중한 암탉 두 마리의 목을 자르고 그 몸통을 가져가 버렸다. 아마 지금 이 순간에도 숲의 가장자리에 숨어 나를 관찰하고 있는 것인지도 모른다.

새 셔츠와 바지로 갈아입은 다음 나는 뜰로 가서 손을 흔들었고, 숲으로 통하는 오솔길들이 시작되는 어스름하고 빽빽한 덤불 쪽을 바라보았다. 아무것도 보이지 않았다.

그래서 나는 다시 숲으로 되돌아가려고 결심했다.

다음날은 맑게 개어 있었고, 지면도 충분히 말라 있었다. 나는 창과 식칼과 방수포로 무장한 채로 조심스럽게 숲으로 들어갔고, 몇 달 전에 내가 야영했던 공터까지 가 보았다. 놀랍게도 야영지의 흔적은 전혀 남아 있지 않았다. 천막의 캔버스 천은 전부 사라져 있었고, 통조림도 취사 도구도 누가 가져가고 없었다. 손으로 지면을 주의 깊게 훑어보자 구부러진 텐트용 말뚝이 하나 있었다. 공터 전체가 완전히 변모해 있었다. 지면이 온통 떡갈나무 묘목으로 뒤덮여 있었던 것이다. 키는 2, 3피트 정도였지만 공터 전체를 꽉 메우고 있는 탓에 모두 살아남는 것은 불가능해 보였다. 그럼에도 불구하고 단 몇 달 사이에 이렇게 높이 자랐다는 것은…….

게다가 한겨울에!

어린 나무 한 그루를 잡아당겨 보고 뿌리가 깊다는 것을 깨달았다. 손의 살갗이 벗겨지고, 부드러운 나무 껍질이 모두 뜯겨져 나간 후에야, 대지에 필사적으로 달라붙어 있던 나무를 겨우 뽑아낼 수 있었다.

그날 그녀는 돌아오지 않았고, 다음날도 마찬가지였지만, 그날 이후 나는 밤만 되면 우리 집에 들리는 손님의 존재를 점점 의식하게 되었다. 저장실에서 식료품이 사라지고, 부엌 세간이나 식기 따위가 엉뚱한 장소로 가 있거나, 다시 제자리에 놓여 있는 일도 부지기수였다. 그리고 아침에 집 안에서 기묘한 냄새가 날 때가 있었다. 흙냄새라고도, 여자 냄새라고도 할 수 없었지만, 그 양쪽을 조금씩 합친 듯한 — 이런 기묘한 조합을 상상하는 것이 가능하다면 말이지만 — 냄새였다. 냄새는 복도에서 가장 강하게 풍겼고, 나는 오랫동안 그 자리에 서서 불가사의하게 에로틱한 이 향기를 마음껏 들이마시곤 했다. 1층과 층계에는 언제나 흙과 나뭇잎 조각이 떨어져 있었다. 밤 손님은 점점 대담해지고 있었다. 내가 자고 있었을 때, 문간에 서서 나를 바라보고 있었는지도 모른다. 이상하게도 나는 전혀 두렵지 않았다.

한밤중에 잠에서 깰 수 있도록 자명종 시간을 맞춰 보았지만, 제대로 잠을 이루지 못해서 신경이 날카로워지는 결과밖에는 가져오지 않았다. 처음으로 자명종소리를 듣고 깨었을 때 이미 손님은 갔다는 사실을 깨달았지만, 숲의 여인이 남긴 자극적인 체취가 집 안을 가득 채우고 있었던 탓에 나는 남에게 이 얘기를 털어놓는 것이 주저될 정도로 강렬한 스릴을 맛보았다. 다음날 밤에는 그녀는 오지 않았다. 집은 쥐 죽은 듯이 조용했다. 시간은 새벽 3시였고, 내가 맡은 냄새라고는 비 냄새와, 내가 저녁에 먹었던 양파 냄새뿐이었다.

그러나 결과적으로 자명종을 좀 더 이른 시각에 맞춰 놓지 않아서 다행이었다. 내가 상상하고 있던 숲의 님프는 보이지 않았지만, 다시 침대에 누웠을 때 닭들이 소란을 피우는 소리가 들려왔던 것이다. 그 즉시 나는 층계를 뛰어 내려갔고, 오일 램프를 높이 쳐들고 뒷문을 열었다. 램프 유리가 깨지며 불이 꺼지기 직전에 큰 키에 육중한 체구의 사람 그림자 둘을 흘끗 보았다. 그때 휙 하는 소리를 내며 돌이 날아오던 소리는 아직도 귀에 생생하게 남아 있다. 믿기지 않을 정도로 정확한 물매 솜씨였다.

나는 어둠 속을 휘적거리며 움직이는 두 그림자를 바라보았다. 그들도 나를 바라보았다. 그 중 하나는 흰 도료를 얼굴에 처바르고 있었고, 벌거숭이인 듯했다. 다른 한 사람은 헐렁한 홀태바지를 입고 짧은 망토를 걸치고 있었다. 길고 풍성한 고수머리를 하고 있었지만, 그런 세세한 점은 나의 상상에 불과했는지도 모른다. 각자가 소리를 내지 못하도록 목을 꽉 잡은, 살아 있는 닭을 한 마리씩 들고 있었다. 내가 쳐다보고 있자 그들은 닭의 목을 비틀었고, 내게 등을 돌리더니 경직된 걸음걸이로 울타리를 향해 걸어갔고, 곧 밤의 어둠 속으로 사라졌다. 헐렁한 바지를 입은 사내는 모습을 감추기 직전에 몸을 돌렸고, 나를 향해 허리를 굽혀 인사했다.

나는 새벽이 올 때까지 주방에 앉아 멍하니 빵을 뜯고 있었고, 마시고 싶지도 않은 홍차를 두 주전자나 끓여 먹었다. 동이 트자마자 나는 옷을 갈아입고 닭장을 점검해 보러 갔다. 이제는 겨우 두 마리만 남아 있었다. 닭들은 모이가 흩어져 있는 닭장 안을 신경질적으로 돌아다니며, 화가 난 듯이 꼬꼬댁거리고 있었다.

「최선을 다해 보겠어.」 나는 닭들에게 말했다. 「하지만 결국 너희들도 친구들의 뒤를 따라갈 것 같다는 생각이 드는군.」

암탉들은 화가 난 듯이 뻣뻣한 걸음걸이로 내게서 떠나갔다. 아마 방해받지 않고 최후의 식사를 즐길 작정인 듯했다.

4인치 높이의 떡갈나무 묘목이 닭장 한복판에서 자라고 있었다. 깜짝 놀라고, 흥미를 느낀 나는 그것을 뽑아 보았다. 나는 지금까지 열심히 지켜 왔던 내 영토에 자연이 이런 식으로 침입해 왔다는 사실에 자극받았고, 뜰 주위를 돌아다니며 무엇이 자라 있는지 예전보다 더 면밀하게 관찰해 보았다.

어린 나무들은 서재에 면한 뜰 일대와, 그 지점과 숲 본체를 잇는 엉겅퀴의 들판 전체에 걸쳐 자라 있었다. 서재의 프랑스 식 창문에서 울타리의 문까지 계속되는 좁은 잔디밭 위에 1백 그루 이상의 떡갈나무 묘목이 드문드문 자라 있었다. 문에서 울타리 밖으로 나가 보니, 최근 몇 년 동안 목초지로는 거의 쓰이지 않은 탓에 잡초만 무성해진 들판 일대가 묘목으로 잔뜩 뒤덮여 있었다. 삼림 지대의 가장자리 가까운 곳에 자라 있는 묘목들은 더 컸고, 나와 거의 같은 키에 달해 있었다. 나는 이들 나무가 자라 있는 이 띠 모양을 한 땅의 폭과 길이를 가늠해 보았고, 40~50피트 폭의 이 지대가, 숲에서 일종의 촉수처럼 뻗어 나와 곰팡내 나는 서재까지 이어지고 있다는 사실을 깨닫고 오한을 느꼈다.

그때 내 머리에 떠오른 것은 숲의 위족(僞足)이 집 전체를 부여잡고 자기 자신의 오라 속으로 끌어당기는 이미지였다. 이들 묘목을 그냥 놓아두어야 할지, 아니면 밟아 뭉개야 할지 갈피를 잡을 수 없었다. 그러나 내가 그 중 한 그루를 뽑아내려고 하면, 나의 주변 시야에 있는 프리 미사고들의 영상이 마치 화난 듯이 흥분된 움직임을 보이는 것이다. 나는 이 기괴한 나무들을 그대로 놓아두기로 했다. 나무는 집 바로 앞까지 와 있었지만, 너무 크게 자랐다고 생각되면 언제든지 손쉽게 제거할 수 있을 것이다. 아무리 비정상적으로 빠르게 성장한다고 해도 말이다.

이 집은 무엇인가에 씌어 있었다. 이런 생각을 하자 호기심이 발동하는 동시에, 등골이 서늘해지는 두려움을 느꼈다. 그러나 내가 느낀 공포는 현실에서 한 걸음 뒤로 물러나 있는 관찰자의 그것이었다. 보리스 칼로프 주연의 공포 영화나, BBC 라디오의 괴담 따위를 들을 때 느끼는 종류의 오싹함이었던 것이다. 나 자신이 떡갈나무 산장을 에워싼 괴담의 일부가 되어 버린 탓에, 유령 같은 이들 존재의 뚜렷한 징후나 발현을 목격해도 정상적인 외부인처럼 반응하지 못하는 것이 아닌가 하는 생각이 들었다.

아니면 단지 이렇게 설명될 수 있는 것인지도 모른다. 나는 그녀를 원했다. 그녀, 숲에서 와서, 우리 형의 마음을 완전히 사로잡았고, 다시 새로운 생명을 얻고 태어나 떡갈나무 산장을 최근 또다시 방문한 그녀를 말이다. 아마 이 이후에 일어난 일들은 나의 내부에 존재하고 있던 사랑에 대한 갈망에서 비롯된 것인지도 모른다. 숲이 창조한 이 여성에게 크리스찬이 느꼈던 강렬한 사랑을 나도 경험하고 싶었던 것이다. 나는 20대 초반이었고, 전쟁 뒤에 체류했던 프랑스 시골 마을의 처녀와 경험했던 짧은 관계 — 육체적으로는 강렬했지만, 정신적으로는 공허한 — 를 제외하면 연애와는 거리가 멀었고, 사람들이 사랑이라고 부르는 정신과 육체의 교감에 대해서도 잘 알지 못했다. 크리스찬은 사랑을 발견했다. 크리스찬은 사랑을 상실했다. 사람 사는 곳에서 몇 마일이나 떨어진 이곳 떡갈나무 산장에서 홀로 살던 내가, 귀네스의 귀환을 절실하게 원했다고 해서 하등 이상할 것이 없었다.

그리고, 마침내 그녀는 돌아왔다. 희미한 향기나, 마루 위에 남아 있던 젖은 발자국 이상의 존재가 되어, 직접 모습을 드러냈던 것이다. 그녀는 더 이상 나를 두려워하지 않았고, 내가 그녀에게 느끼는 것만큼이나 강한 호기심을 — 나는 그렇게 생각하고 싶었다 — 나에게 느끼고 있었다.

그녀는 침대 옆에 웅크리고 앉아 있었다. 그녀의 윤기 나는 머리카락은 희미한 달빛을 반사하고 있었고, 그녀가 불안한 기색으로 내게서 시선을 돌렸을 때, 같은 달빛이 그녀의 눈을 반짝이게 만들었다. 내가 알아낼 수 있었던 것은 그녀의 인상 정도였고, 그녀가 일어섰을 때도 헐렁한 튜닉에 감싸인 날씬한 몸매밖에는 볼 수 없었다. 손에는 창을 들고 있었고, 그 창의 차가운 금속 날을 내 목에 바싹 갖다 대고 있었다. 창날 양쪽은 날카롭게 연마되어 있었고, 내가 움직일 때마다 그녀는 조금씩 칼날을 움직였기 때문에, 목의 살갗이 조금 벗겨졌다. 첫 만남치고는 매우 고통스러운 경험이었고, 나 자신도 설마 이것이 치명적인 만남이 될 것이라는 생각은 전혀 하고 있지 않았다.

그래서 자정을 몇 시간 넘긴 밤중에, 그냥 침대에 누워서, 그녀의 숨소리에 귀를 기울이고 있었다. 그녀는 조금 불안한 듯한 기색이었다. 그녀가 여기 와 있는 이유는 그녀가…… 뭐라고 말해야 할까? 찾고 있었기 때문이다. 내가 생각해 낼 수 있었던 단어는 오직 그뿐이었다. 그녀는 나를 찾아왔거나, 아니면 나에 관한 무엇인가를 찾아내려 하고 있었다. 그리고 나도 같은 방식으로 그녀를 찾고 있었다.

그녀의 체취는 강했다. 나는 이런 냄새를 숲이나 황량한 벽지에서의 생활과 결부시켜 생각하고 있었다. 일상적으로 몸을 씻는 행위가 일종의 사치로 간주되는 환경에서 살아가는 사람이 가지게 되는 체취는, 현대인이 자신만의 독특한 옷 스타일로 개성을 강조하듯 뚜렷한 개인적인 특징의 일부가 된다.

그리고 그녀의 몸에서는…… 흙냄새가 났다. 그렇다. 여기에는 그녀 자신의 분비물 냄새도 포함되어 있었다. 여자 특유의, 강렬하지만 불쾌하지는 않은 냄새. 짭짤하고 코를 톡 쏘는 땀 냄새. 그녀가 다가와서 나를 내려다보았을 때, 그녀의 머리카락이 붉은색이며, 사나운 눈빛을 하고 있다는 사실을 알았다. 그녀는 말을 걸었고, 그 말은 내게는 이런 식으로 들렸다. 「임마 마크 부스?」 그녀는 몇 번이나 이 말들을 되풀이했기 때문에, 나는 「무슨 말인지 모르겠어」라고 대답했다.

「세프라카스. 이호나 위치 차사브. 미크 차사벤!」

「못 알아듣겠어.」

「미크 차사벤! 세프라카스!」

「마음 같아서야 잘 알았다고 하고 싶지만, 정말로 못 알아듣겠는걸.」

창날이 조금 더 깊게 목을 파고들었기 때문에 나는 몸을 움츠렸고, 천천히 손을 들어 차가운 금속을 쥐었다. 나는 미소 띤 얼굴로 무기를 천천히 밀어냈고, 이런 어둠 속에서도 그녀가 나의 짐짓 굴종하는 듯한 표정을 알아볼 수 있기를 빌었다.

그녀는 알아들을 수 없는 소리를 냈다. 좌절감 때문인지, 혹은 절망 때문에 그랬는지는 알 수 없다. 그녀의 옷은 조잡했다. 그녀가 입은 튜닉의 천을 슬쩍 만져 보니 삼베처럼 거칠었고, 가죽 냄새가 났다. 그녀의 존재는 나를 압도했고, 그녀의 냄새 또한 나를 압도했다. 그러나 내 얼굴에 와 닿는 그녀의 숨결은 향기로웠고, 약간…… 달콤한 느낌이었다.

그녀는 「미크 차사벤!」이라고 되풀이해 말했다. 이번에는 거의 낙담에 가까운 어조였다.

「미크 스티븐.」 나는 내가 바른 말을 하고 있는지 의아해 하며 이렇게 말했지만, 그녀는 아무런 대답도 하지 않았다. 「스티븐!」 나는 되풀이했고, 내 가슴을 두드렸다.

「미크 스티븐.」

「차사벤.」 그녀는 끈질기게 말했고, 창끝으로 내 살을 콕 찔렀다.

「먹을 거라면 저장실에 가면 있어.」 나는 이렇게 말해 보았다. 「차사벤. 아래넨. 층계렌.」

「컴키리오크.」 그녀는 험악한 어조로 응수했다. 나는 어쩐지 모독당한 듯한 기분이었다.

「난 최선을 다하고 있어. 그런데도 그 창으로 계속 날 쿡쿡 찔러야 하겠어?」

그러자마자 그녀는 느닷없이 손을 뻗어 내 머리카락을 움켜쥐었고, 머리를 뒤로 홱 잡아당기고는 내 얼굴을 들여다보았다.

다음 순간 그녀는 방에서 뛰쳐나갔고, 소리 없이 층계를 뛰어 내려갔다. 재빨리 뒤를 쫓았지만 그녀는 준족(駿足)이었고, 눈 깜짝할 새에 밤의 어둠 속으로 사라져 버렸다. 뒷문 앞에 서서 그녀의 모습을 찾아보았지만, 아무런 흔적도 남아 있지 않았다.

「귀네스!」 나는 어둠을 향해 소리쳤다. 이것은 정말로 그녀 자신의 이름인 것일까? 아니면 크리스찬이 붙인 이름일까? 나는 억양을 바꿔 가며 몇 번이나 그 이름을 불렀다. 「귀네스! 기위네스!

돌아와 줘, 귀네스. 돌아와 줘!」

새벽의 고요함 속에서 나의 목소리는 커다랗고 공허하게 울려 퍼졌고, 어둠침침한 숲에서 메아리로 변해 되돌아왔다. 자두나무 덤불 속에서 무엇인가가 움직이는 기척을 느낀 나는 그녀의 이름을 반쯤 부르다 말고 입을 다물었다.

희미한 달빛 아래에서, 그곳에 누가 서 있는지 알아보기는 힘들었지만, 내게는 귀네스라는 확신이 있었다. 그녀는 꼼짝도 않고 서서 나를 바라보고 있었다. 자기 이름을 불리고 호기심을 자극받은 것인지도 모른다.

「귀네스.」 그녀는 나직하게 대답했다. 목 깊숙한 곳에서 나오는 듯한 허스키한 목소리였고, 실제 발음은 〈췬 애브〉에 가까웠다.

나는 오른손을 들어 올려 작별의 몸짓을 하고는 큰 소리로 「굿 나잇, 〈췬 애브〉」라고 말했다.

「이노스 크다…… 스팃븐…….」

그리고 숲의 검은 그림자가 또다시 그녀를 감쌌고, 그녀는 다시는 모습을 드러내지 않았다.

3

 낮이 되자 숲 가장자리를 돌아다니며 어떻게든 더 깊이 들어가 보려고 했지만, 여전히 성공하지 못했다. 도대체 어떤 힘들이 숲의 중심을 지키고 있는지는 알 수 없었지만, 그것들은 나를 의심스러운 눈으로 보고 있었다. 발을 헛디디고 무성한 덤불 안에 갇혀 옴짝달싹도 하지 못하거나, 이끼가 끼고 가시나무로 뒤덮인 나무 그루터기가 앞을 막은 탓에 전진을 단념하는 일도 부지기수였고, 젖어서 미끌미끌한 바위의 벽과 맞부딪친 적도 있었다. 지면 위로 우뚝 솟아 있는 이 검고 무시무시한 바위는 오랜 풍상에 시달린 탓에 침식되어 있었고, 부근에 자라 있는 거대한 떡갈나무의, 뒤틀리고 잔뜩 이끼가 낀 뿌리로 뒤덮여 있었다.

 물레방아가 있는 개울에서 트위클링을 흘끗 보았다. 스티클브룩이 썩어 가는 수문 아래로 흘러가다가, 물살이 급해지며 소용돌이치는 곳 근처에서, 조심스럽게 덤불을 헤쳐 나가는 다른 미사고들의 모습을 보았다. 살갗에 더덕더덕 처바른 물감 때문에 이목구비는 거의 알아볼 수 없었다.

 누군가가 공터 중앙의 어린 나무들을 쳐내고, 모닥불을 지핀 자국이 뚜렷하게 남아 있었다. 토끼 뼈와 닭 뼈가 여기저기에 널려 있었고, 엉겅퀴로 뒤덮인 풀밭 위에는 무기를 제작한 흔적이 남아 있었다. 돌의 얇은 파편이나 어린 나무의 껍질이 널려 있는 것으로 미루어 볼 때, 누군가가 이곳에서 창의 자루나 화살을 만들었던 것이 틀림없었다.

주위에서 벌어지는 일들을 나는 의식하고 있었다. 눈으로 볼 수는 없지만, 언제나 귀로 들을 수 있는 소리들. 살금살금 돌아다니는 소리, 후닥닥 도망치는 소리, 섬뜩하게 우는 소리 — 이것은 새가 우는 소리처럼 들렸지만, 인간의 목에서 나온 것이 틀림없었다. 숲은 내 마음…… 혹은 크리스찬의 마음이 만들어 낸 생물들로 흥청대고 있었고, 이들은 공터 주위나 시냇물 부근에 모여들어, 밤이 되면 숲의 일부인 떡갈나무의 촉수를 따라 아버지의 서재로 모여드는 듯했다.

나는 숲속으로 더 깊숙이 들어갈 수 있기를 갈망했지만, 이 소원은 계속 거절당했다. 깊이가 2백 야드쯤 되는 숲의 가장자리 너머에 무엇이 있는지를 알고 싶다는 나의 호기심은 갈수록 강해져 가기만 했다. 예전에 〈보이저〉호의 모험을 상상했을 때와 마찬가지로, 나는 숲속의 풍경과 동물들에 관해 상상의 나래를 펼쳤다.

숲으로 더 깊이 들어갈 수 있는 방법을 생각해 낸 것은 귀네스를 처음 만나고 사흘이 지났을 때의 일이었다. 왜 진작 이 방법을 생각하지 못했는지 의아할 정도였다. 아마 떡갈나무 산장이 통상적인 인간 사회로부터 너무나도 멀리 떨어져 있고, 라이호프 숲 주위의 풍경이 그 주위를 에워싸고 있는 고도로 진보한 기술 문명과는 너무나도 동떨어져 있었던 까닭에, 나 자신의 사고 방식 또한 원시적으로 변한 탓인지도 모르겠다. 걷고, 달리며, 지상을 돌아다니는 일만 생각하고 있었던 것이다.

며칠 전부터 작은 단엽기(單葉機) 한 대가 숲 동쪽의 토지 상공을 선회하는 소리가 들려왔다. 때로는 그 모습을 직접 볼 때도 있었다. 이틀 동안 비행기는 — 퍼시벌 프록터라고 생각한다 —

라이호프 숲 상공까지 상당히 접근했다가, 곧 기수를 돌려 날아가곤 했다.

그 후 은행에 가던 도중, 글로스터에서 그 비행기 혹은 그것을 매우 닮은 비행기를 목격했다. 나는 비행기가 토지 측량을 위해 도시의 사진을 찍고 있다는 사실을 알아냈다. 국민 주택성의 의뢰를 받고, 머클스턴 비행장에서 날아와 넓이가 40평방 마일쯤 되는 지역의 항공 사진을 찍고 있었던 것이다. 비행사를 설득해서, 오후에 비행기의 조수석을 잠깐 〈빌릴〉 수만 있다면, 떡갈나무 숲 상공으로 날아가서, 초자연적인 방어벽이 미치지 않는 높은 곳에서 숲의 중심부를 내려다볼 수 있을 것이다……

머클스턴 비행장의 정문에서 나를 맞이한 공군 하사관은 흰 페인트를 칠한 퀸셋 막사들이 옹기종기 모여 있는 곳으로 잠자코 나를 안내했다. 사무실, 관제탑, 식당을 겸하고 있는 곳이었다. 안으로 들어가 보니 바깥보다 더 추웠다. 황폐하고 생기 없는 장소였지만, 어딘가에서 타이프라이터를 치는 소리가 들려 왔고, 멀리서 누군가가 웃는 소리도 들려왔다. 활주로에는 두 대의 비행기가 있었고, 그 중 한 대는 정비를 받고 있는 중이었다. 바람이 잦은 오후였다. 남동쪽에서 불어오는 바람의 대부분이, 내가 안내를 받고 들어간 비좁은 방을 쌩쌩 불며 통과하는 듯한 느낌을 받았다.

그 방에 들어선 나를 모호한 웃음을 띠고 맞이한 사람은 30대 초반의 사내였다. 금발에 밝은 색깔의 눈을 하고 있었고, 턱과 왼쪽 뺨에 끔찍한 화상 흉터가 있었다. 그는 대위 계급장이 달린 영국 공군 제복을 입고 있었지만, 셔츠 깃을 열고 군화 대신에 운동화를 신고 있었다. 격식을 차리지 않는, 자신감에 찬 태도였다. 그러나 나와 악수를 했을 때 그는 미간을 찡그리며 이렇게 말했다. 「정확히 뭘 원하는지 잘 모르겠군, 헉슬리 씨. 자, 자리에 앉게나.」

그의 말대로 자리에 앉은 나는 그가 책상 위에 펼쳐 놓은 주변 지도를 응시했다. 상대방의 이름이 해리 키튼이라는 것까지는 알고 있었고, 그가 전쟁 중에 비행사였다는 점은 확실했다. 얼굴의 화상 자국이 워낙 끔찍해 보이는 탓에 눈을 떼기가 힘들었다. 그러나 그는 그것이 마치 영예로운 훈장이라도 된다는 듯이 당당한 태도를 보였고, 흉측한 흉터에 신경을 쓰는 기색도 전혀 없었다.

호기심 어린 눈초리로 그를 바라보는 나를, 그도 의아한 표정으로 바라보았다. 서로 몇 번 주저하는 듯한 시선을 교환한 다음 그는 불안한 듯이 웃었다. 「비행기를 빌려 달라는 사람은 그렇게 많지 않네. 대다수가 농부들이고, 자택의 사진을 공중에서 찍어 주기를 원하지. 그리고 고고학자들이 있어. 이들은 언제나 해질 무렵이나 새벽에 사진을 찍기를 원하지. 물론 떠오르는 해나 석양에 비치는 그림자 때문이야. 옛 경작지의 흔적이라든지, 옛 건물의 토대, 그런 것들의 그림자 말이야...... 그렇지만 자네는 숲 상공을 날고 싶다...... 이런 얘긴가?」

나는 고개를 끄덕였다. 지도의 어디에 라이호프 사유지가 있는지 찾아보았지만 확실하지 않았다. 「우리 집 근처의 숲이고, 상당히 넓습니다. 그 한복판으로 날아가서 사진을 몇 장 찍고 싶군요.」

키튼의 얼굴에 뭔가 우려하는 듯한 표정이 떠올랐다. 그는 곧 미소 지었고, 흉터가 진 턱을 어루만졌다. 「내가 마지막으로 숲의 상공을 날았을 때 어떤 저격병이 일생일대의 명사격으로 나를 격추시켰다네. 그건 1943년의 일이었고, 당시에 나는 라이샌더를 조종하고 있었어. 멋진 비행기였고, 조종하기도 무척 쉬웠지. 하지만 총알 한 발이...... 연료 탱크를 관통했고, 비행기는 급강하했어. 나무 위로 떨어졌지. 내가 살아남은 것은 요행이야. 난 숲이 두렵다네, 미스터 헉슬리. 하지만 자네의 그 숲에는 저격병이 있지는 않겠군.」 그는 호의적인 미소를 떠올렸고, 나도 미소 지었다. 꼭 그런 보증이 있는 것은 아니라고 솔직하게 털어놓을 수도 없지 않은가.「그 숲은 정확히 어디에 있나?」

「라이호프 사유지 안입니다.」 나는 이렇게 말하고 일어서서 지도 위로 몸을 기울였다. 곧 그 이름을 찾을 수 있었다. 이상하게도 숲에 관한 표시는 어디에서도 찾을 수 없었다. 단지 이 광대한 사유지 전체가 점선으로 표시되어 있었을 뿐이었다.

내가 허리를 펴고 일어서자 키튼은 기묘한 표정으로 나를 보고 있었다. 나는 말했다.「표시가 되어 있지 않습니다. 이상하군요.」

「정말 그렇군.」 그는 담담한 어조로 말했다……. 혹은, 뭔가를 알고 있다는 듯한 어조였는지도 모르겠다.「숲의 크기는 얼마나 되지?」 이윽고 그가 물었다.「얼마나 넓나?」 그는 여전히 나를 응시하고 있었다.

「아주 넓습니다. 주위가 6마일 이상 되고…….」

「6마일이라고!」 그는 큰 소리로 말했고, 엷게 미소 지었다.「그건 숲이라기보다는, 자연림이라고 해야 하지 않나!」

그 뒤로 잠시 침묵이 흘렀고, 나는 그가 라이호프 숲에 관해 적어도 뭔가를 알고 있다고 확신했다. 나는 입을 열었다.「그 숲 가까이에서 나는 것을 본 적이 있습니다. 당신이나 혹은 당신 동료가.」

그는 재빨리 고개를 끄덕이고, 흘끗 지도를 보았다.「내가 맞아. 내가 비행하는 것을 보았군, 그럼?」

「그걸 보고 비행장으로 올 생각을 한 겁니다.」 그는 이 말에 아무런 대답도 하지 않고, 단지 표정이 조금 조심스러워졌을 뿐이었다. 그것을 보고 나는 말을 이었다.「그렇다면 뭔가 이상한 점을 눈치 챘을 겁니다. 이 측량 지도에도 아무런 표시가 없고…….」

그러나 내 말에 대답하는 대신, 해리 키튼은 그냥 의자에 앉은 채로 연필을 만지작거렸을 뿐이었다. 그는 지도를 빤히 쳐다보다가, 내게로 시선을 돌렸고, 다시 지도의 지형선을 바라보았다. 결국 그는 단지 이렇게 말했을 뿐이었다.「그렇게도 넓은 중세의 떡갈나무 숲이 지도에도 기입되지 않은 채로 남아 있다는 사실은 모르고 있었네. 그 숲은 벌채되고 있나?」

「부분적으로는. 하지만 대부분은 원래 상태 그대로 방치되어 있습니다.」

그는 의자의 등에 몸을 기댔다. 화상 흉터가 아까보다 조금 검붉게 변해 있었고, 점점 커지는 흥분을 억누르고 있는 기색이 엿보였다.「그렇다는 사실 자체가 경이로워.」그는 말했다.「넓다는 점에서는 딘 숲도 이에 뒤지지 않지만, 그 숲에는 사람의 손길이 닿아 있어. 노퍽에는 자연림이 하나 있지. 나도 거기 가 본 적이 있네……」그는 조금 얼굴을 찌푸리며 주저하는 태도로 말했다.「그것 말고도 또 있네. 하지만 모두 조그맣고, 사람들이 손을 대지 않았기 때문에 자연 상태로 되돌아간 것들이야. 진짜〈원시림〉이라고는 할 수 없지.」

키튼은 갑자기 신경이 날카로워진 듯했다. 그는 지도에 표시된 라이호프 사유지 일대를 응시했다. 그가 이렇게 중얼거리는 소리를 들은 듯하다.「역시 내가 생각했던 대로야…….」

「그러면 숲 상공으로 날아갈 수 있습니까?」내가 이렇게 묻자 키튼은 미심쩍다는 듯이 나를 흘끗 보았다.

「왜 그 상공을 정찰하고 싶어 하나?」

나는 이 질문에 대답하려고 하다가, 말꼬리를 흐렸다.「다른 사람한테는 얘기하지 않았으면 좋겠습니다만 ─」

「이해하네.」

「우리 형이 그곳 어딘가에서 헤매고 있습니다. 몇 달 전에 그곳을 탐험하러 간 이후 아직 돌아오지 않고 있는 겁니다. 길을 잃은 건지, 아니면 죽은 건지는 모르지만, 하늘에서 보면 무엇이 보일 것 같아서 말입니다. 이례적인 부탁이라는 건 알고 있습니다만…….」

키튼은 뭔가 자신만의 생각에 잠겨 있는 표정이었다. 턱의 화상 흉터만 제외하면, 얼굴에서는 핏기가 완전히 가셔 있었다. 그는 갑자기 나를 쳐다보며 고개를 가로저었다.「이례적이라고? 흠, 그렇군. 하지만 뭐 못할 이유도 없네. 비용이 많이 들 거야. 연료비를 청구해야 하니까……」

「얼마쯤 듭니까?」

그는 60마일의 비행에 필요한 액수를 말했고, 이번에는 내 얼굴에서 핏기가 가실 차례였다. 그러나 나는 이를 수락했고, 부대 비용이 더 들지 않는다는 사실에 안도했다. 그가 직접 비행기를 조종하겠다고 했다. 라이호프 숲을 카메라로 촬영해서, 그가 지금 제작 중인 지형도에 덧붙일 작정이라는 얘기였다.「어차피 언제가는 해야 할 일이니까, 이번에 해버리기로 하지. 가장 빨리 비행이 가능한 시간은 내일, 두 시 이후야. 그때라면 괜찮겠나?」

「좋습니다.」나는 말했다.「그때 오겠습니다.」

우리는 악수를 나눴다. 사무실에서 나오면서 나는 뒤를 흘끗 돌아다보았다. 키튼은 책상 뒤에 서서 꼼짝도 안 하고 측량 지도를 응시하고 있었다. 나는 그의 손이 조금 떨리고 있다는 사실을 깨달았다.

예전에도 한번 비행기를 탔던 적이 있다. 네 시간 동안의 비행, 그것도 총탄 자국이 잔뜩 난 고물 다코타 기를 타고, 심한 뇌우를 동반한 폭풍우를 뚫고 이륙, 공기가 빠진 타이어로 마르세유의 활주로에 착륙했다. 나는 약물을 투여받고 몽롱한 상태였기 때문에, 당시의 급박했던 상황에 관해서는 거의 아는 바가 없다. 지독한 난관을 극복하고 강행된 이 비행 덕택에, 나는 후송되어서 가슴에 입은 총상으로부터 회복할 수 있었다.

그런 연유로, 퍼시벌 프록터를 타고 가는 이번 비행은 실질적으로 내가 처음 경험하는 하늘의 여행이었다. 이 가냘픈 비행기가 한쪽으로 기체를 홱 기울이며 하늘을 향해 튕겨 올라갔을 때, 나는 좌석 옆의 손잡이를 꽉 붙잡으며 눈을 감았고, 부지불식간에 목에서 내장이 튀어나오려고 하는 것을 억지로 참는 데에 전력을 기울였다. 이토록 지독한 구토감을 느낀 것은 난생 처음이었고, 그런 와중에서도 어떻게 제정신으로 있을 수 있었는지는 나도 알 수 없다. 몇 초 간격으로 돌풍이 — 키튼이 상승 온난 기류라고 부르는 — 불어와서 눈에 보이지 않는 손으로 비행기를 부여잡고 위아래로 무섭게 흔들어 댈 때마다, 내 몸은 위장에게 이별을 고하곤 했다. 비행기의 날개가 뒤틀리며, 구부러졌다. 헬멧과 헤드폰을 장착하고 있었음에도 불구하고, 나는 알루미늄의 기체가 삐걱거리며 항의하는 소리를 들을 수 있었다. 이 조그만 모형 비행기가 가차 없는 자연의 힘과 씨름하면서 내는 소리였다.

비행기는 비행장 상공을 두 번 선회했고, 그제야 나는 주뼛거리며 눈을 떴다. 옆 창문 밖으로 보이는 것이 먼 지평선이 아니라 농장의 풍경이라는 사실을 갑자기 깨닫자마자 방향 감각에 혼란이 왔다. 나는 내이(內耳)가 보내 오는 신호를 이성적으로 받아들임으로써, 몸과 중력의 균형이 엉망진창이 되어 있다는 사실도 잊은 채로, 내가 지상 몇백 피트 상공에서 날고 있다는 사실에 적응하려고 노력했다. 그러자 키튼은 오른쪽으로 급격하게 기체를 기울였고 — 이때 내가 느낀 것은 방향 감각의 상실이 아니라 공황 그 자체였다! — 기수를 재빨리 북쪽으로 돌렸다. 눈부신 햇살 탓에 서쪽의 경치는 거의 볼 수 없었지만, 성에가 끼여 차가운 옆 창문 너머를 뚫어지게 바라본 끝에, 거무스름한 들판 위에 작은 마을과 읍내를 이루고 있는 흰 건물들이 옹기종기 모여 있는 것을 알아볼 수 있었다.

「토할 것 같으면」키튼이 큰 소리로 말했다. 귀에 거슬리는 쉰 목소리였다. 「옆에 가죽 주머니가 있으니까 그걸 쓰게, 알겠나?」

「괜찮습니다.」 나는 이렇게 대꾸했고, 조금 안도하며 이 주머니를 더듬었다. 그러자 강한 옆바람을 받은 기체가 마구 진동했고, 가슴속에서 뭔가 울컥 솟구치며 오장 육부가 뒤틀렸다. 나는 가죽 주머니를 꽉 잡았고, 군침이 입에 가득 차는 것을 느꼈다.

토하기 직전에 오는 그 오싹하는 느낌이었다. 나는 될 수 있는 한 조용히, 신속하게 ― 그리고 정말 참담한 기분으로 ― 위의 내용물을 깨끗이 게워 내고 싶다는 절실한 욕구에 굴복했다.

키튼은 커다란 목소리로 웃으며 말했다.「아까운 배급 식량을 낭비했군.」

「이러는 편이 한결 기분이 낫습니다.」

사실 그 즉시 기분이 나아졌다. 아마 내가 보인 나약함에 대한 분노나, 혹은 위가 텅 비었다는 단순한 이유에서 비롯된 것인지도 모르지만, 나는 곧 지상 수백 피트 상공을 난다는 가공할 만한 행위를 좀 더 가벼운 마음으로 받아들일 수 있을 만큼 여유를 되찾았다. 키튼은 여러 대의 항공 카메라를 점검하는 데 몰두하고 있었고, 비행기의 조종에 대해서는 신경을 쓰지 않고 있는 듯했다. 반원형의 조종간은 자기 마음대로 움직이고 있었고, 비행기는 거대한 손가락에 의해 튕겨진 것처럼 좌우로 요동하다가, 간담이 서늘해지는 속도로 급강하할 때도 있었지만, 적어도 직선 침로(針路)를 유지하고 있는 것처럼 보였다. 아래쪽의 경작지는 짙푸른 삼림지대에 녹아들었고, 에이번 강의 지류는 구불구불한 황토색 띠가 되어 멀리까지 이어지고 있었다. 구름 그림자들이 바둑판무늬 같은 경작지 위를 빠르게 훑고 지나간다. 눈 밑에 보이는 모든 것이 한가하고 조용하고 평온한 느낌에 잠겨 있었다.

키튼이 입을 열었다.「맙소사, 도대체 저건 뭐지?」

그의 어깨 너머로 전방을 주시하자, 지평선 위에 라이호프 숲의 거무스레한 윤곽이 떠올랐다. 거대한 벽구름이 그 부근의 하늘에 떠 있었다. 숲의 상공은 마치 폭풍우가 휘몰아치고 있는 것처럼 어두웠다. 그럼에도 불구하고 그 위의 하늘은 맑게 개어 있었고, 현재 서부 잉글랜드 전역을 뒤덮고 있는 하늘과 마찬가지로, 드문드문 구름이 떠 있는, 영락없는 여름 하늘이었다. 낮게 깔린 음침한 어둠은 자연림 자체에서 발생하고 있는 것처럼 보였고, 위로 올라갈수록 얇어지고 있었다. 비행기가 광대한 숲으로 다가가면서 이 어둠은 우리의 정신 상태에 영향을 주었고, 점점 암울한 분위기에 빠진 우리는 두려움에 가까운 감정에 사로잡혔다. 키튼은 이 사실을 입 밖에 내서 말했고, 조그만 비행기의 기수를 오른쪽으로 기울인 다음 숲의 가장자리를 우회하기 시작했다. 아래를 내려다보니 떡갈나무 산장이 눈에 들어왔다. 그것은 회색 지붕의 꾀죄죄한 건물이었고, 그 부지 전체가 검고 음산하게 보였다. 어린 떡갈나무들이 집의 서재가 있는 부분을 향해 무성하게 뻗어 나가고 있는 것을 알 수 있었다.

숲 자체는 울창했고, 적의로 가득 차 있는 느낌이었다. 빽빽이 우거진 초목의 우듬지가 끝없이 이어지는 광경은 녹회색의 바다를 연상케 했고, 이것들이 바람에 물결치는 모양은 거의 하나의 생물 같다는 느낌을 주기에 충분했다. 하늘로부터의 원치 않는 시선에 노출된 채로, 숨을 내쉬며, 불안한 듯이 몸을 뒤척이고 있었다.

키튼은 라이호프 숲 주변을 우회해서 조금 떨어진 곳까지 날아갔고, 그곳에서 이 원초의 숲을 바라보니 생각만큼은 넓지 않다는 인상을 받았다. 나는 스티클브룩의 가느다란 흐름을 상공에서 관찰했다. 회갈색의 이 시내는 이따금 반짝반짝 햇볕을 반사하며 구불구불 제멋대로 흘러가고 있었다. 시냇물이 숲으로 흘러 들어가는 장소가 조금 보였지만, 곧 우듬지에 가려 시야에서 사라지고 있었다.

「동에서 서로 숲 상공을 횡단해 보겠네.」 키튼이 느닷없이 말했다. 그가 기체를 기울이며 기수를 틀자, 열심히 그쪽을 바라보고 있던 내 눈앞에서 숲이 기울어지며, 술 취한 듯이 나를 향해 비틀비틀 다가오는 것처럼 보이다가, 눈 아래에서, 소리 없이 펼쳐지기 시작했다.

그러자마자 비행기는 폭풍처럼 격렬한 돌풍의 습격을 받았다.

기수가 위로 홱 올라가면서 거의 공중제비에 가까운 움직임을 보인 기체를 수평 상태로 되돌리기 위해, 키튼은 조종간을 잡고 악전고투했다. 기괴한 황금색 빛이 날개 끝과 회전하는 프로펠러에서 흘러나왔다. 마치 무지개 속을 뚫고 날아가는 듯한 느낌이었다. 이번에는 기체 오른쪽이 충격을 받았고, 숲 가장자리 너머에 펼쳐진 개활지를 향해 세차게 밀려갔다. 조종석 내부에서 밴시[2]가 날카롭게 흐느끼는 듯한 소리가 들리기 시작했다. 이 소리는 너무나도 시끄러웠던 탓에, 라디오 헤드폰을 통해 들려오는 키튼의 두려움 섞인 노성(怒聲)조차 거의 들리지 않았을 정도였다.

삼림 지대의 상공을 빠져나오자 주위는 비교적 조용해졌다. 비행기는 균형을 되찾았고, 조금 하강하다가 다시 기체를 기울이며 선회했다. 숲의 상공에서, 해리 키튼이 두 번째의 횡단을 시도했던 것이다.

그는 침묵하고 있었다. 이쪽에서 말을 걸고 싶어도, 혀가 굳어 움직이지 않았다. 전방에 펼쳐진 어둠의 벽을 그냥 응시하고 있는 수밖에 없었다.

또다시 그 바람이 불어왔다!

삼림 지대 상공으로 진입한 비행기는 처음 몇백 야드를 비틀비틀 나아가며 공중제비를 돌았다. 우리를 감싸기 시작한 빛이 한층 더 강해지면서 날개를 타고 올라왔고, 조그만 번개 조각처럼 조종실 위에서 날름거렸다. 높다란 비명소리에 참다 못한 나는 절규했다. 기체가 너무나도 심하게 진동하고 있었기 때문에, 당장이라도 어린애의 장난감처럼 부서지고, 갈기갈기 찢겨 나갈 것 같았다.

섬뜩한 빛을 통해 아래를 내려다보자, 공터가, 풀밭이, 강의 흐름이 눈에 들어왔다……. 이런 광경을 본 것은 한순간에 불과했

---

2 banshee. 아일랜드와 스코틀랜드의 전설에서, 사람의 죽음에 앞서 흐느끼고 울며 이를 예고하는 요정. 보통 노파의 모습을 하고 있다.

고, 숲을 지키는 초자연적인 힘이 곧 모든 것을 뒤덮어 버렸다.
 느닷없이 기체가 뒤집혔다. 좌석 밖으로 몸이 미끄러졌을 때 나는 비명을 질렀던 것 같다. 두꺼운 가죽 안전띠 덕택에 천장에 격돌하는 것만은 면했다. 기체는 몇 번이나 회전했고, 키튼은 그것을 원위치로 돌려놓으려고 악전고투했다. 격앙되고 혼란된 나머지 목소리가 쉬어 있었다. 밖에서 들려오는 포효는 일종의 조소(嘲笑)로 변했고, 숲은 느닷없이 이 조그만 비행 기계를 평야로 내던졌다. 기체는 균형을 되찾으며 두 번 공중제비를 돌았고, 지면에 거의 격돌하기 직전까지 갔다.
 그러나 기체는 급상승했고, 잡목림과 농가 위를 가까스로 뛰어넘었고. 마치 겁에 질린 듯이 라이호프 숲으로부터 도망쳤다.
 겨우 평정을 되찾은 키튼은 비행기를 고도 천 피트까지 상승시켰고, 생각에 잠긴 얼굴로 멀리 지평선 상에 있는 숲을 바라보았다. 최선을 다했지만, 그의 노력을 거부했던 어두운 숲을.
「도대체 뭣 때문에 그런 일이 일어났는지는 알 수 없군.」그는 내게 속삭였다.「하지만 지금 당장 그 일에 관해 고민하고 싶지는 않아. 연료가 새고 있네. 탱크에 균열이 생긴 것 같아. 좌석을 꼭 붙잡고 있게…….」
 그러자 비행기는 덜컥하며 방향을 바꾸더니 서쪽에 있는 비행장을 향해 날아갔다. 활주로에 착륙한 후 키튼은 카메라를 밖으로 꺼냈고, 나를 그냥 그 자리에 내버려두고 갔다. 동요한 기색이 역력했고, 한시라도 빨리 나와 헤어지고 싶은 것 같았다.

4

나는 녹색 숲의 귀네스와 다음날 갑자기, 극적인 사랑에 빠졌다…….

머클스턴 비행장에서 저녁 늦게야 귀가한 나는 지치고 놀란 탓에 침대 생각밖에는 하고 있지 않았다. 자명종이 울리는 것도 모르고 계속 곯아떨어져 있었는지, 눈을 떠보니 아침 11시 30분이었다. 구름이 끼여 있기는 했지만 하늘은 밝았다. 나는 간단하게 아침을 먹은 다음 밭을 가로질러 숲 반대편으로 갔고, 시야가 트인 곳에서 뒤로 돌아서서 반 마일 떨어진 곳에 있는 숲을 바라보았다.

라이호프 숲을 뒤덮고 있는 그 불가해한 어둠을 지상에서 목격한 것은 그때가 처음이었다. 저런 식으로 보이기 시작한 것이 최근의 일일까, 아니면 나는 숲의 오라에 너무나도 깊숙이 감싸이고, 휩쓸려 있던 탓에 이 불가사의한 현상을 단지 알아차리지 못했던 것일까. 나는 집을 향해 되돌아가기 시작했다. 바지에 스웨터만 걸쳤기 때문에 조금 추웠지만, 늦은 봄의, 초여름에 가까운 쾌적한 날씨였다. 나는 충동적으로 물레방아 연못 쪽으로 걸어갔다. 몇 년 만에 처음으로 내가 크리스찬을 만났던 곳이다. 겨우 몇 달 전에.

  이 장소는 언제나 나를 끌어당기는 매력이 있었다. 연못 가장자리의 진흙땅에 자라 있는 갈대나 골풀 주위의 물이 얼어붙는 한겨울에조차도. 연못은 탁했지만, 한복판의 물은 아직 맑았다. 얼마 안 되어서 연못을 구정물로 변화시켜 버릴 조류(藻類)는 아직 동면에서 완전히 깨어나지 않은 듯했다. 그런데 다 무너져 가는 보트 격납고에 언제나 계류되어 있던 고물 보트가 눈에 띄지 않았다. 보트를 비끄러매어 두었던 — 이곳에 거센 파도가 몰아치기라도 했단 말인가? — 닳아빠진 밧줄 끄트머리가 수면 밑으로 잠겨 있는 것을 보니, 다 썩어 가던 보트는 유달리 비가 많이 내렸던 이번 겨울에 연못의 진흙 바닥으로 가라앉은 듯했다.

  연못 반대편으로부터는 울창한 숲이 펼쳐진다. 고사리와 골풀과 가시나무로 이루어진 덤불의 벽이, 옹이투성이의 가느다란 떡갈나무들 사이를 울타리처럼 가로막고 있었다. 이곳을 헤쳐 나가는 것은 불가능했다. 이들 떡갈나무조차도 사람이 지나가기에는 너무 무른 습지에 자라 있는 것이다.

  나는 습지가 시작되는 곳까지 걸어갔고, 비스듬히 자라난 나무줄기에 몸을 기댄 채로 숲 주변부의 퀴퀴한 어둠 속을 들여다보았다.

  그러자 한 사내가 숲에서 나와 이쪽으로 걸어왔다!

  며칠 전, 한밤중에 출현했던 두 침입자들 중 한 사람이었다. 폭이 넓은 홀태바지를 입은 장발의 사내이다. 지금 다시 보니 17세기 중반, 크롬웰 시대의 왕당파 복장을 하고 있었다. 윗통을 벗고 있었고, 가슴에서 교차시킨 두 개의 가죽띠에는 뿔로 만든 화약통과 납탄이 든 가죽 주머니와 단검을 차고 있었다. 풍성한 고수머리를 턱수염과 콧수염에까지 길게 늘어뜨리고 있다.

  내게 말을 건 그의 말투는 퉁명스러웠고, 거의 노여워하는 듯한 느낌이었지만, 그 와중에도 그의 얼굴에는 미소가 떠올라 있었다. 처음에는 외국어처럼 들렸지만, 나중에 잘 생각해 보니 런던 하층민 말투에 가까운 악센트였다. 그는 「너는 아웃사이더의 혈족이고, 단지 그것만이 중요해⋯⋯」라고 말했던 것이다. 그러나 그때는 전혀 알아듣지 못했다.

목소리, 악센트, 단어⋯⋯ 당시 내가 처했던 상황에서 이런 것들보다 훨씬 더 중요했던 일은, 그가 총신이 번쩍번쩍하는 플린트록[3]을 들어 올렸고, 용을 쓰며 공이를 잡아당긴 다음, 허리와 어깨 중간께에서 나를 겨누고 발사했다는 사실이었다. 만약 이것이 경고의 의미였다면, 그는 최고의 찬사를 받아 마땅한 명사수였다고 해야 할 것이다. 만약 나를 죽일 작정이었다면, 내 입장에서는 정말 운이 좋았다고밖에는 할 수 없다. 총알은 내 옆머리를 때렸던 것이다. 총이 발사된 순간 나는 뒷걸음질 치며, 양손을 앞으로 내밀며 소리쳤다. 「안 돼! 제발 부탁이니 —!」

귀청이 찢어질 정도의 발사음이었지만, 머리에 총을 맞은 아픔과 충격이 곧 모든 것을 집어삼켜 버렸다. 누가 나를 밀친 것처럼 뒤로 홱 넘어지며, 얼음장처럼 차가운 연못 물이 나를 집어삼킨 일밖에는 기억 나지 않는다. 한순간 눈앞이 캄캄해졌고, 다시 정신이 들었을 때는 물레방아 연못의 더러운 물을 들이마시고 있었다. 나는 첨벙거리며 온몸을 감아 오는 듯한 진흙, 수초, 골풀 등과 격투를 벌였다. 가까스로 수면 위로 머리를 내밀었지만, 공기뿐만 아니라 물까지 삼키고는 심하게 기침하기 시작했다.

그러자 눈앞에 장식이 된 윤기 있는 막대기가 보였고, 그제야 나는 누군가가 내게 창자루를 내밀고 있다는 사실을 깨달았다. 젊은 여자가 전혀 알아들을 수 없는 말로 외쳤지만, 그 말에 담긴 뜻만은 명백했다. 나는 기꺼이 이 차가운 봉을 움켜잡았지만, 여전히 익사할 위험에 처해 있었다.

3 flintlock. 흑색 화약을 사용하는 부싯돌 발화식의 구식 전장총. 수발총(燧發銃).

전신을 휘감은 잡초로부터 누군가가 나를 끌어내는 감각이 느껴졌다. 힘센 손이 내 어깨를 잡고 단번에 뭍으로 끌어올렸다. 눈을 깜박거리며 물과 진흙을 떨궈 내자, 눈앞에 맨살을 드러낸 양 무릎이 보였다. 나를 구조해 준 인물은 몸을 앞으로 내밀었고, 나를 억지로 엎드리게 했다.

「난 괜찮아!」 나는 기침을 하며 말했다.

「보스 타웨쏘크!」 그녀는 이렇게 우겨 댔고, 내 등을 세게 문질렀다. 속에서 욱하고 물이 올라오는 것을 느꼈다. 컥컥거리며 반쯤 소화된 음식과 연못물이 뒤섞인 것을 토해 낸 후에야 겨우 몸을 일으켜 앉을 수 있었다. 나는 그녀의 손을 밀쳐 냈다.

 그녀는 웅크린 자세로 뒤로 물러났다. 눈을 비벼 진흙을 떨어뜨린 나는 처음으로 그녀의 모습을 뚜렷하게 볼 수 있었다. 그녀는 나를 쳐다보며 씩 웃었다. 오물투성이의 내 모습을 보고 웃음을 참고 있는 듯한 기색이었다.

「이건 웃을 일이 아냐.」 나는 이렇게 말하고 불안한 눈으로 그녀 뒤쪽의 숲을 흘끗 보았지만, 나를 공격한 자의 모습은 사라져 있었다. 귀네스를 바라보자 그 사내 생각은 어느새 머리에서 사라져 있었다.

 얼굴 피부는 깜짝 놀랄 만큼 희었고, 주근깨가 조금 나 있었다. 머리카락은 타오르는 듯한 적갈색이었고, 바람에 날려 아무렇게나 헝클어진 채로 어깨를 뒤덮고 있었다. 눈은 초록색일 것이라고 상상하고 있었지만, 실제로 보니 깊이를 알 수 없을 만큼 짙은 갈색이었다. 재미있다는 듯이 나를 바라보는 그녀의 시선에 나는 빨려 들어갈 듯한 느낌을 받았고, 그녀 얼굴의 모든 윤곽에 매료당했다. 완벽한 입술, 이마 위로 흘러내린 한 가닥의 붉은 머리카락. 갈색으로 물들인, 면직물로 만들어진 짧은 튜닉을 입고 있다. 근육질의 날씬한 팔다리. 미세한 금빛 솜털이 장딴지에 나 있었고, 양쪽 무릎은 긁힌 자국투성이였다. 투박한 샌들을 신고 있었다.

 나를 억지로 엎드리게 하고, 다짜고짜 물을 토하게 만든 힘센 손은 작고 섬세했다. 손톱은 짧게 닳아 있었다. 양쪽 팔목에 검정색 가죽 밴드를 차고 있었고, 쇠징이 점점이 박힌 좁은 허리띠에는 칙칙한 잿빛 칼집에 든 짧은 검을 차고 있었다.

 그렇다면 이 여성이야말로 크리스찬이 넋을 잃을 정도로 푹 빠져 버린 바로 그 소녀란 말인가. 나는 그녀를 쳐다보며, 일찍이 내가 경험해 본 적도 없을 만큼 친밀한 감정을 느꼈다. 그녀의 성적 매력, 유머 감각, 힘을 직접 경험해 보니, 이제는 형을 완전히 이해할 수 있었다.

 그녀는 나를 일으켜 세워 주었다. 키가 컸고, 거의 나와 차이가 나지 않았다. 주위를 흘끗 둘러보더니, 내 팔을 가볍게 두드리고는 앞장서서 덤불을 헤치며, 떡갈나무 산장이 있는 쪽으로 나를 인도하려고 했다. 내가 뒷걸음질 치며 고개를 가로젓자 그녀는 뒤를 돌아다보고는 화난 어조로 뭐라고 말했다.

 나는 대답했다.「물에 젖은 생쥐 꼴인데다가, 기분이 최악이야……」나는 진흙과 수초로 범벅이 된 옷에 손을 대고 문질렀고, 미소 지었다.「숲을 통해 집으로 돌아갈 생각은 추호도 없어. 난 더 쉬운 길로 가겠어……」그러고는 빠른 걸음으로 왔던 길을 되돌아가기 시작했다. 귀네스는 나를 향해 소리를 질렀고, 못 말리겠다는 듯이 자기 허벅지를 찰싹 내리쳤다. 그녀는 나무 그늘에 몸을 숨기고 내 뒤를 따라오기 시작했다. 확실히 전문가는 전문가였다. 나는 그녀의 발소리를 전혀 듣지 못했고, 멈춰 서서 관목 사이를 한참 들여다본 후에야 그녀의 모습을 조금이나마 흘끗 볼 수 있었던 것이다. 내가 멈춰 설 때마다 그녀도 멈춰 섰고, 그러자 그녀의 머리카락이 햇빛을 반사하며 반짝였다. 이래 가지고서야 아무리 몸을 잘 숨겨도 금세 탄로가 났을 터이다. 그녀의 머리는 마치 불길에 휩싸인 듯한 느낌이었다. 그녀는 어두운 숲속을 비추는 등대나 마찬가지였기 때문에, 지금까지 살아오는 일도 결코 쉽지 않았을 것이다.

뜰의 출입문에 도달하자 그녀를 찾아 뒤돌아보았다. 그녀는 고개를 낮게 숙인 자세로 날쌔게 숲에서 달려나왔다. 오른손으로 창을 꽉 쥐고, 왼손으로는 허리에 찬 검이 튀지 않도록 칼집을 누르고 있었다. 내 곁을 휙 지나간 그녀는 뜰을 가로질러 집의 그늘로 들어간 다음, 벽에 등을 대고 불안한 표정으로 숲의 가장자리를 살펴보았다.

나는 그녀 뒤를 어슬렁어슬렁 따라가서 뒷문을 열었다. 그녀는 황망한 표정으로 집 안에 발을 들여놓았다.

손을 뒤로 돌려 문을 닫은 나는 호기심에 찬 표정으로 거침없이 집 안을 돌아다니는 귀네스 뒤를 따라다녔다. 그녀는 주방의 조리용 테이블 위에 창을 던져 놓았고, 칼을 찬 허리띠를 끌러 놓은 다음 웃옷 위로 탄력 있는 피부를 긁적거렸다.「이서수크.」그녀는 웃으며 말했다.

「정말 가렵지?」나는 동의했다. 나는 내 식칼을 집어 올린 그녀가 킥킥 웃고, 고개를 설레설레 흔들며 다시 테이블 위에 떨어뜨리는 광경을 바라보았다. 나는 몸을 덜덜 떨고 있었다. 뜨거운 목욕이 하고 싶었다. 그러나 미지근한 물밖에는 없었다. 떡갈나무 산장에서 목욕물을 데우려면 극히 원시적인 방법밖에는 없었기 때문이다. 나는 냄비 셋에 물을 담아 가스 스토브 위에 올려놓았다. 귀네스는 파란 불길이 피어 오르는 것을 불가해하다는 듯이 바라보고는,「라바니스」라고 말했다. 별로 마음에 안 든다는 투였다.

물이 데워지는 동안 나는 그녀를 따라 거실로 갔다. 그녀는 사진들을 쳐다보았고, 의자의 천제 커버를 문질러 보았고, 밀랍으로 된 과일을 집어 올려 냄새를 맡아 보고는 놀라워하며 조금 감탄하는 듯한 소리를 내더니 킥킥 웃으며 나를 향해 가짜 사과를 던졌다. 내가 사과를 받아 들자 그녀는 나더러 그것을 먹어 보라는 시늉을 하고는, 묻는 듯한 어조로 「클리오스가 무가?」라고 말했다. 그러고는 웃음을 터뜨렸다.

「평소에는 안 먹어.」 나는 말했다. 그녀의 눈이 반짝인다. 그녀의 젊디젊은 미소는 장난기로 가득 차 있었고…… 너무나도 아름다웠다.

그녀는 허리띠에 눌려 있던 부분을 가려운 듯이 긁적거리며 탐험을 계속했고, 욕실로 들어갔을 때는 몸을 약간 떨었다. 나는 놀라지 않았다. 이 욕실은 원래는 헛간이었던 것을 조금 손본 것이었고, 아무렇게나 덧칠을 한 노란 페인트도 이제는 빛이 바래져 있었다. 구석구석마다 거미집투성이였고, 금이 간 도기 세면대 밑에는 빈 분말 세제의 오래된 양철통과 더러운 걸레 따위가 처박혀 있었다. 이 차갑고 매력 없는 장소를 바라보며, 어렸을 적에 내가 바로 이 장소에서 아무 불만도 없이 즐겁게 몸을 씻었다는 사실이 믿어지지가 않았다. 그러니까, 거대한 거미가 욕실 바닥을 번개처럼 기어다니거나, 욕조의 수챗구멍에서 빈번하게 나타나서 사람을 기겁하게 했을 때를 제외하면 말이다. 깊숙한 욕조는 흰 에나멜칠이 되어 있었고, 귀네스는 욕조에 달린 스테인리스 스틸 제의 길쭉한 수도꼭지에 그 어느 것보다도 강한 관심을 보였다. 그녀는 차가운 에나멜을 손가락으로 훑어보고는 다시 아까 말했던 단어를 입에 담았다. 「라바니스.」 그러고는 웃음을 터뜨렸다. 갑자기 나는 그녀가 〈로마 식〉이라고 말했다는 사실을 깨달았다. 그녀는 차갑고 대리석 같은 욕조의 표면과, 물을 데우는 특수한 기술을, 그녀가 ― 그녀의 시대에서 ― 알고 있는 기술적으로 가장 진보된 사회와 결부시키고 있었다. 차갑고, 딱딱하고, 편리하며, 퇴폐적이라면 물론 그것은 로마의 것이었고, 켈트인인 그녀에게는 경멸의 대상인 것이다.

그것과는 별도로, 그녀도 슬슬 목욕할 시기가 된 것이 아닐까. 그녀는 코를 찌를 듯이 강한 체취를 풍겼다. 인간도 이렇게도 강렬하게 동물적인 부분을 유지할 수 있다는 사실에 나는 아직 익숙하지 못했다. 점령 말기의 프랑스에서 내가 맡은 것은 공포와, 마늘과, 상한 와인의 냄새였고, 썩은 피 냄새와 썩은 군복의 악취도 곧잘 포함되어 있었다. 이 모든 냄새는 내가 어느새 익숙해져 버린 전쟁과, 과학 기술의 일부였다. 귀네스에게서 나는 냄새는 숲과 짐승의 냄새였고, 깜짝 놀랄 만큼 불쾌하면서도 묘하게 에로틱한 인상을 주었다.

미지근한 물을 욕조에 채운 다음, 서재 쪽으로 터벅터벅 걸어가는 그녀 뒤를 쫓아갔다. 이곳에 들어서자 그녀는 또다시 몸을 떨었고, 거의 고뇌에 가까운 표정을 보이며 방 가장자리를 돌아다녔다. 천장을 흘끗흘끗 쳐다보고 있다. 그녀는 프랑스 식 창으로 걸어가서 밖을 내다보았고, 샌들을 신은 발로 방바닥을 쿵쿵 밟으며 돌아다니다가, 책상과, 책과, 아버지가 숲에서 수집해 온 수공예품 몇 개를 만지작거렸다. 책에는 전혀 흥미를 못 느끼는 것 같았지만, 그래도 그 중 한 권의 책갈피를 들여다보며 도대체 무엇에 쓰는 물건인지 곰곰이 생각해 보는 듯했다. 그러나 남자들의 그림이 — 그녀가 집어 든 것은 19세기의 육군 제복에 관한 책이었다 — 나오자 좋아했고, 나도 구경해 보라는 듯이 도판을 가리켜 보였다. 신기한 것을 보고 즐거워하는 어린아이처럼 순진한 웃음을 띄고 있었지만, 나는 그녀의 성숙한 육체가 내뿜는 매력에 정신이 온통 팔려 있던 탓에 제대로 대답하지도 못했다. 천진난만한 소녀라니 당치도 않다.

책을 뒤적거리는 그녀를 어둑어둑한 서재에 남겨 두고 욕실로 가서, 뜨겁게 끓은 냄비의 물을 욕조에 쏟아 부었다. 그래도 욕조의 물은 미지근하게 밖에는 느껴지지 않았다. 상관없다. 수초나 진흙이 뒤범벅이 된 오물을 깨끗이 씻어 낼 수만 있다면 뭐라도 좋았다. 옷을 벗고 욕조로 들어갔을 때, 귀네스가 문간에 서 있는 것을 깨달았다. 진흙투성이지만, 잘 보면 창백하고 깡마른 내 나신을 빤히 바라보며 싱글싱글 웃고 있다.

「지금은 1948년이야.」 나는 될 수 있는 한 위엄을 보이려고 노력하며 말했다. 「그리스도 탄생 직후의 야만적인 시대가 아니라고.」

〈흐음, 어차피 나 같은 문명인에게서 우람한 근육질의 몸을 기대하지는 않았겠지만〉 하고 나는 생각했다.

나는 재빨리 몸을 씻었다. 귀네스는 생각에 잠긴 표정으로, 아무 말 없이 욕실 바닥에 웅크리고 앉아 있다가 이렇게 말했다. 「이브리 크싼 크쓰리그?」

「너도 참 아름답다고 생각해.」

「크쓰리그?」

「주말만 그래. 잉글랜드의 습관이지.」

「크싼 페린 에이번? 에이번!」

스트랫퍼드어펀에이번? 셰익스피어의 출생지? 「내가 제일 좋아하는 건 『로미오와 줄리엣』이야. 네게도 약간은 교양이 있는 것 같아 기쁘군.」

그녀가 고개를 가로젓자, 그녀의 얼굴을 에워싼 아름다운 머리카락이 엷은 비단처럼 흔들린다. 더럽고, 길고, 부드러우며, 기름때에 ― 내가 보기엔 ― 절어 있었지만, 그녀의 풍성한 머리카락은 여전히 살아 있는 듯이 윤기가 났다. 나는 이 머리카락에 매료되었다. 문득 나는 긴 자루가 달린 솔로 등을 문지르려다가 말고 그녀의 머리를 빤히 쳐다보고 있다는 사실을 깨달았다. 그녀는 뭐라고 말했고, 이 말은 내게는 그만 쳐다보라는 명령처럼 들렸다. 그녀는 일어서서 갈색 튜닉 자락을 아래로 잡아당겼고 ― 아직도 허리를 긁적거리고 있다! ― 팔짱을 끼고, 타일 벽에 기대 서서 욕실의 작은 창문으로 밖을 내다보았다.

때를 씻어 내자 검게 변색한 목욕물을 보고 오싹한 나는, 용기를 내서 욕조 안에서 일어섰고, 손을 뻗쳐 타월을 집으려고 했지만, 그러기 전에 그녀는 나를 흘끗 보았고⋯⋯ 또 킥킥거리고 있다! 그녀는 웃음을 멈췄지만, 여전히 장난기가 가시지 않은 그녀의 눈동자는 화가 치밀 정도로 매력적으로 반짝거리고 있었다. 그녀는 희멀건 나의 몸을 또다시 위아래로 훑어보았다. 「어디도 이상한 데는 없어.」 나는 이렇게 말하고 타월로 열심히 몸을 닦았다. 그녀의 눈을 조금 의식하고는 있었지만, 수줍어하는 기색을 보이지 않기로 마음먹었다. 「난 영국 사나이의 완벽한 견본이라고.」

「후인 아테너!」 그녀는 나의 이 말을 단번에 부인했다.

나는 허리에 타월을 두르고는 손가락으로 그녀를 가리켰고, 그런 다음 욕조를 가리켰다. 그녀는 내 뜻을 이해했고, 자기 자신의 방법으로 대꾸했다. 조금 짜증이 난다는 듯이, 오른쪽 주먹으로 자신의 오른쪽 어깨를 두 번 치는 — 그러나 주먹이 닿지는 않았다 — 시늉을 했던 것이다.

그녀는 다시 서재로 돌아갔고, 나는 그녀가 몇몇 책의 책장을 넘기며 컬러 도판을 구경하는 광경을 흘끗 보았다. 나는 옷을 갈아입었고, 주방으로 가서 냄비에 수프를 끓였다.

잠시 후 욕조에 물을 채우는 소리가 들려왔다. 잠깐 첨벙거리는 소리가 나더니, 난생 처음 보는 미끌미끌한 비누를 떨어뜨리며 재미있어 하는 소리가 들려왔다. 호기심을 — 그리고 아마 성적인 흥미를 — 억누르지 못한 나는 싸늘한 욕실로 살금살금 걸어가서, 문틈으로 그녀를 엿보았다. 그녀는 이미 욕조에서 나와 튜닉을 입은 참이었다. 그녀는 나를 보며 희미하게 미소 지었고, 머리카락을 뒤로 홱 젖혔다. 팔다리에서 물방울을 뚝뚝 떨어뜨리며, 그녀는 자기 몸 냄새를 킁킁 맡아 보였고, 어깨를 으쓱해 보였다. 마치 〈이러면 뭐가 그렇게 달라지는데?〉 하는 투였다.

반 시간 뒤에 내가 묽은 야채 수프를 먹어 보라고 권하자 그녀는 어쩐지 수상하다는 얼굴로 거절했다. 그녀는 내가 수프를 먹는 동안 킁킁거리며 냄비 냄새를 맡아 보았고, 손가락에 찍어 맛을 보았지만, 별로 맛있다는 표정이 아니었다. 이 조촐한 음식을 그녀에게 권해 보았지만, 그녀는 먹으려고 들지 않았다. 그러나 그녀가 배가 고프다는 사실은 명백했고, 결국 그녀는 빵 조각을 뜯어서 냄비에 남아 있던 수프에 찍어 먹었다. 그러면서도 줄곧 나를 바라보며 눈을 떼지 않았다. 특히 내 눈을 보고 있는 듯했다.

이윽고 그녀는 조용히 말했다. 「크카얄 쿠알라다…… 크리스찬?」

「크리스찬?」 나는 올바른 발음으로 이 이름을 되풀이했다. 그녀는 이것을 마치 〈크리이스탄〉처럼 발음했던 것이다. 그러나 나는 이것을 금방 알아들었고, 조금 전율했다.

「크리스찬!」 그녀는 말했고, 화난 듯이 주방 바닥에 침을 뱉었다. 그녀는 사나운 눈빛으로 창을 집어 들었지만, 끝이 아니라 자루 쪽으로 내 가슴을 쿡쿡 찔렀다. 「스티븐.」 그녀는 잠시 생각에 잠긴 듯 침묵하고 있었다. 「크리스찬.」 그녀는 어떤 결론을 내린 듯이 고개를 가로저었다. 「크카얄 쿠알라다? 임 클라티르!」

우리들이 형제인지를 묻고 있는 것일까? 나는 고개를 끄덕였다. 「형은 사라졌어. 제정신이 아니었지. 숲으로 갔어. 안쪽으로. 너도 우리 형을 알아?」 나는 그녀를 가리켰고, 그 눈을 가리켰고, 「크리스찬?」이라고 되물었다.

창백했던 그녀의 얼굴이 한층 더 창백해졌다. 그녀가 두려워하고 있다는 사실은 명백했다. 「크리스찬!」 그녀는 내뱉었고, 손에 쥔 창을 숙달되고 매끄러운 동작으로 던졌다. 창은 주방을 가로지르며 날아가서 뒷문에 푹 박혔고, 그 자리에 박힌 채로 부르르 흔들리고 있었다.

나는 일어서서 문으로 갔고, 박혀 있는 창을 뽑아냈다. 창 촉이 나뭇결 사이를 그대로 관통한 탓에, 바깥 세상으로 통하는 구멍이 하나 뻥 뚫려 있다는 사실에 약간 짜증을 내고 있었다. 창을 뽑아

든 내가, 색깔은 어둠침침해도 면도날처럼 예리한 날이 달린 창촉을 점검하자 그녀는 조금 긴장했다. 톱날이 달려 있었지만, 잎사귀 모양의 창날과는 달랐다. 양쪽 날이 역(逆) 갈고리 모양의 톱니로 이루어져 있었던 것이다. 아일랜드의 켈트 인들은 〈가에 볼가〉라는 이름의 무시무시한 무기를 사용했던 것으로 알려져 있지만, 이것은 명예로운 싸움에서는 결코 쓰이지 않았다고 한다. 왜냐하면 역 갈고리 모양의 창날은 그것에 찔린 상대방의 내장까지 그대로 끄집어냈기 때문이다. 아마 잉글랜드에서는, 혹은 귀네스가 태어난 켈트 세계의 일부에서는, 무기를 사용하는 상황에서는 명예 따위는 별로 중시되지 않은 것인지도 모른다.

창자루에는 짧은 선들이 여러 각도로 새겨져 있었다. 물론 이것은 오검 문자[4]였다. 들어 본 적은 있었지만, 어떻게 읽는지는 전혀 모른다. 나는 손가락으로 각인된 문자를 어루만지며 물었다. 「귀네스?」

그녀는 말했다. 「귀네스 메크 펜 에브.」 자랑스러운 말투였다. 아마 펜 에브는 그녀의 아버지 이름일 것이다. 귀네스, 펜 에브의 딸?

창을 그녀에게 건네고, 칼집에 꽂힌 칼로 조심스럽게 손을 뻗쳤다. 그녀는 테이블에서 조금 후퇴한 다음 주의 깊게 나를 바라보고 있었다. 칼집은 딱딱한 가죽으로 만들어졌고, 매우 얇고 긴 금속 띠가 거의 꿰매 넣은 것처럼 박혀 있었다. 청동제 장식못으로 치장되어 있었지만, 칼집 앞뒤를 고정하고 있는 것은 두꺼운 가죽끈이었다. 검 자체는 완전히 기능적이었다. 뼈로 된 칼자루에는 부드러운 가죽이 감겨 있었다. 여기에도 여러 개의 청동제 못이 박혀 있었기 때문에 손으로 잡기가 한층 더 쉽게 되어 있었다. 칼자루 끝의 퍼멜은 거의 없는 것이나 마찬가지였다. 반짝이

---

[4] Ogham. 고대 브리튼, 특히 아일랜드에서 사용된 문자.

는 철제 칼날의 길이는 18인치쯤 되었다. 칼자루 끝에서는 좁아지고 있었지만, 칼날로 올라가면 4, 5인치까지 폭이 넓어졌고, 다시 점점 좁아지면서 날카로운 칼끝으로 이어지고 있었다. 아름다운 곡선을 가진 무기였다. 칼날에는 피가 조금 말라붙어 있었다. 자주 쓰인다는 뜻이리라.

나는 검을 다시 칼집에 집어넣은 다음, 손을 뻗어 나 자신의 무기가 들어 있는 청소 도구함을 열었다. 껍질을 벗겨 낸 울퉁불퉁한 나뭇가지 끝에 몸소 쪼갠 커다란 부싯돌 촉을 비끄러맨 창이었다. 그녀는 이것을 보자마자 웃음을 터뜨렸고, 도저히 믿어지지 않는다는 듯이 고개를 설레설레 흔들었다.

「내가 이걸 자랑스럽게 생각하고 있다는 걸 알아줬으면 좋겠군.」 나는 짐짓 분개한 목소리로 말했다. 나는 날카로운 돌촉 끝에 손가락을 대보았다. 그녀의 웃음소리는 밝고 꾸밈이 없었고, 내 하찮은 노력의 결과를 보고 정말로 재미있어 하고 있었다. 곧 그녀는 입에 손을 갖다 대며 조금 미안한 듯한 표정을 지었다. 그러나 여전히 웃음을 참으려고 몸을 떨고 있었다. 「이걸 만드는 데는 한참 걸렸어. 만들고 나서는 얼마나 뿌듯했는데.」

「페슨 플란틴!」 그녀는 이렇게 말하고 킥킥 웃었다.

「아니 어떻게 그런 심한 말을.」 나는 이렇게 응수한 다음, 매우 어리석은 일을 저질렀다.

좀 더 분별 있게 처신했어야 마땅했지만, 이 즐겁고 화기애애한 분위기에 긴장이 풀린 나머지, 창을 낮게 꼬나 잡고 그녀를 슬쩍 찌르는 듯한 시늉을 했던 것이다. 마치 〈너 혼 좀 나볼래……〉 하는 식으로.

그녀는 전광석화처럼 반응했다. 눈과 입가에서 웃음기가 싹 가시며, 화난 고양이 같은 앙칼진 표정이 떠올랐다. 그녀는 목 깊숙한 곳에서 쥐어짜는 듯한 공격적인 소리를 냈고, 내가 애들 장난감 수준의 이 한심한 창을 불쑥 내민 짧은 순간, 자신의 창을 두 번이나 세차게 내리쳤다. 깜짝 놀랄 만큼 강한 힘으로.

처음 일격을 받고 창 촉이 날아가면서 나는 창자루를 거의 손에서 놓칠 뻔했다. 두 번째 일격은 창 촉이 잘려 나간 창의 나무 부분을 강타했고, 내 손에서 뜯겨져 나간 창은 주방 너머로 날아갔다. 창자루는 벽에 걸려 있는 냄비를 맞춰 떨어뜨렸고, 커다란 소리를 내며 도기제 저장 용기들 사이에 떨어졌다.

이 모든 일이 너무나도 빨리 일어났기 때문에, 일일이 반응할 겨를도 없었다. 그녀도 나만큼이나 충격을 받은 것 같았다. 두 사람은 그 자리에 우뚝 서서, 얼굴에 홍조를 띠고, 입을 멍하게 연 채로 서로를 바라보고 있었다.

「미안해.」 나는 나직하게 말했고, 분위기를 바꿔 보려고 밝은 표정을 지었다. 귀네스는 자신 없는 미소를 지었다. 「귀리닌.」 그녀는 미안하다는 투로 이렇게 속삭였고, 잘려 나간 창 촉을 집어 들어 내게 건넸다. 나는 아직도 나무가 조금 붙어 있는 돌을 건네받아 살펴보았고, 슬픈 표정을 지었다. 그러고는 두 사람 모두 누가 먼저라고도 할 것 없이 밝은 웃음을 터뜨렸다.

그녀는 느닷없이 자기 소지품들을 끌어 모으더니, 벨트를 다시 허리에 차고 뒷문을 향해 걸어갔다.

「가지 마」라고 내가 말하자, 그녀는 이 말의 뜻을 직감적으로 알아들은 듯했다. 그녀는 주저하다가 「미차그 오브나라나!(난 가야 해?)」라고 말했다. 그러고는, 머리를 낮추고, 전력 질주에 대비해서 몸을 긴장시킨 다음, 숲을 향해 달려가기 시작했다. 어둠 속으로 모습을 감추기 직전 그녀는 손을 한번 흔들며 비둘기가 우는 것 같은 소리를 한번 냈다.

5

 그날 저녁 나는 서재로 가서 찢어지고 너덜너덜한 아버지의 일기장을 꺼냈다. 아무 곳이나 펼쳐 보았지만, 글자가 도저히 머리에 들어오지를 않았다. 부분적으로는, 황혼 녘에 문득 찾아온 우울한 기분 탓이었는지도 모르겠다. 집 안은 쥐 죽은 듯이 조용했지만, 귀네스의 웃음소리는 아직도 메아리치고 있었다. 집 안 구석구석에 그녀가 있는 것처럼 느껴지지만, 찾아보면 어디에서도 눈에 띄지 않는다. 그녀는 시간 밖으로, 흘러간 세월 밖으로, 이 침묵의 방을 점유하고 있던 지난날의 생 밖으로 걸어나갔던 것이다.
 잠시 일어서서 창밖의 어둠을 바라보고 있었지만, 책상 위의 독서등 불빛을 받고 프랑스 식 창의 더러운 유리창에 반사된 나 자신의 모습이 더 마음에 걸렸다. 나는 당장이라도 귀네스가 나타나서, 고독한 눈으로 지금 나를 바라보고 있는, 헝클어진 머리카락을 한 마른 사내의 영상을 가르고 출현할 것을 반쯤 기대하고 있었다.
 그러나 그녀는 아마 욕구를 — 내 안에 있는 욕구 말이다 — 감지하고 몸을 사린 것인지도 모른다. 일기를 읽고 직접 확인해 보지는 않았지만…… 내가 이제는 사실로 받아들인 그 무엇인가를 확인해 보려는 욕구를.

아마 처음으로 이 일기를 훑어보았을 때부터 알고 있었는지도 모른다. 고뇌에 찬 독백이 기록된 부분은 이미 오래전에 뜯겨 나가고 없었고, 보나마나 파기되었거나, 내가 찾을 수 없는 곳에 교묘히 감춰져 있을 터이다. 그러나 갑자기 나를 엄습해 온 슬픔을 설명할 수 있을 정도의 단서는 충분히 남아 있었다.

나는 책상으로 돌아가서 의자에 앉았고, 가죽 장정의 일기장을 천천히 넘기기 시작했다. 날짜를 확인하며 아버지와 귀네스의 첫 번째 만남으로, 그리고 두 번째, 세 번째의 만남으로 조금씩 다가갔다…….

또 그녀이다. 개울 부근의 숲에서 나와 닭장으로 이어지는 짧은 거리를 달렸고, 10분 넘게 그곳에 웅크리고 있었다. 나는 주방에서 이 광경을 바라보았고, 그녀가 뜰을 기웃거리며 돌아다니기 시작하자 서재로 자리를 옮겼다. J도 그녀의 존재를 알아차리고, 아무 말 없이 나를 따라오며 바라본다. J는 이것을 이해하지 못하고, 나도 설명할 수가 없다. 나는 자포자기하고 있다. 그녀는 내 마음을 완전히 사로잡았다. J는 이것을 알아차렸지만, 나더러 어쩌란 말인가? 이것이 미사고 자신의 성질인 것이다. 그녀가 저항했던 로마 주둔지의 문명인들과 마찬가지로, 나는 그녀에 대한 면역이 없다. 진실로 그녀는 켈트 족 공주의 이상화된 상(像)이다. 윤기 있는 붉은 머리카락, 하얀 피부, 어린아이처럼 가냘파 보이지만 강인한 육체. 그녀는 전사이다. 그러나 그녀가 무기를 들고 있는 모습은 어딘가 익숙해 보이지 않고 어색하다.

J는 이런 일들을 깨닫지 못하고 있다. J의 눈에는 단지 그녀의 존재와, 내가 그녀에게 넋을 잃었다는 사실만이 비칠 뿐이다. 아이들은 아직 그녀를 보지 못했지만, 스티븐은 역시 이 시

기에 활발해진, 사슴 뿔을 단 〈주술사〉에 관해 두 번이나 언급했다. 어딘가 기계적이고 황망해 보이는 느낌을 주던 초기의 미사고들에 비해서 그녀는 훨씬 더 생기에 차 있다. 현대인에 가깝다고는 할 수 없지만, 섬뜩할 정도로 의도적인 행동을 보인다. 그녀는 나를 주목하고 있다. 나도 그녀에게 주목하고 있다. 재차 방문할 때까지는 한 철을 기다려야 하는 것이 보통이지만, 그녀는 점점 더 자신감을 얻고 있는 듯하다. 그녀의 이야기에 관해 알고 싶다. 내 추측은 상당히 사실에 근접해 있겠지만, 서로 의사 소통을 할 수 없기 때문에 상세한 점들은 여전히 불분명하다.

그리고 몇 장을 더 넘기자, 이 사건이 있은 지 2주쯤 뒤에 이렇게 기록되어 있었다. 날짜는 없었다.

   한 달도 채 되기 전에 되돌아왔다. 정말로 강력한 발현 과정을 거쳤음이 틀림없다. 윈-존스에게 그녀 얘기를 하기로 결심했다. 그녀는 황혼 녘에 와서, 서재로 들어왔다. 나는 꼼짝도 않고 그녀를 바라보고 있었다. 그녀가 들고 있는 무기들은 섬뜩해 보인다. 그녀는 호기심에 차 있다. 내게 몇 마디 말을 건넸지만, 그녀가 말하는, 이미 멸망한 문화의 언어를 알아들을 수 있을 만큼, 더 이상 내 두뇌는 유연하지 않다. 그녀의 눈은 믿기 힘들 정도로 아름답다. 그녀가 나를 쳐다볼 때마다 의자에서 아예 몸을 뗄 수가 없을 정도이다. 간단한 단어를 몇 개 나열해서 그녀와 의사를 소통해 보려고 했지만, 미사고는 본래의 언어와 지각력(知覺力)을 모두 갖추고 생성된다. 그러나 WJ는, 미사고와 창조자의 마음 사이를 잇는 유대 관계로 인해, 전자는 언어를 포함한 교육에 반응할 것이라고 믿고 있다. 나는 혼란을 느끼고 있다. 이 기록도 혼란스럽다. 서재로 온 J가 평정심을 잃었다. 아이들도 J의 병으로 인해 고민하기 시작했다. 병세는 위중하다. 그녀가 J를 보며 웃었을 때, J는 히스테리를 일으키기 직전까지 갔지만, 나의 불륜 상대라고 지레짐작하고 있는 여자와 맞서는 대신 그냥 서재를 나가는 편을 택했다. 이 소녀의 호기심을 잃으면 안 된다. 그녀는 숲을 벗어난 유일한 미사고이다. 이런 기회를 놓칠 수는 없다.

이 뒤로 일기장 몇 쪽이 사라져 있었다. 극히 중요한 기록이, 아버지가 이 소녀를 좇아 숲으로 들어갔을 때 이용했던 통로와 오솔길 따위가 극명하게 기록되어 있는 기록이 빠져 있는 것이다 (예를 들자면, 그와 윈-존스가 고안한 장치의 일상적인 사용에 관련된 기록 중에는 불가해한 문장이 있다. 〈7구획의 멧돼지 길로 들어가서 4백 걸음 이상을 이동했다. 가능성이 있지만, 진정한 통로는, 뻔한 길을 제외하면, 여전히 찾아낼 수가 없다. 방어는 너무 강력하고, 나는 너무 늙었다. 더 젊은 사내라면? 그 경우에는 다른 통로들을 시험해 볼 수 있을 것이다.〉 여기서 기록은 끊겨 있었다).

녹색 숲의 귀네스에 관한 마지막 언급은 짧고 혼란된 것이었지만, 지금 와서야 내가 겨우 알아차린 비극에 관한 단서를 포함하고 있었다.

1942년 9월 15일. 그녀는 어디로 간 것일까? 몇 년이나 보지 못했다! 2년이나! 한 미사고가 소멸하면, 다른 미사고가 그것을 대신하는 일이 가능한 것일까? J는 그녀를 본다! J가! 그녀는 쇠약해졌고, 죽기 직전이다. 임종이 가깝다는 것을 나는 안다. 하지만 내가 무슨 일을 할 수 있단 말인가? 그녀는 무엇인가에 홀려 있다. 그 소녀에게 홀려 있다. 환영? 망상? J는 거의 언제나 히스테리 상태이고, S와 C가 함께 있을 때는 차가운 침묵으로 일관하며 어머니의 역할을 수행하지만 더 이상 나의 아내가 아니다. 우리는 더 이상……(이 부분은 선을 그어 지워 놓았지만, 못 읽을 정도는 아니었다.) J가 점점 쇠약해지고 있다. 그리고 이 생각만큼이나 내 가슴을 아프게 하는 것은 없다.

어머니의 병이 무엇이었든 간에, 그녀의 병세는 분노, 질투, 그리고 궁극적으로는 놀랄 만큼 젊고 아름다운 여인이 아버지의 사랑을 빼앗아 갔다는 사실에 의해 악화된 것인지도 모른다. 〈이것이 미사고 자신의 성질인 것이다…….〉

이 말은 세이렌들의 노랫소리처럼 울려 퍼지며 내게 경고를 보냈고, 나를 두려움에 떨게 했지만, 그것을 받아들이기에는 나는 너무나도 무력했다. 처음에는 아버지가 자제력을 잃었다. 그런 다음 크리스찬이 전쟁에서 돌아왔고, 그녀가(아마 그 무렵에는 집안에서 이미 자신의 입지를 확고히 하고 있었는지도 모른다) 마음을 바꿔 좀 더 자기 나이에 가까운 사내를 애정의 대상으로 삼았을 때, 어떤 비극이 일어났던 것일까? 우르스쿠머그가 그토록 격노하는 것도 당연한 일이다! 아버지가 숲에서 죽음을 맞이하기 전의 몇 달 동안, 어떤 투쟁이, 어떤 추적이, 어떤 분노가 터져 나왔던 것일까? 일기장에는 이 시기에 관한 언급이 없었고, 냉정하고, 거의 자포자기한 듯한 마지막 기록 이후에는 귀네스에 관한 기록도 전무했다. 〈J가 점점 쇠약해지고 있다. 그리고 이 생각만큼이나 내 가슴을 아프게 하는 것은 없다.〉

〈그녀는 누구의 미사고일까?〉

공황에 가까운 감정이 나를 엄습했고, 다음날 아침 일찍 나는 숲을 향해 달려갔다. 숨이 턱까지 차오르고 온몸이 땀에 푹 젖을 때까지. 맑게 갠, 그리 춥지 않은 날씨였다. 육중한 워킹부츠 한 켤레를 찾아내서 신은 다음, 짧게 자른 내 창을 들고 떡갈나무 숲 주위에서 속보로 순찰을 돌았다. 끊임없이 귀네스의 이름을 부르며.

〈그녀는 누구의 미사고일까?〉

이 의문은 달리고 있는 중에도 나를 고민에 빠뜨렸다. 내 머리 위를 휙휙 날아다니는 검은 새처럼. 혹시 그녀는 크리스찬의 것일까? 크리스찬은 다시 그녀를 찾기 위해 숲으로 들어갔다. 그 자신의 마음이, 떡갈나무와 물푸레나무, 산사나무와 덤불, 태곳적부터 라이호프를 형성해 온 복잡한 생명체와 상호 작용한 결과 만들어 낸 녹색 숲의 귀네스를 찾아내기 위해. 그러나 나의 귀네스는 누구의 미사고란 말인가? 크리스찬의 것일까? 혹시 그는 그녀를 찾아냈고, 추적했고, 숲의 가장자리까지 그녀를 몰아온 것일까? 자신을 두려워하고, 경멸하는 여자를? 그녀는 크리스찬에게서 숨으려 하고 있는 것일까?

아니면 그녀는 내 것일까? 그녀를 낳은 것은 나 자신의 마음이고, 그녀는 예전에 우리 아버지에게 왔던 것처럼, 부모에게 자식이 이끌리듯이, 자석이 서로를 끌어당기듯이, 자기 자신의 창조자에게로 온 것일지도 모른다. 혹시 크리스찬은 꿈에도 그리던 자기 자신만의 소녀를 만났고, 지금 이 순간에도 그녀와 함께 숲의 중심부에 정착해서, 기이하지만 행복한 삶을 영위하고 있는 것인지도 모른다.

그러나 나는 집요한 불안감에 시달렸고, 귀네스의 정체성에 관한 의문은 점점 강박 관념으로 변해 갔다.

나는 집에서 조금 떨어진 스티클브룩 옆에서 쉬고 있었다. 먼 옛날, 조그만 배가 숲속에서의 여행을 마치고 나타나기를 크리스와 함께 기다렸던 곳이다. 들판에서 돌아다닐 때는 널려 있는 쇠똥을 밟지 않도록 조심해야 했지만, 지금 방목되어 있는 것은 양들뿐이었다. 양들은 개울가의 풀이 많이 자란 곳에서 풀을 뜯으며 미심쩍다는 듯이 나를 곁눈질하고 있었다. 숲은 떡갈나무 산장을 향해 쭉 뻗어 나가는 검은 벽을 연상케 했다. 나는 충동적으로 스티클브룩을 거슬러 올라가기 시작했고, 벼락을 맞아 쓰러진 나무줄기를 넘어, 로즈 브라이어와 검은딸기와 무릎까지 올라오는 쐐기풀 덤불을 헤치고 나갔다. 초여름이 되어 이들 식물은 이미 상당히 빽빽하게 자라 있었지만, 양들이 공터에 자란 풀을 먹기 위해 여기까지 들어온 흔적이 있었다.

강의 흐름 반대편을 향해 몇 분인가 걸어가자, 머리 위를 뒤덮기 시작한 무성한 나무들 탓에 주위는 점점 어두워졌다. 개울이 넓어지면서 양쪽 둑이 한층 더 가팔라졌다. 개울은 느닷없이 방향을 틀며 숲 깊숙이 들어갔다. 그것을 따라가면서 나는 점점 방향 감각을 잃기 시작했다. 거대한 떡갈나무가 내 앞길을 가로막았고, 지면이 위험스럽게 아래로 뚝 떨어졌기 때문에 나는 가능한 한 이곳을 우회해 보려고 했다. 이끼에 뒤덮여 미끌미끌한 잿빛 바위가 뭉뚝한 손가락처럼 쑥 솟아 있었고, 옹이투성이의 어린 떡갈나무 줄기들이 이 돌의 장벽과 그 주위에 어지럽게 자라 있었다. 겨우 그곳을 통과하자 개울은 시야에서 사라져 있었다. 그러나 물이 흐르는 소리는 멀리서 아득하게 들려오고 있었다.

몇 분 후 나는 듬성듬성한 숲을 통해 앞에 펼쳐진 개활지를 바라보고 있다는 사실을 깨달았다. 한 바퀴를 빙 돌아 다시 출발 지점으로 돌아온 것이다. 이번에도.

그러자 비둘기 우는 소리가 들려왔다. 나는 숲의 어둠을 향해 몸을 돌리고 귀네스를 불렀지만, 내게 돌아온 대답은 머리 위 높은 곳에서 나를 조롱하듯이 날개를 퍼덕거리며 날아가는 새소리뿐이었다.

아버지는 어떻게 숲속으로 들어갔던 것일까? 어떤 방법으로 그토록 깊숙이 침입할 수 있었단 말인가? 일기에 의하면, 그는 지금 서재 벽에 걸려 있는 상세한 지도에 의존했다. 방어망이 다시 그를 밀어낼 때까지 상당한 거리를 주파해서, 라이호프 숲 깊숙이 들어갈 수 있었던 것이다. 그가 길을 알고 있었다는 점을 나는 확신하고 있었지만, 말년에 그가 일기장의 너무나도 많은 부분을 없애 버린 탓에 — 증거를 숨기고, 아마도 죄책감을 은폐할 목적으로 — 그 정보는 사라지고 없었다.

나는 아버지를 잘 알고 있었다. 떡갈나무 산장은 아버지의 인물 됨됨이에 관해 많은 것을 보여 주고 있었고, 그 중에서도 특히 뚜렷하게 입증된 특징이 하나 있었다. 아버지의 강박적인 성격, 무엇이든 보존하고, 몰래 숨겨 놓고, 정돈해 놓으려는 욕구 말이다. 따라서 나는 어떤 물건이든 간에, 아버지가 그것을 파기해 버렸다는 것을 믿을 수 없었다. 숨겼을지는 몰라도, 결코 없애 버리지는 않았을 것이다.

나는 집을 뒤져 보았다. 장원으로 가서 질문을 해보기조차 했다. 그곳의 넓은 방들과 조용한 복도를 이용할 목적으로, 아버지가 야음을 틈타 그곳에 침입한 사실이 없는 이상, 저택에 서류가 숨겨져 있을 가능성은 없었다.

단서가 하나 더 남아 있었고, 나는 나의 방문을 미리 알리는 편지를 옥스퍼드로 보냈다. 내가 도착하기 전에 편지가 먼저 도착했으면 좋겠지만, 꼭 그렇게 되리라는 보장은 없었다. 다음날 나는 작은 가방에 짐을 챙겨 넣은 다음 말쑥한 옷으로 갈아입었고, 버스와 기차를 갈아타며 옥스퍼드로의 긴 여행에 나섰다.

우리 아버지의 동료이자 막역한 친구였던 에드워드 원-존스가 살고 있던 집으로.

원-존스 본인을 만날 수 있으리라고는 기대하지 않았다. 뚜렷하게 기억하고 있지는 않지만, 나는 작년에 — 혹은 내가 프랑스로 가기 전에 — 그가 실종되거나 죽었으며, 지금 그의 자택에는 그의 딸이 살고 있다는 얘기를 들었던 것이다. 나는 그녀의 이름을 몰랐고, 또 그녀가 나의 방문에 기꺼이 응해 주리라는 확신도 없었다. 일단 가서 직접 부닥뜨리는 수밖에는 없었다.

실제로 만나 보니 그녀는 매우 예의 바른 인물이었다. 그녀는 옥스퍼드 교외에 있는 3층짜리 연립 주택에 살고 있었다. 당장 수리를 필요로 할 만큼 낡은 집이었다. 내가 도착했을 무렵에는 비가 내리고 있었다. 현관문을 열어 준 사람은 키가 크고 엄격한 표정을 한 여성이었고, 나더러 빨리 현관으로 들어오라고 재촉했지만, 까다로운 성격인지 나를 복도 끝에 세워 놓은 채로 빗물이 뚝뚝 흐르는 코트와 신발을 벗게 했다. 그런 다음에야 그녀는 초면인 내게 인사를 건넸다.

「앤 헤이든이라고 해요.」

「스티븐 헉슬리입니다. 이렇게 급히 방문을 하게 되어서 죄송합니다……. 폐가 되지 않았으면 좋겠군요.」

「괜찮습니다.」

그녀는 30대 중반이었고, 회색 치마를 입고 목이 긴 흰색 블라우스 위에 회색 카디건을 걸치고 있었다. 집 안에서는 광택제와 축축한 냄새가 났다. 방들은 모두 복도 쪽에서 걸쇠로 잠겨 있었다. 아마 바깥 창문을 통해 침입자가 들어오는 것을 경계하고 있는 듯했다. 그녀는 관찰력이 모자라는 인물이 본다면 아무런 의심 없이 〈노처녀〉라는 단어를 자연스레 떠올리게 하는 분위기를 풍기고 있었다. 아마 발치에 고양이를 몇 마리 거느리고 있다면 한층 더 그럴듯했을지도 모른다.

그러나 앤 헤이든은 그런 용모가 시사하는 것과는 완전히 동떨어진 방식의 삶을 살아왔다. 결혼했지만, 남편은 전쟁 중에 그녀와 헤어지고 없었다. 그녀의 안내를 받고 어둡고 간소한 거실로 들어서자 나와 비슷한 연배의 남자가 소파에 앉아 신문을 읽고 있었다. 그는 일어나서 나와 악수했고, 그녀는 조너선 갈랜드라고 그를 내게 소개했다.

「조용히 얘기를 나누고 싶다면, 잠시 자리를 비우고 있을게.」
그는 이렇게 말하고 대답을 듣기도 전에 집 안쪽으로 사라졌다. 앤은 그에 관해 더 이상의 설명을 하지 않았다. 당연히 이 집에 살고 있는 것이다. 나중에 화장실에 갔을 때 나는 선반 아래쪽에 수염 깎는 도구들이 놓여 있는 것을 보았다.

이런 세세한 점들은 얘기하는 것은 내 용무와는 별반 관계가 없을지도 모르지만, 나는 그녀와 그녀가 놓인 상황을 자세히 관찰하고 있었다. 그녀는 좀 거북한 기색으로 진지한 표정을 무너뜨리지 않았고, 악수를 나눈다든지, 좀 더 친숙한 분위기에서 쉽게 질문할 수 있는 인물은 아니었다. 그녀는 내게 홍차를 대접했고, 비스킷을 권했다. 그런 다음에는 한동안 완전히 침묵이 흘렀다. 하는 수 없이 나는 내가 이곳을 방문한 이유를 설명했다.

「당신의 아버님에 관한 말씀은 들었지만, 직접 뵌 적은 한번도 없어요.」 그녀는 조용한 목소리로 말했다. 「몇 번 이곳 옥스퍼드를 방문하시긴 했지만, 나는 언제나 집을 비우고 있었죠. 우리 아버지는 박물학자였고, 몇 주 동안이나 옥스퍼드의 집을 비우곤 했어요. 나하고는 매우 가까웠죠. 아버지가 가족을 버리고 집을 나갔을 때는 정말 슬퍼했어요.」

「그게 언제였는지 기억하고 계십니까?」

그녀는 노여움과 연민이 반반 섞인 눈으로 나를 보았다. 「날짜까지도 정확하게 기억하고 있어요. 1942년 4월 13일 토요일이었죠. 나는 3층에 살고 있었어요. 내 남편은 이미 내게서 떠나간 후였고, 아버지는 존…… 내 동생하고 격렬하게 다툰 뒤에 느닷없이 집을 떠났어요. 아버지를 본 건 그게 마지막이었어요. 존은 군대에 징집됐고 외국에서 전사했어요. 나만 집에 남게 됐죠…….」

조심스러운 질문과 완곡한 독촉에 의해 나는 이 이중의 비극의 전말을 어떻겐가 알아낼 수 있었다. 원-존스가 어떤 이유에선가 가족을 저버렸을 때, 앤 헤이든은 또다시 가슴이 찢어지는 경험을 했다. 이에 상심한 그녀는 몇 년 동안이나 은둔 생활을 했지만, 전쟁이 끝나자 또다시 지인(知人)들과의 접촉을 재개했다.

그녀와 함께 살고 있는 청년이 갓 끓인 홍차 주전자를 가지고 왔을 때, 이들 사이의 교류는 짧았지만 따스했고, 진심 어린 것이었다. 이중의 비극이 그녀에게 남기고 간 상처는 깊었지만, 감정까지 고갈되지는 않았던 것이다.

나는 두 사람 — 우리 두 사람의 아버지 — 이 공동으로 연구를 했으며, 아버지가 남긴 연구 기록이 불완전하다는 사실에 대해서, 필요하다고 생각한 만큼 자세하게 설명했다. 혹시 윈-존스의 것이 아닌 일기장의 일부, 문서, 편지 등을 보거나 발견하신 적은 없으신지?

「나는 그걸 보려고 한 적도 없어요, 헉슬리 씨.」 그녀는 조용히 말했다. 「아버지의 서재는 옛날 그 상태로 남아 있어요. 마치 디킨스의 소설에 나올 법한 얘기 같다고 생각하신다면, 그렇게 생각해도 좋아요. 이 집은 넓고, 그 방을 쓸 필요는 없었어요. 그 방을 청소하고 손을 보는 것은 불필요한 일이었기 때문에, 그냥 자물쇠를 잠가 둔 채로 남아 있어요. 아버지가 돌아와서 직접 치울 때까지.」

「그 방을 보여 주시겠습니까?」

「원하신다면 보여 드리죠. 난 그 방에 아무런 흥미도 없어요. 그리고 일단 나한테 보여 주기만 하면, 뭐든지 빌려 가셔도 좋아요.」

그녀 아버지의 서재는 복도 끄트머리에 있었다. 옥스퍼드 시가 내려다보이는 방이었다. 더러운 망사 커튼 사이로 세인트 매리 교회의 첨탑이 언뜻 보였다. 사방의 벽은 온통 책으로 뒤덮여 있었고, 그 무게에 못 이겨 내려앉은 책장 위의 회벽에는 금이 가 있을 정도였다. 책상은 방에 있는 다른 가구들과 마찬가지로 흰 천으로 덮여 있었지만, 책들만은 손톱 길이만큼이나 두꺼운 먼지에 뒤덮여 있었다. 지도, 차트, 식물의 도표 따위가 한쪽 벽 앞에 쌓여 있었다. 정기 간행물이나 편지 뭉치가 수납장 안을 꽉 메우고 있었다. 우리 아버지의 질서 정연하게 정돈된 서재와는 실로 대조적이었다. 지적 노동의 산물이 뒤죽박죽으로 널려 있는 이 장소를 응시하며 나는 당혹감을 느꼈다. 도대체 어디서부터 손을 대야 할지 알 수 없었던 것이다.

앤 헤이든은 뿔테 안경 뒤의 지친 듯한 눈을 가늘게 뜨고, 몇 분 동안 나를 지켜보고 있었다.「잠시 혼자 있게 해드리죠.」이윽고 그녀는 이렇게 말하고는 아래층으로 내려갔다.

나는 서랍을 열어 보고, 책들을 훌훌 넘겨 보고, 혹시 느슨한 마룻바닥이 없나 하고 바닥에 깔린 카펫을 들춰 보기까지 했다. 이 방을 샅샅이 뒤지려면 엄청난 노력이 필요했고, 결국 한 시간 뒤에 나는 패배를 인정해야 했다. 아버지의 일기장에서 뜯어낸 부분은커녕, 윈-존스 자신의 일기장조차도 없었다. 미사고의 숲과 관련이 있을 법한 유일한 물건이라면, 거의 프랑켄슈타인을 방불케 하는 기괴한 기계 장치 ─ 윈-존스의 〈전두 브리지〉 정도였다. 이 복잡다단한 발명품은 헤드폰, 긴 전선, 구리 코일, 자동차용의 대형 배터리, 채색된 점멸등용 원반, 알 수 없는 기호가 기입된 병에 든 자극성의 약품 따위로 이루어져 있었다. 이것들 모두가 커다란 나무 상자 안에 꽉 채워진 채로 오래된 커튼에 덮여 있었다. 상자는 오래된 것이었고, 정교한 무늬로 뒤덮여 있었다. 판자 여기저기를 눌러 보니 정말로 비밀 칸막이가 나왔지만, 좁은 칸막이 안은 텅 비어 있었다.

나는 가능한 한 조용하게 집 안을 돌아다니며 방들을 들여다보았고, 윈-존스가 서재에서 떨어진 곳에 비밀스러운 은닉처를 만들어 놓았는지 직감적으로 알아보려고 했다. 그러나 그런 영감은 떠오르지 않았다. 나를 맞이한 것이라고는 퀴퀴한 냄새와, 축축한 시트와, 다 썩어 가는 페이퍼백들, 그리고 전혀 사용되지 않은 채로 방치되어 있는 집 전체에서 풍겨 오는 황폐한 분위기뿐이었다.

다시 2층으로 내려갔다. 앤 헤이든은 희미하게 웃었다.「뭔가 찾았나요?」

「유감스럽게도 못 찾았습니다.」

그녀는 생각에 잠긴 듯이 고개를 끄덕였고, 이렇게 덧붙였다.「정확히 찾고 있는 것이 뭐죠? 일기장?」

「아버님은 틀림없이 일기를 쓰셨을 겁니다. 탁상 일기장 같은 것에, 매년 빠짐없이. 그런 것들은 눈에 띄지 않더군요.」

「나도 그런 건 본 기억이 없군요.」 그녀는 여전히 생각에 잠긴 듯한, 가라앉은 표정으로 말했다.「당신 말대로 그건 좀 이상하군요.」

「자신의 일에 관해서 한번이라도 당신에게 언급한 적이 있습니까?」 나는 팔걸이 의자 가장자리에 걸터앉았다. 앤 헤이든은 발을 꼬고는 읽고 있던 잡지를 옆에 내려놓았다.「깊은 숲속에 멸종한 동물들이 살고 있다는 말도 안 되는 얘기를 들은 적이 있어요. 멧돼지라든지, 늑대, 야생곰……」 그녀는 또다시 미소 지었다.「아버지는 정말로 그렇게 믿고 있는 것 같더군요.」

「우리 아버지도 마찬가지였습니다」 하고 나는 지적했다.「하지만 우리 아버지의 일기장에는 뜯겨 나간 부분이 있습니다. 여러 장이 통째로 사라진 겁니다. 그래서 혹시 그것들이 여기 숨겨져 있지는 않을까 생각하고 있었습니다. 실종 후에 아버님 앞으로 온 편지들은 어떻게 됐습니까?」

「보여 드리죠.」 그녀는 자리에서 일어났다. 나는 그녀를 따라 높은 수납장이 있는 집 앞쪽의 방으로 갔다. 간소한 가구와, 구닥다리 골동품, 그리고 몇몇 매력적인 장식품 등이 어지럽게 흩어져 있는 방이었다.

위층에서 본 것과 마찬가지로, 이 수납장은 봉투에서 꺼내지도 않은 정기 간행물과 둘둘 말린 채로 테이프로 고정된 대학 신문 따위로 꽉 차 있었다.「버리지 않고 여기 모아 두었어요. 왜 그랬는지는 나도 모르겠군요. 아마 이번 주말에 대학에 가져다 주는 편이 낫겠군요. 여기 둬 보았자 별반 의미가 없으니까. 여기 편지 모아 둔 것이 있어요…….」

간행물 옆에, 개인적인 편지 뭉치가 거의 1야드 가까이 쌓여 있었다. 편지 봉투는 일일이 개봉되어 있었다. 아버지의 실종을 비관하던 딸이 열어 본 것이리라. 「당신 아버님이 보낸 편지가 섞여 있을지도 몰라요. 난 기억이 잘 안 나지만.」 그녀는 손을 뻗어 육중한 편지 뭉치를 끄집어냈고, 내 팔에 안겼다. 나는 비틀거리며 거실로 돌아가서 한 시간 동안 편지의 필적을 일일이 조사해 보았다. 아무것도 나오지 않았다. 오랫동안 꼼짝도 않고 앉아 있었던 탓에 등이 아파 왔고, 먼지와 곰팡내 때문에 속이 울렁거렸다.

내가 할 수 있는 일은 더 이상 아무것도 없었다. 벽난로 장식 선반 위의 시계가 째각거리는 소리가 무거운 정적 속에서 커다랗게 울려 퍼졌고, 나는 내가 상대방의 호의에 편승해서 남의 집에 너무 오래 머물러 있었다는 사실을 깨달았다. 나는 앤 아버지가 초기에 쓴 일기장에서 뜯어 온, 별로 중요하지 않은 내용을 담은 종이를 앤 헤이든에게 건넸다. 「상당히 특징이 있는 필적입니다. 혹시 어디에서 떨어져 나온 종이라든지, 일기장이라든지를 발견하실 경우…… 연락해 주시면 고맙겠습니다.」

「물론 그럴게요, 헉슬리 씨.」 그녀는 나를 현관으로 안내했다. 밖에서는 여전히 비가 내리고 있었고, 그녀는 내가 무거운 방수 외투를 입는 것을 도와주었다. 그러고는 조금 주저하며 나를 묘한 눈으로 응시했다. 「우리 아버지가 그곳을 방문했을 때 한번이라도 만난 적이 있나요?」

「그때 저는 어렸습니다. 자주 뵌 것은 1930년대 중반이었지만, 한번도 저나 제 형에게 말을 걸지는 않았습니다. 그분과 우리 아버지는 집에서 일단 만났고, 그 즉시 숲으로 가곤 했으니까요. 그 신화 속의 짐승들을 찾기 위해서…….」

「헤리퍼드셔. 당신의 집이 있는 그곳에서 말인가요……?」 나를 바라보는 그녀의 눈에는 고뇌하는 듯한 빛이 서려 있었다. 「그랬다는 건 모르고 있었어요. 아무도 몰랐어요. 어떤 것이, 아마 이르면 그 1930년 중반부터, 어떤 것이 아버지를 바꿔 버렸던 거예요. 저는 언제나 그와 가까웠어요. 그는 저를 믿어 주었고, 제가 그에게 느끼고 있던 애정을 이해해 줬어요. 하지만 아버지는 결코 그 얘기를 입 밖에 내지 않았고, 내게 얘기해 주려고도 하지 않았어요. 우리는 단지…… 가까운 곳에 있었을 뿐예요. 당시에 우리 아버지를 본 당신이 부럽군요. 자기가 사랑하는 일을 하는 아버지, 그런 그를 본 당신의 기억을 공유할 수만 있다면 얼마나 좋을까 하는 생각이 들 정도로. …… 신화의 짐승이든 뭐를 찾으러 갔든지 말예요. 그가 사랑했지만, 가족에게는 결코 알려 주지 않았던 그의 인생을…….」

「그건 저도 마찬가지였습니다.」 나는 부드럽게 말했다. 「우리 어머니는 심로(心勞) 탓에 돌아가셨습니다. 형과 저는 아버지의 세계와는 단절되어 있었습니다. 우리 아버지 말입니다.」

「그렇다면 우리 두 사람 모두 따돌림을 받았다고 할 수도 있겠군요.」

나는 미소 지었다. 「저보다 당신이 더 그랬던 건지도 모르겠군요. 혹시 떡갈나무 산장을 방문해서, 그 일기장을 읽고 싶으시다면, 언제든지 —」

그녀는 재빨리 고개를 가로저었다. 「그럴 용기를 낼 수 있을지 모르겠군요, 헉슬리 씨. 어쨌든 그렇게 말해 주셔서 고맙습니다. 단지 저는…… 당신이 한 얘기를 듣고, 혹시……」

그녀는 더 이상 말을 잇지 못했다. 현관 복도의 어스레한 어둠 속에서, 현관문 훨씬 위쪽에 나 있는 스테인드글라스풍의 창문을 단조롭게 두들기고 있는 빗소리 속에서, 그녀는 불안감에 시달리고 있는 것처럼 보였다. 안경 뒤의 눈을 커다랗게 뜨고 있다.

「혹시 어쨌다는 얘깁니까?」 내가 재촉하자, 그녀는 거의 반사적으로, 거의 지체 없이, 이렇게 말했다. 「혹시 우리 아버지는 숲에 가 있는 걸까요?」

허를 찔린 탓에 나는 한순간 할 말을 잃었지만, 곧 이것이 무슨 뜻인지를 깨달았다. 「그럴 가능성은 있습니다.」 나는 말했다. 달리 뭐라고 말할 수 있단 말인가? 숲의 가장자리 너머에는, 안쪽 숲에는, 범인(凡人)의 상상을 초월하는 광대한 장소가 존재한다는 나의 확신을 어떻게 설명할 수 있단 말인가? 「이 세상에서 불가능한 일이란 없습니다.」

6

 실의에 빠진 나는 먼지투성이의 지친 몸을 끌고 옥스퍼드를 떠났다. 돌아가는 길도 최악이었다. 타려던 열차의 운행이 취소되는가 하면, 위트니 외곽에서는 교통 체증 때문에 반 시간 가까이 버스가 멈춰 있었다. 다행히도 비는 그쳤지만, 하늘에는 낮게 위협하는 구름이 잔뜩 깔려 있었고, 한겨울만큼이나 추웠다. 도저히 초여름 날씨라고는 믿어지지 않았다.
 내가 떡갈나무 산장으로 돌아온 것은 저녁 6시였고, 그러자마자 손님이 와 있다는 사실을 알았다. 뒷문이 크게 열려 있었고, 서재에는 불이 들어와 있었다. 나는 서둘러 들어가려다가 문 앞에서 발을 멈췄고, 불안한 눈으로 주위를 살피며 혹시 호전적인 왕당파 병사라든지, 그에 못지 않을 정도로 흉포한 미사고가 부근에 와 있지는 않는지 확인했다. 그러나 틀림없이 귀네스일 것이다. 뒷문은 억지로 비집고 들어간 자취가 역력했다. 문 손잡이 주위의 페인트가 긁혀 나가고, 창자루로 몇 번이나 두들긴 탓에 파여 있던 것이다. 집 안에 들어서니 그녀의 바로 그 냄새가 났다. 날카롭고, 코를 찌르는 냄새. 앞으로 그녀는 좀 더 자주 목욕을 할 필요가 있다.

나는 조심스럽게 방에서 방으로 돌아다니며 그녀의 이름을 불렀다. 서재에는 없었지만, 불은 그냥 켠 채로 놓아두었다. 2층에서 누가 움직이는 기색에 나는 놀라 움찔했고, 복도로 올라가 보았다. 「귀네스?」

「아무래도 몰래 집 구경하고 있는 걸 들킨 모양이군.」 이렇게 말하는 해리 키튼의 목소리가 들려왔고, 곧 층계 위에 그가 나타났다. 겸연쩍은 표정이었고, 곤혹스러움을 감추기 위해 미소 짓고 있었다. 「미안하게 됐네. 하지만 문이 열려 있었거든.」

「누군가 다른 사람일 거라고 생각했습니다.」 나는 말했다. 「구경하려고 해도 그다지 볼 건 없을 겁니다.」

그는 층계를 내려왔고, 나는 그를 거실로 안내했다. 「당신이 왔을 때 누군가가 여기 있었습니까?」

「누가 있긴 했지만, 누군지는 모르겠네. 아까 말했듯이 난 현관문 앞으로 왔지만 아무 대답이 없더군. 뒤쪽으로 돌아가 보니 문이 열려 있었고, 집 안에서는 이상한 냄새가 났어. 그리고……」 그는 손을 흔들며 거실을 가리켜 보였다. 제자리에 있는 가구는 하나도 없었고, 선반에 있던 물건은 모두 밑에 떨어져 있었으며, 책과 다른 잡다한 것들이 바닥에 온통 널려 있었다. 「난 남의 집에 올 때마다 이런 짓을 하는 버릇은 없다네.」 그는 미소 지으며 말했다. 「내가 서재로 들어갔을 때 누군가가 집에서 뛰쳐나가는 소리가 들렸지만, 그게 누군지는 알아내지 못했네. 그래서 자네가 돌아올 때까지 기다리고 있는 편이 낫겠다고 생각했던 거야.」

함께 방을 치운 다음, 식탁에 앉았다. 쌀쌀했지만 벽난로에 불을 지피지는 않기로 했다. 키튼은 긴장을 풀었다. 아까는 얼굴 아랫부분의 화상 자국이 당혹감 때문에 상당히 홍조를 띠고 있었지만, 이제는 붉은빛도 많이 가셔 있었다. 그래도 그것이 마음에 걸리는지 얘기할 때는 왼손으로 자꾸 턱을 가렸다. 피곤한 기색이었고, 머클스턴 비행장에서 처음으로 만났을 때의 쾌활하고 싹싹

한 인상은 많이 사라져 있었다. 군복 대신 잔뜩 구겨진 사복을 입고 있었다. 그가 식탁에 앉았을 때 벨트 뒤쪽의 권총집에 권총을 차고 있는 것이 보였다.

「며칠 전에 찍었던 항공 사진을 현상했네.」 그는 호주머니에서 둥글게 만 봉투를 꺼냈고, 그것을 펴고 잡지 크기의 사진을 몇 장 꺼냈다. 나는 하늘에서 아래쪽 토지를 정찰하며 사진을 찍었던 일을 거의 잊고 있었다. 「그 폭풍우와 맞닥뜨린 뒤에 제대로 사진이 찍혔을 거라는 기대는 아예 안 했지만, 사실은 그게 아니었어.」

사진을 내 쪽으로 밀쳐 낸 그는 무엇인가에 홀린 듯한 표정을 하고 있었다. 「나는 정밀한 정찰용 카메라를 쓰네. 고감도의 코닥 필름을 넣어서 말이야. 그래서 상당히 크게 확대해 볼 수 있었어…….」

나는 안개가 낀 듯이 여기저기 흐릿해져 있고, 어느 장소에서는 극히 선명한, 미사고의 숲의 풍경을 바라보았다. 그는 그러고 있는 나를 관찰하고 있었다.

나무 우듬지와 공터가 사진의 풍경 대부분을 차지하고 있었지만, 나는 왜 그가 이토록 동요하고 혹은 흥분하고 있는지 이해할 수 있었다. 네 번째의 사진에서, 비행기가 옆으로 기체를 기울이며 서쪽으로 선회했을 때, 카메라는 조금 아래를 향한 상태에서 삼림 지대를 팬 촬영하고 있었다. 사진에는 숲속의 공터와, 높고 다 무너져 가는 석조 건물이 찍혀 있었고, 건물의 일부는 나무들 위로 우뚝 솟아 있었다.

「건물이군요.」 굳이 이렇게 말할 필요도 없었다. 해리 키튼이 덧붙였다. 「여기 확대 사진이 있네…….」

그가 건넨 확대 사진은 건물을 흐릿하게 클로즈업한 것이었다. 건물과 탑이, 숲의 수목들의 갈라진 틈새로 솟아 있었고, 그 부근에 몇몇 사람 같은 것들이 모여 있었다. 세부까지 확인하는 것은 불가능했지만, 인간임을 알 수 있었다. 희끄무레한 그들의 모습은 남자와 여자처럼 보였고, 탑 주위를 걷고 있는 모습이 사진에 잡힌 듯했다. 다른 두 사람은 웅크리고 있었고, 마치 무너져 가는 건물에 기어오르려 하는 듯한 자세를 취하고 있었다.

「아마 중세에 지어진 듯하군.」키튼은 생각에 잠긴 어조로 말했다.「이곳으로 통하는 길이 숲으로 뒤덮인 탓에, 고립되었던 건지도 몰라……」

그다지 로맨틱하지는 않지만, 훨씬 더 개연성이 높은 설명이었다. 뭔가 특별한 이유라기보다는 일시적인 변덕에 의해 지어진, 덩치만 큰 빅토리아 시대의 망루. 그러나 이런 종류의 건물은 보통 높은 언덕 위에 지어지는 법이다. 망루 꼭대기에서 기인(奇人)이나 부자, 혹은 그저 따분한 생활에 싫증을 낸 주인이 카운티의 경계선 너머 먼 곳까지 바라볼 수 있도록.

만약 이 장소, 사진에 찍힌 이 장소가 정말로 그런 식의 망루라면, 실로 부적절한 곳에 자리 잡고 있다고 밖에는 할 수 없었다.

나는 다음 확대 사진으로 눈을 돌렸다. 이 사진에서는 빽빽하게 자란 나무들 사이로 강이 굽이쳐 흐르고 있는 것을 알아볼 수 있었다. 상공에서 보니 수목의 선이 구불구불한 강의 흐름에 의해 군데군데 끊겨 있었다. 두 군데 핀트가 안 맞는 지점에서는 강물이 반짝이고 있었고, 강의 폭은 넓어 보였다. 이것이 스티클브룩이란 말인가? 나는 내 눈을 의심했다.「강이 보이는 부분도 확대해 보았네.」키튼이 나지막하게 말했다. 그 사진들로 눈을 돌리자 미사고들이 여러 명 눈에 들어왔다.

역시 처음 사진과 마찬가지로 흐릿했지만, 카메라가 초점을 맞춘 강의 일부에서는, 함께 모여서 강을 건너는 다섯 사람의 모습이 보였다. 이들이 머리 위로 들어 올리고 있는 것은 무기이거나, 아니면 그냥 지팡이일지도 모른다. 예전에 본 적이 있는 호수의 괴물 사진과 마찬가지로 흐리멍덩하고 희미했지만, 사람 모양을 한 것들이 움직이고 있는 것을 알 수는 있었다.

스티클브룩을 헤치며 건너가고 있다니!

마지막 사진은 어떤 의미에서는 가장 극적이었다. 이 사진에는 단지 숲만 찍혀 있었다. 숲만? 아니, 실은 그 이상의 것이 찍혀 있었지만, 나는 지금 내가 보고 있는 숲의 힘과 구조에 관해 상상할 엄두도 내지 못했던 것이다. 키튼은 사진 원판의 노출이 부족했던 탓이라고 설명했다. 왜 이런 단순한 착오가 생겨났는지 알 수는 없었지만, 사진은 광대한 숲 전체에서 아지랑이처럼 피어 오르고 있는 에너지의 촉수들을 보여 주고 있었다. 섬뜩하고, 의미심장하며, 모호한…… 세어 보니 촉수는 스무 개가 있었고, 회오리바람 비슷해 보였지만 그것보다는 더 가늘었고, 아래쪽에 숨겨진 대지로부터 얽히고 비틀리며 피어 오르고 있었다. 앞쪽의 소용돌이들은 명백하게 비행기를 향해 뻗어 오고 있었다. 환영받지 못하는 침입자를 포위하고…… 쫓아내기 위해.

「이것이 어떤 종류의 숲인지 나는 이제 알고 있네.」 그는 말했다. 나는 이 말에 놀라 그를 흘끗 보았다. 그의 눈에는 승리감 비슷한 것이 떠올라 있었지만, 두려움도 조금 섞여 있었다고 생각한다. 얼굴의 화상 흉터가 홍조를 띠고 있었고, 입술 가장자리의 화상을 입은 부분이 경련하고 있는 탓에 일그러진 듯한 표정이 되어 있었다. 그는 양손으로 식탁을 짚으며 상체를 내밀었다.

「전쟁이 끝난 뒤로 줄곧 이런 장소를 찾고 있었네.」 그는 말을 이었다. 「자네를 만나지 않았더라도, 라이호프 숲의 성질에 관해서는 곧 알아챘을 거야. 이 지역에 마법의 숲이 있다는 소문을 이미 듣고 있었으니까……. 그래서 이 카운티를 조사하고 있었던 거라네.」

「마법의 숲?」

「유령의 숲.」 그는 재빨리 대꾸했다. 「프랑스에도 하나 있었어. 내가 격추됐던 곳이 바로 그런 곳이었네. 이곳의 숲처럼 음울한 느낌은 없었지만, 그 성질은 같았어.」

나는 더 얘기해 달라고 재촉했다. 마치 그 얘기를 털어놓는 것이 두렵다는 듯이 그는 의자에 등을 기댔고, 시선을 딴 데로 돌리며 기억을 돌이켜 보기 시작했다.

「기억에서 억지로 지워 버렸어. 여러 가지 일들을 애써 잊어버리고 있었지……」

「하지만 지금은 생각이 난다는 거군요.」

「응. 우린 벨기에 국경 가까이에 있었네. 여러 번 그곳을 비행하며 임무를 수행했지. 대부분 레지스탕스에게 물자를 투하하는 일이었어. 황혼 녘에 비행기를 몰고 있었을 때, 기체가 마구 요동치며 날려 가기 시작하더군. 거대한 상승 온난 기류를 탄 것처럼 말이야.」 그는 나를 흘끗 보았다. 「자네도 그걸 알고 있지.」

 나는 고개를 끄덕이며 동의했다. 그는 말을 계속했다. 「아무리 노력해도 그 숲의 상공을 통과할 수가 없었네. 그건 상당히 작은 숲이었어. 기체를 기울여 선회한 다음 다시 한번 시도해 보았지. 지난번에 본 것처럼 날개가 반짝이기 시작하더군. 날개에서 빛이 흘러나오며 조종석까지 꽉 채웠어. 그러고는 또 바람에 날리는 나뭇잎처럼 마구 흔들렸어. 아래쪽에 얼굴들이 보였네. 마치 나뭇잎 사이에 떠 있는 것처럼 보였네. 유령처럼, 구름처럼. 엷고 흐릿하게 말이야. 유령이 어떤지는 자네도 알고 있지 않나. 마치 조각 구름이 우듬지에 걸려 있는 듯했고, 바람에 날리며 흔들거리고 있었네……. 하지만 그 얼굴들이란!」

「그럼 격추당한 것이 아니었군요.」 내가 이렇게 말하자, 그는 고개를 가로저었다. 「아니, 격추당했어. 비행기가 뭔가에 맞은 것은 틀림없어. 내가 언제나 저격수의 총알 탓이라고 하는 건…… 결국 그렇게밖에는 설명할 수 없지 않나.」 그는 자신의 양손을 내려다보았다. 「단 한 발, 그 일격만으로 비행기는 그 숲을 향해 돌처럼 떨어졌네. 나는 탈출할 수 있었네. 존 세클포드와 함께. 비행기의 잔해에서 말이야. 우리는 정말 운이 좋았어……. 얼마 동안은…….」
「그러고는?」
그는 의심하는 듯한 눈으로 나를 흘끗 올려다보았다.「그러고는…… 공백이야. 나는 숲에서 나왔어. 경작지 부근을 헤매고 있던 중에 독일군 순찰대에게 잡혔어. 그 이후로 전쟁이 끝날 때까지 줄곧 철조망 뒤에 갇혀 지냈네.」
「숲에서 뭔가를 보지는 않았습니까? 그곳에서 헤맸을 때 말입니다.」
그는 잠시 주저하다가, 약간 신경질적인 목소리로 대답했다.「방금 말했잖나. 그 이후는 공백이라고.」
나는 이 말을 그냥 받아들이기로 했다. 어떤 이유에서 그러는지는 몰라도, 그가 추락 후에 일어난 일들에 관해서 얘기하고 싶지 않아 한다는 것을 알아챘기 때문이다. 그에게는 굴욕적인 기억일 것이다. 기괴한 상황 하에서 격추당하고, 끔찍한 화상을 입고 포로가 되었던 것이다. 나는 말했다.「하지만 이 숲, 라이호프 숲은, 그때와 같았단 말이군요…….」
「이번에도 얼굴들이, 그것도 훨씬 가까이에서 보였고 ─」
「난 그런 걸 보지 못했는데요.」 나는 놀라서 말했다.
「그곳에 있었네. 자네도 보려고 했으면 보았을 거야. 그건 유령의 숲이야. 똑같단 말일세. 자네도 거기 홀렸어. 사실이라고 말해 줘!」
「당신이 이미 알고 있는 일을 내게서 또 듣고 싶습니까?」
그는 뚫어질 듯이 나를 바라보았다. 헝클어진 금발이 이마 위로 흘러내린 탓에 소년 같은 느낌을 주었다. 흥분하고 들뜬 표정이었지만, 그와 동시에 두려워하는 듯한 기색이 역력했다. 혹은 뭔가를 우려하고 있는 것인지도 모른다.「숲속으로 들어가 보고 싶네.」 그는 거의 속삭이듯이 말했다.
「멀리 가지는 못할 겁니다.」 나는 말했다.「나는 압니다. 이미

시도해 보았으니까요.」

「무슨 뜻인지 모르겠군.」

「숲은 들어오려는 사람을 돌려보냅니다. 그렇게 해서 자기 자신을 지킨다고나 할까요…… 흐음, 당신도 이번 경험을 통해 잘 알고 있지 않습니까. 몇 시간을 걸어도, 결국 출발했던 곳으로 다시 되돌아오는 겁니다. 우리 아버지는 숲으로 들어가는 길을 발견했습니다. 크리스찬도.」

「자네의 형 말이군.」

「그렇습니다. 숲으로 들어간 지 이제 아홉 달이 넘었습니다. 와류를 통해 들어가는 길을 발견한 것이 틀림없다고…….」

키튼이 내가 쓴 이 용어에 관해 질문하기 전에, 두 사람 모두 주방 쪽에서 인기척을 느끼고 화들짝 놀랐고, 두 사람 모두 서로를 향해 과장된 몸짓으로 조용히 하라는 신호를 보냈다. 매우 은밀한 움직임이었지만, 뒷문이 열리는 소리를 완전히 없애지는 못했던 것이다.

나는 키튼의 벨트를 가리켰다. 「그 권총을 뽑아서, 만약 저 문간에 나타난 얼굴이 빨간 머리로 덮여 있지 않다면…… 벽 위쪽을 향해 한 발 위협 사격을 해주시지 않겠습니까.」

키튼은 가능한 한 재빨리, 불필요한 소음을 내지 않고, 권총을 뽑아 들었다. 군의 지급품인 스미스 앤드 웨슨 38구경이었다. 그는 엄지로 공이를 잡아당겼고, 권총을 쥔 손을 들어 올려 조준했다. 나는 주방으로 통하는 출입구를 바라보고 있었다. 잠시 후 귀네스가 조심스러운 동작으로 거실로 천천히 걸어 들어왔다. 그녀는 키튼을 흘끗 보고는 내게로 시선을 돌렸고, 묻는 듯한 표정을 떠올렸다. 이 사람은 누구죠?

「아니 이럴 수가.」 키튼은 참았던 숨을 내쉬었다. 안색이 밝아지면서 무엇인가에 홀린 듯한 표정이 사라졌다. 그는 팔을 내렸고, 젊은 여자에게서 한시도 눈을 떼지 않은 채로 권총집에 권총을 다시 집어넣었다. 귀네스는 내게로 와서 내 어깨에 손을 얹었고(마치 나를 지켜 주려는 듯이!), 내 곁에 서서 얼굴에 화상 흉터가 있는 비행사를 유심히 쳐다보았다. 그녀는 킥킥 웃으며 그의 얼굴을 만졌다. 그녀는 키튼이 당한 사고의 끔찍한 흔적을 찬찬히 바라보다가, 자기 언어로 뭐라고 말했지만, 너무 빨라서 알아들을 수가 없었다.

「정말 눈이 부실 정도로 아름답군요.」키튼은 그녀에게 말했다. 「나는 해리 키튼이라고 합니다. 너무 놀란 탓에 인사하는 것도 잊었군요.」그는 일어서서 귀네스를 향해 한 발자국 다가갔다. 그러자 그녀는 뒤로 한 발자국 물러났다. 내 어깨를 잡은 손에 힘이 들어갔다. 키튼은 나를 빤히 쳐다보았다. 「외국인? 잉글리시가 아닌가?」

「영국인 English은 아닙니다. 아, 언어 말입니까? 이 나라 말이라고 할 수도 있겠죠. 하지만 당신이 하는 말은 알아듣지 못합니다.」

귀네스는 고개를 숙여 내 정수리에 입을 맞췄다. 나는 이것이 자신의 소유물을 지키려는 제스처에 가깝다는 느낌을 또 받았지만, 그 이유를 알 수가 없었다. 하지만 기뻤고, 키튼이 툭하면 그러듯이 얼굴을 붉게 물들였던 것 같다. 나는 손을 뻗어 그녀의 손 위에 내 손을 살며시 포갰다. 한순간 손과 손이 얽히면서, 오해의 여지가 없는 솔직한 의사 소통이 이루어졌다. 「굿나잇, 스티븐.」그녀는 묘하게 억센 악센트로 말했다. 그녀의 입에서 영어가 흘러나오자 나는 깜짝 놀란 눈으로 그녀를 올려다보았다. 그녀의 반짝이는 갈색 눈에는 반은 자랑스럽고, 반은 재미있어 하는 표정이 떠올라 있었다. 「굿 〈이브닝〉, 귀네스.」내가 이렇게 정정하자, 그녀는 부루퉁한 표정을 짓고는 키튼을 향해 몸을 돌리고 이렇게 말했다. 「굿 이브닝……」그녀는 상대방의 이름이 생각나지 않았는지, 말꼬리를 흐리며 킥킥 웃었다. 키튼이 다시 자기 이름을 대자 그녀는 큰 소리로 인사말을 되풀이했고, 오른손을 들어 올려 그에게 손바닥을 보이고는 자신의 가슴 위에 얹었다. 키튼도 같은 몸짓을 하고는 그녀에게 허리를 굽혀 인사했다. 그들은 웃음을 터뜨렸다.

그런 다음 귀네스는 다시 내게로 주의를 돌렸다. 그녀는 내 곁에 웅크리고 앉았다. 다리 사이에서 튀어나온 창은 이런 광경에 전혀 어울리지 않았고, 거의 외설적이기까지 했다. 너무나도 짧은 튜닉 자락에, 이토록 젊고 유연한 육체를 앞에 두고, 나처럼 경험이 짧은 사내더러 냉정을 유지하라는 것 자체가 무리였다. 그녀는 날씬한 손가락 끝을 내 코에 갖다 댔고, 나의 새빨개진 얼굴 위에 교차한 감정을 알아차리고는 미소 지었다. 「커닝바크.」 그녀는 경고하는 듯한 어조로 말했다. 그런 다음, 「먹을 거. 요리. 귀네스. 먹을 거.」

「먹을 거.」 나는 되풀이했다. 「먹을 걸 원해?」 내가 이렇게 말하며 내 가슴을 두드리자, 귀네스는 빠르게 고개를 끄덕이며 자기 자신의 젖가슴을 두드렸다. 「먹을 거!」

「아! 먹을 거!」 나는 되풀이했고, 그녀를 손가락으로 가리켰다. 그녀는 요리를 하고 싶은 것이다. 이제는 이해할 수 있었다.

「먹을 거!」 그녀는 미소 지으며 동의했다. 키튼은 입술을 핥았다.

「먹을 거라.」 귀네스가 요리하는 음식이란 도대체 어떤 것인지 불안해진 나는 자신 없는 투로 말했다. 하지만…… 그게 무슨 상관인가? 뭐든지 겪어 보지 않고서는 알 수 없지 않는가. 나는 어깨를 으쓱해 보이고는 동의했다. 「그러지 뭐.」

「나도…… 참석하면 안 될까?」 키튼이 물어 오자 나는 「물론입니다」 하고 대답했다.

귀네스는 일어서서 손가락을 코 옆에 갖다 댔다. (〈진수성찬거리는 얼마든지 있으니까〉 하고 말하는 듯했다.) 그녀는 주방으로 가서 냄비와 취사 도구 따위를 덜그럭거리기 시작했다. 얼마 되지도 않아 뭔가를 퍽퍽 자르는 듯한 불길한 소리가 들려왔고, 곧이어 뼈가 뚝뚝 부러지는 듣기 싫은 소리가 이어졌다.

「아깐 정말 실례했네.」 키튼은 코트를 입은 채로 팔걸이의자에 앉으며 말했다. 「그런 식으로 억지 초대를 하게 만들었으니. 하지만 농장 부근에 오면 정말 맛있는 음식을 먹을 수 있거든. 자네만 괜찮다면 음식 값을 지불하고 싶네만……」

나는 그를 바라보며 웃었다. 「정말은 이쪽에서 돈을 지불해야 할지도 모르겠군요……. 오늘 먹을 음식에 관해서 밖에서는 퍼뜨리고 다니지 않는다는 조건으로 말입니다. 좀 송구스러운 얘기지만, 오늘 저녁을 만들어 줄 요리사는 전통적인 간과 베이컨 요리 따위에는 관심이 없거나, 아니면 처음부터 아예 모르고 있을 가능성조차 있습니다. 야생 멧돼지 통구이가 나와도 하등 이상할 것이 없습니다.」

키튼은 이맛살을 찡그렸다. 당연했다. 「멧돼지? 그건 멸종된 지 오래잖나.」

「라이호프 숲에서는 아직 살고 있습니다. 곰도 있군요. 늑대의 췌장을 채워 넣은 곰 엉덩잇살 요리 같은 건 어떻습니까?」

「그건 좀 그렇군.」 비행사는 말했다. 「농담으로 하는 얘기겠지?」

「지난번에 그녀에게 보통 야채 수프를 만들어 준 적이 있습니다. 구역질이 난다는 표정을 하더군요. 그녀가 먹음직스럽게 느끼는 음식이 대체 무엇일지를 생각하면 어째 좀 두려워진다는……」

그러나 살금살금 주방으로 가서 문 안을 엿보자, 그녀는 불곰 찜보다는 덜 야심적인 요리를 하고 있다는 사실이 곧 판명되었다. 조리용 테이블은 온통 피로 물들어 있었고, 그녀 손도 피투성이였다. 그녀는 손에 묻은 피를 마치 내가 꿀이나 그레이비를 빨아먹듯이 맛있게 쪽쪽 빨아먹었다. 시체는 길고 가늘었다. 집토끼가 아니면 산토끼였다. 냄비에 물이 끓고 있었다. 그녀는 채소를 대충 썰어 놓고, 손에 묻은 피를 빨아먹으며 색사$Saxa$ 제 소금통을 점검해 보고 있었다. 완성된 요리를 실제로 먹어 보니 상당히 맛이 좋았다. 겉보기는 조금 뭐했어도 말이다. 그녀는 머리가 달린 토끼를 통째로 내놓았지만, 골을 익히기 위해서 두개골을 반으로 쪼개 놓았다. 그녀는 골을 나이프 끝으로 찍어서 끄집어냈고, 주의 깊게 삼등분했다. 키튼이 이 산해진미를 정중하게 거절했을 때의, 어쩔 줄 몰라 하며 쩔쩔매는 표정은 실로 포복절도할 만한 것이었다.

귀네스는 음식을 손으로 직접 집어먹었고, 의외로 살이 많이 붙어 있는 토끼를 자를 때는 짧은 나이프를 썼다. 내가 포크를 쓸 것을 권하자 「라바니스」라며 거절했지만, 한번 써보고는 그 편리함을 인정했다.

「비행장에는 어떻게 돌아갈 작정입니까?」 얼마 후 나는 키튼에게 물었다. 저녁 날씨가 싸늘했기 때문에, 귀네스는 자작나무 땔감을 조금 태웠다. 식당 안은 아늑하고 기분이 좋았다. 그녀는 벽난로 앞에 책상다리를 하고 앉아 불길을 바라보고 있었다. 키튼은 식탁에 남아서 항공 사진과 기묘한 젊은 여자의 등을 번갈아가며 보고 있었다. 나는 바닥에 앉아서, 팔걸이의자에 등을 기댄 채로 귀네스 쪽으로 발을 뻗고 있었다.

잠시 후 그녀는 팔꿈치를 바닥에 대고 내 무릎을 베고 누웠고, 오른손을 살며시 뻗어 내 발목을 만졌다. 불길이 그녀의 머리카락과 피부를 밝게 물들이고 있었다. 그녀는 깊은 생각에 빠져 있었다. 우수에 잠긴 표정이었다.

내가 키튼에게 갑자기 던진 질문은 명상적이고 조용한 이런 분위기를 깨뜨렸다. 귀네스는 몸을 일으켜 앉은 다음, 나를 바라보았다. 엄숙한 표정, 거의 슬퍼하는 듯한 눈빛이었다. 키튼은 자리에서 일어나 의자 등에 걸어 놓았던 코트를 잡아당겼다.「응, 시간이 너무 늦었군…….」

나는 당혹감을 느꼈다.「이제 슬슬 가면 어떻겠느냐는 뜻에서 물어본 것이 아닙니다. 묵고 가셔도 좋다는 말입니다. 빈방은 얼마든지 있으니까요.」

그는 의미심장한 미소를 지으며 귀네스를 흘끗 보았다.「다음 번에는 자네의 호의를 받아들일지도 모르겠군. 하지만 내일 일찍 일어나서 해야 할 일이 있네.」

「이 야심한 시각에 어떻게 돌아간다는 말입니까?」

「여기 왔을 때처럼, 모터사이클을 타고. 비를 피하기 위해 헛간에 세워 두었네.」

나는 그를 문까지 배웅했다. 숲 쪽을 쳐다보며 그가 건넨 작별 인사는 이랬다.「다시 오겠네. 방해가 되지 않았으면 좋겠지만…… 난 꼭 그래야 해.」

「언제든지 오십시오.」나는 말했다. 몇 분 후 들려온 모터사이클의 굉음에 귀네스는 펄쩍 뛰어올랐고, 놀라고 의아해 하는 얼굴을 내게 보였지만, 나는 미소 지으며 저것이 키튼의 마찻소리임을 가르쳐 주었다. 잠시 후 모터사이클의 부르릉거리는 소리가 사라지자, 귀네스는 긴장을 풀었다.

7

그날 저녁 우리들 사이에서는 친밀한 감정이 흘렀고, 나는 이 사실을 강하게 자각하고 있었다. 심장이 쿵쿵 뛰었고, 얼굴은 홍조를 띠었으며, 머릿속은 10대에게나 어울릴 자유 분방한 상상으로 가득 찼다. 내 곁에서 마루 위에 다소곳이 앉아 있는 젊은 여자의 존재와, 그 아름다움, 그 힘, 슬픈 듯한 얼굴 — 이것들 모두가 결합되어 내 마음을 온통 뒤흔들어 놓았던 것이다. 손을 뻗쳐 그녀의 어깨를 부여잡고, 서투르게나마 입을 맞추고 싶다는 충동을 억누르기 위해 나는 의자의 팔걸이를 꽉 쥐었고, 융단 위에서 두 발이 움직이지 않도록 힘을 주었다.

귀네스는 나의 이런 어수선한 상태를 알아차렸다고 생각한다. 그녀는 희미하게 웃다가 자신 없는 표정으로 나를 흘끗 본 다음 눈을 돌려 불을 응시했다. 잠시 후 그녀는 몸을 굽혀 내 다리에 머리를 기댔다. 나는 조금 주저하며 그녀의 머리카락에 손을 댔고, 좀 더 자신감을 얻었다. 그녀는 저항하지 않았다. 나는 그녀의 얼굴을 쓰다듬었고, 헝클어진 붉은 머리카락을 손으로 가볍게 문질렀다. 심장이 터질 듯한 느낌이었다.

사실 나는 그녀가 그날 밤 나와 함께 자줄 것이라고 생각하고 있었지만, 그녀는 자정이 가까워 왔을 때 아무 말도 없이 내게 눈길도 주지 않은 채로 집을 떠났다. 방은 추웠고, 벽난로의 불은 꺼져 있었다. 그녀는 내 다리에 기댄 채로 잠이 들었던 것일까. 몇 시간이나 같은 위치에 눌려 있었던 양 다리의 감각이 없었다. 부드럽게 애무하는 것 말고는, 조금이라도 몸을 움직여 그녀를 귀찮게 하고 싶지 않았던 것이다. 그러던 중 그녀는 느닷없이 몸을 일으켰고, 허리띠와 무기를 집어 든 다음, 집에서 나갔다. 나는 그대로 의자에 앉아 있었고, 새벽이 되서야 담요 대신 두꺼운 테이블보를 끌어당겨 덮었다.

다음날 오후 그녀는 돌아왔다. 나와 눈을 마주치려고도, 내 질문에 응하려고도 하지 않고, 서먹서먹하고 망설이는 듯한 태도로 나를 대했다. 그래서 나는 평소에 하던 일에 몰두하기로 했다. 집 안을 손보고(그러니까, 청소하고) 부서진 뒷문을 수리했다. 보통 때라면 결코 신경을 쓰지 않았을 일들이었지만, 뭔가 생각에 잠긴 표정으로 집 안을 거니는 귀네스 뒤를 따라다니는 것이 주저되었기 때문이다.

「배가 고파?」 나중에 나는 이렇게 물어보았다. 내 침실의 창문에서 밖을 바라보던 그녀는 이쪽을 돌아보며 미소 지었다. 「배가 고파요.」 그녀는 말했다. 악센트는 이상했지만, 완벽한 발음이었다.

「우리말을 점점 더 잘 하는군.」 나는 한 단어씩 또박또박 잘라 말했지만, 그녀는 이 말뜻은 이해하지 못했다.

이번에는, 내가 부탁하지도 않았는데 욕조에 물을 넣고는, 찬물 속에 잠시 웅크리고 앉아서, 라이프부이 사의 작은 비누 한 개를 만지작거리며, 이따금 웃음소리를 내면서 혼자서 뭐라고 중얼거리고 있었다. 게다가 내가 만든 햄 샐러드 스프레드까지 먹었다.

그러나 뭔가 이상했다. 나의 빈약한 인생 경험만 가지고서는 제대로 파악하기 어려운 그 무엇인가가 있었다. 그녀가 내 존재를 의식하고 있다는 사실은 알고 있었고, 그녀가 나를 필요로 한다는 사실도 느낌으로 알 수 있었다. 무엇인가가 그녀를 짓누르고 있는 것이다.

저녁이 되자 그녀는 지금은 쓰지 않는 침실들 안을 돌아다니며 벽장 속을 뒤졌고, 크리스찬의 헌 옷들을 몇 개 꺼내 왔다. 그녀는 튜닉을 벗었고, 칼라가 없는 흰 셔츠를 머리부터 뒤집어쓰고는 양팔을 벌린 채 킥킥 웃으며 서 있었다. 셔츠는 너무 커서, 넓적다리 부근까지 내려오는 데다가 소매가 손을 가렸다. 내가 소매를 걷어 올려 주자 그녀는 새처럼 팔을 퍼덕거리며 기쁜 표정으로 웃었다. 나는 벽장으로 돌아가서 잿빛 플란넬 바지를 꺼내 왔다. 바지 자락을 걷어 올려 핀으로 고정하자 바지는 그녀의 발목까지만 내려왔다. 허리를 실내 가운의 띠로 조였다.

볼품없는 복장이었지만 편해 보였다. 어릿광대의 부풀어 오른 옷에 파묻힌 어린아이처럼 보였지만, 그녀는 그것을 알지 못했다. 어차피 겉모양 따위에는 신경 쓰지 않는 그녀는 만족해 하고 있었다. 그녀는 그녀가 내 것이라고 지레짐작하고 있는 옷들을 입음으로써 나와 한층 더 친밀해진 듯한 기분이 되어 있는 것이 아닌가 하는 생각이 들었다.

따뜻한 밤이었고, 예전보다 훨씬 더 여름다운 날씨였기 때문에, 우리는 밖으로 나가서 땅거미가 진 어둑어둑한 뜰을 걸었다. 집을 에워싸고, 서재 너머의 잔디밭까지 몰려온 어린 나무들에 그녀는 강한 흥미를 보였다. 그녀는 이들 어린 떡갈나무 사이를 누비며 지나갔고, 탄력 있는 나뭇가지를 손으로 훑으며 구부렸고, 튕겼고, 새싹을 만졌다. 나는 그녀 뒤를 따라가며 헐렁헐렁한 셔츠나 폭포수처럼 흘러내리는 그녀의 머리카락이 저녁 산들바람에 나부끼는 모습을 바라보았다.

그녀는 거의 행진에 가까운 빠른 속도로 집 주위를 두 번 돌았다. 왜 그러는지는 도통 알 수 없었지만, 다시 뒤뜰로 돌아왔을 때 숲 쪽을 흘끗 본 그녀의 눈에는 그리워하는 듯한 표정이 떠올라 있었다. 매우 애가 타는 듯한 어조로 그녀는 뭐라고 말했다.

그러자마자 나는 이해했다.「넌 누군가를 기다리고 있어. 누군가가 숲에서 너를 찾아오는 거지. 안 그래? 넌 기다리고 있는 거야!」

이와 동시에 불길한 생각이 나를 엄습했다. 크리스찬!

이때 처음으로 나는 크리스찬이 돌아오지 않았으면 좋겠다고 열망하는 나 자신을 발견했다. 몇 개월 동안 내가 그렇게도 애타게 소망했던 것 — 그의 귀환 — 은 금세 뒤집혀졌다. 새끼 고양이들을 죽이는 것처럼 잔인하고, 거리낌 없이. 형 생각을 하면 괴로운 까닭은, 내가 더 이상 그를 필요로 하지 않기 때문도 아니었고, 그의 실종을 비통하게 여기고 있기 때문도 아니었다. 내가 괴로웠던 까닭은 그가 귀네스를 찾고 있었기 때문이었고, 이 아름다운 여자, 이 우수에 잠긴 어린애 같은 전사가, 형과 사랑에 빠져 있을지도 모른다는 의심 때문이었다. 그녀가 숲 가장자리에 있는 집으로 온 것은 형을 기다리기 위해서였다. 이곳이 그의 기묘한 피난처인 것을 알고, 언젠가 되돌아올지도 모른다는 희망을 품고.

그녀는 결코 내 것이 아니었던 것이다. 그녀가 원했던 것은 내가 아니었다. 그녀가 원했던 것은 나의 형제, 자기 마음으로 직접 그녀를 만들어 낸 사내였던 것이다.

이 순간적인 분노 속에서, 마룻바닥에 침을 뱉으며 경멸에 가득 찬 어조로 크리스찬의 이름을 내뱉었던 귀네스의 모습이 뇌리에 되살아났다. 이것은 구애를 거절당한 자의 경멸 섞인 반응이었을까? 이런 마음도 시간이 지나면서 연약해진 것일까.

아니, 그런 것 같지는 않았다. 나는 갑작스레 찾아온 두려움에서 탈피했다. 그녀는 크리스를 두려워하고 있었고, 그녀가 예전에 그를 매도했던 것은 결코 사랑 때문이 아니었다.

집으로 돌아간 우리는 테이블 앞에 앉았고, 귀네스는 나를 열심히 쳐다보며 말을 걸었다. 가슴에 손을 대거나, 손을 움직이거나 해서 그녀의 말을 이해하지 못하는 나에게 어떻겐가 자신의 생각을 전하려고 고심하고 있었다. 그녀는 내가 깜짝 놀랄 정도로 많은 영어 단어를 섞어 말했지만, 나는 여전히 그녀가 무슨 얘기를 하고 있는지 몰랐다. 이윽고 피로와 좌절감이 그녀의 안색을 어둡게 했고, 그녀는 약간 음울한 미소를 떠올렸다. 그러나 말을 해도 소용없다는 사실은 깨달은 것 같았다. 그녀는 손짓으로 내 쪽에서 말을 걸어 보라는 시늉을 했다.

한 시간 동안 나는 그녀에게 내 어린 시절과, 예전에 떡갈나무 산장에 살던 가족에 관해, 전쟁과 내 첫사랑에 관해 얘기했다. 이것 모두를 손짓하며 설명했고, 과장된 동작으로 포옹하는 시늉을 하거나, 있지도 않은 권총을 쏘거나, 식탁 위에 두 손가락을 세워 놓고 교대로 움직이며, 오른쪽 손가락으로 왼손을 쫓아가다가 마지막으로 왼손을 붙잡아서 머뭇거리며 첫 키스를 하는 광경을 묘사했다. 마치 채플린의 무성 영화나 마찬가지였다. 귀네스는 킥킥거리다가 끝내 폭소를 터뜨렸고, 말이나 목소리로 찬동의 뜻을 나타내거나, 놀라움이나 불신을 표시했다. 이렇게 해서 우리는 언어를 넘어선 곳에서 의사를 소통했던 것이다. 나는 그녀가 내가 한 얘기 모두를 이해했고, 지금까지의 내 인생에 관해 선명한 이미지를 얻었다고 확신한다. 내가 크리스찬의 어린 시절 얘기를 하자 그녀는 강한 흥미를 보였지만, 그가 숲속으로 사라졌을 때의 일을 묘사하자 냉랭한 표정을 지었다.

마침내 나는 말했다. 「내가 무슨 말을 하는지 알아듣겠어?」

그녀는 미소 짓고는 어깨를 으쓱해 보였다. 「말하는 거 알아요. 조금. 당신이 말하고. 내가 말하고. 조금은.」 그녀는 또다시 어깨를 으쓱했다. 「숲에서는. 말이……」 그녀는 손가락을 꼽아 가며 이 개념을 어떻겐가 설명해 보려고 했다. 많은. 많은 말들?「예.」그녀는 말했다.「많은 말들. 어떤 말은 알아요. 어떤 말은……」고개를 가로저으며 양손을 펴고 교차시켰다. 뚜렷한 부정의 몸짓.

아버지의 일기는 미사고가 그 창조자의 언어를 습득하는 속도는 그 역(逆)의 경우보다 더 빠르다는 사실에 관해 언급하고 있었다. 귀네스가 영어를 배우고, 개념을 습득하고, 내가 말하는 거의 모든 문장을 이해하는 것을 보고 듣는 것은 정말 경이로웠다.

로즈우드 괘종시계가 11시를 쳤다. 우리는 잠자코 벽난로 위의 선반을 응시했다. 은은한 종소리가 사라지자 나는 큰 소리로 1에서 11까지 숫자를 셌다. 귀네스는 자신의 언어로 이에 답했다. 우리는 서로를 바라보았다. 긴 저녁이었고, 쉬지 않고 말을 계속한 탓에 목이 칼칼했다. 먼지나 난로에서 날아온 재 때문에 눈이 따끔따끔했다. 잠을 잘 필요가 있었지만, 그녀와 떨어지기가 싫었다. 그녀가 그냥 숲으로 되돌아가서 다시는 나타나지 않을까 두려웠다. 실제로 오늘 아침에는 초조하게 방 안을 서성이며 그녀가 돌아오기를 기다렸던 것이다. 욕구가 점점 강해지고 있었다.

나는 테이블을 두드렸다.「테이블.」나는 이렇게 말했고, 그녀는 〈판자*board*〉처럼 들리는 단어를 말했다.

「피곤해.」나는 이렇게 말하고 고개를 옆으로 기울이고 크게 코를 고는 시늉을 해보았다. 그녀는 미소 지으며 고개를 끄덕였고, 눈두덩을 문지르며 갈색 눈을 깜박거렸다.「추서그.」그녀는 이렇게 말했고, 영어로 이렇게 덧붙였다.「귀네스 피곤해요.」

「난 잘 거야. 여기 있을래?」

나는 일어서서 손을 내밀었다. 그녀는 잠시 주저하다가 손을 뻗쳐 내 손에 댔고, 손가락 끝을 꼭 쥐었다. 그러나 그녀는 앉은 자세를 바꾸지 않았고, 내 눈을 똑바로 쳐다보며 천천히 고개를 가로저었다. 그러고는 내게 손으로 키스를 던졌고, 내가 어젯밤에 그랬던 것처럼 테이블보를 잡아당겨 몸을 감쌌고, 불이 꺼진

난로 앞으로 가서 마치 동물처럼 몸을 웅크리고 누웠고, 그 즉시 잠이 든 것처럼 보였다.

나는 위층 침실에 있는 나의 차가운 침대로 갔고, 한 시간 동안 뜬눈으로 누워 있었다. 한편으로는 낙담하고 있었지만, 다른 한편으로는 의기양양했다. 처음으로 그녀가 우리 집에서 밤을 보내는 것이다.

이것은 진일보한 태도였다!

그날 밤, 자연은 무서울 정도로 드라마틱한 방법으로 떡갈나무 산장으로 몰려왔다.

나는 꾸벅꾸벅하며 선잠을 자고 있었다. 내 마음은 아래층의 난로 앞에서 자고 있는 여자의 이미지들로 가득 차 있었다. 우리 집을 부자연스럽게 에워싸고 있는 어린 나무들 사이에서, 셔츠를 펄럭거리며, 사람 키만큼 자라 있는 나무의 탄력 있는 가지를 양손으로 훑으며 거니는 그녀의 모습. 집 아래쪽의 지반이 점점 깊숙이 뻗어 가는 나무뿌리에 꿰뚫리면서 집 전체가 삐걱거리는 것처럼 느껴졌다. 나는 이런 식으로 한밤중인 새벽 2시에 일어날 일을 예견하고 있었는지도 모른다.

기묘한 소리를 듣고 잠에서 깼다. 나무가 쪼개지며, 두꺼운 대들보가 구부러지고 뒤틀리며 내는 신음소리. 한순간 맑은 정신으로 돌아오며 악몽을 꾼 것이라고 생각했다. 이윽고 나는 집 전체가 진동하고 있으며, 내 침실 창 밖에 자라 있는 너도밤나무가 마치 태풍에 휘날리는 것처럼 격렬하게 몸부림치고 있는 것을 깨달았다. 아래층에서 귀네스가 외치는 소리가 들려왔다. 나는 실내용 가운을 집어 걸치고 아래층으로 뛰어 내려갔다.

차갑고 기묘한 바람이 서재 쪽에서 불어오고 있었다. 귀네스는 서재의 어두운 문간에 서 있었다. 구겨진 셔츠를 걸친 가냘픈 모습. 소음은 약해지기 시작했다. 잡동사니로 가득 찬 복도를 조심스럽게 지나가자 진흙과 흙의 자극적인 냄새가 코를 찔렀다. 나는 전등을 켰다.

떡갈나무 숲이 서재로 몰려와서 마루를 꿰뚫었고, 휘감기고, 뒤틀린 채로 벽과 천장을 뒤덮고 있었다. 책상은 산산조각이 나 있었고, 캐비닛은 새로 자라난 울퉁불퉁한 나뭇가지에 꿰뚫려서 박살이 나 있었다. 이것이 한 그루의 나무인지 아니면 여러 그루의 나무인지는 알 수 없었다. 아마 이것은 보통 나무가 아니라, 인간이 건조(建造)한 취약한 구조물들을 삼켜 버리기 위해 창조된 숲의 연장(延長)인지도 모른다.

방 안에서는 나무와 흙냄새가 진동했다. 천장을 뒤덮고 있는 나뭇가지들이 몸을 떨고 있었다. 여덟 군데에서 마루를 꿰뚫은 상처투성이의 검은 줄기들에서 작은 흙덩어리들이 떨어져 나왔.

귀네스는 어둑어둑한 이 나무 우리 안으로 걸어 들어가서, 손을 뻗어 떨리고 있는 큰 가지 하나를 만졌다. 그녀의 손이 닿는 것만으로도 방 전체가 몸을 떠는 것처럼 느껴졌지만, 이제 고즈넉한 기운이 집 전체를 감싸고 있는 것처럼 느껴졌다. 마치⋯⋯ 마치 숲이 산장을 사로잡은 후, 이곳을 자기 오라의 일부로 만들어 놓은 후에는, 집을 자기 것으로 만들려는 욕구에서 비롯된 긴장이 일시에 풀려 버린 듯한 느낌이었다.

서재의 전등은 켜지지 않았다. 아직도 방금 전에 일어난 일에 경악하고 있던 나는, 조각난 책상 속에 있는 아버지의 일기장과 수기를 구해 내기 위해 귀네스의 뒤를 따라 어둑어둑하고 섬뜩한 방으로 들어갔다. 작은 떡갈나무 가지가 비틀리며, 서랍에서 책을 꺼내는 내 손을 쓰다듬었다. 맹세코 사실이다. 이 작업을 하는 동안 나는 감시당하고, 평가받고 있었다. 방은 추웠다. 머리카락 위에서 흙이 떨어지며 마룻바닥 위로 흩어졌다. 맨발로 그 흙을 밟자 불타는 듯이 뜨거웠다.

방 전체가 바스락거렸다. 속삭이고 있다. 깨지지 않은 프랑스

식 창밖에는 이제 나보다 더 키가 큰 떡갈나무 묘목들이 빽빽하게 자라 있었다. 집을 향해 한꺼번에 자라나고 있는 것이다.

꾸벅거리다가 깨는 일을 되풀이하며 몇 시간 동안 선잠을 자다가 눈을 떠보니 10시가 가까웠다. 밖을 보니 금방이라도 비가 쏟아질 듯한 험악한 날씨였다. 구겨진 테이블보가 벽난로 앞에 떨어져 있었지만, 주방 쪽에서 들려오는 소리에 내 손님이 아직 떠나지 않았음을 알 수 있었다.

귀네스는 명랑한 미소를 지으며 내게 인사를 했고, 고대 브리튼 어로 방금 내게 건넨 인사말을 영어로 간결하게 번역해 주었다. 「좋아. 먹어요.」 그녀는 퀘이커 오츠 한 상자를 찾아냈고, 그것에 물과 꿀을 섞어서 진한 오트밀을 만들어 놓았다. 그녀는 이것을 두 손가락으로 자기 입에 떠넣었고, 큰 소리로 쩝쩝거리는 소리를 내며 만족을 표시했다. 그녀는 퀘이커 오츠 상자를 집어 들더니 상자 앞에 그려진 검은 옷의 퀘이커를 빤히 쳐다보았고, 웃음을 터뜨렸다. 「메이보로스!」 그녀는 이렇게 말하며 걸쭉한 죽을 가리켰고, 열심히 고개를 끄덕여 보였다. 「좋아.」

그녀는 자기 고향을 생각나게 하는 무엇인가를 발견한 것이다. 오트밀 상자를 집어 올려 보니 거의 비어 있었다.

그때 밖에서 무슨 기척이 느껴졌는지 그녀는 재빨리 뒷문으로 갔고, 문을 열고 바람이 불고 있는 집 밖으로 나갔다. 가까운 목초지 위를 느린 구보로 달려오는 말발굽소리를 들은 나도 그녀를 따라 밖으로 나갔다.

울타리까지 말을 달린 후, 허리를 굽혀 문의 빗장을 벗겨 내고, 작은 암말에 박차를 가해 정원으로 들어온 것은 미사고가 아니었다. 귀네스는 자기보다 젊은 여자를 재미있다는 얼굴로 흥미롭게 바라보았다.

그녀는 라이호프 가의 장녀였고, 잉글랜드의 상류 계급을 야유한 풍자 만화의 주인공에 걸맞을 법한 불쾌한 여자였다. 약한 턱과 총기 없는 눈에 독단적이면서도 무지하기까지 하다. 말에 미친 데다가 사냥에도 미쳐 있었고, 특히 이 점이 나를 불쾌하게 만들었다.

그녀는 오만한 눈빛으로 귀네스를 한참 바라보고 있었다. 호기심을 느낀다기보다는 질투 어린 시선이었다. 피오나 라이호프는 금발에 주근깨가 있었고, 평범하기 짝이 없는 추녀였다. 승마 바지에 검정색 승마 재킷 차림의 그녀는 ― 내 눈에는 ― 인근 승마 경기장에서 오래된 나무통이나 울타리를 뛰어넘는 데 열중하는, 판에 박은 듯한 상류층 승마광의 모습을 하고 있었다.

「당신한테 온 편지예요. 우리 집 앞으로.」

그녀는 이렇게만 말하고는 담황색의 봉투를 내게 건넸고, 그러자마자 말 머리를 휙 돌려 정원에서 나갔다. 울타리 문을 닫으려고 하지도 않았다. 인사도 안 하고, 말 안장에서도 내려오지 않았다는 사실에 이르기까지, 그녀가 나의 정원 안에서 보낸 한순간 한순간이 내게는 무례하기 짝이 없는 모욕이었다. 나는 고맙다는 말도 건네지 않았다. 귀네스는 그녀가 갈 때까지 바라보고 있었지만, 나는 얇은 봉투를 열며 집으로 돌아갔다.

앤 헤이든에게서 온 편지였다. 편지는 짧고 간결했다.

친애하는 헉슬리 씨

동봉한 문서는 당신이 옥스퍼드로 왔을 때 찾고 있었던 것이라고 생각합니다. 당신 부친의 필적임을 확실히 알 수 있으니까요. 이것들은 『고고학 회보』 사이에 끼워져 있었습니다. 부친께서는 이것을 회보 속에 숨긴 다음, 우리 아버지에게 우편으로 보낸 듯합니다. 어떤 의미에서는 당신이 이것을 찾아냈다고도 할 수 있겠군요. 당신이 방문하지 않았더라면, 높게 쌓인 회보들을 대학에 기부할 생각을 하지는 않았을 테니까요. 친절한 사서가 이것들을 발견하고 집으로 다시 보내 주었습니다. 그것 말고도 당신이 흥미를 느낄지도 모르는 편지를 몇 장 동봉합니다.

경구
앤 헤이든

 이 편지와 함께 일기장에서 뜯어낸 종이 여섯 페이지가 접힌 채로 봉투에 들어 있었다. 아버지가 크리스찬에게 보여 주고 싶지 않았던 여섯 페이지의 일기, 귀네스와 관련이 있고, 원초의 숲의 바깥쪽 방어망을 돌파하는 방법이 기록된 여섯 페이지가…….

8

1942년 5월

강의 부족인 샤미가와 조우함. 말로리가 책에서 쓴 것과 흡사한 아서 왕의 원시적 형태 및 기사 한 명. 후자는 상당히 위험했음. 옛날식 그대로의 마상(馬上) 시합을 관찰함. 숲의 공터에서 벌어지는 열광적인 전투. 10명의 기사가 완전히 침묵한 채로 싸웠고, 들리는 것이라고는 서로의 무기가 맞부딪치는 소리뿐. 승리한 기사는 말을 타고 공터를 일주하고, 패한 자들은 말을 타고 떠나감. 반짝거리는 갑옷과 자줏빛 망토를 입은 위풍당당한 사내. 그가 탄 말도 비단으로 장식된 호화로운 말옷을 입고 있었음. 전설 속의 어떤 인물인지는 구분할 수 없었지만, 중세 프랑스 어임이 틀림없는 언어로 내게 짧게 말을 걸어옴.

이런 기록을 남기지만, 가장 중요한 것은 컴바라스의 요새화된 마을이다. 그곳의 원형 가옥에 40일 이상 머물며(그럼에도 불구하고 내가 집을 떠나 있던 것은 2주에 불과했다!) 귀네스의 전설을 알아냈다. 이곳은 뾰족한 통나무로 에워싸인 전설적인 마을이고, 깊은 골짜기 혹은 외딴 산속에 있으며, 정복자들도 끝끝내 발견하지 못했던, 순수한 고대 혈통을 지닌 주민들이 살고 있는 장소이다. 이것은 몇 세기에 걸쳐 끈끈하게 이어 내려온 강고한 신화이며, 내게는 충격으로 다가왔다. 왜냐하면 나는 미사고의 〈내부〉에서 살았기 때문이다……. 마을과, 그곳에 사는 주민들 모두가 종족 무의식으로부터 창조된 것이다. 이곳은 숲에서 내가 지금까지 발견한 것 중 가장 강대한 신화적 풍경이다.

그들의 말은 그녀의 고대 브리튼 어에 가까웠기 때문에 쉽게 배울 수 있었고, 그녀의 전설의 단편(斷片)을 알아냈다. 그러나 이 얘기가 미완성이라는 사실은 명백하다. 그녀의 얘기가 비극으로 끝난다는 사실을 나는 확신하고 있다. 그 얘기를 듣고 나는 매우 흥분했다. G가 그녀의 출생에 관해 얘기했을 때, 그녀의 기묘한 강박 관념의 많은 부분을 점점 더 많이 이해할 수 있을 정도였다. 그녀는 16세 혹은 17세 무렵, 그러니까 그녀의 기억이 중요해지는 시기에 생성되었지만, 그녀가 출생했던 당시의 일에 관해서는 마을 주민들도 확실히 기억하고 있다.

이것은 귀네스라는 소녀에 관련된 어두운 이야기의 일부이다.

동쪽에서 온 군단이 처음으로 이 지방에 발을 들여놓았던 시기의 일이다.

던 엠리스의 요새에 족장의 딸 두 사람이 살고 있었다. 족장인 모르티드는 늙고 약했기 때문에 평화를 받아들였던 것이다. 두 자매 모두 상대방 못지 않게 아름다웠다. 두 자매 모두 태양신인 러그의 축제 전날에 태어났다. 두 사람을 구분하는 것은 거의 불가능했지만, 디어드라스는 오른쪽 가슴에 히스 꽃을 달고 있었고, 리아산은 왼쪽 가슴에 들장미 한 송이를 달고 있었다. 리아산은 부근에 있는 케어웬트 요새의 로마 군 지휘관과 사랑에 빠졌다. 그녀는 그 요새로 가서 살았고, 이렇게 해서 침략자들과 던 엠리스의 부족은 화목하게 지낼 수 있었다. 그러나 리아산은 석녀였고, 질투와 증오에 점점 사로잡힌 끝에 급기야는 철같이 굳은 얼굴을 하게 되었다.

 디어드라스는 로마 군과의 전투에서 전사한 용맹스러운 전사의 아들과 사랑에 빠졌다. 그 아들의 이름은 페레더였고, 그는 디어드라스의 아버지와 반목했기 때문에 부족에서 추방당한 처지였다. 그래서 지금은 아홉 명의 전사와 함께 산토끼조차도 달리기를 주저하는 바위투성이의 골짜기에 있는 거친 숲에서 살고 있었다. 밤이 되면 그는 숲의 가장자리로 나와 비둘기처럼 디어드라스를 불렀다. 디어드라스는 그에게 갔고, 곧 그의 아기를 가지게 되었다.

 이윽고 출산의 날이 다가오자 드루이드인 카사바크는 그녀가 딸을 가졌음을 선언했고, 아기에게는 귀네스라는 이름이 주어졌다. 대지의 아이라는 뜻이다. 그러나 리아산은 던으로 병사들을 보냈고, 디어드라스는 아버지 곁에서 억지로 끌려 나와 통나무 말뚝으로 에워싸인 로마 군 요새 안에 있는 막사에 갇히고 말았다. 던에 사는 네 사람의 전사와 모르티드 본인도 함께 끌려 왔다. 모르티드는 아이가 태어나면 리아산이 키워야 한다는 말에 찬성했다. 디어드라스는 몸이 너무 약해진 탓에 소리를 지르지도 못했고, 리아산은 아이가 태어나면 디어드라스는 죽어야 한다고 말없이 맹세했다.

 페레더는 숲 가장자리에서 절망하며 이 광경을 바라보고 있었다. 아홉 명의 전사가 그와 함께 있었지만 아무도 그를 위로해 주지는 못했다. 그는 야음을 틈타 요새를 두 번 습격했지만, 두 번 다 군대에 의해 격퇴당했다. 그때마다 그는 디어드라스가 자신을 향해 「빨리 와서 아기를 구해 줘요」라고 울부짖는 소리를 들었다.

 바위 골짜기 너머, 숲에서 가장 어두운 부분에, 대지보다 더 나이를 먹고, 흙으로 다진 요새보다도 더 둥글고 높은 고목(古木)이 자라 있는 장소가 있었다. 페레더는 그곳에 그 자신이 찾아 헤매며 기어오르던 바위 산만큼이나 영원한 존재인 자가드가 살고 있다는 사실을 알고 있었다. 그의 유일한 희망은 자가드였다. 왜냐하면, 오로지 그녀만이 숲뿐만 아니라 바다와 하늘에서 사물의 질서를 통제할 수 있었기 때문이다. 그녀는 태곳적에서 왔고, 그 어떤 침략자도 그녀에게 접근할 수는 없었다. 그녀는 인간이 아직 말을 나눌 언어를 갖고 있지 못했던 〈관찰〉의 시대부터 이미 인간의 방식을 알고 있었다.

페레더는 이렇게 해서 자가드를 찾아냈다.

그는 야생 엉겅퀴가 자라 있는 작은 골짜기를 찾아냈다. 어린 나무들의 높이가 그의 발목까지도 채 달하지 않는 곳이었다. 그를 에워싼 숲은 높고 고요했다. 이 공터는 나무를 쓰러뜨려 만들어진 것이 아니었다. 이런 곳을 만들 수 있는 자는 자가드뿐이었다. 그와 함께 온 아홉 전사들은 페레더에게 등을 돌리고 원진(圓陣)을 짰고, 페레더는 그 가운데에 섰다. 그들은 개암나무와 자두나무와 떡갈나무의 작은 가지를 들고 서 있었다. 페레더는 늑대를 죽여 그 피를 아홉 전사 주위의 땅 위에 뿌렸다. 그는 늑대 머리를 북쪽을 향해 놓았다. 그는 원의 서쪽에서 자신의 검을 들어 땅을 찔렀다. 동쪽에는 자신의 단검을 놓았다. 그 자신은 원 안쪽에서 남쪽을 바라보고 서서, 큰 소리로 자가드를 불렀다.

제관들이 아직 없던 시절에는 이렇게 하는 법이었고, 그 중 가장 중요한 것은 부르는 자를 그 시대와 땅에 붙들어 매는 원진이었다.

페레더는 일곱 번 자가드를 불렀다.

처음 불렀을 때 그는 나무에서 날아오르는 새들을 보았을 뿐이었다(그 새들은 까마귀, 참새, 매들이었지만, 각자가 말만큼이나 컸다).

두 번 부르자 숲에서 달려 나온 산토끼와 여우들이 원 주위를 돌았고, 서쪽을 향해 도망쳤다.

세 번 부르자 덤불 속에서 멧돼지들이 뛰쳐나왔다. 각자가 사람만큼이나 키가 컸지만, 원진이 이들을 막았다(그래도 오스리는 그 중 가장 작은 것을 창으로 찔러 잡았다. 그는 다른 시기에 이 행위의 대가를 치르게 된다).

네 번 부르자 잡목 사이에서 수사슴들이 뛰쳐나왔고, 그 뒤를 암사슴들이 뒤따랐고, 이들의 발굽이 땅을 박찰 때마다 숲이 진동하며 원진이 흔들렸다. 궐라욱은 그 중 한 마리의 뿔에 팔찌를 던져 자기 것이라는 표시를 했고, 이로 인해 그는 다른 시기에 이 행위의 대가를 치르게 된다.

다섯 번 부르자 공터는 조용해졌지만, 무엇인가 시야 밖에서 움직이는 기색이 있었다. 다음 순간 말에 탄 사내들이 여러 명 나무들 사이에서 나타나더니 공터를 가득 메웠다. 말들은 칠흑처럼 검었고, 그 발치에 열두 마리의 거대한 잿빛 사냥개들을 거느리고, 그 등에는 사내를 한 사람씩 태우고 있었다. 소리 없는 바람에 망토가 휘날렸고, 횃불이 불타올랐고, 이 거친 사냥꾼들은 아홉 명의 원진을 스무 번 돌았다. 그들의 외침은 점점 더 높아졌고, 그들의 눈은 형형하게 빛났다. 이들은 페레더의 땅에서 온 사내들이 아니라, 흘러간 시대로부터, 또 앞으로 올 시대로부터 온 사냥꾼들이었다. 그들은 이곳에 모여 자가드를 지키기 위해 왔던 것이다.

여섯 번, 그리고 일곱 번 부르자 기수들과 사냥개들 뒤를 따라 자가드가 왔다. 땅이 갈라지며 지하 세계로 통하는 문이 열렸고, 그 틈으로 자가드가 걸어 나왔다. 큰 키에 얼굴이 없었고, 검은 장의(長衣)로 몸을 감싸고, 팔목과 발목에 은과 철의 고리를 끼고 있었다. 대지의 타락한 딸, 증오와 복수심에 불타는 달의 자식 자가드가 페레더 앞에 서자, 공백인 그녀의 얼굴 위에 소리 없는 미소가 피어 올랐고, 날카로운 조소가 그의 귓전을 때렸다.

그러나 자가드는 시대와 땅의 원진을 깨뜨리지 못했고, 페레더를 자기 마음대로 다루기 위해 이 장소와 계절로부터 멀리 끌어

내서 원시의 황야에 내팽개치지도 못했다. 그녀는 원 주위를 세 번 돌았고, 오스리와 퀼라욱 앞에서만 한 번씩 멈췄고, 그러자마자 이들은 멧돼지를 죽이고 수사슴에 표시를 한 자신들의 행위로 인해 스스로 무덤을 팠다는 사실을 깨달았다. 그러나 실제로 대가를 지불하는 것은 먼 장래의 일이었고, 이것과는 다른 이야기이다.

그런 다음 페레더는 자가드에게 무엇이 필요한지 말했다. 그는 디어드라스에 대한 자신의 사랑을 얘기했고, 그녀 언니의 질투와 자기 자식이 처한 위협에 관해 얘기했다. 그는 도움을 요청했다.

「그럼 아이를 데려가겠다.」 자가드가 말했고, 페레더는 안 된다고 했다.

「그럼 어미를 데려가겠다.」 자가드가 말했고, 페레더는 안 된다고 했다.

「그럼 너희 열 사람 중 하나를 데려가겠다.」 자가드가 말했고, 페레더와 그의 전사들에게 개암이 담긴 바구니를 가져다 주었다. 각 전사들과 페레더는 개암을 하나씩 집어먹었다. 누가 자가드의 것이 될지는 아무도 알지 못했다.

자가드가 말했다. 「너희들은 긴 밤의 사냥꾼이다. 너희들 중 하나는 내 것이다. 왜냐하면 지금 내가 준 마법에는 대가가 필요하고, 그 대가는 생명밖에는 없다. 거래가 성립됐으니까, 원진을 풀라.」

「안 돼.」 페레더가 말했고, 자가드는 웃음을 터뜨렸다.

그러고는 자가드는 검은 하늘을 향해 양팔을 들어 올렸다. 그녀의 얼굴인 공백 위에서 페레더는 눈앞의 이 육체에 깃든 마녀의 모습을 볼 수 있었다. 그녀는 시간보다도 더 나이를 먹었고, 그녀의 사악한 눈초리로부터 그들을 구해 준 것은 오직 이 숲뿐이었다.

「너의 귀네스를 너에게 주마!」 자가드가 외쳤다. 「그러나 너희들 각자가 그녀의 생명의 대가를 치뤄야 한다. 나는 원초의 숲과, 얼음의 숲과, 돌의 숲과, 높은 산길과, 불모의 황야에 사는 여자 사냥꾼이다. 나는 달과 토성의 딸이다. 시디신 약초가 나를 치유하고, 쓴 과즙이 나를 부양하고, 반짝이는 은과 차가운 철이 나를 지킨다. 나는 언제나 대지 안에 있었고, 대지는 영원히 나를 부양해 줄 것이다. 왜냐하면 나는 영원한 여자 사냥꾼이기 때문이다. 내가 너희들, 페레더와 아홉 사냥꾼들을 필요로 할 때는, 나는 너희들을 부를 것이고, 내가 부르는 사람은 누구든지 가야 한다. 아무리 멀어도 너희들이 통과하지 못하는 시대는 없고, 아무리 광대한 황야, 차가운 땅, 뜨거운 땅, 고독한 벽지일 지라도 너희들이 나아가지 못하는 곳은 없다. 이것을 명심하고, 승락하라. 그 소녀가 처음으로 사랑을 알 때, 너희들은 한 사람도 빠짐없이 나의 것이 된다는 사실을…… 상황에 따라 내 부름에 응하거나, 부름에 응하지 않든 간에.」

페레더는 음울한 표정을 하고 있었다. 그러나 그의 친구들 모두가 동의하자, 그도 승낙했고, 거래는 성립되었다. 그때부터 이들은 자구스, 즉 밤의 사냥꾼들이라고 불리게 된다.

아이가 태어나는 날이 오자 로마 요새 위를 열 마리의 독수리가 맴도는 것이 목격되었다. 이 전조가 무엇을 의미하는지 아는 사람은 아무도 없었다. 독수리는 누가 보아도 길조였지만, 불가해한 것은 그 머릿수였다.

귀네스는 천막 안에서 태어났다. 그 광경을 본 사람은 어머니의 언니와, 아버지와, 드루이드뿐이었다. 그러나 드루이드가 연기와 조촐한 제물을 통해 감사를 올리자, 리아산은 자기 동생의 얼굴을 쿠션으로 눌러서 죽였다. 아무도 그녀의 이런 행위를 목격한 사람은 없었고, 그녀는 다른 사람들에게 지지 않을 정도로 커다란 소리로 곡을 하며 동생의 죽음을 애도했다.

그런 다음 리아산은 아기를 데리고 요새 안으로 들어갔고, 머리 위로 아기를 들어 올려 자신을 아기의 양어머니로, 자신의 로마 인 정부를 아기의 아버지라고 선언했다.

요새 상공으로 열 마리의 독수리가 모여들었다. 그들이 날개를 퍼덕이는 소리가 먼 폭풍우처럼 들려왔다. 그들은 너무나도 거대했던 탓에 한 자리에 모인 그들은 태양을 가렸고, 요새 위로 거대한 그림자를 드리웠다. 이 그림자로부터 한 마리가 떨어져 나오더니 빠른 속도로 급강하했다. 독수리는 날개로 리아산의 머리를 쳤고, 거대한 발톱으로 아기를 낚아채서 다시 하늘로 올라갔다.

리아산은 분노의 고함을 질렀다. 독수리들은 재빨리 사방팔방으로 흩어져 날아갔지만, 로마 군 궁수들이 수많은 화살을 날려 이들의 앞길을 방해했다.

발톱에 아기를 움켜쥔 독수리의 움직임이 가장 느렸다. 군단 전체를 통틀어 가장 뛰어난 궁수인 사내가 쏜 화살은 그 독수리의 심장을 꿰뚫었고, 독수리는 아기를 떨어뜨렸다. 이것을 본 다른 새들은 재빨리 되돌아왔고, 그 중 한 마리는 갓난아이 아래로 날아가서 등으로 그녀를 받았다. 다른 두 마리는 죽은 새를 발톱으로 움켜쥐었다. 독수리들은 아기와 죽은 새를 데리고 숲속에 있는 돌의 골짜기로 날아갔고, 그곳에 도착한 다음에는 다시 인간 모습으로 되돌아왔다.

처음에 아기를 움켜잡은 독수리는 그녀의 아버지인 페레더 자신이었다. 죽은 그는 아름답고 창백한 모습으로 땅 위에 놓였다. 여전히 심장을 화살에 꿰뚫린 채였다. 골짜기 주위에서 자가드의 웃음소리가 바람처럼 울려 퍼졌다. 그녀는 페레더에게 딸인 귀네스를 주겠다고 약속했지만, 그가 딸을 데리고 있었던 것은 극히 짧은 시간에 불과했던 것이다.

자구스는 페레더를 바람이 가장 센 바위투성이의 골짜기 바닥으로 데려갔고, 흰 대리석 바위 밑에 그를 묻었다. 마기디온이 이제 그들의 두령이었다.

이들 숲의 사냥꾼들, 추방된 전사들은 최선을 다해 귀네스를 키웠다. 귀네스는 그들 사이에서 행복하게 자랐다. 그들은 그녀에게 들꽃에 맺힌 이슬과 암사슴의 젖을 먹였다. 그들은 그녀에게 여우 가죽과 솜옷을 입혔다. 태어난 지 반 년도 못 되어 그녀는 걸음마를 배웠다. 계절이 네 번 지나갈 무렵에는 달릴 수 있었다. 말을 할 수 있게 되자 곧 야생의 숲에 있는 것들의 이름을 배웠다. 그녀가 슬퍼하는 것은 페레더의 망령이 그녀를 부를 때뿐이었다. 아침에, 세찬 바람이 몰아치는 골짜기에 있는 대리석 바위 옆에 서서 울고 있는 그녀를 발견하는 일도 여러 번 있었다.

 어느 날 마기디온과 자구스들은 소녀를 데리고 골짜기 남쪽에서 사냥을 했다. 그들은 은밀한 장소에 야영지를 만들었고, 다른 사람들이 사냥을 하러 간 사이에는 퀼라욱이 그녀와 함께 그곳에 남았다.

 이렇게 해서 귀네스는 그들과 헤어지게 되었다.

 로마 인들은 언덕과 골짜기, 그리고 요새 부근의 숲을 끊임없이 수색했다. 그들은 야영지의 모닥불에서 피어 오르는 연기 냄새를 맡았고, 스무 명이 공터를 포위했다. 까마귀가 우는 탓에 그들의 접근을 알아차린 귀네스와 그녀의 사냥꾼, 퀼라욱은 자기들이 궁지에 몰렸다는 사실을 알았다.

 퀼라욱은 서둘러 소녀를 자신의 등에 가죽끈으로 묶었고, 너무나도 질끈 동여맨 탓에 소녀는 아파했다. 그런 다음 그는 자가드의 마법 주문을 외움으로써 거대한 수사슴으로 변신했고, 그 모습으로 로마 인들에게서 도망쳤다.

 그러나 로마 인들은 개들을 데리고 왔고, 개들은 하루 종일 수사슴을 추적했다. 피로에 지친 수사슴은 막다른 곳에 몰렸고, 개들은 사슴을 갈가리 찢었지만, 귀네스는 목숨을 부지하고 요새로 잡혀갔다. 퀼라욱의 영혼은 수사슴이 쓰러진 장소에 머물렀고, 귀네스가 처음으로 사랑을 알았던 해에 자가드는 그녀를 데리러 왔다.

2년 동안 귀네스는 로마 군의 성채 안에 있는 막사에서 살았다. 요새의 높은 벽 너머를 보려고 발돋움하며, 슬프게 우는 그녀의 모습을 매일 볼 수 있었다. 마치 자구스들이 밖에 있다는 사실을 알고, 자신을 데리러 오기를 기다리고 있는 듯했다. 이토록 슬프고 풀이 죽은 아이는 어디를 가도 찾아볼 수 없었을 것이다. 그녀와 양어머니 사이가 사랑으로 맺어지는 일도 없었다. 그러나 리아산은 그녀를 놓아 줄 생각이 없었다.

  자구스는 이렇게 해서 귀네스를 구출해 냈다.

  초여름, 새벽이 오기 전에, 여덟 마리의 비둘기가 귀네스를 불렀고, 아이는 일어나 이 소리에 귀를 기울였다. 다음날 아침, 동이 트기 전에, 여덟 마리의 올빼미가 그녀를 불렀다. 셋째 날 아침에 그녀는 자신을 부르는 소리가 들려오기 전에 잠에서 깼고, 어두운 막사 사이를 지나 요새 벽으로 갔고, 요새 주위의 언덕이 보이는 곳까지 갔다. 여덟 마리의 수사슴이 그곳에 서서 그녀를 바라보고 있었다. 잠시 후 그들은 빠르게 언덕을 뛰어 내려왔고, 굉음을 내며 요새 주위를 뛰어다니면서 커다란 목소리로 그녀를 부르다가, 거친 협곡으로 되돌아갔다.

  넷째 날 아침에, 리아산이 자고 있었을 때, 귀네스는 일어나서 막사 밖으로 나왔다. 동이 트고 있었다. 주위는 안개에 뒤덮이고 고요했다. 그녀는 감시탑에 있는 보초들이 웅얼거리며 말을 나누는 소리를 들었다. 공기는 쌀쌀했다.

  안개 속에서 여덟 마리의 커다란 사냥개들이 나타났다. 그들 모두 그녀의 키를 훌쩍 넘을 정도로 거대했다. 그들 모두 바닥이 없는 늪처럼 깊은 눈에, 피처럼 빨간 상처 같은 입을 가지고 있었고, 혀를 축 늘어뜨리고 있었다. 그러나 귀네스는 두려워하지 않았다. 그녀는 땅에 누워서 사냥개들 중 가장 큰 개가 자기 몸을 입으로 물어서 들어 올리도록 놓아두었다. 개들은 북쪽 문을 향해 소리 없이 달려갔다. 그곳에 서 있던 병사는 소리를 지르기도 전에 목이 찢겨 나갔다. 안개가 걷히기 전에, 도보 순찰대가 북쪽 문을 열고 성채에서 나갔다. 여덟 마리의 사냥개와 귀네스는 문이 닫히기 전에 몰래 성채에서 빠져나갔다.

그녀는 몇 년이나 자구스와 함께 방랑했다. 처음에 그들은 북쪽으로 갔고, 깊게 쌓인 눈을 헤치고 차가운 황야로 가서, 얼굴에 색칠을 한 부족과 함께 지냈다. 귀네스는 조그만 몸으로 거대한 말에 타고 있었지만, 북쪽으로 오자 작지만 처음 말만큼이나 빠른 말을 찾아서 바꿔 탔다. 그들은 다시 남쪽으로, 머나먼 지방을 향해 떠났고, 습지와 늪, 삼림 지대와 목초지를 가로질렀다. 그들은 커다란 강을 건넜다. 귀네스는 조금씩 자랐고, 훈련을 받고 여러 기술에 능통해졌다. 밤이면 그녀는 자구스의 팔에 안겨 잠들었다.

이런 식으로 몇 년이 지나갔다. 그녀는 아름답기 그지없는 여자가 되었다. 그녀의 머리는 붉고 길었으며, 피부는 새하얗고 매끄러웠다. 새로운 땅에 머물 때마다 젊은 전사들은 그녀를 얻기를 원했지만, 몇 년 동안이나 그녀는 사랑을 모르고 살았다. 그러나 동쪽 지방에서 그녀는 처음으로 사랑에 빠졌다. 상대는 족장의 아들이었고, 그는 그녀를 얻으려고 굳게 결심하고 있었다.

자구스들은 귀네스와 함께 보내는 시간이 끝나 가고 있음을 알아차렸다. 그들은 그녀를 또다시 서쪽으로 데려갔고, 그녀 아버지의 비석이 있는 골짜기를 찾아갔다. 그녀를 사랑하는 젊은이가 바로 뒤를 쫓아오고 있었고, 자가드의 웃음소리가 바위 뒤에서 들려오고 있었기 때문이다. 바야흐로 자가드는 그들을 소유하려 하고 있었다.

골짜기는 고즈넉한 장소였다. 페레더의 유해 위에 놓인 돌은 햇살을 반사하며 언제나 밝게 반짝였다. 귀네스가 그곳에서 홀로 기다리고 있자 아버지의 영혼이 땅 밖으로 나왔다. 그녀는 처음으로 그를 보았고, 아버지도 그녀를 보았다.

「너는 도토리에서 떡갈나무로 자라나리라.」그는 이렇게 말했지만, 귀네스는 이것이 무슨 말인지 알아듣지 못했다.

페레더는 말했다. 「너의 슬픔은 분노로 바뀔 것이다. 너는 나 같은 추방의 운명에 처하게 될 것이다. 이 땅에서 침략자들이 사라질 때까지 너에게 안식은 없다. 너는 그들을 끊임없이 괴롭히고, 그들을 불태우고, 요새와 장원에서 쫓아낼 것이다.」

「그러려면 어떻게 해야 하죠?」 귀네스가 물었다.

그러자 페레더 주위에 위대한 신과 여신들의 희미한 모습이 출현했다. 왜냐하면 그때 페레더의 영혼은 자가드의 집요한 손아귀에서 벗어났기 때문이다. 그가 맺은 협정은 완수되었고, 이제 그녀는 그를 속박할 수 없었다. 그리고 영혼의 나라로 간 페레더는 그곳에서 이름을 떨쳤고, 케르누노스, 즉 머리에 뿔이 달린 〈동물의 왕〉 휘하의 기사들을 이끌었다. 뿔이 달린 신은 귀네스를 지상에서 들어 올려 그녀의 허파 속에 복수의 불길을 불어넣었고, 숲에 사는 어떠한 동물로도 변신할 수 있는 변화의 씨앗을 불어넣었다. 에포나[5]는 그녀의 입술과 눈 위에 달의 이슬을 살짝 갖다 댔고, 남자들이 그녀에 대한 정열로 눈이 멀도록 했다. 타라니스[6]는 그녀에게 힘과 천둥을 주었고, 이제 그녀는 모든 면에서 강대한 힘을 얻었다.

그래서 그녀는 암여우로 변신해서 케어웬트 요새로 숨어들었고, 자신의 양어머니가 로마 인과 자고 있는 곳으로 갔다. 잠에서 깨어난 사내는 짚으로 된 침상 곁에 그녀가 서 있는 것을 보았고, 그러자마자 그녀를 향한 연모의 정에 사로잡혔다. 그는 그녀를 따라 요새에서 나갔고, 밤의 어둠을 뚫고 강으로 가서 옷을 벗고 차가운 물에 몸을 감았다. 그러나 귀네스는 매로 변신해서 그의 머리 주위를 돌았고, 그의 눈을 쪼아 그의 눈을 멀게 만들었다.

5 Epona. 켈트 신화에서 말의 여신.
6 Taranis. 켈트 신화에서 천둥의 신.

강이 그를 휩쓸어 갔다. 남편의 시체를 본 리아산의 가슴은 찢어졌고, 그녀는 높은 낭떠러지 위에서 바닷가의 바위를 향해 몸을 던졌다.

    이렇게 해서 소녀 귀네스는 자신이 태어난 장소로 되돌아왔던 것이다.

9

 나는 단어 하나하나, 구절 하나하나를 뚜렷하게 발음하며 이 짤막한 전설을 귀네스에게 읽어 주었다. 그녀는 열심히 내 얘기에 귀를 기울였다. 초롱초롱한 검은 눈이 매혹적이었다. 내가 하는 얘기보다, 오히려 내게 더 많은 관심을 가지고 있는 것 같았다. 내가 말하는 모습과 나의 미소가 마음에 든 듯했다. 그녀의 눈에는 아마 나의 용모도, 내 넋을 앗아 간 그녀 자신의 아름다움과 순진 무구한 성적 매력만큼이나 자극적으로 느껴지는 것인지도 모른다.

 잠시 후 그녀는 내 손가락을 살짝 꼬집었고, 나를 침묵하게 만들었다.

 나는 그녀를 쳐다보았다.

 숲에 사는 그 어떤 기이한 동물의 탄생이나 발생도, 나 자신의 마음이 만들어 낸 이 소녀와, 내 마음과 라이호프의 고적한 숲 사이에서 있었던 상호 작용 앞에서는 빛이 바랠 것이다. 그녀는 하늘에 뜬 달과 마찬가지로, 실재와 완전히 분리된 세계의 창조물인 것이다. 그러나 — 나는 자문했다 — 도대체 그녀에게 나는 어떤 존재인 것일까?

이런 의문이 떠오른 것은 처음이었다. 그녀의 눈에 나는 어떤 식으로 비칠까? 그녀 못지 않게 불가사의하고, 이질적인 존재? 그녀가 내게 흥미를 보이는 큰 이유 중 하나는, 나와 마찬가지로 상대방이 존재한다는 사실 그 자체에 매료되었기 때문인지도 모른다.

그러나 우리들 사이에 존재하는 힘, 형언하기 어려운 이 친밀함, 마음의 교류는……! 귀네스와 사랑에 빠졌다는 사실은 부정할 도리가 없다. 이 뜨거운 감정, 가슴이 벅차오르는 느낌, 그녀를 가지고 싶다는 광적인 이 욕구가 사랑이 아니라면 도대체 뭐란 말인가! 그리고 그녀 또한 나에 대해 같은 감정을 품고 있다는 점을 나는 믿어 의심치 않았다. 나의 이런 감정이 전설 속의 그녀에게 부여된 기능 이상의 것이라는 사실을 나는 확신했다. 이 아름다운 숲의 공주님에 대해 모든 남자들이 보이는 단순하고 강박적인 집착 이상의 것이라고.

크리스찬 또한 이런 강박 관념에 사로잡혔지만, 그녀에게 거절당하고 좌절한 나머지 — 달리 그녀가 어떻게 반응할 수 있었단 말인가? 그녀는 그의 미사고가 아니었던 것이다 — 그녀를 숲으로 내몰았고, 그곳에서 그녀는 녹색 옷을 입은 사내 중 한 사람이 쏜 화살을 맞고 무참하게 살해되었다. 그러나 지금 내 눈앞에 있는 이 귀네스와 나 사이의 교감은 훨씬 더 현실적이었고, 훨씬 더 진실했다.

나의 이 논리는 내 귀에는 얼마나 그럴싸하게 들렸던가! 신중함 따위는 이미 어딘가로 날아가 버리고 없었다.

그날 오후 나는 다시 숲속으로 침입해서, 그 공터로, 텐트의 잔해조차도 이제는 완전히 흙으로 되돌아가 버린 곳으로 갔다. 아버지의 지도를 행여나 잊어버릴 새라 한 손에 꽉 움켜쥔 채로, 나는 숲의 내부로 통하는 길을 찾아냈고, 앞장서서 나아갔다. 귀네스는 경계를 늦추지 않고 긴장한 기색으로 내 뒤를 따라왔다. 무슨 일이 일어나면 당장 싸우거나, 도망칠 수 있는 태세였다.

지난 겨울 크리스찬과 함께 달렸던 바로 그 길이었다. 우뚝 서 있는 거대한 떡갈나무 줄기들에 가려서 거의 눈에 띄지도 않는 이 루트를 길이라고 하는 것은 무리일지도 모른다. 길은 기복이 심한 거친 지형 위로 구불구불 이어지고 있었다. 산쪽풀과 양치식물이 내 발을 간질였고, 늙은 가시나무가 내 바짓단을 할퀴었다. 산새들이 일제히 퍼덕거리며 어둑어둑한 여름 하늘로 날아올라갔다. 이곳이다. 예전에 숲의 중심부로 걸어 들어가려고 하다가, 몇 백 걸음도 채 걷기 전에 다시 공터로 되돌아오곤 했던 장소. 그러나 아버지의 지도에 표시된 대로 얽히고설킨 길을 따라가자, 숲의 가장자리에서 안으로 조금 더 깊이 들어온 듯했다. 나는 약간의 승리감을 맛보았다.

귀네스는 자신이 어디 있는지 잘 알고 있었다. 그녀는 나를 부르더니 양손을 교차시키는 그녀 특유의 동작으로 부정의 뜻을 알려 왔다. 「이제 더 들어가지 말라고?」 나는 이렇게 말하고는 미끌미끌한 덤불을 헤치며 그녀 쪽으로 갔다. 조금 추운 듯한 기색이었고, 풍성한 머리카락에는 가시나무 조각과 고목 껍질 따위가 붙어 있었다.

「페르가얄!」 그녀는 이렇게 말하고는, 「안 좋아요」라고 덧붙였다. 그녀는 자기 심장을 손으로 찌르는 시늉을 했고, 나는 이 메시지를 위험하다는 뜻으로 받아들였다. 그녀는 이렇게 말하자마자 내 손을 잡았다. 차갑고 조그맣지만, 강한 힘으로. 그녀는 내 손을 끌고 나무들 사이를 누비며 공터를 향해 되돌아갔고, 나는 마지못해 그녀에게 끌려갔다. 그녀의 손이 내 손아귀 속에서 점점 더 따스해졌다. 그녀는 그 사실을 의식하고는 머뭇거리다가 손을 놓았지만, 수줍은 눈길로 나를 홀끗 돌아다보았다.

그녀는 기다리고 있었다. 무엇을 기다리는지는 알 수 없었지만. 밤이 다가오고, 소나기가 올 듯한 날씨가 되자, 그녀는 뜰의 울타리 앞에 서서, 미사고의 숲을 응시했다. 긴장한 듯한 표정의 그녀는 너무나도 가냘파 보였다. 10시가 되자 나는 침실에 올라가서 잤다. 어젯밤에는 변변히 자지 못했던 탓에 지쳐 있었다. 귀네스는 내 방으로 따라와서 내가 옷을 벗는 것을 구경했고, 내가 다가가자 킥킥 웃으며 도망쳤다. 그녀는 경고하는 듯한 어조로 뭐라고 말했고, 뭔가 아쉽다는 듯한 느낌을 주는 말을 몇 개 덧붙였다.

이날 밤에도 나는 제대로 잠을 자지 못했다.

자정이 되었을 때 그녀는 내 침대로 와서 열에 들뜬 듯이 홍조 띤 얼굴로 나를 흔들어 깨웠다. 나는 침대 곁의 전등을 켰다. 그녀는 나를 따라오게 하려고 기를 썼다. 흥분한 눈을 커다랗게 뜨고, 젖은 입술이 반짝거린다.

「마기디온!」 그녀는 외쳤다. 「스티븐, 마기디온! 와요! 따라와요!」

나는 재빨리 옷을 입었다. 내가 양말과 신을 신고 있는 와중에도 그녀는 빨리빨리 하라며 재촉했다. 그녀는 숲 쪽을 흘끗흘끗 보다가 다시 나를 바라보는 일을 되풀이했다. 그녀는 나를 보며 미소 지었다.

마침내 내 몸단장이 끝나자, 그녀는 아래층으로 내려가 숲 가장자리를 향해 산토끼처럼 달려갔다. 나는 뒷문에서 나가기도 전에 그녀의 모습을 놓칠 뻔했다.

그녀는 숲 앞에서 나를 기다리고 있었다. 덤불이 몸을 반쯤 가리고 있었다. 그녀는 내가 도착하자 내 입에 손가락을 갖다 대고 뭐라고 말하려고 했다. 그 순간, 난생 처음 듣는 섬뜩한 소리가 울려 퍼졌다. 뿔고둥소리나 동물의 울음소리를 연상케 하는 이 소리는, 밤의 생물의 외마디 비명처럼, 구름으로 뒤덮인 밤하늘을 향해 낮고 애절하게 메아리쳤다.

귀네스는 강인한 전사답지 않게 기쁨에 찬 환호성을 올렸다.

흥분한 태도로 내 손을 꽉 쥐고는, 나를 끌고 가다시피 하며 공터 쪽으로 데려갔다. 조금 가다가 멈춰 서더니, 뒤를 돌아다보며 내 어깨에 양손을 얹었다. 그녀는 나보다 몇 인치 키가 작았기 때문에, 조금 발돋움을 하며 살포시, 부드럽게 입을 맞췄다. 그 순간의 마법은, 경이로움은, 내 주위 세계를 한여름으로 되돌려 놓았다. 나무 향내가 나는 시원한 밤이 되돌아온 것은 조금 시간이 흐른 후의 일이었다. 내 앞에서 언뜻언뜻 보이는 귀네스의 잿빛 그림자가 나더러 빨리 오라고 재촉한다.

또다시 그 소리가 들려왔다. 이번에는 길고 더 크게. 나는 그것이 뿔고둥소리임을 확신했다. 서로를 부르는 숲의 뿔고둥소리, 사냥꾼의 외침. 더 가까워지고 있었다. 귀네스가 소란스럽게 덤불을 헤치고 나아가는 소리가 한순간 멈췄다. 뿔고둥소리가 울리자 숲은 숨을 죽이는 것 같았고, 이 애절한 소리가 스러지고 난 후에야 밤의 생물들은 다시 부스럭거리며 움직이기 시작했다.

공터 바로 밖에서 웅크리고 있는 귀네스와 맞부딪쳤다. 그녀는 나를 잡아끌고 앉히며 조용히 하라는 몸짓을 했다. 우리는 함께 땅 위에 앉아 전방의 어두운 공간을 살폈다.

멀리서 뭔가 움직이는 것이 보였다. 왼쪽에서 불이 반짝였고, 바로 앞에서 또 반짝였다. 흥분을 억누르고 있는 듯한 귀네스의 긴장된 숨소리를 들을 수 있었다. 내 심장도 쿵쿵 뛰고 있었다. 지금 다가오고 있는 것이 친구인지, 아니면 적인지는 알 수 없었다. 마지막이자 세 번째의 뿔고둥이 울렸다. 이번에는 너무나도 가까이서 울려 퍼졌기 때문에 두려움을 느꼈을 정도였다. 주위의 숲도 두려움에 떨었고, 작은 동물들은 뿔뿔이 도망쳤다. 안전한 은신처를 찾아 도망치는 동물들 때문에 부스럭부스럭 흔들리지 않는 덤불이 없었다.

눈앞에 수많은 불빛이 출현했다! 불빛은 깜박거리며 타올랐고, 곧 횃불이 딱딱 타는 소리가 들려왔다. 숲속에서 횃불을! 불길이 높게 솟구치고, 큰 소리를 내며 타오른다. 흔들리는 이들 불길은 옆으로 산개하면서 이쪽으로 다가왔다.

귀네스는 일어서서, 손짓으로 나더러 가만히 있으라고 한 다음 공터 안으로 걸어 나갔다. 밝은 횃불을 배경으로 그녀 몸의 조그만 실루엣이 떠올랐다. 그녀는 자신에 찬 발걸음으로 공터 한복판으로 나아갔다. 창을 양손에 들고, 언제든지 쓸 수 있는 태세로.

그러자 나무줄기들이 공터를 향해 움직이는 것처럼 보였다. 밤의 어둠에서 그대로 떨어져 나온 듯한 검은 그림자들. 한순간 심장의 고동이 멎을 듯한 충격을 받고 나는 큰 소리로 경고를 발했지만, 곧 내 행동의 어리석음을 깨닫고 반쯤 나온 고함소리를 억눌렀다. 귀네스는 결연한 태도로 서 있었다. 거대한 검은 그림자들이 천천히, 조심스럽게 그녀에게 다가왔다.

그 중 횃불을 든 네 명은 공터 주위에 자리 잡았다. 다른 세 명은 인형처럼 조그맣게 보이는 소녀 앞에 우뚝 서 있었다. 그들의 머리에는 구부러지고 가지가 진 거대한 뿔이 나 있었고, 그들의 얼굴은 끔찍해 보이는 사슴의 두개골이었지만, 텅 빈 해골의 눈구멍 속에서는 틀림없는 인간의 눈이 횃불빛을 반사하며 번들거리고 있었다. 짐승의 모피나 가죽, 기생충투성이의 동물에서 풍길 법한 고약한 냄새가 밤 공기 속을 떠돌았고, 송진, 그러니까 횃불과 함께 지금 타오르고 있는 물질이 내는 자극적인 냄새와 뒤섞였다. 그들은 누더기 같은 옷을 입고 있었고, 몸 전체를 감싸고 있는 모피는 종아리 부근에서 덩굴로 묶여 있었다. 금속과 돌로 된 장신구가 그들의 목과 팔과 허리에서 반짝이고 있었다.

휘적휘적 움직이던 그림자들이 멈춰 섰다. 웃음소리 같은, 낮게 으르렁대는 소리가 들려왔다. 세 사람 중 가장 키가 큰 자가 귀네스를 향해 한 걸음 더 다가오더니, 손을 올려 해골 투구를 벗었다. 밤처럼 새까맣고, 떡갈나무만큼이나 넓적한 얼굴이 그녀를 쳐다보며 씩 웃었다. 그는 뭐라고 알아들을 수 없는 말을 하더니 한쪽 무릎을 꿇었고, 귀네스는 팔을 뻗쳐 창을 든 양손을 상대방의 정수리 위에 올려놓았다. 그러자 다른 자들도 환호하며 가면을 벗었고, 소녀 주위로 몰려들었다. 모두들 얼굴을 검게 칠하고 있었고, 어둑어둑한 빛 아래에서는 제멋대로 자라거나 몇 갈래로 땋은 그들의 수염은 그들의 몸을 감싼 검은 모피나 양털 옷과 거의 구분이 되지 않았다.

가장 키가 큰 인물이 귀네스를 힘껏 껴안았고, 그 탓에 그녀의 발이 공중으로 떴다. 그녀는 웃음을 터뜨렸고, 몸을 뒤틀어 숨 막힐 듯한 포옹으로부터 탈출한 다음, 다른 자들에게로 가서 일일이 손바닥을 맞췄다. 시끌벅적한 대화가 공터를 가득 메웠다. 재회의 기쁨, 서로 인사를 건네는 즐거운 목소리.

이들이 쓰는 말이 무엇인지는 도무지 감이 잡히지 않았다. 귀네스가 평소에 말하는 고대 브리튼 어와도 동떨어진 말이었고, 어딘가 귀에 익은 단어와, 숲과 동물이 내는 소리를 합친 듯한 느낌이었다. 혀를 차고, 휘파람을 불고, 강아지가 짖는 듯한 소리로 이루어진 이 불협화음에 대해 귀네스는 완전히 같은 소리로 응하고 있었다. 이윽고 이들 중 한 사람이 뿔고둥을 불기 시작했다. 단순하면서도 절절히 마음에 와닿는 곡조였다. 옛날 시골 축제에 갔을 때 들었던 민요가 생각났다. 그곳에서 모리스 춤[7]을 추던 춤꾼들의 기묘한 스텝을 아직도 기억하고 있다…… 어디서였을까? 나는 그것을 도대체 어디서 듣고 보았던 것일까?

〈밤의 광경. 스태퍼드셔 읍내의…… 어머니의 손을 꼭 잡고, 사방에서 죄여 오는 군중 탓에 옴짝달싹도 하지 못하던 기억. 기억이 되살아난다…… 아보츠 브롬리를 방문해서, 황소 통구이를 먹고 레모네이드를 실컷 마셨다. 거리는 구경꾼들과 포크 댄서들로 북새통을 이루고, 크리스와 나는 배가 고프고 목은 마른 데다

---

7 morris dance. 전설상의 남자 주인공을 중심으로 한 민속춤의 일종.

가 지루했던 탓에 마지못해 뒤따라 다니고 있었다.

그러나 그날 밤 우리는 커다란 집의 안뜰을 메운 관중들 사이에서, 사슴뿔을 머리에 단 사내들이 바이올린 반주에 맞춰 추는 춤을 구경했고, 귀를 기울였다. 그 신비스런 곡조는 아직 어렸던 나까지 섬뜩하게 만들었다. 가슴에 절절히 와닿는 멜로디 속의 그 무엇인가가, 먼 과거와 맞닿아 있는 나의 일부에게 말을 걸어왔던 것이다. 그것은 내가 지금까지 살아오면서 줄곧 알고 있었던 것이다. 단지 자각하지 못했을 뿐이다. 크리스찬도 그것을 느꼈던 것 같다. 사슴뿔이 달린 춤꾼들이 원을 그리며 껑충껑충 춤을 추었을 때 관중들이 물을 끼얹은 듯이 조용해졌다는 사실은, 이때 연주되었던 음악이 너무나도 원초적이었던 까닭에, 그 자리에 있던 모든 사람들이 가지고 있던 태고의 기억을 부지불식간에 일깨웠던 것인지도 모른다.〉

그리고 지금, 그때와 같은 곡조가 흐르고 있었다. 팔과 목의 피부에 소름이 돋았다. 귀네스와 머리에 뿔을 단 이들의 두령은 손을 마주 잡고, 음악에 맞춰 빙빙 돌거나 원을 그리면서 즐겁게 춤을 췄다. 다른 사내들도 다가와서 횃불을 더 가깝게 쳐들었다.

갑자기 웃음소리와 함께 서투른 춤이 끝났다. 귀네스가 나를 돌아보더니 오라고 손짓했고, 나는 나무 그늘에서 나와 공터로 걸어갔다. 귀네스가 밤의 사냥꾼들의 두령에게 뭐라고 말하자 그의 얼굴에 웃음이 번졌다. 그는 천천히 내게 걸어와서, 마치 조상(影像)이라도 감상하듯이 내 주위를 돌며 나를 찬찬히 바라보았다. 그의 몸에서 나는 악취가 코를 찔렀고, 그가 내쉬는 숨에서는 썩은 듯한 고약한 냄새가 났다. 나보다 적어도 12인치는 키가 컸고, 내 오른쪽 어깨를 살짝 꼬집은 그의 손가락은 거대했다. 별것 아닌 듯한 동작이었음에도 불구하고 나는 어깨뼈가 부러지는 줄 알았다. 그러나 그는 검은 안료를 두껍게 처바른 얼굴에 미소를 지으며 이렇게 말했다. 「마스고이리스 크 크 싸스크 후라스. 아우르스. 어?」

「지당하신 말씀입니다.」 나는 이렇게 중얼거리고는 미소 지었고, 친밀한 태도로 그의 팔을 툭 쳤다. 모피 아래의 근육은 강철처럼 단단했다. 그는 파안대소했고, 고개를 끄덕이고는 다시 귀네스에게로 몸을 돌렸다. 그들은 잠시 나직하게 말을 나눴다. 그는 양손으로 그녀의 손을 잡아 자기 가슴에 대고 눌렀다. 귀네스는 매우 기쁜 기색이었다. 이 짧은 의식이 끝나자 그는 다시 그녀 앞에서 무릎을 꿇었다. 그녀는 몸을 숙여 그의 정수리에 입을 맞췄다. 그런 다음 그녀는 내게로 왔다. 아까보다 덜 흥분되고, 느린 동작이었지만, 횃불에 비친 그녀의 얼굴은 기대감으로 발그레져 있었다. 나는 그녀의 표정에서 친밀함을 느꼈다. 아마 사랑일지도 모른다. 그녀는 내 손을 쥐고 내 뺨에 입을 맞췄다. 그녀의 용맹스러운 친구도 그녀를 따라왔다.「마기디온!」이라고 하며 그를 내게 소개했고, 그에게「스티븐」이라고 말했다.

그는 나를 바라보았다. 기쁜 표정을 하고 있었지만, 눈을 가늘게 뜨고 이쪽을 쳐다보는 시선은 날카로웠다. 일종의 경고가 깃들어 있었다고나 할까. 이 사내야말로 숲에서 귀네스의 수호자 노릇을 하던 인물이었고, 자구스의 두령인 것이다. 그를 응시하던 중 아버지의 일기에 쓰어진 글이 뚜렷하게 되살아났다. 귀네스가 내게 몸을 기대 오는 것을 느꼈다.

곧 다른 자들이 횃불을 높이 치켜들고 앞으로 다가왔지만, 그들의 검은 얼굴에 위협하는 듯한 느낌은 없었다. 귀네스는 한 사람씩 가리키며 이름을 말했다.「암리오크, 사이레디크, 듀난, 오리엔, 커누스, 오스리……」

그러고는 이마를 조금 찌푸리며 나를 힐끗 보았다. 그녀의 명랑한 얼굴에 갑자기 슬픈 이해의 빛이 떠올랐다. 마기디온을 보며 그녀는 뭐라고 말했고, 필시 누군가의 이름일 단어를 입에 올렸다.「라이데르크?」

마기디온은 숨을 들이쉬었고, 넓은 어깨를 움츠려 보였다. 그가 짧고 나직하게 대답하자, 나와 마주 잡은 귀네스의 손에 힘이 들어갔다.

　나를 돌아보았을 때 그녀의 눈에는 눈물이 고여 있었다. 「퀄라욱. 라이데르크. 갔어.」

　「어디로 갔어?」 내가 조용히 묻자, 귀네스는 「불려 갔어」라고 말했다.

　나는 이해했다. 처음에는 퀄라욱, 그 다음에는 라이데르크를 자가드가 부른 것이다. 자구스들은 자가드의 것이었고, 이것은 귀네스가 자유를 얻은 데 대한 대가였다. 그들은 이제 다른 장소, 다른 시대에서 자가드가 요구한 무엇인가를 찾아 헤매고 있는 것이다. 그들의 이야기는 다른 시대에 속해 있고, 그들의 방랑은 다른 민족의 전설이 될 것이다.

　마기디온은 털가죽 속에서 짧고 무딘 검을 뽑아 들었고, 이어서 그 칼집도 꺼냈다. 그는 이 두 물건을 나를 향해 내밀고는 낮게 말하기 시작했다. 짐승이 으르렁대는 듯한 목소리로. 귀네스는 기쁨에 찬 얼굴로 이 광경을 바라보고 있었다. 나는 이 선물을 받아 들고 검을 칼집에 넣은 다음, 허리를 굽혀 감사의 뜻을 표했다. 그는 또다시 커다란 손을 뻗쳤고, 몸을 내 쪽으로 기울이며 내 어깨를 아플 정도로 강하게 잡았다. 여전히 뭐라고 속삭이고 있었다. 그런 다음 그는 파안대소했고, 귀네스 쪽으로 나를 슬쩍 민 다음, 올빼미 우는 소리를 연상시키는 밤의 함성을 올렸다. 그의 동료들도 이에 호응했고, 떠나가기 시작했다.

　서로의 몸에 팔을 두른 채로, 귀네스와 나는 숲 깊숙한 곳으로 되돌아가는 밤의 사냥꾼들의 모습을 바라보고 있었다. 이윽고 횃불 빛은 먼 어둠 속으로 사라졌다. 마지막 뿔고둥소리가 희미하게 들려왔고, 숲은 곧 고요해졌다.

그녀는 내 침대로 파고들어 왔다. 서늘한 나신(裸身)이 어둠 속에서 나를 찾는다. 우리는 서로를 껴안은 채로 몸을 조금씩 떨며 누워 있었다. 새벽이지만 별로 춥지 않았음에도 불구하고. 잠 기운이 싹 가시면서 오감이 날카로워졌고, 감전된 것처럼 온몸이 따끔거렸다. 귀네스는 내 이름을 속삭였고, 나도 그녀의 이름을 속삭였다. 서로 입을 맞출 때마다 포옹은 한층 더 친밀하고 정열적인 것으로 변해 갔다. 어둠 속에서 들려오는 그녀의 숨소리는 이 세상에서 가장 감미로운 소리였다. 새벽빛이 처음으로 스며들었을 때 나는 또다시 그녀의 얼굴을, 너무나도 희고, 너무나도 완벽한 얼굴을 보았다. 이제 조용해진 우리는 몸을 밀착시키고 누워 서로를 응시했고, 이따금 웃음을 터뜨렸다. 그녀는 내 손을 잡아 자신의 작은 가슴에 갖다 댔다. 그녀는 내 머리카락을 움켜쥐었고, 어깨를, 그 다음에는 허리를 잡았다. 그녀는 꿈틀거리다가 곧 조용히 누웠고, 소리를 지르다가 곧 미소 지었고, 내게 입을 맞췄고, 나를 만졌고, 자기 몸으로 내 손을 이끌었고, 마침내 내 몸 아래에서 유연하게 움직였다. 첫번째 사랑을 나눈 후 우리는 서로의 얼굴을 빤히 쳐다보며, 미소 짓고, 킥킥 웃고, 코를 서로에게 문질러 댔다. 마치 지금 일어나고 있는 일이 현실 세계에서 일어나고 있다는 것이 믿어지지 않는다는 듯이.

그때부터, 귀네스는 떡갈나무 산장을 자기 집으로 생각했고, 자기 창을 울타리 문에 기대 놓았다. 숲과 결별했다는 사실을 그녀 자신의 방식으로 선언했던 것이다.

10

 나는 스스로도 믿어지지 않을 만큼 열정적으로 그녀를 사랑했다. 귀네스라는 이름을 입에 담기만 해도 머리가 핑핑 돌 정도였다. 그녀가 내 이름을 부르고, 자신의 언어로 정열적인 사랑의 말을 속삭이며 내 애를 태우면, 가슴이 날카롭게 저미는 듯한 느낌과 함께 이루 말할 수 없는 행복감에 휩싸이곤 했다.

 우리는 집 안을 정돈하며 손보았고, 귀네스가 쓰기 편하도록 주방의 배치를 바꿨다. 귀네스도 나만큼이나 요리하기를 좋아했다. 그녀는 산사나무와 자작나무의 작은 가지들을 모든 문과 창문 위에 걸쳐 놓았다. 귀신을 막기 위해서라고 했다. 우리는 아버지의 가구를 서재에서 모두 꺼내 왔고, 귀네스는 떡갈나무에 에워싸인 그 방에 자신만의 보금자리 같은 것을 만들어 놓았다. 이 방을 통해 집 전체를 확실하게 부여잡은 숲은 이제는 한숨 돌리고 쉬고 있는 듯했다. 매일 밤마다 거대한 나무뿌리와 줄기가 모르타르와 벽돌벽을 뚫고 들어와서, 급기야는 떡갈나무 산장 전체를 나뭇가지로 뒤덮어 버려서, 밖에서 보면 창문이나 지붕 일부 밖에는 보이지 않게 되는 것은 아닐지 반쯤 예상하고 있었다. 뜰과 목초지의 어린 나무들은 한층 더 높게 자라고 있었다. 뜰까지 파고 들어온 나무들은 열심히 뽑아냈지만, 울타리와 문 너머에 잔뜩 자란 나무들 탓에 집을 에워싼 일종의 과수원이 생겨 버렸다. 이제 숲으로 가려면 이 과수원 사이의 땅을 일일이 밟아 다지며 나아가야 했다. 숲이 돌출해서 집을 에워싸고 있는 부분의 폭은 2백 야드쯤 되었고, 그 양쪽은 개활지였다. 집은 나무들 위로 우뚝 솟아 있었고, 지붕은 서재에서 자라난 떡갈나무의 촉수로 완전히 뒤덮여 있었다. 기이한 고요함과 정적이 이곳을 지배하고 있었다. 이 나무에 에워싸인 공터에 사는 두 사람의 웃음소리와 활동을 제외하면 말이다.

귀네스가 일하는 모습을 바라보는 것은 즐거웠다. 그녀는 크리스찬의 옷장에서 찾아낸 옷을 모조리 입어 보았다. 그냥 놓아두었다면 그녀는 같은 셔츠와 바지를 누더기가 될 때까지 그대로 입고 있었겠지만, 우리는 매일 몸을 씻었고, 사흘에 한 번은 더러워진 옷을 빨았다. 귀네스의 몸에서 숲의 내음이 조금씩 사라져 가고 있었다. 그녀는 이런 상황이 조금 거북한 듯했고, 그런 의미에서는 그녀와 같은 시대에 살았던 켈트 인들과는 차이가 났다. 켈트 인은 청결하기로 유명했고, 로마 인들도 쓰지 않았던 비누를 썼으며, 침략자인 로마 군단을 불결하다고 생각했던 것이다! 라이프부이 사 비누와 땀 냄새를 아련하게 풍기는 그녀가 나는 좋았다. 그러나 그녀는 기회가 있을 때마다 나뭇잎이나 다른 식물의 즙을 짜서 몸에 바르곤 했다.

2주도 채 지나지 않아 그녀의 영어 실력은 놀랄 정도로 향상되었고, 문법이 틀리거나 상황에 걸맞지 않은 엉뚱한 단어를 써서 나를 놀라게 하는 경우도 점점 드물어졌다. 그녀는 나도 고대 브리튼 어를 조금 배우기를 원했지만, 아무래도 나는 어학에는 소질이 없는 것 같았다. 입술과 혀와 입천장을 아무리 열심히 놀려 보아도, 극히 간단한 단어조차도 제대로 발음할 수 없었던 것이다. 그녀는 이런 나를 보며 웃었지만, 조금은 속상해 하는 것 같앉다. 곧 그 이유를 알 수 있었다. 다른 언어들로부터 많은 부분을 받아들인 잉어는 풍부한 표현력을 가진 세련된 언어이기는 했지만, 결코 귀네스의 〈모국어〉는 아니었던 것이다. 그녀의 말에는 영어로는 표현할 수 없는 것들이 있었다. 이들 대부분이 감정 표현이었고, 그녀에게는 극히 중요한 의미를 가지는 것들이었다. 사랑한다고 그녀가 영어로 말하는 것은 좋다. 이 마법의 구절을 들을 때마다 나의 몸은 떨렸다. 그러나 그녀는 〈믄 카레 피누스〉라고, 그녀 자신의 말을 써서 사랑을 표현함으로써 비로소 진정한 의미를 전달할 수 있었던 것이다. 그러나 그녀가 이 외국어로 나를 사랑한다고 했을 때, 나는 영어로 같은 말을 들었을 때만큼이나 감정이 북받치지는 않았고, 문제는 바로 이것이었다. 그녀는 사랑을 뜻하는 자신의 모국어에 내가 반응하는 것을 보고 싶어 했지만, 나 자신이 그녀에게는 별다른 의미를 가지지 못하는 언어로밖에는 대답하지 못했던 것이다.

사랑 말고도 표현하고 싶은 것들은 많았다. 물론 나도 이해할 수 있었다. 저녁에 잔디밭 위에 나란히 앉아서 쉬거나, 떡갈나무 과수원을 조용히 산책하거나 하면 그녀의 눈은 반짝이고, 얼굴에는 정감 어린 표정이 떠오른다. 우리는 멈춰 서서 입을 맞추고, 포옹하고, 고요한 숲속에서 사랑을 나누기까지 했다. 그럴 때 우리는 상대방의 아무리 사소한 생각이나 기분도 빠짐없이 이해할 수 있었다. 그러나 그녀는 그 기분을 내게 말로써 전달할 필요를 느끼고 있었고, 자신이 지금 어떤 느낌을 받고 있는지, 자연의 어떤 측면에 자신이 얼마나 밀착해 있는지, 또 자신이 새나 나무가 된 것처럼 느끼고 있다는 사실을 표현하려고 해도, 그런 감정에 걸맞는 영어 단어를 찾아낼 수가 없었던 것이다. 내가 완전히 이해하지 못하는 어떤 사고 방식의 경우, 아무리 노력해도 영어로 옮길 수가 없었고, 그녀는 이 때문에 가끔 울곤 했다. 그런 그녀를 보고 나도 깊은 슬픔에 사로잡혔다.

두 달 동안 계속되었던 여름에 — 내가 시시각각 다가오는 비극에 관해서 까맣게 모른 채로 행복의 극에 달해 있었을 무렵 — 그녀를 집에서 데리고 나와 읍내로 함께 가려고 한 적이 한번 있었다. 그녀는 마지못한 표정으로 내 웃옷 한 벌을 걸쳤고, 허리 부분을 띠로 조였다. 뭐든지 띠를 두르지 않으면 성에 차지 않는 성싶었다. 마치 허수아비 같은 몰골이었지만, 이렇게 예쁜 허수아비는 일찍이 본 적이 없었다. 맨발에 수제 가죽 샌들을 신은 그녀는 나와 함께 가도(街道)로 이어지는 길을 걷기 시작했다.

우리는 손을 맞잡고 있었다. 공기는 뜨겁게 달아올라 있었다. 귀네스의 숨소리가 점점 더 힘겨워졌다. 힘든 표정이었다. 갑자기 그녀는 고통에 엄습받은 것처럼 내 손을 꽉 쥐었고, 훅 하고 숨을 들이쉬었다. 내가 그녀를 보자 그녀는 간원하듯이 나를 바라보았다. 혼란과 욕구 — 나를 즐겁게 하고 싶다는 욕구 — 와 두려움이 뒤섞인 표정이었다.

그 순간 그녀는 양손으로 머리를 철썩 치며 비명을 올렸고, 내게서 뒷걸음질 치기 시작했다.

「괜찮아 귄!」 나는 이렇게 외치고 그녀를 쫓아갔지만, 그녀는 울음을 터뜨리고는 몸을 돌려 과수원의 경계선을 이루는 키 큰 떡갈나무 묘목들을 향해 달려가기 시작했다.

나무 그늘에 들어가서야 그녀는 평정을 되찾았다. 그녀는 눈물에 뒤범벅이 된 얼굴로 손을 뻗어 나를 꽉 껴안았다. 오랫동안, 언제까지나. 그녀는 자기 말로 뭐라고 속삭이더니, 곧 이렇게 말했다. 「미안해요, 스티븐. 아파요.」

「괜찮아, 괜찮아.」 나는 그녀를 달래며 껴안았다. 그녀는 사시나무처럼 몸을 떨고 있었다. 나중이 되서야 나는 그녀가 육체적인 고통을, 몸 전체를 번개처럼 꿰뚫는 듯한 날카로운 아픔을 느꼈다는 사실을 알았다. 마치 어머니인 숲이 그녀가 그렇게 멀리 떨어져 나간 데에 대해 벌을 내린 것 같았다.

저녁 무렵, 해는 졌지만 아직 충분히 밝은 시각에, 나무가 제멋대로 자라 있는 아버지의 빈 서재 안에서, 떡갈나무 둥우리 안에 있는 귀네스를 발견했다. 그녀는 가장 두꺼운 나무줄기 사이에서 몸을 웅크리고 있었다. 마루를 뚫고 나와 두 갈래로 갈라진 줄기가 그녀의 요람이었다. 춥고 어둑어둑한 방으로 내가 발을 들여놓자 그녀는 몸을 뒤척였다. 내쉰 숨이 하얗게 얼어붙었다. 나는 전혀 움직이지 않았지만, 폭넓은 잎사귀가 달린 나뭇가지들이 떨며, 흔들렸다. 내가 방에 온 것을 알고 있고, 내 존재를 탐탁하게 여기고 있지 않은 것이다.

「귄?」

「스티븐……」 그녀는 이렇게 중얼거리며 윗몸을 일으켜 앉았고, 나를 향해 손을 내밀었다. 옷매무시가 흩뜨려져 있었고, 운 흔적이 있었다. 길고 풍성한 머리카락이 엉켜서 거친 나무 껍질에 얽혀 있었다. 그녀는 웃으며 얽힌 머리카락을 잡아당겨 풀어냈다. 우리는 입을 맞췄고, 나는 곧 가지의 좁다란 갈래 위로 몸을 밀어 넣었다. 우리는 몸을 조금 떨며 그곳에 앉아 있었다.

「여긴 언제나 추워.」

그녀는 양손을 내 몸에 두르고 등을 열심히 문질러 주었다. 「이러니까 조금 나아요?」

「너하고 있기만 해도 난 좋아. 아깐 미안했어.」

그녀는 계속 내 몸을 따스하게 해주려고 했다. 그녀의 숨은 달았고, 커다란 눈은 축축하게 젖어 있었다. 그녀는 내게 가볍게 입을 맞췄고, 내 턱에 입술을 댄 채로 있었다. 그녀가 자신을 불안하게 만든 어떤 일에 정신이 팔려 있다는 사실을 감지할 수 있었다. 주위의 숲은 우리를 조용하게 지켜보았고, 초자연적인 냉기로 우리를 감쌌다.

「난 여길 못 떠나요.」 그녀는 말했다.

「알아. 다시는 안 그럴게.」

귀네스는 몸을 떴다. 입술이 떨리고, 금방이라도 눈물을 또 쏟을 듯한 얼굴이었다. 그녀는 자기 말로 뭐라고 말했다. 나는 손을 뻗어 그녀의 눈가에 맺힌 두 개의 눈물 방울을 닦아 주었다.「난 괜찮아.」

「나는 안 괜찮아요. 당신을 잃게 될 것 같아요.」

「그럴 리가 없어. 내가 얼마나 너를 사랑하는데.」

「나도 당신을 정말로 사랑해요. 그리고 난 당신을 잃고 말 거예요. 그렇게 될 거예요, 스티븐. 지금도 그걸 느낄 수 있어요. 생각만 해도 끔찍해요.」

「터무니없는 소리.」

「난 여길 떠날 수 없어요. 이 장소, 이 숲 너머로는 갈 수 없어요. 난 여기 속해 있어요. 숲이 날 보내 주지 않는 거예요.」

「우린 함께 있을 거야. 난 우리 얘길 책으로 쓰겠어. 멧돼지를 함께 사냥하자고.」

「내 세계는 작아요.」 그녀는 말했다.「처음부터 끝까지 달려가려면 며칠밖에는 걸리지 않을 정도로. 높은 언덕 위에 서면 내가 결코 갈 수 없는 장소가 보여요. 당신에 비하면 내 세계는 정말로 조그맣군요. 당신은 북쪽으로, 추운 곳으로 가려고 할 거예요. 햇살이 비치는 남쪽으로 가려고 할 거예요. 서쪽의 황야로 갈 거예요. 당신은 이곳에 영원히 머물러 있지 않지만, 난 머물러 있어야 해요. 그들이 나를 보내 주지 않으니까.」

「왜 그렇게 걱정하는 거지? 내가 여길 떠나 보았자 하루나 이틀에 불과해. 글로스터나 런던 같은 곳으로 갈 때 말이야. 넌 안전할 거야. 난 널 버리고 가지 않아. 그러고 싶어도 그렇게 못해, 권. 아아, 네가 내 마음을 들여다볼 수만 있다면 얼마나 좋을까. 난 지금까지 살아오면서 이렇게 행복했던 적이 없어. 너에 대한 내 감정이 두려워질 때조차 있어. 너무 강해서.」

「당신은 모든 면에서 강해요.」 그녀는 말했다.「지금은 모르고 있을지도 모르지만, 어떨 때는……」 그녀는 말꼬리를 흐리며 다시 얼굴을 찡그렸고, 내가 말해 보라고 재촉할 때까지 입을 다물고 있었다. 그녀는 소녀, 그녀는 어린아이였다. 그녀는 나를 껴안았다. 뺨 위로 하염없는 눈물이 흘러내린다. 그녀는 어제 보았던 고귀한 여전사가 아니었다. 바람처럼 빠르고, 노련한 사냥꾼이 아니었다. 여기에는 그녀의 멋진 일면, 보통 사람들과 마찬가지로, 상대방을 가지고 싶어 하는 무조건적인 깊은 욕구가 있었다. 나의 귀네스에게서 인간다움을 찾고 싶다면, 지금이 바로 그때였다. 숲에서 태어났지만, 그녀는 피와 살, 그리고 감정을 가진 인간이었고, 내가 인생에서 알고 지내던 그 어떤 것보다도 더 소중했다.

밖은 어두워져 있었지만, 우리 친구인 떡갈나무의 포옹 속에서, 언 몸으로 서로를 포옹하며, 그녀는 자신이 느끼고 있는 두려움을 입 밖에 내서 말했다.

「언제까지 함께 있지는 못할 거예요.」 그녀는 말했다.

「그건 불가능해.」

그녀는 입술을 깨물었고, 내 코에 자기 코를 문지르며 내게 매달렸다. 「난 저쪽 다른 세계에서 왔어요, 스티브. 만약 당신이 내게서 떠나가지 않는다면, 어느 날 내가 당신을 떠나갈지도 몰라요. 하지만 당신은 강하니까 내가 없어도 견딜 수 있을 거예요.」

「지금 무슨 애길 하는 거지, 귄? 우리 인생은 지금 막 시작되었을 뿐이야.」

「당신은 생각을 하고 있지 않아요. 생각하고 싶지 않은 거예요!」 그녀는 화를 냈다. 「난 피와 살이 아니라, 나무와 돌로 되어 있어요. 난 당신과는 달라요. 숲은 나를 보호해 주고, 나를 지배하고 있어요. 어떻게 말해야 할지 모르겠어요. 적당한 단어가 생각 안 나요. 지금, 당분간 우린 함께 있을 수 있어요. 하지만 영원히 그러지는 못해요.」

「난 너를 보내지 않을 거야, 귄. 그걸 막을 사람은 아무도 없어. 아무것도. 숲도, 내 한심한 형도, 그 우르스쿠머그라는 짐승도 우리를 막지는 못해.」

그녀는 나를 다시 껴안았고, 가냘픈 목소리로, 마치 뭔가 불가능한 일을 내게 부탁하는 듯한 어조로, 말했다. 「날 지켜 줘요.」

날 지켜 줘요!

당시 나는 이 말을 듣고 미소 지었다. 내가 그녀를 지킨다고? 숲 가장자리에서 사냥을 할 때는 그녀의 모습을 시야에서 놓치지 않는 것만으로도 벅찼다. 산토끼나 멧돼지 새끼를 쫓아갈 때, 이 식량 조달 업무에 대해 내가 기여하는 것이라고는, 고작 땀이나 흘리며 죽어라고 헉헉거리며 달리는 일이 고작인 것이다. 귀네스는 빠르고, 강건하며, 집념이 강했다. 그녀의 스태미나를 도저히 따라가지 못하는 내게 신경질을 내는 일도 전혀 없었다. 설령 사냥감을 놓치더라도, 어깨를 으쓱하며 미소 지을 뿐이었다. 사냥에 성공해도 결코 자랑하는 법이 없었다. 이와는 대조적으로, 우리가 숲의 기략과 사냥꾼의 기술을 써서 식탁을 풍성하게 했을 경우, 나는 언제나 기뻐하며 우쭐한 기분이 되곤 했던 것이다.

〈나를 지켜 줘요.〉 어쩌면 이렇게까지 천진난만할 수 있을까. 절로 미소가 떠오른다. 그렇다. 사랑에 관해서는 그녀도 나만큼이나 상처 입기 쉬운 것이다. 그러나 내 인생에서 그녀는 내게 오직 강렬한 존재로서만 다가왔다. 거의 모든 일에서 귀네스가 나를 이끌어 주기를 기다리는 꼴이었다. 나는 그것을 창피하다고 생각지도 않으며, 공공연히 이 사실을 털어놓는 것을 주저하지도 않는다. 그녀는 덤불을 헤치고 반 마일을 달려갈 수도 있고, 전혀 힘들이지 않고 무게 40파운드에 달하는 야생 돼지의 목을 딸 수도 있었다. 나는 그녀보다 더 꼼꼼하게 일을 처리했고, 그녀가 일찍이 알지 못하던 생활의 안락함을 가져다 줄 수 있었다.

각자 특기가 있었다고나 할까. 사심 없이 각자의 기술로 서로를 돕는다면 좋은 협력 관계가 생겨난다. 여섯 주에 걸쳐 함께 생활하며, 서로를 깊이 사랑하는 과정을 통해, 나는 귀네스에게 의지하는 일이 얼마나 쉬운 일인지를 배웠다. 왜냐하면 그녀는 생존의 달인인 동시에 사냥꾼이었고, 한 명의 완전한 인간이었으며, 자기 생명의 에센스를 자진해서 나 자신의 그것과 결합시키기로 마음먹은 사람이었기 때문이다. 나는 주저하지 않고 이 은총을 받아들였다.

나를 지켜 줘요!

정말로 그럴 수만 있었다면 얼마나 좋을까. 그녀의 언어를 제대로 배우고, 그것을 통해 이 세상에서 가장 아름답고 순진 무구한 소녀를 괴롭히던 끔찍한 공포에 관해 알 수만 있었다면.

「귄, 살아오면서 가장 먼저 기억이 나는 건 어떤 일이지?」

오후 늦게 숲의 가장자리를 돌아 남쪽으로 가며, 나무들과 라이호프 농장 사이의 토지를 산책하고 있을 때의 일이었다. 하늘에는 구름이 짙게 깔려 있었지만 날씨는 따뜻했다. 어제의 우울함은 사라졌고, 젊은 연인들이 흔히 그렇듯이, 불안과 고통에 찬 짧은 대화는 두 사람 사이를 한층 더 친밀하게, 한층 더 쾌활하게 만들었다. 우리는 손에 손을 잡고, 긴 풀을 걷어차며, 파리가 잔뜩 꼬인 쇠똥 무더기 사이를 조심스럽게 지나쳤고, 멀리 보이는 성 미카엘 교회의 노르만 식 탑을 언제나 시야에 둔 채로 걸어갔다.

귀네스는 아무 말도 하지 않았지만, 나직하게 허밍을 하고 있었다. 음정이 맞지 않는 이 곡조는 자구스의 기이한 음악을 생각나게 했다. 어린아이들 몇몇이 로워 그러빙스를 달리며 개에게 막대기를 던지고 있었다. 어린 소년들의 웃음소리가 울려 퍼졌다. 그들은 우리를 보았고, 자기들이 다른 사람의 땅에 무단으로 침입했다는 사실을 깨닫고는 방향을 틀어 낮은 언덕 너머로 모습을 감췄다. 개가 시끄럽게 짖는 소리가 아직도 가라앉은 대기 속에서 떠돌고 있었다. 라이호프 집안의 딸 하나가 승마길에서 천천히 말을 달리며 성 미카엘 교회 쪽으로 가는 것이 보였다.

「귄? 너무 어려운 질문이었어?」

「무슨 질문이요, 스티븐?」 그녀는 나를 홀끗 보며 되물었다. 검은 눈을 반짝이며, 입가에는 웃음기가 서려 있었다. 자기 식으로 나를 놀리고 있는 것이다. 내가 다시 질문을 하려고 하자, 그녀는 손을 놓고 달리기 시작했고 ─ 흰 셔츠와 헐렁한 플란넬 바지가 펄럭거린다 ─ 숲의 가장자리로 가서 안을 들여다보았다.

내가 다가가자 그녀는 손가락을 입에 대고 중얼거렸다. 「조용…… 조용…… 아, 케르누노스 신의 이름으로, 이런……!」

내 심장의 고동이 빨라졌다. 나는 어두운 숲속을 들여다보았고, 복잡하게 얽힌 덤불 안에서 그녀가 무엇을 보았는지를 찾아보려고 했다.

〈케르누노스 신의 이름으로?〉

이 말에 나는 마음을 꼬집혔거나 얻어맞은 듯한 느낌을 받았다. 장난삼아 나를 때리는 듯한. 그제야 나는 조금씩 귀네스의 장난기 어린 태도를 의식하기 시작했다.

「케르누노스 신의 이름으로!」 내가 이렇게 되풀이해 말하자 그녀는 웃음을 터뜨렸고, 오솔길을 따라 달리기 시작했다. 나는 그녀 뒤를 좇았다. 그녀는 평소에 내가 내뱉곤 하는 모독적인 욕설을 기억하고 있었고, 자기 시대의 신앙에 맞춰 새 욕설을 만들어 냈던 것이다. 평소의 그녀는 자신의 놀라움을 표현하기 위해 이런 식의 종교적인 욕설을 입에 담지는 않는다. 기껏해야 동물의 똥이나 죽음에 관한 말을 입에 담을 뿐이었다.

나는 그녀를 붙잡았고 ─ 바꿔 말해서 그녀는 내게 잡혀 주었고 ─ 우리는 따스한 풀밭 위에서 구르며, 둘 중 하나가 항복할 때까지 엎치락뒤치락하며 굴렀다. 그녀가 고개를 낮추고 내게 키스하자 부드러운 머리카락이 내 얼굴을 간질였다.

「그러니까 내 물음에 대답해 줘.」 나는 말했다.

그녀는 짐짓 화난 얼굴을 했지만, 내가 느닷없이 그녀를 꽉 껴안은 탓에 도망칠 수가 없었다. 그녀는 체념한 표정을 했고, 한숨을 쉬었다. 「왜 자꾸 물어보는 거죠?」

「대답을 듣고 싶기 때문이야. 난 당신의 매력에 사로잡혔어. 난 무서워. 알아야 해.」

「왜 그냥 받아들이지 못해요?」

「뭘 받아들여?」

「내가 당신을 사랑한다는 사실. 우리가 함께 있다는 사실을.」

「어젯밤 넌 우리가 영원히 함께 지내지는 못할 거라고 했어……」

「난 슬펐을 뿐예요!」

「하지만 넌 그게 사실이라고 믿고 있어. 난 그걸 안 믿지만.」 나는 결연한 어조로 덧붙였다. 「하지만 만일…… 만일의 경우에…… 만약 너에게 어떤 일이 일어날 경우에 대비해서 말이야. 난 너에 관해 알고 싶어. 너의 모든 것을. 너를. 네가 상징하고 있는 모습이나 형태가 아니라…….」

그녀는 얼굴을 찌푸렸다.

「미사고의 역사가 아니라…….」

그녀는 한층 더 얼굴을 찌푸렸다. 이 단어에 관해 뭔가 알고 있기는 했지만, 그 개념은 전혀 파악하고 있지 못한 것이다.

다시 한번 설명했다. 「예전에도 귀네스는 있었어. 아마 장래에도 그럴지 모르지. 너의 새로운 화신이. 하지만 내가 알고 싶은 건 지금 여기 있는 너에 관해서야.」 나는 이 말을 강조하기 위해 그녀를 꼭 껴안고 조금 흔들었다. 그녀는 미소 지었다.

「당신은요? 당신에 관해서도 알고 싶어요.」

「그건 나중에.」 나는 말했다. 「네가 먼저야. 가장 이른 시기의 기억으로는 뭐가 있지? 네 어린 시절에 관해 얘기해 줘.」

예상하고 있던 대로 그녀의 얼굴 위를 어두운 그림자가 언뜻 가로질렀다. 그녀의 표정은 내 질문이 그녀 마음속에서 공백으로 남아 있는 영역을 건드렸다는 사실을 의미하고 있었다. 이 공백의 존재에 관해서는 알고 있었지만, 이것이 논의된 적은 결코 없었던 것이다.

그녀는 몸을 일으켜 앉아 셔츠의 주름을 폈고, 머리채를 휙 하고 흔든 다음, 앞으로 몸을 기울여 땅에서 마른풀을 뽑기 시작했다. 풀을 한 포기씩 손가락에 감고 있다. 「처음 기억하는 건…….」 그녀는 이렇게 말하다가, 먼 곳을 바라보았다. 「숫사슴!」

아버지의 일기장에서 읽었던 몇 구절이 생각났지만, 나는 그가 기록해 놓은 이야기를 뇌리에서 완전히 지우고, 귀네스의 분명치 않은 기억에 관해 듣는 일에 온 신경을 집중했다.

「그는 정말로 컸어요. 등짝이 굉장히 넓고, 힘도 정말 셌죠. 난 그의 등에 업혀 있었어요. 손목에 감긴 가죽끈으로, 등에 단단히 묶여 있었던 거죠. 난 그를 퀼이라고 불렀고, 그는 나를 도토리라고 불렀어요. 난 그의 머리에 난 커다란 뿔 사이에 엎드려 있었어요. 뿔은 나뭇가지처럼 내 위로 솟아 있었고, 앞길을 가로막는 진짜 나무들을 뚝뚝 부러뜨리고, 나무 껍질과 잎사귀를 벗겨 내고 있었어요. 그는 달리고 있었어요. 아직도 그의 냄새가 기억에 남아 있고, 넓다란 등짝 위로 흐르던 땀의 감촉이 생각나요. 그의 모피는 정말 질기고, 꺼칠꺼칠했어요. 다리가 거기 스쳐서 아팠어요. 그땐 정말 어렸죠. 난 울음을 터뜨리고, 퀼에게 이렇게 소리 질렀던 것 같아요. 〈너무 빨라요!〉라고. 하지만 그는 숲을 누비며 달렸고, 난 필사적으로 그를 껴안았어요. 가죽끈이 손목에 쏠려서 상처가 났어요. 사냥개들이 굵고 길게 짖어 대던 소리가 아직도 생생해요. 개들은 숲에서 그를 쫓고 있었어요. 뿔고둥, 사냥꾼의 뿔고둥소리도 울려 퍼지고 있었어요. 난 수사슴에게 〈천천히 가요〉라고 소리쳤지만, 그는 단지 고개를 가로젓고는, 나더러 더 꽉 잡고 있으라고 했어요. 그는 내게 〈이 추적은 오래 갈 거야, 우리

도토리 아가야〉라고 말했어요. 그에게서 나는 냄새 때문에 숨이 막힐 듯했고, 비 오듯 흐르는 땀 때문에도 그랬고, 또 마구 달린 탓에 온몸이 아팠어요. 나뭇가지 사이로 비치던 햇살이 생각나요. 눈이 부셨어요. 난 하늘을 올려다보려고 했지만, 그럴 때마다 햇빛에 눈이 부셔서 아무것도 보이지 않았어요. 사냥개들이 점점 다가왔어요. 너무나도 많은 사냥개들이. 숲을 달려오는 사람들도 보였어요. 뿔고둥소리가 커다랗고 날카롭게 울렸어요. 난 울었어요. 새들이 우리 머리 위를 날아다니고 있는 것 같았고, 위를 올려다보니 그들의 검은 날개가 해를 가렸어요. 갑자기 수사슴은 멈춰섰어요. 폭풍처럼 격하게 숨을 내쉬고 있었고, 온몸을 떨고 있었어요. 그때 난 가죽끈을 잡아당기면서 등짝 앞쪽으로 기어갔고, 앞길을 가로막고 있는 높은 바위를 보았어요. 그는 뒤로 돌아섰어요. 그의 뿔은 검은 나이프 같았고, 그는 고개를 숙이고 달려드는 개들을 그걸로 찔렀어요. 그 중 검은 괴물 같은 개가 한 마리 있었어요. 입을 크게 벌리고, 침을 질질 흘리고 있었죠. 거대한 이빨을 드러내고 있었어요. 그 개는 내 얼굴을 향해 달려들었지만, 퀼은 가지가 진 뿔 끄트머리로 그 개를 찌른 다음, 개의 창자가 쏟아져 나올 때까지 마구 흔들었어요. 하지만 바로 그때 화살이 공기를 가르고 날아오는 소리가 들렸어요. 불쌍한 퀼. 그는 쓰러졌고, 개들은 그의 목을 물고 늘어졌어요. 그래도 그는 계속 나를 지켰어요. 화살은 나보다 더 길었어요. 화살은 꿈틀거리는 그의 몸에 깊숙이 박혀 있었고, 나는 손을 뻗어 그걸 만진 기억이 있어요. 피가 묻어 있었지만, 난 화살을 뽑을 수가 없었어요. 그건 딱딱한 바위처럼 꿈쩍도 안 했고, 마치 수사슴 몸에서 자라나 있는 것 같았어요. 사람들은 가죽끈을 끊고 나를 끌어내렸지만, 나는 죽어 가는 퀼을 붙들고 놓지 않았어요. 개들이 그의 창자를 물고 마구 뒤흔들고 있었어요. 그는 아직도 살아 있었고, 나를 보면서 뭐라고 속삭였어요. 그건 마치 숲에서 부는 산들바람소리처럼 들렸고, 그는 한번 콧김을 뿜더니 숨이 끊어졌어요……」 그녀는 나를 향해 몸을 돌렸다. 내게 손을 갖다 댔다. 흐르는 눈물이 뺨을 적셨고, 밝은 햇살을 반사하며 반짝였다. 「당신이 떠나가는 것처럼, 모든 것이 떠나가 버릴 거예요. 내가 사랑하는 것 전부가……」 나는 그녀의 손을 쥐고 손가락에 입을 맞췄다.

「당신을 잃을 거예요. 당신을 잃을 거예요.」 그녀는 슬픈 목소리로 말했고, 나는 뭐라고 대답해야 할지 알 수 없었다. 내 머리는 그 미친 듯한 추적의 이미지들로 가득 차 있었기 때문이다. 「난 내가 사랑하는 모든 것을 결국 빼앗길 거예요.」

우리는 오랫동안 침묵하며 앉아 있었다. 아이들은 시끄럽게 짖어 대는 개와 함께 숲 가장자리를 되돌아오다가 또다시 우리를 보았고, 겸연쩍고 당황한 표정으로 황급히 우리 시야에서 사라졌다. 귀네스의 손가락에는 이제 풀이 둥우리처럼 얽히고설켜 있었다. 그녀는 조그만 금빛 꽃들을 그곳에 엮어 넣은 다음, 손을 흔들어 보였다. 마치 추수 시기에 세워 놓은 괴상한 꼭두각시 같아 보였다. 나는 그녀의 어깨에 손을 얹었다.

「그 일이 일어났을 때 몇 살이었어?」 나는 물었다.

그녀는 어깨를 움츠려 보았다. 「아주 어렸어요. 기억이 안 나요. 그후로 여름이 몇 번이나 지나갔으니까.」

여름이 몇 번이나 지나갔으니까. 이 말을 듣고 나는 미소 지었다. 두 여름 전에 그녀는 존재하지도 않았던 것이다. 나는 이 아름답고 부드러우며 따스한, 실체를 가진 인간을 바라보며, 그녀가 도대체 어떤 과정을 거쳐 생성됐는지 궁금증을 느꼈다. 그녀는 낙엽 더미에서 생겨난 것일까? 야생 동물들이 나뭇가지를 가지고 와서 사람 뼈 모양으로 만들어 놓고, 가을이 되자 그 위로 낙엽이 떨어지며 자연림의 살로 그 뼈를 감싼 것일까? 숲속에 가면, 인간 모습 비슷한 것이 덤불 속에서 일어서는 순간을 목격할 수 있는 것일까. 그리고 그것들은 삼림 지대 밖에서 인간의 확고

한 의지에 의해 완벽한 모양을 갖추게 되는 것일까?

아니면 그녀는 그곳에 갑자기…… 출현했던 것일까. 처음에는 허깨비에 불과했다가, 다음 순간에는 실체를 가지는 식으로. 불안정하고, 꿈처럼 몽롱했던 환영이 갑자기 명확해지며 현실이 되는 것처럼.

나는 일기장에 씌어 있던 구절을 생각해 냈다. 〈트위글링은 사라져 가고 있다. 예전에 만났을 때보다 한층 더 흐릿하게 보인다……. 녹색 옷을 입은 사내의 시체의 흔적을 발견했다. 짐승들이 들쑤셔 놓기는 했지만, 부패 상태가 비정상적이다……. 유령 같은 형태 여럿이 돼지 등에서 달리는 것을 보았다. 프리 미사고는 아니다. 혹시 그 다음 단계일까?〉

나는 손을 뻗어 귀네스를 끌어당겼지만, 그녀의 몸은 딱딱하게 얼어 있었다. 옛 기억이 그녀의 마음을 어지럽혔고, 또 그녀에게는 명백히 고통스러운 일을 얘기해 달라고 내가 독촉했던 탓에 동요하고 있었다.

〈난 피와 살이 아니라, 나무와 돌로 되어 있어요.〉

며칠 전에 그녀가 했던 이 말을 반추하며, 나는 전율했다. 〈나는 나무와 돌로 되어 있어요.〉 그렇다면 그녀는 알고 있는 것이다. 자신이 인간이 아님을. 그러나 그녀는 자신이 인간인 것처럼 행동하고 있었다. 아마 그녀는 은유적으로 말했던 것인지도 모른다. 마치 내가 〈나는 죽으면 먼지와 재로 돌아갈 거야〉라고 말하는 것과 마찬가지로, 숲속에서의 생활에 관해 언급했을 뿐인지도 모르는 것이다.

그녀는 알고 있는 것일까? 나는 그녀에게 이 질문을 하고 싶어서 견딜 수 없었고, 그녀의 머릿속을 들여다볼 수 있기를 갈망했다. 그녀가 사랑했고, 기억하고 있는 조용한 숲속의 공터를 향해.

「여자애들은 뭘로 만들어졌게?」 내가 이렇게 묻자 그녀는 이쪽으로 고개를 홱 돌리며 얼굴을 찡그렸고, 곧 재미있다는 듯이 미소 지었다. 처음에는 무슨 질문인지 몰라 어리둥절했지만, 나 자신의 미소 띤 얼굴을 보고는 이것이 수수께끼 놀이인 것을 깨달은 것이다.

「달콤한 도토리, 짓이긴 꿀벌, 파란 초롱꽃의 즙이지.」그녀는 말했다.

나는 정나미가 떨어진다는 듯이 얼굴을 찡그렸다.「그런 끔찍한 짓을 하다니.」

「설탕하고 향료하고…… 어…….」이 다음은 뭐였을까?「……제일 맛있는 것들이지.」

내가 정답을 말하자 그녀는 눈을 찡그렸다.「달콤한 도토리나 꿀벌이 싫어요? 얼마나 맛있는데.」

「세상에. 아무리 지저분한 켈트 인도 꿀벌을 먹으려 들지는 않을 거야.」

「그럼 사내애들은 뭐로 만들어졌게?」그녀는 재빨리 물었고, 킥킥거리며 자기 입으로 이렇게 대답했다.「쇠똥과 질문이지.」

「느림보 민달팽이하고 달팽이야, 실은.」그녀는 이 대답에도 만족한 듯했다.「거기에 가끔 덜 떨어진 사냥개의 엉덩잇살이 붙곤 하지.」

「우리에게도 그런 얘기가 있었어요. 마기디온이 가르쳐 준 것이 생각나요. 참 많은 얘기를 해줬죠.」그녀는 잠깐만 조용히 생각할 틈을 달라는 듯이 손을 들어 보였다. 이윽고 그녀는 입을 열었다.「여덟 번 울면 전쟁이 나고, 아홉 번 울면 행운을 부르고, 열 번 울면 죽은 아들을 부른다. 열한 번 울면 슬픔이 오고, 해질 때에 열두 번 울면 새로운 왕이 온다. 나는 누구인가?」

「뻐꾸기.」내가 이렇게 대답하자, 귀네스는 나를 빤히 쳐다보았다.

「알고 있었군요!」

나는 이 말에 놀라서 대꾸했다.「적당히 찍었을 뿐인데.」

「알고 있었던 거예요! 어쨌든, 정답은 〈최초〉의 뻐꾸기예요.」 그녀는 잠시 열심히 생각하다가, 곧 이렇게 물었다. 「흰 것 하나는 내게 행운을 가져다 주고, 흰 것 두 개는 당신에게 행운을. 흰 것 세 개는 죽음을. 흰 것 네 개하고 구두 하나는 사랑을 가지고 온다.」

그녀는 나를 쳐다보며 싱글싱글 웃었다.

「말발굽 아닐까.」 내가 이렇게 말하자, 귀네스는 내 다리를 철썩 때렸다. 「알고 있었으면서!」

나는 웃음을 터뜨렸다. 「그냥 어림짐작을 해봤을 뿐이야.」

「겨울이 끝날 무렵에 낯선 말을 본다면,」 그녀는 말했다. 「또 그 말의 네 발굽이 모두 희다면, 편자를 하나 만들라. 그러면 당신이 사랑하는 사람이 그 말을 타고 구름 위로 나아가는 것을 볼 수 있을 것이다.」

「골짜기 얘기를 해줘. 그리고 흰 바위에 관해서도.」

그녀는 나를 빤히 쳐다보다가 눈을 찡그렸다. 어느새 매우 슬픈 표정을 하고 있었다. 「거긴 우리 아버지가 잠들어 있는 곳이에요.」

「어디에 있는데?」

「여기서 멀리 떨어진 곳이에요. 언젠가 ─」 그녀는 고개를 돌렸다. 지금 그녀는 무엇을 기억하고 있는 것일까? 어떤 슬픈 기억을?

「언젠가, 뭐?」

그녀는 조용히 말을 이었다. 「언젠가 한번 그곳으로 가고 싶어요. 마기디온이 아버지를 묻은 그 장소에 언젠가 가보고 싶어요.」

「나도 함께 가고 싶어.」 나는 이렇게 말했고, 한순간 그녀의 촉촉한 눈이 내 눈과 마주쳤다. 그러자 그녀는 미소 지었다.

곧 그녀의 표정이 밝아졌다. 「돌에 난 구멍. 뼈에 난 눈. 가시로 만든 팔찌. 대장간소리. 이런 것들은 모두……」 그녀는 주저하며 나를 보았다.

「유령을 몰아내는 주문?」 내가 이렇게 대답하자, 그녀는 「도대체 그걸 어떻게 알고 있었어요?」라고 외치며 위에서 나를 덮쳤다.

우리는 해가 뉘엿뉘엿 넘어갈 무렵에 천천히 걸어 집으로 돌아왔다. 귀네스는 조금 추운 것 같았다. 내 기억에 의하면 그날은 8월 27일이었다. 어떤 때는 가을 같다가도, 또 어떤 때는 여름 같은 날씨였다. 그날 아침의 공기에는 어딘가 서늘한 느낌이 서려 있었고, 이것은 새로운 계절의 시작을 알리는 전조였다. 낮에는 한여름처럼 더웠지만, 땅거미가 지는 지금 이 시간에는 바야흐로 가을이 그 모습을 드러내려 하고 있었다. 나뭇가지 끝의 이파리에는 이미 단풍이 들기 시작하고 있었다. 귀네스의 허리에 팔을 두르고 걸으며, 바람에 날린 그녀의 머리카락이 내 얼굴을 간질이고, 내 가슴에 그녀의 오른손이 닿는 것을 느꼈을 때, 왠지 기분이 우울해졌다. 멀리서 들려온 모터사이클 소리도, 나의 이런 갑작스런 우울함을 더 심화시켰을 뿐이었다.

「키튼!」 귀네스는 기쁜 어조로 말하고는, 내 손을 끌고 과수원을 이루는 가느다란 떡갈나무들 사이로 뛰어가기 시작했다. 우리는 잡목림을 누비고 나무에 가려 잘 보이지도 않는 울타리문을 향해 갔다. 관목을 제거한 정원 주위의 울타리는 관목으로 뒤덮여 있다시피 했고, 우리는 그것을 헤치고 나아가야 했다. 정원 대부분이 관목의 그늘에 가려 있었고, 집 전체를 에워싼 떡갈나무들의 가지가 그 위로 어둡게 드리워져 있었다.

키튼은 뒷문 앞에서 우리에게 손을 흔들며, 머클스턴 비행장 특제의 자가 양조 맥주가 든 큰 유리병을 들어 보였다. 「이것 말고도 선물이 또 있어.」 귀네스가 달려가서 그의 뺨에 입을 맞추자 그는 큰 소리로 말했다. 「여어, 스티븐. 왜 그렇게 뚱한 얼굴을 하고 있나?」

「계절이 바뀌어서 그런가 봅니다.」 나는 말했다. 그는 명랑하고 행복해 보였다. 여기까지 모터사이클을 몰고 오느라고 금발이 흐뜨러져 있었고, 고글을 끼고 있던 눈가를 제외한 얼굴 전체에 흙먼지가 뽀얗게 내려앉아 있었다. 그에게서는 휘발유, 그리고 돼지 냄새가 조금 났다.

그가 가져온 특별 선물이란 쇠꼬챙이에 꿴 돼지 갈비 한 짝이었다. 이 고깃덩어리는 귀네스가 숲속 깊은 곳에서 창으로 잡은 그 잿빛의 비쩍 마른 멧돼지에 비하면 희멀겋고 빈약해 보였다. 그러나 내가 요즘 먹고 사는 야생 멧돼지 고기보다 육질이 풍부하고 냄새도 덜한 고기를 먹을 수 있다는 생각을 하자 가라앉아 있던 내 기분도 금세 밝아졌다.

「바비큐를 해 먹자고!」 키튼이 선언했다. 「비행장에 있는 두 미국인 친구들에게서 바비큐하는 방법을 배웠어. 오늘 밤은 뜰에서 구워 먹는 거야. 우선 내가 좀 씻은 다음에 말이야. 우리 세 사람이서 바비큐 파티를 벌이자고. 에일을 마시고, 노래를 부르고, 파티 게임을 즐기는 거야.」 그러다가 문득 그는 걱정스러운 표정을 했다. 「혹시 내가 방해가 되는 건 아니겠지, 젊은 친구?」

「천만에요, 젊은 친구님.」 나는 말했다. 그는 영국인 특유의 젠체하는 말투를 즐겨 썼고, 이것이 내 신경에 거슬렸던 것이다.

「아까부터 계속 저래요.」 귀네스가 끼어들었고, 웃는 얼굴로 나를 보았다.

그러나 케르누노스 신의 이름으로, 그날 바로 그 시각에 키튼이 두 사람 사이의 생활에 불청객마냥 끼어들어 왔다는 사실을 지금은 얼마나 다행스러워 하고 있는지 모른다. 내가 귄과 조금 더 가까워지려고 하던 참에 불쑥 나타난 그의 존재가 당시에는 귀찮게 느껴졌지만, 그날 밤 늦게, 하늘의 감시자인 케르누노스에게 나는 얼마나 많은 감사를 올렸던가. 그러나, 어떤 의미에서는 차라리 죽어 버리는 편이 나았다는 생각도 들었지만.

모닥불이 타오르고 있었다. 키튼이 고기를 구울 도구를 임시 방편으로 만드는 사이에 귀네스가 일으킨 불이었다. 돼지는 비행장 옆의 농장에서 그가 이틀 동안 일한 대가로 받은 것이었다. 그의 비행기는 고장으로 현재 정비 중이었기 때문에, 농장일이라면 그도 환영이었고, 농장에서도 그의 도움을 환영했던 것이다. 코번트리와 버밍엄에서 벌어지고 있는 재건 공사장으로 가서 일하면 더 높은 임금을 받을 수 있었기 때문에, 중부 지방의 각 주에서는 농장 일꾼이 부족한 사태가 벌어지고 있었다.

돼지를 통째로 굽는 데는 키튼이 생각했던 것보다 훨씬 더 긴 시간이 걸렸다. 밤의 어둠이 숲과 과수원 위를 뒤덮었을 때, 우리는 집 안의 전등을 모두 켜서 정원을 아늑하게 밝혀 놓고, 지글거리는 고기와 붉게 불타오르는 모닥불을 앞에 두고 대화를 나눴다. 나는 레코드 더미를 뒤져 우리 부모님이 오랜 기간에 걸쳐 수집한 댄스 음악을 계속 틀었다. 낡아 빠진 빅터 축음기는 자꾸 멈췄다. 키튼이 슬쩍해 온 맥주에 기분이 좋아진 탓에 끊임없이 들려오는 단조로운 노랫소리는 지독히도 우스꽝스럽게 느껴졌다.

우리는 10시경에야 모닥불에서 껍질째 구운 감자를 꼬챙이로 찔러서 꺼냈고, 버터와 피클, 그리고 돼지새끼의 검게 탄 바깥쪽 고기를 얇게 저민 것과 함께 먹었다. 허기를 채우자 귀네스는 자신의 언어로 노래를 불렀고, 키튼은 조금 후에 자신의 작은 하모니카로 반주를 할 수 있게 되었다. 내가 노랫말을 번역해 달라고 하자 그녀는 그냥 미소 지으면서 내 코를 콕 찔렀고, 「상상해 봐요!」라고 말했다.

「너와 나에 관한 노래였을 거야.」 나는 용기를 내어 말해 보았다. 「사랑, 정열, 욕망, 장수, 어린애들.」

그녀는 고개를 가로저었고, 우리의 귀중한 배급 버터의 나머지를 훑던 손가락을 핥았다.

「그럼 뭐야? 행복? 우정?」

「자넨 정말 구제할 길이 없는 로맨티스트로군.」 키튼이 중얼거렸고, 결국 그의 말이 옳았다는 것이 증명되었다. 귀네스가 부른 노래는 내가 상상했던 것 같은 사랑의 노래가 전혀 아니었던 것이다. 그녀는 될 수 있는 한 노랫말을 정확하게 번역해 보려고 노력했다.

「나는 새벽의 이른 시각에 태어난 딸. 나는 새벽빛 아래에서……새벽빛 아래에서…….」 그녀는 큰 동작으로 뭔가를 홱 던지는 시늉을 했다.

「던지다?」 키튼이 끼어들었다. 「그물을 던지다?」

「새벽빛 아래에서 누른도요가 있는 공터 위로 그물을 던지는 사냥꾼. 나는 누른도요가 날아오르면서 그물에 걸리는 광경을 바라보는 송골매. 나는…… 나는…….」 그녀는 엉덩이와 어깨를 좌우로 과장되게 흔들어 보였다.

「꿈틀거리며.」 나는 말했다.

「허위적거리며.」 키튼이 정정했다.

그녀는 말을 이었다. 「나는 깊은 웅덩이에 있는 커다란 잿빛 바위를 향해 허위적거리며 헤엄쳐 가는 물고기. 나는 이 물고기를 작살로 잡는 어부의 딸. 나는 우리 아버지가 잠들어 있는 높고 하얀 돌이 떨어뜨리는 그림자. 그림자는 해와 함께 물고기들이 살고 있는 강을 향해 움직이고, 파란 꽃들이 피어 있는 누른도요의 공터를 향해 움직인다. 나는 산토끼를 달리게 만들고, 암사슴을 수풀 속으로 보내고, 둥근 집 한가운데에 있는 불을 끄는 비. 나의 적들은 천둥과 밤에 돌아다니는 짐승들, 하지만 나는 두려워하지 않는다. 나는 우리 아버지와, 그의 아버지의 심장이기 때문에. 달군 쇠처럼 밝고, 화살처럼 빠르고, 떡갈나무처럼 강하다. 내 이름은 대지이다.」

마지막 세 구절 ─ 〈달군 쇠처럼 밝고, 화살처럼 빠르고, 떡갈나무처럼 강하다. 내 이름은 대지이다〉 ─ 을 그녀는 높다란 목소리로 원래의 선율과 리듬에 맞춰 불렀다. 노래를 마친 후 그녀는 미소 지으며 고개를 숙였고, 키튼은 큰 소리로 박수를 쳤다.
「브라보!」

나는 당혹한 표정으로 그녀를 흘끗 보았다.「그렇다면 나에 관한 노래가 아니었군.」그러자 귀네스는 웃음을 터뜨리고 말했다.「오직 당신에 관한 노래였어요. 그래서 불렀던 거예요.」

나는 농담으로 건넨 얘기였지만, 그녀의 대답은 나를 혼란에 빠뜨렸다. 무슨 뜻인지 알 수 없었던 것이다. 그러나 빌어먹을 키튼은 어떤 이유에선가 이해할 수 있었던 것 같았다. 그는 나를 향해 윙크를 해보였다.「잠시 둘이서 이 부근을 산책이라도 하고 오면 어때. 난 여기 있을 테니까 말이야. 자, 가게나!」그는 미소 지었다.

「도대체 뭡니까, 이건?」나는 나직한 목소리로 응수했다. 그러나 내가 일어서자 귀네스도 따라 일어섰다. 그녀는 새빨간 카디건 자락을 끌어내리며 손가락에 묻어 있던 버터와 돼지 기름을 빨아먹었고, 끈적거리는 손을 내게 내밀었다.

우리는 정원 구석으로 걸어갔고, 어린 떡갈나무의 어두운 그늘 아래에서 재빨리 입을 맞췄다. 숲에서 뭔가 살금살금 움직이는 기척이 났다. 아마 고기 굽는 냄새에 끌려 온 여우나 들개일 것이다. 파직거리며 타오르는 모닥불을 배경으로, 기묘하게 구부정한 자세로 앉아 있는 키튼의 윤곽이 떠올랐다.

「저 친구는 너를 나보다 잘 이해하고 있는 것 같아.」

「우리 두 사람 모두를 보고 있으니까요. 당신은 오직 나밖엔 안 봐요. 난 그가 좋아요. 아주 착한 사람이에요. 하지만 내 〈부싯돌 창 촉〉은 아니에요.」

숲은 돌아다니는 동물들로 가득 차 있었다. 귀네스조차 의아한 얼굴을 했다.「늑대하고 들개를 조심해야 해요. 고기 냄새가……」

「숲에 늑대가 살고 있을 리가 없어. 멧돼지는 나도 본 적이 있고, 또 야생 곰이 살고 있다는 얘긴 너한테 들은 적이 있지만……」

「모든 동물이 숲 가장자리로 그렇게 빨리 나오는 건 아니에요. 늑대는 무리를 짓고 사는 동물이죠. 늑대 무리는 원시림 깊숙한 곳에 있었는지도 몰라요. 이곳으로 온다면 긴 시간이 걸렸을지도 모르죠. 아마.」

나는 어둠 속을 흘끗 들여다보았다. 밤이 불길하게 속삭이고 있는 것처럼 느껴졌다. 소름이 돋은 나는 정원을 향해 다시 몸을 돌리고 귀네스에게 손을 뻗었다.「돌아가서 그와 함께 있기로 하지.」

내가 이렇게 말한 순간, 키튼의 검은 그림자가 일어서는 것이 보였다. 그의 목소리는 나직했지만 절박했다.「누군가가 오고 있어.」

정원 울타리 주위에 무성하게 자란 나무들 사이로, 횃불이 아른거리는 것이 보였다. 이쪽으로 다가오는 사내들이 내는 소리가 돌연히, 시끄럽게 밤의 정적을 깼다. 나는 귀네스와 함께 모닥불 가로, 주방에서 흘러나오는 불빛이 닿는 곳까지 걸어갔다. 등 뒤를 보니, 아까 우리가 서 있던 곳에서 횃불이 두 개 나타났다. 그들은 넓은 호(弧)를 그리며 정원을 포위했다. 우리는 상대방의 정체를 알아보려고 귀를 기울이며, 기다렸다.

앞쪽에서 자구스의 그 기묘한 멜로디가 들려왔다. 예전에도 들은 적이 있는 높고 날카로운 피릿소리였다. 귀네스와 나는 기쁜 얼굴로 서로를 흘끗 보았다. 그녀가 말했다.「자구스예요. 또 와 준 거예요!」

「돼지고기가 막 구워지려는 참에 왔군.」 나는 억울한 듯이 말했다. 짐승인지 인간이지도 분간할 수 없는 자들이 어둠 속을 몰래 다가오는 것을 본 키튼은 공포에 얼어붙은 듯이 그 자리에 꼼짝 않고 서 있었다.

귀네스는 그들을 환영하기 위해 울타리문 쪽으로 걸어가며 자신의 기묘한 언어로 뭐라고 외쳤다. 나도 모닥불에서 불붙은 가지를 꺼내서 횃불처럼 높이 들고 그녀 뒤를 따라갔다. 높은 피릿

소리는 계속 들려왔다.

 키튼이 말했다.「저자들은 누구지?」나는 대답했다.「오랜 친구들, 새 친구들입니다. 자구스라고 하죠. 두려워할 필요는 전혀 없습니다…….」

 바로 그 순간 나는 피릿소리가 멈췄고, 귀네스도 몇 발자국 앞에서 멈춰 섰다는 사실을 깨달았다. 그녀는 고개를 돌리며 어둠 속에서 깜박이는 횃불들을 응시했다. 곧 그녀는 나를 돌아다보았다. 창백한 얼굴, 커다랗게 뜬 두 눈, 열린 입. 그녀의 표정은 환희에서 갑자기 끔찍한 공포로 바뀌어 있었다. 그녀는 내 이름을 속삭이며 나를 향해 한 걸음 걸어왔다. 그녀의 갑작스런 두려움에 감염된 나는 그녀를 향해 손을 내밀었다…….

 이상한 소리가 들렸다. 바람 같은, 목쉰 휘파람 같은 소리가 들렸고, 곧 이어 퍽 하는 소리와 키튼의 숨이 넘어갈 듯한 비명소리가. 그쪽을 쳐다보자 그는 몸을 한껏 뒤로 젖힌 자세로 가슴을 부여잡고, 고통에 못 이겨 두 눈을 질끈 감은 채로 뒷걸음질 치고 있었다. 곧 그는 양팔을 만세 부르듯이 벌리며 쓰러졌다. 3피트 길이의 나무 살대가 그의 가슴에서 자라 있었다.「퀸!」나는 키튼에게서 억지로 시선을 떼어 내며 절규했다. 그러자 우리들 주위의 숲이 눈부시게 불타오르기 시작했다. 불은 줄기에, 가지에, 잎사귀에 옮겨 붙었고, 정원 전체가 포효하는 듯한 불길의 벽으로 휩싸였다. 인간 모습을 한 두 개의 검은 그림자가 그 불길을 뚫고 뛰어들어 왔다. 금속 갑옷과 손에 든 짧은 칼이 불길을 반사하며 번득거렸다. 한순간 그들은 머뭇거리며 우리를 응시했다. 한 사람은 매를 본딴 황금색 가면을 쓰고 있었다. 가면의 눈은 가늘게 찢어진 구멍에 불과했고, 매의 귀는 머리에서 짧은 뿔처럼 솟아 있었다. 다른 한 명은 뺨을 뒤덮은 폭넓은 가죽 고정구가 달린, 광택이 없는 가죽 투구를 쓰고 있었다. 매가 큰 소리로 웃었다.

「아아, 안 돼……!」나는 이렇게 외쳤지만, 귀네스는 나를 향해 절규하고 있었다. 「무기를 가져와요!」 그러고는 내 옆을 지나, 집 뒤켠의 벽에 기대어 둔 자신의 무기들을 향해 달려갔다.

나도 그녀를 뒤따랐고, 부싯돌 창과 마기디온이 내게 선사한 검을 움켜쥐었다. 그런 다음 우리는 벽을 등지고 섰고, 갑옷을 입은 소름 끼치는 사내들의 무리가 불타는 숲에서 검은 그림자처럼 나타나 정원 주위에 산개하는 광경을 바라보았다.

갑자기 두 명의 전사가 돌진해 왔다. 한 명은 귀네스에게, 다른 한 명은 나를 향해. 나를 고른 것은 매였다.

그런 그의 동작은 너무나도 빨랐기 때문에 창을 들어 제대로 찌를 틈조차도 주지 않았다. 연마된 금속, 검은 머리카락, 땀에 젖은 피부 따위가 번득였는가 싶더니, 그는 가지고 있던 작은 원형 방패로 내 창을 옆으로 쳐낸 다음, 뭉뚝한 칼자루 끝으로 내 옆머리를 강타했다. 나는 무릎을 푹 꿇었고, 비틀거리며 다시 일어나려고 했지만, 방패가 또다시 내 머리를 때리면서 나는 마르고 단단한 지면에 얼굴을 박고 있었다. 정신을 차리자 뒤로 손을 돌린 채로 결박되어 있었다. 내 창을 양 겨드랑이 밑으로 집어넣고 묶은 탓에, 포박당한 칠면조처럼 옴짝달싹도 할 수 없었다.

귀네스가 싸우는 모습이 언뜻언뜻 눈에 들어왔다. 믿을 수 없을 만큼 표독스럽게 싸우고 있다. 그녀는 자신을 공격한 자의 어깨에 단검을 박아 넣었고, 정원 가장자리에서 두 번째 매가 달려오자 몸을 홱 돌려 그자를 상대했다. 칼날이 불길을 반사하며 번득거린 순간, 사내의 한쪽 손이 헛간 쪽으로 휙 날아가는 것이 보였다. 세 번째 사내가 왔고, 네 번째 사내가 합류했다. 귀네스의 절규는 곧 째지는 듯한 분노의 고함소리로 바뀌었다. 전광석화 같은 그녀의 움직임을 보고 있는 것만으로도 머리가 팽팽 돌 지경이었다.

그러나 그녀 혼자서 이들에게 대항하기에는 역시 역부족이었다. 돌연히 그녀는 넘어져 밑에 깔렸고, 무기를 빼앗겼고, 공중으로 높이 내던져졌다. 그녀는 매들 사이로 떨어졌고, 필사적으로 저항했음에도 불구하고 결국 나처럼 결박당하고 말았다.

장신의 검은 그림자 같은 전사 5명은 정원 구석에서 몸을 웅크린 채로 난투극이 끝나는 광경을 바라보고 있었다.

나를 사로잡은 매는 내 머리카락을 움켜잡고 나를 일으켜 세웠고, 몸을 꺾어 어깨에 이고 정원을 가로질러 모닥불 쪽으로 갔다. 그는 귀네스에게서 몇 피트 떨어진 지면 위에 나를 떨어뜨렸다. 그녀는 헝클어진 머리 사이로 드러난 핏발 선 눈으로 나를 바라보았다. 입술이 젖어 있었고, 불빛 속에서 눈물이 반짝거렸다. 「스티븐.」 그녀는 웅얼거렸다. 타박상으로 부풀어 오른 입술이 아파 보였다. 「스티븐……」

「설마 이런 일이 일어날 리가 없어.」 나는 속삭였고, 눈물이 솟구치는 것을 느꼈다. 머리가 핑핑 돌았고, 모든 것이 정말 비현실적으로 느껴졌다. 몸은 쇼크와 분노로 마비되어 있었다. 숲이 불타는 소리는 귀청이 먹먹해질 정도로 컸다.

사내들은 불길 사이로 계속 나타나고 있었다. 그 중 일부는 검은 갈기를 가진 커다란 말을 끌고 왔다. 말들은 히힝거리며 불안한 듯이 뒷발로 일어섰다. 나무가 시끄럽게 딱딱거리며 타오르는 소리를 뚫고 날카롭게 명령하는 소리가 들려왔다. 우리의 작은 모닥불에서 꺼낸 불붙은 장작을 써서, 집 근처에 작은 대장간이 만들어졌다. 다른 자들은 닭장과 헛간을 부수고 땔감을 만들고 있었다. 몇 분에 걸쳐 계속된 이 짧은 혼란 속에서, 다섯 개의 그림자는 여전히 불길이 이루는 원 바로 안쪽에서 몸을 웅크리고 있었다. 곧 그들은 일어서서 이쪽으로 다가왔다. 그들의 두령처럼 보이는 가장 나이가 많은 사내는 통구이를 나눠 먹으려고 모닥불 곁에 앉아 있는 몇몇 매들 사이로 왔다. 폭이 넓은 나이프를 꺼낸 그는 아래로 손을 뻗쳐 커다란 덩어리를 잘라 냈고, 그것을 입에 쑤셔 넣은 다음 두터운 망토에 손가락을 닦았다. 그는 귀네스 쪽으로 왔고, 어깨를 움츠리며 망토를 벗었다. 상반신은 나신이었고, 커다란 배는 아래로 처져 있었으며, 팔과 가슴이 두꺼웠다. 이것은 중년의 전성기를 지내면서 한물가기 시작한 힘센 사내의 몸이었다. 흉터와 채찍에 맞은 듯한 자국이 그물처럼 그의 몸을 뒤덮고 있었다. 목에는 뼈로 만든 피리를 걸고 있었다. 그는 피리를 입에 대고 떨리는 듯한 소리를 내며 우리를 비웃었다.

그는 귀네스 곁에서 웅크린 자세로 손을 뻗어 그녀의 턱을 들어 올렸다. 그녀의 얼굴에서 헝클어진 머리카락을 걷어 내고, 그녀의 얼굴을 거칠게 잡아당겨 그녀를 바라보며, 희끗희끗해진 수염 사이로 씩 웃었다. 귀네스가 그를 향해 침을 뱉자 그는 웃음을 터뜨렸다. 저 웃음소리…….

나는 지독한 무력감을 느끼며 양미간을 찌푸렸다. 모닥불 빛 속에서, 고통스럽고 옴짝달싹도 할 수 없는 몸을 억지로 일으켜 앉았고, 이 거칠고 나이 든 전사를 응시했다.

「마침내 난 널 찾아냈어.」 그는 말했다. 그 목소리를 들은 나는 내 몸을 고통에 찬 전율이 길게 꿰뚫고 지나가는 듯한 느낌을 받았다.

「그녀는 내 거야!」 나는 갑자기 솟구친 눈물 사이로 외쳤다.

그러자 크리스찬은 나를 쳐다보며 천천히 일어섰다.

내 위로 우뚝 선 그는 싸움에 만신창이가 된 나이 든 사내였다. 그가 입은 바지에서 나는 오줌 냄새가 코를 찔렀다. 폭넓은 가죽 벨트에 찬 장검은 불안할 정도로 내 얼굴 가까이에 있었다. 그는 내 머리카락을 움켜잡은 다음 홱 잡아챘고, 다른 한 손으로는 헝클어지고 희끗희끗한 수염을 쓰다듬었다.

「정말 오래간만이군, 동생.」 그는 목 쉰, 짐승 같은 목소리로 말했다. 「도대체 너를 어떻게 해야 할까?」

그의 배후에서 돼지 갈비는 거의 사라지려고 하고 있었다. 매들은 쩝쩝거리며 고기를 씹고, 웅얼거리면서 모닥불을 향해 침을 뱉었다. 집 쪽에서는 쇳덩어리를 망치로 두들기는 소리가 들려왔다. 무기나, 바로 옆에 매어 둔 말들의 마구(馬具)를 정신없이 수리하고 있는 것이다.

「그녀는 내 거야.」 나는 눈물에 흐려진 눈으로 그를 응시하며 조용히 말했다. 「우릴 그냥 내버려 두고 가줘, 크리스.」

그는 잠시 나를 쳐다보고 있었다. 끔찍한 침묵이 흘렀다. 갑자기 그는 팔을 뻗어 나를 홱 일으켜 세웠고, 헛간의 나무벽까지 마구 나를 밀어붙였다. 이러면서 그는 노호(怒號)했고, 그의 입에서 풍기는 썩은 듯한 악취에 나는 토할 뻔했다. 내 얼굴에서 한 뼘도 채 안 떨어진 곳에서 나를 노려보고 있는 그의 얼굴은 인간이 아니라 짐승의 그것이었지만, 그래도 이목구비를 보니 내 형임을, 겨우 1년 전에 집을 떠난 잘생긴 청년임을 알 수 있었다.

그가 뭔가 거칠게 명령하자 좀 더 나이가 많은 전사들 중 하나가 한쪽 끝에 올가미가 진 긴 밧줄을 그에게 던졌다. 그는 거칠고 딱딱한 이 밧줄의 올가미를 내 목에 걸고 잡아당겨 단단하게 매듭을 조였고, 나머지 밧줄을 헛간 지붕 너머로 던졌다. 다음 순간 저쪽에서 누가 밧줄을 잡아당기면서 올가미는 팽팽해졌고, 나는 발끝으로 일어섰다. 숨을 쉴 수는 있었지만, 긴장을 늦출 수도 없었다. 내가 헐떡거리기 시작하자 크리스찬은 미소 짓고는 고약한 냄새가 나는 손을 들어 내 코와 입을 막았다.

그는 손가락 끝으로 내 얼굴을 훑었다. 거의 관능적이라고까지 할 수 있는 손길이었다. 숨이 막힌 내가 몸부림치자 그는 내 입에서 손을 뗐고, 나는 필사적으로 숨을 들이마셨다. 이러면서 그는 줄곧 흥미롭다는 듯이 나를 지켜보고 있었다. 마치 과거에 우리들 사이에 존재했던 우애의 기억을 어떻게든 되살려 보려는 듯이. 그는 마치 애무하는 듯한 손길로, 내 눈썹을, 뺨을, 턱을, 밧줄과 내 목의 찢어진 피부가 맞닿은 부분을 어루만졌다. 그러다가 그는 내가 목에 걸고 있는 떡갈나무 잎 모양의 호부를 발견했고, 미간을 찌푸렸다. 그는 은제 잎사귀를 손에 얹고 응시했다. 그는 내 얼굴을 제대로 보지도 않고 말했다. 「도대체 어디서 이걸 손에 넣었지?」 매우 놀란 기색이었다.

「그냥 찾아낸 거야.」

그는 잠시 아무 말도 하지 않다가, 가죽끈을 내 목에서 뜯어내고는 떡갈나무 잎을 자기 입술에 갖다 댔다. 「이게 없었더라면 난 죽었을 거야. 이걸 잃었을 때 난 내 운명이 다했다고 생각했어. 이제 난 이걸 다시 찾았어. 이제야 모든 걸 다 돌려 받았어······.」

그는 고개를 돌려 나를 보았고, 내 진의를 살피는 듯한 표정으로 내 눈을, 내 얼굴을 쳐다보았다.

「정말 오랜만이군······.」 그는 속삭였다.

「도대체 무슨 일이 일어났던 거지?」 나는 겨우 숨을 내쉴 수 있게 되자 이렇게 말했다. 목에 죄어드는 밧줄이 괴로웠다. 그는 아무런 동정심도 찾아볼 수 없는 번들거리는, 검은 눈으로 내가 괴로워하는 기색과, 내 입술이 움직이는 광경을 쳐다보고 있었다.

「너무나도 많은 일이 일어났지. 너무 오래 찾아다녔던 거야. 하지만 마침내 난 그녀를 찾았어. 난 너무 오랫동안 도망치고 다녔어······.」 그는 뭔가를 그리워하는 듯한 표정으로 내게서 눈을 뗐다. 「아마 난 영원히 도망치고 다녀야 할지도 몰라. 아직도 날 쫓고 있으니까.」

「누가?」

그는 나를 흘끗 보았다. 「짐승. 우르스쿠머그야. 아버지 말이야. 빌어먹을 인간. 빌어먹을 작자. 마치 사냥개처럼 내 냄새를 맡으며 쫓아다니고 있어. 언제나 그곳에, 숲속에서, 요새 바로 밖에서 날 기다리고 있는 거야. 난 지쳤어, 동생. 정말로 지쳤어. 하지만 난 마침내 —」 그는 축 늘어진 귀네스 쪽을 흘끗 보았다. 「—마침내 난 내가 찾고 있던 것 중 하나를 손에 넣었어. 귀네스, 나의 귀네스를 말이야. 만약 내가 죽는다면 우린 함께 죽을 거야.

그녀가 날 사랑하든 안 하든 이젠 더 이상 상관 안 해. 저 여잔 내 거야. 내 마음대로 쓸 거야. 저 여자가 있으니 죽어도 이젠 억울하지 않아. 저 여자는 내가 그 짐승을 죽이기 위해 마지막 힘을 쥐어짤 수 있게 해줄 거야.」

「함께 가게 할 수는 없어.」 나는 힘없이 말했다. 그러자 크리스찬은 양미간을 찌푸렸다가, 곧 미소 지었다. 그러나 그는 아무 말도 않고 내 곁을 떠나 모닥불 쪽으로 갔다. 그는 생각에 잠긴 표정으로 천천히 걸었다. 그는 멈춰 서서 집을 올려다보았다. 긴 머리에 누덕누덕한 복장을 한 그의 부하 중 하나가 해리 키튼의 시체로 다가가서 그의 몸을 뒤집었고, 나이프로 셔츠를 가른 다음 그의 가슴 위로 칼날을 들어 올렸다. 그는 동작을 멈추고 알아들을 수 없는 언어로 뭐라고 말했다. 크리스찬은 나를 쳐다보았다가, 부하에게 뭐라고 대꾸했다. 그러자 전사는 화난 듯이 벌떡 일어서서 모닥불 쪽으로 성큼성큼 걸어갔다.

크리스찬은 말했다. 「펜랜더는 화가 나 있어. 동료들과 함께 저 친구의 간을 먹고 싶다는군. 배를 곯고 있어. 작은 돼지라서 별로 배가 부르지 않다는 거야.」 그는 미소 지었다. 「난 안 된다고 했지. 네 기분을 생각해서 말이야.」

이런 다음 그는 집 안으로 들어갔다. 들어간 후에는 한참 아무 소식도 없었다. 귀네스는 내 얼굴을 단 한 번 올려다보았을 뿐이었고, 그런 그녀의 얼굴은 눈물에 젖어 있었다. 나를 응시했을 때 입술이 움직이는 것이 보였지만, 아무런 소리도 들을 수 없었고, 그녀가 무슨 말을 하려는지도 알 수 없었다. 「사랑해, 귄.」 나는 큰 소리로 그녀에게 말했다. 「곧 자유롭게 해주겠어. 그러니까 걱정하지 마.」

그러나 이런 나의 말은 그녀에게 아무런 영향도 끼치지 못했다. 꽁꽁 묶인 채로 감시받으며 모닥불 가에 무릎을 꿇고 앉은 그녀의 얼굴은 멍투성이였다. 그녀는 고개를 떨궜다.

내 주위에서는 혼란스럽게 여러 일들이 진행되고 있었다. 말 한 마리가 공황 상태에 빠졌고, 뒷발로 일어서서 고삐를 잡아당기며 마구 발길질을 하고 있었다. 사내들은 우왕좌왕하고 있었고, 어떤 자들은 땅에 구멍을 파고 있었으며, 또 어떤 자들은 여전히 모닥불 가에 웅크리고 앉은 채 큰 소리로 대화를 나누거나 웃고 있었다. 밤의 어둠 속에서 숲이 불타 오르는 광경은 실로 끔찍했다.

다시 집 밖으로 나온 크리스찬은 멋대로 자란 잿빛 수염을 깨끗이 깎고, 기름때가 절은 긴 머리를 뒤로 빗어 넘겨 포니테일로 묶고 있었다. 뺨의 살이 조금 늘어져 있기는 했지만, 그의 얼굴은 넓적하고 강인해 보였다. 내가 프랑스로 가기 몇 년 전에 보았던 아버지와 섬뜩할 정도로 닮아 있었다. 그러나 그보다는 더 몸집이 크고, 단련되어 있었다. 한손에는 검과 검대를 들고 있었다. 다른 한손에는 주둥이가 거의 깨진 와인 한 병을 들고 있었다. 와인이라고?

그는 내게로 와서 병나발을 불었고, 맛있다는 듯이 쩝쩝거렸다. 「숨겨 둔 곳을 네가 찾아낼 수 있으리라고는 생각 안 했어.」 그는 말했다. 「보르도 산의 최상품이 40병. 상상을 초월할 정도로 달디달군. 좀 마셔 보겠어?」 그는 나를 향해 깨진 병을 흔들어 보였다. 「죽기 전에 한 모금 마셔 보라고. 과거에 우리가 형제였던 사실에 건배. 이긴 싸움과, 진 싸움을 기념하며 건배. 함께 건배해 줘, 스티브.」

나는 고개를 가로저었다. 크리스찬은 한순간 실망한 표정을 했지만, 곧 고개를 젖히고는 붉은 와인을 입에 쏟아 부었다. 숨이 막혔을 때를 제외하면 멈추지도 않았다. 숨이 막히자 그는 큰 소리로 웃었다. 그는 동료들 중 가장 사악해 보이는 사내인 펜랜더에게 술병을 넘겼다. 해리 키튼의 시체를 칼로 가르려고 했던 이 사내는 나머지 와인을 마저 들이켰고, 숲을 향해 빈 병을 던졌다.

내가 찾아내지 못했던 비밀 장소에 저장되어 있던 나머지 와인들은 임시로 만든 몇 개의 자루에 넣어 밖으로 운반되었고, 이것들을 각 매들이 분담해서 걸머졌다.

숲을 태우는 불길의 기세가 꺾이기 시작했다. 무엇이 원인이었든, 무슨 마법을 썼든 간에, 그 힘은 약해지고 있었고, 공기 중에서는 재의 냄새가 강하게 풍기고 있었다. 그러자 기묘한 풍채의 사내 두 명이 정원 가장자리에 갑자기 나타나더니, 그 주위를 빙빙 돌기 시작했다. 거의 벌거숭이였고, 얼굴을 제외하면 전신에 흰 진흙을 처바르고 있었다. 얼굴은 검었다. 긴 머리카락은 가죽끈으로 정수리 부근에서 묶어 놓았다. 그들이 나무들을 향해 손에 든 뼈로 된 긴 배턴 같은 것을 흔들 때마다 그들이 지나간 자리에서는 다시 불길이 치솟아 올랐고, 또다시 활활 불타오르기 시작했다.

크리스찬은 마침내 다시 내가 있는 곳으로 돌아왔다. 이상하게 주저하며 시간을 끈 듯한 느낌을 받았던 것은, 그가 나를 어떻게 처리해야 할지 몰랐기 때문이라는 사실을 나는 깨달았다. 그는 나이프를 뽑아 내가 등지고 있는 헛간 벽에 푹 박아 넣은 다음 칼자루에 무게를 실었고, 나이프를 쥔 양손에 턱을 얹은 채로 내가 아니라 수지(樹脂)를 칠한 판자의 나뭇결을 응시하고 있었다. 그는 지치고 피폐한 사내였다. 내쉬는 숨결에서 거뭇해진 눈가에 이르기까지, 그의 모든 것이 이 사실을 증명해 주고 있었다.

「나이를 먹었군.」 나는 명백한 사실을 지적했다.

「그래?」 그는 지친 얼굴로 미소 지었고, 천천히 말하기 시작했다. 「맞아, 맞는 얘기겠지. 내게는 오랜 세월이 흘렀어. 나는 그 짐승에게서 도망치기 위해 가장 깊숙한 곳까지 들어갔어. 하지만 그 짐승은 본래 숲의 심장부에 속해 있었기 때문에, 그놈보다 더 깊이 들어가지는 못했어. 정말 기괴한 세계야, 스티브. 돼지등 공터 너머의 세계는 정말 기괴하고 끔찍해. 아버지는 너무나도 많은 것을 알고 있었던 것과 동시에, 너무나도 많은 걸 몰랐어. 그는 숲의 심장에 관해 알고 있었고, 그것을 보았거나, 그것에 관해 들었거나, 혹은 상상하곤 했지만, 그가 그곳으로 갈 수 있었던 유일한 길은……」 그는 말을 끊고 신기하다는 듯이 나를 보았다. 그는 곧 미소 짓고 일어섰다. 내 뺨을 만지며, 고개를 설레설레 저었다. 「나무의 요정인 한드리아마의 이름으로, 도대체 널 어떻게 하면 좋을까?」

「나를, 귀네스를, 그냥 내버려 두고, 둘이서 그냥 행복하게 살아가게 해준다면 절대로 안 된다는 이유라도 있어? 형은 어디든 가고 싶은 데로 갈 수 있어. 왔던 곳으로 다시 돌아가든, 숲을 떠나 외국으로 가든. 다시 돌아와 줘, 크리스찬 형.」

그는 다시 나이프에 몸을 기댔다. 입술을 내밀면 그의 뺨에 닿을 정도로 가까운 곳이었지만, 그는 나를 보고 있지 않았다. 「그러는 건 이젠 불가능해. 한동안은, 그러니까 내가 숲의 내부를 향해 여행했던 시기라면, 돌아올 수도 있었을 거야. 하지만 난 그녀를 갖고 싶었어. 그녀가 그곳 어딘가에, 숲속 깊숙한 곳 어딘가에 있다는 걸 확신하고 있었지. 그녀가 있었다는 얘길 들으면 산이든, 골짜기든 가리지 않고 가보았어. 언제나 며칠 늦게 도착했어. 짐승은 내 뒤를 따라왔어. 그걸 상대로 두 번 싸움을 벌였지만, 결국 끝장을 보지는 못했어. 그 언덕 위에 서서 난 그 장소를 본 적이 있어, 동생. 석조 건물이 있는 가장 높은 언덕 위에 서서, 숲의 심장부를, 내게 안전을 보장해 줄 수 있는 장소를 보았던 거야. 이제 나의 귀네스를 찾았으니, 난 거기로 갈 거야. 일단 거기로 가면 끝마쳐야 할 인생이 날 기다리고 있고, 찾아야 할 사랑이 남아 있어. 하지만 난 안전해질 거야. 그 짐승으로부터. 아버지로부터.」

「가려면 혼자서 가, 크리스. 귀네스는 날 사랑하고, 그 무엇도 그 사실을 바꿀 수는 없어.」

「그 무엇도?」 그는 되풀이했고, 지친 미소를 지었다. 「시간은 무엇이든 바꿔 놓을 수 있어. 아무도 사랑할 사랑이 없다면, 나를 사랑하게 될 거야……」

「그녀를 봐, 크리스.」 나는 분노에 찬 목소리로 말했다. 「그녀는 포로야. 낙담하고 있어. 귀네스에게 형은 저 매들이나 다름없어.」

「난 그녀를 갖기를 원해.」 그는 위협적으로 나지막하게 말했다. 「사랑의 섬세함을 논하기에는 난 너무나도 멀리까지, 너무나도 오랫동안 추적을 계속해 왔어. 죽을 때까지는 날 사랑하게 만들 거야. 그때까진 즐기면 되겠지…….」

「귀네스는 형의 소유물이 아냐. 귀네스는 나의 미사고야.」

이 말에 그는 느닷없는 폭력으로 반응했다. 내 뺨을 힘껏 후려갈겼던 것이다. 그 탓에 이 두 개가 부러졌다. 고통과, 입 안에 피가 가득 차는 느낌 너머로, 그가 이렇게 말하는 소리가 들렸다. 「네 미사고는 죽었어! 이건 내 거야. 네 것은 이미 오래전에 내가 죽였어. 그녀는 내 거야! 그게 아니었다면 애당초 데려가려고 하지도 않았어.」

나는 입에 가득 찬 피를 뱉어 냈다. 「우리 두 사람 중 그 누구에게도 속해 있지 않은 건지도 몰라. 그녀에겐 그녀의 인생이 있어, 크리스.」

그는 고개를 가로저었다. 「지금부터는 내 소유물이야. 더 이상 할 말이 없어.」 내가 대답하려고 하자, 그는 손을 들어 내 입술을 거칠게 부여잡아 나를 침묵하게 만들었다. 겨드랑이 사이로 꼬나 박은 창자루가 너무나도 아파서 당장이라도 뼈가 부러질 듯했다. 올가미는 내 피부 깊숙이 파고들고 있었다.

「널 살려 줘야 할까?」 그는 거의 생각에 잠긴 어조로 말했다. 내가 목에서 소리를 내자 그는 한층 더 세게 내 입술을 죄었다. 그는 헛간 벽에서 나이프를 뽑아낸 다음 내 눈앞에 갖다 댔다. 차가운 칼끝을 내 코에 갖다 대고, 손을 낮추더니 내 아랫배를 살짝 두드렸다. 「목숨을 부지하게는 해줄 수 있지만……. 그 대가가

──」 그는 또 같은 동작을 했다. 「── 그 대가가 너무 커. 남자인 너를…… 살려 둘 수는 없어……. 내가 소유한 여자를 내가 아직 모르고 있는 이상…….」

그가 무슨 생각을 하고 있는지를 깨닫고 온몸이 공포로 얼어붙었다. 충격을 받은 나머지 갑자기 머리로 피가 역류해 올라왔다. 거의 그의 모습이 보이지 않을 정도였다.

그는 내 입술에서 손을 놓았지만, 그 대신 내 입을 그 손으로 덮었다. 공포, 순수한 공포에 질린 나머지 나는 울기 시작했다. 몸속 깊은 곳에서 솟구쳐 나오는 흐느낌으로 전신이 떨렸다. 크리스찬이 몸을 바싹 갖다 댔다. 눈을 가늘게 뜨고 있었지만, 여러모로 기분이 안 좋은지 이맛살을 찌푸리고 있었다.

「오오 스티브……」 그는 말했고, 지치고 슬픈 듯한 목소리로 이 말을 되풀이했다. 「꼭 이렇게 됐을 필요는…… 뭐가 이랬을 거라는 말이지? 어쨌든 반드시 좋은 결과는 안 나왔을지도 모르지. 하지만 난 지난 15년 동안 너를 좀 더 잘 알고 지냈더라면 하는 생각이 들어. 네가 함께 있어 줬다면, 너와 얘기를 나눌 수 있었다면 얼마나 좋을까 생각했던 적도 자주 있어. 아니면……」 그는 미소 짓고는 집게손가락으로 내 뺨에서 눈물을 닦아 냈다. 「아니면 보통 사람들 속에서 보통 사람으로 살아갔으면 좋았을 거라고 말이야.」

「다시 그럴 수 있어.」 나는 속삭였지만, 그는 여전히 슬픈 표정으로 고개를 가로저었다.

「슬프지만 불가능해.」 잠시 생각에 잠긴 듯한 침묵이 흐른 후, 그는 나를 바라보며 이렇게 덧붙였다. 「나도 유감이로군.」

우리 둘 중 하나가 말을 잇기도 전에, 불타는 나무들 너머에서 끔찍한 소리가 울려 퍼졌다. 크리스찬은 내게서 몸을 돌리고 숲을 바라보았다. 그는 충격을 받은 듯했다. 그리고 그 사실에 크게 분노하고 있는 것처럼 보였다. 「이렇게 가까이 올 리가 없어…….

이렇게 가깝게 오다니…….」

 야생 짐승의 포효였다. 아직 거리가 있었고, 주위에서 전사들이 내는 소음에 가려 있었기 때문에 멧돼지 괴물인 우르스쿠머그가 낸 소리임을 미처 깨닫지 못했던 것이다. 두 번째 포효가 들려오자 이제는 확실히 알아들을 수 있었다. 그 소리와 함께 나무줄기와 가지를 뚝뚝 부러뜨리며, 밀쳐 내는 먼 소리가 들려왔다. 정원에 있던 매들, 전사들, 알아볼 수도 없는 문화권에서 온 기묘한 사내들은 재빨리 행동에 들어갔다. 그들은 장비를 끌어 모으고, 다섯 마리의 말에 마구(馬具)를 올려놓고, 큰 소리로 지시를 내리며 떠날 준비를 하기 시작했다.

 크리스찬이 두 명의 매에게 손짓하자 그들은 귀네스를 끌어 일으켰고, 그녀의 양 옆구리에 꽂았던 창자루를 빼냈고, 그녀의 몸을 넓은 말 등에 걸쳐 놓은 다음 말의 배 아래로 굳게 결박했다.

 「스티븐!」 그녀는 나를 보려고 몸부림을 치며 절규했.
 「귀네스! 하느님! 안 돼!」
 「빨리 해!」 크리스찬은 이렇게 소리친 후 다른 언어로 같은 명령을 내렸다. 우르스쿠머그가 다가오면서 내는 소음이 점점 더 가까워졌다. 나는 나를 묶은 밧줄을 풀어 보려고 몸부림을 쳤지만, 너무 굳세게 결박되어 있던 탓에 아무 소용도 없었다.

 용병의 무리는 정원 남쪽에 맞닿아 있는 숲을 향해 재빨리 움직이고 있었다. 그곳에 가 있던 두 명은 울타리를 잘라 무너뜨렸고, 불타고 있는 과수원의 불길을 뛰어넘어 정원을 탈출하기 시작했다.

 곧 그들 대다수가 사라졌고, 크리스찬과 펜랜더, 그리고 온몸을 허옇게 칠한 신석기인 한 사람만 뒤에 남았다. 이 고대의 전사는 귀네스가 묶여 있는 말의 고삐를 잡고 있었다. 나는 헛간 뒤로 돌아간 펜랜더가 내 목에 걸어 놓은 로프를 잡아당기는 것을 느꼈다.

크리스찬은 내게 다가와서 다시 고개를 설레설레 저었다. 우리들 주위의 불은 밝게 불타오르고 있었지만, 짐승이 접근해 오는 소리는 점점 더 커지고 있었다. 내 눈에 눈물이 솟구치면서, 밝은 빛을 등진 크리스찬의 모습이 검고 흐릿하게 변했다.

그는 아무 말 없이 양손으로 내 얼굴을 잡으며 바싹 다가섰고, 내 입술에 몇 초 동안 입을 맞추고 있었다.

「네가 없어서 외로웠어.」 그는 조용히 말했다. 「앞으로도 줄곧 그렇게 느끼겠지.」

그런 다음 그는 뒤로 한 걸음 물러섰고, 펜랜더를 흘긋 보며 아무런 주저도, 가책도 없이 이렇게 말했다. 「목을 매달아.」

그러고는 등을 돌렸고, 말 곁에 서 있던 사내에게 명령을 내렸다. 사내는 불타는 과수원을 향해 말을 끌고 갔다.

「크리스!」 나는 절규했지만, 그는 나를 무시했다.

다음 순간 나는 내 몸이 지면에서 휙 끌려 올라가는 것을 느꼈다. 올가미가 깊게 파고들며 순식간에 내 목을 조였다. 그러나 의식은 아직 남아 있었고, 발이 공중에 건들거리고 있었음에도 불구하고 어떻겐가 숨을 쉴 수 있었다. 눈물 때문에 시야가 흐릿해졌다. 내가 마지막으로 본 것은 귀네스의 길고 아름다운 머리카락이 그녀를 싣고 있는 말의 옆구리에 드리워져 있는 광경이었다. 머리카락은 부서진 울타리 위를 스쳐 갔고, 적갈색 머리카락 한두 올을 나무 틈새에 남겨 두고 갔다고 생각한다.

이윽고 암흑이 사방에서 나를 조여 오기 시작했다. 파도가 철썩거리며 바위에 부딪히는 소리와, 맹금류, 혹은 썩은 고기를 먹는 날짐승이 내는 귀청을 찢을 듯한 절규가 들려온다. 밝게 타오르는 불길은 흐릿한 불길로 바뀌었다. 입술을 움직였지만 아무 소리도 낼 수 없었다······.

뭔가 검은 것이, 공중에 대롱대롱 매달려 있는 내 몸과 불타는 나무들 사이에 나타났다. 나는 눈을 깜박이며 필사적으로 소리를 지르려고 했다. 한순간 시야가 밝아지며, 내가 우르스쿠머그의 하반신과 두 다리를 바라보고 있다는 사실을 깨달았다. 짐승의 땀과 배설물 냄새가 뒤섞인 지독한 악취가 풍겨 왔다. 괴물은 나를 향해 몸을 굽혔고, 나는 눈물 맺힌 눈으로 이 멧돼지 인간의 광적이고 끔찍한 얼굴을 보았다. 흰 도료를 처바른 얼굴, 비죽비죽 튀어나온 산사나무 가시와 이파리. 마치 뭔가를 말하려는 듯이, 기묘한 동작으로 입을 열고, 닫고 있다. 내 귀에 들려온 것은 쉭쉭거리는 소리뿐이었다. 그때 내 머리를 가득 채우고 있었던 것은 눈꼬리가 치켜 올라간 날카로운 눈, 우리 아버지의 눈뿐이었다. 눈 주위의 이목구비가 일그러지며, 웃는 것처럼 보였다. 마치 불초 자식 중 하나를 마침내 따라잡았다는 사실에 득의양양하고 있는 듯한 표정이었다.

날카로운 손톱이 달린 손이 내 허리를 꽉 움켜쥐더니, 번들거리는 입을 향해 나를 들어 올렸다. 웃음소리가, 인간의 웃음소리 — 내게는 그렇게 느껴졌다 — 가 들려왔고, 곧 온몸이 격렬하게 뒤흔들렸다. 마치 개가 새를 입에 물고 마구 흔드는 것처럼. 마침내 나는 의식을 잃었고, 이 공포의 순간은 꿈의 세계로 변했다.

말벌 떼가 윙윙거리는 소리가 들리다가, 점점 스러져 갔다. 새들이 지저귀는 소리가 들려왔다. 나는 눈을 뜨고 있었다. 온갖 무늬와 그림자들이 소용돌이치며 움직였고, 이것들이 천천히 초점을 맺으면서 밤하늘의 별과, 구름과, 인간의 얼굴로 바뀌었다.

목을 제외한 전신이 마비되어 있다시피 했지만, 곧 목뼈를 바늘로 마구 찌르는 듯한 느낌과 함께 감각이 돌아왔다. 올가미는 여전히 목에 감겨 있었지만, 절단된 밧줄의 반대편 끄트머리가 차가운 지면 위에 떨어져 있었다.

나는 천천히 몸을 일으켜 앉았다. 고기를 굽던 모닥불은 여전히 밝게 타오르고 있었다. 공기에서는 재와 피와 동물의 강한 냄새가 풍겼다. 고개를 돌리자 해리 키튼의 모습이 눈에 들어왔다.

말을 걸려고 했지만, 입과 혀가 말을 듣지 않았고, 결국 아무 소리도 내지 못했다. 눈물이 솟구쳤다. 키튼은 손을 뻗어 내 팔을 가볍게 두드렸다. 그는 한쪽 팔꿈치를 땅에 괴고, 옆구리를 아래로 한 자세로 누워 있었다. 끔찍하게도 그의 가슴에는 부러진 화살대가 그대로 꽂혀 있었고, 그가 힘겹게 숨을 내쉬고, 들이쉴 때마다 상하로 움직였다.

「놈들은 그녀를 끌고 갔어.」 그는 비통한 얼굴로 고개를 가로저었다. 나는 어떻겐가 고개를 끄덕여 보였다. 키튼은 말을 이었다. 「난 아무 일도 할 수 없었어……」

나는 잘려 나간 밧줄로 손을 뻗쳤고, 쉰 목소리를 내며 무슨 일이 일어났는지를 몸짓으로 물었다.

「그 짐승이야.」 그는 말했다. 「그 멧돼지 괴물 말이야. 자네를 들어 올렸어. 마구 흔들었어. 세상에, 그런 괴물이 있다니. 아마 자네가 죽었다고 생각했던 것 같아. 요란스럽게 킁킁거리며 자네 냄새를 맡더니, 그냥 내버려 두고 가더군. 난 자네의 검으로 밧줄을 잘랐어. 손쓰기엔 이미 때가 늦었다고 생각하고 있었지만.」

고맙다는 말을 하려 했지만, 여전히 아무 소리도 나오지 않았다.

「하지만 놈들은 이걸 남겨 두고 갔네.」 키튼은 이렇게 말하고는 은으로 된 떡갈나무 잎을 들여다보였다. 크리스찬은 이것을 떨어뜨렸음에 틀림없다. 나는 그것을 받아 들고 차가운 금속을 손아귀에 넣고 쥐었다.

우리는 점점 어두워지는 정원에 누운 채로, 연기를 뿜으며 타는 나무에서 튀는 불티가 하늘을 향해 끊임없이 올라가는 광경을 바라보고 있었다. 불빛에 반사된 키튼의 얼굴은 송장처럼 핼쑥했다. 어쨌든 간에 우리 두 사람이 살아남은 것은 사실이었고, 동이 틀 무렵 우리는 서로를 부축하면서 집으로 들어가서 다시 쓰러졌다. 비탄에 빠지고 상처 입은 두 사람끼리, 부들부들 몸을 떨며.

적어도 한 시간 동안 나는 귀네스의 이름을 부르며 울었다. 내가 사랑했던 모든 것을 잃었다는 사실에 분노하고, 절망하며. 키튼은 침묵을 지켰다. 입을 꽉 다물고, 흐르는 피를 막으려는 듯이 화살이 박힌 상처를 꽉 누르고 있었다.

우리는 절망에 사로잡힌 두 명의 전사였다.

그러나 그날도 우리는 죽지 않고 살아남았고, 겨우 힘이 돌아왔을 때, 나는 장원 저택까지 걸어가서, 부상을 입은 비행사를 위해 구조를 요청했다.

제3부
숲의 심장

숲속으로

아버지의 일기장에서 발췌. 1941년 12월.

윈-존스에게 산장으로 돌아올 것을 재촉하는 편지를 썼다. 숲 깊숙이에서 5주 이상을 지냈지만, 집에서는 2주 정도만 흘렀을 뿐이었다. 겨울 숲에서도 집과 마찬가지로 따뜻한 날들이 계속되었기 때문에 시간 감각을 아예 상실했던 것 같다. 조금 눈이 왔지만, 곧 그쳤다. 이런 효과가 — 나는 이것이 〈상대성〉의 영향이라는 점을 확신하게 되었다 — 숲의 중심부에 가까워질수록 현저해진다는 점은 명백하다.

숲으로 들어가는 제4의 통로를 발견했다. 바깥쪽 방어 구역을 돌파할 수 있는 통로이지만, 방향을 가늠하는 것은 불가능에 가깝다. 어떤 의미에서는 너무 뻔한 길이다. 숲을 지나가는 개울, C와 S가 〈스티클브룩〉이라고 부르는 수로이다. 이 조그만 흐름을 따라 숲속으로 이틀을 들어가면 개울은 완전한 강으로 바뀐다. 수량(水量)의 균형이 어떻게 유지되고 있는지 상상도 할 수 없다! 어떤 지점부터 급류로 바뀌는 것일까? 템스 강처럼?

이 길은 말의 신전 너머까지, 〈돌 폭포〉 너머까지, 폐허 너머로까지 이어지고 있다. 그곳에서 나는 〈샤미가〉와 조우했다. 청동기 시대 초기의 유럽, 아마 기원전 2천 년경에 살았던 부족이다. 그들은 탁월한 이야기꾼으로서의 재능을 가지고 있다. 그들이 〈생의 이야기꾼〉이라고 부르는 사람은 어린 소녀로 — 몸에 녹색 도료를 처바른 — 뚜렷한 〈심령〉 능력의 소유자이다. 이들 자신이 전설적인 존재이다. 여울목의 영원한 수호자. 그들에게서 나는 내부 영역의 성질과, 폐허 지대를 넘어 숲 깊숙한 곳에 있는 〈거대한 틈새〉로 이어지는 길에 관한 얘기를 들었다. 이 영역의 중심부에는 원시림의 침입조차도 거부하는 거대한 불의 벽이 있다고 한다.

여전히 가장 큰 문제는 피로이다. 숲으로의 여행 자체가 너무 힘겹고, 체력을 요구하는 일이기 때문에, 나는 떡갈나무 산장으로 일단 돌아가야 한다. 내가 조금만 더 젊었더라면······. 그러면 어떻게 될지 누가 알겠는가? 원정대를 조직할 필요가 있다. 숲은 여전히 나를 방해하고 있다. 옛날 그 가장자리를 돌파하려고 하던 나를 두려움에 떨게 했던 것과 똑같은 활력으로 스스로를 방어하고 있는 것이다. 그러나 〈샤미가〉는 많은 열쇠를 가지고 있다. 그들은 나그네들의 친구이다. 다가오는 여름이 끝나기 전에 그들을 다시 발견해 볼 작정이다.

〈≪샤미가≫는 나그네들의 친구이다. 그들은 많은 열쇠를 가지고 있다······.

시간 감각 자체를 상실했던 것 같다······.

그녀는 내 마음을 완전히 사로잡았다. J는 이것을 알아차렸지만, 나더러 어쩌란 말인가? 그것이 미사고 자신의 성질인 것이다······.〉

이 완결되지 않은 강박적인 일기는, 그 고통스럽고 가슴이 찢어질 듯한 밤 이래 얼마나 나를 위로해 주었는가. 〈샤미가〉는 많은 수수께끼를 풀어 줄 실마리가 되어 줄 수 있다. 스티클브룩은 깊은 숲속으로 통하는 길이다. 그리고 크리스찬이 외부인이라는 점을 감안할 때, 그 또한 〈통로〉를 따라서만 움직여야 하는지도 모르고, 또한 내가 그의 뒤를 밟을 수 있을 것이라는 생각이 나에게 위안을 주었다.

　나는 마치 내 목숨이 걸린 듯이 열심히 일기를 읽었다. 강박 관념도 어떨 때는 쓸모가 있는지도 모르겠다. 몸의 체력이 회복되고, 키튼이 여행할 수 있는 상태로 돌아오는 즉시 나는 형을 추적할 작정이었다. 아버지가 일기장에 남긴 간단한 관찰이나 언급이, 나중에 가서 얼마나 중요한 가치를 가지게 될지는 알 수 없는 것이다.

　해리 키튼은 그가 근무하는 공군 기지에서 치료를 받았다. 생명이 위태로운 부상은 아니었지만, 중상임에는 틀림이 없었다. 그는 습격을 받은 지 사흘만에 떡갈나무 산장으로 되돌아왔다. 한쪽 팔을 붕대로 목에 매달고, 몸이 쇠약해진 상태였지만, 활기에 가득 차 있었다. 순전히 기력으로 몸을 고치려 하고 있는 것이다. 그는 내가 무슨 생각을 하고 있는지 알고 있었고, 함께 가고 싶어 했다. 그가 함께 가준다면 나도 좋았다.

　내 경우에는 고쳐야 할 상처가 두 군데 있었다. 사흘 동안 나는 아무 말도 하지 못했고, 액체밖에는 넘기지 못했다. 기력이 쇠하고 혼란된 상태였다. 팔다리에 힘이 돌아오기는 했지만, 엎어진 자세로 난폭하게 말 등에 묶인 채 억지로 끌려간 귀네스의 모습이 뇌리에서 떠나지 않고 나를 괴롭혔다. 그녀 생각 때문에 잠을 잘 수 없었고, 믿을 수 없을 만큼 많은 눈물을 쏟았다. 그녀가 납치된 지 사나흘쯤 지났을 때 나의 분노는 극에 달했고, 계속적인 히스테리 발작이라는 불합리한 형태로 분출되었다. 한번은 그것을 비행사에게 목격당했지만, 그는 욕설을 마구 퍼붓는 나의 행동에도 침착을 잃지 않고 나를 진정시켜 주었다.

그녀를 구해 내야 한다. 전설에 정해진 운명이 무엇이든 간에, 녹색 숲의 귀네스는 내가 사랑하는 여인이었고, 그녀가 다시 안전해질 때까지 나는 정상적으로 살아갈 수가 없었다. 잇달아 울화통을 터뜨리며 꽃병과 의자를 때려 부쉈을 때처럼, 형의 두개골을 박살 내고 싶었다.

그러나 일주일은 기다려야 했다. 이런 몸으로 울창한 숲을 헤치고 나아갔다가는 금세 녹초가 되는 것이 고작이었다. 나는 목소리를 되찾았고, 힘도 점점 되살아났다. 나는 계획을 짜고 준비를 하기 시작했다.

9월 7일에 출발할 생각이다.

동이 트기 한 시간 전에 해리 키튼이 산장에 도착했다. 모터사이클의 엔진 소리에 몇 분쯤 귀를 기울이고 있자, 눈부신 전조등 빛이 어두운 현관홀을 한번 훑었고, 시끄러운 엔진이 멈췄다. 나는 떡갈나무의 우리 속에서, 귀네스와 함께 오랜 시간을 보냈던 나무가 움푹하게 파인 장소에서 웅크리고 있었다. 물론 귀네스 생각을 하고 있었고, 키튼이 왜 안 오는지 초조해 하고 있었다. 또 이 사내가 도착하면서 나의 우울한 기분을 뒤흔들어 놓았다는 사실도 내 신경을 건드렸다.

「준비됐어.」 키튼은 현관으로 들어오며 말했다. 그는 이슬에 젖어 있었고, 가죽과 휘발유 냄새를 풍겼다. 우리는 식당으로 들어갔다.

「동이 트자마자 출발하겠습니다.」 나는 말했다. 「그러니까, 당신이 제대로 움직일 수 있다면 말입니다.」

키튼은 우리 앞에 가로놓인 여정이 매우 힘들 것을 예상하고 충분한 준비를 갖추고 왔다. 모터사이클용의 가죽옷에 육중한 부츠를 착용하고, 머리에는 조종사용의 가죽캡을 쓰고 있었다. 등에는 잔뜩 부풀어 오른 배낭을 지고 있었다. 허리에는 나이프를 두 자루 차고 있었고, 그 중 하나에 폭이 넓은 날이 달려 있는 것을 보니 덤불을 헤쳐 나갈 때 마체티[8] 대용으로 쓸 심산인 듯했다. 그가 움직일 때마다 냄비 따위가 달그락거리는 소리가 났다.

어깨에서 육중한 배낭을 벗어 내려놓으며 그는 입을 열었다.
「이 정도는 준비해 두는 것이 현명하다고 생각했네.」

「뭘 위한 준비입니까?」 나는 미소 지으며 말했다. 「일요일의 불고기 파티? 숲에서 왈츠를 춘다든지? 자신의 생활 방식을 통째로 가지고 왔군요. 이렇게까진 필요 없을 겁니다. 제대로 가지고 가지도 못할 거고.」

그는 머리에 꼭 맞는 가죽제 비행모를 벗고 황갈색의 머리를 긁적였다. 얼굴 아래쪽에 있는 화상 흉터가 벌겋게 물들어 있었다. 그의 눈이 반짝였다. 흥분과 당혹감이 반반씩 섞인 표정이었다.

「준비가 너무 과했다고 생각하나?」

「어깨는 어떻습니까?」

그는 팔을 뻗고 시험 삼아 휘둘러 보았다. 「잘 아물고 있네. 거의 다 나았어. 이틀이나 사흘 뒤면 멀쩡하게 될 걸세.」

「그렇다면 너무 과했습니다. 그 배낭을 어깨에 메고 갈 수는 없을 겁니다.」

그는 조금 걱정스러운 표정을 했다. 「그럼 이건?」

그는 이렇게 말하고는, 어깨를 움츠리며 등에 메고 온 리-엔필드 소총을 벗겨 냈다. 나도 군대에서 경험해 봐서 알고 있지만 그것은 무거운 소총이었고, 방수를 위해 바른 기름 냄새를 풍겼다. 그는 가죽 웃옷의 호주머니에서 탄약이 든 상자를 몇 개 꺼냈다. 가슴 호주머니에서는 권총을 꺼냈고, 바지 허벅지의 지퍼가 달린 포켓에서 이번에는 권총용 탄약을 꺼냈다. 이런 식으로 짐들을

---

8 machete. 남미 원주민이 가지치기에 쓰는 날이 넓은 큰 칼.

꺼내 놓자 그의 몸 크기는 반으로 줄어들어 있었다. 어느새 그는 며칠 전에 본 마른 체격의 비행사로 되돌아가 있었다.

「나중에 쓸모가 있을지도 모른다고 생각했던 거야.」 그는 말했다.

어떤 의미에서는 맞는 얘기였지만, 나는 고개를 가로저었다. 두 사람 중 하나가 이것들을 가져가야 하고, 도저히 이런 짐을 지고 빽빽한 원시림 사이로 들어갈 수는 없는 일이었다. 키튼의 어깨는 빠르게 회복하고 있었지만, 상처가 쓸리고 너무 과중한 압력을 받는다면 다시 악화될 것이 분명했다. 내 상처는 다 나았고, 체력도 충분했지만, 무게가 20파운드에 달하는 소총을 이고 갈 만한 체력은 없었다.

그러나 숲에서도 소총을 가지고 있는 자들이 있었다. 나는 이미 구식 전장총과 맞부딪친 적이 있다. 좀 더 최근 시대의 영웅들이 숲속에 있는지 없는지, 또 그들이 어떤 무기를 지니고 있는지 알 도리는 없었다.

「아마 권총이라면 괜찮을 겁니다.」 나는 말했다. 「하지만 해리…… 앞으로 우리가 만날 사람은 원시적인 인물입니다. 그는 칼과 창을 쓰고 있고, 나도 같은 방법으로 그에게 도전할 작정입니다.」

「그건 나도 이해하네.」 키튼은 조용한 목소리로 말했다. 그는 손을 뻗어 권총을 집어 올렸고, 겨드랑이의 권총집에 다시 집어넣었다.

우리는 배낭을 풀고, 편리하기보다는 오히려 더 거치적거리기만 할 것이라고 의견의 일치를 본 물건들을 모두 짐에서 제외했다. 식량은 1주일분을 가져가기로 했다. 빵과 치즈와 과일, 소금에 절인 쇠고기 따위였다. 방수 깔개와 경량 텐트는 쓸모가 있을 듯했다. 식수가 오염되어 있을 경우에 대비해서 물이 든 수통을 넣었다. 브랜디, 약용 알코올, 반창고, 소독용 크림, 항균성 연고,

붕대. 이런 것들이 가장 중요했다. 식기로는 각자 접시 하나씩을 넣었고, 법랑 머그 잔, 성냥과 잘 마른 지푸라기 약간을 휴대했다. 내 물건 중 가장 무거운 것은 장원에서 입수한 방수포였다. 키튼의 가죽옷도 이것과 마찬가지로 무겁겠지만, 방한과 방수가 된다는 점에서는 좋은 생각인 것 같았다.

뛰어서 한 시간이면 충분히 돌 수 있는 작은 숲을 여행하기 위해서 이런 장비를 갖춘 것이다! 두 사람 모두 라이호프 숲의 신비적인 성질을 이렇게도 쉽사리 믿어 버렸다는 사실이 놀라웠다.

지도의 원본은 크리스찬이 가져가 버렸다. 나는 기억에 의존해서 다시 그린 지도를 펼치고 내가 택하고 싶은 루트를 키튼에게 보여 주었다. 개울을 따라 〈돌 폭포〉라고 표시된 곳으로 이어지는 길이었다. 이것은 두 개의 영역을 지난다는 것을 의미했다. 그 중 하나는 내 기억에 의하면 〈진동 암벽〉이라고 명명된 곳이었다.

크리스찬은 우리보다 대략 일주일쯤 앞서 나아가고 있었지만, 나는 그가 숲으로 들어간 흔적을 찾아낼 수 있을 것이라고 자신하고 있었다.

동이 트는 것과 동시에 나는 돌촉이 달린 내 창을 집어 들었고, 마기디온이 준 켈트 족의 검을 허리에 찼다. 그런 다음, 의식(儀式)을 연상케 하는 동작으로 떡갈나무 산장의 뒷문을 잠갔다. 키튼은 우유 배달부에게 메모를 남겨야 하지 않느냐는 둥 하며 농담을 해보려고 했지만, 내가 몸을 돌려 떡갈나무 과수원을 향해 걷기 시작하자 조용해졌다. 어디를 돌아보아도 귀네스의 추억이 담긴 곳들뿐이었다. 불타오르는 나무들 사이로 〈매〉들이 펄쩍거리며 달려오는 광경이 뇌리에 떠오르자 가슴이 쿵쾅거렸다. 불탄 나무들은 신속하게 소생했고, 이제는 여름 잎사귀가 무성히 자라 있었다. 오늘은 후텁지근한 날씨가 될 듯했다. 떡갈나무 과수원에는 부자연스러울 정도의 정적이 깔려 있었다. 우리는 관목들 사이를 지나 이슬에 젖어 반짝이는 개활지로 발을 들여놓았고,

스티클브룩으로 통하는 비탈길을 따라, 유령의 숲을 바깥쪽의 생자(生者)의 땅으로부터 지키고 있는 듯한 느낌을 주는 이끼 낀 울타리로 걸어갔다.

〈숲 내부의 깊숙한 영역으로 이어지는 네 번째 통로를 발견했네. 시냇물이었어. 지금 와서 생각해 보면 너무나도 당연한 일이지만, 수로가 존재했단 말일세! 이것을 이용하면 숲의 심장부로 진입하는 것도 가능해질 것이라고 생각하네. 그렇지만 예나 지금이나 문제는 바로 시간, 시간이야!〉

키튼과 힘을 합쳐 나무줄기에 못 박혀 있던 오래된 수문을 뜯어냈다. 개울 둑의 흙 속에 반쯤 묻혀 있다시피 했던 수문은 수초, 썩은 나무, 이끼, 브라이어 로즈 따위를 뒤로 끌며 원래 위치에서 뜯겨 나왔다. 수문 너머에서는 개울 폭이 넓어지고 수심이 깊어지며 위험한 물 웅덩이를 이루고 있었고, 산사나무 덤불이 그 주위를 에워싸고 있었다. 바짓단을 걷어 올린 나는 맨발로 물 웅덩이 속으로 들어갔고, 나무의 뿌리와 가지를 조심스레 잡아 가며 이 천혜의 첫번째 방벽 가장자리를 우회했다. 웅덩이 바닥은 처음에는 미끌미끌했고, 곧 푹신푹신해졌다. 거품이 이는 차가운 개울물이 발 주위에서 소용돌이쳤다. 이렇게 해서 축축한 숲으로 들어간 순간, 오싹하는 한기가 엄습해 왔고, 나는 점점 밝아 오는 바깥 세상으로부터 차단당하는 듯한 감각을 맛보았다.

키튼은 미끄러지며 비틀비틀 내 뒤를 따라왔고, 나는 그의 손을 끌어 진흙투성이의 둑으로 올라오게 했다. 우리는 허리를 굽히고 가시나무와 찔레나무 덤불을 헤쳐 나가며, 가능한 한 개울 가장자리를 따라 전진했다. 울타리의 잔해가 여기저기에 남아 있었다. 수십 년 전에 세워진 이 울타리는 완전히 썩어 있었고, 조금 손이 닿기만 해도 그대로 부스러질 정도였다. 새벽인데도 새들의 합창은 여느 때에 비해 나지막했다. 그러나 머리 위의 높고 검푸른 나뭇잎 사이에서 새들이 휙휙 날아다니는 기색을 느낄 수는 있었다.

강둑에서도 좀 더 시야가 트인 장소로 나오자 어둠이 갑자기 걷혔다. 우리는 땅바닥에 앉아 발을 말린 다음 다시 부츠를 신었다.

「그다지 힘들지는 않았어.」 키튼이 가시에 긁힌 뺨의 상처에서 피를 닦아 내며 말했다.

「아직 출발했다고도 하기 힘듭니다.」 내가 이렇게 말하자 그는 웃음을 터뜨렸다.

「그냥 힘을 북돋우려고 해본 소리야.」 그는 주위를 둘러보았다.「한 가지 확실한 점이 있네. 자네의 형과 부하들은 이 길로는 오지 않았어.」

「하지만 그들은 강을 향해 가고 있습니다. 곧 그 흔적을 찾을 수 있을 겁니다.」

내게 일어나는 일들을 기록하기 위해 이 일기를 쓸 작정이다. 내가 이러는 데는 몇 가지 이유가 있다. 이것들에 관해서는 따로 설명해 놓은 편지를 남겨 두고 왔다. 누군가가 이 일기를 읽어 줄 것을 나는 희망한다. 내 이름은 해리 키튼이고, 주소는 벅스포드의 미들턴 가든스 27번지이다. 나이는 서른네 살. 오늘은 1948년 9월 7일이다. 그러나 이 날짜는 더 이상 의미가 없다. 오늘은 〈첫째 날〉이므로.

우리는 유령의 숲에서 첫번째 밤을 보내고 있다. 오늘은 열두 시간을 걸었다. 크리스찬이나, 말들이나, G의 흔적은 찾지 못했다. 우리는 스티븐의 아버지가 발견하고 〈작은 돌 공터〉라고 명명한 장소로 와 있다. 해가 지기 전에 이곳에 도달했다. 이곳은 힘든 도보 여행의 피로로부터 회복하고, 식사를 하는 데는 최적의 장소이다. 이곳에 있는 〈작은 돌〉이란 거대한 사암(砂岩) 덩어리이고, 높이는 14피트(우리가 추정한 바로는)에 그 둘레는 스무 걸음이나 된다. 바위는 풍상에 시달려 침식되고, 여기저기 깨져 나간 자국이 있다. 스티븐은 바위 표면에 자기 아버지 이름의 머릿글자인 GH를 포함해서 희미한 자국들이 남아 있는 것을 발견했다. 만약 이것이 정말로 〈작은〉 돌이라고 한다면……?

완전히 녹초가 됐다. 어깨 상태가 매우 안 좋지만, 나는 〈영웅적〉으로 행동하기로 결심했고, S가 눈치 채기 전에는 발설하지 않을 작정이다. 배낭을 지고 가는 데는 지장이 없지만, 내가 예상했던 것 이상으로 훨씬 더 자주 기어오르고, 힘을 써야 했다. 텐트를 쳤다. 따뜻한 밤이다. 숲은 매우 정상적으로 보인다. 시냇물소리가 뚜렷하게 들려오지만, 이제는 시내라기보다는 작은 강에 가깝다. 빽빽이 자란 덤불 탓에 우리는 강둑을 따라가는 것을 포기해야 했다. 이 숲은 통상적인 경험을 뛰어넘는 성질을 가지고 있지만, 어떤 나무들, 천연 그대로의 거목(巨木)들은 가지를 치거나 벌채된 흔적이 전혀 없다. 이들 거목은 총림(叢林) 전체를 에워싸고 있는 듯 보이고, 뭔가를 보호하고 있는 듯한 느낌을 준다. 머리 위를 이들의 잎사귀가 완전히 뒤덮을 경우에는 아래쪽의 총림도 드문드문해지기 때문에 걷기가 쉬워진다. 반면에 주위는 매우 어두워진다. 그러나 이들 거목 아래에서 우리는 자연스레 휴식을 취하곤 했다. 숲 전체가 숨을 쉬고, 한숨을 내쉬고 있다. 마로니에 나무도 매우 많이 자라 있으므로, 이 숲을 〈원시림〉이라고는 할 수는 없지만, 떡갈나무와 개암나무가 엄청나게 많고, 물푸레나무와 너도밤나무의 군락도 산재해 있다. 백 개의 숲이 한 곳에 모여 있는 느낌이다.

키튼은 첫날 밤부터 일기를 쓰기 시작했지만, 하루도 빠짐없이 꼬박꼬박 쓴 것은 처음 며칠뿐이었다. 이 일기는 비밀로 해둘 작정이었던 것 같다. 만약 자신의 몸에 무슨 일이 일어날 경우, 세상에 남기는 마지막 증언으로서 말이다. 뜰에서 벌어진 전투, 화살을 맞고 죽을 뻔했던 일, 하마터면 간 요리의 재료가 될 뻔했다는 나의 얘기. 이런 일들 모두가 그의 마음속에 불길한 예감을 불러일으켰던 것이다. 이 예감의 깊은 의미를 내가 깨달았던 것은 훨씬 훗날의 일이었다.

나는 매일 밤 그가 잠이 든 뒤에 그의 일기를 훔쳐보았고, 일기를 읽는다는 일상적인 행위에서 어떤 안도감을 맛보곤 했다. 이를테면 나는 그가 어깨의 통증을 경험하고 있다는 사실을 발견했고, 그가 어깨에 과도한 부담을 주지 않도록 배려했다. 또 그는 내 기분을 상당히 북돋아 주었다. 〈스티븐은 건각(健脚)이고, 의지가 강하다. 목표를 향한 그의 의지는, 의식적인 것인지 무의식적인 것인지는 모르겠지만, 정확하게 그를 숲의 내부로 이끈다. 마음 깊숙한 곳에서는 분노와 슬픔이 들끓고 있음에도 불구하고, 평온한 겉모습을 유지하고 있는 그의 존재는, 내게는 큰 위안을 주었다.〉

고맙습니다, 해리. 짧았던 이 여정에서, 당신도 내게 큰 위안을 주었다는 것을 알고 있습니까.

첫날의 여정이 길지만 평온했다면, 둘째 날은 전혀 그렇지 못했다. 우리는 〈수로〉를 따라가고 있었지만, 숲의 방어망은 여전히 큰 골칫거리였다.

우선 방향 감각의 상실을 들 수 있었다. 걷다 보면 아까 왔던 길을 거꾸로 되돌아가고 있는 경우도 부지기수였다. 때로는 이런 감각의 전환 자체를 거의 깨닫지도 못하는 수가 있었다. 우리는 현기증을 느꼈고, 머리 위를 뒤덮은 큰 나무들 아래의 총림 속은 비정상적일 정도로 어두워지곤 했다. 강이 흐르는 소리가 왼쪽에서 오른쪽으로 바뀌었다. 키튼은 두려움에 사로잡혔다. 나는 동요했다. 강가에 바싹 붙어 가면 그래도 이런 효과는 덜했다. 그러나 강 자체가 통과 불가능한 가시나무의 벽으로 가로막혀 있었기 때문에, 다가갈 수가 없었다.

우리는 그럭저럭 첫번째 방어 영역을 돌파했다. 숲이 우리를 홀리기 시작했다. 나무들이 움직이는 것처럼 보였다. 우리 머리 위로 나뭇가지가 떨어졌다……. 단지 우리의 심안(心眼)에 그렇게 비칠 따름이었지만, 그럴 때마다 심신을 피로하게 하는 정신적인 충격에 시달려야 했다. 지면은 이따금 꿈틀거리다가 갈라지는 것처럼 보였다. 증기나 연기 냄새, 뭔가 부패하는 듯한 냄새를 맡을 때도 있었다. 굴하지 않고 그대로 나아가면 이런 환각은 사라졌다.

키튼은 일기에 이렇게 쓰고 있었다. 〈내가 예전에 경험했던 것과 같은 환각이다. 그리고 그에 못지 않게 무섭다. 그러나 이것은 내가 목적지에 가까워지고 있다는 뜻일까? 너무 섣부른 기대를 하지 않는 편이 나을지도 모르겠다.〉

이윽고 바람이 우리를 향해 불어왔다. 이 폭풍은 환각이 아니었다. 폭풍은 포효하며 숲 전체를 가로질렀다. 나뭇잎이 우수수 떨어졌고, 작은 가지, 가시나무, 흙, 돌 따위가 우리를 향해 한꺼번에 날아왔다. 그 탓에 우리는 몸을 숙이고, 출발지로 날아가 버리지 않기 위해 필사적으로 나무에 매달려야 했다. 이 믿을 수 없는 돌풍으로부터 도망치기 위해 우리는 강가의 가시나무 덤불을 잘라 내며 헤쳐 나가야 했다. 반 마일도 채 안 되는 거리를 이동하는 데 한나절이 걸렸다. 마침내 밤이 되어 텐트를 쳤을 때 우리는 타박상과 찰과상투성이였고, 기진맥진한 상태였다…….

그리고 밤이 되자 짐승의 울음소리가 우리를 괴롭혔다. 지면이 진동하며 텐트가 마구 뒤흔들렸고, 어둠 속에서 불빛이 반짝이며 텐트의 캔버스 천 위로 희미하고 섬뜩한 그림자들을 떨어뜨렸다.

우리는 한시도 눈을 붙이지 못했다. 그러나 다음날이 되자 이 저항을 극복한 듯했다. 우리는 상당한 거리를 전진할 수 있었고, 예전보다 쉽게 강가로 침입할 수 있다는 사실을 깨달았다.

키튼은 프리 미사고의 형성을 경험하기 시작하고 있었다. 넷째 날 그는 신경이 곤두서 있었고, 조용히 하라고 쉿 하는 소리를 내고는 얼이 빠진 얼굴로 어느 지점을 응시하거나, 몸을 웅크리고 앉아 숲속을 살펴보곤 했다. 나는 그에게 진짜 움직임과 환각에 불과한 프리 미사고의 형태를 어떻게 분간하는지 그에게 설명해 주었지만, 처음 며칠 동안 두려운 경험을 한 탓에 우리는 불안해하고 있었고, 훨씬 나중이 될 때까지 긴장을 풀지 못했다. 진짜 미사고 형태에 관해서 말하자면, 아직은 편했던 첫날에 한번 본 이후로는 한번도 보지 못했다.

아니, 정말 그랬을까?

우리는 아버지의 지도에 〈돌 폭포〉라고 기입되어 있는 장소로 왔다. 그가 일기에서 자주 언급했던 곳이다. 강 — 우리의 좁다란 스티클브룩 — 의 폭은 10피트까지 넓어져 있었다. 수정처럼 맑은 물이 급류가 되어, 진흙땅이라기보다는 모래 사장에 가까운 강가에 드문드문 자라 있는 나무들 사이로 소용돌이치며, 흘러간다. 넓게 트인 장소였기 때문에 야영하기에는 안성맞춤이었고, 실제로 누가 야영을 한 흔적, 이를테면 밧줄 자국이라든지, 고정용 철심 따위를 나무에 박은 흔적이 남아 있었다. 그러나 발자국이나 모닥불을 피운 자국은 남아 있지 않았다. 크리스찬이 이곳을 지나갔을지도 모른다는 생각에 가슴이 뛰었지만, 결국 이 야영지는 훨씬 오래전에 미사고가 남기고 간 것이라는 사실을 인정해야 했다.

강에서 멀어질수록 지면은 가파르게 위로 올라가며, 나무 — 주로 너도밤나무 — 로 드문드문 뒤덮인 비탈을 이루고 있었다. 이들 나무는 거대한 바위가 사방에 널려 있고 검은 암반이 군데

군데 노출되어 있는 땅 위에 자라 있었다. 강이 굽이쳐 흐르는 부분에서 이 비탈을 갈지자로 가로지르는 길이 지도에 기입되어 있었고, 강둑은 〈위험한 지형〉이라고 표시되어 있었다.

우리는 일단 휴식을 취한 후 강기슭에서 벗어났고, 가는 나무줄기를 잡고 매달리며 가파른 경사를 이루고 있는 너도밤나무 숲을 종단했다. 암반이 노출된 부분은 대부분 동굴처럼 되어 있었고, 그 입구에는 동물이 살고 있었던 흔적이 많이 남아 있었다.

전진하는 것은 쉽지 않았다. 강은 까마아득하게 아래쪽으로 사라졌고, 물이 흐르는 소리도 멀어졌다. 숲은 이제 침묵으로 우리를 완전히 감싸고 있었다. 키튼은 어깨의 아픔을 무시하며 힘겹게 움직이고 있었다. 얼굴이 새빨개진 탓에 끔찍한 화상 흉터도 전혀 눈에 띄지 않을 정도였다.

이끼 낀 바위가 널려 있는 능선을 넘은 후, 방향을 바꿔 이번에는 강을 향해 내려가기 시작했다. 거대한 바위 하나가 사면 위에 급격한 각도로 솟아 있었다. 마치 꼭대기에 우뚝 서 있던 돌이 아래로 미끄러진 듯한 형상이었다. 키튼도 나와 같은 생각을 하고 있었다. 우리는 그 바위를 향해 미끄럼 타듯이 뛰어 내려갔고, 그 매끄러운 표면에 쾅 부딪힌 후에야 겨우 멈춰 설 수 있었다. 키튼은 숨이 턱까지 차 올라 있었다.

「이걸 좀 봐!」 그는 바위에 깊이 각인된 무늬를 손으로 어루만지며 외쳤다. 마름모꼴을 배경으로 한 늑대의 얼굴이었다. 풍상에 닳은 탓에 세부까지 알아볼 수는 없었다. 「혹시 누가 여기 묻혀 있는 건 아닐까?」

「묘지가 맞는 것 같군요.」 나는 중얼거렸다.

키튼은 이 인상적인 기념비 아래에 서서 이것을 올려다보고 있었다. 어딘가 사면 위쪽에서 나무가 부러지는 소리가 들려왔고, 이어서 강물로 돌이 굴러 떨어지는 시끄러운 소리가 났다.

땅이 조금 흔들렸다. 나는 불안한 눈으로 주위를 돌아보며 뭔가 접근해 오고 있지는 않는지 확인해 보려고 했다. 키튼이 「하느님 맙소사!」 하고 외치는 소리에 나는 고개를 홱 돌렸고, 그가 이쪽으로 미친 듯이 도망쳐 오는 것을 보았다. 다음 순간에야 나는 무슨 일이 일어나고 있는지 알아차렸다.

거대한 돌이 움직이기 시작했고, 앞으로 천천히 쓰러지고 있었던 것이다.

키튼은 아슬아슬하게 몸을 피했다. 비석이 미끄러지는 광경은 장관이었다. 바위가 어린 나무 두 그루를 뭉개고, 굉음과 함께 40야드 가량 사면을 미끄러져 내려가자, 원래 서 있던 자리에는 커다란 구멍이 남았다.

우리는 조심스럽게 구멍 가장자리로 다가가서 안을 들여다보았다. 구멍 바닥의 다져진 흙 사이로 인간의 뼈가 조금 드러나 있었다. 아직도 갑옷을 입은 채였다. 우리를 올려다보고 있는 해골은 일격을 받고 갈라진 것처럼 두 조각이 나 있었다. 청록색 광택이 있는 금속으로 된, 좁고 뾰족한 투구가 정수리 부근에 놓여 있었다. 이 전사의 양쪽 팔은 납작한 가슴받이 위에서 교차하고 있었다. 녹이 슬어 있기는 했지만, 갑옷은 잘 연마된 금속으로 만들어진 듯했다. 키튼은 아마 청동일 거라고 했다.

우리가 엄숙한 얼굴로 그 시체를 내려다보고 있었을 때, 가슴받이 위에서 흙이 떨어지면서 해골이 움직이기 시작했다. 키튼은 놀라 비명을 질렀고, 나는 두려움 때문에 오장육부가 비틀리는 듯한 느낌을 받았다. 그러나 그것은 단지 뱀, 화려한 색깔의 독사에 불과했다. 독사는 가슴받이 아래의 갈빗대 속에서 미끄러져 나왔고, 흙으로 이루어진 무덤의 사면을 올라오려고 했다.

이 짧은 움직임에 우리 두 사람은 완전히 기력을 잃었다.

「하느님 맙소사.」 키튼이 말했다. 그는 「당장 여길 떠나세」라고 덧붙인 후 침묵했다.

「저건 해골에 불과합니다. 우리를 해칠 리가 없지 않습니까.」

「〈누군가〉가 저 친구를 여기 묻었어.」 틀린 말은 아니었다.

우리는 다시 짐을 움켜쥐고는 강변의 좀 더 안전한 숲을 향해 사면을 미끄러져 내려갔다. 나는 안전하다고 느껴지는 곳까지 오자 웃음을 터뜨렸지만, 키튼은 무성한 나무들 사이로 비석이 서 있는 바위 능선을 올려다보았다.

그의 심각한 시선이 향해 있는 곳을 바라본 나는, 그 녹색의 금속이 번득이는 것을 틀림없이 보았다. 다음 순간 번득임은 사라졌다.

닷새째. 다섯 번째 밤. 더 추워졌다. 나는 녹초가 됐고, 어깨에 심한 통증을 느끼고 있다. 스티븐도 지쳐 있지만, 굳은 의지만은 변함이 없다. 인정하고 싶지는 않지만, 그 거대한 비석 사건은 나를 완전히 공포에 떨게 만들었다. 그 전사는 이제 우리를 추적해 오고 있다. 적어도 나는 그렇다고 확신하고 있다. 갑옷이 햇빛을 반사하며 번득이는 것이 보인다. 덤불을 소란스럽게 헤치고 나오는 소리가 들린다. 스티븐은 나더러 그것을 무시하라고 했다. 우리는 추적자들에게 충분히 대항할 수 있다고. 그는 자신감에 차 있다. 하지만 그것과 싸울 생각을 하니 소름이 끼친다!

최근에는 시야 가장자리에 보이는 이미지들이 나를 고민에 빠뜨리고 있다. 출발 전에 S의 설명을 듣고 오기는 했지만, 실제로 이것들이 얼마나 사람을 동요하게 만드는지에 관해서는 전혀 상상도 않고 있었다. 사람의 모습, 사람들, 동물들조차 보인다. 이따금 뚜렷하게 보일 때도 있다. 끔찍한 환영이다. 스티븐은 내가 단지 이것들을 만들어 내고 있을 뿐이고, 실제로 존재는 것들이 아니므로, 익숙해질 때까지 계속 눈앞에 보이는 것에만 신경을 집중하라고 했다.

오늘 밤에는 늑대의 무리가 강 건너에서 우리 냄새를 맡고 따라왔다. 도합 다섯 마리의 거대한 짐승들이다. 악취를 풍기고, 자신감에 차 있다. 아무런 소리도 내지 않고 홀연히 나타났다. 진짜 늑대들이었고, 소리 없이 숲의 가장자리를 향해 떠나갔다.

걷기 시작한 지 닷새가 되었다. 내 계산에 따르면 60시간은 걸었다는 얘기가 된다. 손목시계는 불가사의한 이유로 인해 작동을 멈췄다. 스티븐은 시계를 차고 오지 않았다. 그러나 대략 60시간 걸린 것은 확실하고, 그렇다면 〈적어도〉 80에서 90마일을 걸어왔다는 얘기이다. 내가 항공 사진으로 찍은 사람들/건물이 있는 곳까지는 아직 도달하지 못했다. 우리는 횃불을 조명 삼아 그 사진들을 보았다. 우리는 숲을 20번은 횡단할 수 있을 만큼 걸었지만, 여전히 그 가장자리에 있다.

나는 두렵다. 그러나 이곳은 틀림없이 유령의 숲이다. 만약 S가 내게 하는 말이 모두 옳다면, 아바타와 도시도 이곳에 틀림없이 존재할 것이고, 피해를 다시 원상 복구할 수도 있을 것이다. 신이여 부디 저를 돌보아 주소서. 인도해 주소서!

〈아바타와 도시도 이곳에 틀림없이 존재할 것이고……
피해를 다시 원상 복구할 수도 있을 것이다……〉
키튼이 곁에서 조용히 잠자는 동안, 나는 이 구절을 또다시 읽어 보았다. 모닥불은 수그러져 있었고, 이제는 작은 불길이 어른거릴 뿐이었다. 나무 조각을 두어 개 더 지폈다. 불똥이 하늘로 날아올라간다. 주위의 어둠 속에서 뭔가 살금살금 움직이는 소리가 들려왔다. 스티클브룩의 끊임없는 물소리에 섞여 뚜렷하게 들려오는 그 소리에 나는 섬짓 했다.

〈아바타와 도시도 이곳에 틀림없이 존재할 것이고……〉
나는 깊은 잠에 빠진 키튼을 보았고, 작은 수첩을 그의 배낭에 딸린 조그만 덮개 달린 포켓에 슬쩍 집어넣었다.

그렇다면 키튼과 라이호프 숲 — 그는 유령의 숲이라고 부르고 있었다 — 사이의 관계에는 단순한 호기심에서 비롯된 동행 이상의 것이 있다는 얘기가 된다. 그는 예전에도 그런 숲에 간 적이 있었고, 그가 내게 얘기해 준 것 이상의 일을 경험했던 것이다.

혹시 그는 〈그〉 숲에서도 미사고 형태와 조우했던 것일까? 아바타, 즉 지상에서의 신의 화신(化身)을 만났단 말인가? 그리고 피해란 무엇을 뜻하는 것일까? 그의 화상 흉터?

그와 터놓고 그 얘기를 할 수 있다면 얼마나 좋을까. 그러나 나는 내가 그의 일기를 읽었다는 사실을 밝힐 수 없었고, 그도 프랑스에 있다는 유령의 숲에 관해서 그다지 얘기하고 싶어 하는 눈치가 아니었다. 그가 가슴속에 어떤 비밀이나 공포, 가책 혹은 복수심을 숨기고 있든 간에, 언젠가는 그가 그 얘기를 내게 털어놓을 날이 올 것을 기대했다.

우리는 동이 튼 지 한 시간만에 텐트를 접었다. 들짐승, 아마 늑대들이 내는 소리가 우리의 안면(安眠)을 방해했기 때문이었다. 가져온 지도를 보고, 우리가 정말 조금밖에는 전진하지 못했고, 여전히 숲의 가장자리에서 맴돌고 있다는 사실을 깨닫고는 전율했다. 며칠 동안이나 줄곧 걸어왔지만, 여정은 아직 시초에 불과했다. 키튼은 이런 시간과 공간 관계의 변화를 받아들이는 일에 큰 어려움을 겪고 있었다. 나는 원초의 숲이 우리에게 어떤 일을 해올지 크게 마음에 걸렸다.

왜냐하면 우리는 아직 원초의 숲에 도달하지 못했기 때문이다. 키튼의 말에 의하면 묘지는 아주 오래전에 벌채된 흔적이 있었다고 했다. 제멋대로 자란 라이호프 숲의 주변부는 천연 상태로 돌아가 있었지만, 인간이 남긴 흔적을 어느 곳에서나 쉽게 찾아볼 수 있었다. 키튼은 내게 그 증거를 직접 제시해 보였다. 우리가 지나왔던 비탈길 아래로 보이는 보통 떡갈나무는, 사람의 간섭을 받지 않고 씨앗에서 현재의 거목으로 자라난 것을 알 수 있다. 그러나 떡갈나무 바로 옆에 있는 너도밤나무의 줄기는 비록 수백 년 전의 일이기는 하지만 지면에서 10피트 되는 곳에서 깨끗이 잘라 버린 흔적이 있었고, 그 그루터기에서 자라난 여러 새싹들은 줄기만큼이나 두꺼워진 가지들을 하늘 높이 뻗으며, 아래쪽에서 빽빽이 자라 있는 덤불들 위에 커다란 그림자를 떨어뜨리고 있었던 것이다.

그러나 저 나무를 벌채했던 것은 사람일까, 아니면 미사고일까?

우리는 트위글링, 녹색 옷의 사내, 아서 왕 등 기묘한 숲의 주민들이 살고 있는 영역을 지나가고 있었다. 아버지의 일기장에 의하면 이들은 집단을 이루고 살고 있는 경우도 있었다. 〈샤미가〉, 무법자의 무리, 집시 마을 따위의 신화에나 등장할 법한 종족들이, 박해에 대한 두려움이나 마법에 사로잡혀 이 깊은 숲에 살고 있는 것이다.

그리고 우리는 귀네스 자신의 발생 영역을 통과하고 있었는지도 모른다. 귀네스 메크 펜 에브는 도대체 몇 명 존재했던 것일까? 족장의 딸 귀네스. 도대체 몇 사람의 귀네스가 이 광대한 숲을 방황했단 말일까? 이곳은 마음과 땅의 세계였고, 현실적인 시간과 공간의 법칙 외부에 존재하는 영역이었다. 이 거대한 세계에는 그런 소녀를 몇천 명이나 내포할 수 있는 여지가 있었다. 이들 각자가, 라이호프 숲 주위의 읍내와 마을에 사는 사람들의 마음속에서 이끌어 낸, 정신의 산물인 것이다.

얼마나 그녀를 보고 싶었던가. 내 마음 깊숙한 곳에서 분노가 들끓고 있다는 키튼의 지적은 정곡을 찌르고 있었다. 이따금 억누를 길이 없는 분노가 솟구칠 때가 있었고, 다른 사람과 함께 있다는 사실을 도저히 견디지 못한 나는 덤불 속으로 성큼성큼 걸어 들어가서 눈에 보이는 것을 닥치는 대로 후려치며 나아갔다. 형의 처사에 대한 분노로 온몸을 떨면서.

습격을 받은 후 이미 며칠이나 지났기 때문에, 그는 몇 마일이나 우리를 앞서 가고 있을 것이다. 출발을 연기하지 말았어야 했다! 이제 그녀를 찾을 가능성은 너무나도 적었다. 삼림 지대는 광막한 곳이었다. 한없이 펼쳐지는 원초의 풍경.

  음울한 기분은 곧 사라졌다. 엿새째 되는 날 나는 전혀 예기치 않고 있던 형태로 크리스챤의 흔적을 발견했다. 그것은 그가 우리보다 그렇게 앞서 있지는 않다는 증거였다.

  우리는 강가를 따라 한 시간 가까이 사슴의 발자국을 뒤쫓고 있던 중이었다. 부근 일대에 군생하고 있는 산쪽풀과 고사리도 이곳에서는 드문드문해지고 있었고, 작은 수사슴이 남긴 발자국은 부드러운 진흙땅 위에 뚜렷이 남아 있었기 때문에 어린애라도 쉽게 따라갈 수 있을 정도였다. 나무들은 물가에 바싹 밀생하고 있었다. 바깥쪽 가지는 거의 강을 덮고 있다시피 했고, 고요하고 섬뜩한 느낌의 터널을 이루고 있었다. 이따금 나무 틈새로 햇살이 비쳐 오면서 우리가 사냥감을 뒤쫓고 있던 하계(下界)를 장엄한 빛으로 가득 채웠다.

  사슴은 예상했던 것보다 작았고, 마른 강둑이 넓어지는 곳에 자라 있는 잡목 덤불 옆에서 방심하지 않고 의연하게 서 있었다. 배후의 어두운 숲에 완벽하게 녹아 들어가 있었기 때문에, 키튼은 사슴이 어디 있는지 제대로 알아보지를 못했다. 나는 키튼의 권총을 들고 몸을 숨긴 채로 조심스럽게 접근했다. 신선한 고기에 굶주리고 있었기 때문에, 이런 불명예스러운 방법으로 짐승을 죽인다는 것에 대해서도 개의치 않고 있었다. 나는 사슴의 항문 바로 위에 한 발을 쏘아 명중시켰다. 탄환이 척추를 따라 2피트쯤 파고 들어가면서, 박살 난 등골의 파편이 위로 튀었다. 수사슴은 치명상을 입었고, 나는 그 위를 와락 덮친 후 재빨리 숨통을 끊어 주었다. 귀네스가 가르쳐 준 대로 사슴을 해체한 다음, 허리 부분의 날고기 한 덩어리를 키튼에게 던져 주고 모닥불을 피워 달라고 부탁했다. 키튼은 창백했고, 구역질 난다는 표정을 짓고 있었다. 그는 피투성이의 고깃덩어리에 놀라 펄쩍 뒤로 물러났고, 깜짝 놀란 얼굴로 나를 보았다. 「예전에도 해본 적이 있군.」

「물론입니다. 일단 배부르게 먹을 수 있을 겁니다. 내일 먹을 고기를 몇 파운드쯤 더 구워 놓고, 뒷다리 두 개를 가져갈 수 있을 만큼 가져가는 겁니다.」

「나머지는?」

「그냥 버려 두고 가면 됩니다. 그러면 늑대들도 한동안은 따라오지 않을 테니까요.」

「정말 그럴까?」 그는 이렇게 중얼거리고는, 주섬주섬 사슴 허리고기를 들어 올리고 그곳에 묻어 있던 잎사귀와 흙을 털어 내기 시작했다.

키튼이 공포에 찬 신음소리를 흘리며 나를 부른 것은 그가 모닥불 땔감으로 쓸 나무를 모으던 중의 일이었다. 그는 잡목 덤불 너머에 서서 지면을 내려다보고 있었다. 나는 그가 있는 곳을 향해 걸어갔고, 그 즉시 냄새를 맡았다. 실은 내가 사슴을 쫓기 시작했을 때부터 풍겨 왔던 악취이다. 커다란 동물이 썩고 있는 냄새였다.

불쾌한 악취의 근원은 인간 동물이었다. 두 사람. 키튼은 조금 헛구역질을 했고, 눈을 감았다. 「이 사내를 보게.」 그가 이렇게 말하자 나는 허리를 굽히고 어둑어둑한 지면을 살펴보았고, 그가 무슨 얘기를 하고 있는지 알았다. 사내의 가슴뼈는 둘로 갈라져 있었다. 이것은 펜랜더가 키튼 자신에게 하려던 행위였다. 시체에서 간을 빼먹기 위해서.

「크리스찬이군요. 그가 죽인 겁니다.」

「죽은 지 이틀에서 사흘쯤 됐군. 프랑스에서 시체를 본 적이 있네. 시체가 부드러워져 있는 것이 보이나?」 그는 여전히 몸을 떨면서 허리를 굽혔고, 소녀의 발목을 움직였다.「그렇지만 부풀어 오르고 있어. 빌어먹을. 이렇게 젊은 여자를…… 이걸 보게…….」

나는 시체 주위의 덤불을 걷어 냈다. 그들은 확실히 젊었다. 아마 연인들인지도 모른다. 두 사람 모두 벌거숭이였지만, 소녀는 뼈를 꿴 목걸이를 아직 목에 걸고 있었고, 소년은 종아리 부근에 가죽끈을 감고 있었다. 마치 그가 신고 있던 샌들을 억지로 잡아 뺀 듯했다. 소녀는 주먹을 쥐고 있었다. 나는 그것을 쉽게 펼 수 있었다. 그녀는 양손에 부러진 자고 깃털을 하나씩 쥐고 있었다. 크리스찬의 망토 자락은 바로 이런 깃털로 장식되어 있었다.

「묻어 줘야 하겠군.」 키튼이 말했다. 눈에 눈물이 맺혀 있었다. 코도 젖어 있었다. 그는 손을 뻗어 소년의 손과 그 연인의 손을 합쳐 놓았고, 적당한 매장 장소를 찾기 위해 몸을 돌렸다.

「골치 아픈 일이 생겼네.」 그가 이렇게 속삭이자 나도 몸을 돌렸고, 우리가 분노에 찬 얼굴을 한 사내들에게 빙 에워싸여 있다는 사실을 깨닫고 심한 충격을 받았다. 단 한 사람 — 위엄이 있는 노인 — 을 제외하면 모두 활시위를 당기고 있었고, 화살촉은 모두 나나 키튼을 노리고 있었다. 그 중 한 사람은 몸을 부들부들 떨고 있었고, 활이 떨리는 탓에 화살촉도 내 얼굴과 가슴 사이를 왕복하고 있었다. 얼굴을 치장한 회색 도료 위로 굵은 눈물 자국이 나 있었다.

「쏠 작정이야.」 키튼이 쉰 목소리로 말했고, 내가 「나도 압니다」라고 대답하기도 전에, 이 비탄에 잠긴 사내는 활시위를 놓았다.

그러나 바로 그 순간, 곁에 있던 노인이 가지고 있던 지팡이를 들어 올려 활 가장자리를 쳤다. 화살은 휙 하는 무시무시한 소리를 내며 키튼과 나 사이의 공간을 지나갔고, 숲 안쪽의 나무줄기에 꽂혔다.

그들은 여전히 우리를 둥글게 에워싼 채로 활을 겨누고 있었다. 비탄에 잠긴 사내는 분노에 찬 표정으로 고개를 푹 숙이고 서 있었다. 활을 든 손을 아래로 힘없이 늘어뜨리고 있다. 그들의 두령이 앞으로 나오면서 무엇인가를 알아보려는 듯이 우리 눈을 쳐다보았고, 내가 들고 있는 돌촉이 달린 창을 보았다. 기묘하게도 그는 달콤한 냄새를 풍기고 있었다. 마치 전신에 사과 주스를 바른 것처럼 사과 냄새가 났다. 다섯 갈래로 땋아 내린 머리는 파란색과 빨간색의 소용돌이무늬로 장식되어 있었다.

그는 우리들 사이에 있는 젊은이들의 시체를 보았고, 주위의 사내들에게 뭐라고 말했다. 그들은 활을 내리고, 화살을 시위에서 빼냈다. 소년과 소녀가 며칠 전에 죽었다는 사실은 보기만 해도 알 수 있었겠지만, 그 점을 더 확실히 하기 위해 그는 내 창의 돌날을 손가락으로 훑어보았다. 내 창을 만져 보고 그는 실소(失笑)했고, 내 검을 점검해 보았을 때는 감명을 받은 것 같았다. 키튼의 나이프를 만져 보았을 때는 의아한 얼굴을 했다.

그들은 두 시체를 강가의 공터로 질질 끌고 가서 끈으로 묶었다. 조잡한 들것이 두 개 만들어졌다. 그들은 시체들을 정중하게 그 위에 올려놓았다. 두령은 몸을 웅크리고 소녀의 얼굴을 응시하고 있었다. 그가 이렇게 말하는 소리가 들렸다. 「우스 게리그……우스 게리그……」

이 소녀의 아버지는(혹은 소년의 아버지였는지도 모르지만, 확실한 것은 알 수 없었다) 다시 소리 없이 울기 시작했다.

「우스 게리그.」 내가 중얼거리자 노인은 나를 흘끗 올려다보았다. 그는 소녀의 오른손에 쥐어져 있던 자고 깃털을 뽑아내서 자기 손에 꽉 쥐고 으스러뜨렸다. 「우스 게리그!」 그는 노한 목소리로 내뱉었다.

그렇다면 그들은 크리스찬에 관해 알고 있는 것이다. 그가 바로 우스 게리그였다. 이 말이 무슨 뜻인지는 모르지만.

살인자. 강간자. 무자비한 인간.

〈우스 게리그!〉 내가 그 살인광의 동생이라는 사실을 이들에게 말할 생각은 도저히 나지 않았다.

    사슴이 조금 마음에 걸렸다. 결국 우리가 잡은 것이었기 때문이다. 허릿고기와 나머지 시체가 운반되어 왔고, 우리를 둘러싸고 있던 사내들은 뒤로 물러섰다. 어떤 사람은 미소 띤 얼굴로 고기를 가져가라고 손짓했다. 이 고기를 그들에게 선사하겠다고 몸짓으로 설명하는 데는 전혀 시간이 걸리지 않았다. 내가 미소 지으며 고개를 가로젓자마자, 여섯 사내가 달려와 고깃덩어리와 사슴 뒷다리를 어깨에 이었고, 그들의 마을이 있는 곳을 향해 강가를 따라 성큼성큼 걷기 시작했다.

생의 이야기꾼

 엿새째 밤. 우리는 강의 여울목을 지키는, 스티븐의 말에 의하면 〈샤미가〉라고 불리는 부족과 함께 있다. 그는 자기 아버지의 일기에서 이 이름을 읽었다고 했다. 우리가 발견한 두 젊은이의, 기묘하게 감동적인 장례가 치러졌다. 감동적인 동시에, 당혹스러울 만큼 성적(性的)인 의식이었다. 두 사람은 강 건너의 숲속에 있는 다른 무덤들 사이에 매장되었다. 흙을 높이 쌓은 무덤이다. 각자의 몸에는 흰 도료로 소용돌이, 원, 십자무늬가 그려졌고, 소녀의 몸에 그려진 무늬는 소년의 그것과는 달랐다. 소년의 남근 끝에 가느다란 덩굴을 묶고, 발기 상태를 흉내 내기 위해 덩굴을 그의 목에 걸고 잡아당겨 놓았다. 소녀의 질은 채색된 돌로 열어 놓는다. 이것은 그들이 저승에서도 성행위를 할 수 있도록 하기 위한 의식이라고 스티븐은 추측하고 있다. 그들은 매장 지점 위에 봉분을 만들어 놓았다.

 〈샤미가〉는 미사고이다. 전설적인 〈집단〉이며, 설화에서 그대로 빠져나온 부족인 것이다. 생각해 보면 기이한 일이 아닐 수 없다. 귀네스를 만났던 일보다 더 기이하다. 이들은 강의 여울목을 지키는 ─ 그리고 사후(死後)에는 그곳에 깃들이는 ─

전설상의 종족이다. 강이 범람하면 그들은 징검돌로 모습을 바꾼다고 한다. 적어도 전설에 따르면 그렇다. 〈샤미가〉와 관련된 전설은 이것 말고도 몇 가지 더 있고, 우리 시대에는 완전히 잊혀져 있었지만, 스티븐은 그런 전설의 단편(斷片)을 하나 알고 있다. 한 소녀가 강으로 들어가서, 족장이 강을 건너는 것을 돕기 위해 물속으로 자맥질하고, 돌로 된 요새의 벽을 짓는 것을 돕기 위해 잡혀갔다는 이야기이다.

〈샤미가〉는 해피 엔딩과는 별 인연이 없는 듯하다. 이 사실은 나중에 〈생의 이야기꾼〉이 우리에게 왔을 때 뚜렷해졌다. 10대 초반의 소녀였고, 녹색 도료를 벌거벗은 온몸에 바르고 있었다. 상당히 놀랐다. 스티븐에게 어떤 일이 일어났고, 그 이후 그는 그녀의 말을 완벽하게 이해하는 듯하다.

매장이 끝난 황혼 녘에 〈샤미가〉는 우리가 잡은 신선한 사슴고기를 가지고 잔치를 벌였다. 거대한 모닥불이 지펴졌고, 20피트쯤 거리를 두고 우리들 주위를 횃불이 빙 에워싸고 있었다. 모닥불을 둘러싸고 앉은 〈샤미가〉들 사이에서는 여자들보다 남자들이 더 많이 눈에 띄었고, 어린아이는 네 명뿐이었다. 모두 색색가지 튜닉 혹은 치마 차림에, 허리까지 내려오는 망토를 입고 있었다. 그들이 사는 오두막은 — 모두 강에서 떨어진, 나무를 걸어 낸 공터에 세워져 있었다 — 정방형 토대에 풀로 엮은 야트막한 지붕을 얹고, 단단한 재목으로 된 단순한 골조로 집 전체를 지탱한 원시적인 건물이었다. 돌 부스러기나 옛 건물의 잔해 — 묘지는 말할 나위도 없다 — 등으로 판단할 때, 이 공동체가 몇 세대에 걸쳐 이곳에서 살아왔다는 사실을 알 수 있었다.

쇠꼬챙이에 꿰어 향초(香草)와 야생 버찌를 섞어 만든 소스를 바르며 구운 사슴 고기는 맛이 있었다. 우리는 이곳의 식사 예절에 따라, 끄트머리를 뾰족하게 깎아 포크처럼 가른 나뭇가지를 써서 고기를 먹었다. 그러나 통구이에서 고기를 뜯어낼 때는 손가락을 썼다.

 잔치가 끝났을 때도 주위는 아직 상당히 밝았다. 나는 비탄에 잠겨 있던 사내가 소녀의 아버지였다는 사실을 알았다. 소년은 〈인산〉, 즉 다른 곳에서 온 외지인이었다. 한동안 손짓 발짓을 하며 대충 의사 소통을 해보았다. 우리는 악인으로 의심받고 있지는 않았다. 〈우스 게리그〉에 관해 언급하자 그들은 어깨를 으쓱해 보였을 뿐이었다 — 우리가 관여할 일이 아니라는 뜻이다. 우리들 자신의 출신지에 관한 우리의 대답은 그들을 당혹하게 했고, 이것은 곧 의심으로 이어졌다.

 잠시 후 이들 사이에서 변화가 일어났다. 기대에 찬 술렁거림이 있었고, 흥분을 억누르는 기색이 역력했다. 이곳에 모인 부족민들 중, 우리들에게 별반 호기심을 보이지 않았던 자들은 주위를 흘깃거리며 둘러보았고, 횃불 너머로 석양과, 숲과, 천천히 흐르는 강물을 살펴보았다. 어딘가에서 새 한 마리가 기이하게 높다란 울음소리를 내자, 한순간 여러 사람의 입에서 흥분에 찬 외침이 흘러나왔다. 두리움이라는 이름의 부족 원로가 윗몸을 굽히고 내게 속삭였다. 「쿠샤아!」

 그녀는 내가 미처 깨닫기도 전에 가까이 와 있었다. 우리를 둥글게 에워싼 횃불을 배경으로, 〈샤미가〉들 사이를 지나오는 거무스름하고 가냘픈 윤곽이 떠오른다. 그녀는 어른들의 양쪽 귀와 눈, 입에 손을 댔고, 그 중 몇몇에게는 조그맣고 비틀린 나뭇가지를 건넸다. 대다수의 사람이 그것을 공손하게 받쳐 들었지만, 두세 명은 발치에 조그만 무덤을 파고 나뭇가지를 땅에 파묻었다.

 쿠샤아는 키튼과 나 앞에서 몸을 웅크리고 앉아 우리를 자세히 관찰했다. 전신을 녹색으로 칠하고 있었지만, 두 눈은 희고 검은 물감으로 그린 가느다란 원으로 에워싸여 있었다. 이조차 녹색이었다. 머리카락은 길고 검었으며, 일직선으로 빗겨져 있었다. 젖

가슴은 조그만 봉오리에 불과했고, 팔다리는 가늘었다. 다른 체모(體毛)는 없었다. 내가 받은 느낌으로는 열 살에서 열두 살밖에는 안 된 것 같았지만, 정확히 판단하기는 정말 힘들었다!

그녀는 우리에게 말을 걸었고, 우리는 우리의 말로 대답했다. 횃불 빛을 받고 반짝이는 그녀의 검은 눈은 키튼보다 내게 초점을 맞추고 있을 때가 더 많았고, 결국 그녀는 작은 나뭇가지를 나에게 건넸다. 내가 그것에 입을 맞추자 그녀는 짧게 웃었고, 조그만 양손으로 나의 양손을 살짝 감쌌다.

횃불 두 개가 운반되어 온 후 그녀 양쪽에 세워졌다. 그녀는 양무릎을 꿇고 좀 더 편안한 자세를 취한 다음, 나를 바라보며 말하기 시작했다. 〈샤미가〉들도 모두 우리 쪽으로 몸을 돌렸다. 소녀는 — 〈쿠샤아〉는 그녀의 이름인 것일까? 아니면 〈쿠샤아〉란 그녀의 직책을 의미하는 것일까? — 눈을 감더니 보통때보다 조금 더 높다란 느낌의 목소리로 말하기 시작했다.

그녀의 입에서 말이 흘러나온다. 생생하고, 거침없으며, 이해 불가능한 단어들이. 키튼이 거북한 기색으로 나를 흘끗 보았고, 나는 어깨를 움츠려 보였다. 1분쯤 지났을 때 나는 속삭였다. 「아버지는 그럭저럭 이해할 수 있었던 것 같지만 —」

나는 입을 다물었다. 두리움이 나를 날카롭게 노려보며 몸을 내밀고는, 양팔을 쭉 뻗으며 조용히 해!라는 뜻이 분명한 몸짓을 했기 때문이다.

쿠샤아는 계속 얘기했다. 눈을 감고 있기 때문에 주위 사람들이 그런 몸짓을 하는 것도 모르는 채로. 나는 강물이 흐르고, 횃불이 타오르고, 숲이 바스락거리는 소리들을 강하게 의식하기 시작했다. 그래서 소녀가 「우스 게리그! 우스 게리그!」라고 되풀이해 말했을 때는 엉겁결에 펄쩍 뛰어오를 뻔했다.

나는 큰 소리로 말했다. 「우스 게리그! 그에 관해 얘기해 줘!」

소녀는 눈을 떴다. 그녀는 말을 그쳤고, 충격을 받은 듯한 표정이었다. 주위의 〈샤미가〉들도 충격을 받은 기색이었다. 곧 그들은 침착함을 잃고 동요한 기색을 보이기 시작했다. 두리움은 커다란 목소리로 자신의 불만을 표시했다.

「죄송합니다.」 나는 그를 바라보며 나직하게 말했고, 다시 소녀를 바라보았다.

〈……언제나 눈을 감은 채로 얘기하기 때문에, 그 이야기에 귀를 기울이는 사람들의 미소나 찌푸린 표정 때문에 이야기 속의 ≪모양 바꾸기≫가 영향을 받는 일이 없어.〉

아버지가 원-존스에게 보낸 편지의 한 구절이 마음속에서 되살아나며 나는 죄 의식에 시달렸다. 혹시 나는 중요한 시점에서 무엇인가를 바꿔 버린 것이 아닐까. 그 탓에 이것은 결코 같은 이야기가 될 수 없는 것은 아닐까.

쿠샤아는 계속 나를 응시하고 있었다. 아랫입술이 조금 떨리고 있다. 한순간 그녀의 눈에 눈물이 맺히는 것을 본 듯 했지만, 촉촉해진 눈은 다시 맑아졌다. 키튼은 다소곳이 침묵을 지켰다. 권총이 들어 있는 호주머니에 손을 갖다 대고 있었다.

「이젠 당신이 누군지 알겠어요.」 쿠샤아가 말했고, 나는 너무나도 놀란 나머지 한순간 아무 말도 하지 못했다.

「죄송합니다.」 나는 그녀를 향해 이렇게 되풀이했다.

「알아요.」 그녀는 말했다. 「하지만 큰 지장은 없어요. 이야기는 바뀌지 않았으니까. 처음에 난 당신이 누군지 몰랐어요.」

「무슨 얘기인지 이해가 잘 ─」 나는 말했다. 키튼은 기묘한 표정으로 우리 두 사람을 바라보고 있었다. 그는 말했다. 「뭘 이해 못 한다는 거지?」

「그녀가 무슨 뜻으로 그러는지…….」

그는 이마를 찌푸렸다. 「그녀가 하는 말을 이해할 수 있나?」

나는 그를 흘끗 보았다. 「그럼 당신은 이해 못 한단 말입니까?」

「난 이런 언어는 모르네.」

〈샤미가〉는 쉭쉭거리는 소리를 내기 시작했다. 침묵하고, 이야기를 계속 듣고 싶다는 의사 표시임이 틀림없었다.

키튼의 귀에는, 소녀는 여전히 기원전 2천 년경의 언어를 말하고 있는 것이다. 그러나 지금 나는 그녀가 하는 말을 이해할 수 있었다. 나는 이 젊은 〈생의 이야기꾼〉의 의식 속으로 어떻겐가 들어간 듯했다. 아버지가 이 소녀에 관해 언급하며 〈뚜렷한 심령 능력의 소유자〉라고 했던 것은 바로 이런 뜻에서였을까? 그러나 우리가 의사를 소통했다는 사실에 경탄한 나머지 나는 실제로 무슨 일이 일어나고 있는지에 관해 생각하는 것을 그만두었다. 강가에 앉아 과거로부터 들려오는 속삭임에 귀를 기울이고 있었을 때, 나에게 얼마나 굉장한 변화가 일어났는지 미처 깨닫지 못하고 있었던 것이다.

「나는 이곳 사람들의 〈생의 이야기꾼〉입니다.」 그녀는 이렇게 말하고 다시 눈을 감았다. 「말하지 말고 귀를 기울이십시오. 생이 바뀌는 일이 있어서는 안 됩니다.」

「〈우스 게리그〉에 관해 얘기해 주십시오.」 나는 말했다.

「〈아웃사이더〉의 생은 사라져 있습니다. 내가 말해 줄 수 있는 것은 지금 보이는 것들뿐입니다. 〈들어요!〉」

이 급박한 어조에 나는 침묵했다 ―

아웃사이더! 크리스찬이 바로 〈아웃사이더〉였던 것이다!

― 그러고는 이야기꾼이 다시 열거하기 시작한 일련의 이야기에 귀를 기울였다.

첫번째 이야기는 뚜렷이 기억하고 있다. 다른 이야기들은 내게는 별 의미가 없고 모호한 것들이었기에 내 기억에서 거의 사라져 버렸다. 마지막 이야기는 내게 강한 인상을 남겼다. 크리스찬과 귀네스에 관한 이야기였기 때문이다.

쿠샤아에게서 들은 첫번째 이야기는 다음과 같다.

옛날 옛적에, 이 부족이 살던 시절에, 족장인 파르솔라스는 동생인 디어마다스의 머리를 벤 뒤에 돌로 된 자신의 요새를 향해 도망쳤다. 치열한 추격이 시작되었다. 창을 든 자 40명, 검을 든 자 40명, 사슴만큼이나 키가 큰 개 40마리가 그의 뒤를 쫓았지만, 파르솔라스는 왼손으로 동생의 머리를 움켜쥐고 추적자들로부터 달아났다.

그날에는 강이 범람했고, 〈샤미가〉들은 사냥을 나가 있었다. 남아 있던 사람은 스위소란이란 처녀뿐이었다. 그녀의 연인은 디어마다스의 아들이었고, 〈매의 이야기꾼〉 키무스라고 불리고 있었다. 스위소란은 파르솔라스가 강을 건너는 것을 돕기 위해 물로 들어가서 고개를 숙였다. 물 위로 나와 있는 그녀의 등은 새하얗게 반짝였고, 징검돌만큼이나 매끄러웠다. 파르솔라스는 그녀를 밟고 건너편 기슭으로 껑충 뛰어올랐고, 손을 뻗쳐 그 돌을 강에서 집어 올렸다.

돌은 그의 오른쪽 손아귀에 쥐어져 있었다. 그의 요새는 돌로 지어져 있었고, 남쪽 벽에는 틈새가 하나 나 있었다. 그리고 그날부터 스위소란은 그 요새의 일부가 되었다. 겨울 바람을 막기 위해 자기 몸으로 구멍을 채웠던 것이다.

〈매의 이야기꾼〉 키무스는 〈투아드〉, 즉 자신이 지배하는 영지의 일족을 소환했고, 죽은 디어마다스의 후계자인 자신에게 충성을 맹세토록 했다. 한 달에 걸친 협상 끝에 그들은 충성을 맹세했다. 〈매의 이야기꾼〉 키무스는 그들을 이끌고 가서 돌로 된 요새를 포위하도록 했다.

7년 동안 그들은 이 일을 계속했다.

1년 동안 파르솔라스는 요새 밑의 평원에 집결한 군세(軍勢)를 향해 혼자서 활을 쏘았다. 2년째에 파르솔라스는 군세를 향해 쇠로 된 창을 던졌다. 3년째에 그는 짐마차에서 나무를 뜯어 나이프를 여러 개 만들었고, 그것으로 군세의 맹렬한 공격을 막아 낼 수 있었다. 4년째에는 요새에서 키우던 소와 멧돼지를 자신과 가족이 먹을 것만 남기고 모두 내던졌다. 5년째에는 무기가 없었고 먹을 것과 물도 거의 떨어졌기 때문에 그는 평원의 군세를 향해 자신의 아내와 딸들을 내던졌고, 그 탓에 적들은 여섯 계절이 넘게 이리저리로 몸을 피해 다녀야 했다. 그런 다음 그는 아들들을 던졌지만, 〈매의 이야기꾼〉은 이들을 다시 되던졌다. 이 사실은 파르솔라스를 한층 더 두렵게 했다. 왜냐하면 그의 아들들은 등골이 부러진 암탉처럼 변해 있었고, 꼬꼬댁거리면서 그의 총애를 받기만을 원했기 때문이다. 7년째에 파르솔라스는 요새의 벽에서 돌을 뜯어내서 던지기 시작했다. 돌들은 각각 사람 무게의 10배는 됐지만, 파르솔라스는 그것들을 지평선 멀리까지 던졌다. 이윽고 마지막 돌, 겨울 바람을 막고 있었던 돌 차례가 되었을 때, 그는 강에서 가져온 매끄러운 흰 돌이 무엇인지를 깨닫지 못하고 그것을 전사장(戰士長)인 〈매의 이야기꾼〉 키무스에게 던졌고, 그를 죽였다.

스위소란은 돌의 모습에서 해방되었고, 죽은 족장 앞에서 흐느꼈다. 「1천 명이 벽에 뚫린 구멍 하나 때문에 죽었습니다.」 그녀는 말했다. 「이제는 내 가슴에 구멍이 뚫려 있습니다. 이 구멍 때문에 또 1천 명을 죽여야 합니까?」 일족의 두령들은 이 문제를 논의했고, 다시 강으로 되돌아갔다. 커다란 물고기들이 바다에서 헤엄쳐 올라오는 계절이 되었기 때문이다. 골짜기의 이 장소는 〈이사가 우키럭〉이라고 불리게 되었다. 이것은 〈강의 처녀가 전쟁을 막은 장소〉라는 뜻이다.

그녀가 역사를 구술하는 동안, 〈샤미가〉들은 수군거리며 웃음을 터뜨렸고, 구절 하나, 장면 하나도 빠뜨리지 않고 이야기에 완전히 몰입하고 있었다. 도대체 이 이야기의 어디가 그렇게 재미가 있다는 것인지 나는 이해하지 못했다. 왜 그들은 그 추적극(80

명의 사내와 40마리의 개)이나 돌로 된 요새에 관한 묘사가 나왔을 때, 파르솔라스가 아내와 딸과 아들들을 내던지는 장면에 관해 들었을 때보다 훨씬 더 큰 소리로 웃었던 것일까(그렇게 얘기하자면, 애당초 그들은 왜 웃음을 터뜨렸던 것일까? 쿠샤아가 그 소리를 들을 것이 뻔한데도!)?

다른 역사담(歷史談)이 이어졌다. 키튼은 뚱한 얼굴로 알아듣지도 못하는 언어의 유창한 소리에만 귀를 기울이고 있었지만, 체념한 표정이었다. 이들 얘기는 대수롭지 않은 것들이었고, 이제는 거의 기억에 남아 있지 않다.

이윽고, 이야기가 시작된 지 한 시간 후에, 숨을 돌릴 틈도 없이 쿠샤아는 〈아웃사이더〉에 관한 이야기를 하기 시작했다. 나는 펜으로 그 이야기를 종이에 받아쓰면서 뭔가 단서가 될 만한 것을 찾아보려고 했지만, 긴 시간이 흐른 후 머나먼 숲에서 벌어질 마지막 투쟁의 씨앗이 이 이야기에 깃들어 있다는 사실을 전혀 깨닫지 못하고 있었다.

옛날 옛적에, 이 부족이 살던 시절에, 〈아웃사이더〉는 베루암바스라는 마법의 장소를 둥글게 에워싸고 서 있는 바위들 뒤켠의 민둥산으로 왔다. 〈아웃사이더〉는 지면에 자신의 창을 박아 넣었고, 그 옆에 쭈그리고 앉아 돌로 에워싸인 장소를 오랫동안 바라보고 있었다. 사람들은 돌로 이루어진 거대한 원 바깥쪽에 모인 다음, 도랑 안쪽으로 들어왔다. 원의 폭은 4백 걸음이나 되었다. 원을 에워싼 도랑의 깊이는 다섯 사람의 키를 합친 것만큼이나 깊었다. 돌들은 모두 짐승 모양을 하고 있었고, 이들은 옛날에는 모두 인간이었다. 돌에는 한 사람씩 돌에게 말하는 사람이 딸려 있었고, 이들은 신관들의 기도를 그들에게 속삭이는 역할을 맡고 있었다.

족장인 오브리아가스의 세 아들 중 막내는 〈아웃사이더〉를 조사해 보기 위해 산으로 파견되었다. 그는 목에 받은 상처에서 피를 흘리며 숨이 거의 다 끊어져서 돌아왔다. 그는 〈아웃사이더〉가 짐승 같았으며, 곰가죽으로 만든 바지와 조끼를 입고, 거대한 곰의 두개골을 투구 삼아 머리에 쓰고, 물푸레나무와 가죽으로 만든 장화를 신고 있다고 보고했다.

오브리아가스의 둘째 아들이 산으로 파견되었다. 그는 얼굴과 어깨에 타박상을 입고 돌아왔다. 그는 〈아웃사이더〉가 40개의 창과 7개의 방패를 지니고 있다고 보고했다. 그의 허리띠에는 5명의 위대한 전사들의 오그라든 수급(首級)이 매달려 있었고, 그들 모두가 부족장이었으며, 해골에는 눈이 하나도 남아 있지 않다고 했다. 산 뒤쪽의 보이지 않는 야영지에 그는 20명의 부하를 거느리고 있다고 했다. 이들 모두는 용맹스러운 전사이고, 모두 자신들의 두령을 두려워하고 있다는 얘기였다.

이윽고 첫째 아들이 〈아웃사이더〉를 조사해 보기 위해 파견되었다. 그는 양손에 자신의 머리를 들고 돌아왔다. 산에 있던 〈아웃사이더〉가 가장 육중한 방패로 땅을 쿵쿵 찍기 전에 그의 머리는 짧게 이런 얘기를 했다.

머리가 한 얘기는 다음과 같다.

「그는 우리와 같은 사람이 아니고, 우리 혈족도 아니며, 우리 종족도 아니고, 이 계절에 속해 있지도 않으며, 우리 부족이 살아왔던 그 어떤 계절에도 속해 있지 않습니다. 그가 하는 말은 우리의 말과는 다릅니다. 그가 지닌 금속은 악귀들이 사는 땅속보다 훨씬 더 깊은 곳에서 파낸 것입니다. 그가 데리고 온 짐승은 어두운 장소에서 온 것들입니다. 그가 하는 말은 죽어가는 자의 의미 없는 헛소리 같습니다. 그에게서는 자비를 찾아볼 수 없습니다. 그에게 사랑은 무의미한 것이고, 그에게 슬픔은 곧 웃음이며, 우리의 큰 씨족들은 그에게는 도살하고 부려 먹을 가축의 무리에 불과합니다. 그는 우리를 파멸시키려고 이곳에 왔습니다. 왜냐하면 그는 자신과 다른 것들을 전부 파멸시키기 때문입니다. 그는 시간의 격렬한 바람이고, 우리는 살든 죽든 간에 그와 싸워야 합니다. 왜냐하면 우리와 그는 결코 같은 부족이 될 수 없기 때문입니다. 그는 〈아웃사이더〉입니다. 그를 죽일 수 있는 인물은 여전히 멀리 떨어진 곳에 있습니다. 그는 이미 세 개의 산을 집어삼켰고, 네 강의 강물을 모두 들이켰고, 가장 밝은 별 가까이에 있는 골짜기에서 1년 동안 잠을 잤습니다. 이제 그는 1백 명의 여자와 4백 개의 수급을 원하고 있고, 이것들을 받는다면 이 땅을 떠나 자신의 기괴한 왕국으로 돌아가겠다고 합니다.」

〈아웃사이더〉가 가장 무거운 방패를 땅에 쿵쿵 찍자 첫째 아들의 머리는 자신이 사랑했던 여자를 절망적인 눈빛으로 쳐다보며 울었다. 곧 들개가 한 마리 끌려왔고, 아들의 머리가 그 등에 비끄러매어졌다. 이렇게 해서 아들의 머리는 〈아웃사이더〉에게로 보내어졌다. 그는 눈알을 끄집어 낸 해골을 자신의 허리띠에 매달았다.

열흘 동안 〈아웃사이더〉는 돌로 된 성지(聖地) 주위를 돌아다녔지만, 언제나 화살이 닿지 않는 곳에 머물러 있었다. 가장 뻬어난 전사 10명이 그와 협상을 하기 위해 파견되었지만, 그들은 양손에 자기 머리를 들고 돌아와서 흐느끼며 처자식들에게 작별을 고했다. 이인(異人)에게 전승(戰勝) 기념물을 전달한 들개들은 이렇게 해서 모두 성지에서 사라졌던 것이다.

거대한 원 안에 있는 늑대 바위들 위에 늑대의 피가 칠해졌고, 돌에게 말하는 자들은 굴가로스와 올가로그의 이름을, 태곳적의 위대한 늑대신들의 이름을 속삭였다.

사슴 바위들 위에 수사슴무늬가 그려졌고, 돌에게 말하는 자들은 무노스와 클루머그의 이름을, 인간의 가슴으로 말하는 수사슴들의 이름을 불렀다.

그리고 거대한 멧돼지 바위 위에 열 사람을 죽인 멧돼지의 시체가 놓였고, 그 심장에서 나온 피가 지면을 적셨다. 이 돌에게 말한 자는 동료들 중에서도 가장 나이가 많고 현명한 인물이었고, 우르샤캄의 이름을 부르며 〈아웃사이더〉를 죽여 달라고 빌었다.

열하루째의 새벽, 성지의 문을 지키고 있던 8명의 이방인들의 해골이 일어서더니 날카로운 함성을 지르며 늪이 많은 숲을 향해 달려갔다. 이들은 도합 8명이었고, 송장처럼 희끄무레했으며, 제물로 바쳐졌던 시대의 옷을 아직도 걸치고 있었다. 이 이방인들의 혼은 검은 까치가 되어 날아갔다. 이제 성지를 지킬 사람은 없었다.

그러자 늑대 바위에서 잿빛 털을 가진 거대하고 사나운 늑대의 위대한 혼들이 나타나, 모닥불들을 뛰어넘었고, 큰 도랑을 가로질렀다. 그들에 이어 태곳적의 뿔난 짐승들, 뒷발로 서서 달리는 수사슴들이 나타났다. 이들 또한 모닥불 연기를 뚫고 지나갔고, 그 울음소리는 사람들을 두려움에 떨게 만들었다. 추웠던 그날 아침, 그들은 안개 속을 지나가는 몽롱한 그림자였다. 그들은 〈아웃사이더〉를 죽이지 못했고, 다시 땅속에 있는 유령의 동굴로 도망쳤다.

마지막으로, 멧돼지의 혼이 바위에 난 여러 개의 구멍을 비집고 나왔다. 끙 하는 소리를 내고, 아침 공기를 맡으며, 돌 주위의 들풀 위에 맺힌 이슬을 핥았다. 멧돼지의 키는 사람의 두 배나 되었다. 두 송곳니는 족장의 단검만큼이나 날카로웠고, 어른이 양팔을 펼쳤을 때만큼이나 길었다. 짐승은 창과 방패들을 가볍게 든 〈아웃사이더〉가 원의 주위를 날렵하게 달리는 광경을 바라보았다. 그러고는 원의 북쪽 문을 향해 달려갔다.

그날 새벽에, 안개 속에서, 〈아웃사이더〉는 처음으로 비명을 질렀다. 그 자리에 서서 버티기는 했지만, 우르샤캄의 혼은 그를 두려움에 떨게 했던 것이다. 그는 오브리아가스의 첫째 아들의 해골에 눈알 대신 자수정을 박아 넣은 다음, 성지 안에 쳐 놓은 가죽 천막 안에서 웅크리고 있던 부족 사람들에게 돌려보냈다. 그가 원하는 것은 단지 가장 강한 창과, 갓 도살한 가장 맛있는 황소와, 가장 오래된 와인이 든 점토병과, 가장 아름다운 처녀일 뿐이라는 전갈과 함께. 이 요구를 들어준다면 그는 가겠다고 했다.

그가 요구했던 모든 것들이 보내졌지만, 전설의 스위소란보다 더 아름답다는 얘기를 듣던 처녀만은 되돌아왔다. 〈아웃사이더〉에게 못생겼다고 소박맞았던 것이다(그래도 그녀는 전혀 낙담한 기색이 아니었다). 다른 처녀들이 대신 보내졌고, 이들은 누가 보아도 미인 소리를 들을 만한 처녀들이었지만, 〈아웃사이더〉는 이들 모두를 돌려보냈다.

마침내 젊은 전사 주술사인 에브레가는 떡갈나무와 딱총나무와 산사나무의 작거나 굵은 가지들을 긁어모아 여자의 뼈를 만들었다. 그는 썩은 잎사귀와, 돼지우리의 지푸라기와, 산토끼와 양의 딱딱한 똥을 가지고 그 뼈에 살을 붙였다. 그런 다음 몸 전체를 숲속 공터에서 따온 향기로운 꽃으로 덮었다. 파란색, 분홍색, 흰색의 정말로 아름다운 꽃들이었다. 그는 사랑에 의해 그녀에게 생명을 불어넣었고, 그녀가 차가운 나신을 움직여 그의 곁에 일어나 앉자, 아름다운 흰색 튜닉을 입히고 그녀의 머리카락을 땋아 주었다. 오브리아가스와 다른 장로들은 그녀를 보고 할 말을 잊었다. 난생 처음 보는 뛰어난 그녀의 아름다움에 넋을 잃은 나머지 혀가 굳어 버렸던 것이다. 그녀가 울음을 터뜨리자 에브레가는 자신이 저지른 짓을 깨닫고는 그녀를 자기 자식으로 삼으려고 했지만, 족장은 그것을 만류했고, 그녀는 밖으로 끌려나갔다. 그녀의 이름은 무아르산이었고, 이것은 〈두려움에서 빚어진 사랑스러운 자〉라는 뜻이다. 그녀는

〈아웃사이더〉에게로 가서 엷은 청동으로 만든 떡갈나무 잎을 그에게 건넸다. 〈아웃사이더〉는 이성을 잃고 그녀와 사랑에 빠졌다. 그 이후에 일어난 일들은 우리 부족의 생과는 관련이 없다. 단지 에브레가는 자신이 만들어 낸 자식을 끊임없이 찾아다녔으며, 지금도 여전히 그 자식을 찾아 헤매고 있다는 사실을 얘기하는 것만으로도 족하다.

쿠샤아는 얘기를 끝마치고 눈을 떴다. 그녀는 나를 보며 잠깐 웃었고, 좀 더 편안한 자세를 취했다. 키튼은 찌뿌드드한 표정으로 양 무릎 위에 턱을 얹고 있었다. 따분한 듯한, 멍한 눈초리였다. 그녀가 말을 멈추자 그는 나를 흘끗 올려다보며 말했다. 「끝났나?」

「지금 들은 얘기를 써놓아야 합니다.」 나는 말했다. 내가 어떻겐가 기록할 수 있었던 것은 처음 3분의 1뿐이었고, 그 다음부터는 눈앞에 펼쳐지는 이미지에 넋을 잃고, 쿠샤아의 이야기에 매료된 나머지 제대로 받아쓰지 못했던 것이다. 키튼은 나의 흥분을 알아차렸고, 여자아이는 고개를 갸우뚱하며 의아한 눈으로 나를 보았다. 그녀도 자기가 한 얘기가 내게 강한 영향을 미쳤다는 사실을 깨달은 것이다. 주위에 있던 〈샤미가〉들은 횃불이 불타오르는 장소에서 천천히 떠나가고 있었다. 그들 입장에서는 이제 저녁 모임은 끝난 것이다. 그러나 나는 이제서야 조금씩 이해하기 시작한 참이었기 때문에, 쿠사아가 가는 것을 만류했다.

그렇다면 크리스찬이야말로 〈아웃사이더〉인 것이다. 굴복시키기에는 너무나도 강하고, 이질적이고, 강대한 이방인. 〈아웃사이더〉는 수많은 공동체에서 공포의 상징이 되었음에 틀림없다. 〈이방인〉과 〈아웃사이더〉는 달랐다. 이방인이란 다른 공동체에서 온 길손이었고, 부족의 손길을 필요로 했다. 부족은 마음 내키는 대로 이들을 돕거나, 혹은 희생양으로 삼을 수 있었다. 사실, 쿠샤아가 방금 해준 이야기에는 거대한 원의 출입구를 지키는 이방인들의 뼈에 관해 언급하고 있었고, 이 원이 윌트셔의 에이브베리에 있는 거석(巨石) 유적을 가리키고 있다는 점에는 의심의 여지가 없었다.

그러나 〈아웃사이더〉는 달랐다. 이들이 그를 그토록 두려워하는 이유는 그가 출신을 알 수 없고, 이해할 수 없는 존재이기 때문이다. 그는 낯선 무기를 썼다. 그는 완전히 이질적인 언어를 말했다. 그는 관습에 따라 행동하지 않았다. 사랑과 명예에 대한 그의 태도도 그들이 알고 있는 것과는 전혀 달랐다. 그리고 공동체 사람들의 눈에 그의 존재가 파괴적이고 무자비하게 비치는 이유는, 바로 그의 이런 이질적인 성질 때문이었다. 그리고 크리스찬은 이제는 정말로 파괴적이고 무자비한 인물이 되어 있었다.

그가 귀네스를 앗아 간 것은 자신의 전 인생을 그것에 바쳤기 때문이다. 그는 그녀를 더 이상 사랑하지도 않았고, 그녀에게 매료되지도 않았지만, 그녀를 빼앗아 갔다. 그는 뭐라고 말했던가?「난 그녀를 갖기를 원해. 사랑의 섬세함을 논하기에는 난 너무나도 멀리까지, 너무나도 오랫동안 추적을 계속해 왔어.」

쿠샤아의 이야기에 내가 매료된 것은, 낯익은 요소가 너무나도 많았기 때문이다. 야생으로부터 창조되고, 자연에 반하는 것을 굴복시키기 위해 보내어진 자연의 딸. 떡갈나무 잎의 상징. 바로 지금 내가 목에 걸고 있는 호부이다. 그녀와 떨어지기를 주저한 창조자. 〈아웃사이더〉를 두려움에 빠뜨리는 유일한 것, 멧돼지의 혼 우르샤캄. 우르스쿠머그이다! 그리고 소와, 와인과, 여자로 이루어진 공물을 받친다면, 자기 자신의 〈기괴한 왕국〉으로 돌아가겠다는 그의 말. 크리스찬이 지금 라이호프 숲의 중심을 향해 가고 있는 것처럼 말이다.

이 이야기에서는 나중에 어떤 일이 벌어지게 되는지 궁금했다. 아마 결코 알 수 없는 것인지도 모른다. 생의 이야기꾼인 이 소녀의 기억은 자기 부족의 전승에만 파장이 맞춰져 있는 것처럼 보였다. 많은 사건이나 이야기가 입에서 입으로 전해지면서, 그럴 때마다 아마 조금씩 변화해 간다. 그들은 바로 이런 이유에서 이야기가 되풀이되는 도중에는 침묵을 지킬 것을 고집하는 것인지도 모른다. 듣는 자들의 반응에 의해 진실이 스러져 가는 것을 두려워하고 있는 것이다.

이 이야기에서 이미 많은 진실이 사라져 있다는 사실은 명백했다. 잘린 목이 말을 하고, 들꽃과 짐승의 똥으로 여자를 만들어 낸다……. 아마 실상은 외부 문화에 속한 전사들의 일단이 에이브베리의 공동체를 위협했고, 소와, 와인과, 소족장(小族長)의 딸과의 결혼을 통해 이들을 달랜 것에 지나지 않을 것이다. 그러나 〈아웃사이더〉의 신화는 아직도 공포로 물들어 있었고, 미지의 것을 포용한다는 행위가 야기하는 큰 불안감은 마음속 깊은 곳에서 이들을 끈질기게 괴롭히고 있는 것인지도 모른다.

「나는 〈우스 게리그〉를 쫓고 있습니다.」 내가 이렇게 말하자 쿠샤아는 어깨를 움츠렸다.

「물론 압니다. 길고 힘든 추적이 될 것입니다.」

「그가 이 마을 소녀를 죽인 지 얼마나 됐습니까?」

「이틀 전의 일입니다. 하지만 〈아웃사이더〉가 직접 그런 것은 아닐지도 모릅니다. 그가 원시림 속으로, 〈라본디스〉로 후퇴하는 것을 지키던 것은 그의 전사들입니다. 〈우스 게리그〉 자신은 아마 일주일 이상 당신을 앞서 가고 있습니다.」

「〈라본디스〉란 무엇입니까?」

「불 너머에 있는 왕국 이름입니다. 인간의 영혼이 계절에 얽매여 있지 않은 장소입니다.」

「〈샤미가〉는 멧돼지를 닮은 그 짐승에 관해 알고 있습니까? 우르스쿠머그에 관해?」

쿠샤아는 몸을 부르르 떨며 가느다란 양팔로 자기 몸을 감쌌다.「그 짐승은 가까운 곳에 있습니다. 이틀 전에 브로흐에 가까운 수사슴의 골짜기에서 그가 포효하는 소리를 들은 사람이 있습니다.」

이틀 전에 우르스쿠머그는 이 부근에 와 있었다. 그렇다면 크리스찬도 이 근처에 있었다는 사실은 거의 확실하다. 그가 무엇을 하고 있든, 어디를 향해 가고 있든 간에, 내가 생각했던 것만큼 멀리는 가 있지는 않다는 얘기였다.

「우르샤캄은,」하고 그녀는 말을 이었다.「최초의 〈아웃사이더〉였습니다. 그것은 거대한 얼음 골짜기를 활보했고, 척박한 땅에서 높은 나무들이 자라나는 광경을 보았습니다. 그것은 우리들과, 우리들 이전에 온 사람들과, 우리들 이후에 온 사람들에 대항해서 숲을 지켰습니다. 그것은 영원히 살아가는 짐승입니다. 그것은 땅과 태양으로부터 영양을 섭취하고 있습니다. 과거에는 인간이었고, 다른 동료들과 함께 이 땅의 얼음 골짜기로 추방당했습니다. 마법이 그들 모두를 짐승의 모습으로 바꿨습니다. 마법이 그들에게 영원한 생명을 주었습니다. 우르샤캄과 그의 친족이 화를 냈을 때는 우리의 일족도 많이 죽었습니다.」

나는 쿠샤아를 빤히 바라보았다. 그녀가 한 말에 놀랐던 것이다. 빙하 시대가 끝난 것은 그녀의 일족(이들은 웨섹스에 정착한 청동기 초기의 문화에 속해 있다고 나는 생각하고 있다)이 나타나기 7천~8천 년 전의 일이다. 그럼에도 불구하고 그녀는 얼음에 관해, 그리고 얼음의 후퇴에 관해 알고 있었다……. 전승이 이토록 오래 살아남는다는 것은 가능할까? 빙하와 새로운 숲, 그리고 습지대와 얼어붙은 구릉 지대를 넘어 북쪽으로 진출하는 인간 사회에 관한 이야기가?

우르스쿠머그. 최초의 〈아웃사이더〉. 아버지는 일기장에 뭐라고 써놓았던가?〈나는 원초의 이미지를 발견하는 일에 모든 관심을 기울이고 있다……. 우르스쿠머그의 전설은 신석기 시대를 거쳐 기원전 2천 년, 혹은 그보다 더 후세에까지 전승될 정도로 강력했을지도 모른다고 나는 믿고 있다. 윈-존스는 우르스쿠머그가 신석기 시대 이전까지도 거슬러 올라갈 수 있을지도 모른다고 생각하고 있다.〉

〈샤미가〉와의 대화에서 곤란했던 것은, 그들의 생의 이야기꾼이 순서대로 얘기를 자아내지 못한다는 점이었다. 아버지가 이들과 접촉했을 때, 우르샤캄에 관한 언급은 나오지 않았다. 그러나 이 원초의 미사고, 아버지가 그렇게도 매료되었던 최초의 신화적 등장 인물은 빙하 시대 그 자체에 속해 있었던 것이다. 우르샤캄은 그 혹한의 시기에, 부싯돌로 도구를 만들고 사냥을 하며 열매를 따먹던 사람들의 마음속에서 창조되었던 것이다. 그들이 숲과 고투하며, 북쪽으로 후퇴해 가는 추위를 뒤따라 가면서, 몇 세대나 지속된 봄에 의해서 천천히 드러났던 비옥한 계곡과 골짜기에 정착하던 시대에.

쿠샤아는 곧 한 마디도 하지 않고 자리에서 슬쩍 떠나갔다. 두 개의 횃불도 꺼졌다. 늦은 시각이었고, 〈샤미가〉들 대다수도 이미 나지막한 오두막으로 들어가 자고 있었다. 그러나 그 중 몇 명은 짐승 가죽을 모닥불 근처로 가지고 와서 그곳에서 잠을 청하고 있었다. 키튼과 나는 조그만 텐트를 세우고 그 속으로 기어들어갔다.

밤이 되자 올빼미가 시끄럽게 울어 댔다. 귀에 거슬리고 섬뜩한 소리였다. 강물은 끊임없이 졸졸 흐르며, 〈샤미가〉들이 지키는 징검돌에 부딪히며 철썩거렸다.

아침이 되자 그들은 사라져 있었다. 오두막은 모두 텅 비어 있었다. 개나 자칼이 두 젊은이가 묻힌 무덤을 파헤쳐 놓은 자국이 있었다. 모닥불은 여태껏 연기를 내고 있었다.

「다들 어디로 간 거지?」 키튼이 중얼거렸다. 우리는 강가에서 얼굴을 씻고 기지개를 켰다. 그들은 리넨 천에 주의 깊게 싸놓은 고깃덩어리를 몇 개 남겨 두고 갔다. 이들의 출발은 전혀 예상 밖의 기묘한 사건이었다. 이 장소는 부족 전체의 중심지인 듯했기 때문에, 그 중 몇 명이라도 남아 있었어야 했다. 강물은 불어 있었다. 징검돌들은 수면 밑으로 가라앉아 있었다. 키튼은 그것들을 바라보고 말했다.「어제보다 수가 더 늘어나 있는 것 같아.」

 나도 그의 시선을 좇았다. 그의 말이 옳은 것일까? 우리가 지나온 곳 어딘가에서 내린 폭우 탓에 강물이 불어나고, 어제보다 세 배나 더 많은 수의 돌이 갑자기 생겨난 것일까?

「말도 안 되는 공상입니다.」 나는 조금 몸을 떨며 이렇게 말했다. 나는 배낭을 멨다.

「글쎄, 그럴까.」 키튼은 강기슭을 따라 숲속으로 들어가는 나를 따라오며 말했다.

버림받은 장소

 〈샤미가〉들을 떠나온 우리는 폐허가 된 돌탑인 브로흐를 발견했다. 키튼이 비행기에서 사진으로 찍은 것과 동일한 건축물이었다. 탑은 강가에서 조금 떨어진 곳에 서 있었고, 온통 나무로 뒤덮여 있었다. 우리는 덤불 속에서 머뭇거리며, 공터 너머에 있는 당당한 잿빛 외벽과, 가느다란 창문과, 건물 전체를 천천히 덮어가고 있는 만초(蔓草)와 담쟁이 덩굴을 바라보았다.

 키튼이 말했다.「저건 뭐라고 생각하나? 감시탑? 취미로 지은 건물?」

 탑에 지붕은 없었다. 네모난 출입문은 육중한 석조 블록으로 에워싸여 있었다. 출입문의 상인방돌에는 정교한 조각이 되어 있었다.

 「도무지 감이 안 잡히는군요.」

 건물을 향해 발을 내딛자마자, 우리는 지면이 마구 짓밟혀 있다는 사실을 깨달았다. 말발굽이 짓밟고 지나간 자국이 역력했다. 모닥불을 피운 흔적도 두 군데 있었다. 그리고 가장 눈에 띈 것은 뭔가 커다란 생물이 남긴 깊고 큰 발자국이었고, 이것이 예전의 말발굽 자국들은 거의 지우고 있었어.

「놈들은 여길 지나갔어!」 심장의 고동이 빨라진다. 마침내 우리가 크리스찬에게 얼마나 가까이 다가왔는지를 알 수 있는 〈뚜렷한〉 증거를 발견한 것이다. 여정이 지체되고 있는 듯했다. 그는 이곳에서 이틀 이내의 거리에 있었다.

브로흐 내부에서는 아직도 재 냄새가 강하게 풍겼다. 이곳에서도 습격자들은 무기를 수리하고 다시 단련하는 작업에 종사한 듯했다. 가느다란 틈새 창문에서 새어 나온 햇살이 어둑어둑한 실내를 비췄다. 원래는 지붕이었던 곳에 난 커다란 구멍은 잎사귀로 뒤덮여 있었다. 그러나 귀네스가 구속되어 있던 귀퉁이는 충분히 알아볼 수 있었다. 귀퉁이에는 아직도 다 썩어 가는 지푸라기가 쌓여 있었다. 아마 그 위에 망토를 덮고 누워 있었는지도 모른다. 반짝이는 그녀의 긴 머리카락 두 올이 폐허가 된 이 장소의 거친 돌벽에 들러붙어 있었다. 나는 그것들을 풀어 조심스럽게 손가락에 감았다. 어스름한 빛 아래에서 나는 오랫동안 그것을 응시했고, 갑자기 나를 엄습해 온 절망과 싸웠다.

「저걸 봐!」 갑자기 키튼이 나를 불렀다. 나는 나지막한 출입문 쪽으로 걸어갔다. 제멋대로 엉킨 찔레나무와 덩굴을 헤치고 나가 보니, 그가 상인방 위의 조각을 좀 더 자세히 보기 위해, 그것을 뒤덮은 초목을 칼로 쳐낸 것을 깨달았다.

숲과 불을 파노라마 식으로 묘사한 조각이었다. 상인방 양쪽에는 나무들이 조각되어 있었고, 이것들 모두가 돌 전체를 가로지르는 뱀 같은 뿌리에서 자라나고 있었다. 뿌리에는 눈이 먼 인간의 해골이 여덟 개 매달려 있었다. 빽빽이 자란 숲은 중앙의 불을 에워싸고 밀려가고 있는 것처럼 보였다. 불 한가운데에는 벌거벗은 인간의 사내가 서 있었고, 얼굴을 제외한 몸 전체의 모양이 상세하게 음각되어 있었다. 발기한 음경은 몸의 크기에 어울리지 않을 정도로 거대했다. 검과 방패를 든 양손을 머리 위로 들어 올리고 있었다.

「헤라클레스군.」 키튼이 촌평했다. 「세르네 아바스의 이회질(泥灰質) 거인 같은 거야. 자네도 알잖나, 그 언덕 사면에 새겨진 거인 말이네.」

굳이 추측하자면 아마 그럴지도 모르겠다.

내가 돌로 된 이 브로흐의 폐허를 보았을 때 처음 떠오른 생각은, 이 건물이 수천 년 전에 세워졌고, 지금 떡갈나무 산장이 숲에 먹혀 버린 것처럼 숲에 먹히고 있다는 것이었다. 그러나 우리는 이 기괴한 풍경 내부로 너무나도 깊숙이 들어와 있었다. 숲의 가장자리로부터, 물리적으로는 가능할 것 같지 않을 정도로 긴 거리를 답파했던 것이다. 그렇다면 인간의 손으로 이 브로흐를 어떻게 세울 수 있었단 말인가? 숲이 확산됨에 따라 그 내부 시간의 일그러짐도 함께 확산되었을 가능성은 있지만…….

키튼이 내가 이미 사실임을 확신하고 있던 말을 입 밖에 냈다. 「건물 전체가 미사고야. 하지만 도무지 무엇인지 알 수가 없군…….」

잊혀진 브로흐. 이 석조 건물의 폐허는 경사가 급한 초가 지붕 아래에서, 가는 가지와 진흙으로 엮은 집에서 사는 사람들을 매료시켰을 것이다. 그것 말고는 달리 설명할 길이 없었다.

그리고 사실 이 브로흐는 이런 전설 속의 잊혀진 건물로 이루어진 섬뜩하고 인상적인 풍경의 가장자리에 위치하고 있었다.

숲은 지금까지 보아 온 것과 별반 다르지 않은 느낌이었지만, 짐승이 다니는 길과 자연히 생겨난 융기를 따라 밝은 관목숲 사이를 걸어가자, 이들 폐허가 되고 버려진 건물들의 담과 뜰이 눈에 들어왔다. 화려하게 박공을 한 어느 집의 창문은 모두 뻥 뚫려 있었고, 지붕은 반쯤 무너져 있었다. 정묘한 세공이 돋보이는 튜더 왕조풍의 저택을 에워싼 담은 이끼가 끼어 녹회색으로 변해 있었고, 목재는 썩어서 부스러지고 있었다. 이 저택의 뜰에서는 조각상들이 흰 대리석의 망령처럼 줄줄이 서 있었다. 조각상들은 무성한 담쟁이와 장미 덩굴 사이로 얼굴을 내밀어 마치 우리를 엿보고 있는 듯했고, 양손을 뻗치고, 손가락으로 무엇인가를 가리키고 있었다.

어떤 장소에서는 숲 자체가 미묘하게 변화하면서 더 어둡고, 더 자극적인 향기를 풍기고 있었다. 지금까지는 압도적인 우위를 점하고 있었던 낙엽수들이 극적으로 모습을 감췄다. 이제는 잎도 듬성듬성한 소나무 숲이 비탈을 뒤덮고 있었다.

공기가 희박해지며, 수목의 향기가 강렬해졌다. 곧 우리는 높은 목조 주택과 마주쳤다. 창문에는 덧문이 내려져 있었고, 기와 지붕이 반짝이고 있었다. 거대한 늑대가 이 집을 에워싸고 있는 공터 위에 웅크리고 누워 있었다. 풀도 나 있지 않은 텅 빈 뜰이었지만, 바싹 마른 솔잎이 잔뜩 깔려 있었다. 우리 냄새를 맡은 늑대는 일어섰고, 주둥이를 들어 올리더니 소름 끼치도록 무시무시한 포효를 발했다.

우리는 드문드문한 송림 속으로 후퇴했고, 아까 우리가 지나오면서 남긴 발자국을 밟으며 이 오래된 게르만풍의 주거지를 떠나왔다.

낙엽수들이 줄어들면서 총림이 지나갈 수 없을 정도로 빽빽하게 자라 있는 경우가 가끔 있었다. 그럴 때마다 우리는 돌파 불가능한 덤불을 우회하며, 방향 감각을 잊지 않기 위해 악전고투해야 했다. 넓은 잡목 숲 안에서 우리는 무너진 초가 지붕과 회벽 따위와 마주쳤고, 때로는 육중한 기둥이나 석주 같은, 어떤 시대에 속해 있는지도 알아보기 힘든 폐허를 목격했다. 외부의 눈으로부터 잘 숨겨진 공터를 들여다보니, 캔버스와 짐승의 가죽으로 만든 차양과, 모닥불을 피운 흔적, 잔뜩 쌓인 사슴과 양의 뼈, 그리고 어두운 숲속의 야영지가 눈에 들어왔다 — 공중에 떠도는 자극적인 재의 냄새에서 판단하건대, 이 장소는 아직도 사용 중인 듯했다.

그러나 우리가 숲에서 빠져나와 이런 장소 중에서도 가장 경이롭고 잊기 힘든 미사고와 마주친 것은 해가 뉘엿뉘엿 넘어갈 무렵의 일이었다. 듬성듬성하게 자라난 나무들 사이로 그 일부가 흘끗 보였다. 높은 탑들, 총안(銃眼)이 있는 흉벽, 바로 근처에 있는 어둡고 음울한 석조 건물의 존재.

그것은 황당무계한 동화에서 그대로 빠져나온 듯한 성이었다. 기사도의 시대, 기사들이 잔인하다기보다는 로맨틱했던 그 시절에 존재했을 법한 이 조그만 성은 요새를 대형화한 듯한 느낌이다. 12세기, 혹은 그보다 한 세기 이전의 건물인지도 모르겠다. 어차피 그런 것은 중요하지 않았다. 이것은 거대한 성들이 함락되고 버려진 이후에 생겨났던 성채의 이미지 그 자체였다. 당시에는 수많은 성들이 폐허로 변했고, 그 중 일부는 유럽 변경(邊境)의 숲속에서 그대로 잊혀졌던 것이다. 성채 주위의 땅에는 풀이 자라 있었지만, 비쩍 마른 잿빛 양의 작은 무리에게 거의 뜯어먹혀 있었다. 우리가 나무 그늘에서 나와 탁한 물이 괴어 있는 해자(垓字) 쪽으로 걸어가자, 양들은 화난 듯이 음매 하고 울며 사방으로 흩어졌다.

우리는 사양(斜陽)을 받으며 높은 성벽 그늘로 걸어 들어갔고, 천천히 성 주위를 돌며 구경하기 시작했다. 해자와 맞닿아 있는 위험스러운 사면 쪽으로는 다가가지 않았다. 옛날 이곳에서 농성하던 궁수들은, 높은 위치에 가느다랗게 나 있는 가퀴 창문을 통해 성을 포위하고 있는 군세를 멀리까지 바라다볼 수 있었을 것이다. 이 사실을 깨달은 우리는 다시 잡목숲 쪽으로 되돌아갔다. 그러나 요새 안에서는 어떠한 인기척도 느껴지지 않았다.

우리는 발을 멈추고 가장 높은 감시탑을 올려다보았다. 라푼첼 같은 이야기 속의 처녀가 지상까지 긴 금발을 드리우고, 용감한 기사가 그것을 밧줄 삼아 올라갔던 감옥이란 바로 저런 것이 아니었을까.

「그랬더라면 틀림없이 정말 아팠겠지.」 키튼이 생각에 잠긴 어조로 말했다. 우리는 웃음을 터뜨리고는 다시 걷기 시작했다.

다시 햇살 아래로 나와서, 성문 쪽으로 왔다. 해자에 걸쳐 놓는 방식의 다리는 위로 끌어당겨져 있었지만, 썩어서 못 쓰게 된 것처럼 보였다. 키튼은 안으로 들어가 보고 싶어 했지만, 나는 막연한 불안을 느꼈다. 다음 순간 나는 성벽의 총안 두 개에서 아래쪽으로 늘어져 있는 두 개의 밧줄을 보았다. 이와 동시에 키튼은 양들이 풀을 뜯던 사면의 둑 위에서 불을 지핀 듯한 흔적을 발견했다. 주위의 풀밭을 돌아보니, 아니나 다를까 말발굽에 짓밟힌 자국투성이었다.

크리스찬이 틀림없었다. 우리는 제대로 그를 따라왔던 것이다. 그는 우리에 앞서 이 성으로 왔고, 성벽을 타고 들어가서 약탈을 자행했던 것이 틀림없었다.

아니, 정말로 그랬을까?

해자 안에 사람처럼 보이는 것이 엎어진 자세로 둥둥 떠 있었다. 나는 단계적으로 이 물체를 인식했다. 벌거숭이였다. 검은 머리카락과 희뿌연 엉덩이는 질척질척한 녹색의 진흙으로 뒤덮여 있었다. 등 한가운데에 있는 엷은 핑크빛 반점, 불그스름한 조류(藻類) 같은 느낌을 주는 부분을 보고, 이것이 이 〈매〉의 목숨을 앗아 간 치명상이었음을 깨달았다.

다리 너머에서 뭔가 움직이는 소리가 닌 깃은, 내가 이 전사의 시체를 보고 느낀 전율에서 미처 회복하지 못하고 있었을 때의 일이었다.

「말이야.」 키튼이 말했고, 나도 히힝거리는 소리를 듣고는 고개를 끄덕였다.

「전략상 후퇴를 하는 편이 낫겠군요.」 나는 말했다.

그러나 키튼은 주저하며 나무로 된 성문을 쳐다보았다.

「해리, 빨리······.」

「아냐, 기다려…… 안을 좀 봐야겠어…….」

그가 앞으로 걸어나가 성문 위쪽의 화살 창(窓) 쪽을 살펴보았을 때, 나무가 삐걱거리고 팽팽한 밧줄이 부르르 떨리는 소리가 들려왔다. 거대한 조교(弔橋))가 아래쪽으로 쾅 떨어져 내렸다. 다리는 깜짝 놀란 키튼이 있던 곳에서 몇 인치밖에는 떨어져 있지 않은 해자의 둑에 격돌했다. 지축을 뒤흔드는 이 충격에 나는 엉겁결에 혀를 깨물었다.

「맙소사!」 키튼은 단 한 마디밖에는 하지 못했고, 내가 있는 쪽을 향해 뒷걸음질 치며 권총이 든 허리의 호주머니를 더듬었다. 말을 탄 인물의 모습이 높은 성문 안에 나타났다. 그 인물은 말에 박차를 가해 앞으로 달려오면서, 파란 삼각기가 달린 짧은 랜스[9]를 낮게 꼬나 잡았다.

우리는 몸을 돌려 숲을 향해 도망쳤다. 말은 우리를 쫓아 질주해 왔다. 딱딱한 지면 위로 말발굽소리가 커다랗게 울려 퍼진다. 기사는 우리를 향해 고함을 질렀다. 분노한 목소리였고, 프랑스어처럼 어딘가 귀에 익었지만 전혀 알아들을 수가 없었다. 그 사내를 관찰하고 있을 여유는 거의 없었다. 금발에 수염이 엷게 자라 있었고, 머리에 검은 띠를 두르고 있다. 육중한 강철제 투구는 안장 뒤에 매달려 있었다. 미늘 갑옷에 검은 가죽 바지를 입고 있었다. 말은 검었고, 흰 발굽이 세 개 ─

〈흰 것 세 개는 죽음을! 불현듯 귀네스의 노래가 뇌리에 되살아나며 나를 얼어붙게 만들었다.〉

─ 였고 극히 단순한 빨간색 마구로 고삐와 목을 치장하고 있었다. 그리고 배 아래로 드리워진, 무늬가 있는 안장 천이 장식의 전부였다.

말은 우리 등 뒤에서 히힝거렸고, 잔디밭을 쿵쿵 박차며 질주

---

9 lance. 기병용의 긴 창.

해 왔다. 기사는 말의 옆구리를 걷어차며 더 빨리 달리라고 재촉했다. 미늘 갑옷이 짤랑거렸고, 반짝이는 투구가 안장의 금속 부분과 부딪치며 요란스러운 소리를 냈다. 숨을 곳을 찾아 도망치면서 뒤를 흘끗 돌아다보자, 그가 왼쪽으로 조금 몸을 기울인 채로 랜스를 낮게 꼬나 잡고 있는 것이 보였다. 우리 몸을 그것으로 꿴 다음, 위로 홱 들어 올릴 심산인 것이다.

그러나 우리는 간발의 차로 서늘한 총림 속으로 뛰어 들어갔고, 랜스는 우리 대신 높게 치솟은 자두나무를 찔렀다. 기사는 박차를 가해 숲속으로 들어왔고, 말의 두 어깨 위로 몸을 기울인 자세로 랜스를 옆구리에 바싹 붙이고 있었다. 키튼과 나는 덤불과 나무줄기를 끼고, 가능하면 그와 눈을 마주치지 않으려고 하며 그의 주위를 우회했다.

잠시 후 그는 말 머리를 돌려 황혼 속으로 되돌아갔고, 몇 분 동안 말을 달려 덤불 앞을 왔다 갔다 하다가, 말에서 내렸다.

그제야 나는 이 사내가 얼마나 거구인지를 깨달았다. 적어도 6피트 반[10]은 되는 키였다. 그는 양날의 검을 휘둘러 가시덤불을 쳐내면서 다가오기 시작했다. 프랑스 어를 닮은 말로 계속 고함을 지르면서.

「저 친구 왜 저렇게 화가 나 있는 거지?」 내게서 몇 피트 떨어진 곳에 있던 키튼이 속삭였고, 그는 이 소리를 들은 것 같았다. 기사는 우리 쪽을 흘끗 보고는 우리를 찾아냈고, 날려오기 시작했다. 미늘 갑옷이 햇빛을 반사하며 반짝였다.

그러자 총성이 울려 퍼졌다. 키튼이 쏜 것이 아니었다. 기묘하게 둔탁한 느낌의 총성이었고, 축축한 이끼 냄새가 나는 공기가 갑자기 코를 찌르는 유황 냄새로 가득 찼다. 기사의 몸이 뒤로 홱 젖혀졌지만, 쓰러지지는 않았다. 기사는 경악에 찬 눈초리로 우

---

10 약 2미터.

리 오른쪽을 바라보았다. 총알이 스쳐 지나간 듯한 어깨를 손으로 누르고 있었다. 나도 오른쪽을 보았다. 물레방아 연못 옆에서 나를 쏘았던 왕당파 병사의 어스름한 그림자가 눈에 흘긋 들어왔다. 그는 무거운 구식 전장총에 허겁지겁 화약을 재고 있었다.

「같은 사내일 리가 없어.」 나는 큰 소리로 말했다. 그러나 이미 사고는 나를 향해 몸을 돌리고는 씩 웃었다. 설령 이것이 그 사내와는 다른 존재라고 해도, 내가 예전에 만난 형태와 똑같은 모습을 하고 있다는 점에는 변함이 없었다.

기사는 작은 관목 숲에서 걸어 나와 큰 소리로 말을 불렀다. 그는 말에서 마구를 벗겨 내기 시작했다. 그러고는 폭이 넓은 장검으로 말의 엉덩이를 철썩 때려 말을 도망치게 만들었다.

왕당파 병사는 어둠 속으로 사라진 후였다. 그는 예전에 한번 나를 죽이려고 했던 인물이다. 그런 그가 이제는 나를 죽이려고 하는 자의 손에서 나를 구해 주었다. 내 뒤를 밟고 있었던 것일까?

이런 섬뜩한 생각이 떠올랐을 때, 키튼이 아까 우리가 있었던 울창한 숲의 일부를 보라고 말했다. 누군가가 그곳에 홀로 서 있었다. 스러져 가는 햇살 아래에서 그의 몸이 녹색으로 번득였다. 핏기가 없고 핼쑥한 얼굴이었지만, 갑옷 차림이었고, 우리를 바라보고 있었다. 아무래도 〈돌 폭포〉에서 만난 이래 우리를 줄곧 뒤쫓아온 듯했다.

이 세 번째 망령의 출현에 동요한 키튼은, 나를 이끌고 서둘러 녹색 숲을 빠져나갔고, 다시 원래의 코스로 복귀했다. 거대한 성채는 곧 시야에서 사라졌고, 우리를 추적하는 자들이 내는 소리도 결국 들려오지 않았다.

〈샤미가〉들과 헤어진 지 나흘만에 우리는 도로를 발견했다. 키튼과 나는 두 패로 나뉘어서 복잡하게 얽힌 숲을 헤쳐 나가며, 멧돼지가 밟고 지나간 흔적이든 사슴이 다니는 길이든 무엇이든 좋으니까 지금보다는 지나기 쉬운 길을 찾아보고 있었다. 강은 왼편 먼 곳에서 낮은 협곡을 이루고 있었기 때문에, 그 강둑을 지나가는 것은 불가능했다.

키튼의 고함소리가 들려왔지만 비명은 아니었기 때문에 나는 놀라지 않았다. 나는 가시덤불을 헤치며 그쪽으로 갔고, 그 즉시 키튼이 일종의 빈 공간 안에 서 있다는 사실을 깨달았다.

덤불에서 빠져나가자 잡초에 뒤덮이고 여기저기 깨진 벽돌 도로가 보였다. 도로의 폭은 15피트 정도였고, 양쪽에 도랑이 파여 있었다. 도로 양쪽에서 자라난 나무들은 그 위에서 일종의 아치를 이루고 있었다. 나무로 된 이 터널 곳곳에서 햇살이 스며들고 있었다.

「하느님 맙소사.」 내가 이렇게 말하자, 이 있을 법하지도 않는 도로 한가운데에 우뚝 서 있던 키튼은 내 말에 동의했다. 그는 배낭을 벗어 놓고, 양손을 허리에 얹고 휴식을 취하고 있었다.

「아마 로마 공도(公道)일 거야.」 그가 말했다. 이것은 추측이었지만, 사실일 가능성이 높았다.

우리는 몇 분 동안 이 도로를 따라 걸어갔다. 숲속을 몇 시간이나 힘겹게 헤매고 다닌 후였기 때문에, 이렇게 쉽게 걸을 수 있으니 즐거웠다. 주위에서는 새들이 날아다니며 시끄럽게 지저귀고 있었다. 맑은 공기 속에서 떼 지어 날아다니는 작은 벌레들을 잡아먹고 있는 것이리라.

키튼은 이 도로가 실제로 존재하고 있었고, 나중에 숲에 의해 잠식된 것이라는 의견을 내놓았지만, 그의 말을 믿기에는 우리는 너무나도 깊숙한 곳까지 들어와 있었다.

「그렇다면 이것이 존재할 이유가 없지 않나? 난 잊혀진 도로라든지, 사라진 길 따위에 관해서 상상의 나래를 펴거나 하지는 않아.」

그러나 꼭 그렇다고는 할 수 없었다. 과거의 어떤 시대에서는, 우리가 사는 땅 너머로 이어지는 신비적인 길은 강력한 신화 이미지의 하나였는지도 모르기 때문이다. 몇 세기나 세월이 흐르면서 이 이미지는 점점 퇴화되었지만, 나는 정해진 밤에만 사람의 눈에 보인다는 〈요정의 길〉에 관해 조부모가 들려준 얘기를 아직도 기억하고 있다.

몇백 야드를 걸어가다가 키튼은 멈춰 섰고, 반쯤 부스러진 도로 양쪽에 놓인 기괴한 토템을 가리켰다. 덤불 속에 반쯤 가려져 있었기 때문에 나는 잎사귀를 헤치고 자세히 들여다보았고, 눈앞에 드러난 광경에 충격을 받았다. 다 썩어 가는 사람의 머리였다. 크게 벌어진 입 사이로 쑤셔 넣은 것은 동물의 긴 뼈였다. 머리는 세 개의 날카로운 나무 말뚝에 꿰여 있었다. 키튼은 길 반대편에 서서 썩은 냄새를 피하기 위해 코를 틀어쥐고 있었다. 「이쪽 것은 여자로군.」 그는 말했다. 「아무래도 이건 우리에 대한 경고인 것 같아.」

이것이 경고이든 아니든 간에, 우리는 도로를 따라 계속 걸어갔다. 상상이었을지도 모르지만, 주위의 나무들이 숨을 죽이고 있다는 듯한 느낌을 받았다. 나뭇가지 사이로 뭔가 움직이는 것이 언뜻언뜻 보이기는 했지만, 새의 지저귐소리는 들려오지 않았다.

다른 토템들도 눈에 띄었다. 토템은 낮은 나뭇가지에 묶여 있거나, 때로는 덤불에 매달려 있곤 했다. 색색 가지의 누더기로 만든 조그만 인형들이었고, 팔다리 같은 것이 조잡하게 그려져 있었다. 그 중 일부는 뼈와 쐐기로 꿰어져 있었다. 이 모든 불길한 공물(供物)은 주술을 연상케 했다.

도로 위에 걸쳐진 벽돌 아치문 아래를 지나, 그 너머의 지면에 쓰러져 있던 죽은 나무 위를 넘어갔다. 그러자 탁 트인 공간이 나타났다. 우리의 눈에 비친 것은 황폐한 정원, 원주(圓柱)와 석상 따위가 무성한 잡초와 들꽃과 들장미 덤불 속에서 비죽비죽 솟아 있는 광경이었다. 전방에는 로마풍의 저택이 서 있었다.

빨간 기와 지붕의 일부는 내려앉아 있었다. 과거에는 희었던 벽은 세월과 풍상에 시달린 탓에 거무스름하게 변색해 있었다. 열려 있던 현관문을 통해 우리는 춥고 섬뜩한 실내로 들어갔다. 모자이크와 대리석 마루의 일부는 아직 그대로 남아 있었다. 모자이크에는 짐승, 사냥꾼, 시골 생활의 정경, 신들의 모습 따위가 정교하게 표현되어 있었다. 우리는 주의 깊게 그 위를 가로질렀다. 마루의 대부분은 이미 구들까지 내려앉아 있었다.

우리는 저택을 돌아다니며, 바닥에 세 개의 깊은 풀이 있는 목욕탕을 둘러보았다. 풀은 아직도 대리석으로 둘러싸여 있었다. 벽화가 그려져 있는 방이 둘 있었고, 그곳에서는 차분하고 매우 세련된 모습의 나이 든 로마 인 부부가 우리를 내려다보고 있었다······. 유일한 흠은 각자의 목에 나 있는 야만적인 칼자국이었다. 어찌나 세게 내리쳤던지 벽이 깊게 파여 있을 정도였다.

주(主) 거실의 대리석 마루 위에는 모닥불을 피운 흔적이 여러 군데 남아 있었고, 방구석의 쓰레기 더미에는 씹어 먹다가 버린 동물의 뼈들이 시꺼멓게 탄 채로 쌓여 있었다. 그러나 모닥불을 피웠던 자리는 차가웠고, 오래전에 꺼져 있었다.

우리는 이곳에서 밤을 보내려고 작정했다. 버러지들이 우글거리는 나무들 사이의 좁고 울퉁불퉁한 공간에 조그만 천막을 치고 자는 것과는 딴판이었다. 이 폐허가 된 저택 안으로 들어온 이후 우리 두 사람 모두 조금 신경이 곤두서 있었다. 다른 시대의 사람들이 느꼈던 공포 혹은 희망이 만들어 낸 건물 안에서 하룻밤을 보내려 한다는 사실을 자각하고 있었기 때문이다.

이런 맥락에서 보면, 이 저택은 그 브로흐나 며칠 전에 우리가 우회해 지나왔던 거대한 성채와 동등한 것이었다. 이곳은 수수께끼의 장소였으며, 이미 잊혀지고, 전설의 반열에 오른 곳이었다. 그러나 이곳은 어떤 민족에 속해 있는 것일까? 이곳은 로마 인들의 꿈의 종말이자, 마지막 로마 인들이 살고 있던 곳일까? 로마 군이 브리튼 섬에서 철수한 것은 5세기 초의 일이었고, 그 결과 수천 명의 로마 인들이 앵글로색슨 족의 공격에 그대로 노출되었다. 이 장원은 브리튼에 거주하던 로마 인들의 생존 전설과 관련이 있는 것일까? 아니면 이곳은 색슨 인들의 꿈일까? 황금이 숨겨져 있거나, 로마 군단의 유령이 남아 있는 장소? 탐색, 혹은 공포의 대상? 키튼과 나의 경우 이 장소는 오직 공포를 불러일으켰을 뿐이었다.

우리는 난방 시스템의 잔해 속에 남아 있던 땔감을 써서 작은 모닥불을 피웠다. 어둠이 주위를 뒤덮자 모닥불이나 음식 냄새가 방문자들을 이곳으로 이끌었다.

목욕탕에서 누군가가 살금살금 움직이는 소리를 처음 들은 사람은 나였다. 뒤이어 경고하는 듯한 속삭임이 들려왔다. 그러고는 정적이 흘렀다. 키튼은 일어서서 권총을 뽑아 들었다. 나는 우리가 있는 방에서 목욕탕으로 통하는 추운 복도로 걸어가서, 작은 회중전등으로 침입자들을 비췄다.

그들은 깜짝 놀란 듯했지만 두려워하는 기색은 아니었고, 눈을 가리며 빛의 원 뒤에 서 있는 나를 쳐다보았다. 남자는 장신에 육중한 체격이었다. 곁에 서 있는 여자는 남자만큼이나 키가 컸고, 양팔에 작은 포대기를 들고 있었다. 그들과 함께 온 소년은 무표정한 얼굴로 꼼짝도 않고 서 있었다.

사내는 내게 말을 걸어 왔다. 마치 독일어처럼 들렸다. 나는 그가 칼집에 든 긴 장검의 자루 위에 왼손을 올려놓고 있다는 사실을 깨달았다. 그러자 여자가 미소 지으며 내게 말을 걸어왔고, 잠시 긴장이 풀렸다.

사방이 막힌 방으로 그들을 안내했다. 키튼은 모닥불을 다시 피우기 시작했고 우리가 가지고 있는 고기 일부를 꼬챙이에 꿰어 굽기 시작했다. 우리 손님들은 모닥불 건너편에 웅크리고 앉아서 음식을 쳐다보고, 방을 둘러보고, 키튼과 나를 바라보았다.

색슨 인이 틀림없었다. 사내는 두꺼운 양모 옷차림이었다. 바지와 헐렁한 셔츠를 가죽끈으로 묶고 있다. 그 위에 걸친 것은 커다란 모피 톱코트[11]였다. 긴 금발을 머리 앞쪽에서 두 갈래로 땋고 있었다. 여자도 금발이었고, 체크무늬의 헐렁한 튜닉을 입고 그것을 허리에서 죄고 있었다. 소년은 사내의 소형판이라고 할 만했지만, 아무 말도 하지 않고 그냥 불을 바라보고 있을 뿐이었다.

그들은 식사를 마친 다음 고마움을 표시했고, 자기 소개를 했다. 사내의 이름은 이알드울프였고, 여자는 에그웨르다, 소년은 후르시그였다. 적어도 그들이 이 저택을 두려워하고 있다는 점은 명백했다. 그러나 우리의 존재에 대해 의아해 하고 있었다. 나는 손짓 발짓으로 우리가 숲을 탐험하고 있다는 사실을 설명하려고 했지만, 이쪽의 의도가 잘 전해지지 않는 것 같았다. 에그웨르다는 미간을 찌푸린 채로 나를 응시했다. 그녀의 얼굴은 매우 희었고, 긴장과 힘든 삶에서 비롯된 주름이 눈가에 깊게 패어 있음에도 불구하고, 실로 아름다웠다.

갑자기 그녀가 뭐라고 하자 ― 내 귀에는 〈쿠나스만〉처럼 들렸다 ― 이알드울프는 훅 하며 숨을 들이쉬었다. 주름진 그의 얼굴 표정이 밝아지며 이해의 빛이 떠오른다.

그는 내게 질문을 던졌고, 그 단어를 되풀이해 말했다. 나는 알아듣지 못하고 어깨를 움츠려 보였다.

그는 어떤 단어를 말했다. 하나 이상의 단어일지도 모른다. 엘쳄파. 그는 나를 가리켰다. 그런 다음 쿠나스만이라는 말을 되풀이했다. 그는 손짓으로 〈뒤쫓는다〉라는 뜻을 전달했다. 그는 내가 누군가를 뒤쫓고 있는지 물어보고 있었고, 나는 열심히 고개를 끄덕였다.

---

11 top coat. 가벼운 외투. 스프링코트라고도 한다.

「응.」 그러고는 이렇게 덧붙였다. 「야 Ja!」

「쿠나스만.」 에그웨르다는 숨을 들이쉬었고, 자세를 바꾼 다음 모닥불 너머로 손을 내밀어 내 손을 만졌다.

「자네에겐 뭔가 이상한 구석이 있는 것 같군.」 키튼이 말했다. 「적어도 이 사람들이 볼 땐 말이야. 그리고 〈샤미가〉가 봤을 때도.」

여자는 가지고 온 포대기로 손을 뻗쳤다. 후르시그 소년은 홀쩍이면서 몸을 뒤로 뺐고, 두려움에 찬 표정으로 포대기가 펼쳐지는 광경을 바라보고 있었다. 그녀는 포대기를 모닥불 곁에 내려놓았다. 나는 어른거리는 불빛에 드러난 것을 보고 움찔했다.

에그웨르다가 마치 갓난애처럼 팔에 안고 있던 것은 미라처럼 오그라든 남자의 팔뚝이었다. 팔은 팔꿈치 바로 아래에서 절단되어 있었다. 그 손가락은 길고 강인해 보였고, 중지에는 선명한 붉은 보석 반지가 끼여 있었다. 같은 포대기 안에는 강철제 단검의 부러진 날이 들어 있었다. 보석이 박힌 자루가 조금 남아 있는 것을 보니, 화려하게 치장된 무기였던 것 같았다.

「아엘프릭.」 그녀는 나직하게 말하고는 그 죽은 팔뚝 위에 살짝 손을 올려놓았다. 남편인 이알드울프도 같은 일을 했다. 그런 다음 에그웨르다는 이 소름 끼치는 유품을 다시 천으로 쌌다. 소년이 다시 신음하는 듯한 소리를 냈고, 그 순간 나는 소년이 벙어리라는 사실을 깨달았다. 게다가 귀까지 완전히 먹은 듯했다. 그러나 눈만은 섬뜩할 정도로 예리하게 번득이고 있었다.

이들은 도대체 누구일까?

나는 앉은 채로 그들을 응시했다. 이들은 누구일까? 이들이 어떤 시대에 소속되어 있는지 궁금했다. 기원 5세기, 즉 게르만 족이 브리튼 섬에 침입하기 시작한 시기인 것은 거의 확실해 보였다. 그렇지 않다면 이들과 로마 인의 장원을 어떻게 결부시킬 수 있단 말인가? 6세기 경 이런 종류의 로마 유적은 이미 숲과 산사태에 의해 거의 뒤덮여 있었다.

그들의 정체가 무엇인지는 상상도 할 수 없었지만, 과거에 이런 기묘한 가족의 전설이 존재했던 적이 있었다. 왕이나 고명한 전사의 소중한 유물을 지닌 남편과 아내가, 벙어리 아들을 데리고 무엇인가를 찾으며 돌아다닌다는 얘기였다. 결말을 보기 위해 말이다.

아엘프릭이라는 인물의 얘기는 들어 본 적이 없었다. 아마 기록 자체가 사라졌고, 얼마 후 구승(口承)에서도 사라진 것이리라. 그 이래 이 전설은 무의식 속에서만 존재해 왔던 것이다.

이 색슨 인들이 내게 무슨 뜻으로 이러는 것인지는 모르겠지만, 키튼이 지적했던 대로 내가 이들에게 어떤 의미를 갖고 있다는 사실은 명백했다……. 마치 그들은 내가 누구인지를 알고 있거나, 아니면 적어도 나에 관해 들어 본 적이 있다는 느낌이었다.

이알드울프는 대리석 바닥에 그림을 그려 가며 내게 뭐라고 설명하고 있었다. 잠시 후 나는 그가 지도를 그리고 있다는 사실을 깨달았고, 짐에 넣어 온 연필과 종이를 꺼내 그에게 건넸다. 이제는 그의 지도가 무엇을 나타내고 있는지 알 수 있었다. 그는 장원과 도로를 표시한 다음, 그곳에서 멀리 떨어진 지점에 구불구불한 강 — 스티클브룩 — 을 그렸다. 스티클브룩은 이제는 거대한 흐름으로 변해 숲을 관통하고 있었다. 지도에 의하면 우리 앞길에는 협곡이 가로놓여 있었고, 강은 나무로 뒤덮인 가파른 절벽 아래의 좁다란 협곡 바닥을 굽이치며 흐르고 있었다.

이알드울프는 「프레야 *freya!*」라고 말한 다음, 내가 강을 거슬러 올라가야 한다는 시늉을 했다. 그는 이 단어를 되풀이했고, 이해했느냐는 표정으로 나를 쳐다보았다. 그는 말했다. 「드리크탄! 프레야!」

나는 전혀 못 알아듣겠다는 사실을 알리기 위해 어깨를 움츠려 보였다. 이알드울프는 대책이 없다는 듯이 훅 숨을 내쉬었고, 에그웨르다를 보았다.

「프레야!」 여자가 말하며 기묘한 손짓을 해보였다. 「드리크탄.」
「미안하군요. 색슨 어는 전혀 모릅니다.」
「위칸.」 그녀는 이렇게 말한 다음 어떻게 이 개념을 설명하면 될까 고심하다가, 결국 어깨를 으쓱하고는 포기했다.

나는 협곡 너머에는 무엇이 있는지를 물어보았다. 이 질문을 이해한 이알드울프는 불길이 치솟아 오르는 그림을 그렸고, 우리의 작은 모닥불을 가리킨 다음, 이 불길의 크기가 훨씬 더 거대하다는 시늉을 했다. 그리고 그는 내가 그곳에 가는 것에 관해 절대로 반대하고 있는 듯했다.

「엘쳄파.」 그는 이렇게 말하고 그 불을 손가락으로 찔렀다. 그러고는 나를 바라보았다. 그는 다시 불을 손가락으로 쿡쿡 찔렀다. 「페오르 부엔드! 엘쳄파!」 그러고는 고개를 가로저었다. 그는 내 가슴을 툭툭 쳤다. 「쿠나스만. 프레야. 허. 허!」 그는 지도에서 강이 표시된 부분을 손가락으로 찍어 보였다. 강과 협곡이 가장 근접해 있는 지점에서 어느 정도 떨어진 곳이었다.

「내가 생각하기엔,」 하고 키튼이 나직하게 말했다. 「이 친구는 이 말을 하려는 것 같아……. 킨즈맨(kinsman, 血族)이라고 말이야.」
「킨즈맨?」
「쿠나스만. 킨즈맨.」 키튼은 나를 쳐다보았다. 「맞을지도 몰라.」
「그렇다면 엘쳄파는? 아마 〈아웃사이더〉라는 뜻일지도 모르겠군요.」
「엘. 에일리언(alien, 異人). 맞아, 그럴지도 모르겠군. 자네의 형은 불을 향해 가고 있지만, 이알드울프는 자네더러 강을 거슬러 올라가서 프레야를 찾으라고 말하고 있는 거야.」
「그게 무엇이든 간에…….」
「에그웨르다는 아까 〈위칸〉이라는 말을 했네. 그건 윗치(witch, 마녀)와도 일맥상통하는 건지도 모르네. 혹은 현자를 뜻하는 건지도. 아마 그들이 말하려는 것과는 정확하게 일치하지 않을지도 모르지만…….」

 나는 고심 끝에 이알드울프에게 〈엘쳄파〉가 무엇인지 물었다. 그러자 그는 과장된 몸짓으로 죽이고, 불태우고, 사지를 잘라 내는 시늉을 했다. 이것이 크리스찬 얘기라는 데는 의심의 여지가 없었다. 그는 숲을 종단하며 무차별한 약탈을 일삼았고, 어디에서도 공포의 대상이 되어 있었다.

 그러나 이제 이알드울프에게는 새로운 희망이 생긴 것 같았다. 그 희망이란 바로 나였다. 소녀 쿠사아의 목소리가 뇌리에 되살아났다.

 〈알아요. 하지만 큰 지장은 없어요. 이야기는 바뀌지 않았으니까. 처음에 난 당신이 누군지 몰랐어요.〉

 키튼이 입을 열었다. 「이들은 자네를 기다리고 있던 거야. 자네가 누구인지를 알고 있네.」

 「어떻게 그런 일이 가능할 수 있습니까?」

 「아마 〈샤미가〉가 퍼뜨린 건지도 몰라. 혹은 크리스찬 자신이 자네 얘기를 하고 다닌 건지도 모르네.」

 「정말로 중요한 건 내가 여기 와 있다는 사실을 이들이 알고 있다는 점입니다. 하지만 왜 이렇게 안도한 기색을 보이는 걸까요? 내가 크리스찬을 이길 수 있다고 생각하기라도 하는 걸까요?」 나는 밧줄에 다친 탓에 아직도 얼얼하고 만지면 거친 감촉이 있는 목의 흉터를 만졌다. 「이들이 그렇게 생각하고 있다면 오산입니다.」

 「그렇다면 자넨 왜 형을 뒤쫓고 있나?」 키튼은 조용한 목소리로 물었다.

 그러자 나는 대뜸 대답했다. 「그를 죽이고 귀네스를 구출하기 위해서입니다.」

 키튼은 웃었다. 「그 말이 그 말 아닌가.」

 나는 녹초가 되어 있었지만, 이 초기 색슨 인의 모습에서 위압감을 느낀 탓에 마음이 편치 않았다. 그럼에도 불구하고 이알드울프는 키튼과 내가 이제 잠을 자야 한다는 주장을 굽히지 않았다. 그는 손짓을 하며 「슬래입!」이라고 되풀이해 말했다. 이 말을 이해하는 것은 어렵지 않았다.

「슬래입! 이히 빌라 웨어」

「내가 지키고 있겠소.」 키튼은 씩 웃으며 말했다. 「일단 리듬에 익숙해지면 이 친구 말을 알아듣는 건 그다지 어렵지 않아.」

에그웨르다는 모닥불 주위를 돌아 우리에게로 와서 입고 있던 망토를 방바닥에 펼쳤고, 안심한 듯이 그 위에서 몸을 웅크렸다. 이알드울프는 열린 출입문을 지나 밤의 어둠 속으로 나갔다. 그는 자신의 장검을 뽑아 땅에 박아 넣었고, 칼날을 양 무릎 사이에 둔 자세로 웅크리고 앉았다.

이런 자세로 그는 밤새도록 우리를 지키고 있었다. 동이 틀 무렵 그의 수염과 옷은 이슬에 젖어 있었다. 내가 몸을 뒤척이는 소리가 나자 그는 일어서서 씩 웃었고, 몸에서 물기를 털어 내며 방으로 돌아왔다. 그는 내 칼을 집어 올려 가죽 칼집에서 뽑아 보았다. 그는 양미간을 찌푸리고 이 켈트 족의 장난감 같은 칼을 응시했고, 자신의 강철제 장검과 비교해 보았다. 내 검의 만곡한 칼날은 끝으로 갈수록 뾰족해졌고, 이알드울프의 장검 길이의 반밖에는 되지 않았다. 그는 미심쩍다는 표정으로 설레설레 고개를 저었지만, 두 칼의 칼날을 세게 마주쳐 본 다음에는 생각이 바뀐 듯했다. 그는 마기디온이 내게 선물한 검을 들어 올려 무게를 가늠해 보았고, 공중을 두 번 찔러 본 다음 만족한 듯이 고개를 끄덕였다.

자신의 후음(喉音) 섞인 언어로 외지인을 따라갈 생각일랑 하지도 말고 그 대신 강을 거슬러 올라가라는 충고를 되풀이한 후, 그와 에그웨르다는 저택에서 떠나갔다. 그들의 불쌍한 벙어리 아들은 황폐한 정원에 무성하게 자라 있는 양치 식물을 손으로 헤치며 앞장서서 나아갔다.

키튼과 나는 아침을 먹었다. 바꿔 말해서, 귀리 한 줌을 물에 타서 억지로 들이켰다는 뜻이다. 이 단순한 의식, 잠시나마 짬을 내서 음식을 먹으며, 생각에 잠긴다는 행위는 우리에게 하루를 시작할 수 있는 활력을 불어넣어 주었다.

우리는 로마 도로를 따라왔던 길을 되돌아갔고, 빽빽이 자란 덤불 위로 자연히 생겨난 듯한 둑길로 다시 올라갔다. 이 길이 어디로 통해 있을지는 도무지 알 수 없었지만, 스티클브룩이 이알드울프가 그려 준 지도대로 계속 커브를 그리고 있다고 한다면, 우리의 진로는 언젠가 다시 교차할 것이다.

하루 이틀은 크리스찬이 지나간 흔적을 찾아볼 수 없었고, 결국 그의 족적을 완전히 잃고 말았다. 내게 남겨진 유일한 희망은 그가 강을 건넌 장소를 찾아내는 것이었다. 그러기 위해서는 키튼과 헤어져 각각 반대 방향으로 나아가며, 스티클브룩을 위아래로 훑어볼 필요가 있었다.

키튼이 말했다. 「그렇다면 자넨 그 색슨 인의 충고를 받아들이지 않겠다는 얘기군?」

「내가 원하는 건 귀네스지, 미신적인 이교도의 축복이 아닙니다. 그가 선의로 그렇게 충고해 줬다는 건 잘 알지만, 크리스찬을 그렇게 멀리 가도록 놓아둘 수는 없습니다……」

뇌리에 아버지의 일기장의 한 구절이 떠오른다.

〈……90일 동안 집을 떠나 있었지만, 떡갈나무 산장에서는 단지 2주가 지나 있었을 뿐이었다…….〉

그리고 크리스찬, 언제나 크리스찬의 모습이 뇌리에 박혀 있었다. 푹 늙어 버린 그의 모습을 보았을 때의 충격.

〈지난 15년 동안 너를 좀 더 잘 알고 지냈더라면 하는 생각이 들어.〉

그러나 그가 집을 나간 지 8개월 남짓한 시간밖에는 흘러 있지 않았던 것이다!

크리스찬이 앞서 나아간 하루하루는 실은 한 주, 혹은 한 달이었을 가능성도 있었다. 아마 불 너머에 있는 숲의 중심 — 쿠샤아가 〈라본디스〉라고 부른 왕국의 심장부에서는, 시간은 아무런 의미도 가지지 있지 않는 것인지도 모른다. 형이 일단 그 선을 넘는다면, 내 손이 닿지 않는 곳으로 가버리게 된다. 쿠샤아에게 런던이 이방(異邦)인 것과 마찬가지로, 내게는 완전히 이질적인 영역으로 넘어가 버리는 것이다. 그런다면 그를 찾겠다는 나의 희망은 완전히 사라져 버리게 된다.

이런 생각에 나는 전율했다. 그리고 극심한 두려움을 느꼈다. 이런 느낌은 절로 생겨났다. 마치 오래전에 마음속 깊은 곳에 심어진 다음, 위로 떠오를 시기만을 기다리고 있었던 것처럼. 쿠샤아가 〈라본디스〉에 관해 한 말이 떠올랐다.

〈인간의 영혼이 계절에 얽매여 있지 않은 장소입니다.〉

크리스찬이 영원한 시간의 영역으로 흘러 들어가는 모습을 상상한 나는 온몸이 얼어붙는 듯한 고통을 느꼈다. 나는 내 생각이 옳았음을 알고 있었다.

한 시간이라도 헛되이 쓸 수는 없다. 단 한순간이라도 지체하면 안 된다…….

네크로맨서

 그 장원 저택에서 나온 지 오래되지 않아 우리는 숲의 두 영역 사이의 경계선을 넘었다. 전망이 트이면서 넓고 밝은 공터가 나왔다. 그곳에 자라 있는 키가 큰 풀들은 촉촉하게 이슬에 젖어 있었고, 풀 여기저기에 들러붙은 거미줄이 바람에 날려 떨렸다.
 공터 한가운데에는 거목이 한 그루 서 있었다. 마로니에나무였고, 무성하게 우거진 잎사귀는 거의 땅에 닿을 정도였다.
 그러나 뒤쪽으로 가보니 거목의 모습은 충격적으로 변해 있었다. 흉측한 기생 식물들에 뒤덮여서 말라죽어 가고 있었던 것이다. 갈색으로 변색한 잎사귀는 썩어 들어가고 있었고, 수액을 빨아들이는 기생 식물의 두꺼운 덩굴들이, 마치 촉수로 이루어진 그물처럼 숲에서 공터를 향해 기어 나와서, 거목의 나뭇가지에 뒤엉켜 있었다.
 이따금 마로니에는 몸을 떨었고, 그 떨림은 커다란 파도처럼 기생 식물의 그물로 이어졌고, 공터 너머의 숲속으로까지 전달되었다. 지면에는 나무뿌리와 메꽃이 뒤죽박죽이 되어 있었고, 높게 자란 끈적거리는 기묘한 돌기들이 공중에서 흔들거리고 있었다. 마치 먹잇감을 찾는 것처럼.

마로니에가 잉글랜드로 건너온 것은 최근의 일이다. 이 나무가 현지 풍경의 일부가 된 것은 고작해야 몇 백 년 전의 일인 것이다. 키튼은 이제 우리가 중세의 숲을 넘어 좀 더 원시적인 숲에 들어섰다고 생각하고 있었다. 사실 그가 지적했던 대로, 개암나무와 느릅나무가 우세종이 되어 있었고, 떡갈나무와 물푸레나무, 그리고 거대한 너도밤나무 자연목 따위는 눈에 띄게 줄어들고 있었다.

숲의 성질이 변해 있었다. 더 어둡고, 무거운 느낌이라고나 할까. 썩은 듯한 냄새도 코를 찔렀다. 부엽토와 짐승의 배설물 냄새. 새의 지저귐도 별로 들리지 않았다. 잎사귀들은 우리가 느끼지 못하는 미풍에 휘날려 몸을 떨었다. 그 아래의 총림은 훨씬 더 음울한 느낌을 주었고, 머리 위를 두껍게 뒤덮은 잎사귀 틈새로 새어 나오는 햇살은 깜짝 놀랄 만큼 눈부신 노란색 조명이 되어 땅 위를 밝혔다. 이슬이 잔뜩 맺힌 잎사귀들이나, 번들거리는 나무 껍질을 비추는 이 흐릿한 빛은, 마치 말 없는 그림자들이 우리를 에워싼 채로 감시하고 있다는 듯한 인상을 주었다.

어디를 둘러보아도 썩은 거목투성이였다. 그 중 일부는 옆에 있는 나무에 몸을 기댄 채로 아직 서 있었지만, 대부분은 비스듬하게 쓰러져 있었다. 덩굴과 이끼로 뒤덮인 이들 나무 위에서는 곤충들이 우글거리고 있었다.

우리는 몇 시간 동안이나 이 끊임없는 황혼 속에 갇혀 있었다.

그러던 중 비가 내리기 시작했다. 띄엄띄엄 비치던 햇살도 완전히 사라지고, 우리는 소름끼치는 어둠 속에서 물에 잠긴 덤불을 힘겹게 헤쳐 가며 나아가야 했다. 비가 그친 후에도 물방울이 나무에서 뚝뚝 떨어지는 탓에 기분이 안 좋았다. 그러나 흐릿한 조명은 되돌아왔다.

한동안 강물이 흐르는 소리가 귀에 들려왔으면서도 그 사실을 자각하지 못하고 있었다. 앞장서서 나아가던 키튼이 갑자기 멈춰 서더니 나를 돌아보며 이마를 찌푸렸다.「저 소리가 들리나?」

그제야 나는 멀리서 스티클브룩이 흐르는 소리를 들었다. 콸콸 흐르는 강물소리에는 어딘가 기묘한 데가 있었다. 메아리치는 듯한, 아주 먼 곳에서 들려오는 소리.

「강이군요.」내가 이렇게 대답하자, 키튼은 신경질적으로 고개를 가로저었다.

「아냐. 강물소리가 아니라…… 목소리.」

나는 그에게 다가갔고, 우리는 잠시 아무 말 없이 함께 서 있었다.

그러자 그 소리가 들려왔다! 남자 목소리. 역시 메아리치는 듯한 느낌이었고, 말이 힘겹게 히힝거리는 소리와, 사면 위에서 돌들이 굴러 떨어지며 내는 소리가 잇달아 들려왔다.

「크리스찬!」나는 이렇게 외쳤고, 키튼을 밀쳐 내고 달리기 시작했다. 그는 휘청거리며 내 뒤를 따라왔다. 우리는 덤불을 헤치며 돌진했고, 빽빽이 자란 나무들 사이를 누비며, 들고 있던 지팡이로 앞길을 막는 가시덤불을 마구 때려 가며 전진을 강행했다.

앞쪽에서 빛이 보였고, 숲의 나무 수가 줄어들기 시작했다. 흐릿한 녹색 빛의 정체가 무엇인지는 알 수가 없었다. 나는 질주를 계속했다. 등에 진 배낭 탓에 쉽게 움직이기가 힘들었다. 마침내 드문드문한 숲 밖으로 뛰쳐나간 나는, 황급히 오른쪽으로 도약했고, 느닷없이 눈앞에 펼쳐진 깊은 협곡 아래로 곤두박질치지 않기 위해, 옹이투성이의 나무뿌리를 부여잡고 필사적으로 매달렸다.

키튼이 나를 좇아 달려왔다. 나는 몸을 일으킨 다음 손을 뻗쳐 그를 잡았고, 간발의 차이로 그를 멈춰 세웠다. 땅이 꺼지면서 거의 깎아지른 듯한 절벽으로 변해 있고, 반 마일 아래쪽에 반짝이는 강이 보인다는 사실을 그가 알아차리기 직전의 일이었다.

우리는 겨우 안전한 곳까지 후퇴했고, 다시 한번 절벽 가장자리로 바싹 접근해 보았다. 아래로 내려갈 수 있는 길 따위는 전혀 없었다. 반대편 절벽은 이쪽에 비해 깎아지른 듯한 느낌이 덜했고, 나무도 많이 자라 있었다. 빈약한 마가목과 떡갈나무가 바위 틈이나 바위 선반 여기저기에 필사적으로 들러붙어 있는 것이 보였다. 절벽 꼭대기에서는 울창한 숲이 다시 자라나고 있었다.

또다시 멀리서 목소리가 메아리쳤다. 협곡 너머를 살펴보니 뭔가 움직이는 기색이 있었다. 절벽에 들러붙은 덤불들 사이로 돌이 구르고, 아래쪽 강으로 첨벙 떨어지는 소리.

그러자 사내가 한 명 나타났다. 겁을 먹고 뒷발로 일어서려고 하는 말을 억지로 끌며, 도저히 지나갈 수도 없을 듯한 좁다란 길을 올라가고 있었다.

그 말 뒤로 다른 자들의 모습이 계속 나타났다. 갑옷과 가죽이 햇볕을 반사하며 번들거리는 것이 보인다. 그들은 절벽을 올라오기를 꺼리는 말 몇 마리를 밀거나 당기고 있었다. 같은 바위 선반 위로 짐차 한 대를 천천히 끌어올리고 있었지만, 미끄러진 짐차의 바퀴가 길에서 벗어나면서 잠시 꼼짝달싹도 하지 않았다. 분주히 오가는 사람들의 모습이 보였고, 고함소리와 명령하는 소리가 들려왔다.

이 광경을 바라보던 중, 악전고투하며 절벽을 올라오는 이들 전사의 줄이 절벽 위까지 계속 이어지고 있다는 사실을 깨달았다. 그러고는 큰 몸집에 망토를 두르고, 검은 마구로 치장된 말을 끌고 올라가는 크리스찬의 모습이 눈에 들어왔다! 그 말 등에 엎드린 자세로 축 늘어져 있는 사람은 여자인 듯했다. 햇살이 빨간 머리를 흘끗 훑고 지나갔다고 생각한 것은 나의 절망적인 욕구에서 비롯된 착각일까?

이것이 현명한 행위인지 아닌지 숙고할 틈도 없이, 나는 심연 너머를 향해 목청껏 크리스찬의 이름을 외치고 있었다. 그러자 행렬이 정지하며 그들 모두가 나를 응시했다. 나의 절규는 메아리처럼 울려 퍼지다가 마침내 스러졌다. 키튼은 못 말리겠다는 듯이 숨을 훅 들이켰다.

「결국 해버렸군.」 그는 속삭였다.

「내가 따라가고 있다는 사실을 알리고 싶었을 뿐입니다.」 나는 대뜸 이렇게 대꾸했지만, 기습 효과를 스스로 포기했다는 사실을 알아차리고 곤혹스러워 하고 있었다. 「여기서 내려가는 길이 있을 겁니다.」 나는 이렇게 말하고 낭떠러지 꼭대기의 덤불을 따라 옆으로 이동하기 시작했다.

키튼은 그 즉시 나를 제지했고, 협곡 너머를 가리켰다. 네댓 명이 급경사 진 사면을 다시 내려오고 있었고, 곧 미끄러지듯이 나무들 사이로 들어갔다.

「〈매〉들이야.」 키튼이 말했다. 「여섯 명까지 세었어. 여섯 명이라고 생각해. 맞아, 저기야! 저길 보게.」

이 작은 무리는 사면을 내려오고 있었다. 무기를 느슨하게 쥔 채로, 여기저기에 손잡이가 될 만한 것을 잡아가며 몸의 균형을 유지하고, 위태위태하게 강으로 미끄러져 내려오고 있었다.

키튼은 곧 내 뒤를 따라오기 시작했고, 우리는 돌이나 숨겨진 나무뿌리에 걸려 넘어지지 않도록 주의하며, 절벽 가장자리의 숲을 누비며 달렸다.

〈길은 어디 있는 것일까?〉

아무 성과 없이 시간만 흐르고, 〈매〉들이 더 낮은 곳으로 내려와서 모습을 감추는 것을 보며 나는 한층 더 초조해 했다. 그들은 한 시간 이내에 강에 도달할 터이고, 그곳에서 우리를 기다리고 있을 것이다. 무슨 일이 있더라도 우리가 먼저 도착해야 한다.

형이 지나간 길을 찾는 일에 너무나도 몰두하고 있었기 때문에, 전방에 검은 그림자가 보인다는 사실을 내가 깨닫는 데에는 몇 초가 더 걸렸다.

그것은 돌연히 위압적인 모습으로 우뚝 섰고, 거칠고 큰 숨을 내쉬었다. 깊게 쉭쉭거리는 듯한 이 숨소리는 귀가 멍해질 지경이었고, 그와 동시에 악취가 풍겨 왔다. 키튼은 내 등에 부딪혔고, 외마디소리를 지르며 비틀비틀 뒤로 물러났다.

우르스쿠머그는 좌우로 몸을 흔들며 입을 열었다 닫았다 하고 있었다. 나를 그토록 공포로 몰아넣었던, 희뿌옇게 일그러진 인간의 얼굴이 송곳니를 드러내며 꿈틀꿈틀 웃고 있다. 그가 들고 있는 거대한 창은 나무줄기를 뿌리째 뽑아서 만든 것처럼 보였다.

키튼은 덤불 속으로 몸을 숨겼고, 나도 조용히 그 뒤를 따랐다. 한순간 저 거대한 멧돼지 괴물은 우리를 보지 못한 것 아닌가 하는 생각이 들었지만, 괴물은 이제 우리가 내는 소리를 눈치 채고 우리 뒤를 쫓기 시작했다. 나무들 사이를 누비면서, 예전에 보았던 것과 마찬가지로 놀랄 만큼 민첩하고 집요하게 움직이고 있었다. 키튼과 나는 각기 다른 방향을 향해 도망쳤다. 우르스쿠머그는 발을 멈추고, 머리를 갸우뚱하며 귀를 기울였다. 가슴은 위아래로 움직였고, 전신을 뒤덮은 뻣뻣한 털은 곤두서 있었으며, 여기저기로 고개를 돌릴 때마다 머리에 얹힌 가시나무 관이 부스럭거렸다. 어스름한 빛 속에서 높게 솟은 송곳니가 칼날처럼 희게 번득였다. 괴물은 손을 뻗어 나뭇가지 하나를 꺾었고, 그것으로 덤불을 두들기며 여전히 귀를 기울이고 있었다.

곧 괴물은 몸을 돌렸고, 구부정하게 굽힌 몸을 흔들며 다시 협곡 쪽으로 걸어갔다. 절벽에 도달하자 그것은 멈춰 섰고, 협곡 너머에 보이는 크리스찬의 말과 전사의 행렬을 응시하고 있었다. 그것은 협곡의 심연을 향해 나뭇가지를 내던졌고, 몸을 돌려 다시 내 쪽을 쳐다보며 고개를 갸우뚱했다.

아까까지 그것이 지키고 서 있던 장소로 몰래 되돌아가는 나의 움직임을 그것이 눈으로 쫓고 있다는 느낌을 지울 수가 없었다. 혹시 저 괴물은 병에 걸렸거나 부상을 입은 것인지도 모른다. 키튼의 손이 내 어깨에 놓였을 때 하마터면 비명을 지를 뻔했다. 키튼은 조용히 하라고 눈빛으로 내게 지시한 다음 절벽을 내려가는 좁은 오솔길을 가리켰다.

　우리는 경계를 게을리 하지 않고 그 길을 내려가기 시작했다. 뒤를 돌아다본 내가 마지막으로 본 것은, 아버지가 만들어 낸 미사고의 검고 우뚝 솟은 모습이었다. 그것은 조금씩 좌우로 몸을 흔들며 먼 곳을 응시하고 있었다. 콧구멍을 부르르 떨고, 내쉬는 숨소리는 조용한 명상에 잠겨 있는 듯한 인상을 주었다.

　나는 강이 흐르는 골짜기로 내려가며, 일찍이 경험한 적이 없을 정도의 고통과 두려움을 맛보았다. 날카롭게 돌출한 바위들과 나무뿌리로 뒤덮인 사면에서 손이 미끄러지거나 발을 헛디뎌서 굴러 떨어지기 직전까지 갔다가, 반사적으로 아무것이나 부여잡거나, 키튼이 내민 손에 매달려서 죽음을 모면한 일이 몇 번이나 되는지 이제는 기억 나지도 않는다. 나도 몇 번이나 그런 식으로 키튼을 구했다. 우리는 언제든지 서로를 잡아당길 수 있도록 손을 거의 맞잡다시피 하고 사면을 내려갔다.

　말똥, 바퀴 자국, 그리고 풍상에 시달려 비틀린 나무줄기에 밧줄을 감았던 자국은, 크리스찬 역시 몇 시간 혹은 하루쯤 전에 우리만큼이나 위태위태하게 같은 길을 내려갔다는 사실을 보여 주고 있었다.

　우리는 우리와 맞서기 위해 다가오고 있는 〈매〉들의 모습을 더 이상 볼 수 없었다. 멈춰 서서 주위를 뒤덮은 무거운 정적에 귀를 기울여 보았지만, 들리는 것은 단지 새들이 지지귀는 소리뿐이었다. 다만 한두 번 아주 먼 곳에서 여러 사람의 목소리가 들려온 적이 있었다. 크리스찬과 그의 행렬의 주력은 내부 영역의 고원에 거의 도달할 성싶었다.

　한 시간 넘게 우리는 길을 내려갔다. 마침내 바위 선반이 넓어지면서 좀 더 자연스러운 길로 변했다. 이 길은 광대한 녹색 수림으로 이어지고 있었고, 초목으로 된 이 융단 사이로 큰 강의 흐름이 언뜻언뜻 보이곤 했다. 그 위로 우뚝 솟은 협곡의 잿빛 암벽은 불길하고 비밀스러운 인상을 주었다.

마침내 편평한 지면에 도달한 우리를 맞이한 것은 불길한 고요함, 누군가를 감시하고, 감시당하고 있는 듯한 느낌이었다. 주위에는 관목이 드문드문 자라 있을 뿐이었다. 1백 야드쯤 떨어진 곳에서 강물이 용트림하고 있었지만, 고요한 숲의 무성하게 자란 초목에 가려 보이지 않았다.

「놈들은 이미 와 있어.」 키튼은 속삭였다. 그는 자신의 스미스 앤드 웨슨[12]을 꺼내 들고 있었다. 그는 가시금작화 덤불 뒤에서 몸을 웅크리고 강 쪽을 살펴보았다.

나는 가장 가까운 나무를 향해 달려갔다. 키튼도 곧 나를 따라잡은 후 함께 강으로 접근했다. 새 한 마리가 요란스럽게 머리 위를 날아갔다. 오른편 덤불 속에서 동물 한 마리가 — 작은 사슴인 성싶다 — 불안한 듯이 몸을 움직였다. 등의 긴 곡선이 보이고, 작게 숨을 내쉬는 소리도 들린다.

발소리를 죽이며 걷고, 나무에서 나무로 후닥닥 몸을 숨기며 움직인 끝에, 우리는 마르고 약간 모래가 섞인 땅으로 이루어진 강기슭에 도달했다. 개암나무와 느릅나무의 뿌리가 뱀처럼 구불거리며 작은 구멍이나 우물 같은 공동(空洞)을 이루고 있었다. 우리는 그곳으로 들어가 몸을 숨겼다. 이곳의 강폭은 40피트쯤 되었고, 깊은 강물은 소용돌이치고 있었다. 강물 한복판은 밝게 햇살을 반사하고 있었지만, 강기슭을 뒤덮고 있는 나무들 탓에 수면 대부분이 그늘에 잠겨 있었다. 늦은 오후가 된 지금은 그 햇살도 스러져 가고 있었고, 건너편 기슭은 이미 어두워지고 있었다. 어딘가 위험을 느끼게 하는 장소였다.

아마 〈매〉들은 아직 이곳에 도착하지 않았는지도 모른다. 혹시 반대편 기슭의 어둠 속에서 우리를 엿보고 있는 것일까?

---

12 권총 이름.

우리는 강을 건너야 했다. 지금 건너자는 내 말에 그는 불안하다는 반응을 보였다. 그는 새벽이 될 때까지 기다리자고 말했다. 이 긴 밤이 지날 때까지, 교대로 한 사람은 감시를 하고, 한 사람은 눈을 붙이고 있자는 얘기였다. 〈매〉들은 틀림없이 이곳 어딘가에 잠복해 있을 터이고, 가장 공격하기 좋은 기회를 엿보고 있을지도 모르니까 말이다.

나는 그의 말에 동의했다. 처음으로 그가 권총을 가져와서 다행이라고 느꼈다. 우리가 강을 건너는 사이에 그들을 뿔뿔이 흩어지게 함으로써, 권총은 적어도 우리에게 전술적인 도움이 되어 줄 수 있을 테니까 말이다.

이런 한가로운 생각을 하며 보낼 수 있었던 시간은 고작 10분에 불과했다. 곧 그들의 습격을 받았던 것이다. 나는 느릅나무 밑동의 그늘진 곳에 반쯤 몸을 숨긴 채로 웅크리고 앉아서, 뭔가 움직이는 것이 없나 하고 그늘진 수면 위를 살펴보고 있었다. 키튼이 일어서더니 조심스럽게 물가로 걸어갔다. 그의 외마디 비명과 화살이 쉭하며 날아오는 소리가 동시에 들려왔다. 화살은 강물 어딘가에 떨어지며 첨벙하는 소리를 냈다. 키튼은 후닥닥 뛰기 시작했다.

그들은 이미 스티클브룩의 이쪽 기슭으로 와 있다가, 우리를 기습했던 것이다. 그들은 갈지자를 그리며, 미친 듯이 껑충껑충 뛰어왔다. 그 중 두 명은 활을 들고 있었다. 두 번째 화살이 내 바로 옆의 나무에 맞으면서 부러진 살대가 팅겨 나갔다. 나는 키튼을 좇아 죽을힘을 다해 뛰었다. 다음 순간 등에 뭔가가 쾅 부딪히며 나는 앞으로 꼬꾸라졌다. 뒤를 돌아보지 않아도 내가 배낭 덕분에 목숨을 건졌다는 것을 알 수 있었다.

그러자 총성과 함께 끔찍한 절규가 울려 퍼졌다. 뒤를 흘끗 돌아다보자, 〈매〉 한 명이 얼굴을 움켜쥔 채로 꼼짝도 않고 서 있는 것이 보였다. 손가락 사이로 피가 솟구치고 있었다. 그의 동료들이 옆으로 뿔뿔이 흩어지자, 이 불운한 전사는 무릎을 푹 꿇고 앞으로 고꾸라지며 절명했다.

키튼은 땅이 깊게 파인 장소를 찾아 그곳에 들어가 있었다. 병풍처럼 빽빽이 자란 가시금작화 덤불과 나무뿌리로 이루어진 울타리가 그를 〈매〉들로부터 보호해 주고 있었다. 화살 여러 대가 머리 위를 아슬아슬하게 스치며 지나갔고, 그 중 하나는 나뭇가지에 맞아 튕기면서 내 복사뼈를 스쳤다. 옅은 상처였지만 믿기 힘들 정도로 아팠다.

그러자 키튼은 실로 어리석은 짓을 했다. 일어서서, 습격자들 중에서도 가장 적극적으로 달려드는 자를 권총으로 천천히 겨냥했던 것이다. 권총이 발사되는 것과 동시에 던져 올려진 돌이 그가 쥔 권총을 맞춰 떨어뜨렸다. 권총은 마른 땅 위를 미끄러지다가 몇 야드 떨어진 곳에서 멈췄다. 키튼은 홱 몸을 낮춰 엄폐물 뒤로 숨었고, 한손으로 멍들고 찢어진 손가락을 부여잡았다.

그러자 크리스찬의 부하들은 지옥에서 튀어나온 사냥개들처럼 함성을 지르고 포효하며 돌진해 왔다. 유연한 동작, 원시적인 가죽 갑옷을 제외하면 거의 벌거숭이와 다름없는 모습. 금속으로 된 것은 얼굴에서 번들거리는 매의 가면과, 그들이 지닌 번득이는 짧은 칼뿐이었다.

키튼과 나는 산불로부터 도망치는 사슴처럼 이들 전사들을 피해 도망쳤다. 무거운 배낭을 지고 두껍게 옷을 껴입고 있었음에도 불구하고 우리의 속도는 빨랐다. 자신의 목을 칼이 그을 때의 아픔을 상상하는 것만으로도, 도망칠 기력이 솟구쳤다.

나무 그늘에서 나무 그늘로 도망치면서, 나는 우리가 얼마나 무방비한 상태였는지를 깨닫고 아연실색하고 있었다. 아무리 입으로 떠들고 자신의 원기 왕성함을 뽐내 보았자, 유사 시에 우리는 무력하기 짝이 없었던 것이다. 38구경 권총을 가지고서도, 잘 훈련된 병사들의 단순한 기술에는 대적할 수 없었던 것이다. 우리는 숲에서는 어린아이나 다름없었고, 생존 놀음을 하고 있는 순진한 아이들에 지나지 않았다.

만약 내가 크리스찬과 홀로 대결하는 상황과 맞닥뜨렸다면, 그는 나를 고기처럼 잘 다져 놓았을 것이다. 돌촉을 단 창과, 켈트족의 검과, 끓어오르는 분노만을 가지고 그와 맞섰더라면, 상대방을 향해 소리치는 정도의 효과밖에는 보지 못했을 것이다.

발 밑의 땅이 푹 꺼졌고, 키튼은 나를 또 다른 〈포탄 구멍〉 속으로 끌어들였다. 나는 몸을 돌리며 창을 들어 올렸고, 〈매〉 한 명이 우리를 향해 껑충껑충 뛰어오는 것을 보았다.

다음 순간 실로 기묘한 일이 일어났다.

전사는 우뚝 멈춰 섰고, 노란색의 매 가면이 그의 표정을 완전히 감추고 있었음에도 불구하고, 그의 울퉁불퉁한 근육이 긴장하는 것을 본 나는 그가 갑자기 공포에 질렸다는 사실을 알아차렸다. 그는 뒷걸음질 쳤고, 나는 갑자기 우리 주위로 불어오기 시작한 차가운 돌풍을 의식했다.

주위가 어두워졌고, 검은 소나기구름이 갑자기 해를 가리기라도 한 듯 강기슭으로부터 모든 빛이 사라졌다. 바람에 날린 주위의 나무들이 채찍처럼 구부러졌다. 나뭇가지가 비명을 올렸고, 잎사귀가 잔뜩 달린 잔가지들은 몸을 떨며 버스럭거렸다. 유령 같은, 안개처럼 희뿌연 그 무엇인가가 선두에 선 〈매〉를 휘감고 있었다. 그는 비명을 질렀고, 동료들이 있는 곳을 향해 달려갔다.

거대한 기둥 같은 흙먼지가 지면 위로 잇달아 솟아났다. 강물에서는 마치 거대한 바다 짐승들끼리 싸우고 있는 듯이 거친 파도가 일었다. 주위의 나무들은 미친 듯이 흔들리며 부러진 나뭇가지를 마구 흩뿌려 댔다. 공기는 얼음장처럼 차가웠다. 그리고 섬뜩한 미소를 띤 정령들이 세찬 바람에도 흩어지지 않은 채로 이곳 일대를 뒤덮은 안개 속을 휙휙 헤엄쳐 다니고 있었다.

키튼은 두려움에 얼어붙어 있었다. 얼음의 결정이 그의 눈썹과

코끝에 들러붙어 있는 것이 보였다. 그는 사시나무처럼 몸을 떨며 모터사이클용의 가죽옷 안에서 작게 몸을 움츠렸다. 나도 떨었다. 내가 내쉰 숨은 하얗게 얼어 있었고, 눈도 얼어서 따끔따끔했다. 기괴한 웃음소리와, 밴시의 곡(哭)을 연상케 하는 흉포한 정신 형태들의 날카로운 절규가, 부근 일대의 숲을 모든 자연물로부터 완전히 절연시켜 버렸다.

해리 키튼은 이를 딱딱 맞부딪치며 더듬거렸다. 「도대체 저건 뭐지?」

「우리 편입니다.」 나는 이렇게 말하고 손을 뻗어 안심시키듯이 그의 어깨에 얹었다.

프레야는 결국 내게로 와주었던 것이다.

키튼은 얼어붙은 눈꺼풀 사이로 나를 흘끗 보고는 한손으로 얼굴을 훔쳤다. 주위의 경치는 눈과 얼음으로 온통 하얗게 변해 있었다. 길쭉한, 유동하는 형태들이 아무 소리도 내지 않고 공중을 날아다녔고, 그 중 몇몇은 우리를 향해 날아와서 장난기가 가득한 예리한 얼굴과 가는 눈으로 우리를 내려다보았다. 개중에는 거대하고 아무 특징도 없는 소용돌이로밖에는 보이지 않는 것들이 있었고, 이것들이 지나갈 때면 공기 중에서 마치 뭔가 파열하는 듯이 쿵쾅거리는 소리가 났다.

〈매〉들은 절규하며 도망치고 있었다. 나는 그 중 한 명이 공중으로 낚아채이지마자 몸을 두 개로 푹 꺾고, 마구 뒤틀리더니 다시 납작하게 으깨지고, 시체로 변한 몸에서 체액을 뚝뚝 흘리며 떠 있는 광경을 보았⋯⋯. 눈에 보이지 않는 손에 잡힌 채로 공중에 떠 있는 시체. 넝마처럼 갈가리 찢긴 시체는 강으로 휙 던져졌고, 수정처럼 투명한 수면 아래로 가라앉았다. 또 한 명의 〈매〉는 반대편 기슭에서, 날카롭게 부러진 나뭇가지에 꿰인 채로 버둥거리며, 단말마의 고통을 맛보고 있었다. 다른 〈매〉들에게 무슨 일이 일어났는지는 알 수 없었지만, 비명소리는 몇 분 동안 끊이지 않았고, 강력한 폴터가이스트 현상이 지속되었다.

이윽고 침묵이 흘렀다. 공기가 따뜻해지고, 희뿌연 안개도 사라졌고, 키튼과 나는 얼어붙은 손을 열심히 문질렀다. 길쭉하고 유령 같은, 엷은 안개로 이루어진, 인간 모습을 닮은 것들이 다가오고 있다. 그들은 우리 머리 위에 뜬 채로, 아래를 내려다보았다. 머리카락이 섬뜩한 슬로 모션으로 흐르듯 움직인다. 떨리는 손을 들어, 길고 가는 손가락으로 우리를 가리키고, 잡으려고 한다. 커다란 웃음을 띤 입 위에서, 불타는 듯한 눈이 우리에게 초점을 맞춘다. 인식이 담긴, 바닥 없는 우물 같은 두 눈이. 키튼은 공포에 질린 멍한 표정으로 이들 유령을 바라보았다. 유령 하나가 아래로 손을 뻗쳐 그의 코를 살짝 꼬집자 그는 두려웠던 나머지 흐느끼는 듯한 소리를 냈고, 이것을 본 정령들은 깔깔거리며 웃었다. 뭔가 이상한 느낌이었다. 악의가 담긴 웃음소리, 숲에서 메아리친 이 소리는, 그들의 입에서 나왔다기보다는, 사방팔방에서 터져 나와 우리를 에워싼 것처럼 느껴졌기 때문이다.

그러자 빛이 생겨났다. 배의 장엄한 도착을 알리는 부드러운 금색 빛이. 우리를 에워싼 정령들은 부들부들 몸을 떨며, 여전히 웃음소리를 내고 있었다. 벌거숭이였던 자들은 연기가 되어 사라졌고, 사라지지 않은 자들은 공중을 표류하며 우리에게서 떨어져 나갔다. 그늘진 곳, 나뭇가지와 뿌리의 구멍이나 갈라진 틈에 들러붙은 채로, 반짝이는 눈으로 여전히 우리를 바라보고 있다.

키튼은 그 배를 보자마자 훅 하고 숨을 들이 마셨다. 나는 강한 안도감을 느끼며 배를 바라보았다. 이 여행을 시작한 후 처음으로 은으로 된 떡갈나무 잎 호부 생각이 머리에 떠올랐다. 나는 젖은 셔츠 안으로 손을 집어넣어 목에 걸린 잎사귀를 꺼낸 다음, 배 위에서 우리를 바라보고 있는 사내를 향해 들어 보였다.

배는 산장 부근의 믿기 힘들만큼 좁다란 스티클브룩 위에서 움직이는 것보다, 지금처럼 눈앞의 널따란 강 위에 떠 있는 편이 훨씬 더 잘 어울렸다. 돛은 축 늘어져 있었다. 배는 어둠 밖으로 천천히 흘러나왔다. 키가 큰 망토 차림의 사내가 강기슭으로 뛰어내리더니, 나무뿌리의 그루터기에 계류용 밧줄을 비끄러맸다. 빛은 뱃머리에 고정된 횃불로부터 나오고 있었다. 사내 자신이 빛을 내고 있는 것처럼 보인 것은 눈의 착각이었다. 정교한 앞꽂이 장식이 달린 투구는 더 이상 쓰고 있지 않았다. 키튼과 내가 바라보고 있으니까 그는 망토를 홱 벗어 던졌고, 눈부신 횃불을 집어 들더니 그 자루를 강둑에 박았다. 그가 그 옆을 가로지르자 횃불의 눈부신 오라가 그의 거구를 후광처럼 감싸는 것이 보였다.

그는 우리에게 와서 허리를 굽혀 우리를 일으켜 세웠다.

「소르살란!」 그는 커다란 목소리로 말했고, 주먹 쥔 손으로 자기 가슴을 치며 다시 같은 말을 되풀이했다. 「소르살란!」

사내는 손을 뻗어 내 목에 걸린 호부를 만졌고, 수염투성이의 얼굴로 씩 웃었다. 그리고 그는 쿠샤아의 언어를 연상케 하는 흐르는 듯한 말로 뭐라고 했지만, 나는 전혀 알아들을 수가 없었다. 그럼에도 불구하고 나는 지금 들은 말의 의미를 깨닫고 있었. 〈당신이 오기를 기다리고 있었소.〉

일몰 후 한 시간쯤 지났을 때 우르스쿠머그는 높은 절벽에서 내려왔고, 크리스찬을 쫓기 위해 강을 건넜다. 최초의 징후는 숲속에서 무엇인가가 슬며시 움직이는 기색이었다. 그러자 소르살란은 횃불을 껐다. 강 위로 반달이 높이 떠 있었고, 맑게 개인 밤하늘에서는 별이 반짝이기 시작했다. 저녁 아홉 시경이었지만, 머리 위를 빽빽이 덮은 나뭇가지 탓에 한층 더 어두웠다.

나무들 사이에서 모습을 드러낸 우르스쿠머그는 킁킁거리는 듯한 기묘한 소리로 밤의 정적을 깨며 걷고 있었다. 나무 그늘에 몸을 감춘 우리는, 거대한 멧돼지를 닮은 이 괴물이 강가에서 멈춰 서고, 허리를 굽혀 찌부러지고 축 늘어진 〈매〉의 시체 하나를 집어 올리는 광경을 목격했다. 그는 날카로운 송곳니로 시체의 배를 찢었고, 깜짝 놀랄 만큼 인간을 연상시키는 동작으로 웅크리고 앉더니 죽은 미사고의 부드러운 내장을 빨아먹었다. 우르스쿠머그는 먹다 남은 시체를 강에 내던진 다음 낮게 으르렁거리며 강기슭을 훑어보았다. 한순간 그 눈이 번득이며 우리를 응시한 것 같았다. 어둠 속에서 우리가 보였을 리가 없는데도.

그러나 하얀 가면 같은 인간의 얼굴은 달빛을 받고 빛나는 것처럼 보였고, 그 입술이 뭐라고 말을 하려는 듯이 열렸다는 사실은 맹세해도 좋다. 마치 아버지의 혼이 무언중에 말을 걸어 오며, 웃고 있는 듯한 느낌이었다.

짐승은 곧 허리를 펴고 일어났고, 강으로 들어가 걷기 시작했다. 거대한 양팔을 어깨 높이까지 들어 올리고, 마디투성이의 창을 머리보다 조금 높게 치켜들고 있었다. 머리에 쓴 가시나무관이 건너편 기슭의 나무에 걸려 부스럭거렸지만, 한두 번 으르렁거리는 소리가 들린 것을 제외하고는 우르스쿠머그는 더 이상 아무런 소리도 내지 않았다. 한 시간쯤 지난 후, 나무로 뒤덮인 비탈에서 떼굴떼굴 굴러 온 돌들이 강물 속으로 첨벙 떨어지는 소리가 들렸다.

배는 강의 흐름에 밀려 팽팽해진 계류용 밧줄에 묶인 채로 수면 위에서 조금씩 출렁거리고 있었다. 선체를 자세히 보니 단순하지만 우아한 모양을 하고 있었다. 흘수선은 낮지만, 갑판 위에 가죽으로 된 차양을 치면 20명쯤은 비를 피할 수 있는 공간이 있었다. 단 하나뿐인 돛의 구조는 단순했지만 바람만 분다면 충분히 쓸모가 있을 듯했고, 간단한 노걸이도 있었기 때문에 바람이 없을 때도 네 개의 노를 써서 배를 저어 갈 수 있게 되어 있었다.

배에서 특히 내 눈을 끈 것은 고물과 이물에 조각된 가고일[13]들의 모습이었다. 이유를 알 수 없는 전율이 온몸을 꿰뚫고 지나갔다. 오래전에 이미 억눌려 무의식 속으로 사라졌던 종족 기억의 일부를 자극받은 것인지도 모른다. 넓적한 얼굴에, 가는 눈과 두툼한 입술을 한 이들 가고일의 용모 자체가 예술의 한 형태였다. 확실히 뭐라고 꼬집어 말할 수는 없었지만, 이것들에게서는 나를 매료하는 그 무엇인가가 있었다.

소르살란은 땅에 구멍을 파고 마른 땔감을 집어넣은 다음 지니고 있던 부싯돌로 불을 붙였다. 그러고는 비둘기 두 마리와 누른도요 한 마리를 구웠지만, 우리들 세 사람의 식욕을 만족시키기는커녕 나 한 사람의 굶주림을 해결해 주지도 못하는 양이었다.

통하지도 않는 말로 의사 소통을 해보려는 무의미한 의식을 당장 시작하지는 않았다. 소르살란은 나를 바라보며 묵묵히 먹고 있었지만, 실제로는 자기 생각에 더 푹 잠겨 있는 듯했다. 결국 먼저 말을 건 것은 나였다. 나는 원초의 미사고가 사라진 방향을 가리키며 말했다. 「우르스쿠머그.」

소르살란은 어깨를 으쓱해 보였다. 「우르슈컴.」

쿠샤아가 말했던 이름과 거의 같다.

다른 방법을 시도해 보기로 했다. 손가락을 움직여 움직임을 나타내며 나는 이렇게 말했다. 「나는 우스 게리그를 쫓고 있습니다. 그에 관해 알고 있습니까?」

소르살란은 고기를 씹으며 나를 바라보았고, 두 손가락에 묻은 고기 기름을 핥아먹었다. 그는 손을 뻗어 그 두 손가락으로 내 입술을 쥐고 눌렀다.

무슨 말을 하려고 하는지는 알 수 없지만, 「아무 말 말고 먹기나 해」라는 뜻이라는 것만은 확실했다. 나는 그의 말에 따랐다.

소르살란은 50대쯤 되어 보였고, 얼굴은 주름투성이지만 머리는 아직도 검었다. 입고 있는 옷은 간소했고, 천으로 된 셔츠 위

---

13 gargoyle. 서양 건축에서 괴물 모양을 한 처마 끝의 장식.

에 골이 진 가죽 갑옷을 착용하고 있었다. 갑옷은 상당히 튼튼해 보였다. 긴 바지에는 천으로 된 허리띠를 매고 있었다. 신발은 가죽을 꿰맨 것이었다. 거의 색채라고 할 만한 색채가 없는 인물이라고 해야 할지도 모르겠다. 왜냐하면 그가 걸친 피복은 모두 단조로운 갈색이었기 때문이다. 채색된 뼈를 꿴 목걸이만을 제외하면 말이다. 정교한 무늬가 아로새겨진 투구는 배에다 두고 왔지만, 키튼이 그것을 가져와서 완벽하게 표현된 사냥과 전쟁의 정경을 손으로 어루만졌을 때도 싫어하는 기색을 보이지는 않았다.

곧 키튼은 청동 투구 위에 은으로 상감된 무늬가 소르살란의 인생 자체를 묘사하고 있다는 사실을 알아차렸다. 잘 보면 여러 장면이 미묘하게 이어져 있는 이 그림은, 왼쪽 눈썹 윗부분의 차양에서 시작되어서 앞꽂이 장식을 돌아 정교한 뺨가리개 위까지 계속되고 있었다. 아직도 한 장면이나 두 장면쯤은 더 새겨 넣을 수 있는 여지가 남아 있었다.

거친 바다에 떠 있는 여러 척의 배. 수목으로 뒤덮인 강의 어귀. 집단 거주지. 키가 큰, 불길한 느낌의 인물들. 망령과 불. 그리고 마지막에는 한 척의 작은 배와 그 뱃머리에 선 사내.

키튼은 아무 말도 하지 않았지만, 정교하기 이를 데 없는 이 에칭의 예술성에 깊은 감명을 받은 기색이 역력했다.

소르살란은 망토를 몸에 감고 선잠에 빠진 것처럼 보였다. 키튼은 모닥불을 뒤적거리다가 빨갛게 타오른 숯 위에 새로 장작을 지폈다. 우리가 잠자리에 든 것은 자정이 다가올 무렵이었다고 생각된다.

그러나 겉잠이 든 나는 꾸벅거리며 자다가 깨기를 반복했고, 야심한 시각에 소르살란이 나직하게 속삭이고 있는 것을 발견했다. 눈을 뜨고 몸을 일으키자, 그가 깊은 잠에 빠진 키튼 곁에 앉아 한손을 비행사의 머리 위에 올려놓고 있는 것이 보였다. 그가 속삭이는 말은 종교 의식의 영창처럼 들렸다. 모닥불이 거의 꺼져 가고 있었기 때문에 나는 땔감을 더 지폈다. 불길이 다시 밝게 되살아나자 땀에 젖은 소르살란의 얼굴이 보였다. 키튼은 몸을 뒤척거렸지만 잠에서 깨지는 않았다. 소르살란은 나를 흘끗 보며 다른 한손을 자신의 입가에 갖다 대고 조용히 하라는 시늉을 했다. 나는 그를 신뢰하기로 했다.

잠시 후 나직한 영창이 끝났다. 소르살란은 일어서서 망토를 벗어 던진 다음 물가로 걸어갔고, 허리를 굽혀 손을 씻고 얼굴에 물을 끼얹었다. 그러고는 땅 위에 앉아서 밤하늘을 응시하며 다시 영창을 시작했다. 목소리가 한층 더 커졌고, 마찰음이 섞인, 웅얼거리는 듯한 그의 언어가 어둠 속에서 메아리쳤다. 키튼은 일어나서 눈을 비비며 앉았다.「무슨 일이지?」

「모르겠습니다.」

우리는 몇 분 동안 그 광경을 바라보고 있었지만, 의문은 더 깊어 갈 뿐이었다. 나는 해리 키튼에게 소르살란이 한 일을 얘기했지만, 그는 두려워하지도, 걱정하지도 않았다.

「저 친구는 무엇하는 사람일까?」 키튼이 말했다.

「샤먼이 아닐까요. 요술사라든지, 네크로맨서[14] 따위 말입니다.」

「그 색슨 인은 프레야라고 했네. 바이킹의 신 이름이나 뭐 그런 거로 알고 있었는데.」

「신이란 본래 과거의 강대한 인간을 기억하며 생겨난 개념이었습니다. 프레야의 초기 모습은 아마 마법사였을지도 모르겠군요.」

「한밤중에 듣기엔 너무 복잡한 얘기로군.」 키튼은 하품을 삼키며 말했다. 다음 순간 우리는 배후의 총림 쪽에서 들려온 부스럭거리는 소리에 화들짝 놀랐다. 소르살란은 여전히 물가에 웅크리고 앉아 있었지만, 이제는 조용해져 있었다.

키튼과 나는 일어서서 어둠 속을 응시했다. 부스럭거리는 소리

---

14 necromancer. 죽은 자의 영혼을 불러내서 교감하는 자.

가 점점 커지며, 사람 모습을 한 어렴풋한 그림자가 다가왔다. 그림자는 어스름한 어둠 속에서 머뭇거리며 몸을 조금 휘청거렸다. 모닥불의 불빛에 윤곽을 겨우 알아볼 수 있는 정도였다.

「헬로!」 남자 목소리가 들려왔다. 그다지 교양이 있는 것 같지는 않은, 매우 불안한 듯한 목소리였다. 실제로는 〈알로!〉에 가까운 발음이었다.

일단 이렇게 소리쳐 부른 다음, 그림자는 더 가까이 다가왔다. 곧 젊은 사내가 우리 앞에 모습을 드러냈다. 그는 정령들이 있는 곳에서 우물쭈물하고 있었다. 소르살란이 불러낸 유령들과 허깨비들이 그를 둘러싸고 있었다. 이들은 그를 재촉해 앞으로 걸어오게 하려는 것처럼 보였지만, 그는 그러기를 주저하고 있었다. 그때 내 눈에 들어온 것은 오로지 그가 입은 제복이었다. 너덜너덜한 옷차림에 아무런 장비도 가지고 있지 않았다. 배낭도, 소총도 눈에 띄지 않았다. 카키색 윗도리의 옷깃은 열려 있었다. 바지는 넓적다리 부근에서는 헐렁했지만, 장딴지 부근에 두른 천 각반으로 꽉 조여져 있었다. 웃옷 소매에는 작대기를 하나 달고 있다.

그는 누가 보아도 제1차 세계 대전 당시의 영국 병사였지만, 처음에는 나는 내 눈을 믿을 수가 없었다. 천편일률적으로 원시적이며, 철제 무기를 휘둘러 대는 작자들의 모습에 익숙해져 있던 나머지, 지금처럼 너무나도 낯이 익고 이해 가능한 광경이 눈에 들어와도 전혀 실감이 나지 않았던 것이다.

그러자 그는 여전히 주저하는 듯한 태도로 말을 걸어 왔다. 지독한 코크니[15] 사투리였다.

「거기 가도 되겠나? 이봐, 친구들, 여긴 정말 지독하게 춥구먼.」
「이리로 오게나.」 키튼이 말했다.
「하, 이제서야!」 밤에 온 손님은 쾌활한 어조로 말했고, 우리에

---

15 cockney. 런던의 토박이 하층 계급.

게 몇 걸음 다가왔다. 나는 그의 얼굴을 보았고…….

키튼도 그의 얼굴을 보았다!

해리 키튼은 훅 하고 숨을 들이쉬었던 것 같다. 나는 두 사람을 번갈아 보면서 말했다.「하느님 맙소사.」

키튼은 자신의 복사판으로부터 뒷걸음질 쳤다. 육군 병사는 아무런 이상도 느끼지 못하는 것 같았다. 그는 야영지로 들어와 양손을 열심히 문질렀다. 그가 나를 보며 미소 지었을 때 나도 웃어 보이려고 했지만, 내 여행 동반자와 똑같이 생긴 사내와 대면하고 반신반의하고 있다는 사실이 표정에 드러났음이 틀림없다.

「닭고기 냄새가 나던데.」

「비둘기 고기야.」나는 말했다.「이미 다 먹어 치웠지만.」

코크니 병사는 어깨를 으쓱해 보였다.「그렇다면야 할 수 없지. 하지만 정말 속이 허전해 죽겠구먼. 그렇다고 사냥할 만한 장비를 갖춘 것도 아니고 말이지.」그는 우리 두 사람을 번갈아 보았다.「혹시 담배 가진 거 없어?」

「미안해.」우리는 이구동성으로 말했다. 그는 어깨를 으쓱했다.

「그렇다면야 할 수 없지.」그는 같은 말을 되풀이했고, 곧 밝은 표정을 지으며 말했다.「빌리 프램프턴이라고 해. 자네들도 부대에서 낙오했나?」

우리는 자기 소개를 했다. 프램프턴은 이제는 밝게 불타오르고 있는 모닥불 가에 앉았다. 소르살란도 우리 쪽으로 다가왔고, 모닥불을 우회하더니 신참자의 등 뒤로 왔다. 프램프턴은 샤먼의 존재를 의식하지 못하고 있는 듯했다. 그의 주름살 없는 얼굴과 반짝이는 눈동자, 그리고 이마를 덮은 금발은 젊었던 시절의 해리 키튼 모습 그 자체였다 — 그리고, 화상 흉터도 없었다.

「난 전선으로 돌아가는 중이야.」프램프턴이 말했다.「내겐 제6감이라고 할까 그런 게 있거든? 언제나 그랬었지. 애였을 때 런던에서도 말이야. 네 살 때 소호에서 길을 잃은 적이 있어. 하지만 마일 엔드까지 제대로 돌아갔어. 워낙 방향 감각이 뛰어나서 말이야. 그러니까 자네들도 괜찮을 거라고. 나한테서 떨어지지만 마. 틀림없이 돌아갈 수 있을 테니까.」

이렇게 말하면서도 그는 이마를 찡그리며 불안한 듯한 기색으로 강을 바라보고 있었다. 다음 순간 흘끗 나를 쳐다본 그의 눈에는 망연자실한 표정이 떠올라 있었다. 불안해서 거의 어쩔 줄 모르는 듯한 기색이었다.

「고마워, 빌리.」 나는 말했다. 「하지만 우린 안쪽을 향해 가고 있어. 저기 저 낭떠러지를 거슬러 올라갈 작정이야.」

「스퍼드라고 불러 줘. 친구들은 모두 나를 스퍼드라고 부르지.」

키튼은 숨을 혹 내쉬며 몸을 떨었다. 두 사내는 오랫동안 서로를 바라보고 있었다. 키튼이 속삭였다. 「스퍼드 프램프턴. 그와 함께 학교를 다녔네. 하지만 이건 그가 아냐. 그 친구는 살이 쪘고, 가무잡잡한……」

「스퍼드 프램프턴, 그게 바로 나야.」 우리 손님은 이렇게 말하고 미소 지었다. 「친구들, 나만 따라오라고. 함께 아군 전선으로 돌아가는 거야. 난 런던에 있는 코크니 프라이드 주점만큼이나 이 숲을 샅샅이 알고 있다고.」

물론 그도 미사고였다. 나는 그가 말하는 것을 바라보았다. 그는 끊임없이 주위를 흘끗흘끗 보고 있었고, 점점 깊어 가기만 하는 고뇌에 시달리고 있는 것 같았다. 뭔가 이상했고, 그도 그 사실을 알고 있는 것이다. 그의 존재 자체가 잘못되어 있었다. 미사고들을 숲에 어울리는 자연스러운 존재라고 할 수 있다면, 스퍼드 프램프턴은 〈부자연스러웠다〉. 나는 그 이유를 직감했고, 키튼에게 내가 생각해 낸 이론을 귀띔했다. 그러는 중에도 스퍼드는 모닥불을 쳐다보며, 「친구들, 나만 따라오라고」라는 말을 되풀이하고 있었다. 점점 무의미하고 기계적인 어조로.

「소르살란은 당신 마음속에서 저 친구를 창조해 낸 겁니다.」

「내가 자고 있는 사이에…….」

그렇다. 소르살란은 소녀 쿠샤아와 같은 재능을 가지고 있지 않았기 때문에, 해리 키튼의 종족 무의식 속으로 손을 뻗어 가장 최근에 확립된 미사고 형태를 찾아냈던 것이다. 마법 혹은 그 자신의 심령적인 능력을 통해서, 이 네크로맨서는 한 시간 남짓한 시간 내에 미사고를 만들어 냈고, 이 야영지로 그를 이끌었다. 그 미사고에게 그는 키튼의 용모를 부여했고, 학창 시절의 기억에 의거해서 이름을 붙였다. 스퍼드 프램프턴을 통해서, 이 청동기 시대의 마법사는 우리와 얘기를 나눌 작정인 것이다.

키튼이 입을 열었다. 「적어도 이 친구가 누군지는 알아. 응. 아버지한테서 그의 얘기를 들은 적이 있네. 혹은 그들의 얘기라고 해야 할지도 모르겠군. 포탄 구덩이 샘도 그 중 한 명이지. 그리고 어떤 코크니 출신의 하사관에 관한 얘기도 몇 번 들은 적이 있어 — 헬파이어 해리라는 이름이었지. 이들 모두가 〈귀환의 천재〉였어. 안개가 자욱하게 낀 전선에서, 완전히 길을 잃고 망연자실한 얼굴로 포탄 구덩이에 웅크리고 있을 때, 헬파이어 해리가 그 구덩이 속으로 쓱 들어오더니 어떻게든 집까지 데려가 준다는 식이지. 헬파이어 해리는 실로 멋들어진 솜씨로 그 일을 처리하곤 했어. 프랑스 솜에서 길을 잃은 한 부대를, 한 사람도 빠짐없이 고향인 스코틀랜드의 농장까지 데려다 주었다는 전설이 있을 정도니까. 〈아니 이럴 수가. 어쩐지 다리가 아프더라니…….〉」 키튼은 씩 웃었다. 「이런 식의 얘기들이야.」

「그렇게 최근의 미사고 형태가 존재한다니.」 나는 조용히 말했다. 나는 경악하고 있었다. 그러나 플랑드르 전선의 참호에서 공포와 혼란을 맛본, 고뇌에 가득 찬 세대가, 이런 〈희망〉의 형태를 만들어 냈다는 사실은 얼마든지 이해할 수 있었다. 확신에 찬 태도로 인도해 주고, 새 희망을 주고, 공포에 얼어붙어 제정신을 잃은 병사들에게 새로운 용기를 불어넣어 주는 인물을.

그러나 이 신참자, 속성으로 창조된 이 영웅적 인물의 얼굴에서는, 혼란되고 망연자실한 표정밖에는 찾아볼 수 없었다. 그는 어떤 목적을 위해 창조되었고, 그 목적이란 신화가 아니라 언어였다.

소르살란이 거구를 움직이며 모닥불 가로 와서 앉았고, 병사의 어깨 위에 살짝 손을 올려놓았다. 프램프턴은 조금 움찔했다가, 나를 올려다보며 말했다. 「용기를 내서 여기까지 왔다는 사실에 그는 기뻐하고 있네.」

「누가?」 나는 미간을 찌푸리며 물었다가, 그제야 무슨 일이 일어나고 있는지를 파악했다. 소르살란의 입이 움직였지만, 아무런 소리도 들리지 않았다. 그가 무언의 대화를 이어 가자, 프램프턴이 대신 내게 말했다. 그의 독특한 코크니 억양은, 그가 얘기하는 전설과는 전혀 걸맞지 않은 느낌을 주었다. 그는 소르살란의 투구에 그려져 있는 이야기를 말로 풀어 설명해 주었다.

「그의 이름은 소르살란이야. 〈최초의 뱃사람〉이라는 뜻이지. 어느 날 소르살란의 동족이 사는 땅에 큰 폭풍이 다가왔네. 그 땅은 여기서 멀리 떨어진 곳에 있었어. 이 폭풍은 새로운 마법, 새로운 신들이었어. 땅 자체가 소르살란의 동족을 쫓아내려 하고 있었네. 그 당시, 소르살란은 아직도 나이 든 제관(祭官) 미산의 허리에 깃들여 있던 영(靈)에 불과했어. 미산은 미래를 보고 암운이 다가오고 있음을 알아차렸지만, 땅과 바다를 넘어 일족을 숲으로 뒤덮인 섬까지 이끌어 갈 사람이 없었어. 미산은 여자의 배에 영을 불어넣어 아이를 만들기에는 너무 늙어 있었거든.

그래서 그는 비에 맞아 홈이 파인 커다란 바위를 찾아냈어. 그는 자신의 영을 그 돌 위에 놓았고, 그 돌을 높은 산꼭대기에 가져다 놓았네, 이 돌이 두 계절 동안 자란 다음, 미산은 그것을 산꼭대기에서 아래로 떨어뜨렸어. 돌이 깨지자 그 안에서 갓난애가 나왔지. 소르살란은 이렇게 태어났어.

미산은 초원과 숲에서 따온 비밀의 약초를 갓난애에게 먹여 길렀어. 소르살란이 자라 어른이 되자 그는 동족에게 돌아갔고, 각 씨족에 속한 가족들을 불러 모았어. 이들 가족은 작은 배를 하나씩 건조했고, 그것을 수레에 싣고 잿빛 바다로 갔네.

최초의 뱃사람은 이들을 이끌고 바다를 건넜고, 섬의 해안을 돌며 벼랑과 어두운 숲, 그리고 강어귀를 탐험하며 안전하게 상륙할 수 있는 지점을 찾았어. 그는 기러기와 쇠물닭들이 헤엄치며 노는, 갈대가 잔뜩 자란 습지대에 도달했어. 그들은 수많은 수로를 통해 그 토지로 들어갔고, 곧 나무가 무성한 언덕과 험준한 협곡 사이를 가르고 내륙으로 통하는 깊숙한 지류를 발견했지.

배들은 한 척씩 강기슭에 정박했고, 가족들은 촌락을 이루고 살기 위해 강에서 나와 내륙으로 들어갔네. 어떤 가족들은 살아남았고, 다른 가족들은 그러지 못했어. 이것은 이 세계에서 가장 어둡고 유령 같은 장소로 들어가는 여행이었고, 그 여정은 그 누가 예상했던 것보다 훨씬 더 끔찍했다네. 그 땅에는 이미 원주민이 살고 있었고, 숨겨져 있던 이 종족은 돌과 창으로 침입자들을 공격했네. 그들은 지신(地神)과, 하신(河神)과, 자연계의 모든 사물을 하나로 엮고 있는 정령들을 불러내서 침입자들에게 보냈네. 그러나 노(老) 제관은 소르살란을 잘 훈련시켜 놓고 있었어. 그는 악의를 가진 영들을 자신의 몸으로 흡수했고, 그들을 마음대로 다뤘다네.

이윽고 최초의 뱃사람만이 강에 남게 되었네. 그는 이 땅의 정령들과 함께 북쪽을 향해 갔네. 그는 언제나 배를 타고 강을 여행하고 있고, 자기 부족들의 부름에 언제든지 응해서, 이들 태고의 정령과 함께 그들을 도울 준비가 되어 있네.」

소르살란은 인간 영매를 통해 자기 자신의 전설을 우리들에게 얘기했다. 이 사실은 그 무엇보다도 이 인물의 강대한 능력을 여실하게 보여 주고 있었다. 그럼에도 불구하고 그가 할 수 있는 일에는 한계가 있었다. 쿠샤아가 했던 일을 그는 하지 못했던 것이다. 그리고 〈샤미가〉나 기사나 색슨 인 가족이 그랬던 것처럼, 그 또한 나를 기다리고 있었던 것 같았다.

「왜 내가 와서 기쁘다는 겁니까?」 나는 물었다. 이번에는 프램프턴이 소리 없이 입술을 움직일 차례였다. 잠시 후 그는 커다란 목소리로 대답했다.

「〈외지인〉은 죽어야 해. 그는 이질적인 존재야. 숲을 파괴하고 있어.」

「당신에겐 어떤 사람이든 마음대로 죽일 수 있는 힘이 있는 것처럼 보입니다만.」 내가 이렇게 말하자 소르살란은 미소 지으며 고개를 가로저었고, 코크니 사투리로 대답했다.

「전설은 명백하네. 〈외지인〉을 죽이는 사람은 〈혈족〉뿐이야 — 아니면 〈혈족〉이 그에게 죽임을 당하든가. 오로지 〈혈족〉만이 그런 일을 할 수 있어.」

〈전설은 명백하다고?〉 점점 강해지고 있던 나의 예감이 옳았다는 사실이 마침내 증명되었다. 나는 이미 전설의 일부가 되어 있는 것이다. 크리스찬과 그의 형제, 〈외지인〉과 그의 〈혈족〉은 아마 시간이 시작되었을 무렵부터, 신화에 의해 결정된 역할을 수행하고 있는 것이다.

「당신은 나를 기다리고 있던 거군요.」

「왕국 전체가 기다리고 있었네.」 소르살란이 대답했다. 「자네가 〈혈족〉인지는 확신이 없었지만, 떡갈나무 잎이 자네에게 어떤 영향을 끼쳤는지 나는 보았네. 그래서 그렇게 되라고 염원하기 시작했던 거야.」

「내가 오는 걸 알고 있었군요.」

「그렇다네.」

「전설이 전하는 역할을 끝마치기 위해서 말입니다.」

「꼭 해야 할 일을 하기 위해서야. 왕국에서 이인(異人)을 제거하기 위해서야. 그의 목숨을 앗아 가기 위해. 파괴를 저지하기 위해.」

「보통 사람 혼자의 힘으로 그런 일이 가능하다고 믿습니까?」

소르살란은 웃음을 터뜨렸다. 그러나 그의 대변인은 엄숙한 표정을 바꾸지 않은 채로 대답했다.「〈외지인〉은 단순한 문제가 아니고, 그 또한 단순한 인간이 아니네. 그는 이곳에 속하지 않았고 ─」

「그건 저도 마찬가지입니다만 ─」

「그러나 자네는 그의 〈혈족〉이야. 이인의 밝은 면을 대표하고 있는. 파괴하는 것은 어두운 쪽이네. 수호자가 숲의 가장자리까지 유인되었기 때문에 이렇게도 밀리까지 온 거야.」

「어떤 수호자 말입니까?」

「우르슈쿰. 우르슈쿰들은 가장 오래된 〈외지인〉이지만, 대지와 친해졌다네. 자네가 본 우르슈쿰은 불과 소통하는 자들의 계곡으로 통하는 길을 언제나 지키고 있었지만, 숲 가장자리까지 유인되었던 거야. 이 숲 밖에는 위대한 마법이 존재하네. 어떤 목소리가 들려왔고, 수호자는 그것을 따라갔어. 그래서 왕국의 심장이 무방비 상태로 노출되었던 거야. 〈외지인〉은 그 심장을 잠식하고 있어. 그를 막을 수 있는 것은 오직 〈혈족〉뿐이네.」

「혹은 그에게 죽임을 당할지도 모른단 말이군요.」

소르살란은 나의 이 말에는 아무 대답도 하지 않았다. 그는 날카로운 잿빛 눈을 가늘게 뜨고 나를 응시했다. 마치 내가 이 신화적 역할을 수행하리라는 징조를 아직도 찾고 있는 것처럼.

나는 말했다.「하지만 우르슈쿰은 어떻게 해서 그 ─ 아까 그는 뭐라고 말했던가? ─ 불과 소통하는 자들을 지키고 있을 수 있었습니까? 우리 아버지는 우르슈쿰을 〈창조〉했습니다. 이곳에서 말입니다.」나는 내 머리를 툭툭 쳤다.「자기 마음에서. 당신이 방금 여기 이 사내를 창조했던 것처럼.」

스퍼드 프램프턴은 아무 대답도 하지 않았고, 나의 잔인한 말을 이해한 기색을 전혀 보이지 않았다. 그는 슬픈 표정으로 나를 바라보다가, 네크로맨서의 지시에 따라 입을 열었다. 「자네의 아버지는 단지 수호자를 소환했을 뿐이야. 이 왕국에 있는 모든 것들은 예전부터 언제나 존재했던 것들이네. 과거에 사이온이 그랬던 것처럼, 우르슈컴은 왕국의 경계선 쪽으로 소환되어 변화를 겪었던 거야.」

무슨 얘기인지 알 수 없었다.

「사이온이 누구입니까?」

「위대한 왕이었네. 샤먼이었고, 강대한 힘을 가지고 있었어. 그는 계절을 마음대로 다룰 수 있었기 때문에 여름 다음에는 봄이 왔고, 봄 다음에는 여름이 오곤 했지. 그는 마력을 써서 사람들을 황조롱이처럼 날게 할 수도 있었어. 쩌렁쩌렁한 목소리는 하늘에까지 들릴 정도였지.」

「그리고 그가 우르슈컴들을 변화시켰단 말입니까?」

「그보다 약한 왕들이 10명 있었네.」 소르살란이 말했다. 「그들은 사이온의 힘이 점점 강해지는 것이 두려웠던 나머지 힘을 합쳐 그에게 대항했어. 하지만 결국 그에게 지고 말았지. 사이온은 마법을 써서 그들을 숲의 짐승으로 변신시켰어. 그러고는 기나긴 겨울이 막 끝나려 하고 있는 땅으로 그들을 추방했네. 그 땅이란 바로 이곳이야. 옛날에는 얼음에 뒤덮여 있었던 곳이지. 얼음이 녹자 숲이 다시 돌아왔고, 이들 우르슈컴은 숲의 수호자가 되었네. 사이온은 이들에게 거의 불사(不死)에 가까운 힘을 주었네. 우르슈컴들은 나무처럼 자라기는 해도 말라죽지는 않네. 그들 각자가 강이나 골짜기로 가서, 새로이 자라나고 있는 녹색의 숲을 지키기 위해 성을 쌓았던 거야. 그들은 대지와 친해졌고, 이곳에 정착해서 사냥을 하고 살아가는 사람들의 친구가 되었어.」

나는 당연한 질문을 했다. 「만약 우르슈컴들이 사람들의 친구라면, 이 우르슈컴만은 왜 이렇게 흉포한 겁니까? 그는 우리 형을 사냥하듯 몰아세우고 있고, 만약 나를 잡는다면 주저 없이 죽일 겁니다.」

소르살란은 고개를 끄덕였다. 거의 움직이지 않는 프램프턴의 입술에서 그를 창조한 인물의 말이 흘러나왔다.

「불과 소통하는 자들을 데리고 온 사람들이 있었네. 불과 소통하는 자들은 불을 제어할 수 있었지. 하늘에서 불벼락을 내리치게 할 수 있었네. 동쪽을 손으로 가리키면 동쪽으로 불길이 번졌어. 모닥불에 대고 침을 뱉으면 모닥불은 빨간 숯으로 변했어. 불과 소통하는 자들은 이곳으로 와서 숲을 불태우기 시작했네. 우르슈컴들은 이들에게 격렬하게 저항했네.」

자리에서 일어난 소르살란이 우리에게서 몸을 돌리고, 밤의 어둠을 향해 유유히 오줌을 갈기는 동안 이 이야기는 잠시 중단되었다.

「크리스찬이 왔던 그날 밤에도 불을 다루는 사내들이 있었네.」 키튼이 속삭였다. 나도 그들을 잊을 수 없었다. 나는 그들에게 신석기인이라는 이름을 붙였다. 크리스찬의 부하들 중에서는 가장 원시적으로 보였지만, 이들이 화염을 마음으로 조종할 수 있다는 사실은 명백했다.

우르스쿠머그 및 불과 소통하는 자들에 관한 전설의 근원이 된 단순한 역사적 배경을 이해하기란 어렵지 않았다. 내가 상상한 바에 따르면, 그것은 마지막 빙하기가 급속히 끝나 가고 있던 시기의 일이었다. 빙하는 잉글랜드의 중부 지방까지 진출하고 있었다. 몇 세기에 걸쳐 이 빙하가 후퇴하는 동안 기후는 추웠고, 골짜기 사이의 땅은 위험한 습지가 되었으며, 그 사면은 풀 한 포기 자라지 않는 동토(凍土)였다. 소나무가 도래하고, 드문드문한 전나무 숲이 생겨나면서, 현대의 바이에른 지방에 펼쳐진 광대한 침엽수림의 효시라고 할 수 있는 삼림 지대가 출현했다. 그런 다음 최초의 낙엽수들이 뿌리를 내리기 시작했고, 느릅나무, 가시나무, 개암나무 따위에 이어 참피나무, 떡갈나무, 물푸레나무가 나타나면서 상록수림을 북쪽으로 밀어냈고, 오늘날까지 살아남은 울창한 녹림(綠林)을 만들어 낸 것이다.

하늘이 보이지 않을 정도로 무성한 나뭇잎으로 뒤덮인 숲 아래의 공간에서는 멧돼지와 곰과 늑대들이 노닐었고, 사슴은 초지와 협곡에서 풀을 뜯었으며, 이따금 숲의 나무들이 드문드문해지면서 밝은 햇살을 받고 자라난 들장미와 가시나무 따위가 덤불을 이루고 있는 높은 능선에까지 모습을 드러내곤 했다.

그러나 인간이라는 이름의 동물이 녹색 숲으로 돌아와서, 엄한의 북쪽 지방으로 진출했다. 그러면서 그들은 숲을 벌채하기 시작했다. 불을 써서. 불을 만들어 그것을 통제하고, 숲의 일부를 불태워 거주지를 만든다는 행위는 실로 고도의 기술이었음에 틀림없다. 그리고 권토중래를 획책하는 숲에 계속 저항하기 위해서는, 한층 더 고도의 기술을 필요로 했을 터이다.

살아남기 위한 처절한 투쟁이 벌어졌을 것이다. 숲은 필사적으로 토지에 대한 지배력을 유지하려고 했을 것이다. 불을 지닌 인간은 결코 지배당하지 않으려고 굳게 결심하고 있었다. 원초의 숲에 사는 짐승들은 어두운 힘을 상징하는 어두운 신들이 되었다. 숲 자체가 의지를 가지고, 하찮은 인간 침략자들을 쫓아내기 위해 유령과 요정 따위를 만들어 낸 것처럼 보였을 것이다. 숲의 수호자인 우르스쿠머그에 관한 이야기들은 이방인들, 전혀 다른 언어를 말하고, 낯선 기술을 가지고 오는 새 침략자들에 대한 두려움과 결부되기에 이르렀다.

〈아웃사이더〉들에 대한 두려움.

그 이후, 불을 썼던 인간들은 〈불과 소통하는 인간〉이라는 이름을 얻고 거의 신처럼 숭앙받았다.

「〈아웃사이더〉의 전설은 어떤 식으로 끝나는 겁니까?」 나는 소르살란이 다시 자리에 앉자 이렇게 물었다. 그는 현대인을 방불케 하는 몸놀림으로 어깨를 으쓱해 보였고, 두터운 망토로 어깨를 감싸고는 그 앞에 달린 조잡한 끈을 묶었다. 지친 기색이었다.

「〈외지인〉들의 얘기는 전설에 따라 다르네. 〈혈족〉이 그를 막기 위해 온다네. 그 결과는 아무도 알 수 없어. 자네가 이 왕국에 온 걸 환영하는 이유는 성공을 확신할 수 있어서가 아니라, 단지 성공할 〈희망〉이 보였기 때문이네. 자네가 없다면, 왕국은 뽑혀 나간 꽃처럼 시들어 버릴 운명에 처해 있어.」

「그럼 그녀에 관해 얘기해 주십시오.」 나는 말했다. 소르살란은 매우 지친 기색이었다. 키튼도 침착하지 못한 기색으로 하품을 삼키고 있었다. 완전히 깨어 있는 사람은 육군 병사뿐이었지만, 그는 먼 곳을 바라보는 듯했다. 그의 눈 뒤에는 자신을 통제하고 있는 샤먼의 모습 말고는 아무것도 없었다.

「그녀라니?」

「귀네스 말입니다.」

소르살란은 다시 어깨를 으쓱해 보이고는 고개를 가로저었다. 「전혀 들어 본 적도 없는 이름이네.」

쿠샤아는 그녀를 무슨 이름으로 불렀던가? 나는 종이에 메모해 둔 것을 찾아보았다.

그러나 소르살란은 또다시 고개를 가로저었다.

「두려움으로 빚어진 사랑스러운 여자입니다.」 내가 이렇게 시사하자, 이번에는 네크로맨서도 이해한 것 같았다.

그는 이쪽으로 몸을 기울이고 내 무릎 위에 손을 얹었고, 자신의 언어로 뭐라고 큰 소리로 말하며 의아한 눈빛으로 나를 응시했다. 그제야 말이 안 통한다는 사실을 깨달았는지, 그는 공허한 표정을 한 육군 병사를 향해 조금 고개를 기울였다. 그러자 병사의 눈이 초점을 맺었다.

「그녀는 〈외지인〉과 함께 있네.」

「알고 있습니다.」 그러고는 이렇게 덧붙였다. 「내가 그를 쫓고 있는 것은 바로 그 때문입니다. 난 그녀를 되찾고 싶습니다.」

「그녀는 그와 함께 행복하게 지내고 있네.」

「그녀는 행복하지 않습니다.」

「그녀는 그에게 속해 있네.」

「나는 그렇게 생각하지 않습니다. 그는 내게서 그녀를 훔쳐 갔고 ─」

소르살란은 깜짝 놀란 표정을 보였다. 나는 말을 계속했다. 「그는 내게서 그녀를 훔쳐 갔고 난 다시 그녀를 되찾을 작정입니다.」

「그녀는 이 왕국 밖에서는 살 수 없네.」 소르살란이 말했다.

「그럴 수 있다고 생각합니다. 나와 함께 말입니다. 그녀는 그렇게 살기로 결심했지만, 크리스찬은 그녀의 선택을 짓밟았습니다. 나는 그녀를 내 것으로 간주하거나, 소유할 생각은 없습니다. 단지 그녀를 사랑할 뿐입니다. 그리고 그녀도 나를 사랑한다는 사실을 나는 확신하고 있습니다.」 나는 상반신을 더 바짝 갖다 댔다. 「그녀의 이야기를 알고 있습니까?」

소르살란은 몸을 돌리고 깊은 생각에 빠졌다. 내가 지금 한 얘기에 동요하고 있는 기색이 역력했다.

나는 끈질기게 말을 이었다. 「그녀는 아버지의 친구들 손으로 키워졌습니다. 그녀는 숲과 마법에 관한 훈련을 받았고, 무기를 다루는 법도 배웠습니다. 내 말이 맞습니까? 그녀는 성숙한 여자가 될 때까지 〈밤의 사냥꾼들〉의 보호를 받으며 성장했습니다. 그녀가 처음으로 사랑에 빠지자 〈밤의 사냥꾼들〉은 그녀를 아버지의 땅으로, 그가 묻혀 있는 골짜기로 데려갔습니다. 거기까지는 알고 있습니다. 그녀 아버지의 영혼이 그녀를 〈뿔이 난 신〉과 만나게 했다는 사실도. 거기까지는 알고 있습니다. 하지만 그 다음엔 무슨 일이 일어났습니까? 그녀를 사랑했던 사내에게는 무슨 일이 일어난 겁니까?」

〈그러나 그녀는 처음으로 사랑에 빠졌다. 상대는 족장의 아들이었고, 그녀를 얻으려고 굳게 결심하고 있었다.〉일기장에 기록된 이 구절이 강하고 뚜렷하게 내 마음속에 되살아났다. 그러나 소르살란이 세부를 알아보기에는 전승 자체가 너무 새로운 것일까?

소르살란은 갑자기 나를 홱 돌아보았다. 불타는 듯한 눈빛이었지만, 수염 속에 미소가 떠올라 있는 것처럼 보였다. 그가 매우 흥분해 있다는 점은 분명했다.「그 어떠한 일도 실제로 일어날 때까지는 확실한 결말을 알 수 없네.」그는 프램프턴을 통해 말했다.「나는 그 젊은 여자의 존재를 이해하지 못하고 있었네. 이제는 이해하네. 자네가 해야 할 일은 더 손쉬워졌네,〈혈족〉이여!」

「어떻게?」

「그녀가 바로 그녀이기 때문이야. 그녀는〈외지인〉에게 제압당했지만, 지금은 강을 넘어간 곳에 가 있네. 그녀는 그와 함께 있지 않을 거야. 그녀는 도망칠 힘을 찾아내서 —」

「숲 가장자리로 돌아간다는 얘기군요!」

「아니.」소르살란은 프램프턴이 이 말을 전하는 것과 동시에 고개를 가로저었다.「골짜기로 갈 거야. 자기 아버지가 묻혀 있는 하얀 돌로 갈 걸세. 자유의 몸이 되려면 그것이 유일한 희망이라는 것을 알게 될 테니까.」

「하지만 그녀는 어떻게 하면 그리로 갈 수 있는지를 모릅니다!」아버지의 일기장에는 숨을 쉬는 골짜기를 찾지 못해 귀네스가 느낀〈슬픔〉에 관한 언급이 있었다.

「그녀는 불을 향해 도망칠 거야. 그 골짜기는 불이 타오르는 장소로 이어지고 있네. 내 말을 믿게,〈혈족〉. 일단 강을 넘으면 그녀는 옛날보다 훨씬 더 아버지가 있는 곳과 가까워지게 되네. 그녀는 길을 찾을 거야. 자네는 그곳에 가서 그녀를 만나야 하네 — 그리고 그녀의 추적자와 대결하는 거야!」

「하지만 그 대결 후에 무슨 일이 일어났던 겁니까? 그 전설에는 도대체 뭐라고……!」

소르살란은 웃음을 터뜨리며 내 어깨를 꽉 붙잡고 흔들었다. 「몇 년 뒤면 이 이야기 전부가 알려지게 될 거야. 지금 이 순간에는 아직 결말이 맺어지지 않았어.」

나는 멍한 얼굴로 그 자리에 서 있었다. 해리 키튼은 믿어지지 않는다는 듯이 고개를 설레설레 흔들고 있었다. 그러자 소르살란은 뭔가 다른 일을 생각해 냈다. 그의 시선이 내 배후를 향하며, 내 어깨를 꽉 잡고 있던 손이 풀렸다. 프램프턴이 그를 대신해서 말했다. 「뒤를 따라오던 세 사람은 추적을 그만두어야 하겠군.」

「뒤를 따라오던 세 사람?」

「〈외지인〉은 이 왕국을 황폐화시키면서 무법자의 무리를 끌어모았네. 〈혈족〉도 같은 일을 했지. 그러나 만약 그녀가 골짜기로 간다면, 자네는 더 나은 방법으로 그녀를 만날 수 있고, 이들 세 사람과는 당분간 헤어지는 편이 나아.」

그는 내 곁을 지나간 다음, 어둠 속을 향해 큰 소리로 누군가를 불렀다. 키튼은 불안하고 미심쩍은 표정으로 자리에서 일어났다. 소르살란이 자신의 언어로 뭐라고 말하자 정령들이 우리 주위로 몰려와서 밝게 반짝이는 베일로 우리를 감쌌다.

세 사람의 그림자가 밤의 어둠 속에서 나와 정령들의 밝은 빛 속으로 걸어왔다. 주지하는 듯한 발걸음이었다. 선두에는 그 왕당파 병사가 서 있었고, 그 뒤를 기사가 따라왔다. 그들 뒤로는 돌무덤 속에서 보았던, 해골처럼 마른 사내가 나타났다. 검과 방패를 느슨하게 치켜든 채로. 희망이라기보다는 공포에서 만들어진 듯한 이 무시무시한 신화 속의 인물은, 다른 두 사람과는 거리를 두고 걸어오고 있었다.

「시기가 오면 언젠가 다시 이들을 만나게 될 걸세.」 소르살란이 내게 말했다. 그들이 절벽을 내려오는 소리를 나는 전혀 듣지도 못했다! 내 머리에는 이런 생각뿐이었다. 그러나 누군가가 우리 뒤를 밟고 있다는 느낌은 결국 부조리한 공포가 아니라 실제로 일어나고 있는 사실에 대한 자각이었던 것이다.

샤먼과 이들 전사 사이에서 어떤 의사 소통이 이루어졌든 간에, 다른 전설에서는 나와 동행했을지도 모르는 이들 세 사람은 칠흑처럼 검은 숲으로 되돌아갔고, 내 시야에서 사라졌다.

빌리 프램프턴의 의식은 우리들 곁에 앉아 있는 미사고 형태의 몸속으로 잠시 되돌아왔다. 육군 병사의 눈이 조금 밝아지며, 미소가 떠올랐다. 「좀 자두는 게 나을 거야, 전우. 내일은 강행군을 해서 전선으로 복귀해야 되니까 말이야. 조금이라도 눈을 붙여 둬야, 아침에 펄펄 힘이 날게 아닌가.」

「숲 안쪽으로 우리를 안내해 줄 수는 없나?」 키튼이 자신의 분신에게 물었다. 「하얀 돌이 있는 골짜기로 데려다 줄 수는 없어?」

프램프턴은 아연실색했다. 「빌어먹을. 도대체 그게 뭔 소리지? 참호로 되돌아가서 쇠고기 통조림이나 한 접시 먹을 수 있다면 난 그걸로 만족이야……」

이렇게 말하면서 그는 미간을 찌푸렸고, 부르르 몸을 떨더니 주위를 둘러보았다. 또다시 불안한 기색이 그의 얼굴을 가로질렀고, 그는 곧 몸을 덜덜 떨기 시작했다. 「이건 너무 이상해……」 그는 우리 두 사람을 번갈아 보면서 속삭였다.

「뭐가 이상하다는 겁니까?」 나는 물었다.

「이 장소 전체가. 아무래도 난 꿈을 꾸고 있는 것 같아. 총소리도 안 나고. 정말 괴상한 기분이야.」 그는 손가락으로 뺨과 턱을 문질렀다. 마치 추위에 얼어붙은 사람이 혈액 순환을 위해 몸을 마찰하듯이. 「정말 괴상한 기분이로군.」 그는 이렇게 되풀이해 말했고, 고개를 들어 밤하늘을, 바람에 휘날리는 나뭇잎들을 바라보았다. 그의 눈에서 눈물이 반짝이는 것을 본 듯하다. 곧 그는 미소 지었다. 「볼을 꼬집어 봐야겠군. 아마 난 꿈을 꾸고 있는 건지도 몰라. 잠시 후면 난 꿈에서 깨어날 거야. 맞아. 눈을 뜨면 모든 게 정상으로 되돌아가 있을 거야.」

이렇게 말한 뒤 그는 소르살란의 망토를 잡아당겼고, 샤먼 곁에서 어린애처럼 몸을 웅크리고 잠에 빠졌다.

나도 어떻겐가 조금은 눈을 붙일 수 있었다. 키튼도 마찬가지였다고 생각한다. 우리는 동이 트기 조금 전에 갑자기 잠에서 깼다. 어둠이 걷히며 강가가 조금씩 보이기 시작했다.

우리를 깨운 것은 멀리서 갑자기 들려온 총소리였다.

망토를 두르고 누워 있던 소르살란은 이슬이 묻은 눈을 가늘게 뜨고 우리를 바라보고 있었다. 무표정한 얼굴이었다. 빌리 프램프턴의 모습은 보이지 않았다.

「총소리였어.」 키튼이 말했다.

「예. 나도 들었습니다.」

「내 권총…….」

우리는 〈매〉들이 우리를 공격했던 장소를 되돌아보았고, 몸에 감고 있던 간단한 침구를 벗었다. 딱딱한 땅에서 잤던 탓에 차갑게 식고 욱신거리는 몸을 억지로 움직여, 우리는 강가를 따라 달렸다.

키튼이 먼저 그것을 발견하고 내게 소리를 쳤다. 우리는 한 그루의 나무 옆에 멈춰 서서 권총을 바라보았다. 권총은 가느다란 나뭇가지에 걸쳐져 있었다. 조심스럽게 권총을 들고 총신의 냄새를 맡아 본 키튼은 그것이 방금 발사되었다는 사실을 확인했다.

「이런 식으로 총을 고정해서, 우리가 강으로 따라 들어가지 않아도 좋게 해놓은 거야.」 키튼이 말했다. 우리는 몸을 돌려 흐르는 강물을 바라보았지만, 피도, 육군 병사의 모습도 보이지 않았다.

「그는 알고 있었네.」 키튼이 말했다. 「자기가 누군지를 알고 있었던 거야. 자신이 진짜 생명을 가진 인간이 아니라는 사실을 알고 있었던 거지. 그래서 자신에게 주어진 단 하나의 명예로운 방법으로 그 목숨을 끊었던 거야.」

〈아무래도 난 꿈을 꾸고 있는 것 같아. 맞아. 눈을 뜨면 모든 게 정상으로 되돌아가 있을 거야.〉

왜 그랬는지는 모르지만, 나는 잠시 억누르기 힘든 슬픔을 느꼈고, 소르살란에 대해 이유 모를 분노를 느꼈다. 그는 단지 한번 쓰고 버리기 위해 한 인간을 만들어 냈던 것처럼 느껴졌기 때문이다. 사실을 말하자면, 빌리 프램프턴은 야영지 주변의 풀숲 위에 떠 있는 정령들과 마찬가지로 실체가 없는 존재였지만 말이다.

골짜기

그러나 프램프턴의 죽음에 관해 고민하고 있을 여유는 없었다. 야영지로 돌아가니 소르살란은 이미 가죽 천막을 말아서 챙긴 후였고, 작은 배 위에서 출항 준비에 여념이 없었다.

나는 배낭과 창을 집어 들고 뱃사람을 향해 손을 흔들었지만, 도저히 웃을 기분은 아니었다.

그러나 누군가의 손이 내 등을 떠밀었기 때문에, 나는 비틀거리며 강을 향해 걸어갔다. 키튼도 나와 마찬가지로 배가 있는 쪽으로 떠밀렸다. 소르살란은 뭐라고 외치며 우리더러 배로 뛰어오르라고 지시했다.

우리들 주위로 정령들이 끊임없는 산들바람처럼 불어왔다. 내 얼굴이나 목에 닿는 그들의 손길은 섬뜩하면서도 안도감에 가까운 감정을 불러일으켰다. 소르살란은 손을 내밀어 우리가 배에 오르는 것을 도왔고, 우리는 배 가운데에 있는 거친 좌석에 쭈그리고 앉았다. 배 안쪽은 채색되거나, 조각되었거나, 혹은 그냥 칼로 새겨져 있는 상징과 얼굴들로 뒤덮여 있었다 — 아마 이 최초의 뱃사공과 함께 항해했던 가족들이 남긴 것인지도 모른다. 뱃머리에서 우리 쪽을 쳐다보고 있는 것은 찌푸린 곰의 얼굴이었다. 기묘하게 치켜 뜬 눈과 두 개의 뭉뚝한 뿔은, 이 얼굴이 단순한 곰의 모습이라기보다는 여러 신의 모습이 융합된 것임을 시사하고 있었다.

갑자기 돛이 요란스레 펄럭이더니 펼쳐졌다. 소르살란은 배 안을 돌아다니며 삭구(索具)를 조였다. 배는 한번 요동치더니 빙빙 돌며 강으로 들어갔고, 흐름을 타고 달리기 시작했다. 돛이 한껏 부풀었고, 밧줄이 삐걱거리며 팽팽해졌고, 선체가 옆으로 홱 기울었다. 소르살란은 망토로 몸을 감싼 채로 기다란 키 앞에 서 있었고, 전방의 깊은 협곡을 주시하고 있었다. 수면에서 안개처럼 엷은 물보라가 일어나며 피부를 서늘하게 적셨다. 태양은 낮게 떠 있었고, 높은 절벽은 여전히 굽이치는 강물 위로 검은 그림자를 떨어뜨리고 있었다. 정령들은 나무 사이로 흐르듯이 날아갔고, 전방의 수면을 가로지르며 파도를 일으켰고, 섬뜩한 빛으로 강 위를 밝혔다.

소르살란의 지시에 따라 키튼과 나는 삭구 앞에서 각각 자리를 잡았다. 우리는 새벽바람을 최대로 이용하기 위해 돛을 잡아당기거나 늦추는 요령을 곧 터득했다. 강은 굽이치면서 깊은 협곡을 지나가고 있었다. 배는 수면을 가르며, 사람이 뛰는 것보다 더 빠른 속도로 질주했다.

점점 추워지면서, 방수 코트를 입고 와서 다행이라는 생각이 들었다. 주위의 풍경에서 계절 변화의 징후가 엿보이기 시작했다. 잎사귀가 거무스름해지다가, 곧 드문드문해지기 시작한다. 늦가을의 추운 숲에 에워싸인 황량한 협곡이 끊임없이 이어지는 것처럼 느껴졌다. 강 양쪽의 절벽은 까마아득하게 높이 치솟아 있었기 때문에 그 세부를 알아볼 수는 없었지만, 눈을 가늘게 뜨고 밝은 하늘을 올려다보면 이따금 뭔가 움직이는 것들이 눈에 들어왔다. 이따금 배후의 강물 위로 거대한 바위가 첨벙하고 굴러 떨어지며, 배를 격렬하게 뒤흔들 때도 있었다. 그러나 소르살란은 씩 웃으며 어깨를 으쓱할 뿐이었다.

배의 속도는 강의 흐름을 타고 점점 더 빨라지고 있는 것 같았다. 소르살란이 교묘한 조타(操舵)로 급류를 쏜살같이 타고 넘을 때면, 키튼과 나는 필사적으로 노걸이를 붙잡고 있어야 했다. 절벽에 위험할 정도로 바싹 접근한 적도 한 번 있었다. 우리가 황급히 돛을 잡아당겨 침로를 바꾸지 않았더라면 충돌을 면할 수 없었을 것이다.

소르살란은 태연자약했다. 그가 거느린 정령들은 이제 검고 뿌옇게 떼를 지어 배의 뒤쪽과 위쪽에 모여 있었지만, 이따금 그들 사이에서 물결치는 듯한 한줄기의 빛이 뻗어 나오며 협곡 양쪽의 가을 숲 사이를 누비고 나아가곤 했다.

우리는 어디로 가고 있는 것일까? 이 의문에 대한 해답을 얻으려고 해보아도, 소르살란은 단지 손가락 하나를 들어 위를, 강이 들어간 곳에 있는 고원 쪽을 가리켰을 뿐이었다.

이윽고 햇살이 내비치는 곳으로 나왔다. 강은 눈부신 황금빛 광채에 휩싸여 있었다. 정령들이 앞쪽에 떼 지어 모이면서 햇빛은 어스레한 베일을 통해 보는 것처럼 약해졌다. 다시 응달로 들어간 우리는, 강물 위로 거대한 석조 요새가 우뚝 솟아 있는 것을 깨닫고 놀란 나머지 훅 하고 숨을 들이켰다. 오른쪽 절벽 전체가 요새로 이루어져 있었다. 상상을 초월하는 광경이었다. 여러 개의 첨탑과, 답과, 총안이 나 있는 흉벽 따위는 마치 암벽 위에 다닥다닥 붙어서 기어 올라가고 있는 것처럼 보였다. 소르살란은 반대편 기슭으로 배를 몰고 가며 우리더러 머리를 낮추라고 손짓했다. 곧 그 이유를 알 수 있었다. 배와 배 주위의 강물 위로 화살이 우박처럼 쏟아졌던 것이다.

배가 사정 거리를 벗어나자 나는 선체 바깥쪽에 꽂힌 짧은 목재 화살들을 뽑으라는 지시를 받았다. 이것은 생각했던 것보다 훨씬 어려운 일이었다.

협곡의 양안에는 요새 말고도 여러 가지 것들이 보였지만, 그 중 가장 내 눈을 끈 것은 인간 모양을 한 녹슨 금속 덩어리였다. 「탈로스[16]야!」 키튼이 속삭였다. 배는 빠른 속도로 강을 내려갔다. 바람을 품은 돛이 시끄럽게 펄럭거린다. 금속으로 된 이 거대한 기계 인간의 키는 1백 피트를 넘었고, 암벽에 격돌한 것 같은 자세로 쓰러진 몸은 나무에 반쯤 뒤덮여 있었다. 한쪽 팔을 강 위로 뻗치고 있었고, 우리 배는 거대한 손의 그늘 아래를 지나갔다. 어쩌면 그 손이 갑자기 내려와서 배를 움켜쥘지도 모른다는 두려움을 느꼈다. 그러나 탈로스는 죽어 있었고, 우리는 그 슬프고 공허한 얼굴을 그대로 지나쳤다.

마음속에서 강한 불안감이 치솟아 오르며, 나는 통하지도 않는 영어로 몇 번이나 물었다. 「도대체 우린 어디로 가고 있는 겁니까, 소르살란?」

지금쯤 크리스찬은 몇 마일, 며칠을 앞서 나가고 있을 것이다.

강은 마치 고원을 에워싸고 있는 것처럼 보였다. 우리들 자신도 벌써 몇 마일이나 그 부분을 지나쳐 왔지만, 이제 바야흐로 해가 지고 있었다. 소르살란은 강기슭에 느닷없이 선체를 올려놓은 다음 계류했고, 야영할 준비를 했다. 추운 밤이었고, 마치 겨울 같은 날씨였다. 우리는 모닥불을 쬐며 몇 시간 동안이나 아무 말 없이 앉아 있다가, 몸을 웅크리고 잠에 빠져 들었다.

그리고 또다시 똑같은 하루가 찾아왔다. 바위투성이의 여울을 가로지르고, 끝없이 계속되는 급류를 따라가다가, 깊고 거대한 소용돌이 가장자리를 우회하며 지나가는 무시무시한 항해였다. 소용돌이 부근에서는 은빛 등을 한, 믿기 어려울 정도로 거대한 물고기들이 우리 쪽을 향해 휙휙 헤엄쳐 왔다.

그리고 또다시 하루를 항해했다. 우리는 여러 개의 폐허를 목

---

16 Talos. 크레타 섬을 수호하기 위해 헤파이스토스 신이 만든 청동 인간.

격하고, 양안 절벽에서 원시적인 생활의 흔적을 보았다. 동굴이 군락을 이룬 장소 아래를 지나간 적도 있었다. 왜소한 나무들을 걷어 내고 깎아지른 듯한 절벽의 암반을 노출시킨 장소에는 20개에 가까운 동굴이 파이거나, 혹은 인위적으로 만들어져 있었다. 그 밑을 지나가는 우리들을 여러 사람의 얼굴이 내려다보았지만, 그 이상 세부를 알아보기는 힘들었다.

소르살란이 기쁜 듯이 소리를 지르며 앞쪽을 가리킨 것은 사흘째 되는 날의 일이었다. 눈부신 햇빛에 눈을 가늘게 뜬 내가 선체 옆에서 내다보자, 절벽 꼭대기에서 꼭대기를 잇고 있는 다 무너져 가는 높은 다리가 보였다.

소르살란은 안쪽 기슭을 향해 배를 유도한 다음 돛을 펼쳤고, 배가 강의 흐름을 타고 이 거대한 석조 건축물 아래에 도달할 때까지 그냥 내버려 두었다. 집채만한 커다란 그림자가 우리들 위를 지나갔다. 이 다리의 거대함에는 기가 질릴 정도였다. 다리 전체에는 기괴한 얼굴과 동물의 모습 따위가 조각되어 있었다. 교각을 지탱하고 있는 기둥들은 절벽의 암반 자체를 깎아서 만든 것이었다. 다리 전체가 거의 무너져 가고 있었다. 우리가 강기슭으로 올라가고 있던 중에도, 내 키의 두 배나 되는 거대한 돌이 머리 위의 아치에서 큰 소리를 내며 떨어져 나왔고, 소리도 없이 커다란 호를 그리며 강물로 떨어졌다. 그때 일어난 물보라에 세 사람 모두 거의 휩쓸려 갈 뻔했다.

우리는 상륙하는 즉시 다리 위로 올라가기 시작했다. 처음에는 불가능할 것 같았지만, 암반을 거칠게 깎아 만든 기둥에는 얼마든지 손과 발을 붙일 곳이 있었기 때문에 예상했던 것보다는 훨씬 쉬웠다. 소르살란에게 딸린 정령들의 몽롱한 모습이 주위에서 뚜렷이 보였다. 나는 그들이 우리의 등반을 곁에서 돕고 있다는 사실을 깨달았다. 등에 진 짐과 창이 생각보다 가볍게 느껴졌기 때문이다.

갑자기 짐의 무게가 원 상태로 돌아왔다. 키튼도 훅 하며 숨을 내쉬었다. 깎아지른 듯한 기둥에 아슬아슬하게 매달린 채, 수면 위로 3백 야드 이상 되는 지점까지 올라왔을 때, 느닷없이 도움이 사라졌던 것이다. 소르살란은 자신의 고대어로 우리를 독려하며 계속 위로 올라갔다.

나는 위험을 무릅쓰고 아래쪽을 흘끗 내려다보았다. 배는 장난감처럼 조그맣게 보였고, 강은 까마아득하게 아래에 있었다. 나는 큰 소리로 신음했다.

「힘내게.」 키튼이 말했다. 위를 올려다보자 안심하라는 듯이 씩 웃는 그의 얼굴이 눈에 들어왔다.

「아까는 정령의 도움을 받고 있었습니다.」 나는 그를 따라 올라가며 말했다.

「배에 묶여 있는 거야. 움직일 수 있는 거리가 한정되어 있는 것이 틀림없어. 걱정 말게. 거의 다 왔으니까. 대략 반 마일만 더 올라가면 돼…….」

마지막 1백 야드에서는 다리 본체의 수직면을 그대로 기어 올라가야 했다. 바람이 나를 조롱하듯이 잡아당겼다. 마치 내 배낭을 누군가가 뒤로 잡아당겨, 이 거대한 구조물에서 떼어 내려는 듯이. 히죽히죽 웃고 있는 괴물 얼굴의 콧구멍과 눈, 입술 따위를 손잡이 삼아 그 위로 올라갔다. 마침내 소르살란의 힘센 손이 내 팔을 잡고 안전한 곳으로 끌어올려 주는 것을 느꼈다.

우리는 무너져 내린 다리의 입구를 지나, 고원을 향해 힘차게 걸어갔다. 지면은 오르막길이 되었다가, 다시 내리막길로 변했다. 우리는 바위투성이의 야산에 도달했다. 그곳에서 우리는 숲의 내부 영역의 널따란 겨울 풍경을 조망할 수 있었다.

소르살란이 여기서부터는 우리와 함께 가줄 수 없다는 사실은 명백했다. 그의 전설과 그의 목적이 그를 강에 묶어 두고 있는 것이다. 우리가 필요로 했을 때 그는 우리를 도우러 와주었고, 마지막으로 귀네스에게 가장 빨리 갈 수 있는 길을 가르쳐 주었던 것이다.

그는 편평한 바위를 찾아내서 날카로운 돌로 그 위에 지도를 그려 주었다. 내가 기억할 수 있도록. 까마아득한 지평선은 흐릿한 윤곽에 불과했지만, 봉우리가 흰 눈으로 뒤덮인 쌍둥이 산을 볼 수 있었다. 그는 바위 위에 이 쌍둥이 산의 위치를 표시했고, 이들 산 사이에 골짜기를 그린 다음, 그 골짜기 안에 우뚝 솟아 있는 돌을 그렸다. 그는 골짜기에서 거대한 불길의 벽에 맞닿아 있는, 숲으로 이어지는 길을 표시했다. 이곳에서 연기는 전혀 보이지 않았다. 너무 거리가 멀기 때문이다. 그런 다음 그는 우리가 항해해 온 길을 그렸다. 우리는 크리스찬이 강을 건넌 지점보다 훨씬 더 골짜기에 가까운 지점까지 와 있었다. 만약 귀네스가 형으로부터 도망친 것이 사실이고, 우연히, 혹은 본능적으로 아버지의 무덤이 있는 골짜기로 갔다면, 크리스찬은 며칠 더 여행을 계속할 필요가 있었다.

우리는 크리스찬보다 더 가까운 위치에 와 있었다.

소르살란의 마지막 제스처는 흥미로운 것이었다. 그는 배낭에 비끄러매어 놓았던 부싯돌 촉이 달린 내 창을 뽑아 들고는, 돌촉에서 2피트 아래의 자루 부분에 눈을 하나 그렸다. 그러고는 그 눈을 한쪽 꼬리가 말려 올라간 역(逆) V자 모양의 룬 문자로 꿰었다. 그는 우리들 사이에 섰고, 각자의 어깨에 손을 올려놓은 다음 겨울의 대지를 향해 살며시 우리의 몸을 밀었다.

마지막으로 그를 보았을 때, 그는 맨 바위 위에 웅크리고 앉아 먼 곳을 바라보고 있었다. 내가 손을 흔들자 그도 손을 흔들며 답했고, 일어서더니 배후의 나무들 사이로 사라졌다. 다시 다리를 향해 간 것이리라.

얼마나 오랜 시간이 흘렀는지 알 수 없기 때문에, 오늘을 X

일로 정한다. 추위는 한층 더 심해지고 있다. 두 사람 모두 극도로 추운 환경에 대응할 만한 장비를 갖추고 오지 않았다는 점이 우려된다. 지난 나흘 동안 눈은 두 번 내렸다. 두 번 모두 진눈깨비에 불과했고, 벌거벗은 겨울 나뭇가지 위로 조금 내리다가 금세 녹아 버렸다. 그러나 이 눈은 앞으로 다가올 추위의 불온한 전조이다. 숲이 드문드문해지는 고지대에서 보는 산들은 감히 범접할 수 없는 불길한 느낌을 준다. 우리가 점점 산에 다가가고 있다는 점만은 확실하지만, 며칠이 지났어도 거의 진척이 없는 듯하다.

스티븐은 점점 신경이 날카로워지고 있다. 찌무룩하게 침묵을 지키고 있나 했더니, 이렇게 늦은 것은 모두 소르살란 때문이라며 노성을 발할 때도 있다. 그는 날이 갈수록 기이해지고 있다. 점점 그의 형을 닮아 가고 있다. 산장의 정원에서 C를 흘끗 본 적이 있다. S쪽이 더 젊지만, 머리카락은 제멋대로 자라 헝클어졌고, 수염도 텁수룩하다. 그는 자신의 형과 마찬가지로 으스대는 듯한 걸음걸이로 걷는다. 검과 창을 다루는 솜씨도 점점 능숙해지고 있다. 한편, 창이나 칼을 다루는 내 능력은 전무에 가깝다. 권총 탄환은 일곱 발 남아 있다.

내 입장에서 볼 때, 스티븐 자신이 신화의 등장 인물이 되었다는 사실은 실로 매력적이다! 그는 미사고 왕국의 미사고다. 그가 C를 죽일 때 삼림의 황폐는 역전될 것이다. 그리고 그와 행동을 함께 하고 있는 나도, 아마 신화의 일부라고 할 수 있는지도 모른다. 언젠가 〈혈족〉과, 붉은 낙인이 찍힌 키, 혹은 킷튼, 나중에 어떤 이름으로 바뀔지는 모르겠지만, 하여튼 그런 이름을 가진 동반자의 전설이 전해져 내려오게 되는 것일까? 키튼, 과거에는 하늘을 날 수 있었고, 나중에 〈혈족〉과 함께 이 기괴한 풍경 속을 나아가던 이 사내는, 거대한 다리를 기어 올라갔고, 기묘한 짐승들을 상대로 싸웠다는 식으로 말이다. 이 영역 전체에 흩어져 사는, 여러 시대에 속하는 민족들 사이에서, 우리가 정말로 전설이 되어 버린다면…… 도대체 무슨 일이 일어날까? 우리는 실제 역사의 일부가 되어 버리는 것일까? 스티븐과 나에 관한 전설, 그리고 그의 여자를 유괴한 〈아웃사이더〉에게 복수하기 위한 우리의 탐색에 관한 이야기가, 왜곡된 형태로 외부의 실제 세계에 전승된단 말인가? 우리 나라의 민간 전승에 관해서는 그다지 자세히 알고 있다고 할 수는 없지만, 그런 전설 — 아서와 원탁의 기사들 같은 (케이 경의 전설??) — 이, 〈우리가 지금 하고 있는 일〉의 복잡한 변형담일 가능성이 아닌가 하는 생각이 들 때조차 있는 것이다!

등장 인물의 이름은 시대와 문화에 따라 달라지는 법이다. 페레구, 페레더, 퍼시벌? 그리고 우르스쿠머그는 — 우르슈컴이라는 이름으로도 불린다. 우르스쿠머그와 관련된 단편적인 전설에 관해 많이 생각해 보았다. 그는 먼 땅으로 추방되었고, 그 땅이란 바로 잉글랜드였다. 빙하기 말기의 잉글랜드 말이다. 그렇다면 그를 이곳으로 보낸 자는 도대체 누구인가? 그리고 어디로부터 그를 보냈단 말인가? 나는 기후를 자유자재로 바꿀 수 있었고, 그 목소리는 별들 사이로 쩌렁쩌렁 울렸다고 하는 〈힘의 왕〉에 관해 생각해 본다. 사이온. 사이온 왕. 어렴풋이만 기억하고 있는 이름과 단어들이 뇌리에 떠오른다. 우르슈. 사이온. 우르슈란 어스Earth일지도 모른다. 사이온은 사이언스Science일지도 모른다. 사이언스에 의해 추방당한 지구의 감시자들?

혹시 가장 오래된 전승의 영웅들이나, 전설적인 등장 인물들은 과거에서 온 것이 아니라…….

공상이다! 이것은 말도 안 되는 공상에 불과하다. 그러면 나는 또다시 합리적인 인간으로 되돌아온다. 나는 정상적인 공간과 시간의 법칙 밖에 존재하는 이 영역 안으로 몇 백 마일이나 들어와 있지만, 이 기묘함을 정상적인 것으로 받아들이게 되었다. 그렇다고는 해도, 내가 비정상적이라고 〈믿고〉 있는 것들만은 여전히 받아들일 수가 없었다.

〈혈족〉의 친구에게는 무슨 일이 일어나게 되는 것일까? 충실한 키튼에 관해서 전설은 어떤 이야기를 남기고 있는 것일까? 내가 아바타를 찾지 못한다면 내 몸에는 무슨 일이 일어나게 될까?

우리는 굶주리기 시작했다. 삼림 지대는 황량했고 무인인 것처럼 느껴졌다. 꿩 종류를 보기는 했지만 잡을 방도가 없었다. 우리는 몇 번이나 개울을 건너고 작은 호수들을 우회했지만, 설령 그곳에 물고기가 있었다고 해도 잘 숨어 있는 탓인지 우리 눈에는 띄지 않았다. 작은 암사슴이 눈에 띄었을 때 나는 키튼더러 권총을 달라고 했지만, 그는 내 요청을 거부했고, 내가 한순간 어떻게 할까 당황하는 사이에 결국 놓쳐 버리고 말았다. 듬성듬성 자라 있는 덤불 사이로 돌진해서 힘껏 창을 던져 보았지만 역부족이었다.

키튼은 점점 미신적이 되어 가고 있었다. 과거 며칠 사이에 그는 일곱 발을 제외한 총알을 어떤 식으로든 모두 처분해 버렸다. 남은 총알은 목숨을 걸고 지킬 태세였다. 나는 그가 그것들을 살펴보는 광경을 목격했다. 그는 총알 하나에 자기 머릿글자를 새겨 넣고 있었다. 「이건 내 거야.」 그는 말했다. 「하지만 다른 한 발은……」

「다른 한 발이 어쨌다는 겁니까?」

그는 무엇인가에 홀린 듯한 퀭한 눈으로 나를 보다. 「희생 없이는 이 왕국에서 무엇인가를 얻을 수는 없네.」 그는 이렇게 말하고 손에 든 다른 여섯 발을 내려다보았다. 「이것들 중 한 발은 〈사냥꾼〉 거야. 한 발은 그의 것이고, 만약 내가 이것을 잘못 써버린다면 그는 뭔가 소중한 것을 파괴할 거야.」

아마 그는 자가드의 전설에 관해 생각하고 있는 것인지도 모른다. 확신할 수는 없었다. 그러나 그는 더 이상 권총을 쓸 생각이 없었다. 우리는 이 왕국으로부터 너무나도 많은 것을 얻었다. 언젠가는 그 은혜를 갚을 때가 올 것이다.

「그러면 우리는 굶어 죽어도 된다는 얘깁니까.」 나는 화를 내며 말했다. 「그런 말도 안 되는 공상 때문에!」

그가 내쉰 숨이 하얗게 얼어붙었고, 드문드문한 그의 콧수염 위에 물방울이 맺혔다. 턱의 화상 흉터는 이제는 희미해져 있었다. 「굶어 죽지는 않네.」 그는 조용히 말했다. 「가다 보면 마을이 나올 거야. 소르살란이 가르쳐 주지 않았나.」

우리는 일어섰다. 얼어붙은 숲 속에서, 분노로 굳은 몸을 억지로 펴며, 회색 하늘에서 싸락눈이 천천히 내리는 광경을 바라본다.

「조금 전에 나무가 타는 냄새를 맡았네.」 그는 갑자기 말했다. 「그렇게 떨어져 있진 않을 거야.」

「그럼 가봅시다.」 나는 이렇게 대꾸하고, 그를 밀쳐 내고 딱딱하게 얼어붙은 숲의 지면 위를 성큼성큼 걸어가기 시작했다.

텁수룩한 수염에도 불구하고, 추위 탓에 내 얼굴은 심하게 상해 있었다. 가죽옷을 입은 키튼은 따뜻했다. 나의 외투는 방수는 잘 되었지만 보온 능력은 떨어졌다. 내가 필요로 하고 있는 것은 동물 가죽과 두꺼운 모피 모자였다.

짧고 적의에 찬 이 대화가 있은 지 몇 분도 채 안 돼서 나도 나무가 타는 냄새를 맡았다. 다가가서 보니 나무를 벌채한 숲 속의 공터에서 숯을 굽는 냄새였다. 깊게 판 불 구덩이 위에 둥글게 흙을 다져 놓았고, 지키는 사람은 아무도 없었다. 밟아 다져진 흙길을 따라 걸어가자 방책(防柵)으로 에워싸인 마을이 흘끗 눈에 들어왔다. 우리는 가능한 한 우호적인 목소리로 이곳 주민을 불러 보았다.

이곳은 고대 스칸디나비아 인들의 공동체였다 ─ 〈바이킹〉이라고 부르기는 좀 뭐하지만, 그들의 전설의 근원에는 어느 정도 용맹스런 전사 민족의 요소가 포함되어 있지는 않을까. 커다란 모닥불을 에워싼 형태로 세 채의 긴 통나무집이 있었고, 통나무집 앞의 뜰에는 동물과 아이들이 와글거리며 돌아다니고 있었다. 그러나 과거에 행해졌던 파괴의 흔적은 명백히 남아 있었다. 네 번째 집은 새까맣게 타 있었고, 마을 밖에는 숯 굽는 곳과는 다른 종류의 커다란 흙무덤이 하나 있었기 때문이다 — 나중에 들은 바로는, 마을 사람 여든 명이 잠들어 있는 봉분이라고 했다. 몇 년 전에 그들을 살해한 자는······.

물론 그렇다.

〈아웃사이더〉이다!

마을 사람들은 우리를 후하게 대접했다. 단지 인간의 해골에서 음식을 떠먹는 일만은 곤혹스러웠지만 말이다. 우리 주위에 둘러앉은 사람들은 커다란 모피를 두르고 있는 금발에 큰 키의 사내들이었고, 무늬가 있는 망토를 입은 각진 얼굴의 여자들이었다. 키가 크고 눈이 반짝반짝하는 아이들은 모두 머리를 정수리에서 땋아 올리고 있었다. 그들은 우리에게 말린 고기와 채소를 주었다. 시큼한 에일이 든 병도 주었지만, 방책 밖으로 나가자마자 우리는 이것을 버렸다. 그들이 무기까지 주려고 했던 데는 정말 깜짝 놀랐다. 왜냐하면 인류 초기의 모든 문화에서 장검이란 단순한 부(富)의 상징이 아니라, 보통은 극히 손에 넣기 힘든 도구였기 때문이다. 우리는 그것을 거절했다. 그러나 두꺼운 순록 가죽 망토는 기꺼이 받았고, 나는 그것을 입고 있던 외투와 바꿔 입었다. 망토에는 두건도 달려 있었다. 이제야 겨우 따뜻해졌다!

새로운 옷으로 몸을 감싼 우리는 안개가 자욱하게 낀 추운 새벽에 출발했다. 우리가 지나온 숲 속의 길을 되돌아갔지만, 낮이 되자 안개가 짙어지며 전진 속도가 늦어졌다. 나는 초조하기만 했고, 기분도 전혀 나아지지 않았다. 마음속에는 언제나 크리스찬의 모습이 떠올라 있었다. 그는 불의 벽으로서 인간의 영혼이 계절에 얽매여 있지 않다는 라본디스의 영역으로 점점 다가가고 있다. 귀네스의 모습도 뚜렷이 떠올랐다. 그의 뒤에서, 꽁꽁 묶인 채로 절망에 빠져 있는 그녀의 모습. 그녀가 자기 아버지의 골짜기를 향해 바람처럼 말을 달리고 있을지도 모른다는 생각조차도 이런 비관적인 고뇌 앞에서는 무력했다. 우리는 여기서 너무 미적거리고 있다. 우리가 도착하기 전에 그들이 먼저 도착할 것이 뻔하다!

오후가 되자 안개는 걷혔지만, 기온은 한층 더 떨어졌다. 주위에는 황량한 잿빛 숲이 끝없이 펼쳐지고 있다. 구름이 짙게 깔린 음산한 하늘. 나는 불안을 가라앉히기 위해 자꾸 높은 나무로 기어 올라가서 쌍둥이 산을 찾아보곤 했다.

숲 또한 점점 원시적으로 변해 가고 있었다. 개암나무와 느릅나무가 빽빽이 자라기 시작했고, 높은 지대에서는 자작나무가 점점 우위를 점하기 시작했지만, 마음의 위안이 되어 주는 떡갈나무는 거의 사라져 있었고, 이따금 바람이 휘몰아치는 공터를 몇 그루만이 남아서 쓸쓸하게 에워싸고 있을 뿐이었다. 이런 공터는 키튼과 나에게는 두려움의 대상이 아니라 긴장을 풀어 주고 마음을 포근하게 감싸 주는 피난처의 역할을 했다. 땅거미가 질 때 이런 작은 골짜기를 발견하면 그대로 그 자리에 멈춰 서서 야영을 하곤 했다.

한 주 동안 우리는 얼어붙은 대지 위를 나아갔다. 호수도 얼어붙어 있었다. 공터 가장자리나 개활지의 나무에는 가지마다 고드름이 매달려 있었다. 비가 내리면 우리는 비참하고 암담한 기분이 되어 몸을 웅크렸다. 빗물은 곧 얼어붙었고, 주위의 정경은 얼음으로 반짝거렸다.

이윽고 산이 한층 더 가까워졌다. 공기 중에서는 눈 냄새가 났다. 숲이 드문드문해졌고, 우리는 과거에 오래된 길이 지나갔음

직한 능선을 둘러보았다. 고지에 있던 우리는 멀리 떨어진 곳에서 연기가 피어 오르는 것을 목격했다. 안전한 마을. 키튼은 말수가 줄어들었지만, 매우 동요하고 있는 것 같았다. 무엇이 문제냐는 나의 질문에 그는 대답하지 않았고, 단지 이별의 시간이 다가왔기 때문에 매우 외롭다고 말했을 뿐이었다.

키튼과 헤어져야 한다니 전혀 마음이 내키지 않았다. 그러나 그는 날이 갈수록 변해 갔고, 한층 더 미신적이 되어 갔으며, 자기 자신의 신화적인 역할을 점점 더 뚜렷하게 자각하고 있는 것 같았다. 그의 일기는 본래 여행과 개인적인 고통(그는 아직도 어깨가 아팠다)의 기록이었지만, 그는 그 속에서 거듭해서 같은 질문을 하고 있었다. 〈나〉의 미래는 무엇인가? 전설은 용감한 K에 관해서 어떤 얘기를 하고 있을까?

나는 〈아웃사이더〉의 전설이 어떤 결말을 맞이하는지에 관해 걱정하는 일을 그만두고 있었다. 소르살란은 얘기가 아직 끝나지 않았다고 말했던 것이다. 정해진 운명 따위는 존재하지 않으며, 시간과 상황은 언제든지 변화할 수 있다는 뜻으로 해석하기로 했다. 내가 걱정하는 것은 오직 귀네스뿐이었다. 그녀의 얼굴은 나를 괴롭히는 동시에 고무해 주었다. 나는 그녀가 언제나 나와 함께 있다고 느꼈다. 이따금 바람이 흐느끼는 듯한 소리를 내면, 그녀의 울음소리가 들려오는 것 같았다. 프리 미사고 활동이 재개되기를 나는 얼마나 원했던가. 그랬더라면 도펠갱어든 뭐든 좋으니 그녀의 모습을 한번 보면, 이 가슴에 와 닿는 환영을 통해 마음의 위안을 얻을 수 있었을 텐데. 그러나 예의 버림받은 장소를 지나왔을 때 모든 프리 미사고 활동은 정지했다 — 키튼도 마찬가지였다. 그러나 시야 주변을 갸웃거리는 모습들이 사라진 것은 그의 경우에는 자비에 가까웠다.

마을이 보이는 곳까지 온 우리는, 이제 우리가 거의 이질적이라고 할 수 있을 정도로 원시적인 장소로 왔다는 사실을 깨달았다. 흙을 다져 만든 둑 위에는 목책(木柵)이 설치되어 있었다. 둑 바깥쪽의 지면에는 몇 야드에 걸쳐 면도날처럼 날카로운 깨진 돌들이 조잡한 대못처럼 박혀 있었다. 이렇게 단순한 방비는 쉽게 돌파될 것이 뻔했다. 이 토벽 너머에는 땅을 파내고 그 위에 돌을 쌓아 만든 오두막들이 늘어서 있었다. 엇갈린 나무 들보가 잔디를 입힌 지붕이나, 몇 안 되는 원시적인 초가지붕을 지탱하고 있었다. 마을 전체가 땅 위에 지어졌다기보다는 지하에 들어가 있는 듯한 느낌이었다. 토벽에 나 있는 출입문을 통해 안으로 들어가자, 광택이 없는 돌들과, 풀 냄새와, 마른 풀을 태우고 있는 냄새가 우리를 맞았다.

노인 한 사람이 두 청년의 부축을 받으며 우리에게 다가왔다. 그들 모두 길고 구불구불한 지팡이를 들고 있었다. 그들의 옷은 짐승 가죽을 누덕누덕 기운 튜닉과 바지였고, 바지의 종아리 부분을 가죽끈으로 묶고 있었다. 머리에는 색색 가지의 띠를 두르고, 띠에는 깃털과 뼈 따위가 대롱대롱 매달려 있었다. 청년들은 깨끗하게 수염을 깎고 있었고, 노인은 가슴까지 내려오는 더부룩한 흰 수염을 기르고 있었다.

우리가 다가가자 그는 손을 뻗어 토기 항아리를 내밀었다. 항아리에는 어두운 붉은색 크림이 들어 있었다. 나는 이 선물을 받았지만, 뭔가 할 일이 더 남아 있다는 사실은 명백했다. 이들 뒤로 몇몇 사람이 더 나타났다. 추위를 막기 위해 옷을 잔뜩 껴입은 남자와 여자들이었고, 몸을 웅크린 채로 우리를 바라보고 있었다. 낮고 폭이 넓은 오두막집 너머에 있는 단상 같은 것 위에 뼈가 널려 있는 것이 보였다.

그리고 양파를 굽는 냄새가 풍겨 왔다!

나는 항아리를 노인에게 다시 건넨 다음 앞으로 몸을 기울였다. 내가 항아리에 든 안료를 얼굴에 바르는 것을 이들이 기대하고 있다는 느낌을 받았기 때문이었다. 노인은 기쁜 얼굴을 했고,

항아리의 안료를 손가락에 찍은 다음 내 양쪽 뺨에 선을 하나씩 재빨리 그렸고, 키튼에게도 같은 일을 되풀이했다. 나는 다시 항아리를 되돌려 받은 후, 마을 깊숙한 곳으로 들어갔다. 키튼은 여전히 동요하고 있는 기색이었고, 잠시 후 이렇게 말했다. 「그가 여기 와 있어.」

「누가 와 있단 말입니까?」

그러나 대답은 돌아오지 않았다. 키튼은 완전히 자기 자신만의 생각에 몰두하고 있었다.

이들은 신석기인들이었다. 그들의 언어는 후음(喉音)과 긴 이중 모음의 기괴한 조합이었고, 따라 발음하는 것조차 불가능한, 괴상하고 이해할 수 없는 의사 소통 수단이었다. 이 삭막하고 매력 없는 거주지를 돌아보면서 뭔가 신화에 관련된 징후가 없는지 찾아보았지만, 산을 향해 있는 높고 둥그런 언덕 위에 건조된 하얀 전면(前面)을 가진 흙무덤과, 마을 중앙에 있는 한 채의 집 주위를 둥그렇게 에워싼 형태로 공들여 전시된, 정교한 무늬가 각인된 바위들을 제외하면 특별히 눈을 끄는 것은 없었다. 이들 바위를 깎는 작업은 아직도 진행 중이었고, 열두 살 이상은 되어 보이지 않는 소년이 이 작업을 감독하고 있었다. 소개받았을 때는 에니크-티그-엔크루익이라는 이름이라고 했지만, 마을 사람들은 그를 〈티그〉라고 부른다는 사실을 깨달았다. 사슴뿔과 돌을 써서 무늬를 새기는 과정을 구경하는 우리를 그는 탐색하는 듯한 눈빛으로 바라보았다.

서쪽, 특히 아일랜드에서 찾아볼 수 있는 거석 분묘가 생각났다. 내가 열 살쯤 되었을 때 부모님을 따라 그곳에 간 적이 있다. 그 거대한 무덤들은 수천 년 동안이나 묵묵히 신화와 민간 전승의 보고(寶庫) 역할을 해왔다. 그것들은 요정의 성이었고, 밤이면 황금색 갑옷을 입고 말에 탄 소인(小人)들이 흙무덤 속의 비밀 통로를 통해 밖으로 나온다는 전설이 있었다.

이 사람들은 그 무덤의 가장 오래된 기억과 관련이 있는 것일까?

 이것은 결코 대답을 얻을 수 없는 종류의 질문이었다. 우리는 너무나도 깊숙이 들어와 있었다. 인류의 숨겨진 기억 속으로 너무나도 깊이 들어온 것이다. 이 원시 시대에 관련된 신화로는 오로지 〈아웃사이더〉의 신화밖에는 없었다. 그것도 가장 이른 시기의 〈아웃사이더〉 신화이다. 우르슈컴들의.

 잿빛의 싸늘한 박명이 대지를 뒤덮었다. 얼음장 같은 안개가 주위의 산과 계곡을 휘감았다. 삼림 지대는 지면 위로 불길하게 솟아오른 검은 뼈와 같이 차가운 안개 위로 양팔을 들어 올리고 있는 것처럼 보였다. 토굴 같은 오두막 속의 모닥불에서 피어 오르는 연기가, 풀지붕 위에 나 있는 구멍에서 모락모락 솟아오르고 있었다. 개암나무 땔감이 타는 달콤한 냄새가 공기 중에 가득 퍼졌다.

 키튼이 갑자기 모피 망토와 배낭을 벗더니 땅 위에 떨어뜨렸다. 무슨 일이냐고 묻는 나의 말을 무시하고, 곁에 선 노인도 그냥 무시하고 지나친 그는, 방책에 에워싸인 마을 반대편으로 걸어가기 시작했다. 흰머리의 장로는 이마를 찌푸리고 그를 바라보았다. 나는 키튼의 이름을 불러 보았지만, 아무 소용도 없다는 사실을 알고 있었다. 무엇이 그를 저렇게 갑자기 사로잡았는지는 알 수 없지만, 이것은 키튼 혼자만의 문제였다.

 나는 중앙의 오두막으로 안내되어 갔고, 어쩐지 기분 나쁜 느낌을 주는 새의 고깃덩어리가 둥둥 떠 있는 야채 수프를 실컷 먹었다. 접대받은 것 중에서 가장 맛이 있었던 음식은 곡식을 빻아 만든 비스킷이었다. 구수했고, 먹다 보면 밀짚 맛이 조금 혀에 남았다 — 나쁘지 않은 맛이었다.

 이른 저녁이 되자, 배는 불렀지만 강한 고독을 느낀 나는 오두막 앞의 마당으로 걸어 나갔다. 마당에서는 여러 개의 횃불이 밝게 불타오르며, 방책의 윤곽을 검고 뚜렷하게 부각시키고 있었다. 살을 에는 듯한 바람이 불어오면서 횃불이 시끄럽게 펄럭거렸다. 털가죽 옷을 입은 신석기인 두세 명이 나를 쳐다보며 조용히 얘기를 나누고 있었다. 차양 아래에서는 모닥불이 타오르고 있었고, 뼈로 돌을 치는 날카로운 소리가 들려왔다. 〈티그〉라는 이름의 소년이 요구한 대지의 상징을 그려 놓기 위해 밤 늦도록 일하고 있는 것이다.

밤의 장막에 뒤덮인 대지를 바라보니 산중 여러 곳에서도 불이 타오르고 있는 것이 보였다. 이것들이 또 다른 촌락이라는 점은 확실했다. 그러나 이들보다 훨씬 더 멀리 떨어진 곳에서, 안개를 섬뜩하고 흐릿하게 물들이고 있는 것은, 넓게 확산된 강한 빛이었다. 우리는 이미 불의 장벽이 보이는 곳까지 와 있었다. 불과 소통하는 자들이 유지하고 있다는 불길의 벽, 침식하는 숲과 그 너머의 평원의 경계를 이루고 있는 곳. 그곳에서, 미사고의 숲은 보통 사람은 발을 들여놓을 수 없는, 시간이 존재하지 않는 영역으로 이어지는 것이다.

키튼이 내 이름을 불렀다. 뒤를 돌아보니 그가 어둠 속에 서 있는 것이 보였다. 방한용 의류를 걸치지 않은 마른 체구의 사내.

「도대체 어떻게 된 겁니까, 해리?」 나는 그에게 다가가며 물었다.

「갈 때가 됐어, 스티브.」 이렇게 말한 그의 눈에 눈물이 맺혀 있는 것을 나는 보았다. 「전에도 얘기했었지…….」

그는 몸을 돌려 그가 들어가 쉬고 있던 오두막으로 나를 인도했다.

「무슨 뜻인지 모르겠습니다, 해리. 어디로 간단 말입니까?」

「그건 오직 신만이 아시네.」 그는 나직하게 말했고, 고개를 숙이고 낮은 출입문을 지나 따뜻하고 퀴퀴한 냄새가 나는 실내로 들어갔다. 「하지만 결국 이렇게 될 줄 알고 있었어. 난 장난삼아 자네를 따라온 것이 아니었네.」

「도대체 무슨 얘긴지 이해 못 하겠습니다, 해리.」 나는 허리를 펴며 말했다.

오두막은 작았지만, 어른 10명이 잘 만한 공간은 있었다. 흙을 다진 바닥 중앙에서는 모닥불이 활활 타오르고 있었다. 토방 가장자리에는 깔개 같아 보이는 것이 하나 놓여 있었다. 한쪽 구석에는 토기가 난잡하게 널려 있었고, 다른 구석에는 뼈와 나무로 된 도구가 쌓여 있었다. 낮은 지붕에서는 풀과 갈대 몇 포기가 아래로 늘어져 있었다.

오두막에는 선객(先客)이 한 사람 있었다. 그는 모닥불을 앞에 두고 앉아 있었고, 내가 들어가자 미간을 찡그렸다. 내가 그를 알아보는 순간 그도 나를 알아보았다. 장검은 지붕을 지탱하는 기둥에 기대어 세워져 있었다. 그의 몸집으로는 이 좁은 오두막에서 일어서려고 해도 일어설 수 없었을 것이다.

「스팃븐!」 그는 외쳤다. 귀네스와 똑같은 악센트로.

그리고 나는 토방을 가로질러 그에게 갔고, 양 무릎을 꿇고 앉아, 믿을 수 없다는 놀라움과, 마음속에서 솟구치는 기쁨을 동시에 느끼며, 자구스의 두령인 마기디온에게 인사를 건넸다.

기묘하게도 내 머리에 처음 떠오른 것은 마기디온이 귀네스를 지키지 못한 나에게 화를 낼 것이라는 생각이었다. 갑작스레 솟구친 이 불안감 탓에 나는 마치 그의 무릎 위에 앉은 어린애라도 된 것처럼 보였는지도 모른다. 이런 느낌은 곧 사라졌다. 그녀를 지키지 못한 것은 결국 마기디온 자신과 자구스들인 것이다. 게다가 그는 어딘가 이상했다. 우선 그는 혼자였다. 둘째로, 어딘가 딴 데 정신이 팔린 듯한, 슬픈 얼굴을 하고 있었다. 그리고 내 팔을 잡았을 때에도 — 환영의 몸짓이었다 — 어딘가 자신 없는 듯한 태도를 보였고, 금세 손을 놓았던 것이다.

「그녀를 잃었습니다.」 나는 그에게 말했다. 「귀네스 말입니다.

다른 사람에게 빼앗겼습니다.」

「귀네스.」 그는 나직이 되풀이했다. 그는 손을 뻗어 나뭇가지 하나를 불 속으로 더 깊숙이 밀어 넣었다. 꺼져 가던 모닥불에서 불똥이 튀기며 열기가 확 끼쳐 왔다. 그때 이 거대한 사내의 눈에서 눈물이 반짝이고 있는 것을 보았다. 나는 키튼을 흘끗 보았다. 해리 키튼은 그를 뚫어질 듯이 쳐다보고 있었다. 내가 이해할 수 없을 만큼 뚫어지게, 우려의 눈길로.

「그는 부름을 받았네.」 키튼이 말했다.

「부름을?」

「자네가 내게 자구스 얘기를 해주지 않았던가 —」

그러자마자 나는 이해했다! 마기디온은 자기 자신의 시대에서 자가드의 부름을 받았던 것이다. 처음에는 퀄라욱이, 다음에는 라이데르크가, 그리고 이제 마기디온 차례인 것이다. 이제 그는 동료들과 헤어졌고, 태고의 기이한 숲의 여신의 변덕에 응해서 고독한 탐색의 길에 나서야 하는 것이다.

「언제 부름을 받았습니까?」

「며칠 전에.」

「그 얘기를 그와 했습니까?」

키튼은 단지 어깨를 으쓱해 보였을 뿐이었다. 「할 수 있는 데까지 해봤네. 예전과 별로 다르지 않았지만. 하지만 그걸로 충분했어⋯⋯.」

「충분했다? 무슨 뜻인지 모르겠군요.」

키튼은 나를 바라보았다. 그의 표정에서는 고뇌가 엿보였다. 곧 그는 엷게 미소 지었다. 「조금이나마 희망을 느끼기에는 충분했다는 뜻이야, 스티브.」

「〈아바타〉 얘길 하고 있는 겁니까?」

이 단어를 말해 버린 나는 당혹해 했지만, 키튼은 그냥 웃어넘겼을 뿐이었다. 「어떤 의미에서는 난 내가 쓴 글을 자네가 읽기를 원했다고도 할 수 있어.」 그는 모터사이클용 가죽 바지의 호주머니에 손을 넣어 습기에 눅눅해지고 네 모서리가 조금 닳은 수첩을 꺼냈다. 아쉬운 듯이 손에 들고 있다가, 곧 내게 건넸다. 그의 눈에는 어떤 희망이 깃들어 있는 것처럼 느껴졌다. 며칠 동안 계속 음울하기만 했던 표정과는 상당히 달랐다. 「자네가 가지고 가게, 스티브. 난 언제나 그럴 작정으로 있었어.」

나는 수첩을 받아 들었다. 「제 인생은 일기장투성이입니다.」

「아무렇게나 갈겨쓴 거야. 하지만 잉글랜드에서는 아직 한두 사람이⋯⋯.」 그는 이 말을 하며 웃음을 터뜨렸고, 곧 고개를 가로저었다. 「한두 사람이 고향에⋯⋯ 흠, 뒷장에 보면 그 사람들 이름이 쒸어 있네. 내겐 소중한 사람들이야. 그냥 전해 주기만 하면 돼. 그래 줄 거지?」

「뭘 전한단 말입니까?」

「내가 어디 있는지. 내가 어디로 갔는지를. 내가 행복하다는 사실을. 특히 이 얘기를 잊지 말고 해줘, 스티브. 내가 행복하다는 얘기를. 숲의 비밀을 발설하고 싶지는 않겠지만⋯⋯.」

나는 크나큰 슬픔을 느꼈다. 모닥불에 비친 키튼의 얼굴은 침착했으나 거의 빛나고 있는 것 같았다. 그는 마기디온을 응시했고, 마기디온은 의아한 표정으로 우리 두 사람을 바라보고 있었다.

「마기디온과 함께 갈 작정이군요⋯⋯.」 나는 말했다.

「그렇게 마음 내켜 하고 있지는 않아. 하지만 데려가 줄 거야. 자가드가 그를 소환했지만, 그가 탐색할 지역에는 내가 프랑스의 그 숲에서 본 장소가 포함되어 있다네. 난 그곳을 흘끗 보았을 뿐이야. 하지만 그걸로 충분했네. 그런 곳이 존재한다니, 스티브. 마법의 장소야. 거기 가면 이걸 없앨 수도⋯⋯.」 그는 얼굴의 화상 흉터를 만졌다. 손과 입술이 부들부들 떨리고 있었다. 그가 자신의 흉터에 관해 언급한 것은 이번이 처음이라는 사실을 나는 떠올렸다. 「그 이후 단 한시도 내가 온전하다고 느낀 적이 없었네. 그걸 이해할 수 있나? 전쟁에서 팔다리를 잃은 후에도 정상적으로 살아가는 사람은 많네. 하지만 〈이것〉 때문에 나는 결코 온전하게 살아오지 못했어. 나는 그 유령의 숲에서 길을 잃었네. 그곳이 라이호프 숲과 흡사한 숲이었다는 점은 확실해. 그곳에서 나는 공격을 받았지…… 뭔가에 의해…….」 두려움에 찬 퀭한 눈빛. 「우리가 그것과 맞닥뜨리지 않아서 다행이네, 스티브. 정말 다행이야. 그것이 내게 손을 대자 나는 화상을 입었네. 내가 본 장소를 지키고 있었어. 정말 아름다운 장소였지. 내게 화상을 입힌 것은 다시 그것을 원상 복구시킬 수가 있어. 이 영역에 숨겨져 있는 것은 무기나, 전사나 정의의 수호자들의 전설뿐만이 아니네. 아름다움도 존재해. 소망의 충족…… 그걸 뭐라고 표현해야 할지 모르겠군. 유토피아? 평화? 모든 사람이 꿈꾸는 미래의 비전이라고나 할까. 천국 같은 장소야. 아마 천국 그 자체일지도 모르겠군.」

「천국을 찾기 위해 여기까지 온 거군요.」

「평화를 찾기 위해서야. 평화란 말이 맞네.」

「그리고 마기디온은 이…… 평화로운 장소를 알고 있다는 얘깁니까?」

「한번 본 적이 있다는군. 그는 그곳을 지키고 있는 짐승신, 내가 〈아바타〉라고 부르는 존재에 관해서도 알고 있네. 그는 그 도시를 목격한 적이 있어. 그곳의 불빛을 보고, 반짝이는 거리와 창문을 보았어. 그 주위를 걸어 다니며, 첨탑들을 바라보고, 제관들의 저녁 기도 소리에 귀를 기울였어. 상상을 초월한 장소라네, 스티브. 그 도시의 이미지가 언제나 나를 잡고 놓아주지 않았어. 사실 난…….」 그는 이렇게 말하면서도 무엇인가가 생각난 미간을 찌푸렸다. 「어렸을 적에도 그 장소의 꿈을 꾼 듯한 기분이 들어. 내가 그 유령의 숲에 불시착하기 훨씬 전에 말이야. 난 그 장소의 꿈을 꿨어. 내가 그곳을 창조한 걸까?」 그는 지치고 혼란된 듯한 웃음소리를 냈다. 「아마 그랬는지도 모르겠군. 내가 만들어 낸 첫 미사고라고나 할까. 정말 그랬는지도 몰라.」

나는 피로에 녹초가 되어 있었지만, 키튼에게서 가능한 한 많은 얘기를 들어야 한다고 느꼈다. 이제 그를 잃게 되는 것이다. 그가 떠나간다는 생각에 나는 전율했다. 이 영역에서 홀로 있어야 하다니, 완전히 혼자 남아 있게 되다니……

그가 내게 해줄 수 있는 얘기는 얼마 남아 있지 않았다. 그의 얘기를 모두 요약하면 이렇다. 그는 유령 삼림 지대에 항법사와 함께 추락했고, 이 두 사람은 공포와 굶주림에 시달리며 라이호프 숲 못지 않게 울창하고 초자연적인 숲 속을 헤매고 다녔다. 그들은 두 달에 걸쳐 살아남기 위해 악전고투했다. 그러다가 순전한 우연에 의해 그 도시에 이르렀던 것이다. 그들은 숲 가장자리에서 목격한, 읍내의 불빛을 따라갔다. 그 도시는 밤의 어둠 속에서 휘황찬란하게 빛나고 있었다. 역사에 기록된 그 어떤 도시와도 다른, 이질적인 장소였다. 광휘에 휩싸인 이 화려한 도시는 그들의 마음을 사로잡았고, 비틀거리며 맹목적으로 다가가게 만들었다. 그러나 그 도시는 가공할 만한 마력을 가진 괴물들의 수호를 받고 있었고, 이들〈아바타〉중 하나가 키튼에게 불을 뿜어 입가에서 복부에 이르는 부위에 심한 화상을 입혔다. 그러나 그의 동료는 이 수호자 곁을 슬쩍 빠져나갔다. 고통에 찬 비명을 채 억누르지 못하고, 눈물로 시야가 흐릿해진 키튼이 마지막으로 본 것은, 밝게 반짝이는 거리를 걸어가는 항법사의 희미한 실루엣이 색채의 바다 속으로 잠겨 들어가는 광경이었다.

아바타는 그를 도시에서 이고 나와 숲의 주변부에서 그를 놓아주었다. 이것은 그에 대한 경고였다. 그는 독일군 순찰대에게 사로잡혔고, 전쟁이 끝날 때까지 포로 수용소의 병원에서 지냈다. 그리고 전쟁이 끝난 후 그는 그 유령의 숲을 찾아보려고 했지만, 아무리 필사적으로 노력해도 결코 뜻을 이룰 수 없었다.

마기디온에 관해서는 거의 얘기할 것이 없었다. 그가 소환된 것은 며칠 전의 일이었다. 마기디온은 자구스들과 헤어진 후 왕국의 심장부를 향해 출발했다. 나 자신의 목적지인 그 골짜기를 향해. 마기디온과 그의 검우들에게 그 골짜기는 강력한 상징, 영적인 힘에 가득 찬 장소이기도 했다. 그들의 두령인 용사 페레더가 묻혀 있는 곳인 것이다. 이들은 각기 부름을 받을 때마다 걸어서 그 돌이 있는 곳까지 일단 가는 습관이 있었다. 그곳에서 안으로, 불길을 뚫고 시간이 존재하지 않는 영역으로 들어가든가, 아니면 또다시 이쪽으로 돌아오는 것이다. 마기디온의 운명은 후자인 듯했다.

그는 귀네스에 관해서는 아무것도 모르고 있었다. 그녀가 진정한 사랑을 경험하면서, 자구스와의 유대는 끊겼던 것이다. 그녀의 고뇌를 느낀 그들은 몇 주일 전에 떡갈나무 산장으로 이끌려 왔다. 그녀를 위로하고, 마른 체구를 한 이 기묘한 청년을 연인으로 삼아도 된다고 안심시키고, 축복을 내려 주기 위해. 그러나 귀네스의 이야기는 이제 그들과는 상관없는 곳으로 가버렸다. 그들은 그녀를 키우고, 훈련시켰을 뿐이었다. 이제 그녀는 숨을 쉬는 골짜기로 가서, 아버지의 영혼을 일으켜 깨워야 한다. 우리 아버지가 남긴 얘기에 따르면, 자구스들은 그녀와 함께 말을 타고 그곳으로 갔다고 한다. 그러나 시간과 정황은 내가 지금 그 일익을 담당하고 있는 버전에 포함된 이야기의 세부를 바꿔 버렸다. 귀네스는 잡혀간 여자였고, 사악하고 무자비한 형제의 포로가 되어 그 골짜기로 되돌아갈 운명에 처해 있는 것이다.

물론 그녀는 승리할 것이다. 그것 말고 어떤 결말이 있을 수 있단 말인가? 그녀가 자신을 박해한 자를 이기고 승리함으로써, 힘을 상징하는 여자가 되지 않는다면, 그녀의 전설 자체가 무의미해지는 것이다.

골짜기는 이곳에서 가까웠다. 마기디온은 이미 그곳에 갔다 왔고, 지금은 숲의 내부 영역을 가로질러 다시 왔던 길을 되돌아가고 있던 중이었다.

마침내 모닥불이 꺼지자, 나는 깊은 잠에 빠져 들었다. 키튼도 잤지만, 밤사이에 사내가 우는 소리를 듣고 나는 한번 잠에서 깼다. 우리는 동이 트기 전에 함께 일어났다. 지독하게 추웠고, 오두막 안에서조차 하얗게 숨이 얼어붙었다. 한 여자가 들어오더니 불을 일으키기 시작했다. 마기디온은 돌로 된 무거운 물항아리 속의 얼음을 깨고 세수를 했고, 키튼도 얼굴을 씻었다.

우리는 오두막 밖으로 나갔다. 아무도 눈에 띄지 않았지만, 모든 오두막 위로 아침에 처음 지핀 불에서 나온 연기가 엷게 피어오르고 있었다. 나는 몸을 부르르 떨며 곧 눈이 내릴 것임을 직감했다. 신석기 촌락 전체가 새하얀 서리에 뒤덮여 있었다. 방책 주위에 우뚝 솟아 있는 나무들도 마치 수정처럼 반짝이고 있었다.

키튼은 가죽 윗도리 안으로 손을 넣어 권총을 꺼냈고, 나에게 내밀었다.

「네가 가지고 가는 편이 낫지 않을까.」그는 이렇게 말했지만, 나는 고개를 가로저었다.

「고맙습니다. 하지만 그럴 필요는 없습니다. 크리스찬에게 총으로 대항한다는 건 어울리지 않으니까요.」

그는 한순간 나를 빤히 바라보다가, 쓸쓸한, 거의 체념한 듯한 미소를 떠올렸다. 그는 권총을 호주머니에 집어넣었다. 「아마 그러는 것이 가장 좋을지도 모르겠군.」

그러자 마기디온은 실로 짤막한 인사만 건넨 다음 문을 향해 걸어가기 시작했다. 키튼은 그의 뒤를 따라갔다. 등에 진 배낭이 커다랗게 보였다. 모피 망토를 입은 탓에 몸집이 불어 있었다. 그럼에도 불구하고, 머리에 사슴뿔을 꽂고 여명 아래에서 앞장서서 나아가는 사내에 비하면 조그마했다. 키튼은 문 앞에서 잠시 망설이다가 뒤를 돌아다보았고, 손을 흔들었다.

「그녀를 찾을 수 있기를 비네.」 그는 큰 소리로 말했다.

「그럴 겁니다, 해리. 그녀를 찾아내서 꼭 데려오고야 말겠습니다.」

그는 문 근처에서 머뭇거렸다. 오랫동안 자신 없는 태도로 주저하고 있다가 이렇게 말했다. 「잘 있게, 스티브. 자넨 최고의 친구였어.」

나는 목이 메어 거의 말을 하지도 못했다. 「잘 가십시오, 해리. 몸조심하시기를.」

그러자 길을 재촉하는 마기디온의 명령이 커다랗게 울려 퍼졌다. 비행사는 몸을 돌려 어둑어둑한 나무들 사이로 발을 재촉했다.

부디 마음의 평화를 찾을 수 있기를, 용감한 K여. 당신의 이야기가 행복한 결말을 맞이할 수 있기를 빕니다.

그 이후 몇 시간 동안 나는 지독한 우울증에 시달렸다. 나는 작은 오두막 안에서 몸을 웅크리고 앉아 모닥불을 바라보았고, 이따금 해리 키튼이 남긴 수첩의 기록을 몇 번이나 되풀이해 읽었다. 공포와 고독감이 갑자기 나를 엄습했고, 당분간 여행을 재개할 기력은 도저히 생겨나지 않았다.

흰 수염을 기른 노인이 와서 내 곁에 앉았고, 나는 그의 그런 배려가 고마웠다.

물론 침울한 기분은 곧 사라졌다.

해리는 갔다. 그에게 행운이 있기를. 그는 이틀이나 사흘만 더 가면 골짜기에 도달할 수 있다고 했다. 마기디온은 이미 그곳에 갔다 왔고, 그 돌 옆에는 사냥꾼의 오두막이 있다. 그곳에서 귀네스가 오는 것을 기다리고 있으면 된다.

그리고 크리스찬이 오는 것을. 대결의 시간은 단지 며칠 후로 다가오고 있었다.

이른 오후에 나는 방책으로 에워싸인 마을을 떠나 회색 하늘에서 조금씩 떨어지는 싸락눈 사이를 빠른 걸음으로 주파했다. 노인은 여러 색깔의 물감을 써서 내 얼굴에 무늬를 그렸고, 곰 모양을 한 조그만 상아 인형을 주었다. 내 얼굴의 무늬와 이 우상이 어떤 목적을 가지고 있는지는 도통 알 수 없었지만, 나는 이것들을 고맙게 받았고, 곰 모양의 호부를 바지 주머니 깊숙한 곳에 챙겨 넣었다.

그날 밤에는 거의 얼어 죽을 뻔했다. 내가 캔버스 천으로 만들어진 텐트를 친 공터는 처음에는 아늑하게 보였지만, 살을 에는 듯한 바람이 한밤중부터 새벽까지 끊임없이 불어왔던 것이다. 나는 추위를 견뎌 냈고, 다음날에는 비탈길 꼭대기의 트인 공간에 도달해서 숲 너머로 먼 산을 바라볼 수 있었다.

나는 페레더의 돌이 서 있는 골짜기는 봉우리가 눈으로 덮인 장대한 두 쌍둥이 산 사이에 있다고 생각하고 있었다. 그러나 이제 보니 그 믿음이 얼마나 틀린 것이었고, 소르살란의 지도가 얼마나 잘못되어 있었는지를 알 수 있었다.

이 고지에서 처음으로 거대한 불의 벽을 볼 수 있었다. 그것과 나 사이에는 나무로 뒤덮인, 기복이 심한 언덕들이 이어지고 있었다. 이 언덕들 어딘가에 그 골짜기가 있겠지만, 검은 숲 위로 우뚝 솟아 있는 불의 장벽, 위로 가면 잿빛 연기로 변하는 눈부신 노란색의 띠는, 명백하게 쌍둥이 산 앞에 있었다.

이들 산은 불의 장벽 너머에, 시간의 개념이 무의미해지는 그 비(非) 장소 안에 있었던 것이다.

다음날 밤에는 오버행[17]을 지붕 삼아 웅크리고 잤다. 우묵한 공간에서 불을 지피니 따뜻했다. 처음에는 불을 피우는 것을 주저했다. 이 피신처는 고지에 있으므로, 밖으로 불빛이 조금이라도 새어나가면 아래쪽에서 눈치 챌 염려가 있었기 때문이다. 그

---

17 overhang. 옆으로 돌출한 바위.

러나 이 춥고 황량한 풍경 속에서 불이 주는 아늑함은 정말로 소중했다.

나는 배를 곯으며 이 동굴 안에 앉아 있었지만, 얼마 안 되는 식량을 먹을 생각은 전혀 나지 않았다. 나는 어둠이 깔린 땅과, 불과 소통하는 자들이 만들어 낸 먼 불빛을 바라보았다. 이따금 나무가 타는 소리가 들려오는 듯했다.

그날 밤에 말이 히힝거리며 우는 소리를 들었다. 내가 웅크리고 있는 오버행 아래쪽에, 달빛을 받고 서 있는 나무들 사이 어딘가에서. 나는 몸으로 꺼져 가는 모닥불빛을 가렸다. 불분명했고 먼데서 들려온 듯한 소리였다. 목소리도 들려왔던가? 이렇게 어둡고 추운 밤에 길을 가려는 사람이 있을까?

더 이상 아무 소리도 들려오지 않았다. 불안한 나머지 몸을 떨며 나는 다시 바위 밑으로 들어가 새벽이 오기를 기다렸다.

아침이 되자 지면은 눈에 뒤덮여 있었다. 깊지는 않았지만, 걷기가 힘들어졌다. 나무들 사이로 들어가면 땅이 잘 보였기 때문에, 비틀린 나무뿌리라든지 구멍 따위를 피하며 걸어갈 수 있었다. 숲은 하얀 정적 속에서 부스럭거리며, 속삭였다. 동물들이 후닥닥 도망치는 소리가 들렸지만, 결코 눈에 띄는 법이 없었다. 검은 새들이 날카로운 울음소리를 내며 헐벗은 나뭇가지 위를 선회했다.

눈이 점점 더 많이 내리면서, 숲을 돌파하고 있던 나는 눈에게 쫓기고 있는 듯한 느낌을 받기 시작했다. 나뭇가지가 흔들리며 쌓였던 눈을 지면에 떨어뜨릴 때마다 나는 펄쩍 뛰어오르곤 했다.

아침 시간이 흘러가면서 나는 기묘한 강박 관념에 사로잡혔다. 아마 공포 탓도 있었겠지만, 부분적으로는 얼어붙은 밤중에 불평하듯이 히힝거리며 울던 말의 기억 때문이기도 했다. 누군가가 내 뒤를 밟고 있다고 확신한 나는 달리기 시작했다.

한동안은 쉽게 달릴 수 있었다. 눈에 파묻힌 숲 사이로, 나무뿌리와 눈에 뒤덮인 구멍 따위를 주의 깊게 피해 가며. 이따금 멈춰서서 등뒤의 조용한 숲을 응시할 때마다, 은밀하게 움직이는 기척이 있었다. 백색과 회색이 어지러이 뒤섞인, 어두운 장소였다. 움직이는 것은 없었다. 점점 당황해 하며 도망치는 나의 모습에는 아랑곳하지 않는다는 듯이, 나뭇가지 사이로 천천히 떨어지는 설편(雪片)들을 제외하면.

 몇 분 후 그 소리를 들었다. 틀림없이 말이 내는 소리, 그리고 사람들이 달리는 소리이다. 나는 내리는 눈 사이로, 나무들 사이의 잿빛 공간을 뚫어지게 바라보았다. 나직하게 부르는 소리가 났고, 내 오른쪽에서 누군가가 대답하는 소리가 들렸다. 또다시 말이 히힝거리며 울었다. 이제는 부드러운 지면을 스치고 지나가는 발소리를 들을 수 있었다.

 나는 골짜기를 향해 목숨을 걸고 달리기 시작했다. 배후에 있는 자들은 나를 추적해 오고 있다는 사실을 더 이상 숨기려고 하지도 않았다. 말이 세차게 숨을 내뿜는 소리는 이제 규칙적으로 커다랗게 울려 퍼지고 있었다. 여러 명의 득의에 찬 고함소리가 들려왔다. 뒤를 흘끗 돌아다보자 숲을 누비고 달리는 사람들의 모습이 보였다. 기수와 그가 탄 말의 커다란 모습이 새하얀 베일을 뚫고 나타났다.

 나는 달리다가 발을 헛디뎌서 나무에 격돌했고, 궁지에 몰린 동물처럼 뒤로 휙 돌아서서 부싯돌 촉이 달린 창을 낮게 꼬나 잡았다. 그러자 놀랍게도 내 양쪽에 쌓인 눈을 늑대들이 껑충껑충 뛰어넘으며 달려오는 광경이 눈에 들어왔다. 그 중 몇 마리는 불안한 듯한 눈빛으로 나를 흘끗 보았지만, 발을 멈추지 않고 계속 달렸다. 주위를 둘러보자 키가 큰 수사슴이 나무들 사이를 누비고 달리는 것이 보였다. 이 굶주린 늑대 무리의 추격을 받고 있는 것이다. 한순간 나는 혼란을 느꼈다. 쫓기고 있다는 느낌은 단지 자연의 소리에 불과했단 말인가?

그러나 기수는 바로 저곳에 있다. 기수가 박차를 가하자 말은 고개를 아래위로 흔들었고, 한 걸음씩 디딜 때마다 눈보라를 일으키며 달렸다. 기수는 펜랜더였다. 망토를 두른 검은 모습. 예리한 촉이 달린 투창을 오만하게 꼬나 잡고 있다. 그는 눈을 가늘게 뜨고 나를 보았고, 느닷없이 말에 박차를 가해 돌진해 오며, 투창을 들어 올렸다.

나는 한쪽으로 후닥닥 몸을 피하다가 나무뿌리에 발이 걸렸다. 배낭이 등에서 춤을 춘다. 나는 무작정 몸을 움직이며 나를 공격해 오는 자를 향해 창을 휘둘렀다. 말이 고통의 비명을 질렀고, 창자루가 내 손아귀에서 홱 움직였다. 내 창은 말의 옆구리를 찌르고, 살을 도려냈던 것이다. 말은 부들부들 떨다가 뒷발로 일어섰고, 펜랜더는 뒤로 나가떨어졌다. 그는 눈 위에 엉덩방아를 찧은 채로 웃었다. 여전히 내게서 눈을 떼지 않은 채로. 곧 그는 일어서며 자신의 투창을 향해 손을 뻗었다.

나는 무의식중에 행동에 나섰고, 그를 찔렀다. 창은 소르살란이 응시하는 눈을 그려 넣은 부분에서 부러졌다. 펜랜더는 멍한 얼굴로 자기 가슴에 꽂힌 부러진 나무 자루를 내려다보았고, 부러진 창자루를 여전히 겨눈 채로 몸을 떨고 있는 나를 올려다보았다. 눈알이 눈꺼풀 뒤로 돌아가면서, 입을 연 채로 그는 뒤로 벌렁 나자빠졌다.

눈이 그의 얼굴을 뒤덮기 시작했다.

나는 그를 그대로 그 자리에 남겨 두고 왔다. 달리 어쩔 수 있단 말인가? 나는 부러진 창자루를 내던지고 불안한 발길로 숲 속을 걷기 시작했다. 다른 자들은 어디 있는지 궁금했다. 크리스찬은 어디 숨어 있는 것일까.

이렇게 해서, 사람을 죽였다는 사실에 충격을 받은 나머지 몸을 부들부들 떨며, 불안한 상념에 푹 잠긴 채로, 나는 어느새 골짜기 꼭대기의 숲에서 나오고 있었다. 흐느끼는 듯한 바람이 불고 있다.

페레더의 돌이 눈 위에 우뚝 솟아 있었다. 거대하고, 풍상에 마모된 첨탑. 지면에서 적어도 60피트는 되는 곳까지 뻗어 가며 주위를 압도하고 있다. 나는 이 잿빛의 거석(巨石)을 향해 걷기 시작했다. 이 묘비의 침묵에 잠긴 장엄함에 깊은 감동과 경외감을 느끼면서. 아무런 장식도 되어 있지 않은 이 돌은 단칼에 잘라 낸 것처럼 보였고, 극도로 원시적인 도구를 써서 거칠게 연마되어 있었다. 위로 올라갈수록 조금씩 뾰족해지며, 골짜기 반대편에 있는 불의 벽 쪽으로 조금 기울어지고 있다. 돌 한쪽에 쌓인 눈이 그 표면에 조잡하게 각인된 새의 모습을 반쯤 가리고 있었다. 어떤 종류의 새인지는 확실하지 않았다. 이것은 페레더를 나타내는 가장 초기의 상징이며, 구출 신화와의 관련을 단적으로 보여 주는 것이다. 그렇다면 이곳에 있는 것은 모든 시대를 망라한 전설의 중심에 서 있는 페레더의 돌이다. 어떤 이름으로 알려져 있든 간에, 이것은 페레더의 돌인 것이다. 몇 세기에 걸쳐 여러 형태로 전해 내려온 그 소녀, 새의 날개에 의해 구출받은 소녀의 탐색의 마지막 목적지인 것이다.

귀네스. 그녀의 얼굴이 내 눈앞에 있었다. 예전보다 한층 더 아름답고, 재미있다는 듯이 눈이 반짝반짝 빛났다. 어디를 보아도 그녀의 얼굴이 있었다 — 언덕 위에, 하얀 나뭇가지 위에, 멀리 보이는 검은 연기의 벽 앞에. 「이노스크다, 스팃븐.」 그녀는 이렇게 말하고, 손으로 입을 가리며 웃었다.

「보고 싶었어.」 내가 말했다.

「〈부싯돌 창의 사내.〉」 그녀는 이렇게 중얼거리고, 손가락을 내 코에 갖다 댔다. 「당신에겐 강한 힘이 있어요. 나의 소중한 부싯돌 창…….」

바람은 살을 에는 듯하다. 바람은 배후의 언덕에서 불어와서, 가장 깊숙한 영역으로 가는 길을 가로막고 있는 불과 소통하는 자들의 장벽을, 불의 벽을 타오르게 하고, 부채질하고 있다. 그녀의 목소리가 스러져 가며, 그녀의 창백한 얼굴도 하얀 눈 사이로 사라져 간다. 나는 크리스찬이 거느린 〈매〉들의 기습을 경계하며, 돌 주위를 걸어 다닌다. 귀네스가 이곳에서 웅크리고 앉아 나를 기다리고 있기를 큰 소리로 빌고 싶은 심정으로.

처음으로 내 눈에 띤 것은 옅게 파인 발자국이었다. 발자국은 나무 쪽으로 이어지며 먼 불길 쪽을 향하고 있었다. 눈에 파묻혀 거의 사라져 가고 있었지만, 누군가가 돌까지 왔다가 골짜기로 내려갔다는 사실은 명백했다.

나는 발자국을 따라가기 시작했다. 누가 이 발자국을 남겼는지 상상하는 것이 두려웠다. 깊은 골짜기에는 수목이 울창했다. 눈은 높이 쌓여 있었지만, 불길이 뿜어내는 열기가 점점 강해지면서 곧 땅 위에서 녹아 사라졌다.

불길이 딱딱거리며, 활활 타오르는 소리가 점점 커졌다. 곧 숲 사이로 불길이 보이기 시작했다. 이윽고 전방의 숲 전체가 불타는 벽으로 변했고, 나는 불에 타서 시꺼멓게 뼈만 남은 나무줄기 사이를 딛고 나아가고 있었다. 검게 그슬린 나뭇가지는 불에 타 죽은 사람들의 경직된 팔다리처럼 보였다. 새까맣게 탄 떡갈나무와 개암나무의 조그만 잔재와 원시림의 모든 수목의 윤곽이 눈부신 불길을 배경으로 검게 떠올랐다. 모두가 마치 비틀린 인간의 시체처럼 보였다.

그 중 하나가 움직였고, 불의 벽을 따라 걸어가다가 높은 나무 그늘 속으로 사라졌다. 나는 재빨리 몸을 숨기고 그쪽을 살피다가, 좀 더 시야가 트인 곳을 향해 후닥닥 달려갔다. 얼마 안 되는 은폐물을 바싹 끼고, 눈을 가늘게 뜨고 눈부신 광휘 속을 바라보았다. 그러자 은밀한 움직임이 보였다. 키가 큰 ― 귀네스라고 하기에는 너무 크다 ― 이 그림자는 뭔가 반짝이는 것을 들고 있었다.

나는 몸을 웅크리고, 작은 바위를 향해 달려가서 그 뒤에 숨었다. 더 이상 아무런 움직임도 찾아볼 수 없었기 때문에, 탄화된 채로 구부정하게 서 있는 떡갈나무의 그늘로 조심스럽게 들어갔다.

그는 망령(亡靈)처럼 지면에서 일어섰다. 다섯 걸음도 채 떨어지지 않은 곳에서. 그림자의 일부가 그대로 떨어져 나온 듯한 모습이었다. 나는 그를 한눈에 알아보았다. 그는 날이 긴 장검을 쥐고 있었다. 땀을 뚝뚝 흘리고 있다. 허리까지 풀어헤친, 완전히 젖은 짙은 회색의 양모 셔츠를 제외하면 윗도리에는 아무것도 입고 있지 않았다. 천으로 만들어진 느슨한 바지는 펄럭거리지 않도록 종아리 부분을 끈으로 묶어 놓고 있었다. 얼굴에는 최근에 생긴 칼자국이 두 개 나 있었다. 그 중 하나는 눈을 가로지르고 있었다. 비열하고 흉포한 얼굴이, 검은 수염 사이로 씩 웃고 있다. 그는 장검을 마치 작대기 다루듯이 가볍게 들고 있었고, 천천히 나를 향해 다가오며 말을 걸었다.

「그럼 나를 죽이러 온 거군, 동생. 자기 역할을 다하기 위해 말이야.」

「내가 못 그럴 거라고 생각해?」

그는 멈춰 섰고, 미소 지으며 어깨를 으쓱해 보였다. 땅에다 장검을 박아 넣더니 그것에 기대는 듯했다. 「하지만 난 실망했어.」 그는 침착하게 말했다. 「석기 시대의 창은 어디다 두고 왔나.」

「창 촉은 형의 심복 몸에 남겨 두고 왔어. 펜랜더말이야. 숲에 있어.」

크리스찬은 이 말에 놀란 듯했고, 얼굴을 조금 찌푸리며 펜랜더의 돌 너머를 흘끗 보았다. 「펜랜더라고? 그 녀석은 내 손으로 직접 저승으로 보내 줬다고 생각했는데.」

「그럼 그쪽이 착각했나 보군.」 나는 침착하게 대꾸했지만, 머릿속에서는 온갖 상념이 쏟아져 나오고 있었다. 크리스찬은 무슨 뜻으로 그런 말을 한 것일까? 자기 부하들 사이에서 내전이 벌어졌다는 뜻일까? 그렇다면 그는 지금 외톨이란 말인가? 부하들에게서 버림받은 외톨이?

내 형의 얼굴에는 어딘가 지치고 거의 체념하고 있는 듯한 빛이 떠올라 있었다. 그는 흘끗흘끗 불을 보고 있었지만, 그를 향해 내가 조금 움직이자마자 즉각 반응을 보였다. 붉게 번들거리는 장검을 쑥 내밀었던 것이다. 그는 천천히 내 주위를 돌았다. 그의 눈과, 얼굴에 말라붙은 피가 불길을 반사하며 반짝였다.

「솔직히 말하자면, 스티븐. 난 너의 그 끈질김에 감탄하고 있어. 처음에는 떡갈나무 산장에서 목을 매달았다고 생각하고 있었지. 그 다음엔 강가에서 너를 처치하기 위해 부하를 6명 보냈어. 그 치들은 어떻게 된 걸까?」

「모두 강물에 얼굴을 처박은 채로 떠 있어. 물고기들이 거의 다 뜯어먹었을걸.」

「보나마나 총으로 쐈겠지.」 그는 신랄한 어조로 말했다.

「한 사람뿐이야.」 나는 중얼거렸다. 「나머지 놈들은 칼잡이치고는 솜씨가 형편없더군.」

크리스챤은 믿어지지 않는다는 표정으로 고개를 설레설레 저으며 웃음을 터뜨렸다. 「네 말하는 투가 맘에 들어, 스티브. 오만해. 그리고 오만함은 바로 힘이야. 정말로 복수심에 불타는 〈혈족〉이 될 작정으로 있는가 보군.」

「내가 원하는 건 귀네스야. 그것뿐이야. 형을 죽이는 건 그보다는 덜 중요해. 필요하다면 그럴 작정이야. 그러고 싶지는 않지만 말이야.」

천천히 내 주위를 돌던 크리스챤의 동작이 멈췄다. 내가 위협하는 듯한 자세로 켈트 인의 검을 들어 올리자, 그는 고개를 갸우뚱하며 내가 들고 있는 무기를 살펴보았다. 「예쁜 장난감이군.」 그는 짙은 회색의 셔츠 위로 배를 긁으며 냉소적인 어조로 말했다. 「야채를 자르는 데는 안성맞춤인 것처럼 보여.」

「〈매〉들을 토막 내는 데도 매우 쓸모가 있었지.」 나는 거짓말을 했다.

크리스찬은 놀란 표정을 했다. 「그걸로 내 부하 중 하나를 죽였단 말이야?」

「머리 두 개에, 심장 두 개…….」

한순간 크리스찬은 침묵했지만, 또다시 웃음을 터뜨렸다. 「정말 거짓말쟁이로군, 스티브. 훌륭한 거짓말쟁이야. 나라도 같은 말을 했겠지.」

「귀네스는 어디 있지?」

「흐음, 맞아. 그 질문이 남아 있었군. 귀네스는 어디 있을까? 정말 어디로 갔을까?」

「그럼 형한테서 도망친 거군.」

안도감이 새처럼 내 가슴속에서 퍼덕였다.

그러나 크리스찬의 미소는 음침했다. 나는 얼굴의 피가 끓어오르는 듯한 느낌을 받았고, 불의 벽이 발하는 열은 참을 수 없을 정도로 뜨거웠다. 활활 타오르며 포효를 발하는 불길은 급류처럼 용솟음쳤다. 「그렇다고는 할 수 없어.」 크리스찬은 천천히 말했다. 「도망쳤다기보다는…… 보내 줬다고나 할까…….」

「대답해, 크리스! 안 그러면 단칼에 베어 버리고 말겠어!」 분노는 나로 하여금 우스꽝스러운 위협을 하도록 만들었다.

「조금 문제가 있었어, 스티브. 그래서 그녀를 보내 줬던 거야. 부하들도 모두 보내 줬지.」

「그렇다면 부하들에게 배신당했던 거군.」

「지금쯤 무덤 속에서 잘들 쉬고 있을걸.」 그는 차가운 웃음소리를 냈다. 「어리석게도 나를 이길 수 있다고 생각했던 거야. 자기들 전승을 제대로 읽지 않았던 것 같군. 〈아웃사이더〉를 죽일 수 있는 자는 오로지 〈혈족〉이라는 걸 모르고 있었으니까 말이야. 정말 영광이야, 동생. 나를 처치할 목적으로 이렇게 멀리까지 와

줬다니 영광스러워 몸 둘 바를 모르겠군.」

망치로 머리를 얻어맞은 듯한 느낌이었다. 〈보내 줬다〉라는 그의 말은 죽였다는 뜻이다. 하느님, 귀네스까지 죽였단 말입니까? 이 생각에 나는 완전히 이성을 잃었다. 강렬한 열기를 견디지 못해 당장이라도 쓰러질 듯한 상태였지만, 지금 이 순간에는 오로지 분노와, 시뻘겋게 달궈진 증오밖에는 느끼지 못했다. 나는 크리스찬에게 달려들며 혼신의 힘을 다해 검을 휘둘렀다. 그는 뒤로 물러서며 자기 자신의 검을 들어 올렸고, 쇠와 강철이 격돌하는 소리가 나자 웃었다. 나는 낮은 자세에서 또다시 그를 공격했다. 검과 검이 부딪치는 소리가 둔탁한 종소리처럼 울려 퍼졌다. 다시 한번, 그의 머리를 향해 일격을 가했고 ― 다시 한번, 그의 배를 찔렀다. 크리스찬의 검이 날카로웠기 때문에 사납게 나의 공격을 받아칠 때마다, 팔이 욱신거렸다. 녹초가 된 나는 동작을 멈췄고, 비웃는 듯한 웃음을 띤 그의 살벌한 얼굴에 불길이 반사되며 어른거리는 것을 응시했다. 「그녀는 어떻게 됐지?」 나는 말했다. 숨이 차고, 온몸이 욱신거린다.

「여기로 올 거야. 때가 되면. 나이프 쓰는 솜씨가…… 상당히…… 뛰어나더군.」

이렇게 말하며 그는 짙은 빛의 셔츠를 헤쳤고, 배 위로 번져 있는 핏자국을 내게 보여 주었다. 나는 그것을 검은 땀이라고 생각하고 있었던 것이다. 「좋은 솜씨야. 치명상은 아니지만, 위험했어. 물론 출혈 탓에 난 점점 약해지고 있지만…… 적어도 죽을 염려는 없어…….」 이윽고 그는 으르렁대듯이 말했다. 「나를 죽일 수 있는 건 오로지 〈혈족〉뿐이니까!」

이 말을 입에 담는 것과 동시에, 동물적인 분노의 빛이 그의 눈에 깃들었고, 그는 전광석화 같은 동작으로 나를 공격했다. 불길을 등지고 있었기 때문에 상대방의 검을 제대로 볼 수가 없었다. 나는 칼날이 내 머리 양쪽의 공간을 가르는 것을 느꼈고, 그 직후에 손에서 검이 뜯겨 나가는 것을 느꼈다. 검은 빙빙 돌며 공터 너머로 날아갔다. 나는 비틀거리며 조금 뒤로 물러나서, 고개를 숙이고 크리스찬의 네 번째 일격을 피하려고 했다. 칼날은 내 목을 향해 수평으로 날아왔고, 목의 피부에 닿기 직전에 딱 멈췄다.

나는 사시나무처럼 몸을 떨고 있었다. 멍하게 입을 연 채로. 충격을 받은 탓에 입 안이 완전히 말라 있었다.

「이게 바로 그 위대하신 〈혈족〉 나리란 말이지.」 그는 포효했다. 아이러니와 분노가 뒤섞인 목소리로. 「바로 이자가 자기 형제를 죽이려고 온 전사란 말이지. 무릎을 덜덜 떨고, 이를 딱딱 맞부딪치고 있는 꼬락서니라니. 진짜 전사의 발뒤꿈치도 못 따라오는 주제에!」

무슨 대답을 해보았자 소용이 없었을 것이다. 뜨거운 칼날은 내 목의 피부를 조금씩 파고들고 있었다. 크리스찬의 눈은 글자 그대로 불타오르기 직전인 것처럼 보였다.

「아무래도 그들은 전설을 다시 써야 할 것 같군.」 그는 미소 지으며 중얼거렸다. 「이런 굴욕을 맛보기 위해 이렇게까지 멀리 왔단 말인가, 스티브. 이빨을 드러내고, 파리 떼가 새까맣게 앉은 머리가 자기 검에 꿰여 있는 광경을 보기 위해 말이야.」

나는 자포자기한 심정으로 무작정 그의 검을 피해 몸을 날렸고, 반쯤 기적이 일어나기를 기대하며 몸을 숙였다. 또다시 그와 맞서 섰을 때 나는 데스마스크를 방불케 하는 그의 얼굴을 보고 충격을 받았다. 악문 입 사이로 이가 누렇게 빛나고 있다. 그는 좌우로 검을 휘두르기 시작했다. 검은 눈으로 볼 수도 없는 빠른 속도로 바람을 가르며, 심장의 고동처럼 규칙적으로 움직인다. 검이 내 주위를 스치고 지나갈 때마다, 칼끝은 내 눈꺼풀에, 코에, 입술에 닿았다. 나는 조금씩 뒤로 후퇴했다. 크리스찬은 조금씩 나를 압박해 오며, 탁월한 검기(劍技)로 나를 우롱했다.

느닷없는 공격으로 그는 나를 넘어뜨렸고, 칼로 엉덩이를 철썩

때린 다음에, 내 턱 밑에 칼끝을 갖다 대고 나를 억지로 일어나게 만들었다. 예전에 산장의 정원에서 그랬던 것처럼, 그는 나를 나무줄기에 밀어붙였다. 예전에 그랬던 것처럼, 나를 이겼다. 예전과 마찬가지로, 주위는 불로 에워싸여 있었다.

그리고 크리스찬은 늙고 지친 사내였다.

「난 전설 따위엔 상관 안 해.」 그는 조용히 말했다. 굉음을 내며 활활 타오르는 불길을 바라보고 있었다. 피와 땀으로 범벅이 된 그의 얼굴이 불길을 반사하며 반짝였다. 그는 나를 향해 몸을 돌렸고, 내 얼굴에 자기 얼굴을 바싹 갖다 대고 천천히 말했다. 그의 입김은 의외로 향긋했다. 「난 너를 죽이지 않을 거야……. 〈혈족〉을. 이젠 누굴 죽이는 일 따위는 그만뒀어. 모든 걸 그만둔 거야.」

「무슨 뜻인지 모르겠어.」

크리스찬은 잠깐 주저하다가, 놀랍게도 나를 놓아주고는 뒤로 물러섰다. 그는 불길을 향해 몇 걸음 걸어갔다. 나는 나무를 부여잡고 그 자리에 그대로 서 있었다. 그러나 나는 내 검이 바로 옆에 떨어져 있다는 사실을 알아챘다.

내게 등을 돌린 채로, 고통을 느끼고 있는 듯한 구부정한 자세로 서서 그는 말했다. 「그 장난감 배를 기억해, 스티브? 〈보이저〉를?」

「물론 기억하고 있어.」

나는 아연실색했다. 하필 이럴 때에 회상에 잠기다니. 그러나 이것은 단지 아련한 추억이 아니었다. 다시 몸을 돌려 나를 바라보는 크리스찬의 얼굴은 새로운 감정으로 빛나고 있었다. 흥분이었다. 「우리가 그걸 다시 찾았을 때를 기억하고 있어? 이모가 집에 왔던 날의 일을? 그 조그만 배는 완전히 새것 그대로 라이호프 숲에서 나왔어. 그걸 기억하고 있어, 스티브?」

「새것이나 마찬가지였지.」 나는 동의했다. 「6주나 지난 후였는데도 말이야.」

「6주였지.」 크리스찬은 꿈꾸는 듯한 어조로 말했다. 「아버지는 알고 있었어. 혹은 그렇게 생각하고 있었어.」

나는 나무에 기대고 있던 몸을 일으키고 조심스럽게 형에게 다가갔다. 「시간의 왜곡에 관해 언급한 적이 있어. 일기장에서 말이야. 아버지가 처음으로 간파했던 진상 중 하나였지.」

크리스찬은 고개를 끄덕였다. 그는 검을 쥔 손에서 힘을 뺐다. 비처럼 땀을 흘리고 있었다. 그는 멍한 얼굴을 했고, 곧 고통스러운 표정을 지었다. 몸이 후들거리는 것 같았다. 그러자 그의 눈이 다시 초점을 맺었다.

「우리가 띄운 조그만 〈보이저〉 호에 관해 많이 생각해 보았어.」 그는 이렇게 말하고는 하늘을 올려다보았고, 주위를 둘러보았다. 「이 영역에 살고 있는 것은 로빈 후드와 트위글링뿐만이 아냐.」 그의 시선이 내게 와서 못 박혔다. 「전설이라는 건 영웅 얘기로만 이루어져 있는 게 아냐. 넌 이 불 너머에 무엇이 있는지 알아? 저걸 지나가면 뭐가 나오는지 알아?」 그는 힘겹게 검을 들어 올려 등 뒤를 가리켰다.

「라본디스라고 부르더군.」

그는 한손을 옆구리에 대고, 다른 한손에 쥔 검을 지팡이 삼아, 앞으로 힘겹게 한 걸음 걸어 나왔다.

「이름 따위는 뭐라도 상관없어. 저곳은 빙하기야. 1만 년 전에 브리튼 섬을 뒤덮고 있던 빙하기인 거야!」

「그리고 그 빙하기 앞에는 간빙기가 오겠군, 아마. 그리고 또 빙하기 하는 식으로 계속되면서 공룡 시대까지 거슬러 올라가겠지.」

크리스찬은 고개를 가로저었고, 심각하기 그지없는 눈빛으로 나를 바라보았다. 「그냥 빙하기일 뿐이야, 스티브. 적어도 난 그렇게 들었어. 결국 —」 그는 다시 씩 웃었다. 「— 라이호프 숲은 아주 작은 숲이니까 말이야.」

「도대체 무슨 말을 하고 싶은 거지, 크리스?」

「저 불 너머에는 얼음이 있어.」그는 말했다. 「그리고 그 얼음 너머에는…… 은밀한 장소가 있어. 나는 그 장소에 관한 소문을 여러 번 들은 적이 있어. 시원(始原)의 장소…… 우르스쿠머그와 관련이 있는 곳이지. 그리고, 그 얼음 너머에는 또 불이 있어. 그 불 너머에는 자연림이 나오지. 그리고 그 너머엔 잉글랜드가 있어. 정상 시간의. 난 〈보이저〉에 관해 줄곧 생각하고 있었어. 이 영역을 항해하면서 그 배는 상처가 나거나 파손되거나 하지는 않았을까? 틀림없이 그랬을 거야. 6주보다 훨씬 더 오래 이곳에 있었음이 틀림없어! 하지만 상처가 난 부분엔 무슨 일이 일어났던 거지? 혹시…… 혹시 그 상처는 그냥 사라져 버린 건지도 몰라. 숲을 통과했을 때, 이 영역은 그 배에 부과한 시간을 다시 되돌려 놓은 건지도 모른다는 얘기야. 내가 무슨 말을 하고 있는지 알겠어? 여기 온 지 넌 얼마나 됐지? 3주? 4주? 하지만 숲 바깥에서는 단지 며칠밖에는 지나지 않았을걸. 이 영역이 너에게 여분의 시간을 부과했던 거야. 하지만 올바른 길을 통해 이곳을 지나간다면 그 시간을 다시 되돌려 주는 건지도 몰라.」

「영원한 젊음…….」 나는 말했다.

「그런 게 아냐!」 그는 고함을 질렀다. 자기 말을 제대로 이해 못 하는 내가 안타깝다는 듯이. 「재생. 보상. 난 떡갈나무 산장에 그냥 머물고 있었던 경우보다 14년, 15년 더 나이를 더 먹고 있어. 저 장소는 이런 세월을 소멸시켜 줄지도 몰라. 흉터도, 고통도, 분노도…….」 그는 갑자기 애원하는 듯한 말투로 말했다. 「난 그걸 시도해 봐야 해, 스티브. 지금 내겐 그것 말고는 아무것도 남아 있지 않아.」

「형은 이 영역을 파괴했어. 난 황폐해진 토지를 목격했어. 우린 싸워야 해, 크리스. 형은 내 손에 죽어야 하는 거야.」

한순간 그는 침묵했고, 곧 경멸과 불안함이 반씩 뒤섞인 소리를 냈다.

「정말로 나를 죽일 수 있어, 스티브?」 그는 조용한 위협이 담긴 목소리로 말했다.

나는 대답하지 않았다. 물론 그의 말이 옳다. 아마 나는 그를 죽일 수 없을 것이다. 격정에 사로잡혔을 때라면 그럴 수도 있었겠지만, 내 눈앞에서 상처 입고 죽어 가는 이 사내를 아마 검으로 내리치지는 못할 것이다.

그렇지만…….

그렇지만 너무나도 많은 것이 내 어깨에 걸려 있었다. 내 용기에, 내 결의에.

현기증이 났다. 불길이 뿜어내는 열기가 나의 진을 빼고, 기력을 앗아 가고 있는 것이다.

형이 말했다. 「어떤 의미에서는 넌 나를 죽였어. 내가 원했던 건 단지 귀네스뿐이었어. 하지만 난 그녀를 가질 수 없었어. 그녀는 너를 너무 사랑했기 때문에. 그 사실이 나를 파괴했던 거야. 난 너무나도 오랜 세월 동안 그녀를 찾아 헤맸어. 이제 다시는 그런 괴로움을 맛보고 싶지 않아. 난 이곳을 떠나야 해, 스티브. 날 그냥 가게 해줘…….」

그의 말에 놀란 나는 이렇게 대꾸했다. 「형이 가는 걸 막을 길은 없어.」

「넌 계속 나를 추적해 올 거야. 난 마음의 평정이 필요해. 나 자신의 마음의 평정이. 난 네가 뒤쫓아 오지 않을 거라는 보증을 원해.」

「그렇다면 날 죽여.」 나는 잘라 말했다.

그러나 그는 고개를 가로저었고, 비꼬는 듯한 웃음소리를 냈다. 「넌 두 번이나 죽었다가 다시 살아났어, 스티브. 난 네가 점점 두려워지고 있어. 세 번째로 같은 일을 시도할 생각은 없어.」

「흐음, 적어도 그것만은 고맙군.」

나는 주저하다가, 조용하게 물었다. 「그녀는 살아 있어?」

크리스찬은 천천히 고개를 끄덕였다. 「그녀는 네 거야, 스티브. 얘기는 그렇게 결말을 맺는 거야. 〈혈족〉은 자비를 베풀었다. 〈아웃사이더〉는 잘못을 뉘우치고 왕국을 떠났다. 녹색 숲에서 온 소녀는 자신의 연인과 재회했다. 그들은 높고 하얀 돌 옆에서 입을 맞췄다……」

　나는 그를 쳐다보았다. 나는 그를 믿었다. 그의 말은 눈물이 날 정도로 아름다운 노래처럼 들렸다.

　「그럼 여기서 그녀를 기다리겠어. 그녀를 살려 줘서 고마워.」

　「정말 괜찮은 솜씨더군.」 크리스찬은 배의 상처를 만지며 되풀이해 말했다. 「선택의 여지가 거의 없었다고나 할까.」

　어딘가 걸리는 데가 있는 말이었다…….

　그는 몸을 돌려 불을 향해 걸어갔다. 형에게 감사하며 작별을 고해야 해야 한다는 생각에 나는 잠시 귀네스 일을 잊었다.

　「어떻게 불의 벽을 뚫고 지나갈 작정이지?」

　「흙이야.」 그는 이렇게 말하여 땅에 놓여 있던 망토에 손을 뻗쳤다. 두건 속에는 이미 흙이 채워져 있었다. 그는 망토를 물매처럼 들고 있었다. 그는 다른 한손으로 땅에서 흙을 한 줌 파낸 다음, 불을 향해 그것을 던졌다. 파지직 하는 소리가 나더니 불길이 갑자기 어두워졌다. 마치 흙이 타오르는 불길을 뒤덮기라도 한 것처럼.

　「적절한 주문을 외우고 불길 위에 적당한 양의 흙을 뿌리기만 해결되는 문제야.」 그는 말했다. 「주문은 알아냈지만, 어머니인 대지의 양을 어떻게 조절할지가 문제더군.」 그는 주위를 둘러보았다. 「난 샤먼치고는 실력이 형편없어.」

　「왜 강을 따라가지 않는 거지?」 나는 그가 망토를 빙빙 돌리기 시작했을 때 말했다. 「그게 가장 쉬운 방법 아닐까. 〈보이저〉 호는 그렇게 해서 통과했잖아?」

　「나 같은 사람은 강을 통과할 수 없어.」 그는 대꾸했다. 망토는 그의 머리 위에서 커다란 원을 그리고 있었다.「그리고, 저 불 너머에 있는 건 〈라본디스〉야. 〈티르나노우〉[18]란 말일세, 스티븐군. 아발론. 천국. 뭐라고 불러도 좋아. 저건 미지의 땅이고, 미로가 시작되는 곳이야. 신비에 쌓인 장소. 〈인간〉이 아니라, 인간의 호기심을 가로막고 있는 영역. 아무도 갈 수 없는 곳. 불가지(不可知)의, 잊혀진 과거.」그는 무거운 망토를 빙빙 돌리며 고개를 돌려 나를 보았다.「시간의 암흑 속에서 그렇게도 많은 일들이 잊혀졌을 때, 잊혀진 지식을 찬미하는 신화가 생겨났던 거야.」이렇게 말하며 불의 벽 쪽으로 걸어간다.「그러나 〈라본디스〉에는 그 지식의 장소가 아직도 존재하고 있어. 그리고 나는 우선 거기로 갈 작정이야, 동생. 행운을 빌어 줘!」

「행운이 함께 하기를!」나는 그가 망토에 싼 흙을 뿌린 순간 이렇게 외쳤다. 불은 굉음을 내며 사그라졌고, 나는 새까맣게 탄 나무들의 시체 너머로 얼음의 땅을 언뜻 보았다.

크리스찬은 용솟음치는 불길 속에 일시적으로 생겨난 통로를 향해 뛰기 시작했다. 육중한 체격의 나이 든 사내. 격렬한 동작 탓에 상처의 아픔이 되살아났는지 조금 발을 절고 있다. 그는 내가 저지하려고 작정했던 일을 지금 막 성취하려 하고 있다 ─ 단지 지금 그는 혼자였고, 귀네스를 데리고 있지 않았다. 그러나 나는 영원한 〈라본디스〉에서 그에게 무슨 일이 일어날지 걱정하지 않을 수가 없었다. 증오로 이 여행을 시작했던 나는 다시 원점으로 되돌아왔고, 아마 그를 다시는 볼 수 없으리라는 생각에 참을 수 없는 슬픔을 느꼈다. 그에게 뭔가를 주고 싶었다. 그리고 그에게서도 뭔가를 받고 싶었다. 뭔가 기념품이 될 만한 것, 내가 잃어버린 생활의 편린을. 이런 감정을 느꼈을 때, 떡갈나무 잎 모양의 호부가 생각났다. 아직도 내 목에 걸려 있고, 가슴의 온기로

---

18 Tir-na-nOc. 켈트 신화의 이상향. 천국.

따스해진 그것을. 나는 그의 뒤를 좇아 달리기 시작하며, 목에 건 가죽끈을 홱 잡아당겨 무거운 은제 잎사귀를 뜯어냈다.

「크리스!」 나는 소리쳤다. 「기다려! 떡갈나무 잎을 가져가! 행운을 위해서!」

그리고 나는 그를 향해 그것을 던졌다.

그는 발을 멈추고 뒤를 돌아다보았다. 은으로 된 호부는 호(弧)를 그리며 그를 향해 날아갔고, 그 즉시 나는 무슨 일이 일어날 것인지를 깨달았다. 나는 공포에 마비된 채로 무거운 호부가 형의 얼굴에 명중하고, 그가 뒤로 나자빠지는 광경을 바라보았다.

「크리스!」

불길이 좁혀 들어왔다. 길고 날카로운 절규가 들려왔고, 곧 불이 활활 타오르는 소리만이 남았다. 대지의 마법에 의해 계속 타오르는 불은, 형의 끔찍한 종말을 가렸다.

방금 눈앞에서 일어난 일이 도저히 믿어지지가 않았다. 나는 털썩 무릎을 꿇고 망연자실한 얼굴로 불을 바라보았다. 깊은 충격에 휩싸여, 열병에 걸린 것처럼 몸을 떨고 있었다.

그러나 울 수가 없었다. 아무리 울려고 해보아도, 눈물이 나오지 않았다.

숲의 심장

모든 것이 끝났다. 크리스찬은 죽었다. 〈아웃사이더〉는 죽었다. 〈혈족〉이 승리했다. 전설은 왕국에게 유리하게 끝났다. 파괴와 황폐는 이제 멈출 것이다.

나는 불을 등진 채, 나무가 빽빽한 숲을 지나 눈이 남아 있는 곳으로 갔고, 골짜기로 올라갔다. 주위의 땅은 눈으로 온통 하얗게 뒤덮여 있었다. 내 위로 우뚝 솟은 반짝이는 돌은 심한 눈보라 탓에 거의 보이지 않았다. 나는 그 옆을 지나갔다. 크리스찬의 용병들과 맞닥뜨리는 일도 더 이상 두렵지 않았다.

검으로 그 돌을 쳤다. 쨍하는 소리가 골짜기 전체에 울려 퍼질 것이라는 나의 기대는 수포로 돌아갔다. 그 울림은 순식간에 스러져 갔지만, 그러기도 전에 귀네스를 부르며 울부짖는 나의 목소리가 울려 퍼졌다. 그녀의 이름을 세 번 불렀다. 세 번 모두 사각사각 눈이 쌓이는 소리가 들려왔을 뿐이었다.

그녀는 이미 이곳에 왔다 갔거나, 아니면 아직 도착하지 않은 것이다. 크리스찬은 이 돌이 그녀의 목적지임을 넌지시 비췄다. 그는 왜 웃었던 것일까? 그가 그렇게까지 비밀로 하고 싶었던 일은 무엇일까?

그때 이미 깨닫고 있었는지도 모르지만, 이렇게도 고난에 찬 여정을 통해 그녀를 쫓아온 나로서는 생각하기조차 끔찍한 일이었다. 나는 자명한 사실을 인정할 준비가 되어 있지 않았다. 그러나 바로 이런 생각이 나를 이 장소에 묶어 놓았고, 나의 출발을 막았다. 어떤 일이 있더라도 나는 여기서 그녀를 기다려야 한다.

세상에서 이것만큼 중요한 일은 존재하지 않았다.

나는 하룻 밤과 하루 낮을 꼬박 페레더의 비석 가까이에 있는 사냥꾼의 오두막에서 보냈고, 느릅나무 가지를 태우며 불을 쪼였다. 눈이 그쳤을 때는 돌 주위를 돌아다니며 그녀의 이름을 불렀지만, 아무런 응답도 들려오지 않았다. 나는 골짜기 아래로 내려갈 수 있는 곳까지 내려가서 숲 속에 섰고, 불로 이루어진 거대한 벽을 바라보았다. 그 열이 주위의 눈을 녹이고, 숲 중에서도 가장 원시적인 이 장소에 이미 여름이 온 듯한 기이한 느낌을 부여하고 있음을 깨달았다.

그녀는 이틀째 밤에 골짜기로 왔다. 눈의 융단을 너무나도 조용히 밟고 왔기 때문에 자칫 모르고 지나칠 뻔했다. 반달이 떠 있었고, 밤하늘은 맑게 개어 있었고, 그 아래에서 그녀의 모습을 보았다. 그녀는 등을 구부정하게 웅크린 불쌍한 모습으로, 나무 사이를 누비며 당당한 비석을 향해 천천히 걸어오고 있었다.

어떤 이유에선가 나는 그녀의 이름을 외치지 않았다. 나는 망토를 걸친 채 내가 있던 조그만 공간에서 나왔고, 쌓인 눈을 헤치며 그녀 뒤를 좇았다. 그녀는 비틀거리며 걷고 있었다. 여전히 몸을 반으로 꺾은 듯한 구부정한 자세로. 달은 비석 뒤에서 휘영청 빛나며 비석을 일종의 등대처럼 보이게 하고 있었다. 그녀를 이끄는 등대였다.

그녀는 아버지가 묻혀 있는 장소에 도달했고, 한순간 이 묘석을 올려다보았다. 곧 그녀는 그를 불렀다. 그러는 그녀의 목소리는 쉬어 있었고, 추위와 고통과 지독한 피로 탓에 갈라졌다.

「귀네스!」 나는 큰 소리로 말하며 나무들 사이에서 나타났다. 그녀는 움찔했고, 밤의 어둠 속에서 몸을 돌렸다. 「나야, 스티븐.」

그녀는 창백한 얼굴을 하고 있었다. 양팔로 자기 몸을 얼싸안고 있는 그녀의 몸은 아주 작아 보였다. 그녀의 긴 머리카락은 눈에 젖어 축 늘어져 있었다.

그녀가 덜덜 떨고 있다는 사실을 깨달았다. 내가 다가가자 공포에 질린 얼굴로 나를 쳐다보았다. 그제야 나는 깨달았다. 검은 수염을 기르고, 모피 옷을 껴입은 내가 그녀의 눈에는 내가 얼마나 크리스찬처럼 보이는지를.

「크리스찬은 죽었어.」 나는 말했다. 「내가 죽였어. 다시 너를 찾아냈어, 귄. 이제 함께 산장으로 돌아가는 거야. 지금부터는 두려워하지 않고 함께 있을 수 있어.」

산장으로 돌아간다. 이 생각은 내 가슴속을 따스한 희망으로 가득 채웠다. 아무런 비탄도, 걱정도 없는 일생. 하느님, 그 순간에 나는 얼마나 많은 것을 원하고 있었던가!

「스티브……」 그녀는 쉰 목소리로 속삭였다.

그러고는 비석을 향해 쓰러지며, 괴로운 듯이 가슴을 얼싸안았다. 완전히 녹초가 되어 있었다. 여기까지 걸어오면서 기력을 모두 써버린 것이다.

나는 재빨리 그녀에게로 걸어가서 그녀를 안아 올렸다. 그녀는 마치 고통을 느낀 것처럼 헐떡였다.

「괜찮아, 귄. 근처에 마을이 있어. 원하는 만큼 거기서 쉬면 돼.」

따스함을 기대하고 그녀 망토 속에 손을 집어넣었지만, 그녀의 배에서 차갑고 끈적거리는 것이 묻어 나오는 것을 깨닫고 나는 처절한 충격을 받았다.

「아아, 귄! 하느님, 안 돼…….」

크리스찬은 결국 마지막 복수를 하고 갔던 것이다.

그녀는 남은 힘을 쥐어짜서 손을 들어 올렸고, 내 얼굴을 만졌다. 그녀의 눈이 흐릿해지며, 슬픈 시선이 내 얼굴 위에서 머문다. 거의 숨소리를 들을 수가 없었다.

나는 돌을 올려다보았다. 「페레더!」 나는 필사적으로 외쳤다. 「페레더! 모습을 드러내 줘!」

돌은 묵묵히 서 있을 뿐이었다. 귀네스는 내 팔 안에서 좀 더 깊게 몸을 꺾고는 한숨을 쉬었다. 차가운 밤 속에서 들리는 작은 소리. 나는 너무나도 세게 그녀를 껴안았기 때문에 나뭇가지처럼 똑 부러지지는 않을까 걱정되었지만, 어떻게든 그녀의 몸을 따스하게 해줘야 했다.

그러자 지면이 조금 흔들렸고, 또 흔들렸다. 돌 꼭대기에 쌓여 있던 눈이 떨어졌고, 나뭇가지에서도 떨어졌다. 또다시 땅이 진동했고, 또……

「오고 있어.」 나는 침묵한 귀네스에게 말했다. 「네 아버지가. 지금 오고 있어. 도와줄 거야.」

그러나 축 늘어진 펜랜더의 시체를 왼손에 들고 돌 뒤에서 나타난 것은 귀네스의 아버지가 아니었다. 우리들 앞에 서서 조금씩 몸을 흔들며, 어둠 속에서 규칙적으로 불길한 숨소리를 내고 있는 것은 용사 페레더의 유령이 아니었다. 나는 이 모든 일을 시작했던 인물의, 달빛에 물든 얼굴을 빤히 올려다보았다. 낙담한 나머지 비통에 찬 고함을 지를 힘밖에는 남아 있지 않았다. 나는 귀네스를 내 망토 속으로 깊숙이 밀어 넣었고, 조금이라도 그녀의 몸을 감추기 위해 고개를 숙였다.

그는 1분 이상 그곳에 서 있었던 것 같다. 나는 내 어깨를 움켜잡는 느낌이 오기를 줄곧 기다리고 있었다. 그가 나를 죽이기 위해 번쩍 들어 올리는 것을 기다리고 있었던 것이다. 아무 일도 일어나지 않자 나는 위를 올려다보았다. 우르스쿠머그는 여전히 그곳에 서서 나를 바라보고 있었다. 눈을 깜빡거리고, 입을 여닫으며 희게 반짝이는 이를 드러내고 있다. 그는 아직도 펜랜더의 시체를 들고 있었지만, 대뜸 그것을 멀리 내던졌다. 나는 이 느닷없는 움직임에 놀라 펄쩍 뛰었다. 그는 나를 향해 손을 뻗쳤다.

내가 상상했던 것과는 전혀 다른, 부드러운 손길이었다. 내 팔을 잡아당겨, 귀네스를 꼭 껴안고 있던 내 팔을 풀었다. 그는 그녀를 들어 올렸고, 마치 어린애가 장난감을 안는 것처럼 오른팔로 그녀의 몸을 안았다.

그는 내게서 귀네스를 뺏어 가려 하고 있다. 생각만 해도 견디기 어려운 일이었다. 나는 울기 시작했고, 눈물에 흐릿해진 눈으로 아버지의 모습을 바라보았다.

그러자 우르스쿠머그는 나를 향해 왼손을 내밀었다. 나는 잠시 그것을 바라보다가, 곧 그가 무엇을 원하는지 깨달았다. 일어서서 손을 내밀자, 그의 손은 내 손을 완전히 감쌌다.

이렇게 해서 우리는 돌 뒤로 돌아갔고, 눈을 밟고 나무가 자라 있는 곳까지 갔고, 나무 사이를 지나 불의 벽을 향해 걸어갔다.

아버지와 함께 걸으며, 수많은 상념이 뇌리를 스치고 지나갔다. 그의 얼굴에 떠올라 있던 것은 증오로 일그러진 표정이 아니라, 부드럽고 슬픈 듯한 표정이었다. 떡갈나무 산장의 정원에서 우르스쿠머그가 나를 그렇게 심하게 흔들었을 때, 그는 아마 내 몸에 다시 생명을 불어넣으려고 그랬던 것인지도 모른다. 나무가 울창한 협곡에서 우리가 귀를 기울이며 망설이고 있었을 때, 그는 아마 우리가 어디 있는지를 줄곧 알고 있었고, 우리가 자기 앞을 그냥 지나치기를 기다리고 있었던 것인지도 모른다. 그는 〈아웃사이더〉를 추적하는 나를 도와줬으면 도와줬지, 결코 방해하지는 않았던 것이다. 그가 — 그리고 이 왕국 안의 모든 존재들이 — 더 이상 나를 필요로 하지 않게 되었을 때, 그는 연민의 정을 되찾았던 것이다.

아버지는 귀네스를 뜨거운 땅 위에 내려놓았다. 불길은 하늘을 향해 올라가며 포효하고 있었다. 장벽을 향해 뻗어 나가는 나무들이 오그라들며 새까맣게 불타고, 불붙은 나뭇가지가 땅에 떨어진다. 기묘한 장소였다. 초자연적인 지옥의 열기가 나를 감싸면서 온몸에서 땀이 솟아 나왔다. 이 투쟁은 영원히 계속될 것이라는 사실을 나는 깨달았다. 불의 벽은 결코 그 자리에서 움직이지 않았고 — 나무들은 그 속을 향해 자라나며 불타오른다. 장벽은 불과 소통하는 자들, 인류 최초의 진정한 영웅들에 의해 언제나 유지되어 왔다.

이제 세 사람이 함께 불길을 뚫고 들어갈 것이라고 상상하고 있었지만, 그것은 잘못된 생각이었다. 아버지는 손을 뻗어 나를 밀쳐 냈다.

「그녀를 데려 가지 말아요!」 나는 애원했다. 그녀는 정말로 아름다웠다. 붉은 머리카락이 그 얼굴을 휘감고, 눈부신 불길에 비친 피부가 반짝인다. 「제발! 난 그녀와 함께 가야 합니다!」

우르스쿠머그는 나를 바라보았다. 거대한 짐승의 머리가 좌우로 천천히 흔들렸다.

안 된다. 나는 따라갈 수 없는 것이다.

그러나 그때 그는 뭔가 멋진 일을 했다. 그 이후 오랜 세월에 걸쳐 내게 용기와 희망을 불어넣어 주었던 일을 — 영원한 겨울이 계속되는 동안, 인근 마을의 신석기인들과 함께 살며, 페레더의 돌을 지키며 기다리는 나를, 언제나 친구처럼 위로해 주었던 그 몸짓을.

그는 그녀의 몸에 손가락을 갖다 댔고, 그 다음에는 불의 벽을 가리켰다. 그러고는 그녀가 돌아올 것이라는 몸짓을 해보였다. 내게로. 그녀는, 나의 귀네스는 다시 살아나서 내 곁으로 돌아올 것이다.

「얼마나 오래?」 나는 우르스쿠머그에게 물었다. 「얼마나 오래 기다려야 합니까? 얼마나 오래 걸립니까?」

우르스쿠머그는 허리를 굽혀 그녀를 들어 올렸다. 그는 나를 향해 그녀를 들어 보였다. 나는 귀네스의 차가운 입술에 내 입술을 갖다 댔고, 눈을 감은 채 계속 떨고 있었다.

아버지는 그녀를 자신의 안전한 품으로 안아 올리고는 불을 향해 몸을 돌렸다. 그가 커다란 손으로 흙을 한 줌 쥐고 던지자 불길이 스러졌다. 한순간 불길 너머로 산들이 흘끗 보였다. 곧 거대한 멧돼지의 그림자는 새까맣게 탄 나무들 사이를 지나 시간이 없는 영역으로 들어갔다. 걸어가던 중, 그는 섬뜩할 정도로 인간을 닮은 새까맣게 탄 나무를 스쳐 지나갔다. 양손을 머리 위로 올린 모습이었다. 나무는 산산조각 났다. 다음 순간 불길이 또다시 밝게 타올랐고, 나는 홀로 그 자리에 남아 있었다. 입맞춤의 기억과, 아버지의 눈에서 눈물을 보았다는 기쁨과 함께.

코다

 옛날 옛적에, 이 사람들이 살던 시대에, 운명에게서 어떤 과업을 부여받은 거인 모고크는 1백 일 동안 쉬지 않고 북쪽을 향해 걸었다. 이렇게 해서 그는 이 세계의 끝에 도달했고, 〈라본디스〉를 지키고 있는 불의 문 앞에 섰다.

 골짜기 정상에는 사람 키의 열 배나 되는 돌이 서 있었다. 모고크는 그 돌 위에 왼발을 올려놓고, 도대체 어떤 이유에서 운명은 자기 부족의 영토에서 이렇게 먼 곳까지 자신을 이끌어 왔는지 의아하게 생각했다.

 그러자 그를 부르는 소리가 들려왔다. 「그 돌에서 발을 내려놓으시오.」

 모고크가 주위를 둘러보자, 돌을 쌓은 석총 위에서 그를 올려다보고 있는 사냥꾼의 모습이 눈에 들어왔다.

 「그럴 생각은 없네.」 모고크가 말했다.

 「돌에서 발을 내려놓으시오.」 사냥꾼이 외쳤다. 「용감한 사내가 그 밑에 묻혀 있단 말이오.」

 「알고 있네.」 모고크는 대꾸했지만, 발을 움직이지는 않았다. 「그를 묻은 것은 바로 나야. 내 손으로 직접 그의 몸 위에 돌을 올려놓았지. 이 돌은 내 입 안에서 꺼낸 거야. 자, 보게나!」 모고크는 씩 웃었고, 이 사이에 생긴 커다란 틈새를 사냥꾼에게 보여 주었다. 이것은 용사의 묘비로 삼기 위해 이를 뽑아낸 자리였다.

「그랬었군.」 사냥꾼이 말했다. 「그럼 괜찮소.」

「고맙네.」 이 사내와 싸워도 되지 않는다는 사실에 안도하며 모고크는 말했다. 「그런데 너는 도대체 어떤 위대한 운명에 이끌려 〈라본디스〉의 경계까지 온 거지?」

「난 누군가를 기다리고 있소.」 사냥꾼이 말했다.

「그랬었군.」 모고크는 말했다. 「빨리 오면 좋겠군.」

「그녀는 반드시 올 거요.」 사냥꾼은 이렇게 말하고, 거인에게 등을 돌렸다.

모고크는 떡갈나무를 뽑아 등을 긁었고, 저녁으로 사슴 한 마리를 먹었고, 자신이 왜 이 장소로 불려 왔는지 의아해 했다. 마침내 그는 그 장소를 떠났지만, 그는 이 골짜기를 〈리사 무이레오그〉라고 이름 붙였다. 이것은 〈사냥꾼이 기다리는 곳〉이라는 뜻이다.

그러나 훗날, 이 골짜기는 〈이마른 우클리스〉라고 불리게 되었다. 이것은 〈소녀가 불을 지나 돌아온 장소〉라는 뜻이다.

그러나 그것은 다른 시대에 속한, 다른 사람들의 이야기이다.

신화의 숲, 이교(異敎)의 꿈

I. 신화

영국 본토와 프랑스 브르타뉴의 일부에는 수천 년의 세월을 넘어 면면히 살아 숨 쉬고 있는 태고의 〈숲〉이 아직도 원형 그대로 남아 있다. 제2차 세계 대전이 종결된 후 군에서 제대, 라이호프 숲의 가장자리에 지어진 잉글랜드의 옛집으로 돌아온 스티븐은 오랜만에 해후한 형 크리스찬의 기묘한 행동에 의구심을 느낀다. 오랜 기간에 걸쳐 강박적으로 라이호프 숲의 내부를 조사했던 박물학자인 아버지와 마찬가지로, 그는 이 숲에 매료된 나머지 〈숲〉이 만들어 낸 소녀 귀네스의 환영을 찾아 헤매고 있었던 것이다. 결국 크리스찬은 아버지처럼 숲 속에서 행방을 감춘다. 홀로 남게 된 스티븐은 아버지가 남긴 일기를 읽고, 〈숲〉에는 사람의 무의식적인 사고를 실체화하는 불가사의한 힘이 내재해 있다는 사실을 알게 된다. 태곳적의 원목으로 뒤덮여 있는 〈숲〉에는 잉글랜드에서는 이미 멸종된 것으로 알려진 멧돼지나 늑대 등의 야생 동물이 서식하고 있었다. 이 숲은 뛰어서 한 시간이면 주위를 돌 수 있을 정도로 작지만, 아무리 노력해도 그 중심부에는 도달할 수 없다. 그러던 어느 날, 신화에서 빠져나온 듯한 모습을 하고 알아들을 수 없는 고대의 언어를 말하는 숲의 소녀 귀네스가 스

티븐 앞에 모습을 나타내고, 그들은 격렬한 사랑에 빠지지만
…….

 『미사고의 숲』은 신화의 원형과 〈숲〉으로 상징되는 종족 무의식의 본질을 유려하고 치밀한 문체로 형상화한 걸작이며, (책 홍보를 위해 동원되곤 하는 진부한 수식어와는 별도로) 20세기의 환상 문학에서 〈열 손가락 안에 드는〉 소설이라고 단언할 수 있는 중요한 작품이다. 『판타지 & 사이언스 픽션』의 1981년 9월호에 게재된 중편 『미사고의 숲』(본서의 제1부에 해당)이 그해의 영국 SF 협회상을 수상했고, 장편화된 뒤에 같은 제목으로 1984년에 발표된 본서가 영국 SF 협회상과 저명한 세계 환상 문학상 대상을 수상했다는 사실만 보아도 독서계의 높은 평가를 가늠할 수 있겠지만, 흥미롭게도 그 이상으로 주목의 대상이 된 것은 동물학자이자 〈숲〉의 전문가이기도 한 홀드스톡이 사용했던 문학적인 〈방법론〉이었다. 이것은 환상 문학의 정체성과도 깊은 관련이 있다.

 넓은 맥락에서 보자면, 장르화된 환상 문학, 즉 판타지는 J. R. R. 톨킨과 C. S. 루이스의 작품으로 대표되는 영국적인 에픽〔大河〕 판타지와, 이러한 고전적 환상 문학의 영향을 받았으면서도 독자적인 발전을 이룬 미국의 〈검과 마법 Sword & Sorcery〉 류의 소설로 나눌 수 있지만(후자의 아류에 해당하는 일본의 게임적 판타지와, 그 아류에 해당하는 대다수의 〈한국적〉 판타지에 관해서는 지면 관계상 거론하지 않는다), 여타 장르와 마찬가지로 장르 외부의 강력한 영향을 받고, 줄기차게 범주화를 거부하고 있는 무시 못 할 마이너리티 또한 존재한다.[1] 탈(脫) 장르적인 특이

---

[1] 여기서 외부의 영향이란 작가 자신의 정체성과 직결된 문학적인 방향성을 가리키기도 하고, 다른 근연(近緣) 장르, 예를 들자면 SF 혹은 호러, 추리 등의 등가적인 전통을 의미할 때도 있다.

성을 유지하는 이런 작품들 — 장르의 일부로 간주되면서도 그 영역을 벗어난 — 은 장르 성립 이전의 다양하고 역동적인 상태를 통시적으로 반영하는 거울인 동시에, 공시적인 범주, 즉 현존하는 장르들 사이의 융합을 나타낸다.

국내에 처음으로 소개되는 작가의 작품 내용을 논하기에 앞서 그 계보부터 거론하는 것이 자칫하면 아직 이 책을 읽지 않은 독자들에게 선입견을 줄 위험이 있지만, 위에서도 밝혔듯이 『미사고의 숲』은 전형적인 환상 소설/판타지가 아니다. 장르의 한계나 정석을 넘어서는 일탈이 어느 정도까지는 모든 명작에 공통된 특징일지도 모르지만, 본서에서는 그런 경향이 한층 더 두드러진다고나 할까.[2] 그러나 작가인 홀드스톡 자신이 시간 여행을 다룬 단편들로 두각을 나타낸 SF 작가였으며, 작가 활동 초기에 크리스 칼센이라는 필명으로 발표했던 그의 〈검과 마법〉류 소설들조차 SF의 향취를 짙게 함유하고 있다는 점을 감안한다면, SF 창작을 통해 연마된 이러한 과학적인 〈논리성〉이 『미사고의 숲』의 방법론적인 근간을 이루는 〈아이디어 지향〉에 영향을 끼쳤다는 사실을 추론하는 것은 어렵지 않다.

이 작품의 뼈대를 이루는 아이디어는 물론 신화*myth*와 심상 *imago*을 결합한 합성어 〈미사고*mythago*〉이며, 본서는 매력적인 문학적 장치이기도 한 미사고의 개념을 주축으로 펼쳐지는 일종의 〈신화 생성담*mythopoesis*〉의 형식을 갖추고 있다. 단적인 예로, 고독한 주인공 스티븐으로 하여금 사랑하는 여성 귀네스를 찾아 헤매게 만드는 형이하학적인 동인조차 미사고인 귀네스의 플라톤적인 태생이라는 〈이론〉의 렌즈를 통해 보면 성배 탐색에 버금가는 (혹은 그 이상의) 강력한 상징성을 획득하게 되는 것이

---

[2] 두 번에 걸쳐 세계 환상 문학상을 수상했지만, 흥미롭게도 작가 본인은 『미사고의 숲』을 SF(Science Fiction, 과학 소설)로 간주하고 있다.

다. 현실의 매트릭스와 신화의 패러다임이 역전되는 — 바꿔 말해서 현실이 〈환상〉으로 대체되는 — 이런 현상은 판타지의 메타 설정 중 하나인 〈제2우주 secondary universe〉로의 빠른 이동을 통해 독자에게 제시되는 것이 아니라, 확고한 물리 현실에 대한 고대 브리튼 신화의 점진적인 침입이라는 형태로 이루어진다.[3] 신화, 혹은 신화 이전의 등장 인물들이 물리적인 실체를 획득한다는 본문의 설정에는 카를 구스타프 융이 제창한 신화적 원형 *archetype*을 둘러싼 과정이 깊이 개재되어 있지만, 이 과정에 강력한 이론적 타당성을 부여하고 있는 것은 심층 심리학의 도그마가 아닌, 살아 있는 〈숲〉의 개념이다.

II. 숲

라이호프 숲으로 대표되는 원초의 〈숲〉은 야누스적인 양면성을 가지고 있으며, 〈미사고의 숲〉의 저변에 깔린 서구의 문화 인류학적 전통은 이런 양면성을 직접적으로 반영하고 있다. 알기 쉽게 말해서 인간에게 숲은 문명의 대극(對極)에 해당하는 자연/야생의 상징이며, 〈무서운〉 동시에 〈자비로운〉 두 개의 얼굴을 가진 존재이기도 하다. 늑대와 곰을 위시해서, 인간에게 해를 끼치는 야생 동물들이 활보하는 어두운 〈황야〉로서의 숲과, 목재 및 약초, 동물성 단백질 등의 공급처가 되어 주고 적대적인 침입자들로부터 안전한 〈은신처〉를 제공해 주는 숲의 이미지가 양립하고 있는 것이다. 어원적으로 〈야만〉이나 〈야생〉을 의미하는 영어의

---

3 작품의 초반부에서는 떡갈나무 산장에 대한 〈숲〉의 침입이 주종을 이루고, 후반부에서는 그 역(逆)이 성립한다. 이와는 대조적으로, 스타니스와프 렘의 『솔라리스』(1961)는 이질적인 〈타자 *The Other*〉에 의한 〈급격한〉 침입의 흥미로운 예이다.

savage나 프랑스 어의 sauvage가 라틴 어의 salvaticum, 즉 〈숲〉에서 비롯된 것이라는 사실은, 유럽 인들이 숲에 대해서 기본적으로 어떤 인식을 지니고 있었는지를 알 수 있다.

유럽 문명의 역사가 경작지와 목축지를 확보하려는 인간의 노력과, 그것을 저지하려는 〈숲〉 사이의 투쟁이었다는 점은 잘 알려져 있지만, 이 도식은 비단 생업에만 국한된 것이 아니며, 본서에서 조지 헉슬리가 시사했듯이 〈선사 시대로까지〉 거슬러 올라가는 원초적인 〈대립〉에 그 근원을 두고 있다고 하는 편이 더 정확하다. 바꿔 말해서, 문명-숲이라는 대립항 이전에, 에덴/속세, 유피테르/프로메테우스, 혼돈/질서 사이의 갈등으로 대표되는 신화적인 대립항들이 존재하고 있으며, 유럽 인들이 숲을 완전히 〈정복〉했던 중세 이후에는 무법/법이나 도시/농촌이라는 정치 경제적인 대립이 부각된다.[4] 따라서 통시적인 잣대만으로 본다면 현대적인 정경 대립에 선행되는 신화나 문명 건설(=자연 파괴)의 시대는 — 적어도 유럽 대륙에서는 — 이미 과거의 것이 되었다고 할 수 있겠지만, 이것은 추상적인 대립항들의 실행자(?)라고 할 수 있는 〈인간〉의 역동성을 무시하는 결과를 가져온다. 여기서 역동성이란 환경과 적극적으로 상호 작용하는 인간의 공시적인 생활 양태를 의미하기도 하지만, 이 환경은 외부적인 것뿐만 아니라 인간의 내재적 환경인 〈마음〉 또한 포함한다. 그리고 인간은 이 마음이 담고 있는 과거의 〈기억〉을 통해서만 시간적인 제약을 벗어날 수 있고, 〈신화〉에 접근할 수 있는 것이다.

그러나 『미사고의 숲』에 등장하는 헉슬리 가(家)의 고독한 세 남자들이 갈망하는 〈종족적 기억〉의 가치는 기억 그 자체에 있다기보다는, 실질적인 주인공이라고 할 수 있는 〈숲〉을 통해 그들이

---

[4] 본서에서는 〈후드Hood〉로 지칭되는 의적 로빈 후드의 〈전설〉이 대표적인 예이다.

직접적으로 소유할 수 있는 미사고들의 발현(發現) 가능성에 집중되어 있다. 자신의 개인사(個人史)와는 현실적인 접점을 가지고 있지 않은 일종의 〈종족적 무의식〉으로의 몰입을 통해, 근원＝자궁으로 돌아가려는 그들의 시도는 소설적인 허구인 동시에 강고한 심리적 실체를 가진 〈숲〉에 의해 번번이 좌절되고 만다.[5] 그들이 느끼는 감정은 C. S. 루이스가 제창한 〈젠주흐트Sehnsucht〉의 개념, 즉 실제로 경험하지는 않았지만 자신의 일부와 공명(共鳴)하는 〈과거의 것〉에 대해 느끼는 강렬한 멜랑콜리에 가까우며, 〈숲〉은 이들의 갈망을 풀어 줄 〈통로〉를 제공하는 동시에, 독자들에게는 집단적 무의식이 외재화한 일종의 〈심상mindscape〉를 펼쳐 보인다. 비주류적인 상황 설정을 통해 의식과 무의식의 경계를 넘나드는 수법은 현대 문학의 독자들에게는 익숙한 것이지만, SF의 역사에 관심이 있는 독자들은 1960년대의 질풍노도기에 SF계를 강타했던 〈뉴 웨이브New Wave〉 운동, 특히 그 입안자라고도 할 수 있는 제임스 그레이엄 발라드가 발표한 일련의 내우주(內宇宙) 소설들을 떠올릴지도 모른다. 그러나 그의 대표작인 〈파멸 3부작〉이 보여 주는, 폭력적인 자연과 무력한 인간 사이의 상호 작용을 통해 이루어지는 무의식으로의 침잠도, 홀드스톡의 세계에서는 어디까지나 인간과 〈숲〉 사이의 물리적인 교류를 통해서만 간접적으로 묘사될 뿐이다.[6]

〈과학〉이라는 이질적인 요소를 함유한 SF라는 장르는 접어 두

---

5 되풀이되어 나타나는 이 〈미로〉의 모티프는, 의식과 무의식 사이의 심리적인 장벽을 상징하고 있다. 귀네스의 상실에 이은 〈숲〉의 〈미로〉의 개방은 그리스 신화의 오르페우스 전설과도 일맥상통하며, 위와 비슷한 〈상실〉의 모티프는 윌리엄 헨리 허드슨의 『녹색의 장원Green Mansions: A Romance of the Tropical Forest』(1904)에서도 찾아볼 수 있다.

6 〈숲〉에 침입하는 스티븐과 키튼의 여정이, 종족 무의식에 대한 탐색과 〈물리적〉으로 중복된다는 사실에 주목하라.

더라도, 〈숲〉에 관한 서구 문학의 뿌리 깊은 전통은 우리에게는 역시 낯선 것이다. 클리셰이긴 하지만 이 낯설음은 〈자연〉에 대한 서양과 동양의 철학적인 입장 차이에서 비롯되었다고 할 수 있겠고, 국토의 70퍼센트 이상을 숲 아닌 〈산〉이 차지하고 있는 국내의 물리적 환경을 반영하고 있다고도 할 수 있을 것이다. 경제적, 정치적인 측면에서 우리 나라의 산림과 유럽의 평야림이 비슷한 위치를 ─ 특히 비주류 계급의 〈도피처〉라는 맥락에서 ─ 차지하고 있다는 점에 이의를 달 사람은 없겠지만, 환경이 다르면 민족성이 달라지듯 이 두 개념이 문화적으로는 완전히 일치할 수는 없는 일이다. 흥미로운 예로, 한 세기 전 서구 문명의 도입과 발맞춰 우리 나라에서 현대 문학이 창작되고, 발달하고, 에피고넨을 양산(量産)하는 과정에서도, 유독 〈숲〉이라는 기호만은 여전히 돌출적이고, 어색하며, 어딘가 서구적인 어감을 유지해 왔다는 점을 들 수 있다. 이것은 대양, 사막, 초원, 밀림 등 국내 소설에서는 애초부터 찾아보기 힘든 이국적인 무대 설정에도 어느 정도 해당되는 말이긴 하지만, 문화 간의 상호 공통점이 존재하는 〈숲〉의 경우에는 그것을 둘러싼 서구의 이질적 문화적 전통에 대한 인식이 여전히 미분화된 상태로 남아 있다고 보는 편이 더 자연스럽다. 그렇다면, 이 이질성은 어디서 오는 것일까?

III. 이교의 꿈

앞서 제시했던 문명 대 〈숲〉이라는 중세 이전의 도식에서 가장 첨예한 대립이 존재했던 장(場)은 종교였다. 세계 제국이었던 로마의 종교가 고래(古來)의 다신교에서 신흥 종교인 크리스트교로 이행했던 시점에서 피지배 민족들의 문화를 향한 부(負)의 압력이 한층 더 강해진 것을 상상하기는 어렵지 않지만, 이렇게 눈에 보이는 알력과는 별도로, 〈숲〉의 관념을 둘러싼 투쟁이 가장 현저하게 표출되었던 곳은 켈트 족의 마지막 거점이라고도 할 수 있었던 브리튼 제도(諸島)였다. 켈트 민족은 기원전 9세기 이후 라인 강 하류 유역을 포함한 갈리아 지방에서 브리튼 제도, 이베리아 반도, 북부 이탈리아에 이르는 광대한 영역에 거주하고 있던 유럽의 선주민 — 이들이 가장 오래된 선주민은 아니지만 — 이었다. 이들 켈트 족의 이른바 〈드루이드Druid〉적인 신앙 체계와 로마 정복군 사이의 투쟁이 근대 낭만주의자들의 친(親) 켈트적 상상력을 자극한 것은 지극히 당연한 귀결이라고 할 수 있다.[7] 『미사고의 숲』의 모험 소설적인 측면의 백미라고 할 수 있는 스티븐 헉슬리와 해리 키튼의 여정에서도, 미사고늘 자신의 상징적인 내러티브를 통해 서술되는 과거의 〈역사〉에서도, 〈군단Legion〉으로 지칭되는 로마 침략군의 산림 파괴가 되풀이해서 언급되고 있으며, 이 침략에 대한 저항의 상징으로서 여러 종류의 〈나무〉가 언급되고 있다. 〈숲〉을 신성시하고 로마 침략자들이 세우는 〈돌의 신전〉을 죄악시했던 드루이드 문화의 가장 중요한 구성 요소는 〈나무〉에 대한 신앙이었기 때문이다.

수목 숭배는 전 세계에 걸쳐 분포해 있는 가장 오래된 신앙 형태 중 하나이며, 기존의 신화 체계는 인간과 나무를 동류(同類)로 보는 주술적 호메오파티의 요소를 거의 예외 없이 내포하고 있다고 해도 과언이 아니다(일신교인 크리스트교에서조차 수목 숭배는 십자가 신앙의 형태로 남아 있다). 그리고 드루이드들이 특별히 신성시했던 나무는 한국어판에서는 〈떡갈나무〉라고 번역된 오크Oak였다. 전 유럽에 걸쳐 분포한 참나무과의 낙엽 교목인

---

[7] 드루이드란 그리스 어의 drus(나무, 오크)와 인도 유럽 어족의 어근 wid(알다)의 합성어, 즉 〈나무를 아는 현자〉라는 설이 유력하다. Stuard Piggott, *The Druids*, p.106.

오크는 1천 년을 넘는 수령과 50cm가 넘는 두께를 가진 위풍당당한 자태로 인해 선사 시대부터 숭배의 대상이었고, 브리튼 제도에서는 글자 그대로 〈참된〉 나무로서 신목(神木)과 재목의 역할을 동시에 수행하게 된다.[8] 본서에서 오크는 글자 그대로 〈숲〉의 〈촉수〉이자, 귀네스로 대표되는 〈대지의 여신〉이 깃든 장소이기도 하다. 〈숲〉의 전문가인 홀드스톡이 오크를 라이호프 숲의 상징으로서 선택한 것은, 〈기능적〉인 느낌을 주는 침엽수림의 이질감에 〈자연적〉인 활엽수 오크의 아름다움을 대비시킴으로써, 유대-크리스트교적인 관점을 지배를 받고 있는 현대 세계에서 이교의 마지막 보루로밖에 남을 수 없는 그곳에 일종의 신화적 정당성을 부여하려는 의도가 있었기 때문이다. 〈숲〉의 존재 자체를 위협하는 〈아웃사이더〉의 이름이 〈크리스찬〉인 것은 결코 우연이 아니다.

본서 『미사고의 숲』은 홀드스톡의 10여 년에 걸친 〈숲〉에 대한 연구의 결실인 동시에, 영국인 독자들로 하여금 자국의 복합적인 신화를 되돌아보게 만드는 계기가 되었던 기념비적인 작품이다. 미사고라는 탁월한 기제(機制)를 통해 그가 자아내는 현란한 신화 태피스트리가 독자들에게 주는 충격과 감동은 〈대중적〉인 장르 소설과 〈순수한〉 주류 문학의 접근을 반영하는 척도이기도 하다. 『미사고의 숲』은 이런 경향을 단적으로 보여 주고 있으며, 이런 의미에서 고유의 방향성을 갖춘 〈경계 소설 기획〉의 첫번째 작품으로 선정되기에 전혀 모자람이 없는 작품임을 필자는 확신하고 있다.

김상훈

---

[8] 18세기의 제해권(制海權)을 장악했던 영국 해군의 범선들의 주재료는 오크였다.

로버트 홀드스톡 연보

1948년 출생 8월 2일 영국 남동부 켄트 주의 히스에서 태어남. 경찰관 아버지와 간호사 어머니를 둔 그는 무성한 숲과 히스의 황야에서 뛰어놀며 다감한 어린 시절을 보냄.

1967~1970년 19~22세 노스 웨일스 대학에서 동물학 전공. 우등으로 졸업함.

1968년 20세 『뉴 월즈 New Worlds』지에 단편 「빈민 거주지 Pauper's Plot」를 발표하며 문단에 데뷔함.

1971년 23세 런던 의과 대학에 진학해 의료 동물학 공부를 하면서, 습작을 계속 해나감.

1976년 28세 시간 여행을 다룬 중편 소설 『여행자들 Travellers』이 호평을 받은 것을 계기로 전업 작가가 될 결심을 굳힘. 로버트 홀드스톡이라는 본명으로 SF 소설 『눈먼 자들 사이의 눈 Eye among the Blind』을 발표함. 이후 켄 블레이크, 리처드 커크 등 여러 필명으로 환상 소설과 SF 소설을 다수 씀.

1977년 29세 『지구 바람 Earthwind』 발표. 중견 작가로서의 위치를 굳힘.

1978년 30세 『점쟁이 Necromancer』 발표.

1979년 31세 『앨비언의 별 Stars of Albion』 발표(크리스토퍼 에반스와 편저). 논픽션 『외계 풍경 Alien Landscapes』 발표(말콤 에드워즈와 공저).

1980년 32세 　논픽션 『우주의 여행 *Tour of the Universe: The Journey of a Lifetime*』 발표(말콤 에드워즈와 공저).

1981년 33세 　단편집 『시간 바람이 부는 곳 *Where Time Winds Blow*』 발표.

1982년 34세 　단편집 『조각상 계곡에서 *In the Valley of the Statues*』 발표. 논픽션 『마술사: 마구스 조프리 칼라일의 잃어버린 일기 *Magician: The Lost Journals of the Magus Geoffrey Carlyle*』 발표(말콤 에드워즈와 공저).

1983년 35세 　로버트 휠콘이라는 필명으로 〈밤의 사냥꾼 Night Hunter〉 시리즈를 발표하기 시작함. 『스토킹 *The Stalking*』, 『부적 *The Talisman*』 발표. 논픽션 『환상의 왕국 *Realms of Fantasy*』 발표(말콤 에드워즈와 공저).

1984년 36세 　잡지에 게재된 중편을 토대로 장편 소설 『미사고의 숲 *Mythago Wood*』을 발표함. 이 작품으로 세계적인 명성을 얻었으며, 영국 SF 협회상 수상함. 『미사고의 숲』에 이어 라이호프 숲을 무대로 한 시리즈 〈미사고 사이클 Mythago Cycle〉이 계속 이어짐. 밤의 사냥꾼 시리즈 『고스트 댄스 *The Ghost Dance*』, 『성골함 *The Shrine*』, 『마법 걸기 *The Hexing*』 발표.

1985년 37세 　『미사고의 숲』으로 세계 환상 문학상 대상을 수상함. 논픽션 『잃어버린 왕국 *Lost Realms*』 발표(말콤 에드워즈와 공저).

1987년 39세 　『다른 에덴 *Other Edens*』 발표(크리스토퍼 에반스와 편저).

1988년 40세 　미사고 사이클 두 번째 『라본디스 *Lavondyss: Journey to an Unknown Region*』 발표, 이것으로 또 영국 SF 협회상을 수상함. 이로써 현대 영국을 대표하는 환상 문학가로 발돋움함. 밤의 사냥꾼 시리즈의 『미궁 *Labyrinth*』 발표. 『다른 에덴 2 *Other Edens II*』 발표(크리스토퍼 에반스와 편저).

1989년 41세 　『다른 에덴 3 *Other Edens III*』 발표(크리스토퍼 에반스와 편저).

1991년 43세 　미사고 사이클 세 번째 『본 포레스트 *The Bone Forest*』 발표. 『페치 *The Fetch*』 발표.

1992년 44세　『페치』로 호머상 수상.

1993년 45세　미사고 사이클 네 번째 『할로윙 *The Hollowing*』 발표.

1994년 46세　미사고 사이클 다섯 번째 『멀린의 숲 *Merlin's Wood*』 발표.

1996년 48세　『고대의 흔적들 *Ancient Echoes*』 발표.

1997년 49세　미사고 사이클 여섯 번째 『아이보리 문 *Gate of Ivory*』 발표.

2001년 53세　환상 소설 삼부작인 〈멀린 코덱스 *the Merlin Codex*〉를 집필하기 시작함. 시리즈 첫 번째로 켈트 신화와 그리스 신화의 융합을 시도한 『켈티카 *Celtika*』 발표.

2002년 54세　멀린 코덱스 시리즈의 두 번째 소설 『철제 성배 *The Iron Grail*』 발표.

2003년 55세　공상과학 문학상인 상상 그랑프리상 특별 부문 수상.

2004년 56세　『켈티카』로 공상과학 문학상인 상상 그랑프리상 외국 소설 부문 수상.

2007년 59세　멀린 코덱스 시리즈 마지막 소설 『무너진 왕좌 *The Broken Kings*』 발표.

2009년 61세　미사고 사이클 일곱 번째 『아빌리온 *Avilion*』 발표. 11월 29일 대장균 감염증으로 사망함.

열린책들 세계문학 092 미사고의 숲

옮긴이 김상훈 서울에서 태어났다. 환상 문학 평론가이며 열린책들의 〈경계 소설〉 시리즈의 기획을 담당했다. 강수백이라는 필명으로 SF 비평과 번역 분야에서도 활약하고 있다. 번역서로는 로저 젤라즈니의 『별을 쫓는 자』, 『전도서에 바치는 장미』, 『신들의 사회』, 『앰버 연대기』(전5권), 테드 창의 『당신 인생의 이야기』, 그렉 이건의 『쿼런틴』, 이언 뱅크스의 『말벌 공장』, 윌리엄 호프 호지슨의 『이계의 집』, 밴 다인의 『파일로 밴슨의 정의』, 로버트 소여의 『멸종』, 스타니스와프 렘의 『솔라리스』 등이 있다.

지은이 로버트 홀드스톡 **옮긴이** 김상훈 **발행인** 홍지웅·홍예빈
발행처 주식회사 열린책들 **주소** 경기도 파주시 문발로 253 파주출판도시
전화 031-955-4000 **팩스** 031-955-4004 **홈페이지** www.openbooks.co.kr
Copyright (C) 김상훈, 2001, 2009, *Printed in Korea.*
ISBN 978-89-329-1023-9 03840 **ISBN** 978-89-329-1499-2 (세트)
발행일 2001년 9월 30일 초판 1쇄 2006년 10월 10일 초판 6쇄 2009년 12월 20일 세계문학판 1쇄 2019년 11월 5일 세계문학판 3쇄

이 도서의 국립중앙도서관 출판예정도서목록(CIP)은 서지정보유통지원시스템 홈페이지(http://seoji.nl.go.kr)와 국가자료공동목록시스템(http://www.nl.go.kr/kolisnet)에서 이용하실 수 있습니다.(CIP제어번호 : CIP2009003646)

열린책들 세계문학
Open Books World Literature

001 **죄와 벌** 표도르 도스또예프스끼 장편소설 | 홍대화 옮김 | 전2권 | 각 408, 504면

003 **최초의 인간** 알베르 카뮈 장편소설 | 김화영 옮김 | 392면

004 **소설** 제임스 미치너 장편소설 | 윤희기 옮김 | 전2권 | 각 280, 368면

006 **개를 데리고 다니는 부인** 안똔 체호프 소설선집 | 오종우 옮김 | 368면

007 **우주 만화** 이탈로 칼비노 단편집 | 김운찬 옮김 | 416면

008 **댈러웨이 부인** 버지니아 울프 장편소설 | 최애리 옮김 | 296면

009 **어머니** 막심 고리끼 장편소설 | 최윤락 옮김 | 544면

010 **변신** 프란츠 카프카 중단편집 | 홍성광 옮김 | 464면

011 **전도서에 바치는 장미** 로저 젤라즈니 중단편집 | 김상훈 옮김 | 432면

012 **대위의 딸** 알렉산드르 뿌쉬낀 장편소설 | 석영중 옮김 | 240면

013 **바다의 침묵** 베르코르 소설선집 | 이상해 옮김 | 256면

014 **원수들, 사랑 이야기** 아이작 싱어 장편소설 | 김진준 옮김 | 320면

015 **백치** 표도르 도스또예프스끼 장편소설 | 김근식 옮김 | 전2권 | 각 500, 528면

017 **1984년** 조지 오웰 장편소설 | 박경서 옮김 | 392면

018 **수용소군도** 알렉산드르 솔제니찐 기록문학 | 김학수 옮김 | 480면

019 **이상한 나라의 앨리스** 루이스 캐럴 환상동화 | 머빈 피크 그림 | 최용준 옮김 | 336면

020 **베네치아에서의 죽음** 토마스 만 중단편집 | 홍성광 옮김 | 432면

021 **그리스인 조르바** 니코스 카잔차키스 장편소설 | 이윤기 옮김 | 488면

022 **벚꽃 동산** 안똔 체호프 희곡선집 | 오종우 옮김 | 336면

023 **연애 소설 읽는 노인** 루이스 세풀베다 장편소설 | 정창 옮김 | 192면

024 **젊은 사자들** 어윈 쇼 장편소설 | 정영문 옮김 | 전2권 | 각 416, 408면

026 **젊은 베르테르의 슬픔** 요한 볼프강 폰 괴테 장편소설 | 김인순 옮김 | 240면

027 **시라노** 에드몽 로스탕 희곡 | 이상해 옮김 | 256면

028 **전망 좋은 방** E. M. 포스터 장편소설 | 고정아 옮김 | 352면

029 **까라마조프 씨네 형제들** 표도르 도스또예프스끼 장편소설 | 이대우 옮김 | 전3권 | 각 496, 496, 460면

032 **프랑스 중위의 여자** 존 파울즈 장편소설 | 김석희 옮김 | 전2권 | 각 344면

034 **소립자** 미셸 우엘벡 장편소설 | 이세욱 옮김 | 448면

035 **영혼의 자서전** 니코스 카잔차키스 자서전 | 안정효 옮김 | 전2권 | 각 352, 408면

037 **우리들** 예브게니 자먀찐 장편소설 ǀ 석영중 옮김 ǀ 320면

038 **뉴욕 3부작** 폴 오스터 장편소설 ǀ 황보석 옮김 ǀ 480면

039 **닥터 지바고** 보리스 빠스쩨르나끄 장편소설 ǀ 박형규 옮김 ǀ 전2권 ǀ 각 400, 512면

041 **고리오 영감** 오노레 드 발자크 장편소설 ǀ 임희근 옮김 ǀ 456면

042 **뿌리** 알렉스 헤일리 장편소설 ǀ 안정효 옮김 ǀ 전2권 ǀ 각 400, 448면

044 **백년보다 긴 하루** 친기즈 아이뜨마또프 장편소설 ǀ 황보석 옮김 ǀ 560면

045 **최후의 세계** 크리스토프 란스마이어 장편소설 ǀ 장희권 옮김 ǀ 264면

046 **추운 나라에서 돌아온 스파이** 존 르카레 장편소설 ǀ 김석희 옮김 ǀ 368면

047 **산도칸 — 몸프라쳄의 호랑이** 에밀리오 살가리 장편소설 ǀ 유향란 옮김 ǀ 428면

048 **기적의 시대** 보리슬라프 페키치 장편소설 ǀ 이윤기 옮김 ǀ 560면

049 **그리고 죽음** 짐 크레이스 장편소설 ǀ 김석희 옮김 ǀ 224면

050 **세설** 다니자키 준이치로 장편소설 ǀ 송태욱 옮김 ǀ 전2권 ǀ 각 480면

052 **세상이 끝날 때까지 아직 10억 년** 스뜨루가츠끼 형제 장편소설 ǀ 석영중 옮김 ǀ 224면

053 **동물 농장** 조지 오웰 장편소설 ǀ 박경서 옮김 ǀ 208면

054 **캉디드 혹은 낙관주의** 볼테르 장편소설 ǀ 이봉지 옮김 ǀ 232면

055 **도적 떼** 프리드리히 폰 실러 희곡 ǀ 김인순 옮김 ǀ 264면

056 **플로베르의 앵무새** 줄리언 반스 장편소설 ǀ 신재실 옮김 ǀ 320면

057 **악령** 표도르 도스또예프스끼 장편소설 ǀ 김연경 옮김 ǀ 전3권 ǀ 각 324, 396, 496면

060 **의심스러운 싸움** 존 스타인벡 장편소설 ǀ 윤희기 옮김 ǀ 340면

061 **몽유병자들** 헤르만 브로흐 장편소설 ǀ 김경연 옮김 ǀ 전2권 ǀ 각 568, 544면

063 **몰타의 매** 대실 해밋 장편소설 ǀ 고정아 옮김 ǀ 304면

064 **마야꼬프스끼 선집** 블라지미르 마야꼬프스끼 선집 ǀ 석영중 옮김 ǀ 320면

065 **드라큘라** 브램 스토커 장편소설 ǀ 이세욱 옮김 ǀ 전2권 ǀ 각 340, 344면

067 **서부 전선 이상 없다** 에리히 마리아 레마르크 장편소설 ǀ 홍성광 옮김 ǀ 336면

068 **적과 흑** 스탕달 장편소설 ǀ 임미경 옮김 ǀ 전2권 ǀ 각 376, 368면

070 **지상에서 영원으로** 제임스 존스 장편소설 ǀ 이종인 옮김 ǀ 전3권 ǀ 각 396, 380, 388면

073 **파우스트** 요한 볼프강 폰 괴테 희곡 ǀ 김인순 옮김 ǀ 568면

074 **쾌걸 조로** 존스턴 매컬리 장편소설 ǀ 김훈 옮김 ǀ 316면

075 **거장과 마르가리따** 미하일 불가꼬프 장편소설 ǀ 홍대화 옮김 ǀ 전2권 ǀ 각 364, 328면

077 **순수의 시대** 이디스 워튼 장편소설 ǀ 고정아 옮김 ǀ 448면

078 **검의 대가** 아르투로 페레스 레베르테 장편소설 ǀ 김수진 옮김 ǀ 376면

079 **예브게니 오네긴** 알렉산드르 뿌쉬낀 운문소설 ǀ 석영중 옮김 ǀ 328면

080 **장미의 이름** 움베르토 에코 장편소설 | 이윤기 옮김 | 전2권 | 각 440, 448면

082 **향수** 파트리크 쥐스킨트 장편소설 | 강명순 옮김 | 384면

083 **여자를 안다는 것** 아모스 오즈 장편소설 | 최창모 옮김 | 280면

084 **나는 고양이로소이다** 나쓰메 소세키 장편소설 | 김난주 옮김 | 544면

085 **웃는 남자** 빅토르 위고 장편소설 | 이형식 옮김 | 전2권 | 각 472, 496면

087 **아웃 오브 아프리카** 카렌 블릭센 장편소설 | 민승남 옮김 | 480면

088 **무엇을 할 것인가** 니꼴라이 체르니셰프스끼 장편소설 | 서정록 옮김 | 전2권 | 각 360, 404면

090 **도나 플로르와 그녀의 두 남편** 조르지 아마두 장편소설 | 오숙은 옮김 | 전2권 | 각 328, 308면

092 **미사고의 숲** 로버트 홀드스톡 장편소설 | 김상훈 옮김 | 416면

093 **신곡** 단테 알리기에리 장편서사시 | 김운찬 옮김 | 전3권 | 각 292, 296, 328면

096 **교수** 샬럿 브론테 장편소설 | 배미영 옮김 | 368면

097 **노름꾼** 표도르 도스또예프스끼 장편소설 | 이재필 옮김 | 320면

098 **하워즈 엔드** E. M. 포스터 장편소설 | 고정아 옮김 | 508면

099 **최후의 유혹** 니코스 카잔차키스 장편소설 | 안정효 옮김 | 전2권 | 각 408면

101 **키리냐가** 마이크 레스닉 장편소설 | 최용준 옮김 | 464면

102 **바스커빌가의 개** 아서 코넌 도일 장편소설 | 조영학 옮김 | 264면

103 **버마 시절** 조지 오웰 장편소설 | 박경서 옮김 | 400면

104 **10 1/2장으로 쓴 세계 역사** 줄리언 반스 장편소설 | 신재실 옮김 | 464면

105 **죽음의 집의 기록** 표도르 도스또예프스끼 장편소설 | 이덕형 옮김 | 528면

106 **소유** 앤토니어 수전 바이어트 장편소설 | 윤희기 옮김 | 전2권 | 각 440, 480면

108 **미성년** 표도르 도스또예프스끼 장편소설 | 이상룡 옮김 | 전2권 | 각 512, 544면

110 **성 앙투안느의 유혹** 귀스타브 플로베르 희곡소설 | 김용은 옮김 | 584면

111 **밤으로의 긴 여로** 유진 오닐 희곡 | 강유나 옮김 | 240면

112 **마법사** 존 파울즈 장편소설 | 정영문 옮김 | 전2권 | 각 512, 552면

114 **스쩨빤치꼬보 마을 사람들** 표도르 도스또예프스끼 장편소설 | 변현태 옮김 | 416면

115 **플랑드르 거장의 그림** 아르투로 페레스 레베르테 장편소설 | 정창 옮김 | 512면

116 **분신** 표도르 도스또예프스끼 장편소설 | 석영중 옮김 | 288면

117 **가난한 사람들** 표도르 도스또예프스끼 장편소설 | 석영중 옮김 | 256면

118 **인형의 집** 헨리크 입센 희곡 | 김창화 옮김 | 272면

119 **영원한 남편** 표도르 도스또예프스끼 장편소설 | 정명자 외 옮김 | 448면

120 **알코올** 기욤 아폴리네르 시집 | 황현산 옮김 | 352면

121 **지하로부터의 수기** 표도르 도스또예프스끼 장편소설 | 계동준 옮김 | 256면

122 **어느 작가의 오후** 페터 한트케 중편소설 | 홍성광 옮김 | 160면

123 **아저씨의 꿈** 표도르 도스또예프스끼 장편소설 | 박종소 옮김 | 304면

124 **네또츠까 네즈바노바** 표도르 도스또예프스끼 장편소설 | 박재만 옮김 | 316면

125 **곤두박질** 마이클 프레인 장편소설 | 최용준 옮김 | 528면

126 **백야 외** 표도르 도스또예프스끼 소설선집 | 석영중 외 옮김 | 408면

127 **살라미나의 병사들** 하비에르 세르카스 장편소설 | 김창민 옮김 | 296면

128 **뻬쩨르부르그 연대기 외** 표도르 도스또예프스끼 소설선집 | 이항재 옮김 | 296면

129 **상처받은 사람들** 표도르 도스또예프스끼 장편소설 | 윤우섭 옮김 | 전2권 | 각 296, 392면

131 **악어 외** 표도르 도스또예프스끼 소설선집 | 박혜경 외 옮김 | 312면

132 **허클베리 핀의 모험** 마크 트웨인 장편소설 | 윤교찬 옮김 | 416면

133 **부활** 레프 똘스또이 장편소설 | 이대우 옮김 | 전2권 | 각 308, 416면

135 **보물섬** 로버트 루이스 스티븐슨 장편소설 | 머빈 피크 그림 | 최용준 옮김 | 360면

136 **천일야화** 앙투안 갈랑 엮음 | 임호경 옮김 | 전6권 | 각 336, 328, 372, 392, 344, 320면

142 **아버지와 아들** 이반 뚜르게네프 장편소설 | 이상원 옮김 | 328면

143 **오만과 편견** 제인 오스틴 장편소설 | 원유경 옮김 | 480면

144 **천로 역정** 존 버니언 우화소설 | 이동일 옮김 | 432면

145 **대주교에게 죽음이 오다** 윌라 캐더 장편소설 | 윤명옥 옮김 | 352면

146 **권력과 영광** 그레이엄 그린 장편소설 | 김연수 옮김 | 384면

147 **80일간의 세계 일주** 쥘 베른 장편소설 | 고정아 옮김 | 352면

148 **바람과 함께 사라지다** 마거릿 미첼 장편소설 | 안정효 옮김 | 전3권 | 각 616, 640, 640면

151 **기탄잘리** 라빈드라나트 타고르 시집 | 장경렬 옮김 | 224면

152 **도리언 그레이의 초상** 오스카 와일드 장편소설 | 윤희기 옮김 | 384면

153 **레우코와의 대화** 체사레 파베세 희곡소설 | 김운찬 옮김 | 280면

154 **햄릿** 윌리엄 셰익스피어 희곡 | 박우수 옮김 | 256면

155 **맥베스** 윌리엄 셰익스피어 희곡 | 권오숙 옮김 | 176면

156 **아들과 연인** 데이비드 허버트 로런스 장편소설 | 최희섭 옮김 | 전2권 | 464, 432면

158 **그리고 아무 말도 하지 않았다** 하인리히 뵐 장편소설 | 홍성광 옮김 | 272면

159 **미덕의 불운** 싸드 장편소설 | 이형식 옮김 | 248면

160 **프랑켄슈타인** 메리 W. 셸리 장편소설 | 오숙은 옮김 | 320면

161 **위대한 개츠비** 프랜시스 스콧 피츠제럴드 장편소설 | 한애경 옮김 | 280면

162 **아Q정전** 루쉰 중단편집 | 김태성 옮김 | 320면

163 **로빈슨 크루소** 대니얼 디포 장편소설 | 류경희 옮김 | 456면

164 **타임머신** 허버트 조지 웰스 소설선집 │ 김석희 옮김 │ 304면

165 **제인 에어** 샬럿 브론테 장편소설 │ 이미선 옮김 │ 전2권 │ 각 392, 384면

167 **풀잎** 월트 휘트먼 시집 │ 허현숙 옮김 │ 280면

168 **표류자들의 집** 기예르모 로살레스 장편소설 │ 최유정 옮김 │ 216면

169 **배빗** 싱클레어 루이스 장편소설 │ 이종인 옮김 │ 520면

170 **이토록 긴 편지** 마리아마 바 장편소설 │ 백선희 옮김 │ 192면

171 **느릅나무 아래 욕망** 유진 오닐 희곡 │ 손동호 옮김 │ 168면

172 **이방인** 알베르 카뮈 장편소설 │ 김예령 옮김 │ 208면

173 **미라마르** 나기브 마푸즈 장편소설 │ 허진 옮김 │ 288면

174 **지킬 박사와 하이드 씨** 로버트 루이스 스티븐슨 소설선집 │ 조영학 옮김 │ 320면

175 **루진** 이반 뚜르게네프 장편소설 │ 이항재 옮김 │ 264면

176 **피그말리온** 조지 버나드 쇼 희곡 │ 김소임 옮김 │ 256면

177 **목로주점** 에밀 졸라 장편소설 │ 유기환 옮김 │ 전2권 │ 각 336면

179 **엠마** 제인 오스틴 장편소설 │ 이미애 옮김 │ 전2권 │ 각 336, 360면

181 **비숍 살인 사건** S. S. 밴 다인 장편소설 │ 최인자 옮김 │ 464면

182 **우신예찬** 에라스무스 풍자문 │ 김남우 옮김 │ 296면

183 **하자르 사전** 밀로라드 파비치 장편소설 │ 신현철 옮김 │ 488면

184 **테스** 토머스 하디 장편소설 │ 김문숙 옮김 │ 전2권 │ 각 392, 336면

186 **투명 인간** 허버트 조지 웰스 장편소설 │ 김석희 옮김 │ 288면

187 **93년** 빅토르 위고 장편소설 │ 이형식 옮김 │ 전2권 │ 각 288, 360면

189 **젊은 예술가의 초상** 제임스 조이스 장편소설 │ 성은애 옮김 │ 384면

190 **소네트집** 윌리엄 셰익스피어 연작시집 │ 박우수 옮김 │ 200면

191 **메뚜기의 날** 너새니얼 웨스트 장편소설 │ 김진준 옮김 │ 280면

192 **나사의 회전** 헨리 제임스 중편소설 │ 이승은 옮김 │ 256면

193 **오셀로** 윌리엄 셰익스피어 희곡 │ 권오숙 옮김 │ 216면

194 **소송** 프란츠 카프카 장편소설 │ 김재혁 옮김 │ 376면

195 **나의 안토니아** 윌라 캐더 장편소설 │ 전경자 옮김 │ 368면

196 **자성록** 마르쿠스 아우렐리우스 명상록 │ 박민수 옮김 │ 240면

197 **오레스테이아** 아이스킬로스 비극 │ 두행숙 옮김 │ 336면

198 **노인과 바다** 어니스트 헤밍웨이 소설선집 │ 이종인 옮김 │ 320면

199 **무기여 잘 있거라** 어니스트 헤밍웨이 장편소설 │ 이종인 옮김 │ 464면

200 **서푼짜리 오페라** 베르톨트 브레히트 희곡선집 │ 이은희 옮김 │ 320면

201 **리어 왕** 윌리엄 셰익스피어 희곡 | 박우수 옮김 | 224면
202 **주홍 글자** 너대니얼 호손 장편소설 | 곽영미 옮김 | 360면
203 **모히칸족의 최후** 제임스 페니모어 쿠퍼 장편소설 | 이나경 옮김 | 512면
204 **곤충 극장** 카렐 차페크 희곡선집 | 김선형 옮김 | 360면
205 **누구를 위하여 종은 울리나** 어니스트 헤밍웨이 장편소설 | 이종인 옮김 | 전2권 | 각 416, 400면
207 **타르튀프** 몰리에르 희곡선집 | 신은영 옮김 | 416면
208 **유토피아** 토머스 모어 소설 | 전경자 옮김 | 288면
209 **인간과 초인** 조지 버나드 쇼 희곡 | 이후지 옮김 | 320면
210 **페드르와 이폴리트** 장 라신 희곡 | 신정아 옮김 | 200면
211 **말테의 수기** 라이너 마리아 릴케 장편소설 | 안문영 옮김 | 320면
212 **등대로** 버지니아 울프 장편소설 | 최애리 옮김 | 328면
213 **개의 심장** 미하일 불가꼬프 중편소설집 | 정연호 옮김 | 352면
214 **모비 딕** 허먼 멜빌 장편소설 | 강수정 옮김 | 전2권 | 각 464, 488면
216 **더블린 사람들** 제임스 조이스 단편소설집 | 이강훈 옮김 | 336면
217 **마의 산** 토마스 만 장편소설 | 윤순식 옮김 | 전3권 | 각 496, 488, 512면
220 **비극의 탄생** 프리드리히 니체 | 김남우 옮김 | 304면
221 **위대한 유산** 찰스 디킨스 장편소설 | 류경희 옮김 | 전2권 | 각 432, 448면
223 **사람은 무엇으로 사는가** 레프 똘스또이 소설선집 | 윤새라 옮김 | 464면
224 **자살 클럽** 로버트 루이스 스티븐슨 소설선집 | 임종기 옮김 | 272면
225 **채털리 부인의 연인** 데이비드 허버트 로런스 장편소설 | 이미선 옮김 | 전2권 | 각 336, 328면
227 **데미안** 헤르만 헤세 장편소설 | 김인순 옮김 | 272면
228 **두이노의 비가** 라이너 마리아 릴케 시 선집 | 손재준 옮김 | 504면
229 **페스트** 알베르 카뮈 장편소설 | 최윤주 옮김 | 432면
230 **여인의 초상** 헨리 제임스 장편소설 | 정상준 옮김 | 전2권 | 각 520, 544면
232 **성** 프란츠 카프카 장편소설 | 이재황 옮김 | 560면
233 **차라투스트라는 이렇게 말했다** 프리드리히 니체 산문시 | 김인순 옮김 | 464면
234 **노래의 책** 하인리히 하이네 시집 | 이재영 옮김 | 384면
235 **변신 이야기** 오비디우스 서사시 | 이종인 옮김 | 632면
236 **안나 까레니나** 레프 똘스또이 장편소설 | 이명현 옮김 | 전2권 | 각 800, 736면
238 **이반 일리치의 죽음·광인의 수기** 레프 똘스또이 중단편집 | 석영중·정지원 옮김 | 232면
239 **수레바퀴 아래서** 헤르만 헤세 장편소설 | 강명순 옮김 | 272면
240 **피터 팬** J. M. 배리 장편소설 | 최용준 옮김 | 272면

241 **정글 북** 러디어드 키플링 중단편집 | 오숙은 옮김 | 272면
242 **한여름 밤의 꿈** 윌리엄 셰익스피어 희곡 | 박우수 옮김 | 160면
243 **좁은 문** 앙드레 지드 장편소설 | 김화영 옮김 | 264면
244 **모리스** E. M. 포스터 장편소설 | 고정아 옮김 | 408면
245 **브라운 신부의 순진** 길버트 키스 체스터턴 단편집 | 이상원 옮김 | 336면

각 권 8,800~15,800원